KB159240

아동문학과 문학교육의 길 찾기

권혁준

1957년 충남 아산 출생
공주교대, 국제대 국문과 졸업
성균관대 대학원 국문과 석사
한국교원대 대학원 국어교육과 박사
1990년 경인일보 신춘문예 시 당선
한국아동청소년문학학회 회장 역임
현재: 공주교대 국어교육과 교수
저서: 『문학이론과 시교육』(박이정)
『독서교육의 이론과 방법』(공저, 박이정)
『아동문학의 이해』(공저, 박이정)
평론집, 『강의실에서 읽은 동화』(문학동네)

아동문학과 문학교육의 길 찾기

초판 인쇄 2023년 7월 25일
초판 발행 2023년 7월 31일

지은이 권혁준
펴낸이 박찬익
편집 김승미
책임편집 권효진
펴낸곳 (주)박이정
주소 경기도 하남시 조정대로 45 미사센텀비즈 F827호
전화 031-792-1195
팩스 02-928-4683
홈페이지 www.pijbook.com
이메일 pijbook@naver.com
등록 2014년 8월 22일 제2020-000029호
ISBN 979-11-5848-908-3 (93810)
책값 26,000원

아동문학과 문학교육의 길 찾기

권혁준 지음

박이정

머리말

청풍명월의 고장이라 자연 재해의 걱정이 없던 충청도에 큰 물난리가 났다. 전라도에서도 여러 하천이 범람하였고 경상도에서는 산이 무너져내렸다. 삼남이 한꺼번에 이런 재해를 당하는 건 처음 본다. 무섭다. 지구를 뜨겁게 한 과보가 이제 시작된 것인가. 이 책이 지구의 나무를 베어낼 만큼의 가치가 있는 것인가. 죄스러움과 함께 갈등이 없지 않았지만 나는 살아오던 속도를 멈추지 못한다. 아동문학과 문학교육을 연구하고 가르치는 동안 고민한 흔적이 후학들에게 조금이라도 생각할 거리를 줄 수 있지 않을까, 스스로를 위안하면서 용기를 내어본다.

이 책은 세 부분으로 구성되어 있다. 1부, '아동문학의 길 찾기'는 바람직한 아동문학의 형상을 논의한 원론비평적 성격의 글과 새롭게 대두된 장르의 현실을 진단한 글을 묶은 것이고, 2부, '아동문학사의 모색'은 근대 우리 아동문학사를 공부하다가 발견한 탐구물을 모은 것이다. 그리고 3부, '아동문학교육의 길 찾기'는 초등 문학교육의 현실을 고민하다가 발견된 현상에 대해 문제의 원인과 해법을 탐색한 글이다. 그러므로 우리 학문 영역의 관습으로 본다면 이 글들이 한 권의 책으로 묶이기에는 좀 이질적이라고 생각될 수도 있다. 그런데, 성격이 다른 세 부류의 글을 한 권의 책으로 엮게 된 데에는 필자 나름의 사정이 있다.

필자는 공주교대 교수로 근무하면서 초등국어교육을 연구하는 학회와 문학교육을 연구하는 학회, 아동청소년문학을 연구하는 학회에서 활동하였다. 이 세 학회 학자들의 연구 분야는 서로 비슷하고, 겹쳐지는 부분도 있지만 좀 깊이 들여다보면 실제의 연구 내용에는 많은 차이가 있다. 특히 문학교육을 주 전공으로 하는 학자와 아동문학을 연구하는 학자 간에는 작품을 보는 시각에 차이가 있음을 느낀다. 아동문학 자체를 공부의 대상으로 삼는 학자들은 역사비평적 시각으로 작가와 작품을 세밀히 들여다보거나 사회문화적 비평의 시각으로 작품과 작가를 현실의 문제에 조회하며 연구하는 경향이 있다. 그런가하면 문학교육을 연구하는 학자들은 교수 학습의 이론이나 실제를 연구하기 때문에 작품 자체의 비평적 탐구보다는 작품을 문학 교수 학습에 적용하는 과정에 주로 관심을 기울인다. 필자는 교대에서 예비교사를 가르치며 아동문학을 연구하기 때문에 아무래도 문학교육 쪽에 더 관심을 두어왔다. 그런데 바람직한 문학 교육을 하기 위해서는 아동문학 작품에 대한 연구나 비평에도 소홀할 수가 없었다.

두 영역을 공부하다보니 아동문학과 문학교육을 연구하는 학자들은 서로 긴밀히 소통, 토의하며 연구 결과를 공유해야 함을 절실히 느꼈다. 어린이들의 문학교육에 효과적인 작품을 선정하는 과정에서, 예컨대, 교과서 편찬 과정이나 어린이들을 위한 앤솔로지를 묶어내는 과정에서 문학 분야의 연구 결과가 효과적으로 뒷받침되면 얼마나 좋을까. 한 걸음 더 나아가자면 동화나 동시를 쓰는 작가들과 초등학교 국어 교과서를 편찬하는 학자들 간에도 더 원활한 소통이 필요하다고 본다.

나는 아동문학 연구와 문학교육 연구를 겸하면서 이 두 분야의 다리 역할을 하려고 노력했다. 이질적인 성격의 글을 한 권의 책으로 묶었다는 사실이 학문적 엄격함의 부족으로 보일 수도 있지만, 서로 긴밀한 관련을 맺을 수밖에 없는 두 분야의 연구물을 한 자리에 놓고 볼 수 있는 장점도 있으리라 생각된다. 양수겸장을 하노라 하였지만, 어떤 분야에서도 이렇다 할 성과를 내지는 못하였으니, 늘 능력의 부족을 한탄하곤 했다. 독자들의 매서운 질정을 바라는 한편, 이런 상황의 필자를 이해해주기 바라는 마음도 있다.

장래 교사가 될 교대 학생들은 어떤 아동문학 작품이 어린이들에게 좋은 것이지 판단할 수 있는 비평적 안목과 문학 작품이 인간의 삶을 풍요롭게 하기 위해서는 어떤 교육 방식이 효과적인지를 배우고 익혀야 한다. 공주교대 교육대학원에 아동문학교육 전공이 개설된 것은 이와 같은 필요에 부응하기 위한 것이었다. 석사 과정뿐인 대학원 코스였지만 나는 이들과 같이 연구하고 토의하는 과정에서 즐거움과 보람을 느꼈다.

삼남에 내리는 비가 백성들을 근심하게 한다. 팔과 다리가 잘린 우크라이나 병사를 안고 우는 젊은 아내가 우리를 슬프게 하고, 무너진 집 앞에서 울먹이는 할머니의 막막함에 공감하지 못하는 대통령의 얼굴은 우리를 우울하게 한다. 그래도 우리는 다정하게 살아야 한다. '다정한 것이 살아남는다'고 한 어떤 생물학자의 문장을 자꾸 되새기는 요즘이다. 주여, 우리를 불쌍히 여기소서.

모교인 공주교대에서 교수로 일하게 해 준 신께 감사드린다. 고등학교 국어 선생으로 살고 싶었던 내 꿈은 어쩌다보니 초과 달성되었다. 그럼에도 나는 공부에 성실했다고, 제자들을 사랑했다고 말하지 못하겠다. 제자들에게 미안하고 학문의 길에 동반자가 되어준 동학들에게 감사한다.

어려운 출판 시장임에도 불구하고 이렇게 단단한 책으로 엮어준 박이정의 박찬익 사장님과 편집진에게도 감사한다.

2023년 7월 19일

일락 교정에서 권혁준 씀

차 례

제1부

아동문학의 길 찾기

'어린이를 위한' 동화의 재발견

- 어른들은 어떤 동화를 읽혀왔나

1. 들어가는 말

'동화'[1]는 어린이들을 독자로 하는 서사 문학의 한 양식이다. 너무도 당연한 이 명제를 이 글의 첫 문장으로 삼는 이유는 이 당연한 전제가 의심을 받을 만한 동화 작품이 드물지 않게 유통되고 있기 때문이다. 아동문학은 어른이 어린이에게 주는 문학이다. 성인 문학이 성인이 쓰고, 성인이 유통시키고, 성인이 읽는 문학임에 비해 아동문학은 어른 작가가 쓰고, 어른 출판인이 출판하여, 어른인 교육자(교사, 부모, 사서 등)의 중개를 거쳐 어린이의 손에 도달하는 문학이다. 최종 독자인 어린이의 손에 도달하기까지 생산, 유통과정에 어른들만 참여하기 때문에 과연 그 상품이 주문자인

1) '동화'라는 장르 명칭에 대해서는 아동문학계에서도 합의가 이루어지지 않았다. '동화'라는 용어는 용어 자체의 사전적 의미를 벗어나 아동문학을 둘러싼 환경(출판계와 교육계, 독자)에서 생성된 복잡한 내력을 지닌 관습적 용어라고 볼 수 있다. 필자 개인적으로는 저학년용 서사문학은 '동화'로, 고학년용 서사문학은 '아동소설'로 불러야 장르적 실체와 그것을 함의하는 용어가 타당하게 대응된다는 견해를 밝힌 바 있다. 다만, 여기서는 이 글을 읽는 이들의 혼란을 피하기 위해, 현재 가장 널리 받아들여지고 있는 대로 '초등학생을 독자로 하는 서사문학'을 가리키는 용어로 사용하기로 한다.

어린이들이 원래 요구했던 물건인지 의심스러운 일이 자주 발생한다. 작가의 메시지 생산 단계에서 어린이의 요구가 왜곡되는 경우도 있고, 교사나 부모가 어린이들에게 유익하다고 생각하여 전달해준 메시지가 어린이의 성장에 부정적으로 작용하는 경우도 있다. 때로는 부모나 교사의 암묵적인 주문이 작가의 집필 과정에 영향을 주기도 한다.

이 글은 작가의 집필 과정, 연구자와 평론가의 중개 과정, 교과서 개발자의 중개 과정을 거쳐 어린이의 손에 도달한 동화 작품의 적절성을 점검하고자 기획되었다. 점검과 논의의 과정을 거친 후 '어린이를 위한' 동화의 像이 드러나기를 희망한다.

이 글에서는 우리 한국아동문학사를 거시적으로 조망하면서 '어린이를 위한' 동화의 적절성 여부를 검토하기 때문에 한 시대의 여러 작품들을 꼼꼼히 살피지 못하는 한계가 있을 것이고, 거론되는 작품들도 하나하나 자세히 읽어내지 못할 수도 있을 것이다. 그래도 여기 논의되는 작품은 한국아동문학에서 정전의 목록에 자주 오르내리던 작품 또는 아동문학의 사적 전개 과정에서 중요한 의미를 지닌 작품이라고 판단되는 작품, 교과서에 자주 수록되었던 작품을 선별하려 노력하였다.

앞에서도 말하였지만, 이 글은 '어린이를 위한' 동화가 어떤 것인지를 살피자는 일관된 시각을 유지하고 있다. 다양한 인생 문제와 다층적인 가치관이 개입된 문학 작품을 하나의 기준으로 평가하는 일은 위험한 일이다. 하지만, 아동문학 평가의 일차적인 조건은 '어린이를 위한' 문학이어야 한다는 데에 이의를 제기할 수는 없다고 본다. 여기서는 우리나라의 동화 작품 가운데 우리나라 어린이의 성장에 크게 영향을 끼쳤다고 생각되는 작품을 선정하여 아동문학적 의미와 공과를 살펴보고 '어린이를 위한' 동화의 像을 제시해보고자 한다.

2. 어른은 어린이에게 어떤 동화를 읽혀왔나.

이 세상의 모든 좋은 문학은 저절로 교육성을 지니게 된다. 인간성을 옹호하고 도덕성을 높이며 우리 삶을 통찰하게 하는 가운데 자연스럽게 도덕적 감수성을 함양한다. 아동문학도 마찬가지다. 그런데 아동문학에는 교훈성이 전면에 드러난 작품이나 어떤 교육적 의도를 가지고 쓴 작품이 자주 발견된다. 이것은 어른과 어린이의 권력적 비대칭 관계 때문이다. 다음과 같은 진술을 보자.

> 아동들은 정신적으로 미분화 미성숙의 상태이므로, 현실에서 발생되는 사물이나 사실들에 대하여 건전한 비판 능력을 갖추지 못하고 있는 것은 잘 알려진 사실이다. (중략) 만일 꿈꾸는 시기에 처해 있으며, 미적 정서와 양감이 가장 풍부한 아동에게 자연과 사회와 인간의 추악함과 잔혹함을 있는 그대로 보인다면, **판단력이 부족한 어린이들에게 어떤 영향을 줄 것인가는 더 이를 여지조차 없겠다. 그러므로 아동문학은 있는 그대로가 아닌, 〈있어야 할 세계〉를 보다 강하게 요구하게 되고, 따라서 사실적이며 현실적인 소재를 취재한다 할지라도 추악함과 위선보다는 미와 진실을 더 많이 묘사해야 되는 것이다**[2)]
> (이하 굵은 글씨 필자)

어린이들이 미성숙하여 판단력이 부족한 것은 사실이다. 그래서 '판단력이 부족한 어린이들을 올바른 길로 이끌 책임이 어른들에게 있다' 라든지, '어린이들에게는 아름답고, 밝은 면을 보여주어야 한다'는 주장은 어떤 면

---

2) 이재철(1983), 『아동문학개론』, 서문당, 19~20쪽

에서 보면 타당성이 있다.

그런데, '〈있어야 할 세계〉를 묘사해야 한다'는 주장을 받아들인다면 아동문학 텍스트는 교육적 의도가 전면에 노출될 가능성이 매우 커진다. 아동문학을 쓸 때 작가들은 어린이를 '가르치고 싶은' 유혹에 빠질 경우가 많다. 어른들은 지적으로 권위적으로 우월한 지위를 가지고 있기 때문에 자기도 모르게 교사 노릇을 하고 싶게 되는 것이다.

한국의 아동문학사를 일별해 보기만 하더라도 어른들이 생각하는 〈있어야 할 세계〉를 그린 작품은 많다. 그런데 이 〈있어야 할 세계〉는 공시적 통시적으로 모든 사람들이 동의하는 세계가 아니라, 당시의 시대 상황이나 작가가 처한 현실적(정치적) 입장에 따라, 혹은 작가가 추구하는 예술적 지향에 따라 달라질 수도 있다. 어른들은 어린이에게 동화를 줄 때마다 이것이 어린이들에게 진실로 유익하다고 생각하겠지만, 그 작품들이 어린이들이 좋아하는 물건이었는지, 그들의 지적, 인격적 성장에 진실로 유익한 것이었는지 점검할 필요가 있다.

(1) 방정환의 『만년샤쓰』와 어린이 독자

1910년대에 출발한 우리나라 아동문학은 1920년대 방정환의 등장으로 본격적 근대 아동문학을 형성하게 된다. 방정환은 어린이문화 운동가로, 동화구연가로, 동화 작가로 활발한 활동을 펼쳤는데, 「萬年샤쓰」(『어린이』, 1927.3)는 방정환의 여러 작품 가운데 가장 널리 읽히는 소년소설이다. 길벗어린이를 비롯한 여러 출판사에서 재출간되어 지금도 여전히 읽히고 있는 작품이며, 정전의 목록에 이름이 오르내리고 있다.[3] 2011교육과정기에는 『국어』교과서(3~4학년군)에도 수록된 바 있다.

이 작품에 대해서 긍정적으로 평가하는 이들은 "말썽꾸러기 창남이는 우리 어린이들의 '최초의 정신적 동시대인'으로서 그들의 신경 속에 살아있는 '최초의 근대 아동'"[4]이라고 본다. 또, "창남이가 지나치게 어른스럽게 그려진 점도 없지는 않지만, 아이가 아이로서 존재할 수 없었던 당시의 상황을 고려하면 창남이를 아주 특별한 예외적 존재라고만 볼 수도 없다"[5]는 의견도 있다. 반면에 당대의 마해송 같은 이는 이 작품을 '영웅주의'와 '눈물주의'[6]로 비판하였고, 요즘에도 창남이에 대해, "보통의 아이가 아니라 인간의 정상적인 모습에서는 조금 벗어난 신격화한 아이, 혹은 영웅적으로 만들어진 과장된 아이"[7]라고 보는 연구자가 있다. 그 추운 겨울날 홑옷에 맨발인 상태로 20리 길을 걸어 학교에 왔다면 그도 인간이기에 고통스러워해야 함에도 불구하고 아주 태평한 모습으로 그린 것을 인간의 냄새가 나지 않는 기계적인 아이로 떨어뜨렸다고 비판한다.

이 작품이 처음 발표된 1920대 후반의 시대적 상황을 고려하면, 창남이가 이렇게 개성적인 인물로 형상화된 것은 분명 문학적 성과로 인정할 수 있을 것이고, 극도로 빈궁한 가운데에도 쾌활하고 꿋꿋하게 살아가는 모습

---

3) 창비어린이 편집부, 「아동문학 정전 논의의 첫걸음」, 『창비어린이』 35호, 2011. 어린이문학 연구자 13명에게 의뢰하여 동화 정전 선정 작업을 펼친 바 있는데, 「만년 샤쓰」는 11명으로부터 추천을 받았다.

4) 원종찬, 「한국 아동문학이 창조한 주인공, 『창작과비평』 1999년 봄호; 원종찬, 『아동문학과 비평정신』, 창비, 2001, 101면에서 재인용.

5) 염희경(2007), 『소파(小波) 방정환(方定煥) 연구』, 인하대 박사논문. 215쪽

6) 마해송, 「산상수필」, 「조선일보」, 1931.9.23. 이 글에서 직접 「萬年샤쓰」를 거론한 것은 아니지만 방정환 작품에 드러나는 '눈물주의'와 '영웅주의' 비판은 이 작품을 간접적으로 거론한 것이라고 볼 수 있다. 염희경 박사 논문에서 재인용

7) 이재복(1995), 「밥 대신 꽃을 선택한 낭만주의자」, 『우리 동화 바로 읽기』, 한길사, 19쪽

은 시대가 요구하는 인물이라는 점을 인정할만하다.

그러나 자기 집도 반이나 불이 나서 세간 정도만 건진 상태에서, 당장 입을 옷 한 벌씩만 남기고 모두 동네 사람들에게 나누어준 뒤 벌벌 떨고 있는 장님 어머니도 비현실적이고, 그런 어머니에게 샤쓰와 양말을 모두 벗어주고 맨몸 맨발로 학교 길을 나서는 창남이의 행동도 지나치게 작위적인 느낌이 든다. "아아, 선생님…… 저의 어머니는 제가 여덟 살 되던 해에 눈이 멀으셔서 보지를 못 하고 사신답니다." 하는 부분에 이르러서는 독자를 울리고 말겠다는 감상성이 두드러진다. "아아, 선생님……" 하는 부분은 신파조의 연극 대사 같기도 하다. 이재복은 이 작품의 결말 부분에 대하여 '한 어린 소년에게 인간의 한계를 넘는 참을성을 강요하는 건 일종의 폭력'[8]이라는 의견을 제기한다. 이 작품이 출간된 시대성을 감안하더라도 창남이 같은 인물은 너무 과장된 인물이다. 특히 결말 부분에서 아무리 장님이지만 자식의 형편을 알지 못하고 양말과 샤쓰를 요구하는 어머니에게서는 심청이가 희생하지 않으면 안 될 상황을 초래한 심봉사의 그림자를 보게 된다.

(2) 계급주의 문학과 어린이 독자

방정환이 세상을 떠난 1931년 이후로 동심천사주의 문학은 크게 힘을 잃고 그 자리를 차지한 문학이 카프(KAPF, 1925~35) 동화 작가들이다. 1930년대 계급주의로의 전환은 범문단적인 현상이었는데, 성인문학 쪽보

---

8) 이재복(1995), 같은 책.

다 아동문학 쪽에서 유독 계급주의가 더 강세를 보였다. 카프 작가들은 식민지의 어둠 속에서 고통 받는 노동자 농민의 현실을 담아내려 하였으며, 지주, 공장주와 그 자녀를 적으로 삼고 투쟁 의식을 고취하는 작품을 양산하였다.

> 논두렁에 혼자 앉아/쌀을 베다가/개구리를 한 마리 찔러보고는/미운 놈의 모가지를 생각하엿다.//논두렁에 혼자 앉아 /꼴을 베다가/붉은 놀에 낫 들고/하늘을 보며/북편 쪽의 깃발을 생각하였다.
>
> (손풍산 「낫」 전문, 『별나라』 1930.10)

이 같은 시는 카프 아동문학의 어법과 주제를 단적으로 보여주는 작품인바, 이런 사정은 동화도 마찬가지였다. 카프 작가들은 1920년대의 동심주의를 비판하고 이제는 아이들이 어른을 변화시킬 수 있다고 믿고 노동자 농민의 자식을 주인공으로 등장시켜 자신들의 정치적 이데올로기를 선전 선동하는 도구로 삼았다.

적파의 「꿀단지」(『별나라』 1932년 1월호)는 인물 설정과 형상화 방법, 주제 등에서 카프 동화의 전형적인 모습을 보여준다. 지주에게 꿀단지를 바치고라도 소작논을 더 얻으려는 아버지와 그에 반대하는 수동을 이 동화는 다음과 같이 그리고 있다.

> 이것이 아버지 명령! 아니! 지주의 교묘한 ××술이 아버지의 정신을 그렇게 만들어 놓은 것이다. 그러면 그 지주의 버릇을 조장해서는 안 된다. 그래서
>
> **"아니올시다. 그것은 우리 소작인이 도리어 손해가 되는 것이니……."**

하고 말을 시작하자 아버지는 말하려는 자기를 말도 못내게 눈을 부릅뜨고

"너 이 자식 그런 소리만 해서는 때려죽인다."

고 억압을 하였다.

"아니오. 나는 이 꿀단지를 못 갖다 주겠소……."

수동이는 결국 꿀단지를 갖다 주지 않고 아버지는 꿀단지로 수동의 머리를 내리친다. 그리고는 피가 흘러내리는 수동의 머리를 보면서 "수동이 잘못이 아니다. 왜 배고픈 놈이 장릿돈을 내서 꿀단지를 사다가 배부른 놈에게 주는가? 굶주리고 헐벗는 것은 요렇게 빨리기만 하는 까닭이다"하고 반성을 한다. 작가는 아버지의 입을 빌어 작품의 주제를 노골적으로 설교하는 것이다. 그런데 소작인들이 분열을 하면 지주만 이롭게 된다는 이치를 아직 어린 아이인 수동이 어떻게 그렇게 정확하게 파악할 수 있었을까. 이 이야기 안에서 수동이가 행동하고 말하는 것만 보면 수동이는 아이라고 할 수 없다. 그래서 카프의 일원이었던 송완순도 "30년대 아동은 수염 난 총각이었다고 할 수 있는 구실을 남겨 놓았다."고 비판을 하게 된다.

카프 동화는, 도식적인 구도와 생경한 이데올로기를 날 것으로 펼쳐 문학성이 현저히 떨어진다는 문학사적 평가가 이미 내려진 바 있는데, 이와 같은 계급주의 작가 중에 운동성과 문학성을 겸비하여 독자들의 꾸준한 사랑을 받은 예외가 향파(向破) 이주홍이다.[9] 카프 작품 가운데 이 시대의 어린이들에게 읽힐 만한 작품은 극히 드문데, 그래도 이주홍의 「청어뼉다귀」는 1996년에 우리교육에서도 단행본으로 출간된 바 있고, 『겨레아동문

9) 원종찬(2015), 「계급주의 아동문학의 허와 실」, 『창비어린이』, 2015년 가을호 160쪽.

학선집』(보리, 1999년)에도 수록되었다.

"아버지! 아버지! 괜찮아요. 아프지 않아요. 네! 자꾸 때려 주시오. 네! 아버지의 손이 닿으니까 담박 낫는 것 같아요. 네, 아버지! 내가 잘못했어요. 네."

하고 순덕이도 무엇인지 모르게 흥분되어서 아버지 어머니를 힘있게 안았다. 고맙고 따습고 거룩하고 사랑스러워서 사랑스러워서 못견딜 것 같았다. **그러나 그와 함께 누구에겐지 없이 그 어느 모퉁이에서는 주먹이 쥐어지고 이가 갈리고 살이 벌벌 떨림을 느꼈다.**

이주홍, 「청어뼉다귀」 『신소년』, 1930년 4월

「청어뼉다귀」는 1930년대의 현실을 비교적 과장 없이 반영하였고, 지주와 소작인의 갈등과 아울러 가족 간의 정을 그린 작품이어서 카프 작품 중에는 그나마 작품성을 인정받고 있다. 그러나 위의 결말 장면에서 순덕이가 하는 말과 행동은 너무 어른스럽고, 감정적이어서 사실성이 떨어지고, 적대감을 묘사하는 작가의 어조도 너무 선동적이어서 요즘의 어린이들에게 읽히기에는 부적절하다.

카프 동화들에 대해서는 이미 문학사적으로 그 의미가 정리된 바 있는데 여기서 다시 거론하는 이유는 아동문학과 아동문학의 주체인 어린이들의 관계를 다시 한 번 상기하고자 하기 때문이다. 카프 아동문학이 독자를 자기들의 이데올로기를 주입하고 계몽하려는 대상으로 삼은 것은 분명하다. 그것은 이 작품들 속의 인물이 맡고 있는 역할에서도 분명히 드러난다. 프로 문학가인 송완순도 "계급적 아동문학의 봉화를 높이 들고 방씨 일파가 고심, 조성해 놓은 천사의 화원을 거치른 발길로 무자비하게 볼품없이 짓

밟아 그 속에 몽유하고 있던 다수한 아동들을 깨워서 현실의 십자로에 꺼내 세우기를 조금도 주저치 않았다."[10]고 비판한 바 있다. 수동이와 순덕이의 말과 행동은 작가의 사상이 주입된 꼭두각시에 불과하다. 이들이 하는 말은 현실에서 살아가는 아이들의 말이 아니다. 이렇게 성급하게 어른의 특정 이데올로기를 주입하려는 아동문학은 아동문학의 주체가 되어야 할 아동들을 소외시키는 결과를 낳게 된다.

우리 아동문학 초창기의 독자는 아무래도 교훈과 계몽의 대상이 안 될 수는 없었다. 방정환의 『만년샤쓰』도 어린이는 어른의 교화와 계몽의 대상이었다. 작가가 이끌고 나아가려는 지향점을 달랐지만, 방정환 시대든 카프 시대든 이 시기의 어린이들은 아직 자기 고유의 본질적 존재 가치를 인정받지 못하고 있었던 것이다.

(3) 국가 이데올로기를 주입하는 교과서 동화

1960년대 한국 사회는 반공주의 이념과 경제적 근대화라는 핵심어로 특징지어진다. 군사 쿠데타로 정권을 잡은 박정희 대통령은 공산주의자들로부터 나라를 지켜내고, 신속한 근대화를 이루겠다는 명분으로 강력한 국가주의 정책을 실시하였으며, 학교 교육도 이러한 국가주의의 영향 아래 놓여 있었다. 그 결과 도덕, 사회 교과서는 물론 국어 교과서도 국가주의 이데올로기를 주입하는 도구로 활용되었다. 여기서는 국어 교과서에 수록되었던 반공동화와 근로의욕 고취를 위한 동화 한 편씩을 살펴보기로 하겠다.

---

10) 이재복(1995), 『우리 동화 바로 읽기』, 한길사, 150쪽에서 재인용

1) 반공동화

제2차 교육과정이 실시되던 1960대는 6.25전쟁이 끝나고 전쟁에 대한 공포화 혐오로 인해 반공주의가 사회와 개인의 의식을 규율하던 시기였다. 문단에서는 문협의 위상이 더욱 공고해지고 박정희와의 순응관계를 통해 정치와 문학의 유착관계가 끈끈해져 거의 공생관계가 되고 있었는데 이는 박정희와 주류 문단 세력의 이해관계가 정확히 맞아떨어졌기 때문이다.11)

가을 하늘은 티 없이 푸르고 드높다.

어느 덧, 해는 산 그림자를 길게 늘여 놓으며, 서산 마루 아래 떨어져 가고 있다.

땅거미가 말 없이 내리는가 싶더니, 이윽고 소름이 끼치는 산의 적막이 휘몰아 온다.

(중략)

"여기가 어딘가?"

하고 박소위가 물었다.

"소대장님, 정신 차리셨어요? 여기는 야전 병원입니다."

오 하사의 말소리이다.

"야전병원?"

"예, 소대장님은 다치셨읍니다."

"그건 그렇고, 695 고지는?"

---

11) 박정희 정권은 반공주의 세력 기반이 취약했기에 자신의 정체성 확보를 위해 반공 애국 세력과의 연대가 필요했고, 순수문학을 내세우던 문협은 정권의 지원이 필요하였다. 이충일(2014), 『1950~1960년대 아동문학장의 형성과정 연구』, 단국대학교 박사학위 논문, 16쪽. 참고.

"튼튼합니다. 지금도 태극기가 나부끼고 있읍니다. 적군은 전멸하다시피 되어 쫓겨갔읍니다."

박 소위의 두 눈에서는 눈물이 왈칵 솟았다. 그런데 이상하다. 이렇게 어두울 수가 있을까?

"오 하사, 지금 밤인가?"

"아닙니다. 소대장님은 눈을 처맸읍니다."

〈고지의 태극기〉 5-1 국어(1965년) 144~145쪽

이 작품은 제2차 교육과정기에 발행된 국어 교과서에 실린 동화이다. 필자가 국민학교 다닐 때 배운 기억이 새롭다. 동화 앞부분의 문장이 참 서정적이어서 여러 번 읽었었고, 박소대장이 터지는 폭탄 때문에 눈을 다쳐 앞이 안 보이면서도 전선을 더듬어 지뢰망을 터뜨리고 695 고지를 지켜내는 장면에 가슴이 뭉클하던 기억이 난다.

이 시대에는 이런 반공 동화가 많이 산출되었다. 종군작가들이 작품을 쓰기도 하였다. 6.25 전쟁이 끝나고 남북 분단이 고착화된 당시의 시대 상황을 볼 때 이런 종류의 작품이 많이 쓰이고, 국가 이데올로기를 강화하기 위한 이런 작품이 교과서에도 수록되는 것이 어쩌면 자연스러울지도 모르겠다. 전쟁 후 국가 위기 상황에서 국가 이데올로기를 강화하는 교육을 탓할 수 없다는 견해도 있을 수 있다. 그렇더라도 이 동화는 '국가를 위해 이 한 몸 희생하는 일은 감동적인 행동이다.'라는 교훈적, 계몽적 목적이 전면에 드러나는 작품인 것을 지적하지 않을 수는 없다. 2차 교육과정기의 국어 교과서 전체를 훑어만 보아도 전기문이나 논설문까지도 국가 이데올로기를 홍보하는 글로 가득 차 있음을 알 수 있다. 이와 같이 국어 교과서가, 그리고 동화 제재가 어떤 목적을 위해 봉사하는 상황은 전체주의 사회

에서 자주 볼 수 있는 현상이다.

2) 근로 의욕 고취를 위한 동화

제2공화국에서는 제1차 경제개발 5개년 계획(1962년부터 1966년까지)을 수립하였는데, 이 계획의 주요 목표는 자립경제의 달성을 위한 기반을 구축하는 데 있었고, 이 계획 중에는 농업생산력 증대도 주요 과제였다. 정부는 근면, 자조, 협동을 캐치프레이즈로 내걸고 국민들에게 근로 의욕을 고취하고 유실수 심기 운동도 펼치고 있었다. 이때가 제2차 교육과정기였는데,『국어』교과서에는 이와 관련된 작품도 수록되어 있었다.

> "수복 어머니, 요새 큰 일 하시오."
> "뭘요. 조그만 밭인걸요"
> 어머니가 웃으며 대꾸를 하셨다.
> 사공 할아버지는 강가에 배를 매어 놓고,
> "잘 하시오. 인제 후년이면 수정이도 중학생이 되어 이 배 타고 다니겠구료. 그 때는 배도 열릴 테니 우리 나루터에서 팝시다. 참, 장하신 어머니야."
> (중략)
> 수정이는 할아버지와 어머니의 주고받는 말에 가슴이 부풀어 올라, 제가 마치 중학생이 되어 나루터에 서 있는 듯이 기뻤다.
>
> 〈나루터〉 5-1학기 국어(1965년) 46~47쪽

홀어머니와 사는 중학생 수복이와 초등생인 수정이가, 아는 사람의 산을 빌려 과수원을 개간하는 내용을 그린 동화이다. 어려운 처지이건만 세 식

구가 서로 돕고 화목하게 일 하는 장면을 그린 희망적인 작품이다. 현실적으로 홀어머니가 아이들과 함께 과수원을 일구려면 경제적, 육체적인 고난이 크겠지만, 동화는 나루터의 풍경을 서정적으로 묘사하고, 어린 소녀의 부푸는 희망을 두드러지게 보여준다.

당시의 국가 사정으로 볼 때 근로 의욕을 북돋으려는 의도 자체를 나무랄 수는 없다. 그러나 시대적인 당위성을 감안하더라도 이 작품은 국민을 계몽의 대상으로 보고 아동문학 작품을 통치 목적을 주입하기 위한 수단으로 보는 문학관의 소산임을 알 수 있다. 국어 교과서의 제재가 도덕 교과서처럼 국가 이데올로기의 홍보 수단으로 삼고 있음도 지적할 수 있다.

(4) 지고지순한 동심을 찬양하는 작품

'동심'은 우리 아동문학의 초창기부터 동요, 동시의 중요한 주제였다. 카프 작가들은 방정환을 동심천사주의자라고 비판한 바 있었는데, 그 이후 잠복해 있던 이 '동심'이라는 주제가 1960년대 이후에도 우리 아동문학 작품에 꾸준히 등장하였다. 지금까지도 동심을 미화하고 찬양한 작품을 드물지 않게 볼 수 있고, 이런 작품은 교과서에도 자주 수록되었다. 동심주의 문학이 생겨난 메커니즘을 고찰해보고 이런 작품이 현실의 아동들에게는 어떻게 받아들여질까에 대해 논의해보기로 한다.

> 어제 집을 나서기 전, 지난 여름 광에 치워 두었던 옹기그릇을 꺼내어 장독대에 옮겨 놓았던 사실이 문득 생각납니다. 보얗게 쌓인 먼지를 털어 내고 깨끗이 씻어 줄줄이 세워 놓고 흐뭇한 눈길로 바라보았지요. 그리고

옆에 서 있는 아이에게 말하였지요.

"아침 햇살 오르거든 뒤집어 놓아라."

물기를 빼기 위하여 거꾸로 엎어 놓은 것을 바로 놓으라는 것이었지요. 며칠 동안 햇살을 담아 두었다가 옹기그릇으로 사용하여야 무엇을 담든 맛이 익는 법입니다.

스님은 천천히 걸어 장독대로 갔습니다. 그런데 이게 어떻게 된 일입니까? **그릇들은 모두가 하나같이 겉과 속이 뒤바뀌어 뒤집혀 있습니다.** 옹기그릇에 남아 있는 쭈글쭈글한 주름이 아이가 옹기그릇을 뒤집을 때의 모습을 생생하게 떠오르게 합니다.

〈아침햇살 오르거든〉 국어(읽기) 5-2 셋째 마당 (2002년)

스님이 절 앞에 버려진 아기를 거두어 기른 지도 십여 년이나 지났는데, 스님은 이 아이가 '풀과 나무가 흙의 품 속에서 생명의 싹을 틔우듯, 벌과 나비가 꽃의 향기를 맡고 힘을 얻듯' 자연 그대로 살아가기를 바란다. 그렇게 자란 아이에게 스님은 '녀석의 영혼이 갓 내린 눈처럼 깨끗하다는 걸 문득문득 느끼곤' 한다. 이 아이가 옹기그릇의 겉과 속을 뒤집어 놓았으니 스님은 마음이 혼란스러운데, 이때 어느 노스님에게 들은 이야기를 떠올린다. "마음에 털끝만한 의심도 없다면 무엇이든 다 이루어지리라." 스님은 지금껏 살아온 세월을 되돌아보며 마음속의 의심을 버리기로 결심하자 마음속의 안개가 걷히는 느낌이 든다.

이 작품은 무엇을 말하려고 한 것인가. '아이의 영혼은 갓 내린 눈처럼 깨끗하다.' 든가, '마음에 털끝만한 의심도 없다면 무엇이든 이루어지리라.' 라는 문장이 이 동화의 주제를 함축적으로 보여준다. 즉, 동심은 지고지순하여 무엇이든 다 이룰 수 있는 힘이 있다는 것이다.

교과서에서 이 동화를 읽는 독자도 어린이이다. 그렇다면 현실의 어린이들은 이 작품을 읽으면서 어떤 생각을 하게 될까. '나도 어린이인데 나는 옹기의 겉과 속을 뒤집어 놓을 수 없다. 어른들이 말에 의심이 생길 때도 있다.' 이 작품을 읽는 어린이 독자들이 이런 생각을 하게 된다면, '내 영혼은 이 아이처럼 깨끗하지 못한 것 같다.'는 죄책감을 가지게 될지도 모른다. 어린이가 어른에 비해 순수한 것은 사실이다. 예수님도 어린이 같지 않으면 천국에 들어갈 수 없다고 말했다. 그런데 성경에서 말하는 '어린이의 마음'은 이 작품에서 말하는 이렇게도 지고지순하고 신비한 능력을 지닌 그런 어린이는 아닐 것이다. 이 작품 속의 어린이는 현실 세계에서는 존재하지 않는다. 작가의 관념이 만들어낸 허상에 불과하다. 비현실적인 인물로 동심을 미화하고 찬양하는 일은 현실의 어린이에게 일종의 억압으로 작용할 것이다.

정채봉의 「오세암」[12] (5차 교육과정기(1997년) 『읽기』 교과서 5-1에 수록)도 동심을 찬양하는 앞의 동화와 연장선상에 있다. 「오세암」은 '오세암(五歲庵)의 전설'을 모티프로 하여 창작한 동화이다. 정채봉의 장기인 시적인 문체가 유감없이 발휘된 아름다운 작품이다. 우선 '오세암 전설'의 줄거리를 살펴보자.

643년(선덕여왕 12)에 창건하여 관음암(觀音庵)이라 하였으며, 1548년(명종 3)에 보우(普雨)가 중건하였다. 이 암자를 오세암이라고 한 것은 1643년(인조 21)에 설정(雪淨)이 중건한 다음부터이며, **유명한 관음영험설화가 전해지고 있다**.

---

12) 이 작품도 『창비어린이』가 기획한 '아동문학 정전 논의의 첫걸음'이라는 특집에서 정전의 목록에 앞 자리를 차지하였다. 『창비어린이』 35호, 2011.

설정은 고아가 된 형님의 아들을 이 절에 데려다 키우고 있었는데, 하루는 월동 준비 관계로 양양의 물치 장터로 떠나게 되었다. 이틀 동안 혼자 있을 네 살짜리 조카를 위해서 며칠 먹을 밥을 지어 놓고는, “이 밥을 먹고 저 어머니(법당 안의 관세음보살상)를 관세음보살, 관세음보살 하고 부르면 잘 보살펴 주실 것이다.”고 하는 말을 남기고 절을 떠났다.

장을 본 뒤 신흥사까지 왔는데 밤새 폭설이 내려 키가 넘도록 눈이 쌓였으므로 혼자 속을 태우다가 이듬해 3월에 겨우 돌아올 수 있었다. 그런데 법당 안에서 목탁소리가 은은히 들려 달려가 보니, 죽은 줄만 알았던 아이가 목탁을 치면서 가늘게 관세음보살을 부르고 있었고, 방 안은 훈훈한 기운과 함께 향기가 감돌고 있었다.

아이는 관세음보살이 밥을 주고 같이 자고 놀아 주었다고 하였다. **다섯 살의 동자가 관세음보살의 신력으로 살아난 것을 후세에 길이 전하기 위하여 관음암을 오세암으로 고쳐 불렀다고 한다.**[13]

동화의 기둥 줄거리는 오세암 전설과 비슷하지만 동화로 재창작하는 과정에서 세부적인 내용이 좀 달라졌다. 전설의 다섯 살 동자에게 ‘길손’이라는 이름을 부여하고, 길손에게 장님인 누이(감이)가 한 명 있는 것으로 설정하였다. 그리고 설정 스님은 삼촌이 아니라 남남인데, 스님이 길을 가다가 거지 남매를 불쌍히 여겨 절로 데려와 보살펴주는 것으로 바꾸었다. 그 다음 이야기는 전설과 비슷하다. 스님이 월동준비를 하러 저잣거리로 내려왔다가 폭설로 못 돌아온 이야기, 길손이가 관세음보살을 엄마라고 부르는 이야기 등이 그것인데, 크게 달라진 점은 전설에서 다섯 살 아이는 관세음

---

13) 한국민족문화대백과, 한국학중앙연구원, 오세암 [五歲庵]

보살의 신력으로 살아난 반면에 동화에서의 길손이는 죽어 부처가 되었다는 것이다.

「오세암」이 어린이들을 독자로 하는 동화라면 우리는 이 장면을 주의 깊게 읽어야 한다. 동화 「오세암」이 전설이 아니고, 사실성에 바탕을 둔 장르라서 길손을 죽게 한 것일까. 그렇지도 않다. 왜냐하면 누이 감이가 눈을 뜨는 일도 판타지적인 사건이고, 동화라는 장르도 얼마든지 환상을 용인하기 때문이다. 그렇다면 전설에서는 살아난 동자를 동화에서는 왜 죽게 만들었을까.

> **"이 어린아이는 곧 하늘의 모습이다.** 티끌 하나만큼도 더 얹히지 않았고 덜하지도 않았다. 오직 변하지 않는 그대로 나를 불렀으며 나뉘지 않는 마음으로 나를 찾았다. (중략) 과연 이 어린아이보다 진실한 사람이 어디에 있겠느냐. 이 아이는 이제 부처님이 되었다."
>
> 정채봉, 「오세암」, 창비, 196쪽

동화 안에서 관세음보살이 설정에게 하는 이 말이 이 동화의 주제라고 할 수 있는데, 동화에서 길손을 죽게 만든 이유를 여기서 찾을 수 있다. 즉, '관음영험설화'에 초점이 맞추어져 있었던 전설을 정채봉은 '하늘의 모습을 지닌 순수한 어린아이가 부처님이 되었다'는 이야기로 바꾸어 쓰고 싶었고, 그러자면 길손을 죽게 만들어야 했던 것이다.

정채봉이 「오세암」에서 그려내는 길손의 모습은 시인 같기도 하고, 천사 같기도 하다. "눈이 바다보다 넓게 내린다"거나 "머리카락 씨만 뿌려져 있는 사람", "맛없는 국 색깔" 같은 시적인 비유를 쉽게 말하거나, "누난 내 곁에도 지금 있는 거야. 감이 누나가 그랬어. 내가 있는 곳엔 어디고 감이 누나 마음도 따라와 있겠다고.” 같은 말을 할 때 설정 스님은 늘, “고 녀석 참……”하는 감탄사를 연발한다. 지고지순한 동심을 지닌 어린이상을 창조해내는 것이 「오세암」의 집필 목적이었음을 짐작하게 하는 장면들이다. 길손은 처음부터 티끌 하나만큼도 더 얹히지 않았고 덜하지도 않았기 때문에 부처가 될 수 있었던 것이다.

길손이 죽은 다음에 “스님들은 한때 길손이를 구박했던 자기들의 순진하지 못했던 점에 대해 깊이깊이 뉘우”치고, ‘설정 스님은 부처님 공부에 대해서 다시 곰곰이 생각하게’(「오세암」, 199쪽) 된다. 지고지순한 길손이를 창조하여 동심을 미화 찬양함으로써 순수성을 잃어버린 어른에게 동심 회복을 촉구하는 메시지로 읽을 수 있다.[14]

「오세암」이 어린이를 독자로 하는 동화로 부적절한 이유는 앞에서 서술한 바와 같이 동화에서 주인공 길손을 죽게 만들었기 때문이다. 길손이가 성불을 했으므로 보통의 죽음과는 차원이 다른 것일까. 그러나 길손이가 부처가 되었더라도 죽은 것은 죽은 것이다. 많은 어른들과 스님이 참석한 길손이의 장례식 장면을 어린이들이 읽을 때, 특히 ‘오후가 되어 장작불이 타올랐다.’라는 문장이나 ‘연기는 곧게 하늘로 올라가서 흰구름과 함께 조용히 흘러’가는 장면을 어린이들이 읽을 때 길손의 현실적 죽음은 분명히 느껴진다. 이 작품에서는 타락한 어른들을 깨우치기 위해 길손의 순진무구한 동심을 강조하여 묘사하고 급기야는 그 효과를 극대화하기 위해

---

14) 이지호는 어린이문학의 이데올로기를 세 가지로 분류한 바 있는데, 이지호의 견해에 의하면, 「오세암」은 제2이데올로기의 소산으로 볼 수 있다. 제2이데올로기는 어린이의 어린이 지향성을 추동하는 이데올로기로 이 이데올로기는 어린이의 어린이 지향성을 찬양함으로써 타락한 어른들에게 어린이 지향성을 회복할 것을 촉구하며, 어린이가 어른을 교화하기 위한 도구처럼 활용되기도 하였다고 말한다. 이지호(2002), 「어린이문학의 이데올로기」, 『한국초등국어교육학』 21집, 한국초등국어교육학회, 218쪽. 참고.

길손을 죽는 결말로 만든 것은 아닌가 하는 의구심을 지울 수 없다. 모름지기 생명이 있는 모든 것은 살고자 하는 본성이 있다. 앞날이 창창한 어린이는 더 말할 나위가 없다. 그러므로 어른들은 어린이의 생명을 최우선으로 여겨 잘 살도록 돌보아야 한다. 어린이들을 위한 문학 작품에서 어른을 위해 주인공인 어린이를 죽게 만드는 일은 어떤 이유로든 정당화될 수 없다.

어린이들은 동화를 읽으며 주인공과 동일시하며 읽는다. 주인공이 악당에게 고통을 당하면 분노하고 승리하면 통쾌함을 느낀다. 이 동화에서 길손이가 죽었을 때 아이들은 어떤 생각을 하게 될까. 어린이독자들은 작가가 의도한 대로 아이의 지고지순한 동심으로 성불한 이야기로 읽을까. 권영민은 "그는 이 전설을 아이들만 읽을 수 있는 동화에 그치지 않고 어른들도 감동을 받을 수 있게 이야기로 구성해내었다."[15]고 평가하였지만, 나는 '아이들은 공감하기 어렵고 어른들은 감동 받을 수도 있는 이야기'라고 평가하고 싶다. 즉 이 작품은 어른들을 위한 동화이지 아이들에게 읽힐 만한 동화는 아니다.

「아침햇살 오르거든」에서 "마음에 털끝만한 의심도 없다면 무엇이든 다 이루어지리라."라는 노스님의 말씀이나 스님이 아이의 행동을 보고, '지금껏 살아온 세월을 되돌아보며 마음속의 의심을 버리기로 결심하자 마음속의 안개가 걷히는 느낌이' 드는 장면은 「오세암」에서의 아이와 스님의 관계와 아주 유사하다. 「아침햇살~」이나 「오세암」의 아이는 현실에서는 존재하지 않는 관념적인 어린이상을 만들어내어 미화하고 찬양하고 있는 것이다. 유치원에 갈 무렵부터, 남을 의심하라는 교육을 받아온 현실의 아이들

15) 권영민(2004), 한국현대문학대사전, 서울대학교출판부.

(아이가 유괴 당하는 뉴스를 본 부모는 당연히 낯선 사람을 의심하라고 가르칠 수밖에 없다. 요즘에는 낯익은 사람도 의심할 수밖에 없는 세상이 되었다.) 에게 이 작품은 카프문학이나 국가주의 이데올로기를 주입하는 동화들과는 다른 형태로 어린이 독자를 억압하고 구속하는 기제로 작용한다. 이것이 「오세암」이 어린이문학으로 부적절한 또 하나의 이유가 된다.

(5) 어른의 정서와 사유 방식을 그린 작품

아동문학은 성인 작가가 어린이들에게 읽힐 목적으로 쓰는 문학이다. 그래서 어른인 작가는 아동의 독서 수준이나 심리, 발달 단계 등을 고려하여 작품의 수준이나 형식, 주제 등을 어린이에 맞게 조절한다. 성인을 독자로 하는 일반문학의 경우는 독자의 수준이나 욕망 등을 고려하지 않아도 작가와 독자의 인생 경험이나 정서가 크게 차이가 나지 않기 때문에 독자의 수준이나 욕구를 고려할 필요가 없지만, 아동문학 작가는 내포작가인 아동의 욕구나 흥미, 수준을 정확히 파악하고 써야 한다.

그런데 모든 문학 작품에는 작가의 사상과 감정이 투영되기 때문에 아동문학 작품에도 작가의 인생 경험이나 사상, 정서 등이 스며들게 마련이다. 그래서 어른이 쓴 아동문학 작품에는 뜻하지 않게 어린이들이 공감하기 어려운 내용이 나타나기도 한다. 어른은 어린이들에게 재미있고 유익한 것을 주려고 의도했지만, 그 결과물인 작품은 어린이의 흥미와 요구를 만족시키지 못하는 경우도 생기는 것이다. 때로는 성인의 관점에서 교훈을 전달하는 데 급급한 작품도 산출되고, 어른의 관점에서 보는 세계 인식이 어린이의 마음 높이에 맞지 않는 경우도 생길 수 있다.

특히 동시의 경우, 어린이를 화자로 하여 쓰는 작품이 많은데,[16] 이런 작품이 어른이나 느끼고 생각할 수 있는 감정을 어린이의 언어로 표현할 위험에 자주 노출된다.

> 첫눈이 내리고 있다
> 지난 날의 수많은 얘기들이 내리고 있다
> 기쁨과 슬픔의 얘기들이
> 그리움되어 하얗게 내리고 있다.
> 얘기들이 쌓인 만큼 추억도 하얗게 쌓이고 있다.
> 그 얘기들을 밟으며 지난날로 되돌아가는
> 기쁜 어깨도 보인다.
>
> 하청호 「눈이 내리네」 부분

하얗게 내리는 첫눈을 '지난 날의 수많은 얘기들이 내리고 있'는 것으로 본 구절이 참 아름답게 느껴진다. 어른인 나는, '그 얘기들을 밟으며 지난 날로 되돌아가는 기쁜 어깨'같은 구절에서는 젊은 시절 첫눈을 밟으며 데이트하던 때가 생각나서 감미로운 기분이 들기도 한다. 그런데 동시라는 장르의 특성을 고려하며 이 작품을 다시 찬찬히 읽어보면 '그리움, 추억' 같은 시어가 어린이들의 절실한 공감을 받을 수 있을지 의문이 든다. 어린이도 때로는 '지난 날로 되돌아'가고 싶고, 그리운 추억을 호출할 수 있을지 모르겠지만 기본적으로 이런 정서는 노인이나 어른의 정서지 어린이들

---

16) 2007 개정 교육과정기의 초등 국어교과서에는 모두 89편의 동시가 실려 있는데 이 가운데 화자가 어른인 동시 1편, 화자가 어린이인 동시가 28편, 화자가 어른인지 어린이인지 판단할 수 없는 동시가 60편이다. 이지호(2012), 「어린이화자 동시 비판」, 『아동청소년문학연구』 제11호. pp.357~389. 참조.

의 정서는 아니다. 어린이들은 미래의 희망에 마음 설레는 것이 정상이기 때문이다.

1) 실향민의 향수와 안타까운 추억: 『꿈을 찍는 사진관』

동화는 시와 달라서 어른의 정서가 직접적으로 드러나는 경우보다는 어른의 관점이나 사유 방식이 문제가 되는 경우가 많은데, 강소천의 『꿈을 찍는 사진관』은 어른의 회고적 정서가 작품 저변에 깔려 있는 작품이다. 이 작품은 『소년세계』(1954, 3)에 발표되었던 강소천의 대표작으로 우리 국민들이 웬만하면 제목을 들어보지 않았을까 싶다. 2011개정 교육과정기의 『국어』(6-1) 교과서에도 수록되었다. 이 작품에 대한 연구자들의 평가는 크게 두 갈래로 나누어지는데 한 부류는 "소극적 회고 취미를 벗어나지 못하는 작품"[17]이라는 견해이고 다른 한 부류는 "꿈 모티프를 통해 환상동화의 미학적 특징을 보여주는 작품"[18]이라는 견해이다.

그런데 위의 견해들은 긍정적이든 부정적이든 이 작품이 아동독자를 대상으로 하는 동화라는 장르적 특징을 염두에 둔 평가라기보다는 『꿈을 찍

---

17) 이재철(1983),『 아동문학개론』개고판, 서문당, p.84.
김요섭(1964),「 바람의시 구름의동화」,『 아동문학』10호, 배영사, p.79.
이재철(1978),『 한국현대아동문학사』, 일지사, p.238.

18) 조태봉(2007),「강소천 동화에 나타난 전쟁 체험과 꿈의 상관성 연구」,『한국문예창작』 제6권 제1호(통권 제11호) pp.373~397
김용희(1999),「 수난의 상상력과 꿈의 상징성」,『 동심의 숲에서 길찾기』, 청동거울, p.16.
이원수(1964),「 소천의 아동문학」,『 아동문학』10호, 배영사, p.75.
하계덕(1969),「 모랄의 긍정적 의미」,『 현대문학』170호, p.341.
김자연(2000),『 한국동화문학 연구』, 서문당, p.143.
박상재(2002),『 한국동화문학의 탐색과조명』, 집문당, p.51.

는 사진관』을 하나의 문학 작품으로 보고 내린 평가들이다. '환상 동화의 미학적 특징을 보여 준다'는 평가는 물론이고, '회고 취미를 벗어나지 못한 작품'이라는 평가도 아동독자들이 보았을 때 그렇다는 것이 아니라, 하나의 문학 작품으로 볼 때, 소극적인 회고 취미에 빠지는 현상이 "성인들이 치열한 현실에서 패배를 당하고 좌절될 때, 감상주의에 빠지면서 어린 날의 꿈을 불러일으키는 데서 비롯된다."19)는 것이다.

그러나 필자는 이 작품을 어린이들이 읽었을 때 얼마나 흥미롭고, 유익할는지에 초점을 맞추어 검토해보고자 한다. 즉, 어린이들의 심리나 정서 상태에 비추어 적절한 작품인지를 따져보고자 한다.

이 작품에서 가장 탁월하다고 평가할 수 있는 부분은 무엇보다도 '꿈을 찍는다'는 발상과 꿈을 매개로 한 환상성이라고 할 수 있다. 그리워하던 이와 함께 있는 장면을 찍었는데, 순이는 어린 시절의 모습으로 나는 어른의 모습으로 인화되는 안타까운 반전도 인상적이다. 사진이 다시 노란 민들레꽃 카드로 바뀌는 장면도 놀라움을 준다.

그러나 이 동화의 근간이 되는 서사는 어른인 화자가 어린 시절의 동무 순이를 그리워한다는 것과 못 잊을 고향의 추억을 사진으로라도 불러보는 것인데, 이 장면은 작가 강소천의 전기적 사실을 강력하게 환기한다. 강소천은 1915년 함남 고원군에서 출생하여 함흥영생고보(1937)를 졸업하고 교편생활을 하다가, 1951년 흥남 철수 때 고향에 부모와 처자를 남겨둔 채 단신으로 월남하였다. 강소천의 집안은 많은 토지를 보유한 지주 집안이었는데, 6.25전쟁으로 가족과 토지를 모두 잃은 실향민으로 전락하게 한 것이다. 작품 속에서 화자가 순이에게 하는 말- '우리는 근 며칠 있으면

19) 이재철, 세계아동문학사전, 3쪽

38선을 넘어 서울로 이사를 간다누.', '우리는 토지와 집까지 다 빼끼지 않았어.', '빈손이라도 좋아. 우리는 맘 놓고 살 수 있는 자유로운 곳을 찾아가야 해…' - 과, 생각 -'소학교를 졸업하면 중학교는 원산이나 함흥에 같이 가자던 순이'- 은 실향민 강소천의 실제 상황이었다. 토지와 가족과 고향을 잃어버린 1954년의 강소천에게 꿈속에서라도 고향의 순이를 보고 싶은 것은 너무도 절실한 소망이었으므로, 이 작품은 작가 자신의 소망과 회한이 투영되어 있으리라 추측된다.

그런데, 과거에 대한 회한이 더 큰 인물은 사진관 주인이다. 그는 '6.25 전쟁을 치르고 난 우리에게는 많은 잃은 것 대신에 가진 것은 안타깝게 보고 싶은 그리운 얼굴들'이라고 말하면서, 자기에게는 '안타깝게 그리운 아기가 있었는데 그 아기의 사진까지 송두리째 잃어버렸다'고 말한다. 사진기를 만들게 된 것도 그 때문이다. 꿈을 찍으려는 이나 사진관 주인은 모두 6.25 전쟁의 상처를 가지고 있는 어른들이다. 이 작품이 발표된 1954년의 사회상을 떠올려본다면 이런 상처를 가진 어른들이 얼마나 많았겠는가. 그러나 이 작품을 읽는 어린이들은 그런 어른들의 회한과 그리움을 이해하고 공감하기에는 인생 경험이 너무 적고, 정서 상태 자체가 다르다.

이 작품은 꿈과 환상으로 채색되었을지라도 그 본질은 어른의 실향민의 향수와 회고적 정서를 표현한 작품으로 보아야 한다.

2) 허무주의적 인생관: 『무지개』

「**무지개**」는 〈매일신보〉(1930. 4. 29 - 5. 23)에 발표되었던 김동인의 작품이다. 김동인을 연구하는 이들도 많이 거론하지 않는 소설인데 여기서 문제를 삼는 이유는 이 작품이 초등학교 국어 교과서에 수록(7차 교육과정기, 2002년 국어(읽기) 5-1 셋째 마당) 되었던 작품이기 때문이다. 이 작품은 주인공인 소년이 오색영롱한 무지개를 보고 무지개를 찾아가는 과정과 여로에서 만난 다양한 인물들의 인생에 대한 태도를 그린 소설이다. 여기서 무지개가 상징하는 바는 등장인물들이 부르는 노래-즐거움은/행복은/뉘 것? 누릴 자 누구?-로 암시 받을 수 있다.

그렇다면 이 작품은 독자를 어린이로 상정한 문학인지, 어린이들에게 읽히기에 적절한 작품인지를 생각해보자. 이 작품 전체를 찬찬히 읽어보면, 이 소설에서는 등장인물들을 소년으로 설정했지만 그들은 인생의 어느 특정한 시기를 사는 소년이 아니라 사람의 일생 가운데 여러 시기를 비유하는 인물이다. 무지개인줄 알고 잡아보니 기왓장에 불과한 것을 깨닫는 소년은 잘못된 삶의 목표로 인해 헛된 것을 추구해왔음을 한탄하는 인물로, 인생을 꽤나 살아본 사람만이 할 수 있는 행동이다. 또 물살이 센 강을 건너고 가시덤불을 헤치며 나아가는 두 소년도 인생의 시련과 고난을 극복하며 살아가는 중년의 인물들을 비유한다. 소년이 무지개 잡기를 포기하니 검던 머리가 갑자기 하얗게 세고 얼굴에 주름살이 잡히는 것도 꿈과 야망을 잃은 사람은 이미 노인에 불과하다는 것으로 해석할 수 있다. 그러므로 이 소설은 전체적으로 알레고리 기법으로 쓰인 우화로 읽을 수 있다. 우화에 등장하는 인물은 스스로의 욕망으로 활동하는 것이 아니고, 작가가 전하고자 하는 메시지를 위해 봉사하는 마리오네뜨라고 할 수 있다. 교과서의 삽화에서는 무지개를 찾아다니는 인물들을 모두 소년으로 그려놓았지만, 이들이 나누는 대화체는 모두 '하오체'다. 인물들은 소년이 아니라 인생의 각 시기를 살아가는 어른을 비유하는 것이다.

그렇다면 이 소설의 주제는 무엇일까. 소년이 끝까지 무지개를 못 잡았다는 것을 행복이란 잡을 수 없다는 것으로 해석한다면 이 소설의 인생관은 매우 허무한 것이다. 반대로 무지개 잡기를 단념하면 즉, 꿈과 야망을 잃어버리면 더 이상 소년(청춘)이 아니니 우리는 잡을 수 없는 행복이라도 끝까지 잡아보려 노력하며 살라는 것으로 읽을 수도 있겠는데, 그렇게 읽어도 행복은 잡을 수 없는 것이라는 결론에는 변함이 없으니 역시 인생은 허무한 것이다. 작가의 허무주의적 인생관을 탓할 수는 없다. 작가에게는 표현의 자유가 있으니까.

어쨌거나, 이 소설의 세계관이나 인생관은 인생 경험이 일천한 어린이들로서는 이해하거나 공감할 수 없고, 이해해보라고 권장할 필요도 없다. 소년들과 어머니가 이야기에 등장한다고 해서 이 소설을 동화로 읽을 수 없다는 것이다. 이 소설은 인물들의 말과 행동으로 보거나, 소설이 의도하는 주제나 인생관으로 보거나 어린이용 이야기가 아니다.

3. 어린이 편에 선 어른들

앞 장에서 살펴본 것처럼 한국의 아동문학사를 거시적으로 조망해보면 주인이 되어야 할 어린이들이 제대로 주인 대접을 받지 못하여 왔음을 알 수 있다. 그러나 모든 우리 아동문학 작품이 어른의 관점에서 어린이를 대상화한 것은 아니었다. 아동문학사의 큰 흐름은 어른의 관점에서 어린이를 교육과 계몽의 대상으로 인식한 것이 사실이지만, 그 흐름 속에서도 어린이의 편에 서서, 있는 그대로의 어린이의 심리와 욕망을 그려내어 어린이들에게 힘을 주는 작품이 반짝거리고 있어서 이 땅의 어린이들은 외롭지만은 않았다.

(1) 1930년대 현덕의 유년동화

우리 아동문학사에서, 있는 그대로의 어린이들의 욕망과 심리를 아이의 편에서 생동감 있게 그린 최초의 작가는 현덕이다. 현덕은 1932년 『동아일보』 신춘문예 동화 부문에 유년동화 「고무신」이 가작에 입선하였고, 1938년에 『조선일보』에 단편소설 「남생이」가 당선되어 등단하였다. 1932년은 카프가 문단의 주도권을 잡고 있을 때여서 신춘문예의 심사 기준이 "절대 다수인 무산 계급 소년의 이익을 대표하고 그들의 이지와 정신을 성장케 할 사회적 요소를 포함한 과학적 동화를 평가하려 한다"[20]고 할 정도로 계급주의 아동문학의 영향력이 막강할 때였다. 그래서 현덕의 「고무신」도 계급주의 문학과 맥락을 같이 하는 분위기가 엿보이기는 한다. 예컨대, 아기가 엄마에게 하는 말 가운데, "내 버린 신 주워 신었다고 땅의 거지라고 떼밀고 장난에도 안 붙이고 한다우."하는 말과, "뚱뚱보는 빠작빠작하는 구두를 신었다우."하는 대사가 그렇다. 그러나 현덕의 「고무신」은 '아기와 어머니 사이의 깊은 신뢰감과 친연성, 전체적으로 밝고 건강한 분위기를 이끄는 긍정의 세계'[21]를 그려서 프로 아동문학의 도식성을 벗어나 아주 새로운 동화를 만들어냈다. 이는 현덕이 아이들의 마음과 행동 방식을 깊이 탐구하고 형상화하였기 때문에 가능한 것이었다.

『남생이』가 당선되어 등단하던 1938년 무렵은 카프 작가들이 더 이상 작품을 생산해내지 못하던 시기였지만, 현덕은 이때부터 왕성하게 작품을 발표하였고, 카프 작가들과는 다른 감각으로 글을 썼기 때문에 신세대 작

---

20) 장선명, 「신춘문예개평」, 『동아일보』, 1930년 2월 7일자, 원종찬(2005), 『한국근대문학의 재조명』 소명출판사, 148쪽에서 재인용

21) 원종찬, 앞의 책, 151쪽

가로 불리었다. 이때부터 현덕은 소설과 더불어 소년소설과 동화를 활발히 발표하였다. 이 무렵에 발표된 동화 37편에는 노마, 영이, 기동이, 똘똘이 등 네 아이가 일관된 성격으로 등장한다. 노마와 영이, 똘똘이는 서민 계층의 아이이고, 기동이는 부잣집 아이로 등장하는데 이들이 어울려 놀 때 부모의 계급이 다르다고 해서 이것이 갈등의 원인이 되지는 않는다.

부자인 기동이가 비싼 과자나 장난감으로 뽐내는 일이 있어도 노마가 이로 인해 주눅 드는 법이 없고, 오히려 꾀와 용기로 기동이를 이겨내는 경우가 많다. 또, 노마나 기동이나 영이는 누가 더 선하고 악한지 구별되지 않는다. 모두, 자연스런 아이들의 욕망에 따라 움직인다. 노마와 영이가 기동이를 놀이에서 따돌리는 경우가 많아서 작가 현덕이 서민 계층의 아이에게 힘을 실어주려는 의도가 엿보이기는 하지만, 그렇다고 기동이를 적대시 하지는 않는다.

초등학교 교과서에도 수록된 「고양이」(1938년 『조선아동문학집』 수록, 2013년 『국어활동』 1~2학년군에 수록)와 「의심」(1939년 『소년조선일보』, 2018년 국어 4-1에 수록)은 현덕 동화의 특징을 잘 보여주는 작품이다.

「고양이」는 노마와 똘똘이와 영이가 고양이 흉내를 내며 노는 장면을 그린 작품이다.

> 살살 앵두나무 밑으로 노마는 갑니다. 노마 담에 똘똘이가 노마처럼 살살 앵두나무 밑으로 갑니다. 똘똘이 담에 영이가 살살 똘똘이처럼 갑니다. 그리고 노마는 고양이처럼 등을 고부리고 살살 발소리 없이 압니다. 아까 여기 앵두나무 밑으로 고양이 한 마리가 이렇게 살살 가던 것입니다. (중략) 그러니까 노마는 아주 고양이가 되었습니다. 똘똘이도 노마처럼 되었습니다. 영이도 그대로 되었습니다.
>
> 현덕, 「고양이」 부분

아이들은 일상을 모두 놀이로 바꾸어버린다. 고양이가 담 밑으로 기어가는 것을 보고 그대로 흉내를 내어보고, 다른 아이들은 그 아이를 그대로 흉내 내며 논다. 이렇게 노는 사이에 아이들은 자기가 고양이가 되어버린다는 상상을 한다. 현실 속에서 놀다가도 어느 사이에 환상의 세계로 넘어가 버리는 아이들의 심리를 절묘하게 포착하고 있는 작품이다.

「의심」은 구슬을 잃어버린 노마가 기동이를 의심하다가 도랑물 속에서 반짝이는 구슬을 찾는다는 이야기이다. 이야기 자체는 아주 단순하지만 노마가 구슬을 잃고 여기저기 찾아다니며 아쉬워하는 마음을 묘사한 부분이나 기동이의 불룩한 주머니를 보고 의심을 하게 되는 장면, 구슬을 찾고 얼굴이 벌개지는 장면 등을 보면 현덕이 아이들의 마음을 얼마나 정확하게 포착하고, 또 생생하게 그려내는지 감탄을 하게 된다.

잃어버린 구슬 한 개를 그렇게도 안타까이 찾아다니는 마음이나 높은 축대에서 뛰어내리며 용기를 뽐내는 행동, 엄마가 실을 붙잡고 있으라고 아무리 구슬려도 동무가 놀자고 부르면 뛰어나가는 것이 유년기 아이들의 마음이다. 현덕의 동화에는 이렇게 아이다운 아이의 마음이 생생하게 그려져 있다. 노마와 영이와 기동이의 마음과 행동을 이렇게 정확하게 포착하려면 그 또래의 아이들 마음을 정확히 관찰하고 이해하지 못하면 불가능한 일이다. 현덕이 그려낸 아이들의 마음이 바로 동심이라고 할 수 있다. 동무들과 놀고 싶고, 맛있는 것 먹고 싶고, 고양이처럼 기어가보고 싶고, 뽐내보고 싶은 마음이 현실의 아이들이 갖고 있는 동심이다. 현실의 아이와 동심을 지닌 아이가 하나가 된 세계가 바로 현덕의 동화가 창조한 동화의 공간이다.

우리 아동문학의 주인공은 현덕에 이르러 비로소 '있는 그대로의 어린이'로 그려질 수 있었다. 현덕은 어른의 관점에서 왜곡되거나 변형되지 않은 아이들을 그려냄으로써, 어린이의 순수한 욕망을 있는 그대로 긍정한 작가라고 평가할 수 있다. 아이들은 이런 동화를 읽을 때 저절로 몰입이 되어 작품 속 인물과 하나가 되고 문학의 세계를 자기화할 수 있다. 이런 동화를 아동문학의 본질에 충실한 작품이라 말할 수 있다.

(2) 1950년대, 손창섭의 소년소설

손창섭은 장용학과 함께 1950년대 문학을 대표하는 작가로 평가되고 있다. 그의 대표작인 『잉여인간』(1958년), 『신의 희작』(1960년) 등에는 전후의 암울하고 황폐화한 사회와 그 시대를 살아가는 개인의 내면이 그려져 있다. 그의 소설에는 폐병 환자, 절름발이 등 비정상적인 인물들을 그려내어, 표면적으로 보면 인간에 대한 야유를 퍼붓고 있는 것 같지만 그 이면에는 인간에 대한 따스한 애정이 깃들어 있다.[22]는 평가를 받기도 한다. 손창섭 문학을 대표하는 영역은 단연 성인소설이지만, 한편으로 그는 「꼬마와 현주」(1955년), 「마지막 선물」(1956년), 「심부름」(1957년) 외 다수의 소년소설을 발표하여 한국 아동청소년문학을 풍성하게 한 작가이기도 하다.

여기서는 소년소설 『싸우는 아이』를 대상으로 이 소설의 아동문학적 의의를 검토해보기로 하겠다.

이야기는 어둡고 암울하던 6.25 직후의 도시 변두리를 배경으로 펼쳐진다. 찬수는, 행상을 하는 할머니와 조그만 회사의 사환으로 다니는 누나랑 같이 곤궁하게 살아가는 아이다. 찬수는 할머니의 외상값을 받으러 갔다가

22) 김봉군(1984), 『한국현대작가론』, 민지사, 536쪽

동네 아주머니와 싸우고 누나의 밀린 월급을 받으러 갔다가 회사 과장과도 부딪친다. 이렇게 이기적이고 뻔뻔한 어른들과 온힘으로 맞서면서도 찬수는 굴하지 않고 신문도 팔아보고, 아이스케키를 팔기도 하지만 세상은 그를 가만두지 않는다. 찬수는 싸움이 무섭지만 자기와 식구를 지키기 위해서는 싸움을 멈출 수 없다.

이 소설의 가장 흥미진진하며 극적인 부분은 사납고 인정머리 없는 인구네 집에서 식모살이를 하느라 혹독한 고생을 하고 있는 영실이를 인구 엄마 몰래 빼내어 교인의 집에 보내는 장면이다. 고아 영실이를 불쌍히 여기고, 인구네 식구들의 몰인정함에 분노하며 고아 영실이를 불쌍히 여기는 찬수의 마음은 인간 본연의 선한 인간성을 보여주며, 영실이를 구해내는 고비마다 찬수가 혼자서 외치는 "사람은 자유다!"라은 이 소설의 핵심적 주제라고 할 수 있다.

이 작품은 가난으로 고통 받는 사람들의 삶을 핍진하게 그려냈다는 점에서는 1930년대의 카프 동화와 맥을 같이 한다. 그런데 카프 동화가 계급 갈등에 초점을 맞추어 지주나 자본가의 횡포를 고발하고 그에 맞서는 노동자들의 요구를 직접적으로 주장한 데 반하여, 이 소설은 소년 주인공이 가난과 몰인정한 어른들의 핍박을 스스로의 힘으로 극복해나가고, 거기에서 나아가 자기보다 더 불쌍한 소녀를 온힘을 다하여 구해내는 인간성을 보여주는 데 초점을 맞춘 점에 차이가 있다. 이것을 아동문학의 관점에서 보면 카프 동화에서는 동화의 독자인 어린이들이 이데올로기를 홍보하고 주입하는 대상이 되어버리고 말았다면, 『싸우는 소년』은 자기 힘으로 고난을 극복하고 주체적으로 성장하는 주인공을 보여줌으로써, 독자들은 작품에 몰입할 수 있게 만들었고, 소년의 삶을 통하여 자아를 성찰하고 인간다운 삶의 모습에 대해 생각해보게 하는 작품이라는 데 차이점이 있다. 결국, 카프 작품과 손창섭의 작품은 리얼리티와 형상화 방법을 포함하는 문학성에서 크게 차이가 난다고 요약할 수 있겠다.

인간에 대한 모멸과 야유, 부정으로 가득 찬 손창섭 소설의 전반적인 분위기에 비하면 그의 소년소설은 인간에 대한 믿음과 낙관적 전망을 보여준다. 작가는 찬수와 같은 소년들에게 당시의 우울하던 사회를 극복할 기대를 걸고 그들에게 앞날의 희망을 발견하고 싶었던 것이다.

4. 어린이에게 어떤 작품을 줄 것인가.

(1) 아동문학도 문학이다.

아동문학도 문학의 한 갈래이다. 그러므로 성인문학이 갖추고 있어야 할 보편적인 조건을 모두 갖추고 있어야 한다. 높은 도덕성과 인류애를 함유하고 있어야 하며, 23) 문학 텍스트로서 완결된 구조를 갖추고 있어서 해당 장르의 형식적, 구조적 측면에서 볼 때 전범을 보여주는 작품이어야 한다. 그리고 주제와 형식 등의 여러 가지 요소들이 잘 어우러진 작품이어야 한다. 아동문학이 갖추어야 할 문학의 보편적 특성에 대해서는 더 이상의 상세한 논의가 불필요하리라.

다만 아동문학에 대해 편견을 갖고 있는 사람들을 위해 아동문학이 지니는 문학성에 대해 약간의 논의가 필요하다. 혹자는 아동문학은 좀 쉽고(유

---

23) 최근에는 여기에 '영성'이 문학 교육의 과제가 되어야 한다고 주장한 학자가 있다. 필자도 여기에 공감을 하게 되었다. 문학교육학자들이 이 주제에 대해 깊이 고민해볼 필요가 있다고 본다. 진선희(2018), 『사랑과 영성의 교육학』, 역락.

치하고), 단순하며 낙관적인 결말을 지니고 있고, 교훈적인 문학이라고 생각한다. 아동문학의 텍스트는 성인문학에 비해 단순하고 유치한 텍스트라는 견해는 곧바로 아동문학은 문학성이 부족하다는 생각으로 이어질 수 있다. 그러나 "아동문학의 단순성은 그 자체가 하나의 예술적 장치, 종종 성인문학에는 부족한 어떤 장치"[24]라는 진술에서 보듯이, 아동문학의 간결하고 단순한 플롯은 그 자체가 아동문학 고유의 원리임을 인식해야 한다. 구성의 단순함, 제한된 어휘, 서사 중심적 구조, 평면적 인물 등은 어린이독자들의 가독성을 위한 조건이다. 이런 것들 때문에 아동문학이 성인 문학에 비해 열등하다고 생각하는 것은 잘못이다. 아동문학은 위와 같은 제약조건 속에서도 그 나름대로의 아름다움을 추구하는 문학 양식이다.

좋은 어린이 문학은 어른들이 읽어도 깊은 감동을 느끼며 어른이 된 다음에도 그윽한 향기로 자리 잡고 있다. 성인 문학보다 쉽고 간결하지만 좋은 어린이문학은 그 간결함 속에 묵직한 인생의 지혜를 담고 있는 경우가 많다. '열 살 때 읽을 가치가 있는 책은 쉰 살이 되어 다시 읽어도 똑같이 (때로는 어렸을 때보다 오히려 훨씬 많은) 가치가 있는 것이 아니면 안 된다. 우리들이 탈피하지 않으면 안 될 작품이라는 것은 아예 읽지 않는 편이 좋을 책이다.'[25]

어린이의 책은 일반문학과 관계가 없는 진공지대에 있다고 생각하는 경향이 있는 것이 사실이나, 아동문학도 어른의 문학과 똑같은 동일한 예술상의 기준이 적용된다는 것은 아동문학을 조심스레 찬찬하게 읽어보면 분명하다.[26]

---

24) 마리아 니콜라예바, 김서정 옮김(1998), 『용의 아이들』, 문학과지성사, p.78
25) 릴리언 H. 스미드, 앞의 책, p.9
26) 릴리언 H. 스미드, 김요섭 역(1966), 『아동문학론』, 교학연구사, p.9

(2) '어린이를 위한' 문학은 성인문학과는 다르다.

앞에서 서술한 바와 같이 아동문학은 아동을 독자로 하는 특수한 문학이다. 그래서 아이들의 발달 단계나 심리, 생활, 욕망 등 성인문학에서는 고민할 필요가 없는 과제가 있다. 여기서는 아동문학이 갖추어야 할 조건에 대해 관련 작품을 예시하며 논의해보고자 한다.

1) 어린이의 욕망에 충실한 작품

아이들뿐만 아니라 우리 인간들은 모두 현실의 욕망에 의해 살아간다. 그리고 이 욕망은 연령과 발달 단계, 사회적 지위와 역할에 따라 달라진다. 이것은 프로이트의 심리학까지 거론하지 않아도 우리가 살아가는 인생사를 조금만 관찰해보면, 인생의 각 단계마다 해소해야 할 욕망이 있고, 해결해야 할 과업이 있다는 것을 누구나 인식할 수 있다. 어린 아이가 동생이 생기면 동생을 질투하고, 일곱 살이 되면 나 혼자 무엇을 해보고 싶어 하며, 사춘기가 되면 이성에 대한 호기심이 생긴다. 아동문학은 아동이 읽는 문학이므로 당연히 어린이들의 욕망을 다루어야 한다.

『내 동생 싸게 팔아요』(임정자, 아이세움, 2006) 는 대여섯 살 쯤 된 여자아이가 남동생 때문에 생기는 마음의 갈등을 옛이야기 말법으로 풀어낸 동화다. 2007교육과정, 『국어』 3-1에 수록되어 있다. 짱짱이에게는 알랑방귀에다 고자질쟁이, 먹보, 울보, 욕심꾸러기 동생이 있다. 어린 누나는 말썽꾸러기 남동생을 감당하기가 너무 벅차다. 오죽하면 동생을 팔러 시장에 가겠는가. 동생을 둔 이 나이 또래의 아이들에게 이 책을 읽어주면 공감 백배다. '세게 때리지도 않았는데 징징 짜기나 하고 엄마한테 일러바쳐

나만 혼나게 하는' 동생 때문에 속상한 적이 있기 때문이다. 큰 아이 입장에서 동생은 귀찮은 존재이기도 하고 부모 사랑을 나누어받는 경쟁자이기도 하다. 이 동화는 이 나이또래의 아이들의 생활과 속마음을 정말 생생하게 그려냈다. 동생을 팔러 갔다가 동생의 소중함을 알고 되돌아오는 결말도 교훈적으로 느껴지지 않는다. 동생이 얄미운 것도 아이의 마음이지만, 동생이 사랑스러울 때도 있고, 친구처럼 의지가 되는 것도 아이의 마음이기 때문이다.

『만복이네 떡집』(김리리, 비룡소, 2010. 2015교육과정『국어』3-1 수록)도 요즘 아이들의 일상과 속마음을 재미있게 그려낸 작품이다. 표면적인 이야기만 읽으면, 이 이야기는 욕쟁이 만복이, 깡패 만복이, 심술쟁이 만복이가 착한 아이가 되어가는 과정에 초점을 두어, 바람직한 언어 예절을 가르치는 교훈적인 이야기인 것 같다. 그러나 작품을 주의 깊게 읽으면 이 동화는 외동아이들의 감추어진 욕망과 좋은 아이가 되고 싶은 숨겨진 욕망이 실현되어가는 과정을 그렸다는 것을 알 수 있다.

> '선생님, 저도 제가 왜 그러는지 모르겠어요.'
>
> 만복이는 속상한 마음을 이야기하려고 입을 열었지. 하지만 입에서는 전혀 다른 말이 튀어나왔어.
>
> "정말 짜증 나. 선생님은 왜 만날 나한테만 뭐라고 해요?"
>
> 만복이는 너무 놀라서 두 손으로 입을 틀어막았어. 하지만 이미 늦어버렸지.

만복이도 착한 아이가 되어 친구들과도 사이좋게 지내고 선생님께도 사랑받고 싶다. 그런데 부모들이 아이들을 손가락 하나 까딱하지 않게 키워서 만복이는 오늘날 이렇게 버릇없는 만복이가 된 것이다. 그러니 만복이도 몸에 밴 말버릇과 행동을 어떻게 고쳐야하는지 몰라 답답하다. 이때 '만복이네 떡집'이 짠하고 나타나서 좋은 사람이 되고 싶은 만복이의 욕망 실현을 도와준다.

『내 동생 싸게 팔아요』와 『만복이네 떡집』은 요즘 아동 독자들에게 열광적인 지지를 받고 있다. 옛이야기 관습을 이어받은 말투나 입에 착착 붙는 문장, 빠른 사건 전개, 신기하고 재미있는 화소 들이 인기를 끄는 요소가 되기도 하겠지만, 내가 볼 때는, 독자들의 속마음과 아이들의 일상을 콕 집어 낸 이야기가 큰 기여를 하였다고 본다.

2) 어린이의 본성을 긍정하는 작품

어린이의 본성이라고 해서 어른의 그것과 크게 다르지는 않을 것이다. 인간의 본성을 규명하는 일은 철학적 논의가 필요한 작업이겠지만 범박하게 말하자면, 사랑하고 사랑받으며 살고 싶다든가, 선하게 살고 싶다든가, 자유의지로 살아가고 싶다든가 하는 것들을 생각할 수 있겠는데, 그것은 어린이들도 마찬가지라고 생각된다. 그런데 어른들과는 달리 어린이들만이 지니고 있는 본성이라 한다면 성장하려는 욕구라고 생각된다. 그렇다면 아동문학은 어린이의 성장을 돕는 방향으로 나아가야 함이 당연할 것이다. 동화 작품을 예시하면서 이 논의를 더 진전시켜 보기로 하자.

> 동그란 박이 있었습니다.
>
> 초가 지붕에 얌전히 앉아 있었습니다. 처음에는 강낭콩만했습니다. 다음에는 달걀만해졌습니다. 그러다가 이제는 달만큼 커졌습니다. 달을 보

며, 달을 보며 자랐으니까요.

〈달과 박〉 3-2 국어, 68쪽(1982년 발행)

이 작품은 제2차 교육과정기부터 3차 교육과정기까지 10여년 이상 수록되었던 작품이다. 오랫동안 우리나라 어린이들의 의식 형성에 영향을 끼친 작품인 것이다. 스토리를 더 읽어보자. 달만큼 커진 박은 달님에게, 왜 자기는 달님을 닮았는데도 빛이 나지 않느냐고 묻는다. 달은, 어떤 소녀가 성악가가 되고 싶기도 하고, 화가가 되고 싶기도 했지만 자라서는 동화 쓰는 사람이 되었다고 말해준다. 박은 오래오래 생각하다가 단단한 그릇이 되겠다고 말한다.

이 동화가 어린이들에게 어떻게 읽혔을까. 필자는 어렸을 때 이 동화에 잘 몰입이 되지 않았다. 달님이 되고 싶어 하는 박의 마음이 공감가지 않고 생뚱맞게 느껴졌던 기억이 난다. 그런데 어른이 되고 동화를 공부하는 과정에서 다시 생각해보니 이 동화는 어린이들에게 별로 좋은 작품이 아니라는 것을 깨달았다.

이 동화의 주제는, 소녀가 화가가 되지 않고 동화 작가가 된 이유를 묻는 박의 질문에 대한 대답 - "그야 사람마다 재주가 다르니까 그렇지."- 에 함축되어 있다고 볼 수 있다. 그런데 이 표면적인 주제를 이 동화가 전하는 메시지의 전부라고 읽는 것이 타당할까. 이 작품에서는 작가가 의도하지 않았을지도 모르는 다른 메시지를 읽어낼 수 있기 때문이다. 즉, '소질대로 살아라' 말고도, '자기의 처지를 깨닫고 다른 사람을 부러워하지 말라'는 메시지가 그것이다.

더구나, 이 동화의 독자가 어린이라는 점을 감안하면 문제는 더 심각해진다. 어른들은 문학을 통해 어린이들을 가르치고 싶어 한다. 많은 어린이용 이야기가 우화의 성격을 갖는 것은 이 때문이다. 어린이들에게 교훈이나 메시지를 전달하고자 하는 이야기는 동일화와 조작술이라는 전략을 사용한다.27) 동일화는 이야기의 주인공과 독자인 어린이를 같은 존재라고 전제하는 전략이다. 동일화 다음에 조작술이 오는데, 조작술이란 주인공과 처지가 같아진 어린이 독자들에게 주인공처럼 행동하기를 권장하는 방법이다. 〈달과 박〉 이야기 속에 내재된 동일화와 조작술의 논리 전개 방식을 살펴보자.

1. 너는 달처럼 조그맣다.
2. 박은 자기 재주를 깨닫고 그릇이 되려고 마음먹었다.(그것은 현명한 결정이다.)
3. 그러므로 너도 너의 처지를 깨닫고 그에 맞게 살아라.

작은 박은 달에게 존댓말을 쓰며 앞으로의 인생에 대해 계속 묻고 달은 대답도 하고 칭찬도 한다. 그러므로 이 동화의 독자인 어린이들은 주인공인 어린 박과 자신을 동일시하며 읽는다.(동일화) 그리고 박이 자신의 처지에 맞게 살겠다고 마음먹을 때 아이들도 그 메시지를 받아들인다.(조작술) 그러나 어린이는 박과 같은 존재가 아니다. 박은 더 이상 변화하거나 발전할 수 없는 존재지만, 어린이는 계속 성장하고 변화 발전하는 존재이기 때문이다. 처음부터 바가지가 되기로 예정된 박이 그릇이 되겠다고 마음먹는 일은 자연스럽지만, 어린이는 처음부터 무엇이 되기 위해 태어난 존재가 아니고, 또 계속 성장하는 존재이며 변화 발전하는 존재다. 비록, 작가는

27) 페리 노들만, 김서정 역(2001), 어린이 문학의 즐거움, 시공주니어, 119쪽.

의도하지 않았을지 몰라도, 이 동화는 순종적이고 수동적인 아이를 찬양하고 있다. 따라서 이 동화를 읽는 어린이들은 무의식적으로 자기의 성장과 변화를 제한하는 메시지를 내면화할 수 있다. 「달과 박」은 어린이의 성장에 부정적 영향을 끼치는 작품인 것이다.

이번에는 「달과 박」과는 반대로 어린이의 자유 의지와 주체적 성장을 응원하는 작품을 예시하여, 왜 아동문학이 아동의 본성을 긍정하고 어린이의 생명력을 고양해야 하는지 생각해보기로 한다.

최근에는 우리 아동문단에서도 현실의 어린이들에 주목을 하고 어린이들 편에 서서 아이들을 해방시켜주는 작품이 많이 출간되고 있는데 어린이들이 어른의 억압에 맞서 의 스스로 성장하는 인물을 형상화하는 대표적인 작가가 송미경과 진형민이다. 여기서는 진형민의 동화를 살펴보면서 어린이 주인공들이 이전 시대와 어떻게 달라졌는지를 검토해보기로 하겠다.

『기호3번 안석뽕』(진형민, 창비, 2013)은 진형민의 등단 작품이다. 이 동화는 두 가지 사건을 축으로 전개되는데, 하나는 재래시장 떡집 아들 안석뽕(안석진)이 얼떨결에 전교 어린이회장 선거에 출마하여 선거를 치르는 과정이고, 다른 하나는 석뽕의 부모님이 일하는 재래시장을 위협하는 대형마트에 대항하여 아이들이 싸워나가는 과정이다.

담임과 엄마의 전폭적인 지원을 받으며 조직적인 선거 운동을 전개하는 반장 고경태에 맞서 석뽕과 조조 기무라 패거리는 기발하고 희한한 방법으로 선거를 치러 나간다. 선거에 공약이 있어야 한다는 것도 몰랐던 이들은 아이들에게 의견을 물어 그럴듯한 공약도 만들어낸다. '일등만 좋아하는 학교, 너나 가지삼! 일등부터 꼴등까지 다 좋아하는 학교, 우리가 만드셈!'이라는 구호에는 '일등만 기억하는 더러운 세상'이라는 유행어를 생각나게 하는데, 이는 고경태 같은 아이들 위주로 돌아가는 기존 교육체제를 비판하면서, 모든 아이들이 학교의 주인이어야 하고, 그런 학교를 아이들 손으로 만들자는 당당한 선언이다.

한편, 백발마녀(백보리)와 석뽕이는 재래시장 사람들의 생존권을 위협하는 피마트에 몰래 바퀴벌레를 뿌려 급기야는 어른들의 싸움을 이끌어내는 계기를 만들어낸다. 이 바퀴벌레 사건을 어떤 평론가는 거대 기업에 대항하는 서민 아이들의 싸움이라고 해석한 바 있는데, 아이들이 행동으로 나서는 계기를 살펴보면 이 사건을 계층 갈등으로 해석하는 것은 그리 자연스럽지 않다. 석뽕이를 이 일에 끌어들일 때 백발마녀는 너는 부모님을 사랑하느냐고 묻는데 이 질문으로 보아 백발마녀의 행동이 순전히 부모님의 걱정을 덜어주기 위한 것이었다고 해석할 수 있기 때문이다.

안석뽕은 선거에서 아깝게 떨어지고, 바퀴벌레 사건도 피마트의 폐쇄회로 카메라에 들통이 났지만 이 아이들은 주체적인 싸움의 과정에서 마음의 키가 쑥 자라났을 것이다.

『**소리질러 운동장**』**(진형민, 창비, 2015)**도 제도권의 주변부로 밀려난 아이들이 스스로의 힘으로 자기 권리를 찾고 정의와 평등의 가치를 실현해가는 이야기이다. 자기 팀에 불리한 판정이 옳다고 말했다가 야구부에서 쫓겨난 김동해는 정의를 추구하다가 타락한 제도권에 의해 축출당하는 어른 사회의 모습을 단적으로 보여주며, 여자라는 이유로 야구부에 들어가지 못한 공희주도 성 평등에 어긋나는 부조리한 어른 사회를 비판적으로 그린 것이다. 이 둘이 아이들을 불러 모아 막야구부를 만들어 즐겁게 야구를 하지만 이번에는 운동장에서 알짱거리는 아이들을 성가시게 여기는 야구부 감독에 의해 운동장에서 쫓겨날 위기에 처한다. 이 작품에서 가장 재미있는 부분은 공희주와 야구부 감독의 지략 싸움이다. 아이들은 다양한 전략으로 기성 사회에 도전하여 자기의 권리를 찾고, 정의와 평등의 가치를 실현해나간다.

안석뽕 패거리가 싸움에 지고도 자신들에게 하는 약속("우리 거봉파에겐 시간이 아주 많고, 하늘을 찌르는 발차기는 앞으로도 쭈욱 계속될 테니까 말이다." 『안석뽕』, 146쪽)과 막야구부의 활약(『소리질러 운동장』)에서 우리는 아이들이 항상 미래를 꿈꾸며 스스로 성장하는 존재라는 것을 재확인할 수 있다. 또, 안석뽕과 공희주와 김동해의 활약을 지켜보는 어린이 독자들은 마음껏 해방감을 맛볼 수 있고, 학원과 공부에 찌든 마음에 새로운 기운을 불어넣을 수 있을 것이다. 아동문학이 아이들의 주체적인 성장과 꿈과 희망을 응원해야 하는 이유는 바로 이것이다.

3) '동심을 지닌 성인'은 아동문학의 독자인가.

이 글을 써나가다 보니 『아동문학 개론』에서 읽었던 아동문학의 정의가 생각난다. 먼저, 아동문학 개론서들에서 서술한 아동문학의 정의를 보기로 하자.

아동문학이란 작가가 아동이나 **동심을 가진 아동다운 성인에게 읽히기 위해 쓴** 모든 저작으로 문학의 본질에 바탕을 두면서 어린이를 위해 어린이가 함께 갖는 어린이가 골라 읽어온 또는 골라 읽어갈 특수문학으로서, 동요, 동시, 동화, 아동소설, 아동극의 장르를 통틀어 일컫는 말이다.[28]

아동문학이란 작가가 어린이나 **동심의 고향으로 돌아가고자 하는 어른에**

28) 이재철(2014), 『아동문학의 이해』, 국학자료원, 11쪽

게 읽힐 것을 목적으로 창조한 시, 동화, 소설, 희곡의 총칭이라 할 것이다.[29]

아동문학은 성인 작가가 어린이 또는 **동심을 그리는 성인을 독자 대상으로** 전제하여 미적 가치 판단과 예술성을 기초로 창작해 낸 모든 문학 작품이다.[30]

아동문학 연구가들 사이에서 아동문학을 정의할 때 '동심을 지닌 성인'을 독자 대상으로 포함하자는 견해는 이렇게 널리 퍼져 있다. 그런데 위에서 확인해보았듯이 아동문학은 '아동'을 독자로 하는 문학이지, '동심을 가진 아동다운 성인'을 독자로 하는 문학이 아니다. 아동문학의 독자를 '동심의 고향으로 돌아가고자 하는 어른'까지 포함하였기 때문에 「오세암」, 「아침햇살 오르거든」, 「꿈을 찍는 사진관」 같은 작품을 아동문학이라고 착각하게 된 것이다.

이런 작품은 그야말로 어린 시절을 그리워하거나, 지고지순한 인간성을 본받고 싶은 어른들에게 참으로 아름답고 감동적인 작품이다. 지고지순한 동심을 찬양하는 동화, 어른의 회고적 취미를 주제로 한 동화 등은 모두 '동심을 가진 아동다운 성인'을 대상으로 한 작품이다. 그래서 '어른을 위한 동화'라는 말도 생겼고, 위에서 논의한 작품들은 '어른을 위한 동화'로 분류해야 한다. 안도현의 『연어』 같은 책은 처음부터 책 표지에 그런 타이틀을 붙을 붙여 출간하였는데, 차라리 이편이 정직하다. 그러나 아이들의 본성이나 아이들의 생활 감정, 욕망 등에 비추어 볼 때 아이들은 '어른들

29) 석용원(1986), 『아동문학 원론』, 학연사.

30) 박민수(1998), 『아동문학의 시학』, 양서원.

을 위한' 동화에 공감하거나 감동하기를 어려워한다. 현실을 살아가는 어린이와 '동심을 그리워하는 성인'의 정서와 인생 경험이 같지 않은 데서 문제가 발생하는 것이다. 그러므로 아동문학을 정의할 때 '동심을 가진 아동다운 성인'을 독자 대상에서 제외해야 하고, '어른들을 위한 동화'는 성인문학의 범주에 포함시켜야 한다.

5. 결론

이 글은 '어린이를 위한' 동화란 무엇인가라는 질문에 응답하기 위해 기획되었다. 이 글에서는 일관되게 '어린이를 위한' 동화는 어린이의 욕망과 본성, 어린이의 주체적 생명력을 고양하는 작품이어야 함을 주장하고 있다. 그러나 필자는 이런 작품만을 좋은 아동문학이라고 말하는 것은 아니다. '지금 여기'의 문학교육가나 작가, 국어교육학자, 교사, 학부모들에게 논점을 선명하게 부각하기 위해, 독자인 어린이를 대상화한 작품, 좀 심하게 말하면 어린이를 어른의 식민지로 만든 작품과 어린이의 본성을 긍정하고 생명력을 고양하는 작품을 대비하여 기술하였을 뿐이다. 모든 문학이 그렇듯이 아동문학도 주제나 소재, 이데올로기 등으로 보면 다양한 스펙트럼의 어느 한 지점에 위치한다. 어느 정도 교훈적 의도와 계몽성을 내포하면서도 재미있고 탄탄한 스토리로 감동을 주는 작품도 있을 수 있고 그런 작품도 아이들에게 유익할 수 있다.

또, 어린이가 주인이 되는 문학이란 것이 반드시 어린이의 욕망과 어린이의 삶을 그린 작품이라고 말하는 것도 아니다. 어린이도 어른의 고민이나 문제를 이해할 필요도 있고, 인류 보편의 문제를 다룬 작품을 읽을 필요가 있다. 예컨대, 할아버지와 같은 방에서 살면서 할아버지의 말년과 죽음, 장례식을 지켜보는 손자의 마음을 그린 『마지막 이벤트』(유은실, 비룡소, 2015)는 좋은 아동문학 작품이다. 어른의 삶을 다루었지만 아이가 보고 느끼고 생각하는 할아버지의 삶과 죽음의 문제를 주제로 하였기 때문에 독자들에게도 인생의 의미에 대해 진지하게 사색할 기회를 준다. 또, 영원한 삶과 유한한 삶의 문제를 다룬 『트리갭의 샘물』, 용서와 사랑을 주제로 한 『레 미제라블』, 종교적인 사랑의 문제를 다룬 톨스토이의 『사람은 무엇으로 사는가』, 자아실현을 다룬 소설 『갈매기의 꿈』, 기억과 감정을 잃어버리고 완벽한 통제 속에서 안락한 삶을 살아가는 디스토피아의 문제를 그린『기억 전달자』같은 작품은 어른에게도 어린이에게도 유익한 작품이고, 특히 고학년 어린이들에게는 생각할 거리를 많이 주는 작품이다. 이 작품들을 이해할만한 독서 수준만 된다면 권장해줄만한 좋은 작품이다. 다시 말하지만, 어린이들도 어른의 삶이나 어른들이 만들어 놓은 세상에 대해 이해할 필요가 있고, 고민할 기회를 주어야 한다.

이 글에서 문제를 삼는 것은 문학적 고려도 없이 어른의 입장에서 어린이를 교훈과 계몽의 대상으로만 여기는 작품, 어른의 감정과 정서, 어른의 욕망을 주로 그렸는데도 어린이용으로 인식되고 있는 아동문학의 현실에 대해 문제를 제기하는 것이다. 「아침햇살 오르거든」, 「오세암」, 「무지개」, 「꿈을 찍는 사진관」 등은 아이들이 읽어도 좋고 어른이 읽어도 좋은 작품이 아니라, 어른에게만(동심을 지닌) 좋은 작품이다. 이런 작품이 아동문학으로 오해되고 있는 현실에 대해 진지한 토론이 필요하다.

• 참고문헌 •

1. 자료

『창비어린이』 35호, 2011,

제2차 교육과정기~ 2015교육과정기 『국어』 교과서

김리리(2010), 『만복이네 떡집』, 비룡소

임정자(2006), 『내 동생 싸게 팔아요』, 아이세움.

진형민(2013),『기호 3번 안석뽕』, 창비

진형민(2015)『소리질러 운동장』, 창비

손창섭, 『싸우는 아이』

2. 논문 및 저서

권영민(2004), 한국현대문학대사전, 서울대학교출판부.

권혁준(2018), 『강의실에서 읽은 동화』, 문학동네.

김봉군(1984), 『한국현대작가론』, 민지사,

김요섭(1964),「 바람의시 구름의동화」,『 아동문학』10호, 배영사,

김용희(1999),「 수난의 상상력과 꿈의 상징성」,『 동심의 숲에서 길찾기』, 청동거울,

김자연(2000),『 한국동화문학 연구』, 서문당,

박민수(1998), 『아동문학의 시학』, 양서원.

박상재(2002),『 한국동화문학의 탐색과조명』, 집문당,

석용원(1986), 『아동문학 원론』, 학연사.
신헌재, 권혁준, 곽춘옥(2007), 『아동문학의 이해』, 박이정.
염희경(2007), 『소파(小波) 방정환(方定煥) 연구』, 인하대 박사논문.
원종찬(2005), 『한국근대문학의 재조명』 소명출판사,
원종찬(2015), 「계급주의 아동문학의 허와 실」, 『창비어린이』, 2015년 가을호.
원종찬, 『아동문학과 비평정신』, 창비, 2001,
이원수(1964),「 소천의 아동문학」,『 아동문학』10호, 배영사,
이재복(1995), 「밥 대신 꽃을 선택한 낭만주의자」, 『우리 동화 바로 읽기』, 한길사,
이재철(1978),『 한국현대아동문학사』, 일지사.
이재철(1983),『아동문학개론』개고판, 서문당.
이재철(1989), 세계아동문학사전, 계몽사.
이재철(2014), 『아동문학의 이해』, 국학자료원.
이지호(2002), 「어린이문학의 이데올로기」, 『한국초등국어교육학』 21집, 한국초등국어교육학회.
이지호(2012), 「어린이화자 동시 비판」, 『아동청소년문학연구』 제11호, 한국아동청소년문학학회.
이충일(2014), 『1950~1960년대 아동문학장의 형성과정 연구』, 단국대 박사학위 논문
조태봉(2007), 「강소천 동화에 나타난 전쟁 체험과 꿈의 상관성 연구」, 『한국문예창작』 제6권 제1호(통권 제11호)
진선희(2018), 『사랑과 영성의 교육학』, 역락.
하계덕(1969),「 모랄의 긍정적 의미」,『 현대문학』170호,
한국민족문화대백과, 한국학중앙연구원, 오세암 [五歲庵]

릴리언 H. 스미드, 김요섭 역(1966), 『아동문학론』, 교학연구사
마리아 니콜라예바, 김서정 옮김(1998), 『용의 아이들』, 문학과지성사
페리 노들만, 김서정 역(2001), 어린이 문학의 즐거움, 시공주니어

한국의 설화와 동화에 제시된 아동희생의 교육적 함의

1. 서론

공동체의 유지나 번영을 위하여 인간이나 동물을 제물로 바치는 희생제의는 원시 시대로부터 인류 사회에 보편적으로 나타난다. 구약성서에서 아브라함은 하느님의 요구에 자기 아들 이삭을 제물로 바쳤으며, 예수는 인류의 죄를 대신하여 스스로 제물이 되었다. 고대 그리스에서 행해졌던 디오니소스 축제나 고대 중국에서 벌어졌던 '社'에 대한 血祭에는 모두 희생제물이 등장한다. 이 희생 제의는 농경 사회에서의 풍요로운 수확을 기원하기 위해서 또는 집단의 안전을 도모하려는 목적으로 행해졌으며, 때로는 성스러움에 참여하려는 목적으로 행해지기도 하였다. 어떠한 목적으로 행해졌든 학자들은, 이 희생제의가 인간이 회피하거나 저항할 수 없는 神的인 힘에 대한 두려움과 숭배에서 연유하였다고 본다.

이러한 희생제의가 전 세계의 모든 문화권에 두루 존재하는 것과 마찬가지로 희생제의에서 비롯된 '희생' 모티프를 가진 이야기도 모든 인류에 보편적으로 존재한다. 전 세계의 신화와 전설을 수록한 프레이저의 《황금가지》에는 수많은 희생 모티프 이야기들이 수록되어 있다.

이와 같은 희생 모티프를 지닌 서사는 신화나 설화, 고대소설에도 끊임없이 반복되어 나타나므로 현대 소설이나 영화 등에 변용되어 나타나는 것은 전혀 이상한 현상이 아니다. 그런데, 동화에 나타나는 희생 모티프는 어떻게 보아야 할까. 그것도 아동이 희생양으로 등장한다면, 이런 작품을 어떻게 해석하고 평가해야 할까. 아동이 읽는 동화에 아동이 희생되는 이야기는 바람직하거나 정상적이라고 보기 어렵다. 그런데 한국의 아동문학계에는 이런 작품이 드물지 않다. 뿐만 아니라 아동 희생 모티프를 지닌 작품이 연구자와 평론가들에게 정전으로 대우받기도 한다.[1] 필자는 이 현상에 주목하여 연구할 문제를 다음과 같이 설정하였다.

한국의 아동 문학에서 아동의 희생을 모티프로 하는 작품이 많은 이유는 무엇일까. 그리고 그런 작품을 정전으로 평가하는 문화적 토양은 무엇일까. 또, 아동의 희생을 모티프로 하는 작품을 어떻게 해석하고 평가해야 할까.

필자는 이러한 연구 문제를 해결하기 위해 아동의 희생을 모티프로 하는 한국의 설화를 조사하여 그 양상과 의미를 탐구해보기로 하였다. 옛이야기는 동화의 柱根 臺本(taproot text)[2] 역할을 한다. 옛이야기에는 우리 민족의 정신과 무의식이 담겨 있으며, 설화의 주제와 모티프는 현대 동화에 변용되어 나타나므로 옛이야기와 동화는 연속성을 지니고 있다고 할 수 있다. 동화 작가는 어린 시절부터 민담과 전설 등의 설화를 듣고 자랐기 때

---

1) 『창비어린이』(2011년 겨울호)에서 「아동문학 '정전' 논의의 첫걸음」이라는 특집 기사를 기획하였다. 본고에서는 이 조사 결과를 분석하여 논의하였다. 자세한 내용은 해당 부분에서 다루기로 한다.

2) 주근 대본이란, 환상 소설의 역사를 설명하는 과정에서 쓰인 용어로, 환상소설의 진화에서 중심적 줄기를 이룬 작품들이란 뜻이다. 《일리아드》, 《오딧세이》로부터, 세익스피어, 세르반테스의 소설들, 《천일야화》 같은 작품들이 후대 환상소설의 주근 대본 노릇을 했다. 복거일(2002), 《세계환상소설사전》, 김영사, 77~79쪽 참조. 같은 의미에서 옛이야기도 동화의 주근대본 역할을 한다.

문에 그 마음 바탕에 설화적 상상력과 주제가 저변을 이루고 있을 것이다. 또한 한국의 문화권에서 성장하고 교육을 받은 아동문학 연구자나 평론가들에게도 이야기에 담긴 조상의 무의식은 전수되었을 가능성이 크다. 이것이 융이 말하는 집단 무의식이다. 그러므로 한국 설화에 나타나는 아동 희생의 양상과 그 의미를 탐구해 보는 작업은 동화에 제시된 아동 희생의 양상과 의미를 탐구하는 적절하고 효과적인 방법이 될 것이다.

이와 같은 문제의식은 궁극적으로, 동화에 제시된 아동희생 모티프가 현대의 아동문학 독자들에게 어떤 의미를 지니며, 어떤 영향을 미치는지를 탐구하기 위한 것이다. 또, 앞으로의 아동문학 창작과 교육의 바람직한 방향을 모색하기 위한 것이다.

2. 설화에 나타난 아동 희생의 양상과 의미

이 章에서는 설화에 나타난 아동 희생의 양상과 의미를 고찰해보고자 한다. 아동 희생 동화가 산출된 문화적 토양과 근원은 아동 희생을 모티프로 한 설화와 관련이 있으리라고 보기 때문이다. 한국의 설화에 조금만 관심이 있으면 우리는 아동희생을 모티프로 한 이야기들을 쉽게 떠올릴 수 있다. 예컨대, 손순매아 설화라든가, 동자삼 설화, 에밀레종 설화 등이 그것이다. 선행 연구에 의하면 이런 아동희생 설화는 인신공희(人身供犧) 설화의 하위 범주에 속한다. 따라서, 아동희생 이야기의 양상과 그 의미에 대해 논의하려면, 우선 인신공희 설화의 양상과 의미에 대한 고찰이 필요하다. 여기서는 먼저 인신공희 설화의 유형과 특징을 살핀 다음, 아동 희생 설화의 양상과 의미를 고찰하고자 한다.

(1) 인신공희 설화의 유형과 특징

인신공희란, 제의에서 인간이 신을 위무하기 위해 희생 제물로 바쳐지는 것을 말하는 것으로[3], 이런 인신공희가 설화에서 핵심 모티프로 설정된 것을 '인신공희 설화'라고 부른다. 인신공희 설화의 양상을 고찰하기 위해서는 우선 다양하게 전승되어 오는 설화들을 몇 가지 유형으로 분류하는 작업이 필요하다. 여기서는 선행연구자들의 주요 연구 결과를 정리하여 인신공희 설화를 분류하고 각각의 의미에 대해 살펴보고자 한다.

인신공희 설화를 가장 구체적으로 그리고 초기에 구분한 사람은 장덕순이다. 그는 9개 항으로 나눈 민담군 중 신앙가치담 안에 인신공희담을 넣고 이것을 수신, 괴물, 종만들기, 뚝쌓기, 매아(埋兒) 등 5개 부류로 나누었다.[4] 박정세는 인신희생설화는 원초형의 특수형태에서 진화하여 발전적 완결형의 일반형태로 발전한다고 분류하였고[5], 최영희는 윤리와 결부된 인신공희, 종교의식과 결부된 인신공희, 영웅담과 결부된 인신공희 등 세 가지로 분류하였다. 인신공희 설화를 비교적 자세히 분류한 이는 강형선인데 그는 먼저 제물형, 인주형, 살아형으로 나눈 다음 다시 제물형은 두꺼비 보은설화, 사신퇴치 설화, 풍요기원 설화로, 살아형은 매아설화, 산삼동자 설화로 나누었다.[6] 이정재는 인신공희 설화 분류에 관한 여러 선행 연구물을 살핀 다음, 사신퇴치형, 지네장터형, 해양형, 건축형, 종주조형, 제방축조형과 같이 여섯 가지로 분류하였다.[7] 그리고 이중 뒤의 셋을 인주형으로

---

3) 이영수(2004), 〈한국설화에 나타난 인신공희의 유형과 의미〉, 《한국학연구》 13집, 81쪽.

4) 장덕순(1970), 《한국설화문학연구》, 서울대출판부, 16~41쪽

5) 박정세(1984), 〈희생설화와 희생양상〉, 《한국민속학》, 17집, 한국민속학회. 65~74쪽.

6) 강형선(2007), 〈인신희생설화의 양상과 기독교적 의미〉, 강릉대학교 교육대학원, 석사논문,

묶을 수도 있다 하였다.

위의 분류들은 연구자들의 연구 의도나 논문 성격에 따라 분류의 기준이 달라서 의견이 선명하게 정리되지는 않는다. 이정재의 분류가 어느 정도 설득력이 있기는 하지만 살아형(매아설화와 산삼동자설화)을 제외한 것이 문제다. 그가 살아형을 제외한 이유는 본인의 논문의 주제가 '희생제의 설화'이기 때문이다. 살아형은 '제의'와 관련되지 않기 때문이라는 것이다. 그런데, 이렇게 되면 희생설화의 중요한 부분이 제외되는 것이고, 특히 아동의 희생 이야기가 제외되는 문제가 있다. 이에 대해 심우장은 한국의 효행설화는 희생제의의 연장선에서 이해되어야 한다고 주장한다. 희생제의에서 효행 설화가 탄생했다는 것이다.[8] 필자도 심우장의 견해에 동의한다. 효행설화에는 살아형이 많기 때문에 이 유형도 인신공희 설화에 포함시켜서 논의하는 것이 타당하다.

그런데, 선행연구자들의 분류는 분류 기준이 일관적이지 않아 한 설화가 이중으로 포함되는 현상이 발생한다. 인주형, 제물형, 풍요안전형은 희생의 목적으로 분류한 것이고, 살아형은 어린 아이를 희생물로 바친다는 의미이므로 희생물의 종류나 희생의 수단을 기준으로 명명한 것이다. 그런데, 인주형이나 제물형에도 어린 아이가 희생물로 바쳐지는 설화가 많기 때문에 이런 설화는 어떤 유형에 포함시켜야 하는지 혼란스럽다. 예컨대, 에밀레종 설화는 인주형(종주조형) 설화에도 속하고 살아형 설화에도 포함될 수 있다는 것이다. 그러므로 희생의 목적을 기준으로 일관성 있게 분류를 하여, 효도형이라는 범주를 따로 설정하여야 한다. 그래야만 어린 아이를 희생물

---

7) 이정재(2009), 〈희생제의 설화의 원형성 연구〉-인신 공희설화 중심, 《한국구비문학》, 28집, 한국구비문학학회. 133~156쪽

8) 심우장(2007), 〈효행설화와 희생제의의 전통〉, 《실천민속학연구》, 10호.

로 삼는 설화라도 그 목적에 따라 분류가 가능해지고, 그리되면 살아형에 포함시켰던 설화 대부분은 효도형에 포함시킬 수 있다. 필자는 위와 같은 논의를 종합 정리하여 인신공희 설화의 유형을 다음 표와 같이 분류하기로 한다.

<표 1> 인신공희설화의 유형

상위 범주	하위 범주	희생의 목적
인주형	건축형	지난한 작업의 성공적인 완수
	종주조형	
	제방축조형	
제물형	사신퇴치형	괴물이나 악신 퇴치
	지네장터형(두꺼비 보은 설화)	
풍요안전형	해양형	바닷길의 안전이나 풍요로운 수확을 기원
	풍요기원형	
효도형	매아형	효도
	산삼동자형	

인주형 설화는 큰 건물을 건축하거나, 제방을 축조하거나, 종을 만드는 등 인간의 힘으로 성취하기 어려운 작업을 수행하다가 알 수 없는 이유로 실패를 거듭하게 되면 인간을 제물로 삼아 일의 성취를 도모하는 이야기이고, 제물형은 뱀, 두꺼비, 지네 등의 괴물에게 처녀나 아이를 바침으로써 재앙을 피하는 이야기이다. 이정재는 이것을 사신, 두꺼비, 바다신, 집짓기, 제방막기 등은 모두 토템적 괴물과 자연적 악신과 관계가 있다고 보고, 이 설화들은 거의 외부의 압력이나 신들의 요구에 의해 타율적인 희생이 수행된다고 지적하였다. 이때 희생을 받는 대상은 주로 괴물, 악마적 존재, 지

네, 이시미, 뱀, 용, 이무기, 괴물, 여우 등 다양하고 바쳐지는 제물이 여성, 처녀, 어린아이 등 사회적 약자라는 특징이 있다.[9] 인주형 희생설화에서 집터나 제방에 어린아이를 매장하는 것은 터주신에게 바치는 의미도 있지만 생명력을 기원하는 상징이기도 하다. 항해형의 경우도 조업의 풍요를 기원한 것이 아니라 강과 바다의 바람과 파도를 잠재우기 위한 희생이므로 자연에서 발생하는 걸림돌을 제거하기 위한 것이다. 이정재는 이상의 논의를 정리하여 인신공희 설화의 특징을 다음과 같이 설명하였다.

- 희생의 대상 신은 자연적 악신 혹은 괴물적 형상
- 친인간적이 아니고, 호혜적 소통이 없음
- 희생의 목적이 분명하지 않다.(보상적 증여, 풍요, 질병막이 등)
- 희생이 타율적으로 행해진다.(강제적, 희생물이 자발적으로 나서지 않는다.)
- 희생물은 사회적 약자이나, 지속적 생명력과 희망의 상징을 가진다.
- 희생은 개인이 아닌 집단이나 공공을 위한 것이다.[10]

위에서 정리한 인신공희 설화의 특징 가운데, 희생이 개인이 아니라 집단을 위한 것이라는 항목은 효도형 설화를 제외했을 때 타당한 설명이다. 효도형 설화는 집단이 아니라 개인을 위한 희생이기 때문이다.

한편, 박종성은 한국의 인신공희설화를 동유럽의 그것과도 비교 연구하였다. 유고연방, 헝가리, 루마니아의 인신희생 관련 구전 서사시와 한국의 봉덕사종 전설, 제비원 전설, 황금산 금강절의 종각 주조담 등을 비교하여

9) 이정재, 앞의 논문, 139쪽.

10) 이정재, 앞의 논문, 140쪽.

같은 점과 다른 점을 비교하였다.[11] 이 논문은 인간이 건축물이나 종, 제방 등 무엇을 만들어내는 데에 여성이나 아이의 희생을 필요로 하는 것은 동서양을 막론하고 두루 나타난다는 점을 확인시켜준 의의가 있다.

(2) 아동 희생 설화의 양상과 의미

인신공희 설화 가운데 필자가 주목을 하고자 하는 것은 어린아이가 희생물이 되는 설화의 양상과 의미이다. 앞에서 말한 바와 같이 인주형, 제의형, 풍요안전형 등 모든 설화에서 여성(처녀)을 희생물로 바치는 이야기와 함께 어린아이를 희생물로 바치는 이야기가 등장하지만 효도형 설화(효행설화)에서는 대부분 어린아이가 희생물이 된다. 따라서 여기서는 효행설화의 양상과 의미를 고찰해보고자 한다. 효행설화의 경우, 어린아이를 끓는 가마솥에 넣는다거나(동자삼 설화), 산 채로 땅에 묻으려고 하는 경우(손순매아 설화)처럼 어린아이를 살해하는 화소가 대부분이어서 이를 현실의 맥락에서 읽기에는 매우 당혹스럽다. 그래서 어떤 연구자들은 제의와 관련짓거나 종교적 텍스트로 이해하고자 하고, 어떤 연구자는 정치적인 의미[12]나 사회문화적 의미[13]가 숨어 있는 것으로 이해해야 한다고 주장한다. 그러나 또 다른 연구자들은 표면적인 의미 그대로 읽으면서 효이데올로기에 주목

---

11) 박종성, 〈한국-동유럽 구비시가 비교연구의 한 측면-인신공희 주지(主旨)를 중심으로〉, 《구비문학연구》 15집, 2002, 이정재, 앞 논문 5쪽에서 재인용

12) 성낙수(2006), 〈'에밀레종 傳說'의 政治學的 讀解〉, 《한국문학연구》 331집.

13) 신호림(2015), 〈'孫順埋兒' 條에 나타난 犧牲孝 화소의 불교적 포섭과 그 의미〉, 우리문학연구 45집

하는 경우도 있다. 그렇다면 이런 효행설화들을 어떻게 읽어야 할까.

1) 효 윤리적 사고와 효행담의 교훈

우선, 효행설화를 표면적인 의미로, 즉 현실의 맥락으로 읽는 방법이 있다. 가장 나이브하게 읽는 방법으로 설화의 교훈성에 초점을 맞추는 독법이다. 설화의 기능을 사회적이고 교훈적인 측면으로 접근하여 설화 향유자들인 민중의 의식과 가치관을 파악하고자 하는 방법이다. 이렇게 읽으면, 대부분의 효행설화는 효의 윤리적인 면을 강조함으로써 청자들에게 효 관념을 강화하는 텍스트가 된다. 김영희는 '자식희생형 효부설화'를 광범위하게 조사하여 구조를 분석한 다음, 설화에 스며있는 전승 집단의 의식을 고찰하였다.[14] 그리고 효지상주의적 사고가 모든 효행설화의 기반을 이루고 있다고 보고, 효의 실천 뒤에 따르는 孝行異蹟이 孝感萬物思想과 함께 이 설화를 전승해 온 민중의 기대 및 보상심리에 기인하여 나타난 것으로 해석하였다.

한편, '효 윤리'와 '모성'의 충돌 상황에 주목하여 설화 향유자들의 의식을 고찰한 연구[15]가 있다. 효행설화를 현실의 맥락으로 읽다보면 어린아이를 희생물로 삼아야하는 상황에서 '효'라는 가치와 '윤리성'혹은 '모성'과의 충돌이 설화의 화자와 청자들에게 심리적인 부담감으로 작용하지 않을 수 없을 것이다. 정경민은 자녀희생효설화의 전승 유형과 변이 양상을 고찰한 결과, 효행설화 안에서 자녀 희생의 결정 및 실행에서 여성 인물이 주도적

14) 김영희(1994), 〈자식희생형 효부설화의 연구〉, 한국교원대학교 대학원 석사논문, 63쪽.
15) 정경민(2012), 〈자녀희생효설화에 나타난 '효'와 '모성'의 문제〉, 《한국고전여성문학연구》 24집.

인 역할을 한다는 점을 발견하고, '효'와 '모성'의 갈등 국면에서 서사의 전개 방식과 구연자의 의식을 고찰하였다. 그 결과 서사의 층위에서는 일관되게 '효'의 절대성을 추구하고 있지만 연행의 차원에서는 설화 향유자들의 맹목적 효행의 강요에 대한 비판, 일방적 모성 포기에 대한 연민이 드러나 '효'와 '모성'에 대한 인식의 균열이 일어남을 발견하였다. 이야기 구연의 상황에서 남성 구연자들은 결말 부분의 아이의 생환 여부에 무관심하고 효의 실천만 강조하는 반면, 여성 구연자들은 결말에서 희생된 아이가 살아돌아오는 구조를 취함으로써 아이의 죽음을 비현실화하는 경향이 강하다는 것이다.[16]

이렇게 효행설화를 현실의 맥락에서 읽게 되면 어린아이를 희생물로 삼는 사건에 대한 관심보다는 효도라는 주제에 초점을 맞추어 읽고 여기서 교훈을 발견하려 한다. 김영희의 논문에서도 '〈자식희생형 효부설화〉는 그 효의 실천 방법에 있어 살아 있는 자식을 희생한다는 점에서 현대인의 합리적 사고로는 이해하기 힘들거나 비판적인 시각으로 볼 수 있으나, 오늘날 효의 본질적 가치 및 윤리적 규범으로서의 가치관이 상실되어 가고 있으며 가정의 부재가 현실화되어 가고 있음을 볼 때, 이러한 구비설화를 통하여 우리의 전통적 사고와 올바른 가치관을 돌아보아야'[17]한다고 주장하였고, 정경민도 '자녀를 희생시켜서라도 부모 봉양에 최선을 다하고자 하면 복을 받는다는 〈손순매아〉 유형의 이야기나 불효를 시도하다려다 자식의 지적에 반성하고 다시 효행을 다짐하는 〈고려장이 없어진 유래〉 유형의 이야기들이 꾸준히 전래동화류의 형식으로 오늘날의 아이들에게 전해지는 점

16) 정경민, 위의 글, 8쪽.

17) 김영희, 위의 글, 61쪽

을 볼 때 효행담의 교훈적 가치는 현재적이라고 할 수 있다'[18]고 주장하였다.

그러나 아동문학 평론가로 활동하고 있는 필자가 볼 때, 근래에는 어린아이를 희생시켜 효도를 하는 이야기가 전래동화로 재생산되거나, 그림책으로 출간되는 경우는 거의 없다. 이런 현상은 현대의 젊은 부모들이 효행에 무관심해서라기보다는 아동을 독자로 발간하는 전래동화와 그림책에서 아동을 희생시키는 화소의 잔혹성이 어린이들의 공감을 얻을 수 없기 때문일 것이다.

그렇다면 설화 속에서 어린 자녀는 어떤 과정을 거쳐 희생이 결정될까. 그때 부모들은 어떤 생각으로 자식을 희생시켰을까. 대부분의 효행설화에서 자식의 희생을 결정할 때 중요하게 제시되는 원칙은 부부의 합의가 이루어져야 한다는 것이고, 그 합의에 이르게 되는 명분은 '자식은 낳으면 자식이지만 부모는 한 번 가면 다시 못 오기 때문'이라는 것이다. 부모의 유일성과 자식의 대체 가능성에 대한 인식이 공유되면서 자녀 희생의 결심을 굳힌다.[19] 당시 부모들의 이러한 인식은 전통사회에서 여성의 출산율과 아동의 사망률이 높았던 현상, 아동의 가족 내 지위가 현대 사회와 거리가 있었던 점 등 당시의 사회적 분위기와도 관련이 있을 것이다.[20] 그러나 여기서 지적되어야 하는 부분은 희생의 과정에서 희생자인 어린아이의 입장은 전혀 언급도 되지 않는다는 것이다. 어린아이의 심정에 조금만 관심을 가졌더라면 죽음에 대한 아이의 두려움이 한 문장이라도 표현되었겠지만 어떤 설화에도 아이의 심정을 언급한 부분은 나 타나지 않는다. 그것은 이 설화의 구연자와 청자가 어른들이었기 때문일 것이다. 아이의 1차적인 생

---

18) 정경민, 앞의 글, 8쪽.

19) 정경민, 위의 글, 27쪽.

20) 필립 아리에스, 문지영 옮김(2003), 《아동의 탄생》, 새물결 537-651쪽 참조

산자이자 양육자인 부모도 아이를 자신의 소유물로만 생각한다. 이야기 속의 부모는 물론이고, 그 이야기를 구연하는 화자나 현장의 청자도 아이의 심정에 대해서는 일체 거론하지 않는다. 어른들의 이와 같은 태도는 '자녀희생을 살해라기보다는 자기희생의 확장된 형태로 인식'[21]하고 있다는 추론을 가능하게 하며, 이야기 속의 부모나 구연 현장의 화자와 청자 모두 이런 인식을 공유하고 있음을 알 수 있다.

그런데 설화가 어른의 관점에서만 구연되었던 옛날의 사정은 그렇다 치고, 오늘날의 연구자의 입장은 어떠한가. 앞에서 살펴보았듯이 '구비설화를 통하여 우리의 전통적 사고와 올바른 가치관을 돌아보아야'[22]한다고 말하는 연구자는 어른의 관점에서만 해석하는 것이다. 오늘날의 연구자들에게도 어린이들의 심정은 여전히 외면당하고 있는 것이다.

2) 제의적 전통과 흔적

다음으로는 제의의 관점에서 효행설화를 읽는 방법이 있다. 효행설화를 제의와 관련지어 읽을 수 있는 이유는 '신화는 제의의 구술상관물'이라는 해리슨의 견해를 원용한 것이다.[23] 신화비평 분야에서 제의학파의 이 견해는 상당히 폭넓게 받아들여지고 있으며, 이 견해에 의하면 신화뿐 아니라 민담이나 전설도 제의의 절차와 행위를 말로 옮긴 것이라는 설명이 가능하다. 희생 제의의 경우도 시대가 변화함에 따라 제의는 사라지고 설화만 남았다고 볼 수 있다. 효행설화를 제의의 연장선으로 읽는 또 하나의 이유는

---

21) 정경민, 앞의 글. 28쪽.

22) 김영희, 〈자식희생형 효부설화의 연구〉, 한국교원대학교 대학원 석사논문, 1994. 61쪽

23) 홍문표(1993), 《문학비평론》, 양문각, 180쪽.

설화 속의 사건이 현실적인 맥락으로 이해하기에는 지나치게 잔혹하다는 것이다. 필자는 이러한 독법이 어린아이 살해라는 잔혹한 사건을 우회하기 위한 방편이 아닌가 생각한다.

효행설화를 제의의 연장선에서 파악하고자 하는 주요 연구물은 심우장의 논문[24]과 신호림의 논문[25]이 있다. 심우장의 논문은 효를 주제로 하는 설화에서 제의적인 희생의 흔적을 찾아보고, 제의적 전통의 재편이라는 차원에서 그 의미를 부여해보고자 한 연구이다.[26] 심우장에 의하면, 자신의 자식을 죽음으로 몰아넣거나(유아살해), 자신의 신체 일부를 훼손하여 부모의 병을 고친다는 효행설화의 설정은 재앙으로부터 공동체를 보호하기 위해서 신이라는 절대적 존재에게 희생양을 바치는 희생제의의 메커니즘을 많이 닮아 있다는 것이다. 효행설화는 고대적인 희생제의의 전통을 이었고, 고대적인 종교적 커뮤니케이션이 중세적인 윤리적 커뮤니케이션으로 전화하였다는 것이며, 이런 전화가 가능할 수 있었던 이유는 종교적인 존재인 신이라는 존재를 윤리적 존재인 부모라는 존재로 손쉽게 이동시킬 수 있었기 때문이라는 것이다.[27]

한편, 신호림은 〈동자삼〉 설화를 대상으로 그 안에 내재되어 있는 희생대체의 원리와 제의적 성격을 도출하고자 하였다.[28] 신호림에 의하면 〈동자삼〉 설화는 자식살해라는 제의적 죽음을 소재로, 윤리적 질타는 회피하면서도 제의적 성격을 유지시키는 텍스트로 재해석될 수 있다. 그래서 이

---

24) 심우장, 〈효행설화와 희생제의의 전통〉 위의 글.

25) 신호림(2014), 〈희생대체의 원리와 〈동자삼〉의 제의적 성격, 《우리문학연구》 43집.

26) 심우장, 앞의 글, 178쪽

27) 심우장, 앞의 글, 197~198쪽.

28) 신호림 앞의 글.

설화는 효행 텍스트인 동시에 제의적 살해를 간직하고 있는 종교 텍스트로서의 성격을 가지고 있으며, 가족 공동체의 질서 회복이라는 지향점에서 신을 위무하는 희생제의의 과정이 '효'라는 가치체계로 전환되는 모습을 보여준다는 것이다.[29]

이 두 논문은, 효행설화의 사건을 실제 현실에서 벌어진 일로 보면 지나치게 잔혹하기 때문에 이 사건의 의미를 다른 관점에서 해석하고자 한 연구라고 할 수 있다. 오늘날의 관점에서 볼 때 할아버지의 병을 고치기 위해 손자를 땅에 묻는다거나, 끓는 가마솥 안에 넣는 행위는 액면 그대로 받아들이기에는 너무 잔혹하다. 그래서 심우장은 표면적인 의미의 이해를 지양하고 보다 심도 있게 이해하기 위해서 효행설화의 여러 단계를 희생제의의 절차에 맞추어 해석함으로써, 희생제의의 전통과 연결시키려 하였다. 하지만, 연구자도 결론 부분에서 인정하였다시피 이 연구는 '효행설화의 존재 양상을 과도하게 희생제의 쪽으로 끌어들였다는 느낌을 지울 수 없다.'[30]

신호림의 연구 또한 〈동자삼〉설화를 르네 지라르의 희생대체 원리[31]에 적용하여 해석한 점은 인정할 수 있으나, 〈안택굿〉과 〈동자삼〉 사건의 절차를 관련지어 제의적 살해를 간직하고 있는 종교텍스트로서의 성격이 있다고 주장하는 점은 설득력이 부족하다. 殺兒 행위의 비인간성을 완화하기

29) 신호림, 앞의 글, 180~181쪽.

30) 심우장, 위의 글, 201쪽.

31) 르네 지라르에 의하면, 희생대체의 원리는 공동체에 위기가 닥쳤을 때 구성원들 사이에서 발생할 수 있는 상호 폭력의 방향을 외부의 희생물에게로만 집중시키는 '방향전환'에 있다. (르네 지라르, 김진식 박무호 옮김(2000), 《폭력과 성스러움》, 민음사, 145쪽) 방향전환의 절차는 1. 위기상황의 원리를 한 사람에게 돌리고, 2. 본래의 제물을 희생시킬 만한 다른 제물로 바꾸는 것이다. 〈동자삼〉 설화에서는 노부모의 득병으로 표상되는 가족공동체의 위기 상황에서, 먼저 어린아이가 희생양으로 지목되고 이후에 다시 '동자삼'이 대체 희생물로서 등장하게 된다.(신호림, 위의 글 164~165쪽)

위해 희생제의의 메커니즘과 관련지으며, 종교텍스트의 의미를 부여한 것은 논리적 타당성이 부족한 것으로 생각된다.

3) 희생효 설화를 어떻게 볼 것인가.

앞에서 논의한 인신공희 설화의 특징 가운데, 희생물이 어린 아이이거나 여성과 같은 사회적 약자라는 점, 희생의 목적이 개인의 이익이 아니라 공공의 이익을 위한 것이라는 점, 그리고 희생물 자신의 자발적인 의지로 희생물이 되는 사례가 없다는 점은 무엇을 말하는 것인가. 이것은 희생제의 자체가 비인간적이고 폭력적으로 행해졌음을 말하는 것이다. 희생 제의가 이루어진 다음에 희생물이 생명력이나 희망을 상징한다든지, 신성한 존재로 여겨지는 것은 희생제의를 치른 집단 구성원들의 자기 합리화에 지나지 않는다.

여기서 여성(처녀)이 희생되는 경우보다 더 문제가 되는 경우가 어린아이가 희생물이 되는 희생효설화의 경우이다. 어린아이들은 자기결정권은 물론 상황 판단력도 없는 존재이기 때문에 더 비극적이다. 인신공희설화를 광범위하게 연구한 다음, 효도형 희생설화가 한국에만 존재하는 것이 아닌가하는 의문을 제기한 학자의 견해[32]가 주목되는 이유이다. 이정재는 톰슨(Thomson)이 세계의 인신공희설화를 모아놓은 항목을 살펴보고, 인신공희설화의 하위 항목에 '다른 사람의 생명을 구하기 위해 어린이를 희생하는 이야기'는 한국의 사례만 기록을 하고 있다고 보고한다.[33] 그리고, 톰슨이

---

32) **이정재,** 희생제의 설화의 원형성 연구, **145쪽**

33) 이정재 논문의 해당 부분을 인용하면 다음과 같다. "외국에도 인신공희 설화가 많다. 톰슨의 민담의 모티프 인덱스 중, Type-Index의 300-305번까지의 이야기 타입은 용 관

한국의 자료만을 부여한 것을 예사로 넘길 일이 아니라고 하면서 한국에는 효행설화가 다른 나라에 비해 유난히 많고, 더 나아가 인신희생을 담보한 효행설화는 한국에만 있는지도 모른다고 지적한다.[34] 이러한 사례는 한국에서 주로 발견되는 효행설화는 인신희생 원형의 독특한 한국적 발현이란 점을 확인시켜준다.

4) 희생효설화에 대한 현대 어린이의 반응

현실의 맥락으로 읽든, 제의의 연장선으로 읽든, 정치적으로 혹은 종교적으로 읽든 어른을 위해 어린아이를 희생시키는 이야기는 오늘의 독자에게 여전이 부담으로 다가온다. 그렇다면 이런 설화를 대하는 오늘날의 아동들의 반응은 어떠할까. '희생효 설화' 중 살아 행위 설화에 대한 어린이들의 반응을 실증적으로 조사한 연구[35]가 우리의 흥미를 끈다. 이 논문은 '손순매아형' 설화, '산삼동자형' 설화, '죽은 아들을 묻은 효부형' 설화',

---

련 설화를 모은 것이 주를 이루는데 그는 인신공희의 타입도 여기에 포함시켰다. 300번의 II항은 The sacrifice 항으로 이 S260.1항의 하위 항목 'S260.1.4'가 주목을 요한다. 이를 인용하면 다음과 같다.

S260.1 Human sacrifice

-S260.1.4 Sacrifice of child to save life of another

여기서 'S260.1'은 전반적인 인간희생의 사례를 들고 있다. 인도, 중앙아시아, 유럽과 북유럽에 이르는 방대한 지역의 것들을 나열하고 있는데 그 하위항목인 'S260.1.4'의 경우에 해당하는 자료는 한국의 것만을 들고 있다. 즉 정인섭의 26번 이야기다. 이것은 한국에서 효행설화로 널리 알려진 것이다. 이 항목에서는 한국의 예 외에 외국의 사례를 싣지 않고 있는 점이 특기할 만한 사실이다." (이정재, 앞의 글, 142-143쪽)

34) 이정재, 앞의 글, 145쪽

35) 김환성(2004), 〈'희생효 설화' 중 살아 행위 설화에 대한 아동의 윤리 인식 태도 연구〉, 명지대 석사 논문.

'호랑이에게 자식을 준 효부형' 설화 등을 80명의 어린이들에게 들려주고 토의, 감상문 쓰기 활동을 통해 그들의 윤리 의식을 조사하였다. 그 결과 어린이들은 효 윤리와 살아 행위의 대립적 상황에서 효 윤리의 절대성을 수용하지 않고 과거 전승자들의 전승 의식을 비판적으로 수용하였다.[36] 예컨대, 손순의 효행에 감동한 임금이 내린 상에 대해서 어린 생명을 죽이려 한 자에게 상을 주는 것은 부당하다 하고, 손순 부부에 대해서도 할머니의 음식을 뺏어 먹는다고 아이를 땅에 묻기로 한 결정은 부모로서의 의무를 무시한 행동이라고 비판한다.[37] 어린이들은 효행 자체의 중요성은 인정하지만 그 방법에 대해서는 이처럼 비판적이다.

3. 아동희생 동화의 양상과 문학교육적 함의

(1) 아동희생 동화의 양상과 의미[38]

앞에서 어린아이가 희생 되는 효행설화의 양상과 그 의미를 다양한 관점에서 살펴보고, 오늘날의 어린이들이 이런 설화에 대해 매우 비판적으로 반응한다는 사실을 살펴보았다.

그런데, 현대의 창작 동화 가운데에도 어린이가 어른들을 위해 희생하는 내용의 작품이 있다. 작가가 어른의 입장에서 아동의 희생을 아름답게 그

36) 앞의 글, 51쪽.

37) 앞의 글, 36쪽.

38) 이 부분은 필자의 평론,〈어린이의 본성을 긍정하는 아동문학〉, 『열린어린이』(2012년 4월호)의 내용을 수정 보완한 것임.

린 작품은 효행설화처럼 아동의 희생 모티프가 표면적으로 드러나 있지도 않기 때문에 그 작품들에 잠재하는 아동 희생의 메시지를 쉽게 알아챌 수 없다. 작가도 의식하지 못했던 메시지를 읽어내는 '결을 거슬러 읽기'[39]의 방법으로 읽어야만, 아동의 희생을 찬양하거나 아름답게 바라보는 작가의 의식을 발견할 수 있다.

아동의 희생을 다룬 작품을 분석하여 행간에 스며있는 이데올로기를 파악하는 작업은 현대의 아동문학 연구자나 문학 교육자들에게 동화를 읽는 새로운 관점을 제공할 것이다. 또 현대의 동화 작가들이 아동을 어떤 관점으로 바라보아야 하는가에 대한 시사점도 제공해 줄 수 있다. 여기서는 현대의 창작 동화 가운데 아동의 희생을 다룬 작품을 분석하여 아동희생 설화와의 관련성을 살펴보고 이런 성격의 동화를 어떻게 평가해야 할 것인지를 고찰하고자 한다.

한국의 동화 가운데 정전을 선정한다면 어떤 작품을 꼽을 수 있을까. 우리나라의 권위있는 아동문학 잡지에서 이 주제를 놓고 아동문학연구자와 평론가 13명에게 설문 조사를 한 적이 있었다.[40] 설문을 의뢰받은 연구자들은 선정의 이유와 함께 각자 10작품을 선정하였다. 정전 목록 설문에서 최다 득표(11표)를 한 작품은 방정환의 『만년샤쓰』와 권정생의 『몽실 언니』, 『강아지똥』 등 3편이었고, 4위(10표)를 차지한 작품은 정채봉의 『오세암』

39) 문학작품 읽기의 방법에는 '결을 따라 읽기(reading with the grain)'와 '결을 거슬러 읽기(reading againet the grain)'가 있다. 전자는 작품의 초대에 응하듯이 작품이 유도하는 대로 해석을 전개하는 것이다. 반면에 후자는 텍스트 자신도 의식하지 못했을 텍스트 내부의 요소들을 분석하는 것이다.(로이스 타이슨, 윤동구 옮김(2012), 《비평이론의 모든 것》, 앨피, 36~37쪽 참조.

40) 『창비어린이』(2011년 겨울호)에서 「아동문학 '정전' 논의의 첫걸음」이라는 특집 기사를 기획하였다. 그 조사 결과를 분석해보니 42편이 정전의 목록에 이름을 올렸다. 이중에서 3명 이상의 연구자에게 정전으로 선정된 작품은 13편이었고, 순위는 다음과 같다.

이었다. 그런데 이 네 작품은 한 가지 공통점을 지니고 있다. 그것은 이 작품들의 주인공이 어른을 위해 희생을 하고 있는 어린이들이라는 해석을 가능하게 한다는 것이다.

『만년샤쓰』의 주인공 창남이부터 살펴보기로 한다. 창남이는 매우 활달하고 씩씩한 소년으로 그려진다. 교실에서 우스운 소리도 잘 하고 명랑하여 친구들의 인기를 독차지하는 인물이다. 이런 창남이가 어느 날인가는 교복 바지도 안 입고 학교에 오더니 다음날에는 샤쓰도 없이 맨몸에 교복을 입고 등교를 한다. 선생님이 물어보니 동네에 불이 나서 바지는 이웃집 영감님께 벗어주었고 샤쓰는 어머니께 벗어주었다는 것이다. 어머니는 어찌하여 그 추운 날 창남이가 맨몸인 것을 알고도 샤쓰를 받아 입었을까. 아, 어머니는 앞을 못 보는 분이었던 것이다. 방정환이 창조한 '창남'이는 아마도 일제강점기라는 시대 분위기가 요구한 인물일 것이다. 나라를 빼앗기고 우울해있던 1920년대의 우리 민족에게는 창남이 같은 씩씩하고 활달하며 이웃을 위해 희생하는 인물이 필요했을 것이다. 작가는 창남이를 식민지 소년들의 모델로 제시한 것이다. 당시의 독자들은 창남이처럼 이웃을 위해, 부모를 위해 희생하는 마음을 요구받았던 것이다. 그러나 창남이 같은 나이의 소년 독자들이 감당하기에 식민지의 현실은 너무 가혹하다. 이웃집 영감님을 위

순위	작가	작품 제목(득표 수)	순위	작가	작품 제목(득표 수)
1	방정환	만년샤쓰(11)	5	현덕	나비를 잡는 아버지(7)
1	권정생	강아지똥(11)	9	황선미	마당을 나온 암탉(6)
1	권정생	몽실 언니(11)	10	이원수	잔디숲 속의 이쁜이(4)
4	정채봉	오세암(10)	10	이주홍	아름다운 고향(4)
5	마해송	바위나리와 아기별(7)	12	이금이	너도 하늘말나리야(3)
5	강소천	꿈을 찍는 사진관(7)	12	현덕	포도와 구슬(3)
5	이원수	숲 속 나라(7)			

해 바지를 벗어주고 맹인 어머니에게 샤쓰를 벗어주면서 혹독한 추위를 견디는 창남이에게서 우리는 어른들을 위해 죽어야 했던 효행설화 속 어린아이의 그림자를 본다. 작가의 무의식 속에는 손순매아 설화나 동자삼 설화를 구연하던 구연자의 의식이 잠재해 있었던 것은 아닐까.

『몽실 언니』의 몽실이도 어려운 시대 분위기에서 태어난 인물이다. 『몽실 언니』의 시대적 배경은 해방된 지 1년 반 후인 1947년 봄부터 6.25 전쟁이 한창이던 때이다. 모두들 못 살고 못 먹던 가난한 시기였고, 비극적인 전쟁이 온 나라를 휩쓸었던 시기였기에 고통스럽고 슬픈 현실을 살아야했던 사람이 몽실이만은 아니었다. 그리고 『몽실언니』는 '자기희생'이라는 주제로 단순화할 수 없는 묵직하고 다양한 메시지를 담고 있는 작품이다. 인생이라는 드라마에서 펼쳐지는 고통스런 삶과 그 가운데서도 피어나는 사랑의 숭고함, 전쟁과 생명의 의미에 대한 질문, 인민군도 사람으로 만날 때는 정도 있고 슬픔도 아는 존재라는 것 등이 그것이다. 다만 몽실이가 겪는 시련과 괴로움은 어린 아이가 감당하기에는 너무나 혹독한 사건이기에 이 이야기를 어린이가 겪는 희생담으로 읽지 않을 수 없는 것이다.

어린 몽실의 고통은 시대적 문제에서 기인하는 것만은 아니다. 몽실을 둘러싼 가족들이 몽실에게 과중한 짐을 지운 혐의가 짙기 때문이다. 몽실의 고통은 아버지 정씨의 무능, 새아버지 김씨의 이기심, 친엄마 밀양댁의 무책임 등에서 비롯된 것이다.

> 절뚝거리며 길을 걸을 때마다 몽실은 온몸이 기우뚱기우뚱했다. 그렇게 위태로운 걸음으로 몽실은 여태까지 걸어온 것이다. 불쌍한 동생들을 등에 업고 가파르고 메마른 고갯길을 넘고 또 넘어온 몽실이었다.
>
> 아버지가 그를 버리고, 어머니가 버리고, 이웃들이 그리고 이 세상에

있는 모든 칼과 창이 가엾은 몽실을 끊임없이 괴롭혔다.[41]

몽실은 이처럼 가족과 이웃과 사회의 괴롭힘 속에서 살아왔다. 몽실의 삶은 이 땅의 여인들이 살아온 인고의 삶과 다르지 않다. 친아버지 정씨와 새아버지 김씨는 누가 누군지 구별하기 어려울 만큼 닮아 보일 때가 있다. 술을 마시거나 화가 나면 어머니와 몽실에게 욕하고 때릴 때 그렇다. 이 땅의 가부장적인 남성들이 여성들을 어떻게 억업했는지를 보여주는 대목이다. 여성의 희생을 묘사한 부분은 난남에게서도 나타난다. 몽실의 동생 난남은 안네를 사랑한다. 그리고 자신도, 몽실이도, 양공주 노릇을 하던 금년이 아줌마도, 한국의 모든 여자들은 안네 같다고 생각하는 것이다.[42] 몽실이가 거지 노릇을 해가며 동생들을 키우고, 병든 아버지의 죽음까지 지키는 행동은 본인이 선택한 길이기에 자기희생이라고 볼 수도 있지만, 사실은 어쩔 수 없는 선택이기에 강요된 희생이라고 볼 수도 있다.

《만년 샤쓰》의 창남이나 《몽실언니》의 주인공들을 '근대가 만들어 놓은 아이들'이라고 설명하는 학자[43]도 있다. 자기 욕구를 억제하고 인고와 헌신으로 발전하는 스토리는 작가보다는 사회문화적 차원의 문제라고 할 수 있으며, 계급적, 민족적인 억압이 워낙 컸기 때문에 '일탈'과 더불어 상징적 '아비 죽이기'를 거치지 못한 어린이상이 유독 많았다는 것이다.

필자도 창남이나 몽실이가 우리의 근대가 요구한 인물이라는 점에 동의한다. 도시보다 농촌의 인구가 많았고 절대다수가 빈곤에 시달렸던 일제강점기나 1950년대의 한국 현실에서 창남이나 몽실이 같은 가난한 어린이는

---

41) 《몽실언니》, 창비, 291쪽

42) 같은 책, 290쪽.

43) 원종찬, 「아동문학의 주인공과 아동관에 대하여」, 『창비어린이』, 25호, 31쪽

흔히 볼 수 있는 어린이였고, 당시의 어린이 독자들에게는 정서적으로 공감하기가 쉬운 인물일 것이었기 때문이다. 시대적인 분위기를 감안해본다면 창남이나 몽실이는 어린이로서보다는 하나의 독립적인 인간으로 형상화되었다고도 볼 수 있다. 몽실이를 독립적인 한 인간으로 본다면 그는 시대가 요구한 인물이면서 바리공주나 심청처럼 희생과 자아 완성이라는 이중의 의미를 지니는 인물로 평가할 수 있다.

그러나 《몽실언니》에서 주요 사건이 펼쳐지는 시기가 몽실이 나이로 보면 일곱 살 때부터 열세 살 때(1947년부터 1953년까지)까지의 어린 시절이라는 점을 생각한다면 독립적인 인간이기 보다는 아직 어린 아이가 겪는 희생이라고 평가해야 한다. 특히, 이 작품이 아동을 독자로 상정한 아동문학이라는 점을 염두에 둔다면 몽실이의 자기희생과 헌신을 아름답게 그린 점도 그저 감동하고 칭찬하는 데 그칠 수는 없다. 어린 독자는 몽실에게 감정 이입을 하고 이야기를 읽어나가게 되면서 어린이의 자기희생을 내면화할 수 있기 때문이다.

의인동화 『강아지똥』에서 '강아지똥'이 민들레 뿌리로 스며드는 행위에는 두 가지 의미가 중첩되어 있다. 하나는 작가가 의도한 주제 혹은 표면적인 주제라고 할 수 있는 '자아실현'이고, 다른 하나는 작가가 의도하지 않은 주제이며 이면적인 주제라고 할 수 있는 '이웃을 위한 희생'이다. 온몸이 찌꺼기뿐이어서 어미닭의 먹이가 되지도 못하고, 길가에 떨어진 흙덩이보다도 못한 대접을 받는 강아지똥이, 별처럼 고운 민들레꽃을 피우는데 꼭 필요한 존재라는 깨달았을 때, 강아지똥의 삶은 저 높은 경지로 승화한다. 이것이 작가가 의도한 주제이며 표면적인 주제이다. 그런데 이 작품의 장르가 동화이고 내포독자가 어린이라는 사실에 주목할 때 이 작품의 의미역은 그 상태에 머무르지 않는다. 이 작품의 독자인 어린이들의 내면에 미치는 작품의 의미를 예상해보지 않을 수 없기 때문이다. 어린이들은 『강아지똥』을 읽으면서 어떤 인물과 자기를 동일시할까. 당연히 주인공 '강아지똥'일 것이다. 강아지똥이 한 치의 망설임도 없이 민들레 뿌리로 스며들어 별처럼 노란 꽃으로 살아났을 때 어린이들의 마음도 감동으로 부풀어 오른다. 그런데 바로 이 순간, 강아지똥의 헌신적인 희생이 아름다운 삶으로 전환될 때, 어린이들은 자신도 모르는 사이에 또 하나의 가치를 내면화하게 된다. 바로 어린이 자신이 누군가를 위한 희생의 주인공이 되어야 한다는 교훈이다. 이 주장이 다소 억지스럽게 생각될지도 모르지만, 《강아지똥》 이야기의 저변에 흐르는 다음의 논리적 과정을 보면 이 주장의 타당함을 인정할 수 있을 것이다. ①강아지똥이 민들레꽃을 위해 자신의 몸을 바친 일은 아름답다. ②독자인 어린이도 강아지똥과 같은 존재이다. ③그러므로 어린이들이 남을 위해 희생하는 일은 아름답다. 동일화와 조작술[44]로 불리는 이 과정은 사실 논리 전개에 문제가 있다. 독자인 어린이는 강아지똥과 같은 존재가 아니기 때문이다. 어린이들은 쓸모없는 존재도 아니고, 자아를 실현하기 위해서 누군가를 위해 희생하는 존재가 될 필요가 없다. 이러한 경로는 작가가 의도한 것이 아니었고, 예상하지도 못한 것이었지만, 결과적으로 어린 독자들에게 희생의 아름다움을 주입한 것이다.

그렇다면 작가는 어떻게 이런 작품을 쓰게 되었을까. 그리고 아동문학 연구자들은 왜 이 작품을 아동문학의 정전으로 추천을 한 것일까. 필자는 그 이유가 희생효설화의 영향 때문이라고 생각하는 것이다. 어렸을 때 들

44) '동일화'는 문학 작품의 캐릭터를 자기와 비슷하게 여기는 것이다. 어린이문학의 수많은 캐릭터들은 어리고 작아서 독자들이 동일화하기에 충분한 것이다. 동일화 다음에 조작술이 온다. 조작술은 비논리적인 해결에 도달하는 징검다리 역할을 한다.(페리 노들먼, 김서정 옮김,(2001), 《어린이문학의 즐거움》, 시공주니어, 118~119쪽.

고, 읽었던 손순매아 설화, 동자삼 설화, 심청전 등의 선행 텍스트들이 알게 모르게 작가와 연구자 들의 무의식으로 스며들어 이와 같이 어린이가 희생되는 작품을 아름다운 것으로 여기게 된 것이다.

이 작품이 어른을 독자로 하는 성인 문학 작품이라면 아무 문제가 없다. 이웃을 위해 희생하는 삶은 아름다운 삶의 여러 목록 가운데 중요한 한 가지가 될 수 있기 때문에 독자가 희생적인 삶을 선택하는 것은 완전히 그들의 자유의사에 달려 있다. 그러나 어린 아이들에게 희생의 아름다움을 설득하는 일은 자연스럽지 않다. 그들은 한참 더 성장해야 할 존재들이고 강렬한 생명력을 구가해야 할 존재들이기 때문이다.

정채봉의 『오세암』은 설악산 '오세암' 전설을 바탕으로 창작한 동화이다. 우리말의 아름다움을 최고조로 살려낸 문장과 섬세한 묘사, 감동적인 주제 때문에 한국 아동문학의 정전으로 꼽히곤 하는 작품이다. 그런데 어린이가 희생되는 비극적 전설을 바탕으로 창작한 서사 때문에 이 작품도 어린이를 독자로 하는 동화의 전범으로 꼽히기에는 문제가 있다.

이 동화의 중심 서사는 다섯 살짜리 아이 길손이가 얼마나 순수한 마음으로 관음보살님을 섬겼는가 하는 것이다. 길손이가 절에서 그렇게 말썽을 부리고 사고를 치는 것도 순수하기 때문에 모두 용서가 된다. 구름을 물병에 담고, 어린 동물들과 어울리는 길손의 행동은 童心如仙 그것이다. 겨우내 암자에 홀로 남겨져 있다가 끝내 목숨을 잃지만 이 동화에서 길손의 죽음 자체는 그리 중요하지 않다. 중요한 것은 길손이 죽었을 때 관음보살님이 현신하여 보살펴주었다는 것, 그리고 길손의 다비 때에 하늘에서 꽃비가 내리고, 누이 감이가 눈을 떴다는 것, 마을 사람들이 모두 음덕을 입었다는 것이다. 그렇다면 이 동화의 중심 서사는 어린이의 욕망에 의한 어린이의 삶이라고 볼 수 없지 않을까. 이 작품의 중심 서사는 다섯 살짜리 어린아이의 순진무구한 삶을 바라보는 어른들의 이야기이다. 이 이야기는 처음부터 끝까지 어른의 관점으로 전개된다. 눈 먼 거지 소녀 감이와 다섯 살 아이 길손이를 데려다 키우는 스님의 행동, 자신의 그런 처지도 모르고 천진무구 순수하기만 한 길손, 관음보살님을 엄마라고 부르며 재롱부리는 길손이의 동심 가득한 행동, 길손의 지극한 순수함에 감응한 관음보살의 현신, 이런 모든 것은 길손이를 바라보는 스님의 관점이고 이런 장면을 읽으면서 아름답게 느끼는 것은 어린이들이 아니라 성인 독자들이다.

길손은 왜 죽어야 했나. 서사의 논리로는, 스님이 길손을 암자에 홀로 남겨두고 마을로 내려갔다가 눈사태로 겨우내 길이 끊겼기 때문이다. 그러나 스님의 부주의는 서사적 개연성을 확보하기 위한 행위일 뿐이다. 작품의 주제를 구현하는 과정의 내적 논리로 보자면 길손의 죽음은 스님들의 각성과 마을 어른들의 감동적인 삶을 위한 계기로 작용한다. 지극히 순수했던 다섯 살짜리 아이가 관음보살님께 귀의한 덕분으로 누나는 눈을 뜨고, 세상에는 꽃비가 내려 순수함을 잃어버린 스님들과 어른들에게 삶에 대한 깨달음을 주었으니 그 기적은 오세 아이의 희생 덕분이다.

(2) 아동희생 동화의 문학교육적 함의

앞의 네 작품에 잠재해 있는 아동희생의 양상을 지적한 것은 이 작품들의 문학적 가치를 폄훼하거나 문학사적 위치를 평가절하하려는 의도가 아니다. 100여년 정도밖에 안 되는 우리 아동문학의 역사가 남긴 동화 가운데 위 네 작품은 문학성이나 주제로 볼 때 정전으로 꼽힐 만한 무게를 지니고 있음이 사실이다. 그러나 이상에서 논의했다시피 이 작품들의 저변에는 아동희생의 모티프가 깔려있는 것도 간과할 수 없다. 아동이 읽고 향유하는 아동문학은 아동의 편에 서야 한다. 정격시조가 그 향유자인 지배층의 이데올로기를 대변하고 사설시조와 민요가 그 향유자인 민중의 原望을 반영하는 것처럼 아동문학은 아동의 욕망을 긍정하고 아동의 생명력을 고양하는 데 이바지해야 한다. 아동문학이 마땅히 지향해야 할 이 명제는 아동문학의 세계적인 고전으로 인정받고 있는 작품이 웅변한다. 아스트린드 린드그렌은 엄격한 청교도 사회였던 스웨덴 어린이들에게 '말괄량이 삐삐'(《삐삐 롱스타킹》)라는 인물을 창조하여 어린이들을 해방시켰고, 마크 트웨인은 미시시피 강변에서 마음껏 자유와 모험을 즐기는 주인공(《허클베리핀의 모험》)을 창조하여 소년 독자들을 열광하게 하였다. 그리고 그런 작품들은 시공을 초월하여 어린이들에게 환영을 받고 있다.

아동문학을 공부하는 연구자들이나 동화 작가들은 위의 네 작품에 스며있는 아동희생의 문제점을 직시해야 한다. 문학교육 연구자, 교과서 집필자들이 권장도서를 선정하거나, 교과서에 작품을 게재할 때도 어린이들이 편에 서 있는 작품, 아동의 생명력을 고양하는 작품을 골라야하고, 어른의 입장에서 어린이를 희생시키는 작품의 문제점을 인식해야 한다.

4. 결론

아동문학에서 아동의 희생을 긍정적으로 표현하는 것은 바람직하지 않다. 그런데도 한국의 현대 동화에서 아동의 희생을 주제로 한 작품을 정전으로 평가하는 경향이 있다. 필자는 이런 작품을 정전으로 평가하는 문화적 토양에 대해 의문을 가졌다. 세계의 어느 나라나 신화나 전설, 민담은 동화의 뿌리가 되기 때문에 아동의 희생을 모티프로 하는 동화도 그 근원은 설화에서 찾을 수 있을 것이라고 생각하여 필자는 인신공희 설화의 유형과 특징을 고찰한 다음, 그 가운데에서도 어린아이를 희생물로 삼는 효행설화의 양상과 의미를 고찰하였다.

선행 연구들을 바탕으로 조사 연구한 결과 한국에는 효행설화가 다른 나라에 비해 유난히 많고, 더 나아가 인신희생을 담보한 효행설화는 한국에만 있는 것 같다는 점을 확인하였다. 그러므로 한국 아동문학의 정전으로 손꼽히는《만년 사쓰》,《몽실 언니》,《강아지똥》,《오세암》 등의 창작 과정에서도 한국에서 주로 발견되는 효행설화의 영향을 받았을 것이라는 추론이 가능하다. 또, 아동의 희생을 주제로 한 동화가 정전으로 평가 받는 이유도 아동문학 연구자가 성장 과정에서 아동 희생 설화를 많이 들었기 때문에 아동의 희생 설화의 모티프가 무의식 속에 저장되었고, 이를 아름답게 여기는 문화의 영향을 받았기 때문이라고 생각한다.

그러나 어린이들이 어른을 위해 희생하는 동화를 정전으로 평가하는 것은 옳지 않다. 어린이는 희생을 해야 하는 존재가 아니고, 마음껏 생명력을 구가해야하는 존재이기 때문이다. 동화작가나 연구자는 창작과 연구 과정에서 이런 점을 깊이 인식해야 하고, 문학교육 연구자도 정전을 선정하거나 교과서 게재 작품을 고를 때에도 이 문제를 고려해야 한다.

• 참고문헌 •

1. 자료

방정환재단(1997), **소파 방정환 문집** ,하한출판사

권정생(1984), **몽실언니**, 창비

권정생(1974), **강아지똥**,세종문화사

정채봉(2006), **오세암**, 샘터

창비어린이 2011년 겨울호

2. 논문 및 저서

강형선(2007), 〈인신희생설화의 양상과 기독교적 의미〉, 강릉대학교 교육대학원, 석사논문.

김영희(1994), 〈자식희생형 효부설화의 연구〉, 한국교원대학교 대학원 석사논문.

김환성(2004), 〈'희생효 설화' 중 살아 행위 설화에 대한 아동의 윤리 인식 태도 연구〉, 명지대 석사 논문.

박정세(1984), 〈희생설화와 희생양상〉, 《한국민속학》, 17집, 한국민속학회.

박종성(2002), 〈한국-동유럽 구비시가 비교연구의 한 측면-인신공희 주지(主旨)를 중심으로〉, 《구비문학연구》 15집,

복거일(2002), 《세계환상소설사전》, 김영사,

성낙수(2006), 〈'에밀레종 傳說'의 政治學的 讀解〉, 《한국문학연구》 331집.

신호림(2014), 〈희생대체의 원리와 〈동자삼〉의 제의적 성격, 《우리문학연구》

43집.

신호림(2015), 〈'孫順埋兒' 條에 나타난 犧牲孝 화소의 불교적 포섭과 그 의미〉, 우리문학연구 45집

심우장(2007), 〈효행설화와 희생제의의 전통〉, 《실천민속학연구》, 10호.

심우장(2007), 〈효행설화와 희생제의의 전통〉, 《실천민속학연구》, 10호.

원종찬, 「아동문학의 주인공과 아동관에 대하여」, 『창비어린이』, 25호.

이영수(2004), 〈한국설화에 나타난 인신공희의 유형과 의미〉, 《한국학연구》 13집.

이정재(2009), 〈희생제의 설화의 원형성 연구〉 -인신 공희설화 중심, 《한국구비문학》, 28집, 한국구비문학학회.

장덕순(1970), 《한국설화문학연구》, 서울대출판부, 16~41쪽

정경민(2012), 〈자녀희생효설화에 나타난 '효'와 '모성'의 문제〉, 《한국고전여성문학연구》 24집.

홍문표(1993), 《문학비평론》, 양문각, 180쪽.

로이스 타이슨, 윤동구 옮김(2012), 《비평이론의 모든 것》, 앨피.

르네 지라르, 김진식 박무호 옮김(2000), 《폭력과 성스러움》, 민음사.

페리 노들먼, 김서정 옮김,(2001), 《어린이문학의 즐거움》, 시공주니어.

필립 아리에스, 문지영 옮김(2003), 《아동의 탄생》, 새물결.

제3장

SF아동청소년문학과 과학적 상상력

- SF소설의 개념, 특성, 범주와

한국 SF아동청소년문학에 나타난 시공간을 중심으로

1. 서론 - 왜 SF인가

이세돌이 알파고에게 충격적인 패배를 당한지도 1년의 세월이 지나서 이제는 인공지능의 가공할 능력이 그리 놀랍지도 않다. 4차 산업 혁명이라는 말도 벌써 낡은 어휘가 된 느낌이다. 인공지능과 다양한 과학 기계가 결합된 자율주행차가 미국에서는 3년 후, 한국에서도 5년 이내에 상용화되리라는 소식이 들린다. 의사소통이 가능한 인공지능 스피커 '팅커벨'이 상업화되어 우리의 일상 속으로 깊숙이 들어와 있고, 중국의 로봇 공학자는 자신이 만든 로봇과 결혼을 하였다. 미국의 한 정보기술(IT) 회사가 직원 몸속에 쌀알 크기의 생체 칩을 심어 각종 업무를 관리하기로 했다고 한다. 〈워싱턴 포스트〉는 25일 위스콘신주 리버폴스 소재 아이티 기업 '스리 스퀘어 마켓'이 미국 최초로 자사 직원들에게 무선주파수인식(RFID) 기술이 들어간 칩 이식을 제안했다고 보도했다.[1] SF소설이나 영화에서 보았던 장

1) 7월 26일자 한겨레신문

면이 이제는 우리의 현실 속으로 들어와 있다. 과학 기술은 우리의 일상을 어떻게 바꿔놓을 것인가. 지금보다 인공지능이 훨씬 더 발전하여 인간의 능력을 뛰어넘는 로봇과 함께 생활할 우리 사회는 어떤 변화가 초래될 것인가. 정말로 이러한 현실은 SF 이야기에서나 마주치던 사건이 아니다. 가까운 미래에 우리가 살아야 할 세상인 것이다.

일반문학이나 아동청소년문학에서 SF장르는 변방의 문학으로 인식되어 온 면이 있다. 공상과학소설로도 번역되는 SF는 '공상'이라는 어휘가 주는 허황한 느낌으로 인해 흥미 위주의 상업적인 문학으로 그저 소비되는 데 만족하면 되는 장르로 인식되어 왔다. 따라서 진지한 문학을 업으로 하는 작가나 문학 연구가들은 SF를 본격적으로 다루려하지 않았다. 그러나 SF문단에서는 SF가 더 이상 변방의 문학으로 남아있기를 거부하고 있다. 아동청소년문학 관련 학회에서 SF장르를 학술적인 주제로 논의하는 것도 한국 아동문학계에서 오늘이 처음인 것 같다. 때 늦은 감이 없지 않은 것이다.

문학가들이 SF에 별 관심을 두지 않았던 것과는 달리 아동청소년들의 삶에서 SF가 주는 의미는 가볍지 않다. 예컨대, 어려서 만화영화 《마징거 Z》와 《로봇 태권V》를 보면서 열광했던 어린이가 자라서 지금은 로봇을 연구하는 과학자가 되어 어렸을 때의 꿈을 현실화해가고 있다. 로봇 연구가이자 뇌과학자 정재승은 훈이가 하던 태권도 동작을 따라 하던 로봇 태권V와 같이 사람의 동작을 따라하는 로봇을 개발하고 있다.

SF소설은 성격상 저학년물은 존재하기 어려워서, 고학년 독자를 대상으로 한 작품이 대부분이며, 아동문학보다는 청소년문학 분야의 작품이 양적으로 질적으로 더 풍성해지고 있는 형편이다. 뛰어난 성인 SF소설을 발표하던 작가들이 청소년소설 창작에 참여함으로써 한국의 SF청소년소설은 본격문학 수준으로 도약하고 있으며 독자층도 두터워지고 있다. 미래 사회의 주역으로 활동할 청소년들이 SF의 팬덤으로 등장하는 현상은 SF소설의 독자들을 미리 확보할 수 있다는 측면에서 SF문단에도 좋은 일이며, 한국의 미래 사회를 위해서도 바람직한 현상이다.

본고는 SF아동청소년문학의 제반 문제를 논의하기 위한 마당을 펼쳐놓는 의미에서 SF소설의 개념과 특성, 범주를 논의하고, 한국의 아동청소년 SF소설에서 상상한 시공간의 양상과 그 의미를 탐색해보기로 하겠다. 아울러 훌륭한 문학으로 도약하기 위해 갖추어야 할 SF문학의 조건을 검토해보기로 하겠다. 훌륭한 SF문학의 조건은 결국 SF문학이 독자들에게 주는 효용과도 맥락이 상통된다.

2. SF의 개념, 특성, 범주

여기서는 SF의 개념과 명칭, 특성, 범주 등에 대해 살펴보기로 하겠다. 이렇게 이질적으로 보이는 여러 가지 사항들을 한꺼번에 논의하는 이유는 이것들이 서로 맞물려 있고, 얽혀 있어서 한꺼번에 논의하는 것이 효율적이기 때문이다. 개념 정의를 하다보면 특성을 설명하게 되고, 특성을 이야기하다보면 이 장르의 범주를 논의하지 않을 수 없다.

(1) SF의 전통적 정의와 범주

일반적으로 'SF(Sciencs Fiction)'는 우리말로 '과학소설', '공상과학소설'이라고 번역되어 쓰이기도 하지만 그냥 'SF'라는 명칭이 더 널리 쓰인다. 'Sciencs Fiction'이든 '과학소설'이든 명칭만 들어도 우리는 이 문학 장르의 개념과 특성과 범주를 어느 정도는 짐작할 수 있다. 가장 대중적이고 상식적인 SF의 정의(이 정의에는 자연스럽게 특성과 범주도 포함되어 있다.)는 아마도 다음과 같은 것이다.

과학소설 [science fiction, 科學小說]

① 자연과학의 해설을 소설 형식으로 쓴 것, ② 과학의 선전·보급을 위하여 소설 형식으로 연애나 각종 사건을 엮은 것(예를 들면 성병이나 결핵 예방의 소설), ③ 자연과학을 트릭으로 한 추리소설이나 탐정소설, ④ 현재의 과학 수준에서 과학의 발전, 장래, 인류의 운명 등의 예상을 소설 형식으로 다룬 것 등이 포함된다.(밑줄 필자) ([네이버 지식백과] 과학소설 [science fiction, 科學小說] (두산백과)

사이언스 픽션(Science Fiction), 또는 줄여서 SF는 미래의 배경, 미래의 과학과 기술, 우주 여행, 시간여행, 초광속 여행, 평행우주, 외계 생명체 등의 상상적 내용을 담은 픽션 장르이다. 소설인 경우 과학 소설(科學小說)이라고 한다. SF는 종종 과학적인 것을 포함한 여타 혁신의 잠재적인 결과를 탐구하여, "아이디어 문학"이라 불리곤 했다. (밑줄 필자) (위키백과)

위의 설명 가운데, 가장 중심적인 어휘는 물론 '과학'이고, 대중들의 상식에 가장 부합되는 정의는 밑줄 친 부분이라고 생각된다. 위의 정의는 SF라는 용어를 처음 사용한 휴고 건스백(Hugo Gernsback)의 정의에서 유래한 것인데, 그는 SF를 '쥘 베른, H.G.웰즈, 에드거 앨런 포의 스토리 유형-과학적 사실과 예언적 비전을 혼합한 매력적인 로망스'라고 하며, '과학적 사실'과 '예언적 비전'을 SF의 주요한 특징으로 보았다.[2] 그러나 현재의 'SF'분야의 작품들을 읽어보면 위와 같은 정의를 벗어나는 작품이 많다는 사실을 금방 알게 된다. 아동청소년문학 동네의 SF장르도 마찬가지다. 왜 이런 현상이 발생하게 되었을까.

여기서 장르의 생성과 성장, 소멸의 과정에 대해 잠깐 생각해 볼 필요가 있다. 한 장르가 생성 될 때 그 장르의 명칭이나 개념, 범주를 먼저 설정하고 그에 맞추어 작품이 쓰이는 것이 아니다. SF장르도 마찬가지다. 학자들은 최초의 SF작품이 메리 셸리(Mary Shelly) 여사의 〈프랑켄슈타인(Frangkenstein)(1818)〉이라는 데 의견을 같이 하고 있는데, 이 작품이 발표되었을 때는 SF라는 명칭도 없었고, 독립된 문학 형식으로 인정을 받지도 못하였다. 이후 1세기 동안 과학 기술이 비약적으로 발전하여 철도, 자동차, 비행기 등이 발명되면서 전통적인 세계관이 흔들리게 되고 작가들은 놀라운 과학적 문물에 바탕을 둔 새로운 상상력에 의한 작품을 쓰게 되었는데, 그 대표적인 작가가 에드거 앨런 포우(1809~49), 쥴 베르느(1828~1905) 등이다. 이런 후속 작가들이 과학이 훨씬 더 발전할 미래의 세계를 상상한 이야기를 발표하고, 이런 작품이 여러 편으로 늘어나 한 가족을 이루게 되자 SF라는 명칭도 생기고 한 장르가 형성된 것이다.

SF라는 장르가 형성된 지도 200여년이 지난 지금은 과학 기술도 엄청나게 발전했을 뿐만 아니라 그에 바탕을 둔 작가들의 상상력도 대단히 자유분방해져서 SF의 성격도 매우 다양해졌다. 현재의 SF는 전통적으로 정의되

---

2) 고장원(2015). 『SF란 무엇인가』부크크. 2015. 54-55쪽

던 '과학'이라는 범주를 훌쩍 벗어난 지도 한참이 지났다. 지금도 과학은 SF의 중요한 모티프가 되고 있지만 SF작가들이 SF소설이라고 인정하는 작품들 중에서 과학적 논리를 전제하지 않고 쓴 작품은 아주 흔하다.

(2) SF와 판타지의 특성과 범주

과학적 근거, 즉 비현실적 사건에 대한 합리적인 설명의 유무는 SF와 판타지를 구별하는 자질이었다. 소설 안에서 일어나는 비현실적인 사건을 과학적 근거를 들어 설명하려 시도하거나 과학적 근거를 암시하면 SF소설이고, 비현실적 사건이 과학적 논리와는 무관하게 펼쳐지면 판타지라고 했었다.[3] 예를 들면 영화 《쥬라기 공원》의 첫 장면에서는 공룡을 복원하는 과정이 상세히 설명된다. 호박에서 모기의 피를 채취하였고, 그 피에서 공룡의 DNA를 뽑아서 어찌어찌 하여 공룡을 복원하였다는 것이다. 관객들은 그럴듯한 과학적 설명을 믿고 영화를 즐긴다. 이런 이야기를 전형적인 SF라고 할 수 있다. 반면에 《해리포터》 시리즈에서 해리포터가 비현실의 세계 호그와트로 가려면, 킹스크로스역의 9와 3/4 플랫폼에 가서 기차를 타기만 하면 된다. 과학적으로 어찌어찌해서 벽을 뚫고 9와 3/4플랫폼으로 갈 수 있었다는 설명 같은 것은 아예 없다. 이런 이야기가 판타지이다.

그런데 실제의 SF나 판타지의 사건들 가운데는 이것이 과학적으로 가능

---

3) Sylvia Louise Engdahl, "The Changing Role of Science Fiction in Children's Literature," *Horn Book Magazine*(October 1971): p.450. Charlotte S. Huck 외, "Children's Literature in the Elementary School. 7th Edition," McGraw-Hill, 2001. p.334에서 재인용

한 사건인지, 그저 판타지적인 설정인지 구별하기가 모호한 상황이 자주 발생한다. 최근에 발간된 우리 청소년 SF소설에서도 이런 상황이 쉽게 발견된다. 유니크한 SF작가 듀나의 연작소설집 《아직 신은 아니야》에는 초능력이 당연해진 세계에서 펼쳐지는 기이한 사건이 난무한다. 염동력자(염력으로 물리적인 힘을 쓸 수 있는 능력자)와 배터리(자신이 염동력자가 될 수는 없지만 그에게 에너지를 제공할 수 있는 능력자)가 힘을 합쳐 살인을 저지르기도 하고, 돼지들이 사육장에서 탈출하여 초능력자를 꿈꾸기도 한다. 정소연의 《옆집의 영희씨》에도 과학적 논리로는 설명하기 어려운 사건이 자주 등장한다. 어느 바닷가 마을의 특정한 구역의 바다에 물거품이 솟아나고, 죽은 사람의 얼굴이 떠오른다. 하나같이 그리운 얼굴들이다.(〈마산앞바다〉) 이 작품들은 SF인가 판타지인가.

판타지와 SF에는 다른 세계로 들어가는 모티프가 자주 등장한다. 장롱을 통해서 나니아 세계로 들어가기도 하고(C.S 루이스 《나니아 이야기》), 담장을 넘어 라온제나로 들어가기도(공지희, 《영모가 사라졌다》) 한다. 이처럼 1차 세계(현실계)와 2차 세계(비현실계)를 왕복하는 유형의 판타지를 교통형 판타지라고 하는데 이런 이야기가 SF에도 자주 나온다. 타임머신을 타고 과거나 미래의 세계를 방문하기도 하고, 초광속 우주선을 타고 외계를 여행하기도 한다. 〈앨리스와의 티타임〉 (정소연, 《옆집의 영희씨》)에서는 아무런 기계 장치를 사용하지 않고(아니, 어떻게 오가는지를 아예 설명도 하지 않고) 과거 세계와 미래 세계를 마음대로 오가는 인물이 등장한다. 이쯤 되면 판타지와 SF를 구별해주었던 앞의 준거는 무색해진다. 어떤 자질, 다시 말하면 환상성의 유무, 또는 비현실적 사건에 대한 합리적 근거 같은 자질로 SF와 판타지를 구별하기는 참 어려워졌다. 전 시대에는 그것이 가능했지만 SF작가들의 상상력이 다양해지고 SF의 영역이 확장되면서 판타지와 겹쳐지는 지점이 자주 발생하곤 하는 것이다.

그렇다면 판타지와 SF를 '구별하는' 준거는 필요가 없는가. 나는 '그렇다'고 말하고 싶다. '구별하는' 기준이나 준거는 이제 그 기능을 하지 못하기 때문이다. 그렇다면 두 장르를 구별하지 말고 합치자고? 그건 아니다. 엄연히 성격이 다른 두 장르가 존재하기 때문이다. 나는 두 장르를 구분하기보다는 각각의 장르의 두드러진 특성을 전경화으로써 현재의 장르 양상을 정리하는 것이 바람직하다고 본다. 어차피 이론가들은 창작 현장을 따라다니면서 변화무쌍한 교통 상황을 정리해주는 운명을 타고 났다.

그렇다면 판타지와 SF의 특성은 무엇인가.

SF장르의 본질적 특성은 사고 실험이다. 최초의 SF소설이라고 인정받는 《프랑켄슈타인》은 과학자가 과대한 탐구욕으로 신의 영역에 도전한다면(죽은 자들을 부활시켜 새로운 생명체를 만들어낸 행위) 어떤 결과가 초래될 것인지를 경고하면서 신과 인간의 관계를 생각해보게 하는 작품이다. 이후 과학의 발전으로 초래될 인류의 미래에 대한 가상 실험은 SF소설의 단골 주제가 되었다. 올더스 헉슬리의 《멋진 신세계》, 조지 오웰의 《1984년》 등이 모두 과학의 지식과 상상력으로 인류의 미래를 가정해보고 작가 나름대로의 사고 실험 결과를 제시하는 작품이다.

우리 SF아동문학 작품도 이런 종류의 작품이 많다. 《열세 번째 아이》(이은용, 문학동네)는 부모가 원하는 대로 설계된 맞춤형 아이 '시우'가 인간보다 뛰어난 감정을 지닌 로봇 '레오'와 나누는 경쟁과 우정의 과정을 그린 작품이다. 유전공학과 로봇 기술이 발전할 미래 세계는 부모의 마음대로 아이의 형질을 조절하고, 인간의 하인 역할을 하는 로봇을 만들어낼 수 있겠지만 과연 그러한 세계는 행복하기만 할 것인가를 묻고 작가 나름대로의 전망을 제시한다.

그런데 사고 실험은 이와 같이 과학이 발전할 미래 세계를 대상으로만 펼쳐지지 않는다. 복거일의 《비명을 찾아서》(문학과지성사, 1981)를 보자. 청년 안중근이 하얼빈 역에서 이토 히로부미를 저격하였으나, 총탄이 빗겨나가 그는 죽지 않았다. 이토가 다시 살아나 계속 일본의 권력을 잡았다면 온건주의자 이토는 진주만 공습을 감행하지 않았고, 2차 대전도 일어나지 않았을 것이다. 일본은 세계 2위의 초강대국으로 한반도를 합병하여 한반도에 사는 어느 누구도 조선말을 할 줄 아는 자는 물론이고, 조선이라는 나라 이름을 아는 자도 없게 된다. 역사상의 중요한 사건을 현재의 역사적 사실과 달리 가정하여 상상해보는 이런 장르를 '대체역사소설'(alternative history)이라고 하는데, SF문단에서는 이런 소설도 SF소설의 범주에 포함한다. 어슐러 르 귄의 〈오멜라스에서 걸어나온 사람들〉은 영어로 쓰여진 가장 중요한 SF 단편으로 알려진 작품이지만 과학적 사고와는 무관하다. 그래도 SF문단에서는 그 작품에 휴고 상을 주고 SF장르의 대표작으로 인정하고 있다.[4]

좀더 예를 들어보자. 폴 앤더슨의 《뇌파(Brain Wave)》(1954)는 단 한 사람이 아니라 인류 대다수의 IQ가 일제히 500까지 치솟는 이야기다. 원인은 2억5천만 년 걸려 은하계를 일주한 태양계가 갑자기 낯선 역장(力場)에 들어선 까닭이다. 알고 보니 원래 은하 대부분의 지역에서 인간 지능은 IQ500을 유지해야 정상이건만 간간이 두뇌 신진대사 속도를 유독 떨어뜨리는 지대가 있는데 때마침 그곳에서 벗어났던 것이다. 소설은 이러한 격변이 사람들을 행복하게 할지 묻는다.[5] 한편, 주제 사라마구의 《죽음의 중

---

4) 듀나, SF라는 명칭, 듀나의 영화낙서판, http://www.djuna.kr/movies/etc_2000_08_25.html

5) 고장원(2017), 〈SF의 힘〉, 청림출판, 55쪽.

지》에서는 어느 해 새해 첫날부터 갑자기 어떤 사람도 죽지 않게 되는 일이 벌어진다. 이유는 알 수 없다. 두 소설의 차이를 보자면, 전자는 기이한 사건이 벌어지게 된 이유를 과학적으로 설명하려 하고, 후자는 그 원인에 대해 이러쿵저러쿵 말하지 않는다. 그냥 그렇게 됐다는 것이다. 그런데 두 소설에 제기하는 문제 제기 방식은 동일하다. 모든 사람의 IQ가 매우 높아졌을 때 인류는 행복하게 될까. 모든 사람이 죽지 않게 되었을 때 인류는 행복해질까. 혹은 어떤 문제가 생길까. 원인을 과학적으로 설명하든, 아무 설명 없이 사건만 제시하든 두 소설의 공통점은 인간에게 이러이러한 변화가 생겼음을 가정하고 인간들의 사회는 어떻게 될까를 예측해보자는 것이다. '만약'을 가정하고 질문을 제기함으로써 인류의 미래를 생각해보게 하는 사고실험이 이 소설들의 특성이자 목적이기 때문에 두 경우는 모두 SF 장르라고 할 수 있다.

앞의 《비명을 찾아서》나 《죽음의 중지》 같은 소설들을 묶어서 사변소설(思辨小說, speculative fiction)이라고도 하는데, 이 작품들도 요즘은 SF 장르에 포함시키고 있다. 과학이 발전할 미래 사회를 가정하고 인류의 운명을 상상해보는 소설이나, 과거의 어느 시점에 역사적 사실이 바뀌었음을 가정하고 현재의 인간의 삶을 상상해보는 소설의 공통적인 특성은 '만약'을 전제로 사건을 펼쳐보고 그 결과를 예측해보는 '사고 실험'의 과정이다. 즉, 사고 실험은 SF장르의 본질적인 특성이다.

판타지 작품에서는 이런 종류의 사고 실험을 시도하지 않거나, 사고 실험의 면모가 보이는 작품이 있다고 해도 그것이 그 작품의 본질적인 특성은 아니다. 그렇다면, 판타지의 특성은 무엇인가. 그것은 리얼리즘 소설과의 비교를 통해서 더 잘 드러난다. 리얼리즘 소설은, 세계를 신화적인 견지에서 보다가 차츰 이성적, 또는 경험적 견지에서 보는 방향으로 발전해가는 이야기이다. 과학이 발전함에 따라 인간의 허구적인 문학 작품도 현실을 적실히 반영하는 리얼리즘의 경향을 띠게 되는 것이다. 그런데 리얼리즘의 시대에도 어떤 이야기꾼들은 자연과 초자연의 차이를 의식하면서도 고의적으로 초자연적인 사건을 그려내기도 하는데 이런 종류의 소설을 'Fantasy'라고 부른다.[6] 즉, 판타지의 특성은 초자연적인 사건과 상상력을 바탕으로 인간과 인간성의 본질을 탐색하려는 문학이라고 할 수 있다.

정리하자면, SF와 판타지를 구별하는 기준을 어떤 자질로 설정하는 일은 어렵게 되었으니, 두 장르의 특성을 살펴서 어떤 작품이 어떤 장르적 속성이 우세한가를 판단하자는 것이다. 다시 말하면, SF의 특성은 사고실험이고, 판타지의 특성은 초자연적 사건과 상상력을 바탕으로 인간성의 본질을 탐색하는 것이다. SF와 판타지의 차이는 시공간의 개념을 적용하여 다음 章에서 더 논의해보기로 한다.

3. 한국 아동청소년SF에 제시된 시공간의 양상과 그 의미

(1) SF 시공간의 특성

이야기문학은 ①인간(또는 의인화된 생물이나 사물)이 ②세계와 ③상호작용함으로써 이루어진다. 이 요소들을 소설적인 용어로 각각 인물, 배경(환경), 사건이라고 한다. 이 중에서 배경은, 인물의 행위가 벌어지는 물리적인 장소, 행위가 펼쳐지는 시기, 인물이 처한 종교적, 도덕적, 사회적 상황

6) 로버트 스콜즈, 에릭 라프킨, 김정수 박오복 옮김(1993), 《SF의 이해》, 평민사, 13쪽.

등의 요소로 형성된다. 일반적인 소설의 경우 배경은 인물의 행위가 벌어지기 위한 마당의 기능을 하는 것이 보통이지만, 작품에 따라서는 배경이 오히려 행위를 통제하는 듯한 것도 있다. 예컨대, 농촌의 생활상을 부각시키기 생활의 터전과 풍습을 자세히 묘사하다 보면 인물이 큰 배경에 파묻힌 인상을 준다.[7] 과학소설은 이런 경우보다 더 배경의 묘사가 중요하며, 배경이 인물의 행위에 직접적인 영향을 미친다.

그런데, 근래의 서사학계에서는 이 배경과 유사한 개념으로 '시공간'이라는 용어를 많이 사용한다. '시공간'(Chronotope)이라는 개념은 바흐친이 아인슈타인의 현대 물리학 이론에 아이디어를 얻어 문학이론으로 발전시킨 것으로, '문학에서 예술적으로 표현된 시간과 공간 사이의 내적 연관'으로 정의된다.[8] 배경이 장소와 시간의 조합을 가리키는 개념이라면, '시공간'은 시간과 공간의 분할할 수 없는 통일성을 나타내며, 이는 상호의존적이다. 아동문학에서 이 개념이 유용한 이유는 이것이 포괄적 범주이기 때문이다. 즉, 특수한 형태의 시공간은 특별한 장르와 텍스트 유형에 독특하게 나타난다.[9] 예를 들면 장르나 텍스트 형태에 따라 민담 시공간, 미스터리 시공간, 전원시 시공간 등으로 시공간을 기준으로 하위분류가 가능하다는 것이다. 이를 참조하면 SF라는 장르도 'SF아동소설 시공간'이라는 분류가 가능할 것이며, SF시공간의 양상과 의미를 논의해 볼 수 있을 것이다. 특히 SF소설은 소설의 세 가지 기본 요소 가운데, '배경' 즉 '시공간'이 강조되는 장르이며 더 나아가 시공간의 창조가 바로 과학소설 작가의 창작 의도라고

---

7) 이상섭(1976), 문학비평용어사전, 민음사, 92쪽

8) 개리 모슨·캐릴 에머슨, 「시공성의 개념」, 여홍상 편, 『바흐친과 문학이론』, 문학과 지성사, pp.151-181.

9) 마리아 니콜라예바, 조희숙 외 옮김(2009), 《아동문학의 미학적 접근》,교문사, 177쪽.

까지 할 수 있다. '과학소설의 주인공은 등장인물이 아니라 그를 둘러싼 독창적인 세계다. 과학소설을 쓰는 작가 입장에서 더욱 중요한 관심사는 이야기의 토대나 배경을 어떻게 설정해서 그로 말미암아 독자들에게 어떤 경이로운 통찰을 제공할 수 있느냐에 있다.'[10]

SF소설의 특성을 시공간의 관점에서 파악해보기 위해서 리얼리즘 소설의 시공간, 판타지소설의 시공간과 비교해보기로 하자. 시공간의 관점에서 이야기문학의 역사적 흐름을 나병철은 다음과 같이 정리하였다.[11]

〈표 1〉 서사문학의 시공간

	설화(신화)	고소설	근대소설
이야기 시공간	근원적 과거 신성성	관념적 과거 관념성	서사적 과거 현실성
화자-감상자 시공간	현존하는 화자-청중	부재(현존)하는 화자-독자	개별적 화자-독자
관계	존재론적 이질성 신성성 즉자적 수용	인간적 관념의 동질성 시공간적 이질성 관념적 결속성	현실적 동질성 현재화할 수 있는 과거
서사담론	구연체	더라체	었다체

근대소설의 중요한 특징 중의 하나는 이야기 시공간과 화자-독자 시공간 사이의 동질성이 회복되었다는 점이다.[12] 이것은 고소설의 시공간과 독자(감상자)의 시공간이 관념적으로는 동질적이었지만, 시공간적 관계로 볼 때는 이질적이었던 상황과 대비된다. 리얼리즘 소설은 독자가 살고 있는 '지

10) 고장원(2008), 《SF의 법칙》, 살림.

11) 나병철(1998), 《소설의 이해》, 문예출판사, 80쪽.

12) 나병철, 소설의 이해, 80쪽

금 - 여기'의 현실을 이야기하고 있기 때문에 독자는 소설 속에 전개되는 시공간과 자신이 살고 있는 세계의 시공간을 일치시키며 이야기를 읽는다. 또 근대소설(리얼리즘 소설)의 시공간은 이야기의 시공간이 독자가 머물고 있는 현실의 시공간을 그린다는 점에서 객관적 시공간이라고 할 수 있다.

반면에 SF의 시공간은 독자가 머물고 있는 시공간과는 이질적이다. SF의 이야기 시공간은 가상적 시공간이라고 할 수 있다. 과학이 극도로 발전한 미래가 배경이 될 수도 있고, 초능력이 일상화된 대한민국 어느 소도시가 배경이 될 수도 있지만, 어쨌든 SF의 시공간은 가상적 시공간이다. 이것을 작가가 창조한 주관적 시공간이라고 할 수 있다. 그리고 독자는 이 가상적 시공간에서 벌어지는 사건을 읽어가며 독자가 머물고 있는 현재의 시공간인 '지금-여기'의 삶을 비판하고 자신과 타자의 관계를 반성적으로 사색한다. 즉, 독자와 SF의 시공간은 추론적 관계라고 할 수 있다.

한편, 판타지도 이야기의 시공간과 독자의 시공간이 이질적이라는 점에서는 SF와 같다. 다만, 이야기 세계와 독자의 세계 간의 관계에서 SF의 시공간이 가상적 시공간인데 반해, 판타지의 시공간은 마법적 시공간이라고 할 수 있다. 《마법사의 조카》에서는 판타지 세계의 위치를 다음과 같이 묘사하고 있다.13)

> 다른 세계는 다른 행성이란 뜻이 아냐. 행성은 우리가 사는 세계의 한 부분이고, 네가 아주 멀리 가기만 하면 닿을 수 있는 세계지. 그러나 정말로 다른 세계… 다른 종류… 다른 우주라서 이 우주 공간을 아무리 여행해도 결코 갈 수 없는 그런 세계야. 오직 마법을 통해서만 갈 수 있는

---

13) 마리아 니콜라예바, 앞의 책 181,쪽.

세계… 어떠냐!

판타지의 시공간은 마법을 통해서만 도달할 수 있는 곳이다. 반면에 SF의 시공간은 멀리 가기만 하면 닿을 수 있는 세계이다. 우주선을 타고 가거나 타임머신을 타고 갈 수도 있다.(전통적인 SF장르에서는 그렇다는 말이다. 앞 장에서 논의한 대로 요즘에는 SF장르의 영역이 확장되어 꼭 합리적인 방법으로 도달할 수 있는 것은 아니다.) 지금까지 논의한, 리얼리즘 소설, SF소설, 판타지 소설의 시공간을 표로 정리하면 다음과 같다.

<표 2> 리얼리즘 소설, SF소설, 판타지소설의 시공간 비교

	근대소설(리얼리즘소설)	SF소설	판타지 소설
이야기 시공간	현실적 시공간 객관적 시공간	가상적 시공간 작가의 주관적 시공간	마법적 시공간
독자의 시공간	현실적 시공간	현실적 시공간	현실적 시공간
이야기 시공간과 독자 시공간의 관계	동질적	이질적이며 추론적	이질적이며 환상적

그러므로 SF장르는 작가가 설정한 작품 속의 시공간 자체가 작품의 메시지를 표현하고, 이야기의 재미를 구축하는 데 지대한 역할을 한다. 여기서, SF소설의 시공간을 형성하는 요소로는 가상의 미래나 우주, 해저 같은 시공간적 요소 뿐 아니라, 특수한 인물이나 인물의 능력, 과학적 법칙 등도 포함된다. 예컨대, 외계인이나 안드로이드, 로봇 같은 인물, 염동력, 귀신과의 대화 능력 같은 초능력, 광선총, 순간이동장치 같은 과학 기술, 기존의 물리법칙과 모순되는 과학적 법칙 등까지 포함된다. SF는 인물이나 과학적 장치, 법칙 등이 작가가 창조한 세계를 형성하고 작동시키는 필수

적인 요소들이기 때문이다. 그래서 SF가 설정한 사회의 시스템이나 과학의 발달 수준, 신기한 기계, 인물의 초능력 정도 등등을 읽어내는 것만으로도 작품의 주제나 세계관을 상당 부분 짐작할 수 있으며 때로는 작품의 문학적 성취 수준을 가늠할 수 있다.

그러므로 아동청소년SF 작품을 논의할 때 소설에서 설정한 배경(환경)이나 시공간을 중심으로 그 특성을 살펴보는 것도 SF소설을 분석적으로 이해하는 좋은 방법이 될 수 있다. 우리 SF 아동청소년 문학에서 그려지고 있는 시공간의 양상과 그 의미, 시공간과 사건, 시공간과 주제와의 관련성에 대해 살펴보기로 한다.

(2) 초창기(1950~60년대) SF아동소설의 시공간 양상과 그 의미

한국 SF아동소설의 개척자는 한낙원(韓樂源, 1924~2007)이다. 그는 《잃어버린 소년》(1953년 연합신문 연재, 1959년 출간)과 《금성탐험대》(소년세계사, 1957) 등 흥미 있는 SF소설을 많이 발표하여 당시의 소년 독자들에게 과학적 상상력과 꿈을 불어넣은 작가였다. 이 두 작품은 모두 주인공이 지구의 우주 개발 기지를 출발하여 우주선을 타고 우주를 탐험하는 과정을 보여준다. 《잃어버린 소년》의 시공간은 세계 연방 정부가 수립된 미래의 어느 시점의 한라산 우주과학연구소와 우주 공간이다. 주인공 용이와 철이 현옥은 특별 훈련생으로 우주선 X-50호를 타고 우주 정거장으로 비행하다가 우주의 괴물들에게 납치를 당한다. 《금성탐험대》의 시공간도 비슷하다. 시대적 배경은 분명하지 않지만 금성을 탐험하는 스토리로 보아 미래의 어느 시점이다. 무대는 하와이 우주항공학교와 우주선, 금성 등이다. 주인공은 한국인 학생 고진과 최미옥인데, 이들은 금성을 탐험할 목적으로 미국 정부가 쏘아올린 우주선에 탑승하려다 고진은 소련의 스파이에게 납치되어 소련 우주선에 오르고, 최미옥은 미국의 우주선에 탑승하여 일대 활극이 벌어진다. 이 작품에서는 우주선 내부의 생활상을 자세히 묘사하고, 금성을 탐험하는 과정도 구체적으로 보여준다.

한낙원의 뒤를 잇는 작가로 서광운이 활발하게 활동을 했는데, 그의 《북극성의 증언》(1966)도 앞의 두 작품과 비슷한 시공간에서 펼쳐진다. 이 작품은 지구상의 인구 증가로 식량이 부족해진 미래의 어느 시대가 배경으로 설정되었다. 정부는 식량생산에 획기적인 방법을 찾다가 '식물 자력선 연구소'를 설치하고, 여기에 우주 괴물이 침입하여 연구원들을 화성으로 납치한다. 1960년대 중반 이후 우리나라를 비롯한 지구촌은 인구 증가가 미래의 큰 사회문제가 되리라고 예측하였다. 맬더스의 인구론(식량은 산술급수적으로 증가하고, 인구는 기하급수적으로 증가한다.)에 근거한 식량 위기론이 팽배해 있던 시기였기 때문에 이런 배경이 설정되었을 것이다.

위의 세 작품은 초창기인 1960대의 SF아동소설의 특성을 잘 보여준다. 세 작품의 시공간은 공통적으로 지구의 우주과학연구소나 우주항공학교와 우주 과학 기술이 상당히 발전한 미래의 어느 시대로 설정된다. 주인공들은 지구상의 우주기지를 출발하여, 금성이나 화성 등 외계 행성을 탐험하고 다시 지구로 귀환하는 여정으로 전개되기 때문에 우주선이나 외계 행성도 작품의 주요한 시공간이라고 할 수 있다. 그런데 이들 작품에서 묘사되는 금성이나 화성의 모습은 지구의 어느 지역과 크게 다르지 않다. 금성은 아프리카나 아마존의 정글처럼 묘사되고 화성은 과학 문명이 매우 발달한 선진국의 어떤 시설처럼 그려진다. 이것은 외계 행성에 대한 과학적 지식이 부족했던 당시 과학계나 작가들의 상황을 보여주기도 하고, 우주 개척이나 탐험이 비행기를 타고 외국 여행을 하면 되는 것처럼 그려져서 우주 여행을 좀 막연하고 순진하게 생각한 것이 아닌가 생각된다. 이런 태도는 우주와 미래 시대에 대한 낙관적 세계관의 일단을 보여주는 것으로 평가할 수도 있겠다.14)

위의 세 작품 이외에도 이 시기에 발간된 한낙원, 서광운, 오영만, 이종기 등의 초창기 SF에 그려진 시공간은 대개 미래의 우주 공간이고 주요한 사건도 우주 활극(space opera)이 많다. 좀 허황하다고 느껴지는 우주 활극 장면으로 이 작품들이 흥미위주의 대중문학으로 기울어지고 있다는 평가에서 비껴가기 어렵지만, 시공간의 관점에서 그 의미를 살펴보면 이 작품들의 또 다른 면모를 발견할 수 있다. 이 소설들에서 설정된 우주선, 금성, 북극성 등은 남성적인 시공간이며 모험적인 시공간이라 할 수 있다. 전통적으로 우리 아동문학에 설정된 시공간은 주로 집이나 학교, 동네 같은 좁은 장소였고, 따라서 사건도 규모가 작았으며, 인물의 행위 또한 안정성을 지향하는 경향이 있었다. 서양의 《십오소년 표류기》나 《보물섬》 같은 해양을 시공간으로 펼쳐지는 모험소설과 비교해보면 상대적으로 우리의 아동문학은 여성적인 시공간에 머물렀다고 할 수 있다. 시공간의 설정은 인물의 행동반경 뿐 아니라 행위의 양상에도 영향을 미친다. 즉, 집이나 학교 등을 배경으로 하는 이야기의 인물은 대체로 환경에 적응하는 인물, 환경에 즉해 있는 인물로 그려질 가능성이 크고, 거대한 자연을 배경으로 하는 이야기는 환경에 맞서는 인물, 환경에 대해 있는 인물로 그려질 가능성이 크다. 이런 관점에서 보면, 한낙원, 서광운 등 초창기 SF아동소설은 미국과 소련이 군사력을 겨루고 있는 시대의 드넓은 우주를 시공간으로 설

14) 권혁준(2014), 〈아동청소년문학에 나타난 SF적인 상상력〉, 창비어린이, 12(2)

정했다는 점에서 좁고 답답한 한국 아동문학의 시공간을 확장했으며, 이런 시공간의 확장은 연쇄적으로 안정 지향적이고 여성적인 인물 위주의 서사를 모험과 개척을 지향하는 적극적이고 남성적인 서사를 열었다고 평가할 수 있다.

비슷한 시기에 창작된 정휘창의 〈밀리미터 학교〉(1968)는 앞의 세 소설과 매우 다른 작품이다. 일단 이 작품이 설정한 시공간을 보자. 10대 초반의 여학생들이 다니는 '밀리미터 학교'의 교육 신조는 '기계처럼 빠르게, 기계처럼 바르게'이다. 이 학교에 예쁜 로봇 교사가 부임해온다. 로봇 교사는 완벽한 웃음 짓기, 표준적인 웃음 짓기도 가르친다. 학생들뿐만 아니라 어른 교사들도 배워야하기 때문에 교사들은 얼굴이 일그러지도록 애쓴다. 밀리미터 학교에서는 사람이 불행한 것은 두뇌를 혹사시키기 때문이라고 해서 생각을 많이 하는 것도 금지되어 있고, 그리움, 기억, 동정, 슬픔, 분노 등의 감정을 드러내지 않으려고 노력한다. 표준 아이큐에 맞춰 살도록 되어 있어서 너무 똑똑하면 의무적으로 아이큐를 낮춰야 한다. 밀리미터 학교에서 가르치는 교육 신조, 가르치고 배우는 내용과 방법 등의 시스템이 작가가 설정한 시공간이다. 작가 정휘창이 보여주고 싶은 또 다른 시공간은 주인공 얼숙이가 입원한 병원 상황이다. 이 병원에는 기능이 다한 신체 부위를 동물의 것과 바꾼 환자들이 많다. 개의 성대를 달고 끙끙거리는 여인, 원숭이 몸을 지닌 옛 스승 등이 그들이다.

SF소설을 읽는 재미와 메시지는 바로 작가가 설정한 시공간에서 비롯된다. '밀리미터 학교'라는 이름은 아마도 무엇이든 밀리미터 단위로까지 정확하게 측정하고 생각하도록 강요되는 학교의 교육 신조 또는 당시 사회 지도층 인사들이 부르짖던 이데올로기를 반영한 것이리라. 표준적인 웃음, 표준적인 두뇌 활동, 감정이 제거된 사회 등도 능률성, 경제성을 이상으로 삼는 자본주의 사회에서 인간조차 기계로 만들고 싶었던 비인간성을 비꼬는 설정으로 읽을 수 있다. 또, 기능이 다한 신체 부위를 동물의 그것으로 바꾼 환자는 현대 SF소설에 등장하는 안드로이드나 사이보그를 연상하게 하지만, 사람의 신체 일부를 동물의 그것과 결합한 설정은 인간의 편의성을 극대화한 안드로이드나 사이보그와 같은 인조인간보다 훨씬 더 기괴하며, 인간과 동물의 차이 혹은 진정한 인간성이란 무엇인가와 같은 철학적 의문을 떠올리게 한다. 1960년대에 창작된 이 작품에서 설정된 시공간과 사회 시스템은 오늘날의 SF작가들이 제기하는 문제를 앞질러 보여준다고 평가할 수 있다.

(3) 최근 SF아동소설의 시공간 양상과 그 의미

한낙원이 활동하던 1960년대를 지나고 나서 한 동안 우리 아동문학에는 이렇다 할 SF소설이 발간되지 않다가 2000년대의 아동문학 활황기에 들어서서야 비로소 SF분야에도 아동소설이 발간되기 시작하였다.

최근에 발간된 SF아동소설은 과학 기술이 발전하여 문명이 이기가 일반화되면서 사람들이 자신의 편리함을 위해 지구를 오염시키고 자연을 파괴함으로써 벌어지는 현재의 지구촌의 문제를 배경으로 하는 작품이 많다. SF아동소설은 환경 파괴로 인한 생태계의 교란, 원자력 발전소와 핵무기의 폐해로 인한 방사능 오염 등이 극심해질 경우 인류의 미래는 어떻게 될 것인가를 묻는다. 유전자 조작 식품과 유전 공학의 발전으로 태아 상태의 인간의 형질을 조절할 수 있다는 뉴스를 보면서 많은 이들이 우려하였는데, SF아동소설에는 이런 상황이 극도로 발전한 시대를 가정한 작품도 많다

지구의 환경오염이나 방사능 피폭, 생태계 변화 등은 SF아동소설의 단골 배경이 되고 있다. 《바닷속 태양》(문미영, 푸른책들, 2014)은 오랜 전쟁과 지진, 화산 폭발, 쓰나미 등 재난이 계속되면서 육지는 오염되어 사람이 살 수 없는 땅이 되어버린 미래 사회가 배경이 된 작품이다. 무분별한 소비로 온난화 현상이 극심해진 한반도는 사계절도 없어지고 땅은 방사능에 오염된다. 할 수 없이 인류는 해저도시를 건설하고 아이들은 해저에서 태어나 성장하게 된다. 여기서 그려지는 온난화 현상은 벌써 우리의 현실에서 상당히 진전된 상태이고 방사능 오염 같은 문제는 일본의 원자력 발전소 파괴로 우리는 실질적인 피해를 입고 있다. 작가가 설정한 시공간은 현실을 바탕으로 상상을 진전시킨 것이어서 여기 설정된 배경만으로도 이미 주제의 상당 부분을 짐작할 수 있다. 《아토믹스》(서진, 비룡소, 2016)도 예상치 못한 강진으로 원자력 발전소가 폭발하여 마을이 황폐화된 사건 이후의 미래 상황을 시공간으로 설정하였다. 아마도 2011년 3월 일본의 동북부 지방을 관통한 대규모 지진과 쓰나미로 인해 촉발되었던 후쿠시마 원자력발전소의 방사능 누출사고가 작품의 모티프가 된 것 같다. 그런데 주인공 오태평은 방사능에 피폭되어 오히려 슈퍼 파워를 얻어 이 능력으로 아토믹스가 된다. 그는 부산 앞 바다에 나타나는 괴수를 무찌르는 영웅인데, 이 괴수들도 원자력에 피폭되어 형질이 변화된 생물들이다. 소설의 발단 부분에 제시되는 배경은 끔찍한데 오히려 방사능 피폭으로 슈퍼맨이 되어 지구를 지키는 영웅으로 활약하는 주인공 이야기가 황당하기는 하다.

《몬스터바이러스 도시》는 지구가 황폐화된 원인이 명시적으로 제시되지는 않지만, 설정된 배경으로 유추해 볼 때 전쟁이나 핵폭발 등의 거대한 사고로 인공 도시를 건설하지 않으면 안 되는 어떤 상황이 있었을 것으로 추론할 수 있다. 거대한 유리벽으로 지어진 초고층 빌딩으로 이루어진 최첨단 도시 '녹슨시'에 NMV(Nanism Monster Virus, 난쟁이증 몬스터 바이러스)가 다시 출현하자 녹슨시는 공황상태에 빠진다. 이때 녹슨시의 개발에 밀려나 척박한 땅이 되어버린 기스카누 마을로 이주한 소녀 레아는 흉측한 얼굴의 소년 '버드'와 만나게 된다. 최첨단의 인공 도시에 왜 몬스터 바이러스가 출현하게 되었고 왜, 어린이만 이 바이러스에 감염되는 것이며, 그 치유 방법은 무엇일까. 이 작품에 설정된 대조적인 두 공간이 그 원인과 치유의 힘을 암시한다. 녹슨시는 욕망으로 가득 찬 집단의 병리적인 공간이고, 세상과는 동떨어진 바위산 동굴은 원시적인 생명력을 간직한 공간이다.

《싱커》(배미주, 창비, 2010)의 시공간은 21세기 중엽, 동아시아연합이 건설한 '시안'이라는 지하 인공도시이다. 지구는 포화 상태가 되어 더 이상 살기 어려워지자 외계 행성에서 살 수 있는 시스템을 실험하기 위해 건설한 도시가 시안이다. 《싱커》가 상상한 미래의 지구촌은 동아시아연합, 미국 유럽연합 등 몇 개의 국가 연합으로 이루어지게 되었고, 지구는 포화 상태가 되었으며, 제약회사는 장수 유전자를 개발하여 인간들의 평균 수명은 150세에 이른 세상이다. 위의 작품들은 지구촌의 환경오염으로 인간이 살기가 매우 어려워진 상황을 설정하고 그런 세계에서 인류는 어떻게 생존할 것이며, 그것이 얼마나 불행한 삶인지를 경고하고 있다.

한편, 미래 사회는 유전자 공학이 극도로 발전하여 태아 상태에서 유전자를 조작하고 재배열하여 부모가 원하는 아이를 만들어 낼 수도 있다고 하는데, 이처럼 생물학적으로 형질을 변경시켜 만들어낸 인간을 안드로이드라고 한다. 또, 완전히 기계나 컴퓨터 칩을 이용하여 인간의 형태로 만들어낸 것을 로봇이라고 하고, 인간의 몸에 기계 장치를 보완하거나 결합하여 물리적 능력을 향상시킨 상태를 사이보그라고 한다. 로봇, 안드로이드, 사이보그 등이 활동하는 세계는 아동SF소설에서 단골로 제시되는 시공간이다.

《지엠오 아이》(문선이, 창비, 2005)는 사람과 동물, 식품이 모두 유전자 조작이 일반화된 미래 사회를 배경으로 펼쳐진다. 작가는 유전공학이 발달한 사회의 모습을 어떻게 상상할까. 인간의 편의를 위해 유전자를 조작하고 변형을 한 결과 인류 사회에는 슈퍼 바이러스가 발생하고, 희귀병이 늘어나는 끔찍한 디스토피아가 된다. 주인공 '나무'는 유전자 조작으로 태어났지만 아이다운 순수함을 간직한 인물로, 인간다운 감정을 잃어버린 할아버지(유전자 산업 회사의 대표)의 인간성을 회복시켜주는 아이로 제시된다. 《열세 번째 아이》(이은용, 문학동네, 2012)는 한국 최초의 맞춤형 아이로 태어나 유전공학의 새로운 장을 열고 스물 두 살에 노벨상 수상자가 된 김선 박사에 대한 뉴스로 시작된다. 주인공 장시우도 맞춤 아이다. 유전자를 고르고, 재배열하고, 조작하여 부모들이 원하는 대로 아이들을 만들 수 있는 세상에서 장시우는 열세 번째 맞춤형 아이로 태어난 것이다. 반면에 엄마가 시우에게 선물한 레오는 로봇이다. 감정을 가진 첨단형 로봇. 그런데 유전자 재배열로 태어난 시우는 감정이 메마르고 인정이 없는 아이다. 작가가 설정한 배경과 등장인물만으로, 사실 작가의 메시지는 거의 추론이 가능하다. 유전자를 조작하여 만들어져 인간적인 감정이 삭막해진 아이와 기계로 만들었지만 섬세한 인간적 감정을 지닌 로봇이 있다면 어느 쪽이 더 인간적인가 하는 질문을 제시하는 것이다.

(4) 최근 청소년SF소설의 시공간 양상과 그 의미

SF문학의 불모지였던 청소년문학 동네는 최근 아주 개성적이고 독특한 작품들이 많이 발간되어 문단을 풍성하게 하였다. 요즘 발표되는 청소년SF소설은 흥미롭고 대담한 설정, 독특한 작품 세계, 우리 사회의 현실과 인간성의 본질에 던지는 예리하고 강렬한 질문이 넘쳐 청소년소설인지 성인소설인지 구별하기가 어려울 정도이다. 또, 장르문학으로서의 SF의 관습을 가볍게 벗어난 이야기와 뛰어난 문학성으로 일반문학보다 열등한 문학, 대중문학이라는 편견에서 벗어나 SF도 성격이 좀 다른 본격문학의 하나라는 평가를 내릴 만큼 발전하고 있다. 여기서는 청소년SF소설에서 설정하고 있는 시공간의 양상을 살펴보고 그 의미를 탐색하고자 한다.

최근의 청소년SF소설에서 설정되는 시공간은 지금 우리가 살고 있는 현실적 시공간, 어디서나 마주칠 수 있는 평범한 동네로 그려지는 경우가 많다. 어느 시대인지 특정되지 않은 고3 교실(박성환, 〈잃어버린 개념을 찾아서〉, 《잃어버린 개념을 찾아서》), 전북 지역의 섬에 위치한 실험고등학교(듀나, 《아직은 신이 아니야》), 도심의 오피스텔(정소연, 〈옆집의 영희씨〉, 《옆집의 영희씨》, 창비, 2015) 등이 그러하다.

〈잃어버린 개념을 찾아서〉의 시공간은 대한민국의 고3교실이다. 현우는 죽어라고 공부해도 성적이 오르지 않는데 다른 애들 성적은 마구 올라간다. 이상한 소문을 들은 현우 엄마는 현우를 대학 실험실에 데리고 가서 대머리 박사에게 현우의 머리를 맡긴다. 한편 다른 행성(안드로메다)에서는 외계의 생명체가 지구인들의 머릿속으로 침입할 전략을 모의한 후 그들 자신을 분해하여 현우의 머릿속으로 전송시킨다. 현우의 머리를 기반체로 하여 자기 삶을 영위하려는 외계인들이다. 그리하여 현우의 성적은 다른 아이들처럼 급속히 상승한다. 이 소설의 배경은 대한민국의 현실, 특정하면 '입시 경쟁에 내몰려 성적 올리기에 눈이 뒤집힌 학부모와 학생'들이 살고 있는 현실이다. 이 소설에서 대머리 박사가 안드로메다 행성에 사는 종족들에게 포섭되어 머리가 이상해졌다든지, 외계인이 어떤 방법으로 현우의 머리 속에 들어와 현우의 머리가 비상해졌는지 하는 과학적인 근거는 별로 중요하지 않다. 그런 것들은 입시 경쟁에 내몰려 끝없는 불행 속에 살아가는 이 땅의 청소년들의 실상을 보여주기 위한 장치일 뿐이다. 최근의 우리 청소년 SF작품들에서 대한민국의 현실이 배경으로 제시되는 양상이 자주 나타난다. 그것은 우리 청소년들에게 미래의 인류의 운명이나 지구촌의 삶의 양상보다는 지금 여기의 현실이 더 시급한 문제이기 때문이다.

듀나의 연작 소설집, 《아직은 신이 아니야》의 배경도 전북 지역의 한 섬에 위치한 특수고등학교이다. 전북 교육청에 소속된 LK실험고등학교, 2026년이다. 이 시대는 정신 감응자, 배터리와 염동력자, 독심술사 등이 일상적으로 초능력을 발휘하는 세계이다. 여기서 염동력자와 배터리가 한 팀이 된 살인 사건도 벌어진다.

듀나는 자신의 작품이 '굳이 미래 배경이나 우주 배경일 필요가 없고, 사람들이 뻔하게 생각하는 일상의 작은 나사 하나를 누락시키거나 상황을 살짝 비트는 걸로 가능'하다고 말한다.[15] 이런 종류의 이야기들을 영화평론가 정성일은 '동네SF'라고 부른다.[16]

정소연의 〈옆집의 영희씨〉도 평범한 도심의 오피스텔을 배경으로 펼쳐지는 '동네SF'이다. 비정규직 미술교사 수정은 교통도 좋고 해도 잘 드는 오

---

15) 듀나(2015), 《가능한 꿈의 공간들》, 씨네북스, 257쪽

16) 듀나, 같은 글에서 재인용.

피스텔을 단지 월세가 싸다는 이유로 작업실로 쓰다가, 월세가 싼 이유가 옆집에 외계인이 살고 있기 때문임을 알게 된다. '멀리서는 꼭 파충류의 그것처럼 끈적끈적해 보였으나 가까이서 보니 울퉁불퉁한 갈색 피부에 조개껍데기 같은 무지갯빛 윤기'가 도는 외계인과 차를 마시며 물어본 그것의 이름은 '이영희'란다. 우리가 사는 평범한 도시나 학교를 배경으로 펼쳐지는 이런 소설에서 마산이나 구로동 같은 한국의 지명이 등장하는 예는 드물지 않았는데, 정소연의 작품에서는 외계인의 이름조차 '이영희'인 것이다. SF소설은 우리의 전통적인 장르라기보다는 외래종이라고 할 수 있고 그래서 우리는 서양의 지명이나 인명이 익숙한 상황에서, 최근의 청소년 SF에서는 이렇게 '공간, 용어, 인물 들에 대한 현지화를 충실히 구현'[17]하고 있는 것이다. 공간, 용어, 캐릭터의 현지화(localizing)는 SF의 상상력이 소모적인 공상(空想)에 그친다는 오해에서 벗어나기 위해 필요하기도 하고, 세계관의 현지화에도 중요한 역할을 한다.[18]고 한다.

그런데 필자가 보기에 이와 같은 시도는 소설에 리얼리티를 부여하는 데 꽤 효과적인 것처럼 보인다. 가상적인 시공간에서 펼쳐지는 사건을 보여주는 SF소설을 읽다보면, 그 가상적인 공간이라는 점 때문에 독자는 어쩐지 그 사건이 나와는 거리가 있는 이야기로 생각될 수 있을 터인데, '죽은 이들이 떠도는 곳, 생(生)의 남은 에너지가 수면 위에서 흔들리는 곳', '사이다 거품 같은 망자(亡者)의 잔여물을 부글부글 올려 내는 기점'이 '내가 실제로 나고 자란' 마산앞바다(정소연, 〈마산앞바다〉)라면 어쩐지 사실일 것 같기도 하고, 따라서 섬뜩하고 충격적인 즐거움이 증폭되지 않겠는가. 낯익

---

17) 이지용, 〈옆집의 영희 씨와 함께 지내는 방법〉, 웹진 크로스로드 2017년 8월 통권 143호 http://crossroads.apctp.org/myboard/read.php?id=1228&Board=n9998

18) 이지용, 같은 글.

은 곳에서 벌어지는 기이한 사건으로 '낯설게 하기'의 효과가 배가되는 것이다.

지명과 인물의 현지화의 효과에 대해 듀나는 더 도발적인 주장을 펼친다. '동시대 부천 신시가지를 배경으로 SF를 쓰는 것이 가능하다는 것이 아니라, SF가 동시대 부천 신시가지와 〈스타트랙〉 우주 모두를 커버할 정도로 넓다는 것이다. 조금 더 대담하게 이야기해본다면 SF는 우리가 상상할 수 있는 모든 이야기의 영역을 커버한다. SF는 얼마든지 사실주의 문학을 삼킬 수 있지만 사실주의 문학이 SF를 삼키기는 어렵다.'[19] SF소설을 창작하는 우리 작가들의 야망은 근거가 없는 것이 아니다. SF의 영역을 사변소설(speculative fiction)로 확장한다면, 가브리엘 마르께스의 《백년 동안의 고독》이나 주제 사라마구의 《죽음의 중지》나 《눈 먼자들의 도시》도 SF의 범주로 들어오고, 이들이 설정한 시공간은 리얼리즘 소설이 다루지 못하는 방식으로 사회 현실과 인간 심리의 심층을 통찰할 수 있다. SF가 장르문학, 대중문학에서 본격문학으로 도약하는 순간이다.

과학소설의 진정한 주인공은 살아 숨 쉬는 인간이나 외계인이 아니라 그러한 피조물들이 활동하는 사회, 세계, 우주이다. 《멋진 신세계》에서는 과학기술만능주의와 합리주의가 빚어낸 디스토피아가 이 소설의 진정한 주인공이며, 《1984년》에서는 대중을 우민화하는 정교한 커뮤니케이션 정책이 집행되는 사회를 비판한다. 그래서 독자는 작품을 읽고 났을 때 인물의 개성이나 매력보다는 작품이 그려낸 세계에 흥미를 느끼고 작가의 세계관과 미래에 대한 통찰력에 매료되는 것이다.[20] 우리 청소년SF소설은 우리가

---

19) 듀나, 앞의 책, 258쪽.

20) 고장원, SF의 법칙, 56-57

살고 있는 동네와 학교의 어느 미래를 시공간으로 설정하는 작품이 많다. 이런 친숙한 공간에서 마주치는 섬뜩하면서도 낯선 사건은 독자를 더 충격적인 독서로 이끈다. 낯익은 공간에서 펼쳐지는 낯선 이야기는 '낯설게 하기'의 기법을 효과적으로 사용하고 있다고 보인다. 독특하고 개성적인 청소년SF소설은 이미 본격문학과 나란히 있어도 문학성이 뒤떨어지지 않는다.

4. 결론 - SF, 장르문학을 넘어 본격문학으로- 본격문학이 되기 위한 조건

성인 SF문단에서는 최근의 한국 SF문학이 이룬 성과에 대해 자부심이 크다. 한국의 SF는 마침내 한국문학으로 뿌리를 내렸다고 본다. 최근 성인 SF문단에서 출간된 문학성 높은 앤솔로지로 인해 한국 SF는 더 이상 SF 원산지의 원작들을 의식할 필요 없는 자신감을 보여주었다고 주장한다.21) 그렇다면 아동청소년 SF문학은 한국 아동청소년문학에서 어떤 위치를 차지하고 있을까. 여기서는 SF아동청소년 소설의 문학적 위치를 자리매김하기보다는 SF가 본격문학의 한 식구로 자리를 잡고, 또 훌륭한 문학으로 서기 위해 갖추어야 할 조건을 논의해보기로 하겠다. 이 논의는 SF의 효용과도 상통되는 내용이 될 것이다.

첫째, SF도 문학인 이상 훌륭한 문학이 되기 위해서는 문학의 본질을 지키고 가꾸어나가야 한다. SF문학이 장르문학, 흥미 위주의 대중문학으로

---

21) 조성면(2017), 장르문학에서 문학으로 - 오늘의 한국SF, 크로스로드 2017년 8월호, 통권 143호.

멈추어 있느냐, 진지한 문학, 고급문학으로 도약하느냐의 기준은 문학의 본질에 얼마나 충실한가에 달려 있다. 문학의 본질은 무엇인가. 문학은 본질적으로 인간성을 옹호하고, 인간다움의 가치를 드높이는 데 이바지하는 언어 구조물이다. 말초적 흥미나 어느 한 편의 이데올로기에 목청을 높인 문학이 한때의 시류에 편승하여 득세하는 경우가 없었던 것은 아니지만, 진정한 문학은 언제나 인간의 인간다움에 대해 의문을 제기하고, 작가 나름대로 고뇌에 찬 응답을 제기한다. 스티븐 스필버그 감독의 《A.I》가 감동을 주는 이유도 바로 이와 관련된다. 주인공 A.I가 로봇이냐 인간이냐를 따지는 것은 별 의미가 없다. A.I가 엄마를 그리워하며 몇 천 년 동안 바다 속에서 엄마를 기다리는 장면은 A.I가 지닌 지극히 순수한 인간성을 보여준다. 관객들은 이 장면을 보면서 진정한 인간다움이란 무엇인가를 사색하면서 인간성을 옹호하는 주제에 감동하며, 이 순간, 이 영화는 SF라는 장르를 넘어 인간성을 옹호하는 훌륭한 문학으로 도약한다.

둘째, SF의 본질은 '사고실험'이므로 SF문학은 인류의 미래에 생겨날 변화 가운데서 인류의 삶에 큰 영향을 줄 문제를 제기하는 통찰력이 필요하다. SF는 가상의 시공간을 설정한 다음 인간에게 닥칠지도 모르는 가상의 문제를 제기하고 나름대로의 결과를 상상해보는 것이다. 이 가상의 문제는 인류의 근원과 관련된 문제와 현존적 문제로 나누어 생각해볼 수 있는데, '유전 공학이 극도로 발전하여 태아의 형질을 마음대로 조작한다거나 인간의 생명을 무한대로 연장하는 세상이 온다면 인간 세상은 어떻게 변할까' 같은 문제는 인류의 근원적 삶과 관련되는 질문이라고 할 수 있다. 인간에 의한 인간의 창조나 인간의 생명 연장에 대한 이 질문은 최초의 SF소설인 《프랑켄슈타인》으로부터, SF의 고전 《멋진 신세계》(올더스 헉슬리), 노벨문학상 수상작가 주제 사라마구의 사변소설 《죽음의 중지》에 이르기까지

SF의 단골 주제였다. 이 질문은 SF뿐 아니라, 동서양의 신화나 민담의 주제이기도 하였는데, 그만큼 이 문제가 인류의 원초적인 욕망을 반영하는 질문이었음을 말해준다. 이 질문처럼, 독자들의 보편적인 공감을 불러일으키는 SF는 인류의 존재에 대한 근원적 질문을 제기하고 그 문제를 숙고하고 고민하게 한다. 반면에 현실의 삶과 관련되는 질문 또한 우리의 현재적 삶을 되돌아보게 하므로 절실하고도 꼭 필요한 주제이다. 최근 듀나, 배명훈, 정소연 등이 청소년SF소설에서 다루었던 문제는 경쟁만이 유일한 삶의 목적처럼 되어 있는 우리나라의 청소년의 삶을 심각하게 되돌아보게 한다는 점에서 본격문학이 다루지 못하는 방식으로 우리의 삶을 성찰하게 한다.

셋째, 작가가 창조한 시공간이나 이야기에 등장하는 과학 기술, 기계 장치 등이 독자의 상상력을 자극하고 참신한 매력을 주어야 한다. SF가 현실을 반영할 수 있다고 해서 SF에서 들려주는 이야기를 현실의 알레고리로만 해석되도록 구성해서는 문학성이 떨어진다. 독자 입장에서도 SF의 시공간에서 펼쳐지는 이야기를 현실과 1대1로 대응하여 해석하곤 작품을 충분히 즐겼다고 생각하는 것은 SF의 흥미와 해석적 가능성을 축소하는 결과를 가져올 것이다. 이것은 아마도 SF에서 창조한 시공간의 매력과 SF에서 보여주는 신기한 장치나 기기 등이 유발하는 이야기의 재미를 충분히 즐기지 못했기 때문일 것이다.

독자들이 SF에 기대하는 요소는 변화할 미래 세상에 대한 예측이나 미래 과학이 만들어 낼 수 있는 갖가지 최첨단 기기와 상상의 산물이다. 1914년에 발간된 H.G 웰스의(H.G Wells) 《해방된 세계(The World set free)》에는 원자 폭탄의 연쇄 반응 개념이 그려져 있었는데, 과학자들은 이 아이디어에 영감을 받아 원자폭탄을 만들었다고 한다. 놀라운 미래상에 대한 예측이나 신기한 기계를 만나는 일은 SF만이 줄 수 있는 매력이다. 독자는 SF를 읽을 때 이야기 세계에서 펼쳐지는 비현실적인 사건이나 초능력 따위에 대한 불신을 자발적으로 중지한다. 이 세계에서만 통하는 법칙이나 초능력을 일단 믿고 이야기를 읽어나가는 것이다. 독자는 작가가 상상한 가상 세계의 시스템이나 충격적인 사건을 즐길 준비가 되어 있다. 섬뜩하면서도 시치미 뚝 뗀 거짓말을 사실처럼 느껴지게 만드는 솜씨도 SF 작가가 지녀야 할 능력이다. 그러나 그 이야기가 이야기의 논리에 어긋나거나 개연성이 부족하면 독자들은 작가가 설정했던 약속이 깨뜨려진 데 대해 불신의 중지를 철회하고 화를 내며 책장을 덮을지도 모른다.

• 참고문헌 •

개리 모슨·캐릴 에머슨, 〈시공성의 개념〉, 여홍상 편, 《바흐친과 문학이론》, 문학과 지성사.

고장원(2008), 《SF 법칙》 살림.

고장원(2015),《SF란 무엇인가》부크크.

고장원(2017), 《SF의 힘》, 청림출판.

권혁준(2014),〈아동청소년문학에 나타난 SF적인 상상력〉, 창비어린이, 12(2)

나병철(1998), 《소설의 이해》, 문예출판사.

대중문학연구회 편(2000), 《과학소설이란 무엇인가》, 국학자료원.

듀나(2015), 《가능한 꿈의 공간들》, 씨네북스.

듀나, 〈SF라는 명칭〉, 듀나의 영화낙서판, 듀나 홈페이지.
http://www.djuna.kr/movies/etc_2000_08_25.html

로버트 스콜즈, 에릭 라프킨, 김정수 박오복 옮김(1993), 《SF의 이해》, 평민사,

마리아 니콜라예바, 조희숙 외 옮김(2009), 《아동문학의 미학적 접근》,교문사,

이상섭(1976), 문학비평용어사전, 민음사.

이지용, 〈옆집의 영희 씨와 함께 지내는 방법〉, 웹진 크로스로드 2017년 8월 통권 143호.
http://crossroads.apctp.org/myboard/read.php?id=1228&Board=n9998

조성면(2017), 장르문학에서 문학으로 – 오늘의 한국SF, 크로스로드 2017년 8월호, 통권 143호.

다문화 시대의 아동문학

1. 서론

한국 사회의 인구 구조는 급격하고 변화하고 있다. 유례없는 저출산으로 인해 학령 아동의 인구는 급격하게 줄어들고 있는 반면 의료기술의 발전으로 인해 노인 인구는 꾸준히 늘어나고 있다. 이와 더불어 외국인 노동자와 결혼 이민자들의 수가 급속도로 증가하면서 한국 사회의 인구 구조 자체가 크게 변화하고 있다. 교육부 통계의 의하면, 초·중·고등학교에 재학 중인 다문화 가정의 학생 수가 10만 명에 육박하고 있는데, 유치원부터 고등학생까지의 전체 학생 수는 급격하게 줄어드는 추세에 비하여 다문화 배경 학생 수는 빠르게 늘어나고 있어, 전체 학생 수 대비 다문화 학생의 비율은 점점 높아지고 있는 추세에 있다.[1]

1) 교육부와 한국교육개발원이 발표한 '2016년 교육기본통계'에 따르면 전체 유치원부터 고등학생까지 학생 수는 663만5784명으로 지난해보다 2.7%(18만4143명) 줄었다. 학령인구가 급격하게 줄면서 감소 폭은 지난해 2.4%보다 0.3% 늘었다. 다문화 학생 비율을 유치원생까지 포함하면 1.7%로 작년보다 0.3%포인트 올랐다.

<표 1> 연도별 다문화가정 초·중·고 학생 수

연 도	2009	2010	2011	2012	2013	2014	2015	2016
학생수(명)	26,015	31,788	38,678	46,954	55,780	67,806	82,536	99,186

<표 2> 연도별 전체학생 대비 다문화가정 학생 비율

연 도	2009	2010	2011	2012	2013	2014	2015	2016
전체학생대비 비율(%)	0.35	0.44	0.55	0.70	0.88	1.10	1.27	1.49

〈표2〉를 보면 현재의 다문화 가정 학생 비율은 그렇게 높아 보이지 않지만 이것은 대도시를 포함한 전국적인 비율이고, 농·산·어촌 지역의 다문화 학생 비율은 그보다 훨씬 높아, 농·어촌이 많은 전라남도의 경우, 다문화 학생 비율이 4.3%(전체 초등학생 수 94,368명 다문화 학생수 4092명)에 이른다. 또 학교급별 다문화 학생 수 현황에는 다문화 초등학생 수가 전체 다문화 학생의 71.2%(2014년 기준)로 나타나 있는데, 이를 보면 5~6년 이내로 중고등학교에도 다문화 학생들이 급격히 늘어날 것으로 예상된다.

<표 3> 다문화가정 학생수 현황 (학교급별)

구분	2013년도				2014년도			
	초	중	고	계	초	중	고	계
한국출생	32,831	9,174	3,809	45,814	41,575	10,325	5,598	57,498
중도입국	3,065	1,144	713	4,922	3,268	1,389	945	5,602
외국인자녀	3,534	976	534	5,044	3,454	811	441	4,706
계	**39,430**	**11,294**	**5,056**	**55,780**	**48,297**	**12,525**	**6,984**	**67,806**
비율	**70.7%**	**20.3%**	**9.0%**		**71.2%**	**18.5%**	**10.3%**	

흔히 전체 인구에서 이민자의 비율이 10% 내외가 될 때를 '다문화 사회'로 간주하는 것에 비추어 보면, 한국 사회를 다문화 사회로 지칭하는 것은 아직 이르다고 볼 수 있지만 이런 상태로 십 여 년만 더 지나면 우리나라의 인구 구성과 사회 모습은 상당한 정도로 달라져 있을 것이 예상된다. 군대를 비롯해 일터, 가정 등에 다문화 가정 인구가 상당한 정도의 비중을 차지하게 됨으로써 명실공히 다문화 사회가 현실이 될 것이다.

이와 같은 문제는 미국을 비롯하여 프랑스, 독일 등의 선진국들이 모두 경험해 온 과정이다. 많은 사람들이 기피하는 업종에 경제적 수준이 낮은 국가에서 노동자들이 이주해오는 현상이나 외국 여성들이 농촌 총각들의 결혼상대로 이주해오는 현상도 선진국에서 겪은 과정이다. 그런데 우리나라 사람들이 이와 같은 다문화 현상을 편하게 받아들이지 못하는 이유는 전통적인 민족주의, 순혈주의 이데올로기와 더불어, '받아들이는 세계화'에 익숙하지 않기 때문이다. '세계화'를 캐치프레이즈로 내걸고, 많은 인재들이 전 세계로 진출하던 2·30여년 전에, '세계는 넓고 할 일은 많다'는 대기업 회장의 저서 제목은 그 시대 젊은이들의 뜨거운 호응을 받았던 명제였다. 부지런하고 성실한 한국인은 세계 어디를 가든 강인한 생명력으로 뿌리를 내리고 그 지역과 문화에 적응하여 성공의 신화를 만들어냈던 것이다. 이런 세계화는 '밖으로 나가는 세계화'였다. 그러나 우리의 경제 규모가 커지고 나라가 잘 살게 되자 밖에서 들어오는 사람들이 많아졌다. 이제 우리나라도 '받아들이는 세계화'에 익숙해져야 할 시대가 되었다. 그리고 이주 노동자와 결혼 이주민을 중심으로 진행되던 이민 정책을 창조적 역량을 갖춘 인재를 확보하는 정책으로 전환해야 한다. 싱가포르에서는 외국인 인력 유치를 전담하는 〈국제인력국〉을 설치하고, 일본도 외국인 유학생 유치를 위해 장학금과 숙박 시설 대폭 지원하는 것처럼 우리도 고급 인력을 유치하기 위한 프로그램을 실시해야 한다. 요즘, '비정상회담'이라는 jtbc의 대담 프로그램을 보면, 한국어를 자유자재로 구사하는 고급 두뇌들이 많아졌음을 느끼는 한편, 우리 사회에 들어온 이방인들에 대해 상당히 관용적인 분위기로 변화 되었다는 생각이 든다. 그러나 아직도 동남아시아에서 들어온 이주 노동자나 결혼 이민자들에 대한 차별적 시선은 여전하다.

이상에서 서술한 바와 같이 우리 사회의 각계각층에서 외국인들의 유입과 활약이 활발하고 다문화 인구가 급증하는 시대에 다문화 교육은 더 이상 늦출 수 없는 시급한 과제가 되었다. 다문화교육이란 원론적으로 남학생과 여학생, 영재아와 장애아, 그리고 다양한 인종, 민족, 언어, 문화집단의 일원으로 성장한 학생들이 학교의 학업 성취 면에서 평등한 기회를 가질 수 있도록 하는 방향으로 교육제도의 구조를 바꾸는 것을 주된 목적으로 삼는 이념이요, 교육개혁 운동이요, 진행 중인 과업이다.(Banks & Banks, 2007, 74) 그러나 이 글에서는 다양한 인종, 민족, 언어, 문화 집단의 구성원들이 교육적으로 평등한 기회를 가질 수 있도록 제도와 내용을 개선하는 데에 초점을 맞추어 논의하고자 한다.

이 연구에서는 다문화 교육과 문학 교육의 관계를 살펴 그 효용성을 탐색하며, 다문화 동화의 전개 양상과 동화 창작의 과제를 알아본다. 그리고, 다문화 교육의 관점에서 국어과 교육과정과 교과서의 현황을 살피고 향후 과제를 탐색하기로 한다.

논의의 범위는 초등학교의 문학교육으로 한정하였는데, 그 이유는 초등학생의 다문화 학생 비중이 월등히 높으며 지속적인 증가가 예상되고, 초등학생 때가 다문화 감수성을 향상시키기에 효과적인 시기라고 생각되기 때문이다.

2. 다문화 교육에서 문학교육의 효용

국어과는 다문화 문식성[2]을 함양하는 데 가장 적합한 교과라는 사실은 여러 국어교육학자들에 의해 논의되었다.(원진숙, 2015. 김미혜, 2013, 윤여탁,2013.) 다문화 문식성의 주된 학습 내용이 결국 언어를 기반으로 한 이해와 표현이며, 인성 핵심 역량으로서의 다문화 문식성 교육 역시 국어 교과서의 제재 텍스트 선정 및 학습활동을 통해 구현되는 것이 가장 자연스러우며 바람직한 접근 방법(원진숙, 2015, 197)이기 때문이다.

국어과의 특성이 '심미적, 문화적, 윤리적, 사회적, 정치적 가치를 다각도로 경험하고, 인간 세계의 보편적이고 시의적인 가치 갈등 양상에 대한 인식과 판단력을 기르기 위한 교과'(최미숙 외, 2008, 23)라는 점은 다문화 문식성 함양과 직접적인 관련성이 있다. 또한, 창의 인성 교육을 강조하는 2009개정 국어과 교육과정의 핵심 역량 가운데 다문화 교육과 관련된 역량이 표현되어 있다는 것도 국어과가 다문화 문식성 함양에 적절한 교과라는 것을 말해준다. 그 동안 국어과는 도구교과라는 인식이 우선했기에 언어 기능 신장을 최우선의 목표로 내세웠고, 인성 교육적 성격에는 주목하지 않았던 것이 사실이다. 그러나 사회의 변화에 따라 인성 교육의 중요성이 대두되었고, 이에 따라 국어과 교육에도 인성 교육에 대한 사회적

---

2) 윤여탁(2013)은 현대사회의 기술 발달에 의해 새로운 의사소통 방식으로 부각된 매체 문식성이나 다문화적 맥락에서의 다문화 문식성(multiculral literacy)도 문식성에 포함시켜야 한다고 주장하면서, 다문화적 문식성을 기능적 문식성, 문화적 문식성, 비판적 문식성으로 포함하는 것으로 앎이나 이해의 범주를 넘어 사회·문화적 맥락에서 실천하는 능력이며, 비판적인 관점에서 지양(止揚)과 지향(指向)을 실천하는 능력이라고 보았다. 「다문화 사회의 문식성 신장을 위한 한국어교육의 전략-문학교육의 관점에서-」,『새국어교육』 제94호, 62쪽.

요구를 수용하게 되었는데 국어과 교육의 목표에 인성 교육을 포함시키는 것은 너무도 당연한 일이다.

국어 교과 가운데 문학 영역의 목표도 다문화 교육의 목표와 공통점이 많다. 제7차 국어과 교육과정 〈문학〉영역의 성격 부분에도, "문학에 대한 기본적인 지식을 바탕으로 문학 작품을 수용하면서 인간의 다양한 삶을 총체적으로 이해하는 능력과 심미적 정서를 기른다."라고 제시 되어 있는데, 이는 여러 문학교육학자들이 문학교육의 목표로 제시한 문학적 문화의 고양, 상상력의 세련, 삶의 총체적 이해, 심미적 정서의 함양 같은 항목 들을 반영한 것이다.

한편 Bannett은 다문화교육의 핵심적 가치가 '1)문화적 다양성의 수용과 인정 2)인간 존엄성과 보편적 인권에 대한 존중, 3)세계 공동체에 대한 책임 4)지구상에 존재하는 모든 사람들에 대한 존중' 등을 제시하고 있다.(Bannett 2007, 이재경 외 2010:13재인용)

여기서 다문화 교육의 목표와 문학 교육의 목표가 추구하는 지향이 동일함을 알 수 있다. 문학교육의 목표에서 말하는 '문학적 문화'란 인간의 본성과 인간다움과 인간의 가치를 최대한 고려하고 발휘하는 문화(구인환, 2001, 107)로 다문화교육의 목표인 '인간 존엄성과 보편적 인권에 대한 존중의 정신'과 상통한다. 또 문학은 인간의 삶을 이해하는 데서 출발하는데, 여기서 인간의 삶의 총체성이란 개인적인 삶과 사회적인 삶, 자아와 타자의 관계를 을 포함하는 말로 이해할 수 있다. '문화적 다양성의 수용과 인정', '지구상에 존재하는 모든 사람들에 대한 존중'은 바로 '삶의 총체성 이해'라는 문학 교육의 목표와 직결되는 것이다. 문학 작품을 통해서 타인을 이해하고, 자신을 성찰하며, 심미적 가치를 교육하는 활동 자체가 다문화 문식성을 함양하는 활동인 것이다. 또, 인성 교육은 국어과뿐 아니라 모든 교과가 수행해야 할 보편적인 덕목이지만 문학 교육에서는 가장 중심적인 지향이라고 할 수 있다. '시경의 시 삼백 편은 생각함에 사특함이 없다'는 공자의 말씀은 문학의 윤리성을 설파한 것이며, 모든 훌륭한 문학은 휴머니즘의 표현이라는 명제는 문학 작품의 인성 교육적 성격을 설파하는 것이다.

문학 작품 중에서도 서사문학은 다문화 교육에 매우 효과적이다. 문학 작품은 다양한 사회 현상과 문화 현상을 반영하는데, 다문화 문학 작품은 다문화 현실을 핍진하게 반영하여 내러티브로 들려준다. 학습자는 흥미 있게 이야기를 읽으면서 다문화 사회 구성원들의 실상을 파악하고 그들의 삶을 이해하며 공감하고 현실을 바꾸어나가려는 의지를 갖게 된다. 문학 작품을 읽는 행위는 자아와 세계가 나누는 대화라고 할 수 있다. '나'의 관점에서 세계를 해석하고, 비판하며, 대안의 세계를 상상한다. 다문화 현실이 반영된 문학 작품의 감상 및 창작 행위를 통해서 자신의 문화적 체험을 확장 시키고, 문화의 다양성을 이해하며, 타문화권의 인류를 존중하는 태도를 갖게 되는 것이다.

다문화 문학 교육은 다문화 학생(소수자)과 주류집단 학생 모두에게 필요하고 또 효과적이다. 다문화 학생(소수자 학생)은 다문화 문학 작품을 읽는 경험을 통해 소수자로서의 정체성을 확립할 수 있고, 자기 문화에 대한 소중함과 자부심 함양할 수 있으며, 한국 문화를 깊이 이해하고, 어울려 살아가는 태도를 기를 수 있다. 다수집단 학생은 소수자를 이해하며 배려하고, 어울려 살아가는 세계 시민으로서의 의식을 함양할 수 있게 된다.

아동문학과 다문화 교육의 관계도 다르지 않다. 특히, 아동기는 자기 자신의 정체성은 물론 다른 사람에 대한 이해를 발달시키는 중요한 시기이고, 자신이 속한 문화 뿐 아니라 다양한 문화를 편견 없이 수용하는 태도를 기르기에 용이한 시기이다. 또한 어려서부터 다문화 사회에 대한 올바른 인식과 태도를 확립하는 것은 미래 세계를 살아갈 어린이들이 반드시 갖추어야 할 덕목이다.

3. 다문화 사회와 문학교육의 과제

(1) 다문화 동화의 현황과 과제

다문화 동화 창작과 번역의 과제는 국어교육의 자장을 벗어나는 문제일 수도 있다. 그러나 문학교육은 문학 작품 없이는 불가능하다. 문학 작품은 문학 교육의 기반이 되는 것이어서 교과서에 좋은 다문화 제재를 수록하기 위해서는 우선 좋은 다문화 동화가 많이 존재해야 한다. 현재 교과서에 수록된 다문화 동화는 매우 적어서 다문화 동화로서의 특성이나 작품성을 논의하기 어렵다. 지금까지 발간된 다문화 동화를 전반적으로 고찰하는 작업은 교과서에 수록할 다문화 텍스트에 대한 사전 점검의 성격을 지닌다.

1) 다문화 동화의 전개 양상

우리나라가 다문화 사회로의 변화 조짐을 보이기 시작한 시기는 대체로 1990년대부터라고 볼 수 있고 2000년대에 들어서면서 결혼이주 여성과 이주 노동자들이 대거 늘어나면서 다문화 사회로 진입하기 시작하였다. 다문화 동화가 발간되기 시작한 시기도 대체로 이러한 사회 현상의 변화와 궤를 같이 하며, 다문화에 대한 우리 사회의 대응 방식과 인식 수준도 다문화 동화의 양상에 영향을 미치게 된다.

여기서는 다문화 동화의 전개 양상을 시대 순으로 살펴보려 한다. 시대에 따라 작가가 주목하는 다문화 현상, 다문화 사회에 대한 작가의 인식, 서사화 방법 등의 변화와 발전으로 다문화 동화의 양상은 대체로 긍정적인 방향으로 전개되지만, 그 변화상이 일직선으로 전개되는 것은 아니다. 일찌감치 다문화 동화가 나아가야 할 방향을 선취하여 다른 작품들보다 앞서서 변화의 조짐을 형상화한 작품도 있지만, 몇 년 후에 발간되었으면서도 앞 시기의 문제점을 여전히 지니고 있는 작품도 있다. 하지만 거시적으로 보면 시기가 지나면서 변화의 흐름은 대체로 바람직한 방향으로 진전되고 있음을 알 수 있는데 여기서는 변화의 큰 흐름을 보여주는 작품을 중심으로 논의하고자 한다.

(가) 다문화 사회 이전의 다문화 동화

우리나라가 다문화 사회로 진입하기 이전의 시대를 배경으로 다문화적 양상을 반영한 동화가 창작되었는데 그 계기가 된 역사적 사건은 한국전쟁이다. 6.25사변은 우리 사회에 큰 후유증을 남겼는데 그 가운데 하나가 혼혈아 문제였다.

『잿빛 느티나무』(강원희, 1994, 2007년에 『어린 까망이의 눈물』로 재발간)는 6.25 참전 흑인 병사와 이름 없이 죽어간 어느 여인 사이에 태어난 혼혈아 까망이(본명 민국, 영어 이름 브레드)의 이야기이다. 까망이는 어린 시절에 아이들의 놀림과 따돌림에 시달리다가 선교사의 도움으로 미국으로 건너갔으나 또 다른 인종차별을 겪으며 사춘기를 보낸다. 청년이 되어 아버지가 운영하던 전쟁고아를 돌보는 재단을 이어받아 운영을 하며 한국을 다시 찾게 되면서 내면의 성장을 거쳐 자신의 정체성을 찾게 된다.

또, 『쌀뱅이를 아시나요』(김향이, 2000, 파랑새어린이)는 삼십 년 전 미국으로 입양되어간 혼혈아가 사진작가가 되어 고향을 찾고 다시 신문광고를 통해 소꿉친구를 만난다는 사연을 그린 작품이다. 이 두 작품의 공통점은 6.25 참전 미국인 병사와 한국 여인 사이에 태어난 혼혈아가 한국 사회에서 적응을 하지 못하고 미국으로 건너가 성장한다는 점이다. '까망이'는 흑인 병사와의, '쌀뱅이'는 백인 병사와의 혼혈을 의미하는데, 두 인물은 모두 한국 사회에서 보호를 받지 못하고 외국인의 도움으로 성장한 후 한국을 찾게 된다. 이들은 한국인의 피가 흐르면서도 외모가 한국의 주류 사회의 구성원들과 달라서 차별과 멸시를 받아야 했던 이 땅의 혼혈아들의 현실을 정확하게 반영한다. 까망이와 쌀뱅이는 단일 민족이라는 이데올로기의 피해자였다고 할 수 있는데, 이 두 작품은 바로 '한국인은 단일 민족'이라는 신화가 얼마나 배타적이고 편협한 것인지를 드러내준다.

한편, 소중애의 『연변에서 온 이모』(1994, 웅진출판)는 조선족 동포를 주인공으로 한 작품이다. 이 작품은 중국에 사는 조선족 동포들이 직업을 찾아 우리나라에 들어오기 시작할 무렵의 사회상을 반영하고 있다. 자본주의 문화에 물들지 않은 조선족 젊은 여성이 식당일을 하며 돈을 버는데, 믿었던 남자에게 사기를 당하기도 하고 사람들에게 실망하며 점점 순수함을 잃어버린다는 이야기로 연변에서 온 여주인공을 통해 물질 만능주의에 물든 우리 사회를 돌아보게 하는 작품이다. 이 작품은 외모나 언어가 한국인과 같은 조선족 동포를 주인공으로 하였기 때문에 본격적인 다문화 동화라고 보기는 어렵다.

위의 세 작품은 이방인과 한국인이 어울려 형성하게 되는 다문화 사회의 현실을 반영한 것은 아니지만, 주류 사회의 구성원들과 타자의 관계를 반영하는 초기 형태의 작품이다.

(나) 초기, 기획된 다문화 동화 : 이주 노동자의 차별과 억압 폭로

결혼 이주 여성의 유입과 더불어 이주 노동자의 유입도 우리 사회의 커다란 변화를 초래하였다. 이들이 우리나라에 들어오게 된 이유는 3D 업종에 취업하기를 꺼리는 한국의 노동현실 때문이었다. 우리보다 경제적 수준이 낮았던 동남아시아의 남성들은 코리안 드림의 꿈을 안고 이 땅에 들어왔지만 그들을 기다리는 것은 가혹한 노동 현실과 냉정한 차별, 인격적 모멸감이었다. 텔레비전 코메디 프로그램으로 유명해진 블랑카는 외국인 이주 노동자들과 이들을 고용한 기업주 간의 관계를 폭로하여 많은 사람들의 공감을 받았다. 동남아시아에서 온 이주 노동자들은 서툰 언어와 낯선 문화로 고통을 받고 있었는데, 한국의 기업주들은 자신들의 절실한 필요 때문에 이들을 고용하였음에도 이들에게 구타는 물론 임금 체불·착취도 마다하지 않았다. 이러한 현실에서 우리 사회는 한국 사회에 이들의 노동 현실을 알리고, 이주 노동자들의 인권을 개선하기 위해 다문화 동화집을 기획하였다. 그 책이 바로 『지붕 위의 꾸마라 아저씨』(조대현 외, 2003)와 『블루시아의 가위 바위 보』,(국가인권위원회 기획, 2004)이다.

『지붕 위의 꾸마라 아저씨』 는 '외국인 노동자 인권 동화'라는 부제를 달고 있다. 이주 노동자들을 오로지 '노동력'으로만 대하던 한국 사회에서 그들도 따듯한 피를 가진 사람이라는 것과 그들의 인권을 존중하는 마음을 기르기 위해 기획된 단편 동화집으로 열 작가의 작품을 모았다. 『블루시아의 가위 바위 보』에 실린 작품들의 이야기와 주제도 비슷하다. 이슬람 문화에는 다른 사람과 나누는 미덕이 있음을 듣는 장면에서는 낯선 문화를 존중하는 방법을 배우게 되고(김중미「반 두비」), 이주노동자를 '동남아'라고 부르며 소리를 지르고 도망쳤던 준호가 손가락을 잃은 블루시아 아저씨를 위해 가위를 뺀 바위보 게임을 상상하는(이상락「블루시아의 가위바위보」) 이야기를 읽고는 이주 노동자의 고통과 슬픔에 공감하면서 인류애의 아름다움을 배우게 된다.

표지에 '국내 최초로 외국인 노동자의 현실을 그린 창작인권동화'라는 타이틀이 붙은 『외로운 지미』(김일광, 2004)의 서사 전개도 앞의 두 작품과 크게 다르지 않다. 지미는 부모와 떨어져 시골 외할머니댁에 따로 살고 있다. 큰 눈은 움푹 들어갔고, 세수를 여러 번 해도 시커멓다. 학교에서 늘 놀림을 받는 지미는 엄마를 찾아 도시로 가출을 하고, 겨우 엄마 아빠를 만나지만, 아빠는 욕설과 구타를 당하며 공장에서 일을 하고도 임금과 퇴직금을 제대로 받지 못하고, 동생 수니는 늘 아파도 마음 편히 병원을 다닐 수 없다.

여기 실린 동화의 서술자는 주로 이주 노동자를 바라보고 있는 한국의 아이들이거나, 이주 노동자의 자녀이다. 그리고 관찰의 대상은 한국인들의 편견과 억압에 괴로워하는 이주 노동자나 그 가족들인 경우가 대부분이다. 그런데 이 동화 속에 등장하는 이방인들은 하나 같이 착하고, 가난하고, 성실한 인물도 그려진다. 이들이 선한 인물로 그려지기 때문에 그 상대역인 한국인 고용주는 더 냉정하고 비인간적인 인물로 비춰진다. 그래서 이 작품들에 등장하는 인물은 개성을 지닌 현실의 인물이라기보다 유형화되고 상투적인 인물로 읽힌다. 서사는 도식적으로 흐르고, 이야기의 결말은 너무 쉽게 예측된다. 바로 이런 점 때문에 이 작품들은 연구자들에게 신랄한 비판을 받게 된다.

유영진(2008, 311-312)은, '정답'이 선취되어 있는 상태에서 작품 속 인물들은 몇 개의 도식을 통해 정해진 주제를 향해 달려갈 수밖에 없고 이런 작품은 아무런 감동도, 아무런 실천 의지도 주지 못한다.고 평가하였는데, 이 비판은 이후에 류찬열, 김상욱의 논의에도 그대로 이어진다. 류찬열(2009, 281)은 대부분의 다문화 동화들이 '인종적 차이에 따른 사회적 차별을 서사화하는 과정과 방식'이 '상투적이고 도식적'이어서 '다문화 주체들을 한국 사회의 보편적 존재로 형상화하지 못하고 한국 사회의 예외적인 존재로 형상화'하게 된다고 주장한다. 또 김상욱(2010)도 『지붕 위의 꾸마라 아저씨』 안의 여러 작품이 공명을 자아내지 못하고 이념 도식에 갇혀 당위를 제시하는 작품이며, 『블루시아의 가위 바위 보』에 실린 작품들은 유형화된 등장인물, 이분법적인 인물 구도, 미흡한 서사 동력, 인물의 언어가 아닌 작가의 잘 정돈된 언어로 서술되는 계몽의 주제 등으로 말미암아 독자의 감동을 얻는데 한계가 있음을 지적하였다.

연구자들의 지적은 타당하다. 이방인이 겪는 가혹한 노동 현실과 억압적인 인권 현실을 폭로하여 주류 사회 구성원들의 편견을 일깨우고, 타자에 대한 관용과 인권 존중을 계몽하기에 급급하여 문학적인 형상화에는 소홀하였던 것이 사실이다. 다문화 현실을 고발하는 작품을 의뢰받아 기획 동화집에 참여한 작가들의 입장에서는 주어진 주제에 맞는 인물과 사건을 그려나가야 했기 때문에 유형화된 인물과 상투적이라고 여겨지는 서사가 불가피할 수도 있었을 것이다.

연구자들이 비판하는 지점은 거의 형상화의 문제, 서술 기법의 문제인데 시각을 좀 달리해보면 이 동화들에 대해 다른 평가가 가능해진다. '다문화 동화'라는 용어는 우리나라가 다문화 사회로 변화하였기 때문에 생긴 것이다. 변화된 사회에서 서로의 인권을 존중하면서 평화롭게 공존하기 위한 태도를 교육해야 할 필요가 생겼고 그 교육의 수단으로 생겨난 아동문학이 다문화 동화인 것이다. 즉, '다문화 동화'라는 용어에는 교육적 수단으로 작용해야 한다는 전제가 깔려 있는 것이다.

이 작품집들은 한국 어린이들의 다문화적 태도를 계몽하려는 소임을 충실히 수행하였다고 평가할 수 있다. 비록 앞에서 서술한 결점을 많이 지니고 있는 것은 사실이지만 이 동화들이 발간된 시점으로 되돌아가 생각해보면 서술상의 결점보다는 이들의 의도를 더 소중히 평가해주어야 한다. 당시 다문화 현상에 대한 우리 사회의 인식 수준과 이들에 대한 대응 양상을 고려해보면, 이주 노동자들을 우리의 이웃으로 받아들이고 이들의 아픔에 귀기울여준 작가들, 억압 받는 이들에 대한 따듯한 응원을 더 평가해 주어야 할 것이다.

우리보다 훨씬 먼저 다문화 사회를 경험하였고, 그에 따라 다수의 다문화 동화와 청소년 소설이 발간되었던 독일도 우리와 비슷한 과정을 겪은 사정은 흥미롭다.[3] 처음부터 다인종 국가에서 출발한 미국과는 달리 독일도 급격하게 다문화 사회로의 변화를 겪었다고 한다. 독일은 1970년대에 급격하게 증가한 손님노동자(김경연, 2011)[4]와 그 가족으로 인해 서로에 대한 오해와 원망이 누적되었고, 마침내 이 주제를 아동청소년들을 위한 이야기로 채택하지 않을 수 없었다. 아동청소년문학이 그러한 오해와 원망을 해소하는 데 모종의 역할을 할 수 있으리라는 기대가 작용했던 것이다.(김경연, 2011, 231-231) 이렇게 계몽의 목적으로 발표되기 시작한 초기의 다문화 아동청소년문학은 손님노동자에 대한 인식을 바꾸고 그들이 처한 억압적 차별적 현실을 폭로하는 데 주력한다. 이때 고발과 계몽의 의

---

3) 독일의 다문화 아동청소년문학에 관한 논의는 김경연(2011)의 「다문화주의와 타자성의 문학적 인식」-독일어권 아동청소년문학을 중심으로」, 『아동청소년문학 연구』 9호를 참조하였음.

4) 처음 독일에 들어온 노동자들은 일정 기간 노동을 한 후 자기 나라로 돌아갈 예정이었기 때문에 이주 노동자가 아니라, 손님노동자라고 불렸다.

도가 종종 작품의 전면에 등장하며, 상황과 인물의 묘사가 스테레오타입에 흐르는 것이 문제가 된다. 또한 갈등의 해소를 주로 개인적 차원에서 찾음으로써 차별의 사회구조적 원인은 강하게 나타나지 않는 한계를 지닌다.(김경연, 2011, 250)

다문화 동화는 어차피 계몽의 목적으로 생성된 문학이다. 그래서 도식에 갇힌 이야기로 흐를 염려가 있다. 그렇지만 그렇다고 해서 '다문화 동화'라는 꼬리표가 불필요하거나 불명예스러운 것은 아니다.[5] 다문화 동화이면서도 흥미와 감동을 수반한 고급 문학이 될 가능성은 충분하다. 소수집단 구성원의 감정과 인권을 대변하는 작품이면서도 생생한 인물, 긴박하고 흥미진진한 사건으로 독자를 감동하게 하는 작품으로 발전할 수 있는 방법에 대한 고민이 필요할 뿐이다.

(다) 주체적으로 차별을 극복하는 소수자

초기의 기획 동화가 이주 노동자가 당하는 억압과 차별을 드러내는 데 주력한 동화가 창작되면서 유형화된 인물과 틀에 박힌 듯한 서사가 많았던 비해, 2000년대 중반부터 창작된 다문화 동화는 소재가 다양해지고 서사의 전개 방식도 큰 변화를 겪게 된다. 이 시기에는 장편 동화도 다수 창작되었는데 이렇게 서사가 길어지자, 단편 위주라서 초래된 초기 기획 동화

---

5) 류찬열은 "다문화 동화 작가들이 '무엇을' 쓸 것인가 보다는 '어떻게' 쓸 것인가에 좀 더 관심을 기울여야 한다고 하면서 다문화 주체들의 특수한 상황을 한국사회의 보편적 문제로 재현할 수 있는 서사 전략과 방법을 모색하고 실천할 때라야 비로소 다문화 동화는 '다문화'라는 꼬리표를 떼고 '동화'로 도약할 수 있다"고 주장한다.(류찬열, 「다문화 동화의 현황과 전망」, 앞의 책. 290쪽.) '어떻게' 쓸 것인가를 고민하는 일은 작가로서 당연히 해야 할 몫이지만, '무엇'에 대한 고민 역시 중요한 것이며, 문학성이 뛰어난 다문화 동화가 탄생한다고 해서 그 작품에 '다문화'라는 꼬리표를 제거할 필요는 없다.

의 문제들이 자연스레 해소되기도 하였다. 이 시기에는 이주 노동자뿐 아니라 결혼 이민자와 그 자녀, 새터민, 흑인 혼혈 3세 등 당시에 다문화 사회의 일원으로 존재하던 모든 소수 집단으로 소재가 확장됨에 따라 사건도 훨씬 다양해지고 풍부해졌다. 무엇보다 두드러진 특징은 소수집단 주인공의 변화된 태도이다. 소극적이고 수동적으로 억압과 차별을 감수하기만 했던 이방인들이 주체적으로 차별을 극복하고 주류 사회의 일원으로 적응하기 위한 능동적인 행위를 펼쳐 나아가는 것이다.

이런 인물 유형을 보여주는 최초의 작품은 『우리 엄마는 여자 블랑카』(원유순, 2005) 이다. 초기 기획동화의 주요 등장인물이 이주 노동자 자신들이라면 『우리 엄마는 여자 블랑카』에는 결혼 이민자인 여성과 다문화 가정의 2세대인 여자 어린이가 주요 인물로 활약한다. 또한, 『지붕 위의 꾸마라 아저씨』 나 『블루시아의 가위 바위 보』의 이주 노동자들이나, 『외로운 지미』의 지미 아빠가 주류 집단과의 갈등을 회피하려고만 하는 소극적이고 수동적인 노동자로 그려진 것에 비하면, 『우리 엄마는 여자 블랑카』의 하나 엄마는 상당히 지적이고 적극적인 인물로 그려진다. 그녀는 베트남에서 대학까지 졸업한 인텔리이고, 한국말에도 능숙하여 이주 노동자를 대변하는 의식 있는 여성이다. 그럼에도 이웃집 아줌마들은 스스럼없이 반말을 하고, 하나의 선생님은 엄마가 외국인이라서 힘들겠다고 하나를 동정한다. 그러나 결말 부분에 가면 하나 엄마가 인권 운동가로 텔레비전 뉴스에 소개되면서 그녀를 보는 주변의 시선이 달라지고, 하나는 베트남이라는 나라와 외가에 대한 동경심을 갖게 됨으로써 이들은 자신에 대해 긍정적 정체성을 획득함을 보여준다. 우리 사회의 대등한 구성원으로 인정받게 됨을 암시하는 것이다. 『외로운 지미』가 무엇이 문제인지조차 명확히 깨닫지 못하며, 자신의 감정을 표현하지 못하는 이주 노동자의 슬픈 삶을 그렸다면, 『블랑카』는 결혼 이주 여성이 주체적이고 능동적으로 차별을 극복하는 과정을 그려냄으로써 이 시기에 발간된 다문화 동화 가운데는 새로운 인물상을 제시하였다.

『까매서 안 더워』(박채란, 2007)의 동규는 한국인 아빠와 필리핀 엄마 사이에 태어난 혼혈아이지만 성격이 밝고 긍정적으로 묘사된다. 그러나 어떤 과정이나 노력을 통해 긍정적 정체성을 소유하게 되었는지 정체성 변화를 보여주지 못하는 점은 아쉽다.

소수 집단 인물로 새터민이 등장하는 것도 이 시기의 주요한 특징 가운데 하나다. 『피양랭면집 명옥이』(원유순, 2007)는 새터민 자녀 명옥이가 반 아이들의 놀림과 멸시를 이겨내는 과정을 그리고 있다. 낯선 환경에 주눅이 들이 명옥이가 말을 거의 하지 않자 반 아이들은 벙어리라고 놀리고 명옥이 듣는 데서도 함부로 북한은 가난하다는 것을 즐기듯이 얘기한다. 이러한 과정에서 아토피 피부염을 앓는 힘찬이와 명옥이가 서로를 어려운 사정을 이해하며 마음을 열어가게 된다. 「새터민 석철이」(고정욱, 2007)의 석철이도 명옥이와 비슷한 어려움을 겪는다. 친구들은 석철이를 꽃제비라고 부르며, 북한 사람들이 가난하다거나 석철이가 공부도 엉망일 거라는 말을 서슴없이 내뱉는다. 그러나 석철이는 용감한 행동으로 주체적으로 어려움을 극복하고 반 아이들이 이해시키고 그들과 어울려 살아가게 된다. 이 두 작품에서 차별과 멸시를 극복해가는 과정이 좀 설득력이 부족하고 지나치게 낙관적인 결말로 마무리되긴 하였지만, 독자들에게 새터민의 처지를 이해시키고 그들에 대한 태도를 변화시키려 한 의도는 긍정적으로 평가해 줄 만하다.

흑인 혼혈 3세대 어린이를 주인공으로 한 작품도 주목할 만하다. 『김찰턴 순자를 찾아줘유』(원유순, 2010)의 흑인 혼혈 3세대인 민정이는 주류집단에 대한 증오로 가득한 혼혈 2세대인 아빠와는 다르게 '나는 다르다. 나는 아빠처럼 세상으로부터 숨지 않을 거다. 당당하게 멋지게 가수가 될 거다'고 말하는 당찬 인물로 묘사된다.

2012년에 발간된 『하이퐁세탁소』(원유순, 아이앤북)는 최근 우리나라 초등학교 교실의 다문화적 풍경을 가장 사실적으로 그린 동화라고 할 수 있다. 한국인 아빠와 베트남인 엄마 사이에서 태어나 자라는 웅이와 그 가족의 이야기로, 다문화 가정 구성원의 처지와 마음고생을 담담하게 그려낸다. 한국말에 서툰 엄마 때문에 말을 늦게 배워 놀림을 받는 웅이, 한국에서 10년을 살면서도 가끔 별식으로 베트남 음식을 할뿐 매일 한식만 먹으며 아들 웅이에게 베트남 말은 전혀 가르치지 않는 엄마는 자신의 정체성에 대한 고민은 하지 않고, 한국 사회에 동화되는 것이 최선의 삶이라고 생각한다. 또, 웅이는 베트남에서 방문한 사촌형을 부끄럽게 여기며, 베트남으로 돌아간 사촌형은 3년 동안 한국말을 배웠는데 정작 웅이는 베트남 사람의 피가 섞였으면서도 베트남 말을 안 배우고 혼혈이라는 사실만으로 피해의식에 젖어 있다. 이러한 웅이의 행동은 한국에서 받는 자신에 대한 차별을 동족인 사촌형을 차별하는 것으로 되갚는 모순적인 태도를 보여주는 것이다. 그렇지만 결국 여러 가지 억울하고 혼란스러운 일을 겪으며 마음고생을 치러낸 웅이네 식구들은 웅이가 살던 마을의 이름을 딴 산청세탁소 간판을 웅이 엄마의 고향 이름을 딴 하이퐁세탁소로 바꿔 단다. 간판에는 베트남 사람들이 즐겨 쓰는 농(밀짚모자)과 웅이 엄마가 시집올 때 입고 온 분홍빛 아오자이가 그려져 있다. 바로 이 장면은 웅이와 가족들이 자신의 정체성을 찾고 그것을 대외적으로 공표하는 의미를 지닌다. 이 작품은 앞의 기획 동화들에 비하면 주류 집단 구성원들의 편견과 배타적인 폭력은 상당히 약화되었으며, 소수 집단 구성원들의 주체적인 의식은 눈에 띄게 강화된 것으로 나타나는데, 이러한 양상은 우리 사회가 다문화가정을 보는 태도가 개선되고 있었던 현실과도 무관치 않을 것이다.

(라) 타자의 문화 이해와 상호 존중

2010년대로 들어서면서 다문화 동화의 출간은 빠르게 증가하였는데, 이 시기에는 나와 다른 집단, 나와 다른 문화를 그 자체로 존중하는 모습을 보여주는 작품들이 등장하기 시작하였다. 이른바 타자의 문화를 있는 그대로 인정하고 존중해주며, 남과 다른 나의 외모나 문화를 부끄러워하지 않는 인물들이 등장하기 시작한 것이다.

선안나의 『나하고 친구할래?』(2015, 상상스쿨)는 다문화 동화로서는 아마도 유일한 저학년용 의인동화인 것 같다. 꼬마 호랑이 호야네 마을에 검정말 아저씨네가 귀여운 아이를 데리고 이사를 왔다. 호야와 친구들은 그 아이가 망아지라커니 당나귀라커니 다투다가 그 아이와 놀고 싶어 검정말 아저씨를 찾아가 궁금한 것을 물어본다. 그런데, 아저씨는 화를 버럭 내며 호야들을 쫓아낸다. 왜 그럴까? 알고 보니 그 아이(몽생이)는 버새(숫말과 암당나귀 사이에 태어난 잡종)였고, 몽생이는 외모가 다르다는 이유로 말 마을에서도 당나귀 마을에서도 놀림을 받았던 것이다. 하지만 호야와 친구들은, 커다란 눈, 발름대는 코, 쫑긋한 귀를 가진 몽생이와 얼른 친해지고 싶다. 하하, 호호 즐겁게 노는 아이들을 보고 검정말 아저씨가 미소를 짓는다.

이 동화는 혼혈아들이 차별 받는 다문화 현실을, 동물 이야기로 유쾌하게 들려준다. 망아지면 어떻고, 당나귀면 어떤가. 아이들은 그런 것 따위는 애초에 관심도 없다. 어른들이 규정한 '다름'에 대한 선입견을 간단히 무시해버리는 유년기 어린이의 순수한 눈과 마음이 대견하고 고맙다. 이 작품이 의인동화로 성공한 이유는 '버새'라는 동물을 찾아낸 데 있다. 어쨌든 이 작품은 저학년의 다문화 교실에서 꼭 읽히고 싶은 작품이다. 이 책을 읽는 다문화 가정의 독자들이나 다수집단 아이들은 스스럼없이 타인의 문화를 있는 그대로 받아들이고 자신을 긍정적으로 바라보는 마음이 생길 것 같다.

『젓가락 달인』(유타로, 2014)은 3~4학년을 위한 다문화 동화이다. 그런데 이 작품은 주의를 기울여 읽어도 다문화 동화 같지 않다. 이 동화에서 중심 서사는 그저 제목처럼 '젓가락 달인을 뽑는 젓가락 대회'로 일관된다. 그러나 그것은 어디까지나 고도로 계산된 작가의 서술 전략일 따름이다. 다문화 관련 에피소드와 주제는 이야기의 곳곳에 은근히 숨어있다.

전체적으로 볼 때 이 동화는 세 가지 이야기 재료가 서로 얽혀 있는데 하나는 젓가락질이 서툰 요즘 어린이들의 식습관을 교육하기 위한 젓가락 대회 이야기이고, 또 하나는 할아버지가 우봉이네를 방문하면서 벌어지는 이야기이며, 다른 하나는 라오스인 엄마를 둔 전학생 주은이의 이야기이다. 이 세 모티프는 서로 무관한 듯하면서도 아주 잘 어울려 이 작품의 주제 형성에 기여한다. 우봉이는 제대로 배우기는 처음인 젓가락질이 어색하고 불편하며, 시골에서 올라온 할아버지가 소금물 유리컵에 꺼내놓는 틀니도 괴상하다. 전학생 주은이 엄마를 처음 보았을 때는 더 이상하고 낯설다. 얼굴이 가무잡잡한 아줌마가 시장에서 대나무에 담긴 밥 덩어리를 맨손으로 조몰락조몰락 뭉쳐서 입에 넣는 것을 보고 우봉은 속이 메스꺼워진다.

그런데 시간이 지나자 젓가락질도 점점 더 익숙해져 가고, 욕실 바닥에 떨어진 할아버지의 틀니를 주워 세면대 위에 올려놓게도 된다. 언젠가는 주은이 엄마가 카오리아오를 맨손으로 먹는 것을 보아도 그리 낯설지 않은 날이 올 것이다. 작가는 다문화의 문제를, 젓가락질이나 할아버지의 틀니와 같은 것으로 그리고 있다. 젓가락 문화와 시골 노인의 냄새가 처음에는 낯설고 불편하게 여겨지지만 가까이 하는 기회가 많아질수록 점점 익숙해지는 것처럼, 다른 나라에서 온 사람들의 생활 습관과 문화도 자주 어울리다 보면 익숙해지고, 친해질 수 있다는 것을 우회적인 방식으로 들려주는 것이다.

이 작품이 지닌 중요한 미덕은, 주제가 다문화이면서도 다문화 이야기를 전면화하지 않았다는 점이다. 중심 서사는 처음부터 끝까지 젓가락 달인 뽑기 대회로 일관하고 있다. 다문화 서사가 중심이 될 경우, 다수집단과 소수집단의 갈등 이야기가 되기 쉽고 그런 이야기들은 스테레오 타입의 인물을 등장시켜 도식적으로 전개되는 경우가 많다. 외국인 근로자가 나쁜 한국인에게 핍박을 받다가 좋은 한국인의 도움으로 갈등이 해결되는 스토리는 얼마나 도식적이며 상투적인가.

이 동화에는 어떤 집단을 대변하는 유형화된 인물도 등장하지 않고, 모든 인물이 개별적이고 개성적인 한 사람의 인간으로 그려진다. 주은이가 전학 온 날, 선생님이 주은이를 데리고 교실로 들어왔을 때 우봉이는 여자아이에게서 눈을 떼지 못한다. 약간 가무잡잡한 피부색 때문이 아니라 크고 맑은 눈 때문이다. 개구쟁이 성규가 주은이를 놀리기는 하지만 그것도 피부색 때문이 아니라 주은이가 자신을 김해 김씨라고 소개하자, '김해 김치?'라고 놀리는 것이다. 2학년 아이들은 모습이 자기와 좀 달라도 사람을 그냥 한 사람의 인간으로 볼 줄 안다. 주은이 엄마가 밥덩이를 맨손으로 먹는 것을 보고 온 다음날, 우봉이는 주은이를 몰래 훔쳐보기도 하지만 그것은 잠시 동안일 뿐이고 아이들의 관심사는 온통 젓가락 대회로 쏠려있다. 작가가 주은이의 특이한 점을 보여주지 않으니 독자들의 관심사도 젓가락 대회에 집중될 것이다.

젓가락 대회 날, 젓가락 솜씨가 뛰어난 줄 몰랐던 우봉이와 주은이가 결승전에 오르자 모든 아이들이 놀라며 두 아이를 응원하는 대목은, 있는 그대로의 주은이를 받아들이는 아이들의 순수한 모습을 감동적으로 보여준다. 성규가 '구리구리 딱따구리 권법 파이팅!' 하며 우봉이를 응원하자, 민지는 '김해 김씨 김주은, 쏙쏙 족집게 수법 짱!' 하고 맞받아친다. 선생님도 아이들도 다문화에 대한 선입견이나 고정관념 없이 주은이를 자연스런 학급 친구로 받아들이는데, 화자도 굳이 독자들에게 그런 사실을 언급하지 않는다. 한국인이니, 다문화니 하는 말 자체가 불필요한 것이다.

그런데 주은이가 젓가락질 연습에 몰두한 이유는 라오스인 엄마 때문이다. 엄마가 맨손으로 밥을 먹으니 주은이는 그것이 영 마음이 쓰였던 것이다. 2학년짜리 주은이가 다수집단인 친구들의 시선을 의식하고 그들의 기준에 자신을 맞추는 것은 당연하다. 우봉이 할아버지처럼 성숙한 사람이 되면, "손으로 먹는 걸 두고 나쁘다고, 또 야만인이라고 해서는 안 되는 겨. 그게 그 나라 풍습이고 문화인 겨." 라고 생각하면서 자기문화에 대한 긍정적 정체성을 가질 수 있겠지만 말이다.

저 사람이 나와 다른 사람이라는 것을 의식하는 순간 편견은 시작되는지도 모른다. 다수집단과 소수집단 구성원들의 갈등과 화해를 보여주는 동화보다는 처음부터 아무 편견 없이 소수자들을 받아들이는 동화를 읽는 독자들이 이 작품의 인물들처럼 쉽고 자연스럽게 다문화를 받아들이게 될 것 같다.

2) 다문화 동화 창작 및 번역의 과제

다문화 동화의 전개 양상을 서술하는 과정에서 우리 다문화 동화의 문제점과 그런 문제를 일으키는 원인도 어느 정도 드러났고 그에 따라 다문화 동화 창작의 방향과 과제도 드러난 것으로 보인다.

첫째, 세련된 문학성이 필요하다. 앞에서 서술한 바와 같이 다문화 동화 창작의 가장 긴급한 문제점은 문학적 형상화가 매우 미흡하다는 것이다. 다문화 사회의 초기에는 이주 노동자나 결혼 이주민들에 대한 인식 개선과 계몽이 긴급했기 때문에 이주 노동자의 차별과 억압을 드러내는 것 자체로 의미를 지닐 수 있었지만 현재의 시점에서는 아무리 긴요한 다문화적 주제로 작품을 창작하더라도 문학성이 뛰어나지 못하면 다문화적 감수성과 실천의지를 길러주지 못한다. 특히 스테레오 타입의 인물, 상투적인 사건 전개, 직접적으로 드러나는 계몽성 등은 반드시 극복해야 할 과제이다.

둘째, 작가는 다문화에 대한 철학과 정책 방향에 대한 나름대로의 견해를 가지고 있어야 하며, 타문화에 대한 깊은 이해가 필요하다. 다문화에 대한 우리 사회의 인식 수준은 다문화 동화의 수준에 영향을 끼치며, 특히 작가의 인식 수준은 다문화 동화의 수준을 결정한다. 어차피 다문화 동화는 목적 문학의 하나이기 때문에 작가는 다문화 사회에 대한 철학이나 다문화 사회가 지향해야 할 정책 등에 대한 나름대로의 해결 방안을 제시해야 하고 그러기 위해서는 이 부분에 대해 깊이 있는 공부가 필요하다. 다른 나라나 다른 민족의 문화에 대해 깊은 이해도 필수적이다. 냉정하게 말해서 지금까지 발간된 다문화 동화는 '다문화' 동화라기보다는 '다국민' 동화라고 하는 것이 정확할지도 모른다. 왜냐하면, 대다수의 다문화 동화의 갈등 양상은 다른 나라에서 온 사람과 우리나라 사람 사이의 갈등이었다. 가난한 나라 사람, 외모가 우리와 다른 사람, 우리말을 못하는 사람이 우리나라 사람과 부딪치며 발생하는 문제가 다문화 동화의 주요 사건이었다. 다시 말해서 다른 문화와 우리 문화가 부딪치면 발생한 사건은 매우 적고

피상적인 수준에 불과하였다. 예컨대, 문화적 갈등이라고 볼 수 있는 사건은 급식실에서 벌어진 일로, "저에게는 카레를 주지 마세요. 저는 무슬림이라서 돼지고기를 못 먹어요." "무슬림? 무슬림이 뭔데?" 하는 정도의 사건이다. 문화와 문화가 부딪치는 장면이 적고, 피상적으로 제시되는 이유는 작가 자신이 타문화에 대한 이해가 깊지 못하기 때문이다.

셋째, 동남아시아 지역의 신화, 민담, 창작 동화 등을 번역하여 보급할 필요가 있다. 우리나라가 급격하게 다문화 사회로 진전된 원인은 베트남이나 필리핀 등에서 유입된 이주 노동자와 결혼 이주민 때문이다.[6] 그러므로 우리나라 어린이들이 이 지역의 문화를 이해하는 일이 긴급한 일이 되었다. 타자의 문화를 이해하는 첩경 중 하나는 그들의 정신문화인 종교와 문학을 이해하는 일이다. 특히 한 나라의 신화와 옛이야기에는 그들의 정신문화의 뿌리가 담겨 있으므로 이들의 문화를 이해하기 위해서는 이와 같은 문학 작품을 번역하여 소개해야 한다. 우리나라의 번역물 출판 시장은 대부분 영미나 유럽 중심으로 이루어지고 있다. 그러므로 이 지역 위주의 번역에서 벗어나 문자 그대로 다문화권의 신화와 민담, 아동문학 작품을 번역하여야 한다. 이는 국가적 지원이 필요한 사업이다.

넷째, 동화에서 다문화집단의 인물이 주인공이 될 때, 그 인물은 소수집단 독자들의 긍정적 정체성을 획득하는 데 도움이 되는 인물이 바람직하다. 예컨대, 결혼 이주여성이 주인공이라면 경제적으로는 가난하지만, 지혜로운 판단력과 사람을 사랑하는 따듯한 마음, 성숙한 인격을 갖추고 있어서 이웃의 결손 어린이를 돕는다든가 홀로 사는 노인들을 돌봄으로써 마을

6) 다문화 학생 부모의 출신 국적 비율은, 베트남(24.2%), 중국(21.3%), 일본(13%), 필리핀(12.6%) 순이다.

의 분위기를 따듯하게 바꾸어놓는 농촌 여성이 등장한다면 소수집단 독자들은 자신들을 자랑스러워할 것이며, 다수집단 독자들도 존경과 사랑의 시선으로 그들을 보게 될 것이다. 필자 개인의 경험을 말하면, 베트남의 고승 틱낫한 스님의 책을 읽고, 베트남에 대한 시각이 달라졌음을 고백한다.

다섯째, 탈북 이주민(새터민) 아동의 삶과 고민을 깊이 있게 관찰한 동화가 출간되어야 한다. 새터민의 수가 점점 증가하고 있어 새터민 아동도 있지만 새터민 2세도 자라나고 있다. 이들은 언어와 외모가 같아서 외국 출신 다문화 아동과는 다르지만 그들만의 어려움과 고민이 있을 것이다. 주류 한국인에게 그들의 어려움을 이해시키고 배려하는 마음을 길러줄 수 있는 작품이 필요하다.

(2) 다문화, 교육과정과 교과서 차원의 현황과 과제

다문화 교육이 실제로 이루어지는 현장은 각급학교의 교실이며 교육의 주요 수단은 교과서라고 할 수 있다. 또 교과서는 교육과정을 구체화, 표상화한 실체이기 때문에 다문화 교육의 현황과 과제를 살피기 위해서 먼저, 다문화 교육의 관점에서 국어과 교육과정을 검토해보기로 한다. 그리고 교과서를 살펴 현재의 다문화 교육 상황을 점검하고, 다문화 교육 발전을 위한 향후 과제에 대해 논의해보기로 하겠다.

1) 교육과정 차원의 현황과 과제

우리나라에 다문화 배경 학습자가 급증하면서 우리의 교육은 전반적으로 다문화 교육에 대한 사회적 요구를 반영하지 않을 수 없게 되었다. 이와 같은 시대적 요구는 2015 교육과정의 총론에 반영되었다. 총론의 '교육과정 구성의 방향'에서 '민주 국가의 발전과 인류 공영의 이상을 실현하는 데에 이바지하게 함을 목적으로 하고 있다.'라든가 '추구하는 인간상'에서 '문화적 소양과 다원적 가치에 대한 이해를 바탕으로 인류 문화를 향유하고 발전시키는 교양 있는 사람', '공동체 의식을 가지고 세계와 소통하는 민주 시민으로서 배려와 나눔을 실천하는 더불어 사는 사람'(2015교육과정의 총론, 교육부 제2015-74호)등과 같은 서술에는 다문화 교육에 대한 지향이 명백하게 드러나 있다. 이와 같은 총론의 지향은 각론에도 유기적으로 관련된다. 특히 이번 교육과정의 특징은 핵심 역량[7]을 강조한 것으로 총론에서 제시한 핵심 역량은 국어과 교육과정에도 거의 그대로 수용되었다. 이 가운데 다문화 교육과 관련된 역량을 '총론'에 제시된 내용과 '국어과'에서 제시된 내용을 비교하면 다음과 같다.

<표 4> 2015 개정 교육과정 총론의 핵심역량과 국어과 교육과정의 교과 역량 비교.[8]

교육 과정 총론		국어과 교육과정	
핵심 역량	개념	핵심 역량	개념
심미적	인간에 대한 공감적 이해와 문화적	문화	국어로 형성·계승되는 다양한 문화

7) 일반적으로 역량은 지식이나 기능, 태도의 총체이자 특정한 상황에서 주어진 문제를 성공적으로 해결할 수 있는 능력을 의미한다. 역량 중에서도 미래의 삶을 대비하기 위한 교육을 통해 길러내야 할 주요역량을 핵심 역량으로 명명하여 학습자가 무언가를 실제로 해낼 수 있는 능력을 향상해야 함을 강조하는 실정이다. 이인화(2015), 「핵심역량 기반 2015 개정 국어과 교육과정의 실행 방안 연구」 177쪽

8) 교육부(2015a), 〈초·중등학교 교육과정 총론(교육부 고시 제2015-74호)[별책1]〉, 교육부 교육부(2015b), 〈국어과 교육과정(교육부 고시 제2015-74호)〔별책5〕〉, 교육부.

교육 과정 총론		국어과 교육과정	
감성 역량	감수성을 바탕으로 삶의 의미와 가치를 발견하고 향유하는 역량	향유 역량	를 이해하고 그 아름다움과 가치를 내면화하여 수준 높은 문화를 향유·생산하는 능력
공동체 역량	지역·국가·세계 공동체의 구성원에게 요구되는 가치와 태도를 가지고 공동체 발전에 적극적으로 참여하는 역량	공동체·대인 관계 역량	공동체의 가치와 공동체 구성원의 다양성을 존중하고 상호 협력하며 관계를 맺고 갈등을 조정하는 능력

그런데 역량에 대한 개념을 설명한 부분을 비교해보면 국어과보다는 총론 쪽이 다문화 교육의 정신을 보다 직접적으로 설명하고 있다. 특히, 공동체 역량의 개념에 대한 정의 가운데, '지역·국가·세계 공동체의 구성원에게 요구되는 가치와 태도를 가지고 공동체 발전에 적극적으로 참여하는 역량'이 그러하다. 그렇지만 국어과에 제시된 '공동체 구성원의 다양성 존중', '상호 협력과 갈등 조정'등과 같은 내용도 다문화 교육의 기본 정신이 잘 반영된 것으로 평가할 수 있다.

2015 국어과 교육과정에 제시된 다문화 교육 관련 내용은 총론의 지향을 수용한 것이기도 하지만, 그동안 국어교육하계에서 꾸준히 논의되어 온 바가 실현된 것으로 볼 수 있다. 2000년대 들어 다문화 배경 학습자가 급격히 늘어나자 국어교육학계에서는 단일 민족 국가, 순혈주의 국가관을 기반으로 하는 국어교육관에 대한 점검과 반성의 논의가 지속적으로 제기 되었으며, 모국어 학습자만을 교육 대상으로 삼아왔던 문식성 교육에서 다문화 배경 학습자까지도 학습 대상자로 포함하는 다문화 문식성 교육의 필요성이 활발하게 전개되었던 것이다. (박윤경 2007, 최숙기 2007, 권순희·김호정·이수미 2008, 민병곤 2009, 진선희 2010, 서혁 2011, 최숙기

2013) 이들의 논의는 2007 국어과 교육과정의 내용을 다문화적 관점에서 성찰하는 데서 시작된다. 예컨대, 진선희는 국어과 교육의 '성격'에서 제시하고 있는 국어과 교육의 목적 가운데 '미래지양의 민족의식 함양'이 다문화 사회의 국어과 교육의 목적으로 필요충분조건을 갖추지 못하였다고 지적하였으며(진선희, 2010), 서혁(2009)도 성격 부분이 공동체 의식은 강조되어 있으나, 갈등 관리, 협동 등 대인 관계 측면에 대한 언급이 미흡하고, 타문화에 대한 이해에 대한 고려가 미흡하다는 점을 지적하였다. 교육과정에 대한 비판적 논의와 더불어 '다문화 문식성'의 개념에 대한 논의, '다문화 문식성 신장을 위한 전략'(윤여탁, 2013) 등에 대한 논의도 활발히 전개되었다.

예컨대, 원진숙은 국어교과 안에서 다문화 문식성의 개념을 '다문화 사회의 모든 구성원들-다수자와 소수자-이 문화의 다양성과 다원적 가치에 대한 이해를 바탕으로 서로 다름을 인정하고 존중하기, 다문화적 맥락 안에서 적극적으로 소통하기, 비판적 관점에서 세상의 차별과 불평등의 요소들을 검토하기, 평등과 사회정의를 실천하기와 관련된 지식, 기능, 태도를 아우르는 인성 핵심 역량'[9]으로 규정한다.

그렇다면 '문학'영역에서는 다문화 관련 내용이 어느 수준으로 서술되어

---

9) 이 개념 정의는 Banks가 제시한 다문화교육의 목표에서 시사받은 것이다. Banks는 다문화교육의 목표를 1)개인들로 하여금 다른 문화의 관점을 통해 자신의 문화를 바라보게 함으로써 다기 이해를 증진시키기 2)학생들에게 문화적 민족적 언어적 대안들을 가르치기 3)자문화, 주류문화, 그리고 타문화가 공존하는 다문화 사회에서 요구되는 지식과 기능, 태도를 가르치기, 4)소수인종이나 민족 집단이 그들의 인종적 신체적 문화적 특성 때문에 겪는 고통과 차별을 감소시키기, 5)다양한 인종, 문화, 언어를 배경으로 하는 학생들이 그들이 속한 지역 문화 공동체, 시민 공동체, 전지구적 공동체에서 자신의 역할을 수행하는 데 필요한 지식, 기능, 태도를 배울 수 있게 하기 등을 설정하였다.(Banks, James(모경환 외 역)(2008) 『다문화교육 입문』, 서울:아카데미프레스)

있을까. 먼저 문학영역의 '내용 체계'를 보면, 문학에 대한 태도 영역의 핵심 개념으로 '자아 성찰, 타자의 이해와 소통, 문학의 생활화'로 설정하였고, 이 부분에 대한 일반화된 지식으로는 '문학의 가치를 인식하고 인간과 세계를 성찰하며 문학을 생활화할 때 문학 능력이 효과적으로 신장된다'고 서술하고 있다. 핵심 개념에서 '타자의 이해와 소통'에서 '타자'란 '자아'의 상대적인 개념으로 '나'를 제외한 모든 존재를 일컫는 개념으로 타인은 물론 자연까지지도 포함하는 것으로 볼 수 있다. 다문화적 시각에서 보면 주류 사회 구성원의 입장에서는 소수자를, 소수 집단 구성원의 입장에서는 다수자를 가리키는 것으로 해석할 수 있다. 일반화된 지식에서 '인간과 세계를 성찰'한다는 말은, 나를 비롯한 타인, 내가 사는 세계와 타인이 사는 세계를 성찰한다는 것으로 해석할 수 있는데, 이를 다문화적 시각에서 보면 다문화 사회의 구성원들과 그들의 문화, 그들이 사는 세계를 성찰하며, 이해·배려·소통한다는 것으로 해석할 수 있다.

'내용 체계' 외에도 다문화 관련 내용은 '성취 기준'과 '국어자료의 예'에도 구체적으로 제시되어 있다.

<표 5> 2015교육과정의 성취기준 가운데 다문화 관련 내용

학년군	성취 기준
12문학 03-05	한국 문학과 외국 문학을 비교해서 읽고 한국 문학의 보편성과 특수성을 파악한다.
12문학 04-01	문학을 통하여 자아를 성찰하고 타자를 이해하며 상호 소통하는 태도를 지닌다.
12문학 04-02	문학 활동을 생활화하여 인간다운 삶을 가꾸고 공동체의 문화 발전에 기여하는 태도를 지닌다.

<표 6> '국어자료'의 예에 제시된 다문화 관련 내용

학년군	국어자료의 예
초등학교 5-6학년군	'다양한 가치와 문화를 경험할 수 있는 문학 작품'
고등학교 1학년	'삶의 방식, 이념, 문화 등의 차이에서 오는 갈등과 해결을 담고 있는 글이나 문학 작품', '보편적인 정서와 다양한 경험이 잘 드러난 한국·외국 문학 작품'

위의 성취기준에 제시된 항목 가운데, '한국 문학과 외국 문학을 비교해서 읽고 보편성과 특수성 파악' '자아를 성찰하고 타자를 이해하며 상호 소통하는 태도 함양', '공동체의 문화 발전에 기여하는 태도 함양' 등의 내용은 자아와 타자의 문화를 이해하며, 소통한다는 측면에서 다문화 교육과 관련이 있고, 공동체의 개념을 다수자와 소수자가 함께 구성하는 사회로 생각할 때, 다문화 교육의 정신을 반영하는 내용이라고 생각할 수 있다.

이에 비하면 '국어자료의 예'에 제시된 '다양한 가치와 문화를 경험할 수 있는 문학 작품' '삶의 방식, 이념, 문화 등의 차이에서 오는 갈등과 해결을 담고 있는 글이나 문학 작품', '보편적인 정서와 다양한 경험이 잘 드러난 한국·외국 문학 작품' 등은 보다 확실하게 다문화 교육과 관련된 내용을 담고 있다.

이상으로 2015 교육과정의 '총론'과 2015 국어과 교육과정의 총론과 문학 영역 내용 체계, 성취기준, 국어자료의 예 등에 제시된 다문화 관련 내용을 살펴보았는데, 다문화 교육과 관련된 내용은 그 이전 교육과정에 비해 훨씬 자세하게 제시되었다. 특히, 총론의 핵심 역량에 다문화 교육의 정신이 구현되어 있었다.

그런데 국어과 교육과정의 성취 기준에는 다문화 교육 관련 내용이 매우 미흡하며 특히 초등학교 문학 영역의 성취 기준에는 다문화 관련 내용이 전무하다. 초등학교 문학 영역에서 다문화 교육의 유일한 교육과정의 근거는 '국어자료의 예'에 제시된 '다양한 가치와 문화를 경험할 수 있는 작품' 항목이다. 이것은 국어과 교육과정의 핵심 역량으로 제시된 '문화 향유 역량(국어로 형성·계승되는 다양한 문화를 이해하고 그 아름다움과 가치를 내면화하여 수준 높은 문화를 향유·생산하는 능력) 과 '공동체 대인 관계 역량(공동체의 가치와 공동체 구성원의 다양성을 존중하고 상호 협력하며 관계를 맺고 갈등을 조정하는 능력)'을 구현하기에는 매우 미흡한 수준이다.

2) 교과서 수록 다문화 문학 작품의 현황과 과제

국어교과는 2011 교육과정이 추구하는 핵심 역량 가운데 심미적 감성 역량과 공동체 역량과 관련되는 다문화 문식성을 신장하는 데 가장 적절한 교과이며, 문학 영역은 작품을 통해 다문화 구성원들의 인식과 태도를 제고하고 실천 의지를 내면화하는 효과적인 수단이 된다. 그러므로 국어과 교과서를 개발할 때에 다문화 교육에 가장 효과적인 작품을 선정하고, 적절한 학습 활동을 구안하는 작업은 다문화 문학 교육의 중요한 기반이 된다. 여기서는 2009교육과정기의 국어 교과서에 수록된 다문화 문학 작품의 현황을 살펴보고 향후의 과제를 살펴보기로 한다.

논의에 앞서 다문화 교육과 관련된 국어과 교과서 제재화 과정의 일화를 소개하고자 한다. 2007 교육과정기의 초등학교 6학년 2학기 『국어』 교과서에는 「바다 건너 불어온 향기」(한아)라는 단편 동화가 실려 있었다. 줄거리를 간단히 살펴보면 다음과 같다.

한별이는 엄마가 돌아가시고 아빠와 둘이만 살고 있다. 할머니가 가끔 와서 살림을 도와주지만 집안은 늘 어지럽다. 집안에 여자가 있어야 한다고 생각한 할머니는 국제결혼을 주선해주는 사람과 의논하여 베트남 아가씨 프엉을 데려온다. 한별이는 새엄마가 베트남 사람이라서 친구들에게 놀림감이 될 것 같기도 하고, 친엄마가 그립기도 해서 프엉에게 퉁명스럽게 대한다. 할머니는 프엉을 예뻐하면서 한별이에게도, 새엄마에게 좀 살갑게 대하라고 타이르지만 한별의 마음은 쉽게 열리지 않는다. 세차게 비가 내리던 날 새엄마가 우산을 가지고 학원 앞까지 마중을 나오지만 한별은 다른 길로 돌아오고, 온몸이 젖은 한별은 감기에 걸려 앓아눕는다. 새엄마가 정성껏 간호를 해주자 한별의 마음이 좀 풀리려 하는데, 이번에는 새엄마가 며칠 동안 끙끙 앓고, '메, 메' 하며 헛소리를 한다. 할머니가 알아보니 '메'는 베트남 말로 '엄마'라는 뜻이다. 한별은 새엄마에게도 엄마가 있고, 자기처럼 엄마를 그리워하고 있음을 알게 되면서 콧잔등이 뜨끈해진다.

교과서를 편찬하던 집필진은 이 동화를 발견하고 매우 반가웠다. 급격히 다문화 사회로 변화하고 있는 우리나라의 현실을 반영한 다문화 동화를 찾고 있었기 때문이다. 이 작품은 '인물 사이의 갈등을 생각하며 동화를 읽어 봅시다'라는 차시 목표에도 꼭 맞는 작품이어서 집필진 모두에게 좋은 평가를 받았다. 심의진들도 별 이견이 없었다. 그런데 교과서가 배포되고 1년이 지나서 이 작품은 다른 작품으로 교체해야만 하였다. 아니, 왜? 인물들 사이의 갈등과 화해의 과정도 감동적이고, 우리나라의 다문화 현실을 잘 반영한 시의성 있는 작품인데? 그 이유를 알고 보니 베트남 여인 프엉이 한국인 남편과 결혼하여 한국에 오는 장면이 다문화 가정 아이들에게 상처가 되었던 것이다.

필자도 그제야 이 작품이 교과서에 실리기 어려운 문제를 지니고 있음을 알 수 있었다. 프엉은 젊은 처녀인데, 결혼 상대자는 6학년 아이를 둔 홀아비이다. 프엉은 사랑하지도 않는 한국 남자와 한 번 만나 바로 결혼하고 말도 안 통하는 한국 가정으로 들어온다. 프엉과 같은 처지에서 조금만 더 생각해보았다면 이 결혼의 불평등성과 비정상성을 쉽게 인식할 수 있었을 것이고, 다문화 가정에서 자라는 어린이들이 받을 마음의 상처를 미리 짐작할 수 있었을 것이다.

집필진과 심의진이 이 작품의 문제점을 일찍 인식하지 못한 원인은 주류 집단의 위치에서 소수자들을 바라보았기 때문이었다. 다문화 사회는 주류 집단(다수집단)에 소수집단이 들어오면서 구성된다. 다수집단에 처음 진입하는 소수자들은 새로운 문화에 적응하고, 다수집단의 관습과 사회 질서에 맞추려 노력하지만 그 과정이 순탄한 것은 아니다. 반면에 다수집단의 구성원들은 소수집단 구성원들의 차별적 문제에 대해 아무런 인식이 없거나, 소수집단에 대한 편견을 가지고 있고 그런 편견이 무의식중에 말과 행동으로 드러나게 되는 경우가 많다. 바로 앞의 사례에서 교과서 집필진이 프엉의 불평등한 결혼 형태를 별로 이상하게 보지 못한 것은 주류집단 구성원들이 지닌 자기중심적 시각에서 비롯된 것이다.

다수집단의 구성원들이 소수집단의 구성원들을 바라보는 시각이나, 소수집단 구성원들이 다수집단을 대하는 태도는 신념과 가치관에 따라 다양한 스펙트럼을 그린다. 다수집단과 소수집단의 태도는 집단 정체성 유형에 따라 다음의 다섯 가지로 유형화할 수 있다.(이은하·권혁준, 2013)

<표 7> 다수집단과 소수집단의 정체성 유형

집단 정체성 유형	다수집단	소수집단
1유형	차별에 대한 인식의 부재 또는 잠재적 편견	차별에 대한 인식의 부재 또는 혼돈
2유형	편견의 의식적 표현과 배척	다수집단의 부정적 인식 수용과 다수집단에 동화
3유형	차별상황에 대한 충격과 갈등 회피	차별 상황에 대한 갈등 회피와 주변화
4유형	소수자를 차별하는 자기 집단 부정과 소수 옹호	자기 집단 몰입과 다수에 대한 저항
5유형	자기집단에 대한 긍정적 정체성과 소수집단 비차별 및 통합	자기 집단에 대한 긍정적 정체성과 다수집단 문화 수용 및 조화

이 분류에 의하면, 「바다 건너 불어온 향기」의 한별이가 처음에 새엄마를 대하는 태도는 소수집단에 대한 배척을 의식적으로 표현하므로 2유형에 해당한다. 그러다가 결말에 새엄마를 이해하고 긍정적으로 통합하는 장면은 5유형에 해당한다. 다문화 동화의 주인공들은 이 작품에서처럼 발단 부분에서는 1유형이나 2유형의 인물이었다가 결말 부분에 5유형으로 변화 발전하는 경우가 많다. 다수 집단의 입장에 서 있었기 때문에 다문화 가정 자녀들이 받았을 마음의 상처를 짐작하지 못한 교과서 집필진은 냉정하게 말해서 1유형에 가까웠다고 할 것이다.

위와 같은 일화를 소개하는 이유는 다문화 동화를 교과서에 수록하는 과정이 대단히 어려우며[10], 다양한 요소를 세심히 고려해야 한다는 점을 시

---

10) 이와 관련해서 원진숙은 다문화 텍스트를 제재화하기 어려운 이유로 '다문화 문학의 기반이 취약'하다는 점을 들었다. 교과서에 수록할 만한 마땅한 제재 텍스트의 수 자체가 한정돼있고, 자칫 잘못하면 다문화 가정에 대한 편견이나 잘못된 고정 관념을 심어줄 수 있다는 논란이나 비판의 목소리가 크다는 것이다.(원진숙(2015),「초등학교 국어 교과서

사하기 때문이다. 위에서 서술했듯이 다문화 동화를 제재화하기 위해서는 다문화 사회의 현실을 핍진하게 반영한 작품이라 하더라도 소수집단의 정체성 형성에 역기능을 하는 화소 즉, 다문화 가정에 부정적 편견을 심어줄 수 있는 사건을 피해야 하며 문화적으로 공정한 입장에서 서술한 작품을 선정해야 한다.

학계에서는 다문화 텍스트 제재화의 기준과 다문화 교실을 위한 문학 작품 선정 기준에 대한 논의를 활발히 제기하여 국어 교과서 개발에 좋은 참고가 되고 있다.

다문화 사회로의 변화를 반영한 국어 교과서 '제재' 관련 심의 지침(안)[11]

- 인종·국가·민족 등에 대한 편견을 해소하고 다양성의 가치를 다룬 글
- 다양한 국가의 사회·문화에 대해 소개한 글
- 다문화 사회에서의 긍정적 자아 정체성 형성에 대한 글

에서의 다문화 문식성 함양을 위한 다문화 제재 텍스트 구성 방안」, 『한국초등교육』 제26권 제3호, 197-218.) 또 원진숙은 다른 글에서 3학년 2학기 실험본 국어교과서에 실렸던 시 〈걱정 마〉라는 시, 6학년 1학기 〈국어활동〉 교과서에 실렸던 〈나의 베트남 일기장 (글: 마리 셀리에, 그림:세실 감비니) 등이 다문화 가정에 대한 부정적 편견을 심어줄 수 있다는 민원 때문에 교과서에 실릴 수 없었음을 소개하고 있다. (원진숙(2015) 국어 교과서 다문화 제재 수록 양상, 초등학교 국어 교과서 개발 과정과 전망(신헌재 외 20인)2009개정 교육과정 국어교과서 개발 백서) ㈜미래엔)

11) 송현정 양정실(2010), 「다문화 사회의 국어교육 정책 방향 연구」, 연구보고 RRI2015-14, 한국교육과정평가원.

다문화 교육을 위한 문학 작품 선정의 기준[12)]

- 다문화 사회의 현실을 핍진하게 보여주는 작품
- 문화적으로 공정한 시선에서 서술된 작품
- 다문화로 인한 갈등 외에 다양한 갈등이 함께 드러나는 작품
- 문화 간 유사성을 인식할 수 있는 작품
- 독자의 수준을 고려하여 다문화 사회를 반영한 작품

국어 교과서에 수록된 문학 작품은 그 내용 자체가 교육의 대상이 되므로 다문화 문식성 신장에 큰 영향을 끼친다. 따라서 다문화 교육을 위해 유의미한 텍스트가 선정되어야한다. 그렇다면 현재의 국어 교과서에 게재된 다문화 관련 문학 작품의 현실은 어떤지 살펴보아야 하는데, 수록 현황을 살펴보기 전에 교과서 제재 가운데 어떤 것까지 다문화 문학 작품의 범주에 포함시킬 것인지에 대해 생각해볼 필요가 있다.

다문화 문학 작품이란 다문화 사회를 배경으로 한 작품, 다문화 구성원이 주요인물로 등장하는 작품, 주류 집단 구성원과 다문화 구성원의 갈등이 드러난 작품, 다문화적 주제로 쓰인 작품 등을 말한다. 그런데 문제가 되는 것은 주제나 배경, 사건 등이 다문화와 무관한 외국 작품의 경우이다. 예를 들어, 오스카 와일드의 '행복한 왕자'는 다문화적 요소를 포함하지 않는데 이것을 다문화 관련 문학 작품에 포함시켜야 하는가 하는 것이다. 필자의 생각으로는 단순히 외국의 문학 작품이라 하더라도 다문화 문학으로 포함시켜 논의를 해야 한다고 본다. 문학 교육의 목표 중 하나는

12) 하근희(2014), 「초등 다문화교실에서 문학기반 다문화교육을 위한 작품 선정 기준 탐색」, 『교원교육』, 제30권 4호. 377-400

한국 문학과 외국 문학(혹은 한국 문화와 외국 문화)을 비교하여 타자의 문화를 이해 수용하는 것이므로, 다문화에 대한 주제를 다루지 않았더라도 타자의 문화를 이해하고 수용하는 데 기여할 수 있기 때문에 다문화 작품에 포함시켜야 한다. 예컨대, 베트남의 명작 동화, 태국의 신화 등은 이 지역 출신 다문화 구성원의 문화를 이해하는 데 중요한 역할을 한다.

2009교육과정기의 국어 교과서에 실린 다문화 관련 텍스트는 다음과 같다. 본고가 문학 작품을 중심으로 다문화 교육의 과제를 논의하고 있기 때문에 비문학 작품은 논의에서 제외해야 하지만, 현행 교과서에 다문화 문학 작품이 매우 적기 때문에 일단 비문학텍스트도 제목만 제시한다.

<표 8> 2009교육과정 『국어』 교과서의 다문화 관련 텍스트

교과서	다문화 관련 텍스트	작가	문종	비고
국어활동 2-2 나	이모의 결혼식	선현경	동화	**문학작품**
국어 4-2 가	피부색이 달라도 우리는 친구	서지원	동화	**문학작품**
국어 5-2 나	사라, 버스를 타다	글: 윌리엄 밀러, 그림: 존 워드	넌픽션 이야기	비문학텍스트
국어활동 5-2 나	늦달이 아저씨	곽재구	동화	**문학작품**

『이모의 결혼식』은 저학년 동화이다. 주인공 어린이의 이모가 그리스에서 결혼식을 하게 되어 들러리로 참석하지만 눈도 파랗고 코가 큰 이모부가 낯설기만 하다. 그런데 얼마 후 이모와 이모부가 한국에 찾아오자 반가워 눈물을 흘리고 이모부한테 뽀뽀를 한다. 아이를 화자로 등장시켜 이야기를 풀어내어 실화처럼 실감이 난다. 결혼식 장면도 현장감이 느껴지고 사건도 재미있어서 독자의 흥미를 끄는 작품이다. 처음에는 외국인이 생경

하고 낯설어서 조금 거부감을 느끼지만 차차 한 가족으로 받아들이는 과정을 읽으면서 외모와 문화가 달라도 서로 이해하고 사랑하여 세계 시민으로 성장할 수 있는 태도를 자연스럽게 길러주는 작품이다.

『피부색이 달라도 우리는 친구』는 보람이가 피부색이 다른 윤정이를 무시하면서 벌어진 사건을 중심으로 펼쳐지는 이야기인데, 빨간 색종이와 파란 색종이는 색깔이 다르지만 각각 고유의 아름다움이 있듯이 피부색이 다른 것이 틀린 것이 아니므로 서로 존중해주어야 함을 가르치는 동화이다.

『늦달이 아저씨』는 중국 음식점에서 음식 배달을 하는 스리랑카 출신의 청년 이야기이다. 항상 음식 배달이 늦어서 '늦달이 아저씨'라는 별명이 붙었는데 이 청년은 행동은 굼뜨지만 꽃과 사람을 사랑하며 마음이 평화롭다. 작가는 우리나라 사람의 빨리빨리 문화와 늦달이의 삶의 방식을 비교하며 어느 편이 행복하게 사는 방법인가를 묻고 있다. 겉보기엔 키도 작고 행동도 느리지만 여유와 사랑이 넘치는 스리랑카 문화를 긍정적으로 인식하게 하는 작품으로 다문화적 감수성을 신장시킬 수 있는 작품이다.

이상의 작품들은 다문화 현실을 핍진하게 그렸다거나 소수자와 다수자 사이의 갈등과 해소가 생생하게 드러나지는 않지만 나름대로 초등학교 학생들의 다문화 문식성을 기르는 데 도움이 될 것이다. 그런데 『이모의 결혼식』의 그리스인 이모부는 처음엔 낯설었지만 아이 스스로 친밀감을 느끼는 것으로 그려졌고, 피부색이 다른 윤정이 이야기는 선생님의 설명과 교훈으로 마무리되었기 때문에 내면화의 정도에 차이가 있을 것 같다.

<표 9> 2009교육과정『국어』교과서 수록 외국 문학 작품

교과서	문학 작품	장르	작가	국가
국어 3-2 가	종이 봉지 공주	동화	글: 로버트 문치, 그림: 마이클 마첸코	미국
국어 5-1 나	갈매기에게 나는 법을 가르쳐 준 고양이	동화	루이스 세풀베다	칠레
국어활동 5-2 가	사자와 마녀와 옷장	동화	글: C.S. 루이스, 그림:폴린 베이즈	영국
국어활동 5-2 나	베니스의 상인	소설	세익스피어	영국
국어 6-1 가	사흘만 볼 수 있다면	수기	헬렌켈러	미국
국어 6-1 나	행복한 왕자	동화	오스카 와일드	아일랜드
국어활동 6-1 가	행복한 청소부	동화	글:모니카 페트, 그림: 안토니 보라틴스키	독일
국어활동 6-1 나	시애틀 추장	연설문	수잔 제퍼스	미국
국어 6-2 나	크리스마스 캐럴	희곡	찰스 디킨스	영국
국어활동 6-2 가	마지막 수업	소설	알퐁스 도데	프랑스

위의 작품들은 다문화 작품이라기보다 외국 작품이다. 교과서 집필자의 입장에서 다문화를 염두에 두고 수록한 작품은 아니라는 뜻이다. 그렇지만 이와 같은 외국 작품도 다른 문화권을 이해하고 타문화와 우리 문화와 비교하며 읽을 수 있다는 의미에서 다문화 문식성 교육에 효과가 있다. 또 어떤 작품은 주류집단과 소수집단의 갈등이라든가 다문화 사회를 배경으로 펼쳐지는 사건이 직접적으로 드러나지는 않지만 넓은 의미에서 다문화 작품이라고 해석할 수 있는 작품도 있다. 「마지막 수업」은 프로이센과 프랑스 사이의 전쟁 중에 국경에 있던 알자스 로렌 지방을 배경으로 펼쳐지는 이야기로, 모국어를 빼앗긴 피점령국의 입장에서 언어를 잃는 슬픔과 언어의 소중함을 생생하게 그려내 민족과 언어의 문제에 대해 성찰하게 하는

작품이다. 또 「종이봉지 공주」는 소수자인 여성의 입장에서 남성 위주의 문화에 대하여 주체적인 인식과 행동을 보여주는 작품이고, 「시애틀 추장」도 아메리카 원주민이 백인에게 자연의 소중함을 가르치는 작품으로 소수자의 문화가 다수집단의 문화보다 열등하지 않음을 의연하게 주장하는 작품이다. 두 작품 모두 소수자의 주체적인 의견을 다수집단에게 당당하게 피력한다는 점에서 다문화 사회에서 소수집단의 주체성을 긍정하는 다문화 감수성을 신장시켜 줄 수 있는 작품이다.

그런데, 표에서 보다시피 교과서 수록 외국 문학 작품은 거의가 미국(3편)과 영국, 아일랜드(4편)에 편중되어 있고, 독일, 프랑스, 칠레의 작품이 1편씩 실려 있다. 칠레의 작품을 제외하면 영·미와 유럽 중심이라는 것을 알 수 있다. 이런 문제는 단순히 교과서 개발 상황의 문제가 아니라, 우리나라의 외래문화 수용 양상이 서구 중심으로 형성된 현실이 반영된 것이다. 아동문학 번역 및 출판 시장도 미국과 유럽 중심으로 형성되어 있는데, 이런 현실은 교과서를 개발에도 큰 제약 조건으로 작용된다. 우리나라의 다문화 인구 가운데 가장 큰 비중을 차지하는 지역은 동남아시아인데 이 지역의 동화나 신화, 민담이 1편도 없는 것은 문제라고 할 수 있다. 이 지역 출신의 문학 작품이 수록된다면 다문화 학생들이 긍정적 정체성을 형성하는 데 크게 도움이 될 것이고, 주류집단 학생들이 이 지역의 문화를 이해하고 편견을 감소하는 데도 효과가 클 것이다.

교과서에 좋은 다문화 동화를 제시하는 것은 다문화 교육에 효과가 크지만, 작품을 제시하기만 한다고 해서 다문화 교육이 잘 이루어지는 것은 아니다.13) 다문화 교육이 소정의 성과를 거두기 위해서는 좋은 다문화 작품

---

13) 오성배(2010)에서는 양계민(2008)의 연구결과를 인용하면서 청소년을 대상으로 다문화

과 더불어 다문화 문식성을 효과적으로 함양하기 위한 학습활동으로 구성되어야 한다.

다문화 작품에 대한 학습활동을 구안할 때에 다문화 교육의 효과를 높이기 위한 발문이 필요하다. 학습활동의 내용은 작품에 제시되는 사건과 인물의 행동 서술의 방식 등에 따라 달라질 수 있지만 대체로 다음과 같은 활동을 예상해볼 수 있다.

다문화 문학제재에 대한 다문화 문식성 함양을 위한 학습활동

- 작품에서 서술자는 다문화 구성원과 주류사회의 구성원을 어떻게 묘사하는가.
- 주류집단 구성원은 다문화 구성원을 어떻게 보고 있는가.
- 소수집단(다문화 집단) 구성원은 자신의 문화에 대해 어떻게 생각하고 있는가.
- 작품의 발단 과 전개 결말에 이르는 과정에서 자신의 문화를 바라보는 태도가 변화해 가는가.
- 주류집단 구성원은 차별과 편견 의식을 감소하기 위해 어떤 노력을 하고 있는가.
- 발단과 전개 결말에 이르는 과정에서 주류집단 구성원의 소수집단에 대한 생각이 변화하고 있는가.

교육 경험이 있는지 여부에 따라 다문화 수용성의 차이를 검증한 결과 다문화 사회의 긍정성을 제외한 모든 하위 변인에서 경험이 없는 집단과 유의미한 차이를 나타내지 않았다고 밝힌다. 이 결과는 다문화 이해 교육의 내용이 다문화 교육의 목표와 일치하지 않는 피상적인 수준의 일회성적인 활동에 불과할 가능성을 시사한다고 본다.(김혜영(2012), 「다문화 교육 관점에서 국어 교과서 텍스트 분석 -중학교 1학년 교과서를 중심으로-」, 『학습자중심교과교육연구』, 123쪽에서 재인용.)

• 주류집단 구성원과 다문화 구성원은 서로간의 다양성을 인식하고 수용하는가. 어떤 장면에서 그러한가.

다문화 문식성 신장을 위한 문학 작품을 제시하고, 작품의 내용 파악을 위한 활동을 한 다음 위와 같은 항목을 고려한 학습활동을 구성하면 다문화적 시각에서 작품을 깊이 분석하게 되므로 다문화 문식성 향상에는 큰 도움이 될 것이다. 원진숙은 현행 국어과 교과서가 다문화문식성을 기르기에 아주 효과적인 텍스트(「사라, 버스를 타다」)를 제시해 놓고도, 학습활동은 '글 내용 요약하기'만으로 일관하고 있음을 지적하면서, 이 텍스트를 활용한 다문화 교육에 효과적인 학습활동을 구성하여 제시하였다.[14)]

필자가 위에 제시한 다문화 문식성 신장 학습 활동이나 원진숙이 제안하는 학습활동이 다문화 문식성 신장을 위해서 효과적인 방안이리라는 것은 충분히 예상이 가능하다. 그러나 현재의 국어 교과서 단원 편성 방식에 비추어 생각할 때 위와 같은 학습활동 제시 방식이 항상 가능한 것은 아니다. 현재의 단원 편성 방식은 '목표중심 단원편성 방식'이기 때문에 텍스트의 내용에 따라 학습활동이 구안되는 것이 아니고, 단원의 학습목표를 달성하기에 효과적인 내용으로 구성되기 때문이다. 즉, 교육과정의 성취기준을 중심으로 단원의 목표와 차시 목표를 제시하기 때문에, 단원의 목표를 달성하기에 적합한 텍스트(제재)가 선정되고 학습활동 또한 단원의 목표에 맞게 구성되는 것이다. 그러므로 현재의 목표중심 단원 편성 방식의 교과서 체제에서는 다문화와 관련된 성취기준이 교육과정에 제시되지 않으면 학습활동 또한 다문화 문식성 향상을 위한 학습활동으로 구성하기 어려울

14) 원진숙, 앞의 글, 212-213쪽.

수도 있다. 이런 체제는 문학 중심 단원이나 언어 기능 중심 단원에 모두 해당한다. 따라서 감동적인 문학 작품을 제시했다하더라도 목표에만 종속된다면 해당 문학 작품의 문학성과 감동을 충분히 맛볼 수 없는 안타까운 일이 발생한다.(권혁준, 2006) 2009교육과정기의 단원 편성에서는 이런 문제점을 해결하기 위해 텍스트 중심 방식을 가미하였다.[15] 문학 작품을 제시한 후의 학습활동에서 목표와는 무관하지만 해당 문학 작품을 감상하는데 필수적인 학습활동을 하나 정도 제시하는 것이다. 다문화관련 문학 작품을 수록할 때도 다문화 문식성을 신장시키기 위한 학습활동을 제시할 때는 목표중심 단원 편성 방식과 텍스트 중심 편성 방식을 적절히 절충 통합하는 것이 바람직하다.

4. 결론

우리나라는 최근 십 여 년 사이에 급격히 다문화사회로 진입하고 있지만 이에 대한 교육적 대비는 부족한 실정이다. 갑작스레 닥친 다문화 사회가 당황스러운 이유는 단일민족주의에 익숙해 있던 주류 한국인들이 다른 나라 사람들과 어울려 살아온 경험이 부족하기 때문이다. 좀더 솔직하게 말하면, 서구의 백인들에 대해서는 과도하게 친절하면서도 짙은 피부의 동남아시아인들은 비하하는 태도도 다문화사회를 받아들이는 걸림돌이 되고 있다. 문학교육은 인간의 본성과 인간다움의 가치를 최대한으로 발휘하게 하

15) 예컨대, 6학년 1학기 1단원에 수록된 동화 「우주 호텔」은 비유적 표현을 공부하는 단원 학습 목표와는 관계가 없지만 텍스트의 내용 이해와 감상에 꼭 필요한 학습활동이 구성되어 있다.

는 것을 목표로 하고 있으며 이는 다문화교육의 목표인 '인간 존엄성과 보편적 인권에 대한 존중의 정신'과 상통한다. 특히, 아동기는 자기 자신의 정체성과 타인에 대한 이해를 발달시키기 용이한 시기이므로 다문화 아동문학 작품을 통한 교육은 다문화 사회에 대한 올바른 인식과 태도를 확립하기 위한 효과적인 방법이 될 수 있다.

교과서에 수록할 다문화 텍스트에 대한 사전 점검의 일환으로 지금까지 발간된 다문화 동화를 전반적으로 고찰한 결과 다문화의 양상이 변화함에 따라 동화의 주제와 문학적 형상화의 방법에 많은 변화가 있었음을 발견하였다. 다문화 사회 진입의 초기에는 이주 노동자의 차별과 억압을 폭로하는 기획 동화가 많이 발간되었다. 이 작품들은 주어진 주제에 맞는 인물과 사건을 그려나가야 했기 때문에 인물의 유형화, 도식적인 전개라는 비판에서 자유로울 수 없었지만 한국 어린이들의 다문화적 태도를 계몽하려는 소임을 충실히 수행하였다고 평가할 수 있다. 다문화 인구가 증가하면서 다문화 동화에는 주체적이고 능동적인 소수자가 등장한다. 수동적으로 억압과 차별을 감수하기만 했던 이방인들이 주체적으로 차별을 극복하고 주류사회의 일원으로 적응하기 위한 능동적인 행위를 펼쳐 나아가는 것이다. 그리고, 2010년대로 들어서면서부터는 나와 다른 집단, 나와 다른 문화를 그 자체로 존중하는 모습을 보여주는 작품들이 등장하기 시작하였다.

지금까지 발간된 다문화 동화는 교육적 의도가 승한 나머지 문학성이 담보되지 못한 작품이 많았다. 세련된 문학성을 갖춘 감동적인 작품이야말로 다문화 교육의 효과를 최대치로 끌어올릴 수 있다. 다문화에 대한 철학과 정책 방향에 대한 작가의 깊은 이해도 필수적이며, 출판계에서는 동남아시아 지역의 신화, 민담, 창작 동화 등을 번역하여 보급할 필요가 있다. 다문화집단의 인물이 주인공이 될 때, 그 인물은 소수집단 독자들의 긍정적 정체성을 획득하는 데 도움이 되는 인물이 바람직하다. 탈북 이주민(새터민) 아동의 삶과 고민을 깊이 있게 통찰하는 동화의 출간도 이 시대 아동문학인의 과제이다.

다문화 교육이 효과적으로 이루어지기 위해서는 교육과정과 교과서가 효과적으로 구성되어야 한다. 교육과정을 검토해본 결과 총론에는 다문화의 지향이 잘 나타나 있으나 국어과의 성취기준에는 다문화 관련 내용이 전혀 없고, 국어 교과서에는 다문화 제재가 두어 편 밖에 수록되어 있지 않고 내용도 너무 단순하여 타문화 이해에는 도달하기 어려운 실정이다.

교과서에 좋은 다문화 동화를 제시하는 것만으로도 다문화 교육에 효과가 없지는 않지만, 그 성과를 극대화하기 위해서는 다문화 문식성을 효과적으로 함양하기 위한 학습활동으로 구성되어야 하는데, 현재의 목표중심 단원편성 방식으로는 일정한 한계가 있다. 목표중심 단원 편성 방식과 텍스트 중심 편성 방식을 적절히 절충 통합하는 학습활동 구성 방안이 바람직하다.

여기서 다루지는 못했지만, 다문화 문학교육의 효과를 더 고양하기 위해서는 교사 교육이 필연적이다. 만약에 교사가 표면적으로는 소수자를 배려하는 듯 행동하지만 내면으로는 그들을 비하하는 의식을 갖는다면 이는 알게 모르게 학습자에게 전이된다. 소수자에 대해 편견을 지닌 교사가 있다면 진정으로 의식을 전환하여 모든 사람의 인격을 존중하는 태도를 꾸준히 함양해 나아가야 한다. 또, 교사는 다문화 동화를 많이 읽고 좋은 작품을 선정할 수 있는 안목을 길러야 하며, 타자의 문화를 이해하고, 상호 존중하는 태도를 길러주기 위한 학습 방법을 부단히 연구해야 한다.

한국 생태그림책의 전개 양상과 최근 경향

1. 머리말

인류 역사상 2020년의 지구촌은 특별한 한 해로 기억될 것이다. 코로나 바이러스의 대유행으로 지구상의 모든 교통은 끊기고 자기 나라, 자기 집에만 갇혀 살아야 하는 고통을 겪게 되었다. 이 코로나 팬데믹은 인간 스스로가 지구 생태계를 파괴한 과보를 온 몸으로 겪게 된 사건이었다. 환경론자들이 이미 수십 년 전부터 경고해온 환경 파괴 문제가 온 인류를 극심한 고통 속으로 빠뜨려버렸고, 이제 생태 문제는 더 이상 미룰 수 없는 인류 생존의 절박한 문제가 되어버렸음을 인정하지 않을 수 없게 된 것이다.

문학가들은 이미 오래 전부터 그 예민한 촉수로 이 문제의 심각성을 감지하고 위기를 경고하는 작품을 창작해왔고, 아동문학 작가들도 생태문제를 주제로 한 동화나 동시, 그림책을 지속적으로 발표해 왔다. 특히 그림책은 최근에 새롭게 출현한 장르지만 뛰어난 시각적 효과로 독자에게 강렬한 메시지를 전달하고 있다.

한국 그림책은 세계적으로 그 작품성과 예술성을 인정받고 있다. 한국은 2004년에 처음으로 볼로냐 라가치 상을 수상한 이래, 2010년 이후로는 매년 꾸준히 수상자를 배출하고 있으며, 2015년에는 여섯 작품이 상을 받아 그림책 강국으로 평가받고 있다. 특히, 2020년에는 백희나 작가가 아스트리드 린드그렌 상을 수상하여 한국 그림책의 수준을 세계적으로 인정받았고, 2022년에는 이수지 작가가 한스 크리스티안 안데르센상 일러스트레이터 부문을 수상했다. 백희나와 이수지 같은 '아동 문학의 노벨상'으로 불리는 아스트리드 린드그렌상과 안데르센상을 받은 것은 명실공히 한국 아동문학이 세계적인 수준에 올라와 있음을 보여준 사건이었다.

이와 같이 세계적으로 권위있는 상을 수상한 작가들의 작품 가운데에는 생태 문제를 정면으로 다룬 작품도 많아 우리 그림책 작가들이 생태 문제에 상당히 관심이 큰 것을 짐작해 볼 수 있다. 미래 세계를 살아갈 어린이들이 주인인 아동문학에서 생태 문제는 매우 중요한 영역일 수밖에 없으며, 따라서 우리 그림책 작가들도 지구 환경의 문제를 매우 심각한 주제로 다루고 있음을 당연한 일로 생각된다. 좋은 그림책은 아동들에게 특별한 경험을 확장시키는 우수한 매체로써 생태교육의 현장에 매우 유용하게 활용될 수 있다.

이 연구의 목적은 한국 생태 그림책의 전개 양상과 최근의 경향을 살펴 그 특징과 의의를 탐구하는 데 있다. 또, 이 논문에서는 최근(2010년 이후)의 생태그림책들을 생태비평의 관점으로 분석한 다음 그것들이 갖는 예술적, 생태적 의의와 문제점을 논의하고, 그림책의 창작 방향을 제시하고자 한다.

2. 환경운동의 출발과 생태그림책의 등장(1990년대의 생태그림책)

한국에 환경 운동이 싹트기 시작한 때는 1960년대 말에서 1970년대 말에 이르는 시기라고 할 수 있지만, 이 시기의 환경 운동은 그저 공단 주변의 피해자 보상 운동과 관 주도의 환경보호운동 차원에 머무르고 있었다. 피해자 보상 운동조차도 경제 개발이라는 국가적인 어젠더에 묻혀 환경 운동이 시작되었다고 말하기도 어려운 시기였다. 보다 조직적인 환경 운동이 펼쳐진 시기는 1980년대 초에서 1980년대 중반쯤이다. 이때도 환경운동은 공단 지역의 피해자 보상 운동 차원에서 시작되기는 하였지만 수질 오염, 대기 오염 등으로 많은 주민들이 공해병에 시달리자, 집단적인 투쟁과 조직적인 반공해운동이 펼쳐지기 시작한 것이다. 반공해운동은 공단 지역 주민의 피해 정도에 비례하여 더 강렬해졌다. 온산공단의 주민 500여명이 '이타이이타이병' 증세를 보였던 1985년에 이어 1980년대 말에는 대구 페놀 유출 사고와 영광 원전 사고로 기형어와 기형 가축, 기형아 등의 끔찍한 사건이 일어나고 구소련의 체르노빌 원전 사고의 현장이 우리 국민들에게 전해지자 환경운동은 반핵운동의 양상으로 전개되었다.

환경운동에 대한 국민들의 인식이 확산된 계기는 1992년 6월의 '리우회의' 이후부터라고 할 수 있다. '리우 환경선언'은 전지구적 차원에서 환경을 어떻게 관리하고 개발할 것인가에 대한 규범을 담고 있는데, 이는 지속 가능한 개발을 달성하기 위해 환경보호와 개발을 일체적 개념으로 보아야 한다는 원칙의 표명이라고 볼 수 있다. 우리 정부에서도 1992년 '환경보전을 위한 국가선언문'을 발표하였는데, 여기에서는 환경 위기의 원인을 '산업화와 도시화' 그리고 '윤리규범을 어기는 사람들의 행위와 무관심'으로 규정하고 있다. 이러한 인식은 환경 문제의 핵심에서는 비켜나 있는 것이다. 그렇지만 이러한 분위기로 인해 환경문제가 우리의 중요한 관심사가 되었으며, 환경 위기에 대한 국민적 관심이 높아지게 되었다. 문학계에서 생태학적 상상력에 바탕을 둔 작품이 발표되기 시작한 것은 바로 이러한 시대적 요구에 기인한 것이다.

한국의 생태그림책도 이와 같은 사회 현상과 맥을 같이 해서 전개되고 있다. 급격한 산업화와 도시화로 자연이 파괴되고 강물, 토양, 공기가 오염되면서 환경문제가 심각한 사회문제로 부각되기 시작함과 더불어 학교에서도 반공해 교육이 실시되었다. 1990년대에 들어오면서 그림책 작가들의 환경 문제에 대해 관심이 커지기 시작하였고, 이와 같은 문제의식을 주제로 한 그림책들이 많이 출간되었다.

한국에 생태그림책이 등장하기 시작한 때는 1990년 전반 무렵부터인데, 이 시기의 생태그림책은 1980년대 이후 1990년대 우리나라의 사회 문제로 부각되고 있었던 공해문제나 핵문제등을 정면으로 다루지는 않았다. 이 시기의 생태그림책은 꽃이나 풀, 물고기, 곤충과 같은 자연물을 세밀하게 그려낸 그림책이 많았다. 이 책들은 대부분 사실을 충실하고 아름답게 묘사하였고, 생명의 성장과정에 대한 정보를 정확하게 제시하여 어린이들에게 자연 친화적인 태도를 길러주는데 초점을 맞춘 작품이 많았다.

초기의 생태그림책으로 많은 독자들에게 사랑을 받았던 작품은 도토리 계절 그림책 시리즈(글 윤구병, 그림 이태수, 보리, 1997~2000)이다. 이 작품들은 자연 생태에 대한 작가의 무한 애정이 스며있어서 독자들을 평화스러운 전원으로 초대한다.

『심심해서 그랬어』(글 윤구병, 그림 이태수, 1997년 보리)에서 주인공 돌이는 엄마랑 아빠가 밭에 나간 사이 혼자 놀다가 뒷마당에 가서 염소도

풀어주고, 토끼장도 열어준다. 염소와 토끼, 닭들이 뛰어다니는 호박밭과 감자를 캐어먹는 돼지는 인간과 동물이 서로 어울려 살아가야 한다는 메시지를 전해주는 듯하다.

『심심해서 그랬어』가 농촌의 여름 풍경을 담았다면, 『우리끼리 가자』(글 윤구병, 그림 이태수, 1997년 보리)는 산골의 겨울 정경을 담아냈다. 동물 마을에 겨울이 오고 아기 토끼와 곰, 다람쥐는 산양할아버지네로 놀러간다. 시냇물을 건너고 떡갈나무 아래를 지나서 산양할아버지네로 뛰어가는 동물이 이태수의 붓끝에서 살아 숨쉬는 것 같다. 부드럽고 세밀한 연필 그림으로 그려낸 겨울 산 속 풍경과 어린 들짐승이 정다워 보인다.

글 윤구병 · 그림 이태수,
『심심해서 그랬어』, 보리, 1997.

『우리 순이 어디 가니』(윤구병, 이태수, 1999. 보리)는 농촌의 봄 풍경을 보여주려는 의도로 창작된 작품이다. 할아버지께 새참을 갖다드리러 가는 순이에게 다람쥐와 들쥐와 청개구리가 말을 건다. 자연과 하나 되어 사는 아이와 농촌 어른들의 모습을 참 아름답게 그린 그림책이다. 《바빠요 바빠》(윤구병, 이태수) 2000년 보리는 산골의 가을 풍경을 담았다. 마당의 붉은 고추, 노랗게 익어가는 벼와 빨갛게 익어가는 감이 산촌의 정취를 담았다.

1990년대 후반의 한국은 도시 인구가 늘어나 많은 어린이들이 전원을 직접 경험하기 어려운 상황이 되었다. 이태수가 그려낸 세밀화는 농촌의 풍경을 사실적으로 재현해내었고, 어린이들에게 자연을 간접적으로 경험하게 해 준다. 그림책을 보면서 아이들은 생명을 소중히 여기는 마음이 싹트게 될 것이다. 인간은 작은 생명들과 더불어 살아가는 것이며, 인간은 풀과 나무 동물들에게 감싸 안겨 있을 때 평화를 느낀다.

이 책들은 대부분 사실을 충실하고 아름답게 묘사하였고, 생명의 성장과정에 대한 정보를 정확하게 제시하여 어린이들에게 자연 친화적인 태도를 길러주었지만 자연과 인간의 관계에 대한 성찰은 나타나지 않았다.

3. 생태적 관심의 다양화, 심화(2000년대의 생태그림책)

2000년대에 들어오면서 그림책 작가들의 환경에 대한 관심이 더 다양해지고 심화되기 시작한다. 그림책 작가들의 생태적 관심이 다양한 문제에 조명되기 시작하면서 여러 경향의 그림책이 출간되기 시작하였고, 주제도 다양해졌다. 여기서는 2000년대에 출간된 생태그림책들의 경향을 몇 가지로 나누어 생태문제를 어떻게 조명하고 있는지 살펴보기로 한다.

(1) 자연에 대한 애정 묘사

2000년대 초반에도 자연의 생태를 따듯하게 그려내어 자연을 사랑하는 심성을 길러주는 책들이 많이 출간되었는데 이는 1990년대의 자연친화적 생태그림책의 연속선상에 있다고 볼 수 있다. 자연에 대한 애정을 표현한 작품들로 개구리, 개미, 꽃다지, 황조롱이 등 작은 동물과 새, 꽃 들의 생태와 아름다움을 섬세하게 묘사하는 그림책이 독자들의 사랑을 받았다.

자연과 더불어 살아가는 사람들의 모습을 아름답게 그린 그림책과 더불어 멸종되어 가는 물고기나 동물의 안타까움을 다큐멘터리 형식으로 그린 작품도 하나의 경향을 이루고 있다. 『미산계곡에 가면 만날 수 있어요.』(한병호, 고광삼, 2001년 보림)는 깊은 산골에 사는 민물고기를 사진과 그림으로 보여주는 그림책이다. 이야기그림책이라기보다는 지식정보책이라고 할 수 있는데, 민물고기와 야생화의 생김새를 자세하게 설명하고 있다. 이 아름다운 꽃과 물고기가 멸종되면 더 이상 이들을 볼 수 없을 것이라는 안타까움을 표현함으로써 인간과 자연은 서로 어울려 살아가야 하는 관계라는 메시지를 전달하고 있다.

『개구리가 알을 낳았어』 (이성실 글, 이태수 그림, 다섯수레, 2001)와 『개미가 날아올랐어』(이성실 글, 이태수 그림, 다섯수레, 2002)는 개구리와 개미의 한살이를 세밀화로 묘사한 그림책으로 동물들의 생태에 대한 사실적 지식을 전달해 준다. 이 그림책 시리즈는 이태수의 세밀화 연작인데, 이 책들은 우리 주변에서 쉽게 볼 수 있는 작은 동물들이 자연 속에서 순리대로 살아가면서 우리와 함께 살아가는 소중한 생명체라는 사실을 일깨워주고 있다. 『자연에서 찾은 우리 색, 꽃이 핀다』 (백지혜 그림·글, 보림, 2007)는 전통 채색화 기법으로 우리 고유의 색을 섬세하게 그리면서 꽃에 어울리는 시적인 글을 배치하여, 독자로 하여금 자연을 사랑하는 마음이 저절로 우러나게 하고 있다.

이 작품들은 그림과 사진을 천천히 들여다보는 과정에서 자연을 사랑하는 마음과 자연을 파괴하는 인간들에 대한 비판적인 태도가 형성될 수 있을 것이다. 하지만, 이야기가 풍성하지 못하여 어린이들의 흥미를 끌지는 못하였다.

(2) 동물의 생명권 존중

아름다운 자연 환경을 묘사한 그림 위주의 생태그림책들과 계몽적인 자연 친화 이야기가 주류를 이루었던 1990년대와 2000년대 초반의 그림책 출판계에 본격적인 이야기 생태그림책이 출간되어 주목할만하다. 『감기 걸린 날』(김동수 글 그림, 2002)과 『나야, 고릴라』(조은수 글·그림, 아이세움, 2004), 『동물원』(이수지 글 그림, 2004)은 본격적인 이야기 생태그림책으로 동물의 생존권을 주제로 했다는 점에서 공통점이 있다. 이 작품들은 문학성과 미술적 요소, 생태적 주제 등 생태그림책 평가의 다양한 측면을 모두 만족시켜준 수준 높은 작품이다.

『감기 걸린 날』(김동수, 2002년) 은 그림일기 형식으로 어린이의 상상의 세계를 펼쳐보이는 작품이다. 꿈에서 자기 옷 속의 오리 깃털을 모두 오리들에게 돌려준 아이는 꿈을 깨고 돌아온 현실에서 감기에 걸리는데, 이 장면은 동물과 인간이 하나로 연결되어 있다는 메시지를 전달하고 있다.

『나야, 고릴라』는 사실적 정보와 이야기가 혼합된 형식의 그림책이다. 작가는 검은색과 어두운 푸른색을 주조로 한 거친 붓터치와 간결한 선으로 고릴라 가족의 행복했던 일상과 밀렵꾼에게 잡혀 동물원으로 실려오는 동안에 외롭고 무서워하는 아기고릴라의 표정을 사실적으로 보여준다. 이야기를 만들어내려고 애쓰지 않고 그저 있었던 사실을 묘사하였을 뿐인데 독자들은 인간들의 밀렵과 서식지 파괴, 동물 학대가 얼마나 큰 죄악인가를 깨닫고 분노하게 된다.

『동물원』(이수지, 2004, 비룡소)도 『나야, 고릴라』처럼 인간의 사소한 즐거움을 위해 동물을 우리에 가두어두는 인간의 이기심과 잔혹함을 고발하는 책이다. 동물원의 삭막한 현실 세계와 동물들이 뛰노는 컬러풀한 환상 세계의 대비, 간결한 글과 그림으로 서사를 펼쳐 보여주면서도 그림 속에 다양한 이야기를 숨겨두는 장치, 무겁고 심각한 주제를 유머러스하고도 재치있게 보여주는 구성 등이 이 작품의 예술적 완성도를 높이고 있다. 『감기 걸린 날』과 『동물원』은 2000년대 초반 한국 생태그림책의 수준을 한 차원 격상시켜주는 작품이다.

(3) 자연 파괴와 기후변화로 인한 재앙 경고

2000년대 후반에 들어서자 그림책 작가들은 보다 직접적이고 심각한 방식으로 지구 환경문제에 주목하기 시작한다. '미래 환경그림책' 시리즈는 지구 환경 파괴로 인간들에게 닥친 재앙을 경고하며 환경 파괴를 막을 방법을 고민하는 그림책이다. 태안 기름 유출 사건을 모티브로 한 『인어는 기름 바다에서도 숨을 쉴 수 있나요?』(유다정 글, 박재현, 이예휘 그림, 미래아이, 2008), 빌딩을 짓기 위해 강의 모래를 마구 퍼가자 그곳에 살고 있던 쇠제비갈매기 가족들이 살 곳을 잃고 어린 새끼들을 기를 수 없게 되는 과정을 그린 『엄마가 미안해』(이철환 글, 김형근 그림, 미래아이, 2008) 등이 바로 그런 책이다.

한편, 『얼음 소년』(조원희 글·그림, 느림보, 2009)은 지구 온난화의 심각성을 경고하고 있다. '얼음 소년'은 온난화 때문에 파괴되는 지구를 비유하는 것이며, 파괴된 지구에서 사라지게 될지도 모르는 미래의 인류를 암시한다. 화가는 도시의 자동차와 빌딩, 사람들을 일그러진 모습의 붉은 색으로 표현했는데, 이는 현대 문명의 열기와 위험을 강조하기 위한 것이다. 이것은 얼음 소년이 꿈에 그리는 북극은 푸른 색으로 표현한 것과 대비된다. 이 작품은 환상적인 이야기와 강렬한 그림으로 인간의 이기심과 나태함을 꾸짖는 그림책이다.

2000년대 초반의 생태그림책은 어린이들에게 자연을 사랑하는 마음을 심어주기 위한 세밀화가 주로 출간되었고 어린이들에게 생태를 보호해야 하는 당위성을 계몽하는 그림책이 출간 되었고, 도시가 급격히 팽창하면서 숲이 사라지고, 환경이 오염되는 사회문제를 비판하는 그림책이 등장하였으며, 삭막한 도시에서 사는 사람들이 쾌적한 자연을 꿈꾸는 이야기 그림책이 출간되었다. 이 작품들은 자연환경이 파괴되고 오염되어 가는 한국사회의 현실을 적나라하게 표현하여 독자들에게 경각심을 주었지만 이야기의 재미보다는 생태에 대한 정보를 제공하고 계몽성이 앞서는 그림책들도 있었다.

4. 생태그림책, 최근의 경향(2010년대의 생태그림책)

2010년대에 들어서자 한국에는 환경 오염과 생태계 파괴가 더욱 극심해졌다. 이와 더불어 그림책 작가들의 생태에 대한 우려도 더 커져서 그림책에서 생태계를 파괴하는 현실에 대한 비판도 더욱 강렬해졌고, 다양한 생태그림책이 출간되었다. 최근의 생태그림책은 인간의 탐욕으로 파괴되어 가는 자연 현장을 냉정하게 고발하고, 잔혹하게 죽어가는 동물들을 안타깝게 보라보면서 자연과 인간이 공존하는 염원을 담은 그림책이 주류를 이루고 있다.

(1) 환경 오염 비판과 고발

《빨간 지구 만들기, 초록 지구 만들기》(2011.한성민 글 그림, 파란자전거)는 지구를 망가뜨리고 되살리는 길은 인간에게 달려 있음을 구체적인 사례와 그림으로 설득력 있게 제시하고 있는 정보그림책이다. 『행복한 초록섬』(한성민, 파란자전거. 2014년) 자연에 살고 싶어하면서도 자연을 망가뜨리고마는 이율배반적인 인간의 어리석음을 알레고리 기법으로 표현하고 있다. 강의 물길을 막는 4대강 사업이 진행되면서 강물이 크게 오염되어 큰 사회문제가 된 일이 있다. 『초록 강물을 떠나며』(유다정 글, 김명애 그림, 미래 아이, 2018년)는 낙원 같은 푸른 강과 죽은 물고기 떼가 떠오르는 오염된 강 풍경을 선명하게 대비시켜서 자연 파괴가 인간에게 닥쳐올 재앙을 슬프게 보여주고 있다.

《플라스틱 섬》(이명애 글그림 상출판사, 2014)은 2015년 볼로냐 올해의 일러스트레이터 수상작이다. 이 책의 첫 장면은 '알록달록한 것으로 가득차 있어요'라는 글과 함께 수많은 사람들이 플라스틱 물건을 들고 개미떼처럼 모여 있는 광경을 새가 내려다보는 원경으로 보여준다. 원경을 클로즈업하면 그물에 목이 감긴 갈매기와 폐타이어에 몸이 끼어버린 바다표범들의 괴로운 모습이 보인다. 수묵화로 담담히 채색된 이 장면들은 우리의 소비 수준이 환경 오염의 원인임을 깨닫게 하여 독자를 부끄럽게 만든다.

이명애 글그림, 『플라스틱 섬』 상출판사, 2014.

《플라스틱 섬》의 작가 이명애가 그려낸 또 하나의 문제작이 《10초》(이명애, 2015)이다. 작가는 우리 지구를 워터볼에 비유한다. 워터볼은 뒤집으면 모든 것이 혼돈스러워졌다가 10초쯤 지나면 제 자리를 찾는 아이들의 놀이기구이다. 지구 환경이 이미 돌이킬 수 없이 파괴되었으니 신의 관점에서 보았을 때 지구라는 워터볼이 이제 뒤집혀질 때가 되었다는 것인가. 지구상의 모든 바다가 플라스틱 같은 것으로 뒤덮이고, 지구별에 생명체가 살 수 없는 지경이 되는 때가 바로 워터볼이 뒤집혀지는 시간임을 깨닫는 순간 독자는 모골이 송연해지게 된다.

(2) 동물의 생존권에 대한 성찰과 인간의 탐욕성 고발

2010년대의 생태그림책 작가들이 주목한 또 하나의 문제는 동물의 생존권에 관한 것이다. 인간들은 더 많은 양의 고기를 경제적으로 생산하기 위해 공장식 축산업을 시작하였다. 닭, 돼지, 소 등 모든 가축들은 이제 공산품처럼 생산되기 시작하였고, 생명이 있는 동물을 한낱 제품으로 취급하는 행태는 동물과 사람에게 모두 재앙이 되어 돌아왔다. 2010년 11월부터 이듬해 3월까지 한국을 휩쓴 '구제역 사태'로 돼지 약 332만 마리, 소 약 15만 마리가 살처분 되었다. 347만 목숨들은 대부분 산 채로 구덩이 속에 파묻힌 것이다. 『돼지 이야기』(유리, 2013년, 이야기꽃)은 바로 이 이야기를 하고 있다.

공장형 축사의 전경, 몽둥이와 전기 막대에 몰려 구덩이로 내몰리는 돼지의 눈동자, 어두운 밤에 돼지들이 묻힌 땅에 내리는 하얀 눈. 작가는 이 모든 비극을 흑백으로 묘사하는데, 이 어두운 색채가 독자의 마음을 더욱 아프게 한다. 그림책을 보며 독자는 이런 질문을 제기하지 않을 수 없다. "아무리 짐승이라도 이들의 목숨을 이렇게 취급하는 것이 옳은 일일까. 이렇게 해서 고기를 먹고, 돈을 버는 일이 과연 인간을 행복하게 하는 길인가."

짧은 시간에 많은 고기를 생산해야 이익이 극대화된다는 자본의 논리가 인간에게 재앙으로 돌아오는 현실을 신랄하게 고발하는 또 다른 그림책이 『레스토랑 Sal』(소윤경, 문학동네, 2013)이다. 검붉게 가라앉은 하늘을 배경으로 서있는 거대한 레스토랑 건물로 돌진하는 고급 승용차가 그려진 이 책의 첫 장면은 정신적 가치 따위는 망각하고 오로지 몸의 쾌락만을 추구하는 현대인의 일상을 선명하게 보여준다.

이 책의 제목『레스토랑 Sal』에서 'Sal'은 1차적으로는 동물의 살 즉 '고기'와 인간의 '살'을 의미한다. 동물의 살을 '고기'라고 발음할 때는 음식의 일종이라는 의미를 지니지만 '살'이라고 발음하는 순간 우리는 인간의 살을 떠올리게 됨으로써 동물도 '살'을 가진 존재, 즉 생명을 가진 존재라는 각성을 하게 한다. 여기서 'Sal'의 중의적 의미는 소녀가 다른 동물들과 함께 커다란 접시 위에 담겨 있고 그 아래에는 '본 아베떼'(맛있게 드세요'라는 뜻의 프랑스어)라고 씌어 있는 마지막 장면에서 한층 강화된다. 동물의 살과 인간의 살이 모두 생명을 가진 존재라는 것을 함의한다면, 음식 접시 위에 인간 소녀가 올려지는 날이 올 수도 있지 않겠는가. 끝없는 인간의 사치와 탐욕이 계속되어 자연과 생명체의 파괴가 지속된다면 인간의 문명 혹은 지구의 운명은 접시 위의 소녀처럼 무언가에게 먹히고 말 것이라는 섬뜩한 경고를 읽을 수 있다.[1] 한자어 '殺'(죽이다)의 음이 'Sal'과 같다는 것도 의미심장하다.

소윤경, 『레스토랑 Sal』, 문학동네, 2013.

또한 'Sal'은 프랑스어로 소금(salt)를 의미하는데 이는 요리의 낡은 덮개에 씌어진 글씨 'Pain of salvation' (구원의 고통)과 연관된다. 즉, '소금'은 전통적으로 구원을 의미하는 것(예수가 열두제자들에게 세상의 빛과 소금이 되라고 가르쳤을 때, 소금은 '세상을 썩지 않게 하는 자, 고통으로부터 구원하는 자'라는 의미를 지닌다.)이어서 생명을 구원하는 것은 고통스러운 행위를 필요로 한다는 것으로 읽을 수도 있고, 또는 고통스럽지만 생명과 동물을 고통으로부터 구원해야 한다는 메시지로 해석할 수 있다.

2013년 볼로냐 라가치 상 픽션부분 우수상을 수상한 『이빨 사냥꾼』(조원희, 2014년, 이야기꽃)은 동물과 인간의 처지를 전도시켜 동물을 괴롭히는 것이 얼마나 끔찍한 죄악인가를 충격적으로 보여준다. 조용한 초원에 구둣발 소리와 함께 사냥꾼들이 나타난다. 초원을 살피는 망원경 속에 들어온 사냥감은 벌거벗은 아이다.

조원희, 『이빨 사냥꾼』, 이야기꽃, 2014.

수십발의 총소리와 함께 커다란 아이는 쓰러지고 아이의 눈에 비친 사냥꾼은 코끼리의 얼굴을 하고 있다. 코끼리들은 아이의 이빨을 뽑아 팔고, 사람의 이빨로 조각품과 온갖 장식품을 만든다.

이 작품은 입장을 바꾸어 보여주는 것만으로 인간의 행동이 얼마나 끔찍한 행동이었

1) 작가는 자신의 작품에 대한 인터뷰에서 이렇게 말했다. "접시 위의 음식들에 대한 미안함과 곤란함이 나를 이 기묘한 레스토랑으로 이끌었나 보다. 다만, 사람들의 사치와 욕심이 지구를 삼키지 않기를 바랄 뿐이다." "저는 인간 내면의 잔혹한 심리에 관심이 많아요. 자기 파괴 본능, 가학과 피학의 구도, 육식을 위한 동물공장 등 인간의 일상이라는 표면 밑에 감춰진 잔혹한 세계를 표현하고 싶어요. 그것은 기묘한 판타지로 표현되지요." - 작가의 인터뷰 중 (『오늘의 일러스트』중에서)

는지를 되돌아보게 하고, 코끼리의 슬픔을 나의 고통으로 느끼게 한다. 멸종 위기 야생 동식물의 국제 거래에 관한 협약(CITES) 사무국에 따르면, 2010년부터 2013년까지 4년 동안 12만여 마리 코끼리가 상아를 노리는 밀렵꾼들에게 살해되었다. 이야기 속에서 아이가 꾼 악몽이 코끼리들에겐 너무도 잔혹한 현실인 것이다.

(3) 산업화, 도시화로 죽어가는 동물들에 대한 안타까움

2010년대에는 산업화, 도시화가 더 가속화되고 인간의 문명이 더욱 발전하면서 야생 동물들의 삶터는 더욱 좁아지고, 동물들이 참혹하게 죽어가는 일이 많아졌다. 따라서 2010년대의 그림책 작가들은 동물의 생존권과 행복권에 관심이 커지기 시작하였다.

『혼자 가야 해』(조원희, 2011년)는 인간 아닌 생명의 죽음에 대한 애도를 엄숙하고 따듯하게 묘사한 그림책이다. 함께 살던 반려견의 죽음과 영혼의 여행을 그린 이 작품은 동물의 생명도 인간과 마찬가지로 존중받아야 하는 것이며, 동물도 인간에게 얼마나 소중한 친구가 될 수 있는지를 느끼게 해 준다. 『잘 가, 안녕』(김동수, 2016년)도 동물의 장례식을 그린 책이다. 로드킬 당한 동물들의 시신은 이리저리 나뒹구는데, 한 할머니가 이 찢긴 육신과 영혼을 어루만져 저승길로 보내준다. 이 도로와 트럭은 자연과 생명을 파괴하며 질주하는 인간 문명의 위험성을 상징적으로 보여준다.

『콰앙!』(조원희, 2018년, 시공주니어)은 인간의 생명은 소중하게 여기지만 동물의 생명에는 냉정한 사람들의 이중성을 고발한다. 로드킬당한 아기 고양이는 우리가 소외시켜온 작고 약한 존재들을 비유하는 것 같다. 작가는 냉혹한 현대인들의 내면을 드러내기 위해 행인들의 얼굴을 어두운 푸른색으로 묘사하고 있다.

(4) 자연 회복과 공존의 염원

2010년대 생태 그림책의 또 하나의 경향은 환경의 파괴를 고발하는 데 그치지 않고, 파괴되어 가는 자연 환경을 회복하며, 자연과 인간의 평화로운 공존을 모색이다.

『콤비(Combi)』, (소윤경, 2015년, 문학동네)의 표지에는 '소윤경 환상화첩 Combi'라고 씌어 있다. 이 그림책은 지구 생태계 폐허 이후의 세계를 그린 판타지 이야기이다. 이 책의 제목이기도 한 '콤비'는 인간과 다른 생명체들의 연대와 공존을 의미한다. 작가는 인간과 자연 사이의 경계를 허문다. 인간과 동물, 식물, 광물 등이 서로 변하고 섞이고 하나가 되는 세상을 꿈꾸는 것이다. 이 책의 뒷면지에 그려져 있는 안견의 '몽유도원도'는 인간과 비인간이 서로 의지하고 공존하는 세상이 꿈속의 일만이 아니어야 한다는 작가의 염원이 깃들어 있다.

『달샤베트』(백희나, 책읽는곰, 2014)는 2020년에 아스트리드 린드그렌상을 수상한 백희나의 그림책이다. 이 책은 본인도 의식하지 못하는 사이에 저지른 일들이 얼마나 심각한 환경 파괴의 결과를 가져오고 있는지를 보여주면서 자연 회복의 대안과 간절한 염원을 판타지 형식으로 그려낸 작품이다. 『달샤베트』의 앞부분에서 작가는 아파트에서 살아가는 한국인들의 일상을 원경으로 보여준다. 그들은 획일화, 규격화된 공간에서 비슷비슷한 일상을 보내면서도 한편으로는 자신만의 공간에서 타인들과는 단절된 채 살아간다. 에어컨을 씽씽 틀고, 문을 꼭 닫으니 이웃과의 단절은 더 심해진다. 타인과 단절된 채 살아가는 방식은 자연과의 단절을 불러온다. 문을 꼭 닫아버리니 달이 녹아내려도 알아채지 못하는 것이다. 전등이 안 켜지고 텔레비전이 꺼져야만 정전이 됐음을 알아차릴 뿐이다.

반장 할머니가 녹아내린 달물로 만든 달샤베트를 이웃들에게 나누어주자 비로소 그들은 달빛을 안고 소중하게 각자의 집으로 돌아간다. 이 장면은 서로 단절되어 타인으로 살아가던 이들에게 연대의 필요성을 제시하는 것이며, 이것이 자연 회복의 실마리가 될 수 있음을 보여주는 것이다. 이웃과의 연대에서 더 나아가 작가는 자연과의 연대와 공존이 자연 회복의 대안이라고 말하는 것 같다. 그것은 달이 녹은 물로 달맞이꽃을 피워 달을 새로 살려내고, 달나라의 옥토끼에게 집을 마련해주는 행위를 통해 드러난다. 달맞이꽃과 토끼, 달과 같은 자연과의 연대만이 파괴된 자연을 회복하는 힘인 것이다.

백희나, 『달샤베트』, 책읽는곰, 2014.

2010년대 한국 생태그림책의 현장에서 이기훈의 『양철곰』, 『빅 피쉬』, 『알』로 이어지는 생태그림책 시리즈 3부작은 매우 중요한 위치를 차지한다. 이 작품들은 모두 글 없이 그림만으로 이루어졌는데도 이야기가 자연스럽고 흥미있게 구성되었다. 세 작품은 모두 웅장하면서도 섬세한 그림, 정교한 플롯, 신화적 모티프의 활용으로 예술적 완성도가 높다. 저자 이기훈은 2009년 CJ 그림책 축제, 2010년 볼로냐 국제 어린이 도서전에서 '올해의 일러스트레이터'로 선정되었다. 볼로냐 일러스트레이터 중 단 두 명에게 주어지는 'MENTION 2010'에 선정되었고, 2013년 'BIB 비엔날렌 어린이 심사위원상'을 수상하기도 했다.

이기훈, 『양철곰 The Tin Bear』, 리젬, 2011.

『양철곰 The Tin Bear』(이기훈, 2011년, 리젬)의 뛰어난 점은 물질 문명의 정점에 섰을 때 인간들의 미래는 과연 어떻게 될까를 섬뜩하게 예언한 점과, 자연을 회복하는 일이 얼마나 절실한 과업인가를 풍부한 이야기를 통해 표현한 점에 있다. 또, 문명비판과 자연회복의 염원을 예수의 행적과 성경의 여러 모티프를 빌어와 은유적으로 표현한 기법도 독자의 감동을 이끌어내고 예술적 완성도를 높이는 데 크게 기여하고 있다. 작가가 책의 뒷표지에 적어 둔 요한복음의 한 구절 "한 알의 밀이 땅에 떨어져 죽지 아니하면 한 알 그대로 있고 죽으면 많은 열매를 맺느니라" 는 이 작품의 창작 의도를 짐작하게 한다.

손바닥만하게 남아 있는 초록색 언덕마저 불도저를 앞세워 파괴하러 몰려드는 군중을 막아선 이는 은빛 나는 양철 곰 한 마리이다. 두 팔을 벌려 군중들을 막아서는 커다란 양철곰과 그 양철 곰을 물러나라고 외치는 조그만 인간들을 그린 첫 장면은, 십자가에 매달린 예수와 그를 처형하라고 외치는 유대인을 보는 듯하다.

폐허의 도시에 남은 양철곰은 도토리를 살리기 위해 자꾸만 자신의 몸에 물을 끼얹는다. 물은 양철을 녹슬게 하고 은빛 나던 양철곰의 몸은 점차 갈색으로 변한다. 양철곰의 갈색 몸은 생명을 가꾸어야 할 흙의 색깔을 떠오르게 한다. 한편, 양철곰이 물로 자기 몸을 씻는 행위는 인간의 죄를 씻기 위한 세례의 행위로 읽을 수 있고, 그래서 양철곰은 인간을 위해 자기 몸을 희생하는 예수처럼 숭고한 존재이다.

양철곰의 몸이 산산히 부서졌을 때 폐허의 도시 위로 끝없이 내리는 비는 노아의 홍수를 생각나게 한다. 40일 간의 홍수로 아브갓 땅의 죄악을 씻어버리자, 비둘기가 올리브 가지를 물고 나타나 비가 그친 것을 알린 것처럼 이 책에서도 홍수가 끝나고 맑게 갠 하늘 한 편에서 비둘기가 나타난다. 그리고 조각조각 부서진 양철곰의 몸 구석구석에서 초록 새싹이 돋아난다. 폐허와 오염으로 물든 인간의 도시는 정화되었고, 인간의 역사는 새롭게 시작될 것이다.

이 그림책은, 지구별의 생태계가 인간과 동물이 함께 공존해야 할 터전이며, 인간이 자연을 파괴하는 일이 얼마나 큰 죄악인가를 감동적으로 보여주는 작품이다.

『빅 피쉬』(이기훈, 2014, 비룡소)는 머나먼 옛날의 전설 같은 이 이야기는 현실 세계를 살아가는 탐욕스런 인간들을 되비추어 보여준다. 독자의 시선을 압도하는 웅장하고 역동적인 그림은 글 없이도 서사를 흥미진진하게 이끌어가고 있으며, 전설 상의 물고기와 노아의 홍수 같은 신화적 모티프는 주제와 잘 어우러져 작품의 문학성을 한 차원 높여준다.

병아리를 키우고 싶은 아이가 방 안에서 달걀을 품는 『알』(이기훈, 비룡소, 2016)의 도입부는 그리 신선하지 않다. 그런데 알을 깨고 나온 것은 놀랍게도 호랑이, 코끼리, 코뿔소, 얼룩말이다. 이들은 고래 뱃속에 들어갔다가 다시 하늘로 날아오른다. 작가는 성경의 요나 모티프를 적절히 활용하여, 인간과 동물들이 하나로 어울려 방에서 호수로 여행하고, 다시 바다에서 하늘로 무한히 뻗어가는 이야기를 완성하였다. 『알』은 작가 이기훈이 꿈꾸는 생태적 이상향이다. 작가는 아이와 호랑이, 기린, 오리 들이 친구가 되어 대자연에서 자유롭게 살아가는 염원을 생생하고 역동적인 그림으로 형상화하였다.

말라 죽어가는 나무 안에서 살아 숨쉬는 생명력을 발견하여 아름답게 그려낸 『나무, 춤춘다』(배유정, 반달, 2018)도 자연과 인간의 공존과 자연 회복을 염원하는 그림책이다. 이 작품은 2018년 볼로냐 '라가치상 뉴호라이즌 부문 대상'을 수상한 작품이다. 세로로 길쭉한 판형에서 독자는 푸르른 잎과 줄기를 차례로 만난다. 그러나 몇 장을 넘기면 나무는 그루터기만 남아있다. 작가는 뿌리 속 세상에서 나무의 생명력과 그 안에 존재하는 우주를 발견한 것이다. 나무를 '나'라고 생각하면 나와 우주는 연결된 것이며, 자연과 인간이 하나로 어울리는 세상이 바로 평화로운 세상임을 말하고자 하는 것 같다.

최근의 생태그림책은 인간의 무분별한 자연 파괴의 고발이나, 문제 해결을 위한 대안을 은유적으로 보여주며 이야기 안에 심오한 주제를 숨겨두고 있다. 이러한 작품들로 인해 한국의 생태그림책은 생태 중심적 주제와 세련된 문학성, 시각적 장치 등이 함께 어우러진 완성도 높은 예술 작품으로 발전하고 있다.

(5) 생태운동의 또다른 차원, 차별 없이 화목한 세상

최근의 생태그림책 중에는, 자연과 인간의 공존을 넘어 인간 사회에서의 차별을 철폐하는 일이 생태문제 해결의 한 방법임을 주장하는 그림책이 나와 주목되고 있다.

『근육아저씨, 뚱보 아줌마』(조원희, 상, 2012)는 온몸이 근육 덩어리인 남자와 걷기도 힘들 만큼 뚱뚱한 여성이 숲속에 사는 새들과 눈에 잘 띄지도 않는 개미와 어울려 살아가는 모습을 그렸다. 낯설고 무섭게 생긴 사람들이 사실은 정답고 따듯한 인간성을 지니고 있는 것에 주목하면, 사람을 외모로만 평가해서는 안 된다는 것을 그린 책이라고 읽을 수 있고, 커다란 인간이 숲속에서 작은 동물을 배려하고 어울려 살아가는 모습에 주목하면 자연과 더불어 살아가는 삶의 행복을 그린 작품으로 읽을 수 있다.

『수박이 먹고 싶으면』(김장성 글, 유리 그림, 이야기꽃, 2017)은 글로 서술되는 이야기와 그림으로 제시되는 이미지의 거리가 멀어 글과 그림이 어울려 제시하는 풍부한 의미를 해석하는 즐거움을 느끼게 하는 책이다. '수박이 먹고 싶으면 수박씨를 심어야한다.'라는 첫 문장은 너무 당연하고 단순한 사실이어서 자칫 독자의 주의를 끌지 못한다. 그런데 이 장면의 그림을 보면, 농부의 맨발과 파헤쳐진 흙이 클로즈업 되어 있고, 힘차게 땅을 갈아엎는 쟁기와 소도 커다랗게 그려져 있다. 사람의 맨발이 흙의 속살과 만나는 첫 장면은 인간이 온몸으로 자연과 교감하며 살아가는 삶의 아름다움을 감동적으로 보여준다. '수박이 익기를 기다리는 동안 고라니며 멧돼지가 설익은 몇 덩이를 축내는' 것도 농부는 당연하게 받아들인다. 동물과 어울려 사는 삶도 자연스럽게 받아들여야 한다는 메시지를 표현한 것이다. 그런데, 이 글텍스트가 제시되어 있는 장면의 그림이 눈길을 끈다. 굵고 녹슨 쇠사슬을 노란 수박 꽃과 초록 수박 순이 감싸며 자라고 있고, 수박밭 한 가운데를 높은 철조망이 수박밭을 길게 가로지르고 있는 것이다. 여기서 녹슬고 뾰족한 쇠사슬은 전쟁을 비유하는 것이며, 수박밭을 가로지르는 높은 철조망은 한반도를 두 동강으로 가로막고 있는 휴전선(DMZ)을 의미하는 것이다.

이 책의 주제를 감동적으로 보여주는 부분은, 수박이 다 익고 나서 모두 함께 수박을 먹는 마지막 장면이다. 글 텍스트는 '모두 정답게 둘러앉아야 수박이 제 속살을 아낌없이 내어 준다'고 말하고 있는데, 그림을 보면 휠체어를 탄 여인, 검은 피부의 남자, 금발의 여인, 노인과 아이들이 수박을 가운데 두고 어울려 있다. 피부색이 다른 사람이나 장애자, 여성이나 노인 같은 사회적 약자들도 모두 이 사회의 주인공이며 함께 살아가야 하는 존재라는 메시지다.

바로 이 마지막 장면이 생태 운동의 국면을 한 차원 더 확장했다는 의미를 지닌다. 지금까지의 생태 운동은 자연과 동물을 보호하고 자연과 인간이 어울려 살아가는 삶을 지향하고 있었는데, 이 장면에서는 인간끼리의 차별도 생태적 삶을 가로막는 장애물로 인식한 것이다. 따라서 이 작품은 함께 수박을 먹기 위해서는, 즉 행복한 생태적 삶을 살기 위해서는 전쟁, 분단, 장애, 성차별, 인종차별 같은 요소들을 철폐해야 함을 말하고 있는 것이다.

김장성 글 · 유리 그림, 『수박이 먹고 싶으면』 이야기꽃, 2017

5. 과제와 결론

(1) 과제

생태그림책 작가들은 생태문제에 대한 올바른 인식을 가져야 하며 생태문제 해결 방안도 올바른 관점을 가지고 있어야 한다. 환경문제, 생태문제는 절대로 독립된 문제가 될 수 없다. 그림책 작가들도 생태문제가 지구촌의 사회, 정치, 경제 문제들과 필연적으로 연계되어 있음을 인식해야 한다. 현재 생태 환경론자들은 경제 사회적 현실을 지속적으로 발전시키면서 기후 문제, 환경 문제, 생태 문제들을 해결해야 한다는 인식에 도달하여 그 해결 방안을 모색 중이나, 문제를 해결하고 실행으로 옮기기에는 요원한 실정이다. 그림책 작가들은 올바른 인식을 가지고, 선봉에 서서 이들을 각성시키고, 실천에 나서게 해야한다.

한국의 생태 그림책이 한 단계 더 도약하기 위해서는 자연과 융화되는 인간의 삶을 추구하는 생태적 이념에 충실한 작품을 생산해내야 하며, 자연과의 적극적이고 조화로운 만남을 통해 생명력과 활력을 회복하는 모습을 제시해야 한다. 그림책 작가들이 명심해야 할 또 하나의 과제는, 작가들이 생태문학의 개념을 폭넓게 받아들여서, 장애자, 노인과 어린이, 여성, 외국인 같은 소수자를 포용하고, 그들과 소통하는 사회적 비전을 제시해야 한다는 것이다. 아울러 생태그림책이 독자들에게 호응을 받기 위해서 작가들은 생태 이념이라는 주제와 예술성, 흥미성이 조화를 이루는 그림책을 만들어야 한다.

문학성, 예술성이 높은 그림책으로 발전하기 위한 또 하나의 과제는 흥미로운 서사와 긴박한 이야기가 필요하다는 것이다. 이야기는 흥미와 몰입의 중요한 요소임에도 아직 우리 생태그림책에는 교훈적인 목소리가 강한 것 같다. 생태문제가 인간에게 발등에 떨어진 불처럼 급한 일이라는 생각 때문에 그림책 작가들이 자기가 전하려는 메시지를 성급하게 노출시키는 경향이 있다. 그림과 이야기가 결합된 예술 작품이 더 필요한 것이다. 환경 파괴에 대한 경고와 복원에의 희망을 이야기한 이기훈의 《양철곰》은 그러한 사례가 될만하다.)

또한 생태그림책은 정확한 사실적 정보에 기초해야 한다. 조혜란 작가의 《상추씨》(사계절, 2017년)에는 작은 돌담 안의 작은 텃밭에서 빨간 장화를 신은 아이가 찾아와 상추씨를 후르르 뿌리는 장면이 제시되는데, 상추씨는 가벼워서 바람에 흩날리기 때문에 공중에서 뿌리지 않고, 골을 타고 심는 것이 보통이다.

조혜란, 《상추씨》, 사계절, 2017.

사소한 장면일지 모르나 이런 장면은 어린이들에게 생태에 대한 오개념을 형성시켜 줄 수 있다. 오개념을 형성시켜줄 또 다른 사례 하나를 보자, 어떤 그림책에는 식물의 덩굴손이 땅 위에서 자라는 장면을 동글동글 구부러진 모습으로 그려놓았는데, 식물의 덩굴손은 무엇을 잡을 때만 말려올라가며 성장한다. 잡을 것이 아무 것도 없을 때는 반듯이 자란다는 사실을 왜곡한 사례라고 할 수 있다. 생태 그림책 작가들은 생태에 관한 정확한 지식을 전달하기 위해서는 세밀한 관찰과 공부가 필요한 것이다.

(2) 결론

한국의 그림책은 30여년의 짧은 기간에 비약적인 발전을 이루어 왔으며, 생태를 주제로 한 그림책도 그와 맥을 같이 하고 있다. 생태 그림책이 처음 발간되기 시작했을 때는 유아나 초등학교 저학년 어린이를 독자로 하여 자연 친화적인 태도를 길러주는 그림책이 주류를 이루고 있었지만 점점 초등학교 고학년 학생들을 대상으로 한 책이 많이 발간되어 주제도 훨씬 깊어지고 다양해졌다. 그리고 최근에는 성인 독자들이 읽어도 깊은 깨달음과 감동을 받을 수 있는 그림책이 출간되고 있다. 이제 그림책은 아이들만의 책이라는 인식에서 벗어나 미술과 문학의 아름다움을 동시에 즐기는 독립된 예술의 한 장르로 자리잡아가는 중이다.

그 가운데 생태문제에 주목한 그림책들은 자연을 도구적 가치로 인식해 온 인간중심주의를 반성하는 주제를 지속적으로 표현해왔으며, 글과 그림이 결합된 예술적 장치로 인하여 생태적 메시지를 효과적이고 강렬하게 환기하는 역할을 하고 있다.

제2부

아동문학사의 모색

『아이들보이』의 아동문학사적 의의

1. 서론 - 선행연구 점검 및 연구 문제

『아이들보이』는 1913년 최남선이 신문관에서 발간한 아동용 잡지이다. 1908년『少年』을 발간함으로써 우리나라 현대문학사의 새로운 장을 열었던 최남선은 우리나라 최초의 아동용 신문인『붉은 져고리』를 발간하고, 곧 이어서 『아이들보이』를 발간하게 되는데 이 잡지는 종합교양지로 발간되었지만 우리나라 아동문학사에도 매우 의미 있는 역할을 하였다. 근대 아동문학의 형성과정을 연구하려면, 1908년에 발간되었던 『少年』과 더불어 『붉은 져고리』, 『아이들보이』, 『새별』등에 대한 고찰이 필수적이다. 여기서는 『아이들보이』와 관련한 선행 연구를 점검하고, 선행 연구 성과를 바탕으로 연구할 문제를 제시하고자 한다.

(1) 선행 연구 점검

『아이들보이』에 대해 처음으로 언급한 것은 이재철의 『韓國現代兒童文學

史』이다. 이 책의 제1장 제2절 '육당과 아동잡지'에는 한국 최초의 아동잡지 『少年』에서부터 『붉은 져고리』,『아이들보이』,『새별』등에 대하여 편집 경향, 아동문학적 성격과 의의를 개괄적으로 서술하였으며, 이어서 新文化 개척에 선구적 자취를 보인 六堂의 공적을 조목조목 설명하고 있다. 『아이들보이』에 대한 이재철의 설명과 평가는 이후의 연구자들에 의해 승계되기도 하고 수정되기도 하면서 더 구체적으로 논의되고 있는 바, 주요한 사항은 다음과 같다.

① 『소년』, 『붉은 져고리』보다 실질적인 아동 잡지를 지향하고 있다.
② 한자를 사용하지 않고 순국문을 전용하였다.
③ '글짓느기'란을 두어 독자들의 참가를 요망하였으며, 원고지 모양의 글칸을 만들어 새로운 문제 확립을 위해 노력하였다
④ 근대 아동 문학에 가까운 작품들이 눈에 띈다.

이재철 이후 한동안 뜸하던 근대 아동문학 잡지에 대한 연구는 2000년대 들어 활발히 재조명되기 시작하여 최근까지의 연구 상황을 보면 다양한 관점에서 여러 편의 논문이 제출되어 이 잡지의 성격과 이 잡지가 수행한 아동문학 형성기의 역할 등은 어느 정도 밝혀진 것으로 보인다. 다만 지금까지의 연구는 아동 독서물로서의 의미나 초기 아동문학의 형성과 발전을 연구하는 과정에서 『아이들보이』를 부분적으로 다루어 아직도 이 잡지의 성격과 아동문학사적 의의에 대한 심층적인 논의는 아직 부족한 실정이다.

『아이들보이』에 관한 지금까지의 논의는 대체로 세 가지 측면에서 연구되었다. 첫째는 아동문학의 형성과 발전에서 이 잡지가 어떤 역할을 하였는지를 연구하는 논문들이고, 둘째는 아동 독서물로서의 성격과 의미에 대한

연구, 셋째는 아동문학교육의 관점에서 가지는 의미에 대한 연구 등이다.

신현득은 한국 근대아동문학의 형성과정을 최남선을 중심으로 기술하면서 『붉은 져고리』, 『아이들보이』, 『새별』의 아동문학적 의의를 논하였다.[1] 그는 최남선이 한국 근대아동문학을 최초로 기획하고 실천하였다고 보고, 위의 세 잡지가 아동 독자의 '단계성'을 고려한 아동잡지라고 주장하였다. 이 연구는 잡지를 당대의 학제와 연관지어 고찰한 초기의 논문이라는 의미가 있지만 이 세 잡지가 '유년', '중학년', '고학년'이라는 학제와 대응하는지에 대해서는 논란의 여지가 있다.

최근에 아동문학 연구에서 괄목할만한 성과를 보인 것은 아동문학의 기원을 밝히는 데 초점을 둔 아동문학의 형성기에 관한 연구이다. 조은숙의 『한국 아동문학의 형성과정 연구』[2]는 한국에 아동에 대한 새로운 인식이 출현하고, 아동문학이 우리 사회에 자리 잡은 1900년대 후반부터 1920년대 전반을 중심으로 아동문학의 형성과정을 살펴본 연구이다. 이 연구는 1900년대 후반부터 1920년대에 출간된 신문, 잡지, 아동문학 관련 저서 등의 방대한 자료를 섭렵하여 아동문학이라는 장르가 발생할 수 있었던 역사적 계기들을 찾아보고, 아동문학의 정의, 특성, 가치 등을 중심으로 아동문학의 개념이 구성되는 방식을 분석하였으며, 아동문학 텍스트들을 생산해내는 양식적 규준들을 고찰하였다. 조은숙의 논문은 아동문학의 발생조건으로서 미성년에 대한 기획과 그 사회적 위상을 정립하고, '동심'의 개념을 분석하여 아동문학의 장르적 특징과 양식적 성격을 밝히고 있다. 이 논문은 한국 아동문학 형성의 조건, 개념, 양식 등을 매우 치밀하게 고찰한

---

1) 신현득(2000), 「한국 근대아동문학 형성과정 연구」, 『국문학논집』17, 단국대학교 국어국문학과.

2) 조은숙(2005), 『한국 아동문학의 형성과정 연구』, 고려대 대학원 박사학위 논문.

의미 있는 연구이며, 그 당시에 발간된 다양한 정기간행물을 폭넓게 분석하여 아동문학 형성의 과정을 실증적으로 재구성한 공로가 크다고 판단된다. 다만 이 연구에서는 『아이들보이』를 방대한 자료 가운데 하나로 다루었기 때문에 『아이들보이』만이 가지는 문학사적 의의에 대한 좀더 깊이 있는 논의는 이루어지지 않았다.

정혜원의 『1910년대 아동문학 연구』[3]는 1910년대의 아동 매체인 『少年』, 『붉은 져고리』, 『아이들보이』, 『새별』을 중심으로 1910년대의 아동 매체가 근대 초기 아동문학의 형성과 발전에 어떤 의미를 지니는지를 논의하였다. 이 논문은 아동 매체가 출현하게 된 배경을 근대의 계몽주의와 민족주의에 기반한 근대 교육의 등장, 최남선 이광수를 중심으로 한 아동문단 형성과 관련하여 논의하였으며, 1910년대 아동 매체의 구성 양상과 이념적 지향, 1910년대 아동문학의 장르 인식 양상을 고찰한 다음, 1910년대의 아동 매체가 지니는 아동문학사적 의미에 대해 논의하고 있다.

구인서의 논문은 1910년대 초중반에 〈신문관〉에서 발행한 『붉은 져고리』와 『아이들보이』를 종합 분석한 논문으로 가정 독서물 발생의 역사적 배경과 아이들 독서물의 번역적 양상을 고찰하고 있다. 구인서는 이 두 잡지가 과거에는 특별한 존재로 인식되지 못했던 아이들이 책을 구독하는 '아동 독자층'으로 상상되고 규정되면서 독립된 독자층으로 정착하게 되는 일련의 과정을 '근대 아동'의 상(像)과 자질을 구성하는 과정으로 파악하였으며, 당대에 규정된 아동의 상과 아동관이 근대 아동물의 성격을 결정한다고 보았다.[4]

---

3) 정혜원(2008), 『1910년대 아동문학 연구』, - 아동 매체를 중심으로 -, 성신여대 대학원 박사 학위 논문.

4) 구인서(2008), 「1910년대 아이들 독서물 연구」-〈신문관〉 발행 정기간행물을 중심으로,

이 논문은 이 두 잡지를 '독서물'이라고 규정하면서, 이 독서물이 새롭게 변화하는 근대의 가정에서 어떤 역할을 하고 있으며, 어떤 기획과 전략을 활용하였는지를 설득력 있게 논의하고 있다. 즉, 두 잡지가 부모와 자녀의 '책읽기-놀이'라는 새로운 문화를 형성하였다는 점과 아동의 智德 교육을 추구함에 있어서 '자미있는 책읽기'라는 전략을 활용하였다는 주장은 이 잡지들의 성격을 설득력 있게 설명하고 있다고 보인다. 다만 이 논문은 두 잡지의 성격을 '독서물'이라고 포괄적으로 규정하여 아동문학의 형성 발전과 어떤 관계가 있는지에 대해서는 논의하지 않고 있다.

이 외에도 『아이들보이』와 관련된 논문은 최기숙[5], 박숙경[6] 박영기[7] 등의 연구가 주목된다. 최기숙은 『아이들보이』가 『소년』지의 학습적 효과나 교술적 의도가 '아이들'의 눈높이에 맞도록 조율되어 있어서, '아이들-독자'가 '문학'과 '놀이'를 통해 근대지 문화를 경험할 수 있도록 기획되었다는 점에 주목하여, 근대의 문화적 요구에 이 잡지가 어떻게 대응하였는지를 탐구하였다. 박숙경은 『아이들보이』에서 가장 특기할 사항은 근대적 인쇄체 언어를 확립하고자 다각적인 모색을 했던 점이라고 주장하면서, 한자어를 한글로 바꾸려는 노력, 한글을 로마자로 풀어쓰는 '한글풀이' 실험, '글ᄭᅩᆫ느기'란을 두어 일반인을 신문장건립 운동에 견인시키려 노력한 점 등을 중요한 공적으로 꼽았다. 박영기는 한국 근대 아동문학 교육의 형성과 전개 과정을 연구하면서 『아이들보이』가 근대 아동문학교육에도 중요한 역

연세대 대학원, 석사 학위 논문

5) 최기숙(2006), 「'신대한소년'과 '아이들보이'의 문화 생태학」, 『상허학보』상허학회.

6) 박숙경(2007), 「신문관의 소년용 잡지가 한국 근대 아동문학에 끼친 영향」, 『아동청소년문학연구』12호.

7) 박영기(2008), 『한국근대아동문학교육의 형성과 전개과정 연구』, 한국외국어대 대학원 박사학위 논문

할을 하였음을 밝혔다.

(2) 연구할 문제

앞에서 고찰한 바와 같이 『아이들보이』에 대해서는 여러 편의 연구 성과가 축적되어 이 잡지의 성격이나 내용 등은 어느 정도 밝혀졌다. 이러한 성과는 『아이들보이』의 1차 자료가 연구자들에게 공개된 시점을 생각하면 적지 않은 결과물이라고 생각된다. 그러나 아직 『아이들보이』의 내용 가운데, 아동문학과 관련한 논의가 미진하며, 특히 『아이들보이』가 가지는 아동문학사적 의의에 대해서는 더 심층적인 논의가 필요한 실정이다.

이 논문에서는 『아이들보이』의 기사 중에서 아동문학과 관련된 기사를 중심으로 『아이들보이』가 우리나라 아동문학의 형성에 어떤 역할을 하였는지를 점검해보고자 한다. 『아이들보이』는 특히 서사 갈래에 속하는 글이 대단히 큰 비중으로 실려 있기 때문에 서사적인 글, 즉 '이야기' 형식의 글에 대해 그 주제와 내용, 형식 등을 깊이 있게 논의해보고자 한다. 또 운문 성격의 글도 꼼꼼히 점검하여 『아이들보이』가 동요, 동시의 형성에 어떤 역할을 했는지를 연구해보고자 한다. 이와 같은 잘 수행된다면 자연스럽게 『아이들보이』가 한국아동문학의 형성과정에서 어떤 역할을 했으며, 어떠한 아동문학사적 의의를 가지는지도 도출될 것이다.

2. 『아이들보이』 간행의 사회문화적 배경

『아이들보이』가 발간되기 시작한 1910년대 한국의 사회문화적 분위기와 배경을 살펴보기 위해서는 그 앞 시대인 애국계몽기의 정치·사회적 분위기를 먼저 고찰할 필요가 있다. 서구 열강의 집요한 통상 요구에 의한 문호개방이었지만 1876년의 강화도 조약 이후로 한국은 서구의 문물과 외세의 위협에 대응하기 위하여 개화를 준비하였으며, 위정 척사 운동, 동학사상 등과 같은 주체적인 사상운동을 펼치면서 국가적 자존을 지키려 노력했지만 힘의 열세로 한국은 반식민지 상태로 전락하고 말았다.

1905년 을사조약과 1907년의 한일 의정서 사건 등 숨가쁘게 변화하는 국내외의 정세는 개화기의 지식인들로 하여금 한국의 현실을 민족 존폐의 위기로 인식하게 하는 데 충분하였다. 이와 같은 비상시국에 민족의 활로에 대한 희망을 걸 수 있는 존재는 자라나는 새 세대였으며, 그들 '소년'이라는 이름으로 호출되었다. 당시의 지식인들은 나라가 외세의 침탈에 시달리게 된 것은 우리가 힘이 없기 때문이며, 우리가 강해지기 위해서는 변화발전하는 서구의 문명과 지식을 하루빨리 배워 익혀야 한다고 생각하였다.

그러나 1905년 을사조약으로 외교권을 박탈당하고 통감부가 설치됨으로써 국권을 강탈당한 채 형식적인 국명만을 가진 나라로 전락하였던 대한제국은 1910년 한일병합조약을 강제적으로 체결함으로써 주권과 국호를 완전히 강탈당했다. 한국을 병합한 일본은 무관을 총독으로 파견하여 군대조직과 현병경찰제도를 기반으로 무단통치를 시작하였다. 초대 총독이었던 데라우치 마사다케는 "조선인은 우리 법규에 복종하든지 아니면 죽음을 각오하든지 그 어느 것을 책하지 않으면 안 된다."고 위협하였으며, 근대적 기본권이라고 할 수 있는 언론, 출판, 집회, 결사의 자유도 크게 제한하였다. 이로써 한국 사회는 그 이전에 추구해 오던 개화계몽운동을 더 이상 지속할 수 없게 된다. 일본은 한국 민족의 모든 권한과 소유를 박탈하는 것으로부터 시작하여 민족의 존재와 그 정신마저 말살하고자 하는 방향으로 식민지 지배 정책을 확대 강화한다.

이후 일본은 한국인들의 사회 문화 활동을 규제하기 위해 언론 출판에 대한 검열 정책도 강화한다. 이미 합방 직전에 일본은 신문지법(新聞紙法)(1907)이라고 불리기도 하는 언론 규제법을 만들고 출판법(出版法)(1909)을 시행하게 한다. 조선총독부가 설치된 뒤에는 개화 계몽 시대 최대의 민간지였던 『대한매일신보』를 강제로 인수하여 총독부 기관지 『매일신보』(1910. 8.30)로 개제하여 발간하였고, 여러 사회단체가 발간하던 기관지나 잡지는 모두 폐간한다. 그리고 일본의 식민지 지배에 대해 비판적인 이념을 심어줄 수 있는 내용을 담고 있거나 한국인의 민족의식을 자극할 수 있는 것은 모두 발매 반포 금지 도서로 지정 압수하게 된다.[8)]

『아이들보이』가 발간된 시기는 이와 같은 일본의 극렬한 무단 통치가 시행되던 때이고, 언론 출판의 자유가 완전히 박탈 당했던 시기였다. 원종찬은 "이들 잡지(『붉은 져고리』, 『아이들보이』, 『새별』을 말함, 인용자)는 경술국치(1910) 이후의 상황 악화에 따른 '계몽의 후퇴'를 명백하게 보여주었다"고 평가[9)]했다가 "계몽성은 지속되었으나 운동성과 이념성이 약화되었다"고 기존의 견해를 수정하였는데[10)] 이와 같은 평가가 나오게 된 시대

8)권영민(2002), 『한국현대문학사』, 민음사, 187쪽.

9) 원종찬(2001),「한국 현대아동문학사의 쟁점」,『아동문학과 비평 정신』, 145쪽

10) 원종찬(2010),「한국 아동문학의 형성과정」,『한국 아동문학의 쟁점』, 66쪽 "(『아이들보이』는) 제목으로 한 차례 호명된 '아이들'은 전통사회에서 어른보다 내려다보는 어법인 '아

적 배경은 위와 같았던 것이다.

한편, 『아이들보이』의 발간 배경에는 교육에 대한 관심이 전사회적으로 충만하던 근대 초기의 사회분위기도 중요한 역할을 했던 것으로 보인다. 구한말 개화파 지식인들은 교육이 이루어지는 공간을 학교, 가정, 사회의 세 영역으로 파악하고 있었고 이런 인식은 전사회적으로 꽤 일반화된 사고였다고 하는데[11] 학교와 가정에서의 교육이 강조되는 것과 더불어 사회교육의 개념이 조선 사회에 유입된 것은 일본을 통해서였다. 사회교육의 개념은 구한말 개화파 지식인들에 의해 처음 대두되었다. 이들은 국권수호를 위해 학교를 설립하여 교육구국운동을 벌이고자 하였으나 실제 운영상에서 재정적 어려움을 겪게 되었다. 이러한 사정으로 학교 운영이 순탄하지 않은 때에 사회교육의 개념이 주목을 받게 된 것이다.[12]

이렇게 사회와 가정에서의 교육이 사회의 관심으로 떠오르면서, 가정에서의 책 읽기라는 새로운 문화가 형성되었으며, 자녀와 부모가 함께 보는 가정 독서물의 출현이 요구되었다. 구인서는 아동의 생활에 '놀이'로서의 책읽기 문화가 대두되는 과정을 다음과 같이 설명하고 있다. '아동의 놀이 영역에 책읽기라는 새로운 문화가 관여하게 된 배경에는 사회 일반에서 이

해'와 동일한 것으로서 새로운 의미를 지녔다고 보기 어렵다. 이는 『소년』에 비해 운동성과 이념성이 현저히 약화되었음을 말해준다." 원종찬은 운동성과 이념성이 현저히 약화되었음을 지적하는 근거를 잡지의 내용에서가 아니라 제목명에서 찾고 있다. '소년'이나 '어린이'가 새로운 시대의 여망을 담아 새로운 기의를 부여받은 어휘인 것은 분명하지만 '아이들'이라는 기존의 어휘를 그대로 사용하였다고 해서 운동성과 계몽성이 약화되었다고 평가하는 것은 성급한 평가가 될 수 있다. 언론 출판의 자유가 박탈당한 시대적 상황을 감안하고 평가해야 하며 따라서 잡지의 내용을 면밀히 살펴보고 잡지의 행간에 숨은 의도도 읽어주어야 한다.

11) 김진균, 정근식 외, 『근대주체와 식민지 규율권력』, 문화과학사, 1997.

12) 이정연, 「구한말 통속교육 및 사회교육 개념의 도입과 그 실태에 관한 연구」, 『평생교육학연구』19. 한국평생교육학회, 2003.

루어진 책읽기에 대한 인식의 변화가 존재한다. 특권층만 전유하였던 독서 문화가 사회 전반에 유행처럼 통용되는 과정이 선행되었다.'[13] 자녀와 부모가 함께 보는 가정-독서물은 당대 인식의 변화에 일조하고, 자녀와 부모가 시간을 공유하고 의견을 교환할 수 있는 실질적인 문화의 변화를 견인할 '가능성'을 내포하고 있었다는 것이다.[14]

『붉은 져고리』와 더불어 『아이들보이』는 이와 같은 독서 문화를 배경으로 발간되어 아이들뿐 아니라 부모들에게도 읽히는 '가정 독서물'로서의 역할을 하게 되는 것이다.

3. 『아이들보이』의 체제와 내용

『아이들보이』는 1908년 육당 최남선이 창간한 잡지『少年』의 뒤를 이어 1913년에 창간한 아이들을 위한 잡지였다. 시대적으로 『아이들보이』의 앞에는 『붉은 져고리』(1913.1.1~1913.6.1)가 있고, 『새별』(1913.9~1915.1)이 같은 시기에 발간되었으므로 이 세 잡지는 연속적인 맥락에서 살펴보아야 한다. 『아이들보이』는 1913년 6월에 『붉은 져고리』가 폐간된 이후 곧이어 창간된 아이들 잡지이다. 발간일은 1913년 9월 5일이며, 1914년 8월 통권 12호로 종간했다. 저작자 겸 발행자는 최창선이고, 인쇄자는 최성우, 인쇄소는 신문관인출소, 발행소는 신문관(경성 남부 상리동 32)이다. 용지의 크기는 A5판이며 면수는 40쪽 내외이며, 정가는 6전이다.

---

13) 구인서, 앞의 논문, 23쪽.

14) 구인서, 같은 논문, 27쪽

잡지명『아이들보이』의 뜻은 '아이들의 볼거리'라고 해석할 수 있다. '보이'는, '먹이'가 '먹다'의 어간 '먹-'에 명사형 어미 '-이'가 붙어 명사로 전성된 것처럼 '보다'의 어간 '보-'에 명사형 어미 '-이'를 붙여 명사로 만든 것이다.

『아이들보이』가 『붉은 져고리』를 계승한 잡지라는 사실은 『아이들보이』의 창간호에 실린 〈엿ᄌᆞᆸᄂᆞᆫ말ᄉᆞᆷ〉에 잘 나타나 있다. '올 서을부터 여러분허고 사괴어 지내던 『붉은 져고리』ᄂᆞᆫ 지난 六月 十五日치(뎨十二號)부터 못가게 되어 섭섭ᄒᆞ고 무안ᄒᆞ기 그지 업삽더니 다힝히 이번에 새 얼골로 다시 여러분을 뵈옵ᄂᆞᆫ 긔틀이 생기오니 얼만큼 스ᄉᆞ로 위로'15)가 된다고 하였다.

또, 『아이들보이』가 지향하는 모든 것은 잡지의 창간사에 분명히 나타나 있다.

> "죠션 ᄇᆡᆨ만 아이들이 다 우리 잡지의 동무될지니라 우리ᄂᆞᆫ 무론 이리 되기싸지 여러 가지로 졍셩을 다ᄒᆞ려니와 여러 분이 또한 이리 되도록 애쓰기를 앗기시지 마르소서
>
> 이 잡지 보ᄂᆞᆫ 질거움을 다 가치홈이 또한 큰 질거움이 아닐오리가
>
> 우리가 사랑ᄒᆞ고 우리를 사랑ᄒᆞ시ᄂᆞᆫ 여러분이어!"

다소 흥분된 어조의 이 창간사를 분석적으로 읽어보면, 독자는 '죠션 ᄇᆡᆨ만 아이들'이고 이 간행물의 성격은 '잡지'이며, 잡지가 지향하는 바는 가르치는 자가 아니라 '동무'가 될 것임을 천명하고 있다. 『아이들보이』는 이렇게 '아이들'을 독자로 상정하고 있음을 분명히 밝히고 있는데, 이로써 우

15) 『아이들보이』창간호 40쪽

리나라는 역사상 아이들을 독자로 한 최초의 잡지를 갖게 된다.

최남선은 "『少年』『靑春』이 다 二千部밖에 찍지 못한 데 比하여 『붉은 져고리』만이 三千部를 냈었다"[16]라고 회고한 바 있는데 이로 미루어 보면 『아이들보이』도 『少年』『靑春』과 비슷하게 二千部 정도를 발간했을 것으로 추측된다. 육당의 회고는『붉은 져고리』가 독자들로부터 큰 호응을 받았다는 뜻으로 한 말이었지만, 『붉은 져고리』가 8면의 신문이라는 점을 고려하면 40여 페이지가 넘는 잡지보다는 발간이 좀더 용이했을 것이다.

『아이들보이』의 지면배치를 살펴보기 위해 창간호의 목차를 소개하면 다음과 같다.

『아이들보이』의 창간호 목차

---

16) 최남선, 「한국문단의 초창기를 말함」, 『현대문학』 1호, 1955.1.

야릇ᄒᆞᆫ 셈(31)

아라이 학섹기(32)

ᄭᅩᆺ빗을 마음대로 고치ᄂᆞᆫ 법(33)

에집트 닷밧(Seeca)(34)

귀먹어리허고 이약이(36)

의사보기 건너잡기(37)

샹급잇ᄂᆞᆫ 의사보기(38)

샹급잇ᄂᆞᆫ 글쏘느기(39)

엿줍ᄂᆞᆫ 말ᄉᆞᆷ(40)

위의 기사들의 어떤 내용의 글인지 살펴보아야 하는데, 연구자가 가지고 있는 자료가 창간호는 '목차' 외에 서너 페이지 밖에 없어서 정확한 내용을 알기 어려우므로 여기서는 제 2호의 기사를 중심으로 내용과 글의 성격을 살피기로 하겠다.

<표 1>『아이들보이』뎨이호 목록

기사 제목		면수	글의 성격과 내용
계집아이 슬긔		13	그림형제 옛이야기 번역물
조흔사람 안된사람	○잘잘못의 샹계	2.5	교훈담
	○다라운 아이의 뒤ᄭᅳᆺ		
우슴거리		2	웃으운 이야기(笑談)
애씀(한샘)		5	논설
흥부 놀부(一) ○흥부의 잘됨		4	7·5조의 옛이야기
리되ᄂᆞᆫ 버러지들 이약이 -잠자리의 말ᄉᆞᆷ		3	벌레가 화자가 되어 벌레의 생태를 설명하는 글
말 이약이		4	말(馬)에 관한 설명문

기사 제목	면수	글의 성격과 내용
다음엇지	2	만화
먹뎜 부치기	1	재미있는 놀이 소개
의사보기 **도야지 울이에 너키**	1	퀴즈
지난번에 낸 건너잡기 풀이	1	지난 호 퀴즈에 대한 풀이
샹급잇는 그림글 닑기	1	글과 그림을 제시하고 그것을 풀어 문장으로 만드는 퀴즈
샹급잇는 의사보기	1	퀴즈(수학과 관련된 문제)
샹급잇는 글쏘느기 광고	1	독자 대상 글짓기 광고
샹급잇는 이약이 모음광고	0.5	우리나라의 옛이야기 수집 광고

* 『아이들보이』에서 강조한 기사를 보이기 위하여 『아이들보이』의 목차와 같이 굵고 큰 글씨로 표현하였음.

2호의 기사 내용을 보면 그림형제의 옛이야기 번역물과 우리의 옛이야기를 7·5조의 귀글로 쓴 기사와 같은 문학적인 글도 있고, 교훈담과 논설과 같은 도덕 교육을 위한 글, 근대 과학적 지식을 전달하는 설명문, 창의력과 상상력으로 풀어내는 재미있는 퀴즈, 만화, 웃음을 주는 이야기(笑談), 재미있는 놀이 안내 등과 같이 다양한 내용으로 구성되어 있다. 글의 종류로만 보면 문학적인 글이 적은 것 같지만 면수로 보면 그림형제의 옛이야기가 13쪽(전체 46쪽)이나 차지하고 있어 적다고 할 수 없다. 이외에도 목차에 없는 내용은, 책 주문하고 돈 부치는 법에 대한 안내, 신문관에서 펴낸 성인용 도서에 대한 광고, 이국적인 풍경에 대한 사진, '그림본'이라하여 곤충이나 동물 등의 삽화, 근대적인 풍경을 그린 삽화(2호에서는 '군디총노키'라 하여 군복을 입은 군인들이 총을 쏘는 장면을 삽화로 제시함) 등이 수록되어 있다.

이상 기사의 내용을 보면 독서 주체를 '아이'로 상정하여 근대의 '아이들'에게 유익하고 즐거운 내용으로 알차게 꾸미려는 의도를 알 수 있다. 이를 연구자들은 부모와 자녀의 '책읽기-놀이' 문화가 시작되었다[17]든지, 실제로 학교에 다니건 다니지 않건 간에 그를 바라보고 평가하는 중심 규준으로 근대적 '학제', '학령기'가 작동하기 시작했다[18]고 평가하고 있다.

『아이들보이』가 아동을 독서 주체로 설정한 사회적 의미에 대한 연구나 논설, 설명 등이 지니는 계몽적 의미, 만화나 퀴즈, 소담 등 놀이 문화가 가지는 문화적 의미 등은 많은 연구자들이 이미 자세히 논의하였기 때문에 이 논문에서는 『아이들보이』가 가지는 계몽적·문화생태학적 의미에 관련한 논의는 모두 생략하고, 서사문과 운문 등 문학적인 글의 내용과 문학적인 글이 지니는 아동문학사적 의의에 대해 중심적으로 논의하고자 한다.

4. 서사문학의 양상과 아동문학사적 의의

『아이들보이』의 기사 중 서사문학 갈래는 다른 종류의 글에 비해 그 비중이 월등히 크다. 서사물들을 갈래별로 살펴보면, 서양 옛이야기나 서양 동화의 번역물, 한문으로 기록된 중국이나 우리나라 문헌설화의 번역물, 한문 고전소설의 번역물, 7·5조의 귀글로 기록한 우리나라의 옛이야기, 위인의 삶을 이야기체로 서술한 인물 이야기, 교훈이나 삶의 지혜가 담긴 미담 등이 다양하게 실려 있다.

『아이들보이』에 서사문학이 어느 정도로 실려 있는지 『아이들보이』 9호

17) 구인서, 앞의 논문, 27쪽

18) 조은숙,(2003), 「1910년대 아동 신문 『붉은 져고리』연구」,『한국근대문학연구』, 4권 2호, 107쪽.

와 10호의 사례로 알아보면 다음과 같다.

9호

번호	제 목	갈 래	쪽수
1	닐곱 동생	러시아 민담	15
2	쓰거운 정셩으로 완악한 도적놈을 도인 정서방	교훈담	4
3	시골 계집애로 나라에 어진 어미된 혹불이 색시	중국의 전설	4
4	옷나거라 뚝딱	한국의 옛이야기 (7·5조의 귀글)	2
5	아이들의 본- '오누의 사랑', '피하는 것이 웃듬'	교훈담	6.5
6	우습고도 가루침 될 이약이-'김생원과 리씨 마님', '소경에 등불'	교훈담	4.5
합 계			36

10호

번호	제 목	갈 래	쪽수
1	수닭의 알	서양 옛이야기	9
2	먹적골 가난방이로 한셰상을 들먹들먹한 허싱원	한국고전소설	11
3	나무군으로 신션	한국의 옛이야기	2
4	실뽑이 색시	그림(Grimm)의 옛이야기	5
5	네 졀긔 이약기	안데르센 동화	9
합계			27

『아이들보이』9호는 광고와 목차, 그림본, 글짓느기를 위한 원고지 등을 제외한 본문의 면수가 42쪽인데 옛이야기와 동화, 교훈담 등 서사 장르의 수록 면수가 36쪽이니 서사물이 차지하는 비중이 85.7%에 이르고, 10호

는 전체 44쪽 중 서사물이 27쪽을 차지하니 그 비중이 61.4%에 이른다. 서사물의 비중이 모든 책이 똑같은 것은 아니지만[19] 위의 사례로 볼 때 『아이들보이』가 종합교양지를 표방하고 발간된 잡지이지만 서사 갈래의 비중이 얼마나 큰지 알 수 있다. 이 서사물들을 모두 문학적인 글이라고는 볼 수 없지만 '이야기'의 형식을 띠고 있어서 후대의 아동문학 서사 갈래, 특히 동화의 형성과 발전에 알게 모르게 큰 영향을 끼쳤을 것이다.

(1) 외국의 옛이야기, 동화의 번역물

『아이들보이』에 실린 서사물 중에서 가장 큰 비중을 차지하는 것이 외국, 특히 서양의 옛이야기나 동화, 우화 등을 번역한 글이다.

〈표 2〉『아이들 보이』에 실린 이야기 형식의 외국 번역물

게재된 잡지	외국민담/동화 번역물	번역물의 출처	우화
1호	〈남생이 줄다리기〉		
2호	〈계집아이 슬긔〉	그림형제의 옛이야기	
3호	〈날낸이 여섯〉		
4호	〈령흔 거울 셋〉 〈늙은이 보람〉		
5호	〈프레드의 쌍쌍이〉		
6호	〈나무군의 딸〉		
7호	〈짓걸이 아씨〉	그림형제의 '옛이야기'	〈범과 참새〉

19) 서사물의 비중을 좀더 살펴보면 2호는 42쪽 가운데 20쪽으로 47.6%, 3호는 34쪽 중 28쪽으로 82.3%, 5호 48쪽 중 26쪽으로 54.2%이다. 적게는 47%로부터 많게는 82%로 들쭉날쭉하지만 서사물의 비중이 대단히 큰 것은 사실이다.)

게재된 잡지	외국민담/동화 번역물	번역물의 출처	우화
	〈아버지 병환〉	아미치스의 『쿠오레』의 일부	
8호	〈거짓 아드님 참 아드님〉		
9호	〈닐곱 동생〉		〈가막이와 물항아리〉 〈과부와 암탉〉
	〈시골 계집애로 나라에 어진 어미된 혹불이 색시〉	중국의 문헌설화	
10호	〈실썹이 색시〉	그림형제의 '옛이야기'	
	〈네 졀긔 아약이〉	안데르센의 〈사계절 이야기〉	
11호	〈병부자〉		〈락타와 돗〉
12호	〈통궁이〉		

여기에 제시된 이야기들은 그림 형제의 독일 옛이야기도 있고, 안데르센의 창작 동화, 이솝의 우화 등이 섞여 있는데, 잡지에는 출처를 밝히지 않은 것도 많아 이야기의 정확한 출처를 알기가 어렵다. 위의 이야기들은 최남선이 직접 원작을 번역하지는 않았을 것이고 아마도 일본어본을 중역한 것이라고 추측된다.

최남선은 1904년 10월에 동경부립제일중학교(東京府立第一中學校)에 입학했으나 3개월 만에 중퇴하여 1905년 1월에 귀국했고, 1906년 4월에 다시 일본으로 건너가 9월에 와세다대학 역사지리과에 입학했으나 1907년 3월에 와세다 대학의 모의국회 사건으로 중퇴한 바 있다. 최남선의 2차 일본 유학 시기에 그는 박문관(博文館) 소유의 오오하시도서관(大橋圖書館)에서 공부하였는데, 박문관은 『少年文學叢書』전 32권과 『世界名作童話集』전 100권 등을 출판한 바 있었으며, 이와야 사자나미(巖谷小波)의 『日本傳來童話集』을 출간하기도 하였다.[20] 최남선이 일본에 머문 시기와 공부한 환경 등으로 미루어보면 『아이들보이』에 번역 소개한 그림 형제의 옛이야기와 안데르센 동화 등 서양의 문학 작품은 최남선이 일본에 유학하던 시절 접했을 가능성이 크다.

『아이들보이』에 번역 소개된 서양의 문학 작품은 원본에 비하면 길이가 짧아 줄거리 중심으로 요약 번역된 것이 많은데 때로는 원문의 문학적 향기가 나는 문장을 잘 살린 번역도 있다. 〈네 절긔 이야기〉의 한 부분을 보자.

> 새들도 이리저리 날라 돌아다니면서
> 『봄이 왓네 봄이 왓네』
> ᄒᆞ고 노래ᄒᆞ더라
> 셰계가 차차 젊어 오더라 계집아이가
> 『아 질겁기도 그지 업도다』
> 이 동안에 숩의 나무 쏫이 차차 새파래지고 향내 조흔 조개풀이며 빗갈 고은 ᄌᆞ운영이며 복사 오얏들의 쏫이 다 핀고로 쌍 우가 마치 하ᄂᆞᆯ나라 갓더라
> 봄 아기씨 둘이 손을 서로 잇글고 노래를 ᄒᆞᆫ다 우슴을 친다ᄒᆞ야 졈졈 자라 가더라- 다수ᄒᆞᆫ 비가 두 아기 우에 오더라 그러나 두 아기는 그런 줄 모르고 잇더라 쏘 혼인 뎡ᄒᆞᆫ 두 아기가 손을 맛 쓸고 나무 사이로 어정버정 걸어다니더라
> 볏이 다수코 질겁게 쏘이고 작은 내의 물이 차차 풍악을 잡히더라 - 하ᄂᆞᆯ쌍에 인제부터 깃거움이 쏵 찻더라[21]

---

20) 오오다케 키요미(2005), 『근대 한·일 아동문화와 문학 관계사』, 청운, 40쪽
21) 『아이들보이』 10호 38쪽

봄이 오고 차차 초여름이 시작될 무렵의 풍경을 묘사한 장면이다. '세계가 차차 젊어 오더라'라는 부분은 봄이 오는 자연의 모습을 의인화한 참신한 표현이고, '숲의 나무 끝이 차차 새파래지고 향내 좋은 조개풀이며 빛깔 고운 자운영이며 복숭아 오얏들의 꽃이 다 피어서 땅위가 마치 하늘나라 같구나' 라는 부분은 숲의 나무와 풀, 꽃 들의 아름다움을 잘 묘사하고 있다. 이 글 전체가 사계절이 변화하는 모습을 아주 자세히 묘사하였고, 계절이 변화함에 따라 등장인물들의 심정이 변화하는 모습을 매우 섬세하게 그렸는데, 최남선도 원전에 충실하게 번역하여 서정적인 아름다움을 잘 살린 문학성 높은 작품을 만들었다.

『아이들보이』에 실린 그림 형제의 옛이야기와 안데르센의 동화는 우리나라 초기 아동문학 작품의 번역 과정을 이해하는 데 중요한 열쇠가 된다. 『아이들보이』보다 『붉은 져고리』에 실린 번역 작품이 더 앞서기는 하지만, 『아이들보이』의 번역 작품들도 『붉은 져고리』와 비슷한 시기의 번역 소개 양상을 이해하는 데 도움이 된다.

서양 옛이야기와 서양 동화 번역의 출발에 대해서는 구인서가 잘 조사하여 밝혀놓은 바 있다. 그는 기존의 연구에서, 그림(Grimm)의 이야기가 처음 한국에 소개된 것이 1920년 『학생계』에 실린 오천석 번역의 「壯士의니야기」이며, 안데르센 이야기가 최초로 한국에 소개된 것도 1920년 『학생계』에 실린 「어린성냥파리처녀」로 알려져 있던 것[22]을, 그림의 이야기는 『붉은 져고리』에 「짜님의 간 곳」(1호), 「네 아오 동생」(2호)과 『아이들보이』에 『계집아이 슬긔』(2호), 『실썹이 색시』(10호)가 번역되어 소개되었음을 밝혔으며, 안데르센의 번역물은『붉은 져고리』에서 「밧고아 패」(9호)가 소개되었

---

22) 김병철, 『세계문학 번역서지 목록 총람』, 국학자료원 간, 2002, 13쪽.

고,『아이들보이』에는 「네 졀긔 이약이」 10호)가 소개되었음을 밝혔다.[23]

한편 1921년 방정환이 『천도교회월보』에 오스카와일드의 동화 『왕자와 제비』를 번안 소개한 것을 서양 동화 번역의 시작이라고 서술한 연구물도 있다.

> 서양에서 들어온 아동문학도 초기엔 이솝우화와 같은 우화가 주종을 이루었다. 이후 방정환이 1921년 『천도교회월보』에 오스카와일드의 동화 『왕자와 제비』와 그 밖의 작품들을 번안하여 처음 소개한 후, 번안했던 서양동화를 모아서 1922년 발간한 『사랑의 선물』이 아동문학 서사의 새로운 물꼬를 열게 된 것이다.[24]

『붉은 져고리』와 『아이들보이』에 실린 서양동화의 번역본이 발견되었으므로 이 견해도 수정되어야 한다.

(2) 우리나라 옛이야기와 고대 소설

『아이들보이』에는 1호를 제외하고는 모든 잡지에서 우리나라의 옛이야기나 고대소설을 7·5조의 율문으로 재구성하여 수록하고 있다. 우리나라의 옛이야기는『아이들보이』이전의 『붉은 져고리』나 그 이후의 『새별』에도 자

---

23) 구인서(2008), 1910년대 아이들 독서물 연구 - 〈신문관〉 발행 정기 간행물을 중심으로 -, 연세대 석사논문.

24) 박혜숙(2008), 「한국 근대 아동문단의 민담 수집과 아동문학의 장르 인식」, 『동화와번역』, 16권, 건국대학교 동화와번역연구소, 195쪽.

주 실리던 독서물이었는데 최남선이 아이들 대상의 잡지에 옛이야기를 재구성하여 게재한 것은 이것이 아이들의 읽을거리로 적당하다고 생각했기 때문이며 이러한 생각은 방정환이 '동화'를 정의할 때에 우리의 옛이야기를 언급한 것과 맥을 같이 하는 것이다.

그런데 우리의 옛이야기를 왜 7·5조로 재구성하여 게재하였을까. 잘 알려져 있듯이 7·5조의 율격은 일본의 전통 율격으로 19세기 말, 20세기 초의 보통학교 창가집의 가사를 통해 우리에게 유입된 것으로 당시에 새롭게 등장한 창가에 많이 유행했었고, 십여 년 후에는 우리의 동요나 동시에도 자주 등장하던 형식이었다.

그런데 우리의 옛이야기를 서술하는 데 이 7·5조를 사용한 것은 우리의 옛이야기가 판소리로 가창되었던 사정과 문헌으로 기록될 때 4·4조로 기록되었던 사정과 관련이 있는 것으로 추측된다. 즉 심청전, 춘향전 등의 고대 소설은 판소리로 불릴 때도 운문의 형식을 띠었고, 육전 소설이라는 형태의 인쇄물로 보급될 때도 4·4조로 기록되었기 때문에 이와 유사한 7·5조의 운문 형식이 자연스럽게 채택되었을 것이다.

> 글쓰기와 글읽기가 특정 집단의 전유물이었던 시대엔 일반 서민층에서 이루어지는 모든 이야기는 입에서 입으로 전해지는 설화성을 지니고 있었다. 그래서 언문체의 고전소설은 글로 씌어진 것임에도 불구하고 글 속에 설화성이 반영되어 나타난다. 운문 지향적인 문체와 설화적 문투가 그것을 말해준다. 구송을 위해 운문적인 문체로 기록되던 조선 시대의 고전소설은 개화 계몽기의 신소설에서부터 운문적 속성이 약화되고 산문 문체를 실현하게 된다. 이것은 신소설이 이야기로 전달되거나 구송되기 보다는 책으로 읽히는 새로운 글쓰기의 산물임을 말해준다. 25)

글쓰기와 글읽기가 자유로워지자 설화성, 구송성의 전통이 무너지고 산문체의 글쓰기가 대두되었던 당시의 현실에 비추어 본다면 7·5조의 율문으로 흥부전이나 심청전을 전달하는 『아이들보이』의 기사는 시대를 거스르는 면모를 보인다고도 볼 수 있다. 그러나 신소설 같은 새로운 장르의 글이 아니라 구송으로 전달되던 고전소설이었기 때문에 전통적인 구송의 율격과 비슷한 7·5조의 형식을 채택한 것을 부정적으로 평가할 필요는 없을 것이다.

<표 3>『아이들보이』에 게재된 우리나라 옛이야기와 고소설

게재 서지	옛이야기(7·5조의 귀글 형식)	고소설
1호		자라령감허고 토끼생원
2호	〈흥부놀부(1):흥부의 잘됨〉	
3호	〈흥부놀부(2):놀부의 못됨〉	
4호	〈심청(一):슯흠의 오르ᄂᆞᆫ 고개〉	
5호	〈심청(二):질거움으로 나려오ᄂᆞᆫ 길〉	
6호	〈세 선비(一): 잘된 두선비〉	
7호	〈세 선비(二):못된 한 선비〉	
8호	〈세 선비(三):반나절이 八十년〉	
9호	〈옷나거라 뚝딱〉	
10호	〈나무군으로 신션(一):선녀 색시〉	〈먹적골 간난방이로 한 셰상을 들먹들먹한 허생원〉
11호	〈나무군으로 신션(二):나무군 신션〉	
12호	〈남잡이가 저잡이〉	

『아이들보이』는 독자들에게 우리나라의 옛이야기를 보내달라고 다음과

25) 권영민, 앞의 책 63~64쪽 요약.

같은 광고를 자주 게재하였다.

샹급주는 이약이 모음

녯날 이약이는 쇼견으로도 매오 ᄌᆞ미잇는 것이어니와 여러 가지로 학문상에 관계 잇슴이 크니 그럼으로 힘써 이를 모으며 연구ᄒᆞ여야 할 것이외다. 죠선에도 젼부터 나려오는 조흔 이약이가 만치 아님은 아니나 아즉 한ᄃᆡ 모으고 뽑아 연구ᄒᆞᆫ 것이 업스니 애달은 일이외다.

이제 우리가 이를 섭섭ᄒᆞ게 알아 우리 사랑ᄒᆞ는 여러분허고 널니 죠션 안에 젼ᄒᆞ야 오는 이약이를 한번 모아보려ᄒᆞ옵는ᄃᆡ 모을 졍셩도 나게ᄒᆞ고 모으는 자미도 잇게 ᄒᆞ기 위ᄒᆞ야 약간 수로를 들일터이오니 여러분이어 열심히 아시는 녯날 이약이를 만히 적어보내시오

직히실 일

一. 이약이는 반다시 죠션에서 녯날부터 나려오는 것이라야ᄒᆞ나니 남의 나라 ᄎᆡᆨ이나 말로 전ᄒᆞ는 것을 번역ᄒᆞ거나 옴겨오면 못씁ᄂᆡ다

一. 이약이를 아못조록 당신생각에라도 넘어 흔ᄒᆞ게 셰상에 돌아다는 듯ᄒᆞᆫ 것을 피ᄒᆞ시오

一. 글은 아못조록 알기 쉽고 ᄉᆞ연이 분명ᄒᆞ게만 ᄒᆞ고 군 소리를 너치마시오

一. 길고 짜른 것은 도모지 샹관 업습ᄂᆡ다

一. 한사람이 몃번이든지 또 몃 마듸든지 관계치 안습ᄂᆡ다

一. 샹급은 보내신 이약이를 우리게서 갑슬 쳐보아서 쓸만ᄒᆞᆫ것이면 한 아듸에 二十젼으로부터 五十젼까지 얼마되는 ᄎᆡᆨ사는표를 들이옵내다

一. 보내시는 글 것봉에 반드시 『이약이모음』이라 ᄒᆞ시오

『아이들보이』 3호, 1913, 38쪽

최남선이 우리의 옛이야기를 학문적인 연구 대상으로 생각하며 상급을 주면서까지 모아보려 한 것은 당시의 민족주의적 분위기와 무관하지 않을 것이다. 최남선은 1910년 12월 현채(玄采)·박은식(朴殷植)과 함께 조선광문회를 설립하였는데, 조선광문회의 설립 목적은 민족 전통의 계승을 위한 고전 간행 및 귀중 문서의 수집·편찬·개간을 통한 보존·전파 등이었다. 고전물 간행 사업은 민족의 문화를 계승 전파시키는 것에 그치지 않고 국권을 박탈 당하고, 민족의 문화 유산마저 멸실되어 가는 현실에 큰 충격을 받고 시문, 경전 같은 고전 뿐 아니라 병사(兵事)·민업(民業)·교학·예술·풍속·전기·화상(畵像)·지도 같은 일상의 문화 등도 소중히 간직하고 계승 전파하려고 노력하였다.

『아이들보이』의 '상급주는 이약이 모음'은 이와 같은 맥락에서 파악하여야 하며, 최남선이 이 운동을 실시함에 "반다시 죠션에서 녯날부터 나려오는 것"을 강조한 이유를 짐작할 수 있다. 또 최남선이 우리의 옛이야기를 수집하게 된 배경에는 이와야 사자나미의 『일본전래동화집』출간도 한 계기가 되었을 것으로 짐작된다. 최남선은 우리 옛이야기를 조선의 정신이 담겨 있는 중요한 자료로 생각하였으며, 『아이들보이』에 옛이야기를 연재한 것도 이와 무관하지 않을 것이다.

한편 여기에 실렸던 7·5조의 옛이야기를 이재철이 '최초의 동화요'라고 서술한 문헌이 있어 주목을 요한다. 이재철은 世界兒童文學事典에서 "12호에 게재된 최남선의 '남잡이가 저잡이'는 총 14절 56행의 7· 5조로 된 최초의 근대적 동화요(童話謠)였다"26)라고 서술하였다. 앞의 표에서 보듯이

---

26) 이재철(1989), 世界兒童文學事典, 계몽사, 220쪽.

7·5조 율문 형식의 옛이야기는 2호부터 매호 실려 있었으며, 잡지의 일정한 장소에 규칙적으로 연재가 되었다. '남잡이가 저잡이'도 그 중에 하나라는 점을 보면 이것이 최남선의 창작인지는 의문의 여지가 있다. '남잡이가 저잡이'가 재미있는 이야기를 율문의 형식으로 서술하고 있어서 동화요라고 볼 만한 요소를 가지고 있기는 하지만 그렇게 본다면 여기에 연재되었던 모든 옛이야기, 예컨대 〈흥부놀부〉나 〈심청〉도 동화요라고 해야 하지 않을까.

〈먹적골 간난방이로 한 셰샹을 들먹들먹ᄒᆞᆫ 허생원〉은 연암 박지원의 '허생전'을 번역한 작품이다. 율문이 아닌 산문으로 '허생전'의 줄거리를 거의 대부분 제대로 살려 게재하였다.

(3) 교훈과 감동을 주는 이야기(교훈담, 미담 가화)

앞에서 서술한 바와 같이『아이들보이』는 보통학교 학령기의 아동을 독자로 상정한 잡지였기 때문에 잡지 전체의 지적 수준이나 지향하는 내용도 그 또래의 아동들에게 적절하고도 유익한 내용을 수록하려 노력하고 있었는데 이는 근대적 학교 제도가 정착되어 가는 시대적 분위기와도 맥락을 같이하는 것이었다.

〈양이며 소를 먹이면서 거륵ᄒᆞᆫ 사람 된 이약이〉에서 이탈리라아의 외따른 알프스 산에서 고난을 극복하고 이탈리아의 유명한 화가가 된 '안드레아, 델카세다니오란 어른'의 일화를 전하면서 『아이들보이』는 "여러분처럼 학교에 다닐수도 업고 잡지 가튼 것을 어더보지도 못ᄒᆞ얏ᄉᆞᆸᄂᆡ다"[27] 라 하면서 당시의 학교에 다니는 학생들과 비교하며 이야기를 전하고 있다. 학생을 독자로 상정하고 있음을 알 수 있다.

이 잡지의 전신이라고 할 수 있는 『붉은 져고리』에도 "공부란것은 집안에셔 식히는것뿐 아니오 학교에셔 식히는것만 아니라 이 두군듸밧게도 매우 요긴ᄒᆞ고 즁대ᄒᆞᆫ것이 잇스니 곳 신문이나 잡지 갓흔것"28)이라는 주장에서 보아도 『붉은 져고리』와 『아이들보이』는 학생을 대상으로 하고 있음을 짐작할 수 있다. 또한 이 잡지가 가정과 학교에서 하지 못하는 근대적 교육의 중요한 역할을 담당하고 있다는 자부심은『청춘』에 실린 『아이들보이』에 대한 광고문에도 잘 나타나 있다.

> 本 雜誌ᄂᆞᆫ 兒童教育에 對ᄒᆞ야 深大ᄒᆞᆫ 期待로써 發行ᄒᆞᄂᆞᆫ 者니 一篇材料-다 極擇精選ᄒᆞᆫ 것이라 記事ᄂᆞᆫ 小說, 古談, 學藝, 傳記, 遊戲 등 여러 方面이오 文章은 平易ᄒᆞ며 圖書ᄂᆞᆫ 精美ᄒᆞ야 智德涵養上 最緊切ᄒᆞᆫ 機關이 되오니 滿天下 父兄 及 子弟 諸位ᄂᆞᆫ 다갓치 愛護ᄒᆞ실 義務가 有ᄒᆞ다ᄒᆞ나이다29)

'智德涵養上 最緊切ᄒᆞᆫ' 내용의 글은 근대의 과학 지식과 서양의 변화하는 사회상에 대한 지식과 더불어 훌륭한 옛어른에 관한 이야기나 아동들이 본받아야 할 교훈담이나 미담 등이다. 교훈과 감화를 위한 이야기를 중시한 『아이들보이』의 편찬 방침은 1920년대 내내 가장 대중적인 인기를 누렸던 잡지『어린이』와 비교해볼 때 더 두드러짐을 알 수 있다.

---

27) 8호, 26쪽

28) 「이 신문 내ᄂᆞᆫ 의사」, 『붉은 져고리』 4호 부록, 1913. 2. 15.

29) 『청춘』 1호 1914.

> 교훈담이나, 수양담은 학교에서 만히 듯는고로, 여긔서는 그냥 자미잇게 읽고 놀자, 그러는 동안에 제절로, 깨긋하고 착한 마음이 자라가게 하자! 이러케 생각하고 이 책을 꾸몃습니다.[30)]

『아이들보이』에 실린 글의 전체적인 분위기는 1920년대의 『어린이』와는 매우 다른 것이어서 아동들의 감화와 각성을 목적으로 한 글이 대단히 많이 실려 있었다. 애국 계몽기 시절에 비하여 『아이들보이』가 간행될 무렵의 사회적 분위기는 계몽의식과 운동성이 많이 후퇴한 것이 사실이지만 최남선을 비롯한 선각자들은 여전히 한국의 내일에 대한 기대를 『아이들보이』를 통해 표명한 것으로 보인다.

『아이들보이』에 실린 교훈담은 당시에 실제 일어난 일을 소개하는 글로부터 서양에서 있었던 실화, 중국과 우리나라의 옛글에서 옮겨온 이야기 등 다양하다.

<표 4> 『아이들보이』에 실린 교훈담과 주제

게재 서지	교훈담	주제	시·공간적 배경
1호	〈범의 뒤다리 붓들고 六十리〉	정성과 용기	옛날 우리나라
	〈범 싸려잡은 최효즈〉	효도	옛날 우리나라
	〈조흔 사람 안 된 사람〉 -어엿비 녁이는 마음	선행과 인정	당시 우리나라

30) 「남은 잉크」, 『어린이』1권 1호, 1923.3 "『어린이』는 교훈담이나 수양담으로 대표되는 학교의 교육 내용을 대타적으로 설정하였다. 그래서 『어린이』는 동화, 동요 등으로 어린이의 정서를 길러주어야 하며 자유로운 분위기에서 아동에게 잠재되어 있는 가능성들이 최대한으로 실현되어 날 수 있도록 유도하려 하였다. 그러다가 후반으로 갈수록 독자 대중의 요구를 무시하지 못하고 시험날 주의할 일, 교과지식, 도덕 교훈담 등을 게재하기도 하였다(조은숙 앞의 논문 110-111쪽 참조)

<table>
<tr><th>게재
서지</th><th colspan="2">교훈담</th><th>주제</th><th>시·공간적 배경</th></tr>
<tr><td rowspan="2">2호</td><td rowspan="2">〈조흔사람 안된 사람〉</td><td>-잘잘못의 샹계</td><td>잘못의 뉘우침</td><td>당시 우리나라</td></tr>
<tr><td>-다라운 아이의 뒤끗</td><td>인색함에 대한 경계</td><td>당시 우리나라</td></tr>
<tr><td rowspan="2">3호</td><td colspan="2">〈스ᄉᆞ로 도읍ᄂᆞᆫ 十년〉</td><td>인내와 근면으로 집안을 일으킴</td><td>당시 우리나라</td></tr>
<tr><td colspan="2">〈모래펄에 왕사람〉</td><td>동료에 대한 의리와 선행</td><td>옛날 인도</td></tr>
<tr><td rowspan="2">7호</td><td colspan="2">〈니를 빼어 어버이를 다수케 ᄒᆞ려던 효녀〉</td><td>효도</td><td>당시 미국 뉴욕</td></tr>
<tr><td colspan="2">〈아버지 병환〉</td><td>효도</td><td>당시 이탈리아 나폴리</td></tr>
<tr><td>8호</td><td colspan="2">〈양이며 소를 먹이면서 거륵ᄒᆞᆫ 사람 된 이약이〉</td><td>인내와 근면과 정성</td><td>당시 미국
당시 이탈리아</td></tr>
<tr><td rowspan="4">9호</td><td colspan="2">〈쓰거운 졍셩으로 완악ᄒᆞᆫ 도적놈을 도인 졍서방〉</td><td>정직, 정성, 인정</td><td>당시 우리나라</td></tr>
<tr><td rowspan="3">〈아이들의 본〉</td><td>-오누의 사랑</td><td>형제간의 우애</td><td>당시 우리나라</td></tr>
<tr><td>-피ᄒᆞᄂᆞᆫ 것이 읏듬</td><td>교우관계</td><td>당시 우리나라</td></tr>
<tr><td>-각기 제 생각</td><td>주관 있는 생각</td><td>당시 우리나라</td></tr>
<tr><td rowspan="2">12호</td><td colspan="2">〈범의 길잡이로 밤길에 싀어머니 차져간 안협색시〉</td><td>효도</td><td>당시 우리나라</td></tr>
<tr><td colspan="2">〈어진 환장이〉</td><td>선행(인정)</td><td>당시 우리나라</td></tr>
</table>

위의 교훈담은 현대의 초등학교나 중학교의 도덕 교과서에 실릴 만한 이야기로서 앞부분에 교훈적이고 재미있는 에피소드를 이야기하고 뒷부분에 이 이야기에 담긴 교훈을 해설하는 방식이 일반적이다.

교훈담을 주제별로 분류해보면 선행·인정·의리·정직 등과 같은 사회생활에서 지녀야할 덕목과 근면·인내·정성 등과 같은 개인의 성공을 위한 덕목이 대부분을 차지하고 있다. 또 전통적인 가치인 효도나 우애 같은 가정생활에서 지녀할 할 덕목 역시 중요한 요소로 지속적으로 강조되고 있다. 교훈담의 주제 중에서 주목을 끄는 덕목은 '근면·인내'인데 이 가치는 최남선이 '한샘'이라는 자신의 이름을 걸고 쓴 논설 '애씀'31)(『아이들보이』의 기사 중 필자의 이름이 밝혀진 것은 이 글뿐이다.) 의 주제와 상통한다.

〈스ᄉᆞ로 도읍ᄂᆞᆫ 十년〉은 어버이를 잃고 구차하게 사는 삼 형제 가운데 둘째가 십년을 작정하고 굳세고 끈질기게 일을 하여 재산을 모은 이야기가 중심이 된다. 큰 언니와 동생은 절에 공부하러 보내고 둘째가 십년 동안 죽 반 그릇씩만 먹으며 근면, 성실하게 일을 한 결과 집안을 일으켜 세운 과정을 자세하게 이야기하고 있다. 이 이야기는 글의 첫머리를 "경긔도 려쥬 싸에 얼마젼에 허씨 량반 한분이 사ᄂᆞᆫᄃᆡ 마음이 매우 착ᄒᆞ야 그케 인심을 어덧스나 가계가 원악 구차ᄒᆞ야...."로 시작하여 실화임을 강조하고 있다.

이 교훈담과 최남선의 논설은 나라를 잃은 당시에 주권을 찾는 방법은 물질적, 경제적으로 부강해지는 것이고, 그래야 인간답게 살 수 있으며32) 그리되기 위해서는 지금의 난관을 죽을힘을 다해서 극복해야 함을 강조하는 것이다. 주인공은 십년 후 작정한 일을 성공하고 나서 활쏘기를 배워 무과에 급제함으로써 입신양명이라는 유교적 가치를 완성한다. 다만 이 이야기는 여기에 근대적 가치이며, 주권 회복의 한 방법인 물질적 힘의 필요성이 더 강조되는 것이다.

이 이야기들의 시·공간은 '당시의 우리나라'를 배경으로 하여 당시의 실화를 바탕으로 한 이야기가 가장 많다. '경긔도 려쥬 싸에 얼마젼에 허씨 량반 한분이 사ᄂᆞᆫᄃᆡ'(〈스ᄉᆞ로 도읍ᄂᆞᆫ 十년〉)하는 투로 시작하는 이야기 전

31) 한샘, 「애씀」『아이들보이』2호 18~22쪽. 애씀

32) 한샘, 「애씀」위의 책, 18같은 곳. "셰상에 엇지 쉬운 일이 잇ᄉᆞ오릿가 사람 한아가 셰상에 나서 살아가ᄂᆞᆫ 일도 생각ᄒᆞ야보면 ᄯᅩ한 쉽살한 일이 아니외다 처음 어버이의 피를 난호아 씨 생기ᄂᆞᆫ 일로부터 …(중략)…못난 사람은 잘난 사람에게 아ᄂᆞᆫ 사람은 모르ᄂᆞᆫ 사람에게 …(중략)… 힘업ᄂᆞᆫ 사람은 굿센 사람에게 업수히 녁임 밧고 모르ᄂᆞᆫ체 당홈이 례ᄉᆞ라… " 밑줄 부분은 국권을 박탈당한 식민지 백성의 슬픔을 아동 독자들에게 강조한 것이다.

략은 이 이야기가 실화라는 것을 강조함으로써 독자들에게 교훈에 대한 공감과 설득의 효과를 높이고자 하는 것으로 볼 수 있다. 이 이야기 외에도 대부분, '아메리카합즁국 나라 대통령-나라 다스리는 거륵흔 이-에 싸필드란 어른이 잇스니 본대 양이며 돗츨 직히면서'(8호, 26쪽 〈양이며 소를 먹이면서 거륵흔 사람 된 이약이〉) 등으로 시작하여 이야기의 신뢰성을 높이는 전략을 구사하고 있는데, 이러한 이야기들 가운데 서양을 공간적 배경으로 하는 이야기 몇 편이 주목을 끈다.

〈니를 빼어 어버이를 다수케 흐려던 효녀〉[33]는 지독히 추운 날씨에 구차한 살림으로 주림과 추위에 고생하는 부모님을 따듯하게 지내게 하려고 나이 어린 처녀가 앞니를 뽑아 팔려고 병원에 갔다가 의사의 도움으로 이를 뽑지 않고도 부모님을 잘 모시게 되었다는 이야기이다. 그런데 이 이야기는 서두에 '아메리카 합즁국 늬유욕이란 셩에 구차흔 사람 한아가…'라 하여 이 일이 벌어진 공간적 배경을 미국의 뉴욕으로 설정하였다. 가정이나 사회에서 남자보다는 여자를, 어른보다는 아이를 더 먼저 배려하는 서양 문화에서, 어린 딸.이 앞니를 뽑아 어버이를 섬긴다는 이야기는 참 생소하다. '孝'라는 전통적인 덕목을 가르치기 위해 무대를 '뉴욕'으로 설정한 이유는 강대국이며 문명국의 메타퍼로 받아들여지고 있던 서양, 그 중에서도 뉴욕에서 벌어진 일을 소개하는 형식을 취하는 것이 더 설득력이 있으리라고 여기는 의식을 엿볼 수 있다. 뉴욕에서 벌어진 일이라 하면 '효도'라는 덕목이 우리만의 전통적인 가치가 아니라 인류 보편의 가치라는 것을 강조하는 효과도 거둘 수 있을 듯 하다. 당시에는 일본을 비롯한 동아시아에서 서구의 문물을 수입하는 것 자체가 새로움과 발전의 징표로 여겨지고

---

33) 7호, 19-21쪽

있었으니 물질문명뿐 아니라 정신적 가치까지도 서구의 것이라면 더 설득력이 있으리라하는 서양 추수 분위기의 단면을 엿볼 수 있다.

이런 사례는 〈아버지 병환〉[34]에도 나타난다. 이 글은 실화가 아니라 아미치스가 지은 『쿠오레』의 한 부분을 번역한 것이다. 이탈리아의 한 소년이 시골에서 아버지 병 간호를 왔다가 다른 병자를 아버지로 잘못 알고 온 정성을 다하여 간호를 한다. 5-6일 동안이나 지난 뒤 소년의 아버지는 병이 다 나아서 퇴원을 하던 중에 소년을 만나 그 동안의 오해는 풀렸으나 소년은 그 뒤에도 그 병자를 정성을 다하여 돌본다는 감동적인 이야기이다. 실화라고 여겨지는 서구의 이야기를 소개함으로써 필자가 말하려고 하는 주제를 효과적으로 강조하고 있는 것이다. 이와 같은 교훈담 외에도 레오나르도 다빈치가 시계를 발명하는 과정을 전하는 과학적인 글이나 위인 이야기 등에 서양의 이야기가 자주 등장하는 까닭은 근대 계몽기의 서양 추수적 분위기를 반영하는 것이다.

『아이들보이』에는 이처럼 근대 계몽과 교훈의 의도를 선명하게 드러내는 이야기가 대단히 많은 비중을 차지하고 있으며 교훈의 전달은 작품의 끝부분에 이야기의 화자가 전면에 나서서 친절하고 직접적으로 해설하는 방식을 취하고 있다.

- 우리난 아나 모르나 이러한 사람이 큰 복 바들 줄을 미드며 쇽 아모든지 본밧기를 바랍니다.(〈조흔 사람 안 된 사람:어엿비 녁이난 마음〉 [35]

- 어려서 마음이 그러케 다라우면 자라서 잘 되지 모ᄒᆞ난 법이니 마음과

34) 7호, 21-28쪽

35) 『아이들보이』1호 16쪽

행실을 깨끗ᄒᆞ고 너그럽게 가짐이 우리들의 가장 힘쓸 일이외다.(〈조흔 사람 안 된 사람: 다라운 아이의 뒤끗〉)[36]

이렇게 직접적으로 독자를 가르치고 훈계하려는 의도로 채택된 이야기이지만 여기에 실린 이야기들은 당시로서는 대단히 새롭고 신기하고 재미있는 이야기였다. 특히 낯선 땅에서 펼쳐지는 이야기들은 읽을거리, 볼거리가 희귀했던 당시의 현실에서 이야기 자체로 아동 독자를 매혹시킬 수 있는 독서물이었다. 그래서 이 이야기들을 아직 '문학 작품'이라고 볼 수는 없지만 문학 작품으로 변화 발전할 수 있는 요소를 충분히 함축하고 있었으며, 어린이를 위한 이야기인 '동화'가 생성될 수 있는 저류를 형성하고 준비하는 데 알게 모르게 기여를 하였다고 생각된다.

교훈담은 비록 사실에 근거한 이야기이며, 끝부분에 교훈이 직접적으로 서술되어 있기는 하지만 동화문학의 가장 기본적인 요소인 '이야기'로 되어 있으며, 그것도 아이들을 매혹할 수 있는 재미있는 사건과 일화 중심으로 펼쳐지기 때문에 동화로 발전할 씨앗을 충분히 함축하고 있었다. 특히 〈모래펄에 왕사람〉은 "녯날 인도 어느 도셩에~"로 시작하는 교훈담이지만 이야기의 끝 부분은 판타지적인 사건으로 동화 같은 느낌을 준다. 사막에서 왕사람(거인)의 도움을 받아 기운을 차린 오백여명의 사람들이 주인을 위하여 열심히 애를 쓰면서 바닷속에 들어가 금은과 산호를 캐어내자, 왕사람도 그 아름다움에 감복하여 오른손을 쳐드니 금, 은, 산호가 마구 땅에 떨어져 사람들은 그것을 주어가지고 돌아갔다는 장면은 판타지적인 사건으로 동화와 같은 분위기를 형성하고 있다.

---

36) 『아이들보이』 2호 16쪽

(4) 傳記(위인 이야기)

『아이들보이』에는 본받을 만한 옛 어른들의 이야기가 자주 소개되었다. 『青春』에 실린『아이들보이』에 대한 광고에서 보듯이 이 잡지의 기사는 아동교육을 위해 '極擇精選'된 것인데 그 가운데에서도 傳記는 중요한 교육의 자료로 다루어졌던 것이다.

<표 5>『아이들보이』에 소개된 위인 이야기

게재 서지	위인 이야기	대상 인물
5호	〈범도 벌벌 떠는 뛰어난 날냄〉	김덕령(金德齡)
6호	〈가장 큰 갑훈 김쟝군의 날램〉	
7호	〈무서운 날냄과 힘들〉	조막종(趙莫從), 한적(韓績), 안경무(安景務)
8호	〈힘 센 이들〉	신말주(申末舟), 김여물(金汝岉)
11호	〈올흔 일홈 압헤 날냄을 바림〉	김덕령

傳記의 대상이 된 인물은 김덕령(金德齡), 조막종(趙莫從), 한적(韓績), 안경무(安景務), 신말주(申末舟), 김여물(金汝岉) 등인데 이 인물들의 공통점은 모두 武人이라는 점이다. 『붉은 져고리』에 실린 위인이나 근대계몽기 이래 교과서적이나 신문, 잡지 등에서 즐겨 소개되던 서양의 위인들[37]도 배제하

---

37) 『붉은 져고리』의 '일홈난 이'라는 란에는 '아이삭, 늬유톤', '나폴네온, 보나파르', '윌리암, 쉐익쓰피어', '정몽란', '김시습', '죠지, 위싱톤', '벤자민, 프랑클린', '아브라함, 린컨' 등 동서양 위인들의 행적이 소개되었다. 이 중에서 나폴레옹, 위싱턴, 링컨 등은 잡지 『少年』에서 거듭 소개한 인물이었다.(조은숙(2003), 「1910년대 아동 신문 『붉은 져고리』연구」, 『한국근대문학연구』, vol 4 No 2. 116쪽 참조)

고, 또 우리나라의 수많은 역사적 인물들, 즉 훌륭한 왕이나 학자, 예술가 등을 모두 배제하고 무인이 선별된 의도는 분명한 것이었다. 위인 이야기의 제목에서 보듯이 모든 이야기가 강조한 덕목은 '날램'과 '힘셈'이다. 이와 같은 덕목은 조선 시대 내내 가장 중요한 가치로 받아들여졌던 충성과 효도, 우애, 인의 등의 유교적 덕목과는 성격이 다른 것이었다. 무인만을 선택하여 '날램'과 '굳셈'을 강조한 의도는 애국 계몽기에 크게 성행하였던 역사지향 담론과 傳 양식을 이어받아 창작되었던 인물 소설의 창작과 맥을 같이 하는 것이다.

1905년 경술국치 이후 신채호를 비롯한 역사가들은 역사의식의 환기를 통하여 민족의 위기를 극복하고자 하였다. 이들에게 역사란 "화석으로서 존재하는 단순한 과거가 아니요, 역사의 구체적인 현장에서 생동하는 힘이었고, 자기 시대의 모순된 현실을 타개하는 가장 중요한 무기였다. 그러기에 일제 강점기에 있어서는 항일 독립 투쟁과 민족 운동의 가장 중요한 이념"[38]이었다. 그 한 예가 「애급근세사」(장지연, 1905), 「월남망국사」(현채 역, 1906) 같은 민족적 각성을 촉구하는 역사서의 출간이었으며, 신채호의 「을지문덕」, 「이순신전」, 「최도통전」 등은 이러한 움직임의 성과였다.[39] 신채호는 반식민지로 전락한 한국을 강화하고, 민족의 독립을 굳건히 하기 위해서는 백성들에게 상무적인 기운을 북돋아야 한다고 생각하여 민족의 시련기에 나라를 구한 영웅들의 이야기를 소설화하는 작업을 지속적으로 펼쳤던 것이다.

『아이들보이』의 위인 이야기도 바로 이와 같은 시대적 분위기와 같은

38) 이만열(1990), 「단채 신채호의 역사학 연구」, 문학과 지성사, 22쪽.

39) 양진오, 「개화기의 역사지향 담론」, 52쪽

맥락에서 시도된 것이었다. 국권을 완전히 강탈당하고, 출판과 결사의 자유가 억압되어 있는 1910년대는 1905년 무렵과도 차이가 있어서 애국계몽의 기운이 후퇴한 것 같이 느껴지는 면도 있으나 『아이들보이』의 인물 이야기를 보면 최남선을 비롯한 선각자들은 여전히 자라나는 '아이들'을 계몽각성시키려는 욕망을 강렬하게 드러내고 있었던 것이다.

『아이들보이』에 실린 위인 이야기 가운데도 가장 치열한 삶의 역사를 전하는 대상은 김덕령 장군이다. 김덕령 장군의 이야기는 5호와 11호에 걸쳐 두 번이나 실려 있었다. 〈올흔 일홈 압헤 날냄을 바림〉이라는 기사에 실린 김덕령의 삶은 상당히 설화적인 장면이 많다. '김덕령 쟝군은 날냄이 짝이 업서 능히 몃십길식을 뛰엿ᄂᆞᆫ대 그 두 겨드랑이에 고기 날개가 잇선단 말이' 있었다. 장군이 되어서는 싸움마다 이기고 있었는데, 간신의 모함을 받아 금부도사에게 잡혀 함거에 실린 몸이 된다. 서울로 압송되는 도중 산꼭대기에서 기인이 김덕령을 불러 술을 마시자 하나 금부도사가 풀어주지 않자 김덕령은 몸을 한번 움직여 쇠사슬을 끊고, 한 주먹에 함거를 부수고 술을 마신 뒤 스스로 다시 붙잡혀 형장으로 들어간다. '형벌로 죽이ᄂᆞᆫ 마당에 칼날이 들어가지 아니ᄒᆞ니 쟝군이 스ᄉᆞ로 칼을 바드려ᄒᆞ여야 되리라ᄒᆞ고 인ᄒᆞ야 목을 늘여 먼져 비늘쪽을 떼고 ᄒᆞ라ᄂᆞᆫ대로 칼질을 ᄒᆞ매 머리가 비로소 떠러졋습니다.' 이 애절한 이야기를 화자는 다음과 같이 마무리하고 있다. '그 츙셩과 그 날냄으로 남의 모함에 죽으니 애달은 일이 이에서 더홀것이 잇ᄉᆞ오릿가'

그런데, 김덕령의 삶을 전하는 화자의 어조는 이순신의 행적을 전하는 신채호의 그것과 매우 흡사하다.

신ᄉᆞ씨 골오대 내가 리슌신전을 보다가 쥬먹으로 칙상을 치고 크게 소

ᄅᆡ 지름을 ᄊᆡ듯지 못ᄒᆞ엿노라 오호라 우리 민족의 힘이 이ᄀᆞᆺ치 감쇠ᄒᆞᆫ 시ᄃᆡ를 당ᄒᆞ여 리공 ᄀᆞᆺᄒᆞᆫ 쟈 잇셧스니 엇지 놀랠 바 아니며, 우리 죠뎡 정치가 이ᄀᆞᆺ치 부패ᄒᆞᆫ 시ᄃᆡ를 당ᄒᆞ야 리공 ᄀᆞᆺᄒᆞᆫ 재 잇셧스니 엇지 놀랠 바 아니리오. 인민이 젼징을 경력치 못ᄒᆞ여 북소ᄅᆡ만 드르면 놀나셔 숨ᄂᆞᆫ 이런 시ᄃᆡ에 …(중략)… 일본이 바야흐로 강ᄒᆞ여 우리 약ᄒᆞᆫ 거슬 업수이 녁이고 그 교만ᄒᆞ고 완만ᄒᆞᆷ이 비ᄒᆞᆯ ᄃᆡ 업ᄂᆞᆫ 이 ᄣᆡ에 리공 ᄀᆞᆺᄒᆞᆫ쟈 낫스니 엇지 가히 쾌ᄒᆞᆯ 바 아니리오[40]

임진왜란 때 일본을 상대로 목숨을 바쳐 싸웠던 김덕령과 이순신의 삶은 일본에게 나라를 빼앗겼던 당시의 백성들이 귀감이 되었을 것이며, 간신의 모함을 받아 의로운 행동을 마음껏 펼치지 못하고 결국 형장의 이슬로 사라진 김덕령의 삶은 간신의 모함을 받아 사형을 당할 뻔했던 이순신의 행적과 유사하다.

『아이들보이』는 애국계몽기의 우국적 기운을 계승하여 망국의 '아이들'을 계몽 각성시켜 후속 세대로 하여금 민족의 주권을 되찾기 위한 정신력을 굳건하게 하기 위하여 무인을 중심으로 한 위인 이야기를 지속적으로 게재했던 것이다.

(5) 「센둥이 검둥이」는 한국 최초의 창작 동화인가.

『아이들보이』에 실린 서사물들을 종류별로 분류하는 가운데 위에서 다룬 장르의 어디에도 속하지 않는 독특한 글 한 편을 발견하였다. 외국의 동화

40) 신채호, 「이순신전」의 결론, 양진오 55~56에서 재인용.

나 민담이나 우화의 번역물도 아니고, 우리나라의 옛이야기도 아니며, 실화를 바탕으로 한 교훈담이거나 인물 이야기도 아닌 이야기. 그렇다면 이 이야기의 정체는 무엇일까. 연구자는 이 작품을 한국 최초의 창작동화라고 본다. 제목은「센둥이 검둥이」이고 『아이들보이』12호(『아이들보이』의 맨 마지막 책이다)의 맨 끝에 실려 있으며 길이는 7쪽 분량이다.

먼저 줄거리를 소개한다.

'캄캄훈 짱 밋헤서 나온 검둥이와 환훈 달 누리에서 나려온 센둥이가 어느 숩 속에서 맛낫습니다' 환한 달 누리에서 내려온 센둥이는 갑자기 캄캄한 숲에 오니, 검둥이의 말소리는 들리지만 아무 것도 보이지 않는다. 검둥이는 '얼골은 동그라니 귀는 발죽훈니 왼 몸둥이에 털은 새카마케 난 것이 마치 괴가치' 생겼다.(이름을 보면 개 같지만 어떤 짐승인지는 정확히 밝히지 않았다.) 검둥이는 '흐흥 나는 이러케 잘 보는대 자네게는 아니보이는가 자네 가튼 거북살스러운 사람이 이 셰상에 잇는줄은 아주 몰랏네'하며 센둥이를 놀린다. 센둥이는 환한 곳에만 가면 자기도 잘 볼 수 있다고 하며 검둥이를 데리고 환한 세상을 찾아 길을 떠나고, 검둥이는 캄캄한 곳에서도 잘 보이니 환한 곳에 가면 더 잘 보일 거라며 센둥이를 따라나선다. 한참을 가도 환한 세상을 찾을 수 없자 검둥이가 자꾸 보채지만 센둥이는 '나를 좀 더 싸라오게 오놀 저녁은 공교히 하늘도 캄캄훈고 우리 누리 달님의 환훈심도 나타나지 아니훈나 니웃에 별님은 환훔을 나타냇네'하며 검둥이를 달랜다. 검둥이는 하늘을 올려다 보고 '놉다란 우에 반작반작 알롱알롱 빗난것'을 발견하고 놀라워한다. 검둥이가 갑자기 무서운 생각이 들어 배가 아프다며 꾀병을 부리나 센둥이는 억지로 그를 데리고 가서 드디어 '작은 당집이 잇고 무슨 검님인지 모르되 밀초 한아를 켜고 그 그 안에 검님을' 모셔놓은 곳에 도착한다. 센둥이는 촛불을 작은 달님으로 알고 잘 보여서 좋아하나 검둥이는 갑자기 눈이 게슴치레해져 아무 것도 안 보인다. 둘이 서로가 잘 났다고 말다툼을 하는 사이 바람이 불어 촛불이 꺼져버리자 센둥이가 당황하고 검둥이는 다시 환해지면 잘 안 보이게 될 거라며 돌아가겠다고 한다. 이때 당직이가 와서 그것은 달님이 아니라 촛불임을 알려주고 둘이 모두 잘못 생각했음을 일깨워준다. 당직이는 '늘 캄캄ᄒᆞᆫ 곳에만 사던 이가 환ᄒᆞᆫ대를 알리 업고 늘 환ᄒᆞᆫ 곳에만 사던이가 캄캄ᄒᆞᆫ대를 알 리가 잇스랴' 하면서 눈이 안 보이니 먹기가 어려울 것이라 한다. 센둥이와 검둥이는 둘이 다 살던 고장으로 돌아가 '각각 저의 직분을 힘쓰고 다시 이런 다톰을 하지 아니하얏다ᄒᆞᆸᄂᆡ다'

이 작품에는 센둥이와 검둥이라는 짐승이 주인공으로 등장한다. 센둥이와 검둥이는 각기 자기가 살던 고장에서 나와 새로운 땅에서 모험을 하다가 자기의 본분을 깨닫고 자기가 살던 곳으로 돌아간다. 이 이야기는 우화와 비슷하지만 우화라고 볼 수는 없다. 또 당시로서는 신문물이었던 양초가 등장하는 것으로 보아 옛이야기도 아니다. '양초 도깨비' 이야기처럼 양초가 무엇인지 몰라 당황하는 장면이 들어가 있는 것을 보면 그 당시에 새롭게 지어진 이야기라고 생각된다. 그렇다면 이 이야기의 장르는 '동화'이며, '창작동화'라고 보아야 한다. 이 이야기가 창작동화라면 작가는 최남선일 수밖에 없다. 『아이들보이』의 모든 기사는 최남선이 썼기 때문이다.

이 이야기의 동화적인 면모는 우선 판타지적인 인물이 등장한다는 점이다. 이 작품에서 검둥이와 센둥이를 묘사한 부분만 살펴보자.

① 센둥이가 이말을ᄒᆞ니 검둥이가 얼골은 동그라니 귀는 발죽ᄒᆞ니 왼 몸둥이에 털은 새카마케 난 것이 마치 괴가치 생겨가지고…

② 센둥이는 쏘 하야코 동그란 얼골에 눈 입 눈섭이 다 가느대가지고 뱅

글뱅글 우스면서…

③ 쇠 멱 싸ᄂᆞᆫ 소리를 ᄒᆞ매 당직이가 듯고 놀라 다라들어 보니 동그란이 생긴 검둥이와 센둥이라 손이며 발이며 몸둥이 생김생김이 다 짐승 가트나 얼골은 분명ᄒᆞᆫ 사람이외다.

위의 묘사를 종합해보면 검둥이는 얼굴은 동그랗고 귀는 발죽하며 온 몸에 털이 새카맣게 나서 고양이 같이 생겼고, 센둥이는 얼굴이 동그랗고 눈, 입, 눈썹이 가늘게 생겼다. 그리고 두 인물은 모두 손과 발, 몸이 모두 짐승같이 생겼으나 얼굴은 사람모양이다. 이상으로 보아 센둥이와 검둥이는 달누리와 지하 세계라는 판타지 공간에 살고 있는 비현실적인 인물이다. 센둥이와 검둥이는 의인화한 된 인물이 아니라는 말이다. 그리고 두 인물이 당직이에게 자기 소개를 할 때 "나는 저 달 누리에 사ᄂᆞᆫ 센둥이란 아이온대…", "나는 검둥이란 쌍 밋헤 사ᄂᆞᆫ 아이옵더니…"라고 자기가 아이임을 밝힌다. 이렇게 두 인물이 '아이'로 설정된 것도 이 작품이 분명한 동화라는 것을 말해준다. 센둥이와 검둥이가 당직이에게 세상의 이치를 깨우친다는 설정은 어린 아이가 어른에게 세상을 배워나감을 뜻하는 것이다.

이 이야기는 줄거리에서 보다시피 처음과 중간과 끝이 잘 짜인 구조를 지니고 있으며 사건이 자연스럽게 흘러가고 두 등장인물의 성격도 대조적으로 잘 형상화되어 있다. 센둥이가 촛불을 작은 달님으로 여기는 부분은 새로운 문물에 어두웠던 당시의 시골 사람들을 연상시키고 자연스럽고 재미있다. 두 인물이 말다툼하는 장면의 말투도 당시 사람들의 말투를 비교적 생생하게 그려내고 있다.

이야기의 주제는 '자기의 본분을 지키며 분수에 맞게 살자'라고 볼 수 있는데, 이솝의 '서울쥐와 시골쥐'가 연상되어 주제 자체는 그렇게 신선하다고 할 수는 없다. 또 이 주제는 서양의 새로운 문물을 적극적으로 수용하면서 근대를 호흡하려 애쓰던 『아이들보이』의 지향과는 달리 모험보다는 안전한 정착을 추구한다는 점에서 어울리지 않는 측면도 있다. 그렇지만 한 편의 동화로 보기에는 손색없는 작품이다.

「센둥이 검둥이」를 한국 최초의 창작동화로 주목한 이는 김자연이다.[41] 그는 주인공을 '아이'로 설정한 점, 기존의 단편적인 평가와는 달리 흥미로운 이야기 전개, 새로운 주제 지향, 어린이를 존중하려는 의도에서 시도된 '습니다'의 경어체 문장 사용 등 한국 최초의 근대동화로 내세우기에 손색이 없고, 작품의 첫부분(센둥이와 검둥이가 만나는 부분)도 이전 전래동화와는 아주 다른 새로운 구성을 하고 있는 등 근대 창작동화가 지녀야 할 요건을 두로 갖추고 있어서 한국 최초의 창작동화로 자리매김되어야 한다고 주장한다. 이에 앞서 「센둥이 검둥이」에 대해 언급한 이는 신현득이다. 그는 "암흑 세계에서 온 검둥이와 달세계에서 온 센둥이가 숲속의 당집에 켜 놓은 촛불 곁에서 대화하는 것인데, 거의 픽션에서 이루어진 이야기이다. 다만 구성이 엉성하고 주제가 약하며 문장이 지루한 것이 흠이다"[42]라고 간결하게 평가한 바 있다.

이 작품에 대해 원종찬은 "내용은 간단할지라도 대화 위주로 되어 있기 때문에 창작적 요소가 더욱 두드러져 보인다. 하지만 분량에 비해 서사적 요소는 빈약하고, 줄거리도 제 살던 고장에서 자기 직분에 충실해야 한다는 결론의 교훈에 매달려 있다. 센둥이와 검둥이가 다투는 대화 내용들은 지식과 교훈을 감싸는 얇은 당의(糖衣)에 지나지 않았던 것이다"[43]라고 평

41) 김자연(2003), 『아동문학의 이해와 창작의 실제』

42) 신현득(1991), 「최남선론」, 『한국 아동문학 작가 작품론』, 서문당, 15쪽.

43) 원종찬(2010), 「한국 아동문학의 형성과정」, 『한국 아동문학의 쟁점』, 창비, 70쪽.

가하였다.

이상의 기존 논의를 살펴보면 김자연은 「센둥이 검둥이」의 문학성을 상당히 긍정적으로 평가하면서 한국 최초의 창작동화로 평가하고 있으며, 원종찬은 '창작적 요소'는 인정하지만, 서사의 빈약성과 용두사미격의 졸렬한 교훈을 들어 창작동화로서의 결격 사유를 강조하고 있다.

필자는 이 작품을 한국 최초의 창작동화로 평가하는 데 인색할 필요는 없다고 본다. 다만 김자연이 이 작품의 주제를 해석한 부분은 작가의 생애와 사상을 근거로 작품의 의도를 해석한 것으로 작품 자체의 의미에서 너무 멀어진 것으로 보인다. 김자연은 이 이야기의 결말을 "경험된 좁은 세상 너머 보다 넓은 세상이 있다는 사실을 전혀 알지 못하는 검둥이와 흰둥이를 풍자하여, 아이들이 좀더 크고 넓은 세상을 찾아 나서길 바라는 염원으로 가득차 있다."고 해석하였다. '소년'으로 하여금 근시안적인 사고에서 벗어나 새로운 세상을 열어가길 소망했던 최남선이 동화 「센둥이 검둥이」를 통해 그의 오롯한 의지를 나타내고자 했다[44]는 것이다.

그러면 작품의 맨 끝 부분을 읽어보자.

> "둘이 다 머리를 득득 글고 센둥이는 당직이에게 초를 어더가지고 검둥이는 캄캄ᄒᆞᆫ 속으로 밧비 돌아가 이뒤에는 둘이 다 살던 고장에 가만히 잇서서 <u>각각 져의 직분을 힘쓰고 다시 이런 다툼을 ᄒᆞ지 아니ᄒᆞ얏다 (인용자 밑줄)</u> ᄒᆞᆸᄂᆡ다"

김자연은 표면적인 주제를 읽는 데 그치지 않고 추리적 방법으로 이면적

44) 김자연, 같은 책, 76쪽.

인 주제까지 읽어낸 것인데, 이 해석은 작품 자체의 의미를 간과하고 작가의 생애와 사상으로 미루어 작품의 의도를 알아내려는 태도는 과거 역사비평가들이 범했던 오류와 비슷한 것으로 보인다. 작품에 대한 애정이 과도하여 이 작품의 결말을 '새로운 주제 지향'이라고 평가한 것은 지나친 해석이다. 밑줄 부분으로 볼 때, 센둥이와 검둥이를 풍자함으로써 독자들에게 새로운 세계로 나아가기를 바라는 작가의 의도를 읽어내기는 어렵다.

이 작품의 주제가 당대의 시대적 지향과 어울리지 않는 것이 작품의 가치를 약화시키는 요인은 되겠지만 아동 독자를 분명히 겨냥하고 집필된 이 작품의 구성, 문체, 사건의 배치, 교훈적 주제 등으로 볼 때 이 작품을 창작동화로 평가하는 데 주저할 필요는 없다고 본다. 창작동화이면서 가장 먼저 발표된 것이면 '최초의' 창작동화 아니겠는가. '최초'라는 말에 너무 큰 문학사적 의미를 부여할 필요는 없겠지만 사실을 사실대로 서술하는 일이 문학사 연구에서는 꼭 필요한 태도이다.

(6) 『아이들보이』에 게재된 서사물의 아동문학사적 의의

『아이들보이』에 실린 다양한 글 중에서 가장 큰 비중을 차지하고 있는 장르는 서사적인 장르였다. 그 가운데는 본격적인 문학 장르인 서양의 동화와 옛이야기를 번역한 글이 가장 많았고, 우리의 옛이야기나 고소설을 재구성한 글과, 문학의 범주에 포함시킬 수는 없지만 동화나 소설과 같이 '이야기'의 요소를 지니고 있는 교훈담, 위인 이야기 등이 많다.『아이들보이』에 수록된 옛이야기와 서양 동화의 번역물은 당시의 아동 독자에게 아동만을 위한 서사 문학의 효용과 필요성을 환기하여 동화 문학 형성의 바탕을 마련한 것으로 평가할 수 있다.

1910년대의 우리나라는 아직 창작동화가 등장하지 않았기 때문에 『아이들보이』는 외국 동화의 번역물을 많이 실었는데, 이러한 현상은 1920년대에 방정환이 발간한 잡지『어린이』나 『사랑의 선물』같은 번안 동화집을 낼 때까지도 비슷한 형편이었다. 이에 대해 방정환은 당시의 사정을 다음과 같이 피력하고 있다.

> 아즉 우리에게 동화집 몃 권이나 또 동화가 잡지에 게재된대야 대개 외국 동화의 譯 뿐이고 우리 동화로의 창작이 보이지 안는 것은 좀 섭섭한 일이나, 그러타고 낙심할 것은 업는 것이다. 다른 문학과 가티 동화도 한 때의 수입기는 필연으로 잇슬 것이고 또 처음으로 괭이를 잡은 우리는 아즉 창작에 급급하는 이보다도 일면으로는 우리의 古來童話를 캐여내고 일면으로는 외국 동화를 수입하야 동화의 세상을 넓혀가고 (밑줄 인용자) 재료를 풍부하게 하기에 노력하는 것이 순서일 것 갓기도 하다.[45] 구인서 29

『아이들보이』에서 우리나라의 옛이야기를 수집하려 했던 시도와 외국 민담과 동화를 번역 소개한 것이 아동문학을 준비하기 위한 최남선의 의도적인 작업이었는지는 불확실하다. 하지만 1923년의 방정환이 우리나라에 창작동화가 등장하기를 기다리며 수행했던 작업은 1910년대에『아이들보이』를 통해 최남선이 보여준 행적과 정확히 일치한다. 그러므로 최남선이 수행했던 우리 옛이야기의 발굴이나 외국 동화와 민담의 번역 작업은 새로운

---

45) 소파, 「새로 개척되는 「동화」에 관하야 - 특히 소년이외의 일반 큰 이에게」, 『개벽』31, 1923.1.1

창작 동화 형성을 위한 준비 작업으로 꼭 필요한 단계였음을 알 수 있으며, 최남선의 활동은 우리나라 동화문학 탄생에 큰 기여를 한 것으로 평가할 수 있다.

이러한 작업 가운데서도 의미 있는 공적으로 꼽을 수 있는 것은 그림형제의 옛이야기와 안데르센 동화의 번역물이다. 그림형제의 재미있고 신기한 옛이야기는 이 땅의 어린 독자들에게 새로운 세계를 열어 보여주었으며, 안데르센의 동화 번역은『붉은 져고리』에 실린 번역 동화와 더불어 우리나라에 처음으로 서구의 창작 동화를 소개하는 역할을 담당하였다. 특히 〈네 졀긔 이약이〉는 변화하는 자연의 미감을 섬세하게 묘사한 안데르센의 문장을 잘 살린 번역으로 문학적 향기가 풍부한 문예 작품이었다.

한편, 교훈담이나 위인 이야기 같은 비문학적인 서사물도 당시에는 문학적인 읽을거리와 크게 다르지 않았던 것 같다. 당시에는 아동 독자뿐 아니라 잡지를 발간하던 쪽에서도 문학과 비문학의 구분은 큰 의미를 지니지 못한 것으로 보인다는 것이다. 쿠오레의 일부를 번역한 〈아버지의 병환〉 같은 경우는 아동소설의 한 부분이지만『아이들보이』에서는 孝라는 교훈을 전달하기 위한 이야기로 차용했으며, 김덕령 장군의 일화는 실제 인물의 행적을 전하는 인물 이야기인데도 현실에서는 불가능한 사건(칼로 목을 쳤는데 목의 비늘 때문에 칼이 들어가지 않았다)을 실제 벌어진 일처럼 쓰고, 독자들 또한 그것을 사실로 받아들였기 때문이다.(사실이라고 굳게 믿었다기보다 사실이라고 믿고 싶어서 그리 믿은 것일지도 모르겠다.) 이런 사실로 보아 교훈담과 위인 이야기가 식민지 시기에 간접적으로나마 독립의 의지를 심어주고 아동들의 계몽·각성을 위한 교육의 목적으로 제공되었다고 하더라도 결과적으로 동화문학 형성에 일정한 정도는 기여를 하였다고 볼 수 있다.

『아이들보이』에 실린 서사물의 아동문학사적 의의를 논의하는 자리에서 반드시 언급해야 할 문제는 〈센둥이 검둥이〉의 존재이다. 이 작품을 최초의 창작동화라고 보는 연구자도 있지만, 아직 동화로서의 문학성을 갖추지 못하여 동화문학의 '기점'으로 잡기는 어렵다고 보는 연구자도 있다. 그러나 필자는 이 작품을 우리나라 최초의 창작동화로 평가하여 한다고 생각한다. 어떤 장르든지 최초로 형성될 때는 일정한 한계나 결점이 있을 수 있다. 〈센둥이 검둥이〉는 초기 형태의 창작동화로서, 동화의 면모를 어느 정도 갖추고 있다.

창작동화 〈센둥이 검둥이〉의 존재로 『아이들보이』는 동화 문학 형성의 바탕을 마련한 데 머물지 않고, 창작동화를 탄생시킨 한국 아동문학 형성의 요람 구실을 한 잡지가 된다.

5. 운문의 양상과 아동문학사적 의의

『아이들보이』에는 운문 형태의 글도 실려 있어서 우리 아동문학의 형성 과정과 동시문학의 초기 모습을 그려볼 수 있다.

필자가 찾아낸 운문 작품은 모두 5편인데 독자 투고작인 '글ᄭᅩᆫ느기' 둘째 장원 작품을 제외하면 4편이다. 서사적인 장르의 수록 양상을 서술할 때 논의했듯이 『아이들보이』에는 7·5조 형식으로 우리나라 옛이야기를 서술한 글이 다수 있는데 이것은 서사적인 글로 보아 여기에는 포함시키지 않았다.

<표 6>『아이들보이』에 게재된 운문 목록

게재서지	작품 제목	글의 성격
3호	길가ᄂᆞᆫ 일군	교훈담 〈스ᄉᆞ로 도읍ᄂᆞᆫ 十년〉의 끝에서 본문의 내용을 강조
5호	새해깃븜	권두시 성격
5호	보름달	글ᄭᅩᆫ느기 둘째 장원 작품
9호	귀글	〈아이들신문〉 제5호 수록
11호	귀글	〈아이들신문〉 제7호 수록

'길가ᄂᆞᆫ 일군'은 교훈담 〈스ᄉᆞ로 도읍ᄂᆞᆫ 十년〉에 맨 끝부분에 실린 글로서 교훈담의 주제를 강조하기 위하여 지은 것으로 보인다. 여섯 글자씩을 댓구로 하여 서술했으므로 6·6조 형식이며 3연으로 이루어져 있다. '어떤 일이든지 어려움을 참고 쉬지 말고 열심히 하다보면 성공의 날이 온다'는 교훈을, 조금씩 변화를 주면서 일관되게 진술하고 있다. 형식은 운문이지만 화자의 정서를 표현하는 (외적 세계를 자아화하는) 부분이 없이 화자의 주장을 일관되게 설득하고 있어 교술 장르에 가깝다.

길가ᄂᆞᆫ 일군
갑시다갑시다 갈ᄃᆡ로갑시다
가고서안쉬면 갈ᄃᆡ로가리다
한거름한거름 다다름잇도다

ᄒᆞᆸ시다ᄒᆞᆸ시다 ᄒᆞᆯ일을 ᄒᆞᆸ시다
ᄒᆞ고서안쉬면 ᄒᆞᆯ일을ᄒᆞ리다
한고비한고비 갑갑ᄒᆞᆯ지라도
이고비고비에 되ᄂᆞᆫ것잇도다

가ᄂᆞᆫ이발알에 먼길이업스며

ᄒᆞᄂᆞᆫ이손알에 못ᄒᆞᆯ일업ᄂᆞ니

어려운길가ᄂᆞᆫ 우리들일군아

가기만ᄒᆞᆸ시다 ᄒᆞ기만ᄒᆞᆸ시다 46)

새 해 깃 븜

새해가 왓고나 어버게 절ᄒᆞ니

올해에 네몸이 더크게자라서

잘뛰고 놀리니 깃브다ᄒᆞ시네

새해가 왓고나 스승게절ᄒᆞ니

올해에 네슬긔 더널니터져셔

잘배고 알리니 깃브다ᄒᆞ시네

새해가 왓고나 동무를 차지니

올부터 사이가 더갓가워져서

싸뜻이 ᄒᆞ자니 이쏘한 깃블세47)

〈새해깃븜〉은 5호의 첫 페이지에 삽화와 함께 수록된 것으로 권두시의 역할을 하고 있다. 5호는 1914년 1월 1일에 발간된 신년호이기 때문에 독자들에게 새해의 소망을 전해주기 위한 글로 수록한 것이다. 어버이와 스승과 동무를 찾아 새해 인사를 하고 새해의 덕담을 나누어 기쁘다는 내용으로 이 작품도 6·6조의 운문으로 되어 있지만 본격적인 시라고 보기는 어렵다.

46) 제3호 20쪽

47) 제5호 1쪽

둘째장원

보름달

釜山府沙下面槐亭洞 金建五

놉고넓은하날이 씨슨듯훈되
半地球를빗치는 달임나오니
이世上의밝기가 밤곳지안코
모든것이큰빗을 들어쓰도다
愁心사람더愁心 깃븐이깃븜
모도다이달업이 도음되리라
굼실굼실물결도 한빗더나고
平扁훈모릐밧도 한층더희다
동무야우리동무 한가지빌세
두렷훈저달모양 우리ᄆᆞ옴에
兄弟야우리兄弟 함게배움세
공변된밝은달빗 우리智識에
빌고빌와쉬지안코 가고또가면
우리功이뎌달갓치 빗나리로다[48]

이 작품은 〈글싯느기〉에서 둘째 장원을 차지한 독자의 글이다. 〈글싯느기〉에 투고된 작품은 거의가 산문이어서 위와 같은 운문 형식의 글은 매우 드문 경우이다. 7·5조 형식의 시가로 주제는 '밝은 보름달에 대한 찬탄과 동무들과 함께 지식을 익히고 배우기를 권함'이다. 당시 7·5조의 형식이 소년들에게까지 널리 퍼져 있었음을 알 수 있으며, 달님에게 빌고자 하는

48) 제5호47쪽, 〈글싯느기〉 둘째 장원 작품

것이 '함께 배우자'는 것으로 향학열을 고취하는 당시의 사회적 분위기를 감지할 수 있다.

다음 '귀글' 2편은 각각 〈아이들신문〉의 기사 가운데 하나로 게재된 것이다. 〈아이들신문〉은 『아이들보이』속에 신문 형식으로 구성된 글이다. 제5호부터 게재되기 시작했는데 2페이지 안에 '말ᄉᆞᆷ' 'ᄃᆡᆫ보', '소문', '긔별', '이약이', '광고' 등의 꼭지로 구성되었다. '귀글'은 이와 같은 꼭지 이름으로 쓰인 것이어서 글의 성격을 지칭하는 것이지 시의 제목은 아니다.

귀글

식컴언이머리를 누르던하ᄂᆞᆯ

소낵이나안올가 은근ᄒᆞᆫ걱졍

어느덧씨ᄉᆞᆫ듯키 맑애졋스니

나물가자새싹난 들과언덕에

『아이들보이』 9호 20쪽 〈아이들신문〉 뎨오호

귀글

소낵이는죽죽잘 오기는ᄒᆞ나

비옷아니가지신 우리아버지

어느고랑에서서 마지시ᄂᆞᆫ지

뉘역들고나서매 빗발이슬몃

『아이들보이』 제11호 23쪽- 〈아이들신문〉 뎨칠호 -

7·5조의 운문인데 『아이들보이』에 실린 운문 가운데 '시'라고 볼 수 있는 글이 이 두 편이다. 이 두 편은 1920년대의 동요와 비교해도 뒤지지 않는 깔끔한 작품이다. 소나기가 내릴 듯 시커멓던 하늘이 씻은 듯이 맑아지자 새싹난 들과 언덕으로 나물을 캐러 가자고 노래하는 〈나물가자〉(시의 제목이 없어서 필자 나름대로 각각 〈나물가자〉, 〈소낵이는〉 으로 부르기로 한다.)는 1910년대의 억눌리고 우울한 시대상을 연상할 수 없을 만큼 명랑한 정서를 보여준다.

〈소낵이는〉은 화자를 어린이로 설정하여, 소나기가 죽죽 잘도 내리는 날, 비옷도 안 가지고 밭일 나가신 아버지가 걱정이 되어 비옷(뉘역)을 들고 나서자 빗발이 슬며시 그치는 상황을 아이의 시선으로 재미있게 묘사하였다. 죽죽 내리는 소나기를 맞으며 밭에서 일하실 아버지를 걱정하는 아이의 마음과 그 걱정을 위로하듯 슬며시 비가 그치는 상황이 따듯하고 정겹다. 화자를 아이로 설정한 점이 당시로서는 아주 새로운 시도여서 이 작품을 우리나라 '동요'의 첫발을 내디디는 작품으로 볼 수도 있지 않을까 생각한다. 7·5조의 운문 형식은 그 시대에 아주 익숙한 운율이지만 화자를 어린이로 설정하여 어린이의 생활 감정을 노래한 것은 1920년대의 동요와 비교해보아도 그 수준에서 크게 차이가 없다. 오히려 방정환의 〈형제별〉 등이 보여주는 1920년대 동요의 애상성이 보이지 않고, 아이다운 천진함과 평화로움이 느껴지는 좋은 동시이다.

6. 결론 - 최남선과『아이들보이』의 아동문학사적 의의

최남선과 신문관 발간의 아동잡지들, 그리고『아이들보이』가 한국 아동문학의 형성에 중요한 역할을 했다는 점에 대해서 이의를 제기하는 연구자들은 없다. 그러나 그 중요성을 평가하는 정도에 대해서는 차이가 크다. 크게 보면 최남선을 현대 아동문학의 출발점으로 삼고 있는 연구자들과 최남선이 한국 아동문학 형성에 큰 기여를 한 것은 사실이나 최남선은 한국 아동문학사의 前史에 해당하고, 진정한 아동 문학의 출발은 방정환의 『어린이』로 보아야 한다는 연구자로 나눌 수 있겠다.

전자에 해당되는 대표적인 학자는 이재철이다. 이재철은 최남선이 발간한 『少年』이 그 내용과 정신에 있어서 兒童文學雜誌의 효시라 하면서 그 근거를 다음과 같이 들고 있다.

권두언이 민족의 장래를 少年에게 의탁하려는 포부로 차 있다는 점, 제호를 '少年'이라 하였으며, 소년의 읽을거리 일색으로 되어있다는 점, 육당과 잡지 관계인의 年齒가 20세 미만의 소년이었다는 점, 아동문학적 요소를 가진 작품이 문예물의 대부분을 차지하고 있으며, 이들 문예물이 본격적 아동문학운동의 온상인 점 등이다.[49]

이에 대해 원종찬은 최남선에게서 현대 아동문학의 원류를 찾는 것은 무리라고 주장한다. 육당이 민족의 장래를 '소년'에게 맡긴다 하고 제호를 '소년'이라 했지만 이 당시의 '소년'의 의미는 '노년'과 대비되는 것으로 '청년'이나 '신세대'에 가까운 개념이었다는 것이다. 그리고『소년』의 내용이 '소년의 읽을거리 일색'이라 하였으나 그 내용의 대부분은 청년이 읽을 만한 계몽적인 논설과 교양물 일색이었다는 것이다. 아울러 육당과 잡지 관계인의 연령이 20세 미만이었다는 점에 대해서는 '육당이 자기 세대 의식으로 『소년』을 펴냈던 만큼, 이후 자기 연륜을 따라 성인 문학의 세계로

49) 이재철(1978), 『한국현대아동문학사』 일지사, 48쪽.

자연 성장해갔던 것은 당연한 수순이었다.'고 주장한다. '아동문제에 대한 자각'에 있어서도 육당의 그것은 이전의 천도교 사상에 미치지 못하기 때문에 후일 천도교의 아동애호 사상을 온전히 이어받은 방정환의 『어린이』를 아동문학의 효시로 봐야한다고 주장하는 것이다.[50]

필자가 보기에 잡지『少年』에 대한 평가와 아동문학사적 의의에 대해서는 대체로 원종찬의 견해가 타당하다고 생각한다. 근대 아동문학사를 연구한 최근의 대부분의 연구자들이 '소년'의 의미가 '신세대', '청년'의 뜻으로 쓰였다는 점에 동의한다. '소년'의 의미가 '청년'의 뜻이었다면 이재철이 『少年』을 아동문학의 효시라 보는 근거 자체가 설득력을 잃게 되는 것이다. 그리고 『少年』에 실렸던 문예물(서구 소설의 번역)도 대부분 성인 대상의 작품이거나 낮추어 잡아도 오늘날의 청소년용 작품이라고 생각한다.

그렇다면 최남선은 진정 한국 아동문학사의 前史 역할에 그치는 것인가. 필자는 『아이들보이』를 꼼꼼히 살펴보면서 이와 같은 평가가 너무 성급한 것이라는 판단을 하게 되었다. 『아이들보이』야말로 우리나라 근대 아동문학의 출발을 알리는 잡지라고 생각하게 되었다. 『아이들보이』를 아동문학의 기점으로 잡아야 하는 이유를 문학 행위의 세 주체인 독자, 작가, 텍스트의 측면에서 살펴보기로 하겠다.

첫째, 『아이들보이』가 명실공히 아이들을 독서 주체로 상정하였다는 점은 아동문학 형성의 가장 중요한 요인이 된다. 창간사에서 밝힌 "죠션 빅만의 아이들"은 『소년』에 비해 한층 낮은 연령층의 어린이를 지칭하는 것이었다. '아이들'을 독서 주체로 상정하였다는 점은 선언에서 그치는 것이 아니라 잡지의 내용과 기사의 문체 또한 보통학교 학령층의 어린이에게 정

50) 원종찬(1994), 「한국아동문학사의 쟁점」, 『인하어문학』2. 36-37쪽

확히 초점이 맞추어져 있다. 『아이들보이』문체의 아동문학사적 의미에 대해서는 많은 연구자들이 깊이 논의를 한 바 있다. 한자를 배제하고 한글을 전용했다든지, 한자식 어휘를 고유어로 바꾸었다든지[51], 경어체('-습니다') 문장을 사용하기 시작했다든지 하는 점은 아동 독자를 정확히 겨냥하였기 때문에 가능한 것이었다. 진정한 근대 아동문학의 시작은 '아동의 발견'으로 비롯한다. 이점에서 '신문관의 소년용 잡지들은 독자로서의 어린이를 의식하고 그들을 근대 독자로 호출했던 신문관의 소년용 잡지들은 방정환 세대와는 또 다른 의미에서 '아동(독자)의 발견'을 했다고 볼 수 있다. 서구에서 어린이책 출판업자 존 뉴베리(John Newberry)에게서 아동문학의 원류를 찾는 것이 이에 해당한다.'[52]

원종찬은 '아동문제에 대한 자각'에 있어서도 육당의 그것은 이전의 천도교 사상에 미치지 못하며, 후일 방정환의 『어린이』가 천도교의 아동애호 사상을 온전히 이어받았다고 주장한다. 그러나 『아이들보이』가 명시적으로 '아동문제에 대한 자각'을 표명하지는 않았지만, 잡지의 내용을 보면 아이들에 대한 애호 정신이 뚜렷이 드러난다. 외국 번역 동화와 삽화, 놀이 방법 안내, 그림, 퀴즈, 만화, 웃음거리 등은 어린이에게 교훈과 계몽 뿐 아니라 즐거움을 주려는 의식이 분명하였다. 외국 동화는 큰 활자를 쓰고 세련된 삽화를 풍부히 제공하여 당시로서는 아주 새롭고 매력적인 잡지를 만들어 아이들에게 제공한 것 자체가 아이들을 애호한 의식이 표현된 것으로 보아야 한다. 창간사의 내용 중 "이 잡지 보ᄂᆞᆫ 질거움을 다 가치홈이 쏘한 큰 질거움이 아니오리가 우리가 사랑ᄒᆞ고 우리를 사랑ᄒᆞ시ᄂᆞᆫ 여러분이어!"라는 구절은 아이를 사랑스럽게 바라보는 잡지 발간자의

---

51) 이에 대해서는 조은숙, 앞의 논문. 구인서, 앞의 논문 참조할 것.

52) 박숙경, 앞의 논문, 116-117쪽

육성이 그대로 드러나는 것이다.

다음은 작가 측면에서 살펴보자. 『아이들보이』에 게재된 기사의 실질적인 작가는 최남선 한 사람뿐이었다. 번역도 교훈담도 퀴즈 같은 것들도 최남선 혼자서 썼을 것이다. 아동문학 형성의 요인 중 하나를 작가군의 등장이라고 본다면 『아이들보이』의 작가군은 매우 불완전한 것이었다. 그러나 이것은 시대적 한계일 수밖에 없었다. 『새별』에 이르러서야 이광수가 동참하였는데, 이것은 아동문학계뿐 아니라 개척기의 성인문학계에서도 '2人문단시대'라는 말이 있을 정도였다.

다음 아동문학 형성의 가장 중요한 요인은 실질적인 아동문학 작품이라고 볼 수 있는 텍스트가 존재했느냐의 여부이다. 앞에서 논의하였듯이 『아이들보이』의 다양한 서사물들은 미래의 작가와 당시의 독자들에게 아동문학의 씨앗을 전해주었으며, 최초의 창작동화를 수록함으로써 명실공히 아동문학 형성에 큰 공헌을 하였다. 『아이들보이』에 수록된 옛이야기와 서양동화의 번역물은 당시의 아동 독자에게 아동만을 위한 서사 문학의 효용과 필요성을 환기하여 창작 동화 형성의 분위기를 조성하고 동화를 창작할 수 있는 씨앗을 전해주었으며, 창작 동화 〈센둥이 검둥이〉를 수록함으로써 우리나라 아동문학 형성의 요람 역할을 한 것으로 평가할 수 있다.

『아이들보이』에는 초창기의 동요로 볼 수 있는 〈소낵이는〉이 실려 있어 주목된다. 화자를 어린이로 설정하여, 비옷도 안 가지고 밭일 나가신 아버지를 걱정하는 아이의 마음을 간결하게 표현하였다. 화자를 아이로 설정하여 아이의 생활 감정을 노래한 것은 1920년대의 동요와 비교해보아도 그 수준에서 크게 차이가 없다.

『아이들보이』는 우리나라 아동문학이 형성될 수 있도록 분위기를 조성하고 자양분을 공급하여 배태시킨 태반이자, 초창기 아동문학을 성장시킨 요람이었다.

제2장

설강 김태오 동시 연구

- 《雪崗童謠集》을 중심으로

1. 서론

최남선의 창가로 시작된 한국의 아동문학은 방정환의 등장으로 새로운 국면을 맞게 된다. 방정환은 1922년《사랑의 선물》이라는 동화집으로 아동문학을 시작하였지만 이후 아동문학과 아동문화운동을 활발하게 펼침과 동시에 《어린이》誌를 중심으로 신인 동요 작가를 기르면서 스스로 동요 창작에도 힘을 기울였다. 이리하여 1920년대와 1930년대에 우리나라 아동문학계는 훌륭한 동요 작가가 많이 배출되어 동요의 전성시대를 맞이하게 되는 것이다.

방정환 이후로 또는 그 비슷한 시기에 뛰어난 동요를 발표한 시인은 윤극영, 유지영(버들쇠), 한정동 등이었으며, 뒤를 이어《어린이》誌 출신의 신인으로 등장한 시인들이 윤석중, 서덕출, 윤복진, 이원수, 박영종(木月) 등이고, 정지용도 비슷한 시기에 예술성 높은 동요를 산출하였다.

이와 같은 동요 시인들의 이름은 우리 귀에 꽤 익숙하고, 이들의 작품 또한 노래로 지어져 한국인에게 널리 불리고 있다. 그런데 이 시기에 매우 활발한 활동을 펼쳤던 동요 시인 한 분은 일반 대중들은 물론이고 아동문학 연구자에세 조차 생소한 이름이 되어버렸다.

그 시인이 바로 김태오이다. 김태오는 한국 동요의 발흥기와 성장기의 중심에서 활동한 동요 작가요, 평론가이며, 동요 운동가였다. 김태오는 1903년생으로 1917년부터 작품 활동을 시작하여, 윤석중과 서덕출이 1925년에《어린이》에 동요가 뽑힌 시기와 비교해도 7년이나 앞서 있다. 또한, 윤석중에 이어 한국에서 두 번째로 동요집을 출간하기도 하였는데,[1] 그가 1933년에 출간한《雪崗童謠集》은 이 당시, 동요집으로서는 아주 희귀한 사례에 속하는 것이다.

이 정도로만 보아도 김태오는 우리나라 동요의 역사에서 상당히 중요한 자리를 차지해야 할 것 같은데, 동요를 연구하는 자리에서 그의 이름을 발견하기는 쉽지가 않다.[2] 일반 국민은 물론이고 아동문학 연구자들 간에도 그의 이름이 이렇게 생소한 이유가 무엇일까.

이 논문은 바로 이와 같은 이유에 대해 해명하고자 한다. 이 글에서는《雪崗童謠集》에 실린 동요 작품 전체를 중심으로 김태오 동요의 특성과 문학적 성과를 고찰해보기로 한다. 김태오가 평론가로, 동요운동가로 활동하기도 하였지만 이 연구에서는 일단 그의 동요 작품에만 초점을 맞추어 동

1) 한국 최초의 동요집은 1932년에 출간된《尹石重童謠集》이고, 이듬해인 1933년에 출간된《잃어버린 댕기》는 한국 최초의 동시집이 된다.

2) 이재철의《韓國現代文學兒童文學史》(一誌社, 1978)에서는 김태오에 대해 4쪽을 할애하여 서술하고 있어서 그의 아동문학사적 공로를 높이 평가하고 있다. 그러나 이재철은 김태오의 동요연구와 평론, 동요운동 등의 공로는 높이 평가하고 있지만 그의 동요 작품에 대해서는 상당히 낮은 점수를 주고 있다. "그는 그의 동요에 이론적인 면을 너무 지나치게 適用한 나머지, 오히려 藝術性이 옅은 작품을 낳게 한 自家撞着의 모순 속에 빠지기도 했다.…(중략…)그가 地上課題로 믿고 있는 예술성이 정작 그의 작품 속에는 크게 반영되어 있지 않았다는 사실은 또 다른 의미에서는 童謠作家的인 才能이 그에게는 부족했다는 점을 말해주기도 하는 것이 되기도 한다."(같은 책, 168)

요로서의 문학적 특성과 예술적 가치를 밝히고, 그가 한국의 아동문학사와 동요문학사에서 어떤 역할을 했으며, 어떻게 평가되어야 하는지를 논의하고자 한다. 한다. 이 논문에서는 김태오 동요의 전모를 파악하기 위해 우선 주제별로 나누어 그 전반적인 성격을 파악하고, 다음에는 김태오 동요의 특성과 문학적 의미를 고찰해보기로 한다.

2. 金泰午의 생애와《雪崗童謠集》

(1) 김태오의 생애와 당시 동요계의 상황

이재철이 지은《세계 아동문학사전》김태오 항목에 서술된 내용은 다음과 같다.

> 김태오(金泰午 1903.7.16.~ 1976.7.25) 호는 설강(雪崗) 정영(靜影), 시인, 동요작가, 심리학자, 전남 광주 출생, 니혼대학 법문학부 졸업. 경성보육학교 교원, 중앙대 교수, 동 대학 교학처장, 학장, 부총장 등을 역임.
>
> 1926년 〈아이생활〉의 주요 집필진으로 문필 활동을 시작, 동요작가와 평론가로 활약. 그의 평론은 주로 동요에 관한 이론적 연구에 치중했는데, 당시로서는 객관적이고 체계적인 것이었다. '현대동요연구'는 서구이론을 우리의 체질에 알맞게 흡수시켜 조직적이고 체계있는 논리를 전개시킨 글이다. 또한 실천적인 동요 운동에도 앞장서서 한정동 신재환[3] 정지용 윤극영 고장환 등과 함께 1927년 〈조선 동요 연구협회〉를 창립하여

3) 김태오의《雪崗童謠集》의 부록 "동요짓는법"에는 신재항(辛在恒)으로 되어 있다.

> 이를 무대로 활발한 아동예술운동을 전개했다. 그는 당시 동요계의 감상적이고 절망적인 경향을 비판, 밝고 건전한 동요와 강한 민족 정신이 담긴 “조선의 흙냄새 나는 동요”를 일관되게 주장했다. 그러나 “조선적 동요”에 대한 그의 사상과 동요의 순수한 이론과의 모순 관계와 동요작가적인 재능의 부족함 때문에 정작 그의 작품 속에는 예술성이 크게 반영되지 못했다는 지적도 있다. 그의 동요는 자연의 정경과 향토의 정서를 소박하게 읊는 것이 특징이다. 1920년대와 1930년대의 아동문화운동 분야에서 동요 보급과 동요 연구에 정열을 쏟았던 이와 같은 노력은 선구적인 것이었다. 저서에는 《민족심리학(1956, 동국문화사)》, 《미학개론(1956, 동국문화사)》《심리학(1956, 동국문화사》시집,《초원(1939, 청색지사)》《설강동요집(1933, 한성출판사)》역서《데히트 서양철학사(1966, 을유문화사)》등이 있다.[4]

여기에 서술된 바와 같이 김태오는 젊어서는 동요 작가와 평론가, 동요 운동가로 많은 활동을 하였지만 중년 이후에는 아동문학계를 떠나 심리학자로 심리학과 철학 관련 저서를 다수 출간하였으며, 심리학 전공의 대학교수를 거쳐 부총장까지 역임한 분이다. 위에 인용된 바와 같이 그는 1927년에 몇몇 동지들과 함께 ‘조선 동요 연구협회’를 창립하여 새로운 경향의 동요를 주창한 동요 운동가였으며, 동요 작가였다.

김태오는 1903년 생으로 방정환(1899년생)보다는 4살이 어리고, 윤극영과는 동갑, 서덕출(1906년생)보다는 세 살, 윤석중·이원수(1911년생)보다 여덟 살이 많다. 그가 문학 활동을 시작하던 1917년은 최남선의 창가의 시대를 지나 방정환이 새로운 아동문학을 발흥시키고, 새싹회를 중심으로

4) 이재철(1989), 《세계아동문학사전》, 계몽사.

창가와는 다른 새로운 율격의 동요가 발흥하기 시작하던 때였다.

> 조선에 신흥동요운동이 발생되기는 지금으로부터 십이년전의 일(밑줄 필자)이다. 그때에는 소년잡지 『새동무』를통하야 약간의 동요가 발표되었고 따라서 진주(晉州) 광주(光州) 안변(安邊)등지에서 소년운동이 힘잇게 일어나자 그의소년문예운동이 움트기 시작하엿으니 각신문이나 잡지를 통하야 약간의 번역 동요와 동화가 발표되엇고 조선전래동요의 四四조를 모방한 동요가 종종 나타나게 되엇다.
>
> 그후 소년운동이 우렁차게 부르짓고 전조선적으로 우후죽순(雨後竹筍)같이 이러나자 그의 문예운동과 아울러 동요운동도 해를 거듭할사록 발전케되엇섯다.[5)]

김태오가 '조선동요연구협회'가 창립되기 직전의 상황을 묘사한 글이다. 윤석중을 중심으로 한 소년문예가들이 자기들의 동요를 등사한 동인지 〈기쁨〉을 발행하면서 '기쁨사'가 조직된 때가 1924년이니, 여기서 말하는 문예운동이란 이런 활동도 포함된 것으로 보인다. 방정환이 발간하던《어린이》에 글이 뽑히면서 문단 활동을 시작한 일군의 소년들은 윤석중을 비롯하여 서덕출, 윤복진, 이원수 등이었다. 새로운 동요운동을 주도해가고자 결성된 '조선동요연구협회'의 창립 시기인 1927년은 이와 같이 동요의 새로운 물결이 밀려오고 있던 때였고, 김태오는 그 운동의 한 가운데 있었던 것이다.

그리고 '조선동요연구협회'가 한창 동요 창작과 이론으로 새로운 동요운동을 펼치고 있을 때, 소년문사들은 새싹회 선배와 '조선동요운동협회'를

5) 김태오, 《설강동요집》, 172쪽.

극복의 대상으로 삼아 새로운 동요 운동을 펼치기도 하였다. 김태오는 바로 방정환을 비롯한 새싹회가 활동하던 시기를 지나 윤석중을 비롯한 '기쁨사'가 등장한 바로 뒤에 동요 창작과 평론 활동을 시작했던 것이다.

(2)《雪崗童謠集》 개관

《雪崗童謠集》은 1933년(昭和 8년) 5월 18일에 발행되었다. 김태오의 나이 30세 때이다. 머리말의 끝에는 '癸酉年 닭소리 우렁찬, 새해첫새벽에'라고 되어있으나, 속표지에는 '어린이날·紀念出版'이라 기록된 것으로 보아 원고는 미리 다 준비되었지만 어린이날 즈음에 맞추어 출판된 것으로 보인다. 《雪崗童謠集》이라는 제목 바로 아래에 '(1917~1932)'라고 적혀 있는데, 이는 이 동요집에 수록된 동요를 창작한 연도를 나타낸다. 그리고 속표지에 '(朝鮮童謠研究協會推薦)'이라 기록된 것이 이채롭다. '朝鮮童謠研究協會'란 김태오가 한정동, 신재환, 정지용, 윤극영, 고장환 등과 함께 1927년에 창립한 동요연구 단체인데, 김태오는 이 단체를 발판으로 동요운동을 활발하게 펼쳤으며, 동요 창작법 등을 연구하였다.

속표지 다음 장에는 양복을 입은 세련된 모습의 김태오 사진이 들어있고 다음 장부터는 동요곡의 악보가 세 곡 실려 있다. '버들피리'는 金泰午 작사, 尹克榮 작곡으로 되어있고, '농촌의 봄'과 '눈사람'은 '金泰午 謠曲'으로 되어 있어, 김태오는 문학적 재질 뿐 아니라, 음악적 소양도 상당했었으리라고 추측된다. 당시의 신동아 주간이던 朱耀燮과 조선동요연구협회에서 같이 활동하던 高長煥[6]이 쓴 발문도 실려 있다.

6) 《설강동요집》의 4~5쪽에는 '어린 동무들께'라는 서문이 '朝鮮童謠硏究協會 高長燮'이란 이름으로 실려있는데, 다른 곳을 보면 조선동요연구협회 회원으로 '高長煥'은 있지만 고장섭이란 이름은 보이지 않는다. 《雪崗童謠集》의 '四.동요단상(童謠斷想)' 항목의 '조선동요연구협회'가 결성되게 되는 과정을 서술하는 부분에서도 '高長燮'이라는 이름은 보이지 않는다. "그리하야 이동요운동에잇어서도 자연성장기(自然成長期)로부터 의식적(意識的) 운동으로 방향을 전환하얏으니 그것이 곧 동요연구에뜻둔 한정동, 정지용, 고장환, 신재항, 유도순, 윤극영, 김태오(韓晶東, 鄭芝鎔, 高長煥, 辛在恒, 劉道順, 尹克榮, 金泰午) 제씨가 一九二七년 九월一일에 조선동요연구협회(朝鮮童謠硏究協會)를 창립하고 새로운 동요운동을 제창 하얏으니 이것이곧 조선동요운동의 한시기를 그은것이라고본다." 일일이 회원을 열거하는 데에도 고장섭의 이름이 보이지 않는다. 출판사에서 오자를 낸 것이 아닌지 모르겠다.

이 동요집에 실린 작품의 끝에는 거의 창작 연도가 기록되어 있는데 가장 먼저 지은 동요는 '그림자'와 '겨울아침'으로 1917년이라 기재되어 있다. 그렇다면 이 작품들은 14세 때의 작품이다. 그리고 1918년도의 작품이 세 편(〈숨박꼭질〉, 〈누나생각〉,〈눈이오네〉) 1919년도의 작품(〈입분달〉)이 하나 있다. 그리고는 1920년의 작품이 많고, 1930년대의 작품도 상당수가 있다. 김태오는 14 세 때부터 작품 활동을 시작하여 30세 정도까지 가장 왕성하게 동요를 창작하였다.

이 동요집은, 여섯 부분으로 나뉘어 있는데, 각 부분은 봄, 여름, 가을, 겨울의 네 계절과 희망과 기쁨을 소제목으로 하고 있다. 각 부분의 소제목과 작품 수는 다음과 같다.

'싹트는동산(봄의나라)' 18편,
'자라는동산(여름의나라)'12편,
'분홍빛동산(가을의나라)'18편,
'새하얀동산(겨울의나라)'12편,
'별님의동산(히망의나라)'6편,
'해님의동산(기쁨의나라)'9편

《雪崗童謠集》에는 위와 같이 모두 75편이 수록되어 있는데 그중 '별님의 동산(히망의나라)'에 실린 6편과 '해님의동산(기쁨의나라)'에 실린 9편은 자유동시이다. 이 동요집에 실린 동요만 헤아리면 모두 60편인 셈이다.

그리고 이 책의 끝에는 부록으로 '童謠作法'이 수록되어 있음이 특이하다. 참고로 '동요작법'의 소제목을 가록하면 다음과 같다.

一.童謠의意義

二,童謠의起源

三,童謠와詩의區別

(가) 藝術感

(나) 構想

(다) 表現

(라)模倣과創作

(마)音韻과格調

四,童謠斷想

3. 김태오 동요의 주제

(1) 밝고 건전한 農鄕의 자연과 삶

이 동요집 전체를 여섯 부분으로 나누고 봄, 여름, 가을, 겨울의 네 계절과 희망, 기쁨 등으로 소제목을 붙인 데에서도 알 수 있듯이 김태오는 자연을 주제로 한 작품을 많이 썼고, 기쁨이나 희망 등과 같은 긍적적이고 낙관적인 세계를 지향하였다. 이것은 방정환의 〈형제별〉이나 한정동의 〈두름이(당옥이)〉가 보여주는 1920년대의 쓸쓸하고 애상적인 분위기의 동요들과 비교해보면 그 정서와 경향이 얼마나 달라졌는지 실감할 수 있다.

> 나는 일즉부터 조선의 農鄕을 노래하기에 힘썻다. 특히 어린이世界에잇어서 많이 노래하엿다. 그것은 가난하고 설음 많은 우리農鄕의 어린이들

을 어떠한 方法으로써 앞길을 열어줄까함이 그 先決問題가 됨로으 서이다

여기에 잇어서 흙(土)을 基調로한 새로운글! 藝術的 香氣가 豊富한노래 健全한노래 굳센 指導性을 가진 흙의文藝을 要求한다. 勿論 鄕土童謠 田園詩는 그일부분이될것이다.[7]

위의 글에서 김태오 스스로 밝히고 있는 것처럼 '조선의 農鄕'은 김태오 동요의 근저를 이루고 있다. 목차에서 보듯이 봄의 나라를 '싹트는 동산', 가을의 나라를 '자라는 동산' 등으로 붙인 것은 이 동요집이 전반적으로 농촌을 배경으로 노래하고 있으며, 평화롭고 낙관적인 세계를 지향하고 있음을 짐작하게 한다. 자연의 아름다움을 노래한 김태오의 동요 중에서도 가장 큰 비중을 차지하는 것이 '農鄕의 정서'를 노래한 작품이다.

동무들아 나오라 봄맞이가자/ 나물캐러 바구니 옆에끼고서
달네냉이 꽃다지 모다캐보자/ 종달이도 봄이라 노래하잔나.

동무들아 나오라 봄맞이가자/ 가다가다 숨차면 냇가에앉어
버들피리 맨들어 불면서가자/ 저산에서 새들도 노래하잔나.

〈봄마지노래〉(1930)

---

7) 김태오(1933), 《雪崗童謠集》, 漢城圖書株式會社, 5쪽.

이 작품은 초등학교 4학년 음악 교과서에 실린 노래이다.[8] 봄이 오는 길목에서 봄을 맞이하러 가는 어린이들의 즐겁고 밝은 모습이 선명하게 그려져 있다. 종달이도 봄이라고 노래하고 어린이들은 버들피리 만들어 불면서 간다. 얼마나 흥겹고 즐거운 모습인가. 1920년대의 애상적인 분위기를 전혀 느낄 수 없다.

이런 경향의 동요들은, 관점에 따라서는 현실의 삶과 밀착되지 못한 어린이를 그려내어 공허하고 막연한 동심천사주의적인 경향을 퍼뜨리는 계기가 되었다고 비판받을 수도 있을 것이다. 그러나 나라를 빼앗기고, 고단한 일

---

8) 국민학교 4학년 음악 교과서(1964년 발행) 7쪽에는 다음과 같이 가사가 조금 바뀌어 실려있다.

1. 동무들아 오너라 봄맞이 가자/나물 캐러 바구니 옆에 끼고서/달래 냉이 씀바귀 나물 캐오자/종다리도 높이 떠 노래 부르네.//
2. 동무들아 오너라 봄맞이 가자/시냇가에 앉아서 다리도 쉬고/버들피리 만들어 불면서 가자/꾀꼬리도 산에서 노래 부르네.//

상을 살 수밖에 없는 당시의 시대 상황에 비추어 볼 때, 어린이들에게 이처럼 밝고 건전하게 자라도록 도와주는 노래도 의미있는 일이라 할 것이다.

> 조선사람은 누구나 다 그가슴속 깊이 鄕土의노래 田園의詩를 품고잇다 그것은 우리生活이 農村과 떠나지못할 密接한 關係를 맺고 잇음으로서이다.[9]

> 나의 가장 敬愛하는 雪崗 金泰午兄은 우리조선이 낳은 아름다운 童謠作家요 아울러 田園詩人입니다. [10]

위 글은 주요섭과 고장섭이 쓴《雪崗童謠集》의 발문이다. 당시에도 김태오에게는 전원 시인, 향토 시인이라는 이름으로 불려져왔다는 것을 알 수 있다. 사실, 이런 농향의 노래는 멀리 보면, 조선 시대의 전원을 주제로 한 詩歌들, 즉, 남구만의 時調나 정극인의 〈상춘곡〉과 같은 歌辭 작품들과 맥을 같이 하고 있으므로, 우리 정서에 친근하게 다가올 수 있었다고 보인다. 우리나라의 민중들이 발붙이고 사는 곳이 농촌이므로 농촌의 자연을 동요의 소재와 주제로 삼은 것은 퍽 자연스러운 선택이었다.

> 여름에도 저녁때 해질무덤에/ 저-서쪽 하늘에 불이 붙었네
> 수백마리 떼를진 고추잠자리/ 앞마당에 빙빙빙 자꾸 도누나
>
> 고추먹고 조롱게 빩애졋는가/ 술이취해 요롱게 빙빙도는가

---

9) 朱耀燮, 〈鄕土의노래〉, 《설강동요집》, 1쪽.

10) 高張燮, 〈어린 동무들께〉, 같은 책, 3쪽.

아니란다 아니어 서쪽 하늘에/ 불이붙어 쫓겨온 잠자리란다.

-〈고추잠자리〉1928

여름날 농촌의 저물 무렵 풍경이 저절로 머리에 떠오른다. 노을이 지는 모습을 '불이 붙었네'라고 표현한 것이 그렇게 참신하지는 않지만 2연에서 빨간 고추잠자리가 빙빙 도는 모습을 묻고 대답하는 부분이 재미있다. 고추잠자리가 빨개진 이유가 서쪽 하늘에 불이 붙어 쫓겨왔기 때문이라고 말하는 부분이 특히 어린이다운 상상력이 발동된 표현이다.

(2) 약자의 설움과 압제자에 대한 저항

밝고 평화로운 전원 풍경을 노래한 동요가 많은 부분을 차지하지만 《설강동요집》에는 가난한 자의 슬픔과 억눌린 자의 분노를 대변한 동요도 꽤 여러 편을 차지한다. 이런 동요들은 대부분 1920년대 후반~1930년대 초에 창작된 작품이 많다.

가을에도 치운날 해질무렵에/ 서릿바람 쌀쌀이 불어오는데
수만마리 떼를진 갈가마귀들/ 잠잘곧을 찾으려 헤매인고나.

×

휭-휭 홱-홱 바람닐면서/ 까오까오 빈하늘 울고날르며
이몹슬 세상을 원망하겠지.

새벽붙어 왼종일 배조리고서/ 귀목나무 몰여서 앉으려해도

창창한 대밭에 쉴려하여도/ 뭇총대가 견향을 하고 잇겟지.

×

휭-휭 홱-홱 바람닐면서/ 까오까오 그렇게도 분하거들랑

그놈의 포수와 싸호렴으나.

– 〈갈까마귀〉(1930)

이 동요는 고달픈 현실을 살아가는 약한 자의 설움과 세상에 대한 원망을 그리고 있다. '왼종일 배조리고서 귀목나무에 앉'아 쉬려는 까마귀 떼들은 누구를 뜻하는 것일까. 그 까마귀 떼를 겨냥하는 총대는 누구일까. 여기서 까마귀가 가난한 농민이나 노동자이고 총대를 겨냥하는 사람은 부르죠아 계급이라고 해석할 수도 있겠고, 까마귀는 나라 잃은 당시의 백성들이고 총대를 겨냥하는 사람들은 일제 세력이라고 해석할 수도 있을 것이다. 하여튼 '까오까오 그렇게도 분하거들랑/그놈의 포수와 싸호렴으나.'라는 구절은 매우 주체적이고 도전적인 기상을 보여주며, 압제자의 현실에 맞서 싸우라고 다그치는 듯한 느낌을 준다. 다만, 표현이 너무 직설적이고, 노골적인 적대감을드러내고 있어서 문학성을 획득하지 못한 아쉬움이 있다.

겨울에도 치운날 오인 밤중에/ 수많은 쥐들이 삥둘러 앉어

남몰래 조용히 소곤거리며/ 살아나갈 궁리의 회를 뫃였네

… (중략) …

쫑긋쫑긋 듣고잇던 일반회중이/ 옳지옳지 그의견이 참말좋쇠다

우리들은 다같이 한맘한뜻에/ 그놈의 원수를 대항합시다.

– 〈쥐들의 회의〉(1930)

이 작품도 계급주의 문학인가, 일제에 저항하는 문학인가를 판단하기가 머뭇거려진다. 그런데 쥐들이 모여 '살아나갈 궁리'의 회의를 하는 장면이나, '그놈의 원수를 대항합시다' 같은 구절을 보면 이것은 일제에 저항하자는 내용이 아니라 노동자나 농민이 자본가나 지주에게 대항하여 싸우자고 주장하는 동요라고 보는 것이 타당할 것 같다. 다만, 여기서도 어떤 구체적인 현실 상황을 묘사한 것이 아니라, 회의를 하는 장면이나 원수에 대항하자는 결론만 추상적으로 표현된 점은 독자의 공감을 이끌어내기 어려울 것 같다.

떨어진 솔닢새가 무슨죄된담
지개나 주고가소 제발덕분에
요로케 분할때가 어디또잇담.

— 〈나무꾼아이〉(1931)

이런 작품을 보면 김태오 동요의 저항 대상이 좀더 분명해진다. 산골의 작은 초가집에 사는 나무꾼 아이가 주린 배를 졸라매고 산 너머로 낙엽을 긁으러 간다. 꽁꽁 언 손 불며 나무 한 짐 했는데, 뚱뚱보 산감독에게 지게와 갈퀴를 모두 뺏기고서 억울하고 분한 마음을 토로하는 노래이다. 이 노래로 본다면 위 작품들도 계급주의 문학으로 보아야 할 것 같다. 이와 같은 주제의 동요는 〈공장누나〉(88쪽), 〈야학교 반장〉(94쪽) 〈섣달 그믐날〉(104쪽) 등이 있는데, 이를 보면 김태오도 상당한 정도로 계급주의 문학에 동조하고 있었음을 알 수 있다. 이런 경향의 작품은 1930년 전후로 많이 창작되었는데, 아마도 1927년 신간회 발족 이후로 계급주의 문학이 사회에 유행할 때 김태오도 이런 작품을 많이 쓴 것으로 추측할 수 있다.

4. 김태오 동요의 특성

(1) 歌唱性이 뛰어난 동요

신흥동요는 종래의 창가(唱歌)보다는 작자자신의 진정한 감동이 가득한 고로 창가 그것보담은 예술적 가치를 가지고잇으며 따라서 시(詩)에많이 갓가운까닭이다. 그렇다고 동요는 시라고 단언할수는없다. 왜그러냐하면 순전한 시에비교하면 동요에는 한가지 남은 조건을 발견할수잇는것이니 곧『쉽게 어린이의 살가운 말로 나타내이자』는 조건이다.[11]

『이것은 어린이에게 부르게한 것이다. 즉어린이들게 노래부르게 한것이니 쉬운어린이의 말로써 표현하지않으면 아니된다』[12]

이 부분은 동요와 시의 차이점을 설명하는 부분인데, 동요는 노래를 전제로 한 문학 양식이라는 점을 강조한 것이다. 김태오의 주장이《雪崗童謠集》에 얼마나 구현되었는지 실제의 작품을 살펴보기로 하자.

가을에도 초가을 캄캄한밤에/ 버레버레 풀버레 섧게우는데
개똥버레 한 마리가 파란불달고/ 반짝반짝 깜박깜박 날러댕기네

오랑오랑 가랑가랑 조놈잡아서/ 담우에 호박꽃 살작따다서
금빛 초롱에 불밝혀들고/ 산넘어 이모집 찾아갈나나.

---

11) 위의 책,"동요짓는 법" 중 '三. 童謠와 詩의 區別'. 144쪽
12) 같은 책, "동요짓는 법" 중 '三. 童謠와 詩의 區別', 145쪽

-〈반딋불〉(1930)

이 동요에는 농촌 또는 산촌의 가을 저녁의 풍경이 아름답게 그려져 있다. '담우에/ 호박꽃/ 살작따다서// 황금빛/ 초롱에/ 불밝혀들고//산념어/ 이모집/ 찾아갈나나//'는 시각적 이미지가 선명하게 표현되었으며, 산념어 이모집 찾아간다는 구절도 산넘어 어딘가 미지의 세계를 그리워하는 듯한 심정이 느껴진다. 특히 '캄캄한 밤에' 개똥버레가 '파란불달고' 가는 풍경을 상상하면 캄캄한 밤과 파란불의 대비가 선명하며, 캄캄한 밤과 황금빛 초롱의 대비되는 이미지도 청신한 초가을 농촌의 밤마을 풍경이 아름답게 떠오르게 한다.

이 동요에서 가창성이 잘 드러나는 부분은 '버레버레 풀버레 슯게 우는데' 라든가 '오랑오랑 가랑가랑 조놈 잡아서' 같은 구절이다. '버레버레 풀버레', '오랑오랑 가랑가랑'같이 반복되는 흐름소리(유음)는 흥얼흥얼 낭송을 하면 저절로 노래 한 곡조가 만들어질 듯하다.

누나하고 리별튼 그날밤에는/ 눈섶같은 초생달이 걸려잇엇지
누나하고 리별튼 그날밤에는/ 부헝이 부엉부엉 울고 잇엇지

떠나가신 누나여 오늘밤에도/ 실낮같은 초생달이 떠서 잇구요
뒤ㅅ동산 부헝이 또한울겠지/ 보고싶은 누나여 어서와주렴.

〈누나생각〉(1918)

김태오가 15세 때 쓴 작품이다. 15세의 나이를 생각한다면 이 작품도 잘 쓴 작품이라고 평가할 수 있다. 이 동요도 곡조를 붙이기 좋은 동요이

다. 1연의 1,2행과 3,4행이 같은 문형이 반복되어 리듬을 만들어 내고 있고, 1연의 '눈섭같은 초생달'과 2연의 '실낮같은 초생달'도 대구를 이루어 일정한 운율을 형성하고 있다.

한편, 《雪崗童謠集》에는 우리 민족에게 널리 불려지고 있는 윤극영의〈반달〉과 유사한 작품이 실려 있어 주목을 요한다. 윤극영의 〈반달〉은 그 자신이 직접 곡을 붙여 발표한 것으로 그 당시부터 널리 애창된 노래이다. 김태오의 〈반달〉은 윤극영의 〈반달〉보다 4년 먼저 창작된 작품이다. 윤극영은 김태오와 함께 '조선동요연구협회'를 결성하여 활동한 사람이고, 김태오의 동요에 곡을 붙인 사람으로 김태오의 〈반달〉을 보았을 가능성이 크다.

반쪽달님 뚝따서 배를맨들고/ 구름구름 잡아서 돋을달고요
계수나무 가지로 노를맨들고/ 토끼토끼 옥토끼 배사공되지
은하수 맑은물 띠어놓으면/ 반짝반짝 별님이 길을밝히고
반쪽달님 두덩실 떠나를가니/ 떠나면은 가는곧이 어대메려나

가고가고 또가도 끝이없건만/ 서해바다 룡궁이 그리웁다고
반쪽달님 쉬잖고 어제오늘도/ 한결같이 두덩실 흘러갑니다.

– 〈반달(74쪽)〉 1920

푸른 한울 은하물 하얀쪽배엔/ 계수나무 한나무 톡긔한마리
돗대도 아니달고 삿대도 업시/ 가기도 잘도 간다 西쪽 나라로

은하물을 건너서 구름나라로/ 구름나라 지나선 어대로가나
멀리서 반짝반짝 빗초이는 것/ 샛-별 등대란다 길을차자라

–윤극영, 〈반달〉〈어린이〉1924. 11월호

김태오의 〈반달〉과 윤극영의 〈반달〉은 정확하게 일치하는 구절은 없지만 노래의 모티브와 상황, 비유된 사물들이 매우 흡사하다. 두 작품을 비교하기 위해 먼저 김태오의 〈반달〉을 이야기로 만들어 줄글로 적어보면 다음과 같다.

'반달로 배를 만드는데, 그 배에는 구름으로 돛을 만들어 달고 계수나무로 노를 만들며 옥토끼가 사공이 된다. 배(반달)는 은하수를 떠가고, 반짝반짝 별님이 길을 밝힌다. 그 배는 서해바다 용궁이 그리워 가도 가도 끝이 없는 길을 어제도 오늘도 한결같이 두둥실 흘러간다.' 이 노래와 윤극영의 〈반달〉의 같은 점은 다음과 같다. 첫째, '반달'이라는 동요의 제목, 둘째, '반달'을 배에 비유하고 은하수를 강물로 비유한 점, 셋째, '반달'이 '은하수'를 건너 갈 때 별님이 갈 길을 밝히는 점, 넷째, 반달이 가는 곳이 서쪽인 점.

그렇지만 다른 부분도 있다. 김태오〈반달〉에 나오는 배에는 구름으로 만든 돛과 계수나무로 만든 삿대가 있는데, 윤극영의 '반달'(배)에는 돛대와 삿대가 없다. 김태오의 〈반달〉에는 반짝반짝 별님이 길을 밝힌다고 표현하였는데, 윤극영의 〈반달〉에는 '멀리서 반짝반짝 비추이는 샛별'을 등대에 비유하였고, 토끼가 그 별을 등대삼아 길을 찾아야 하는 것으로 표현하고 있다. 이 두 가지가 결정적으로 김태오와 윤극영의 차이가 된다.

김태오의 작품은 반달이 구름을 헤치고 서쪽으로 흘러가는 모습을, 구름, 은하수, 계수나무, 토끼 등으로 비유하여 끝없이 흘러간다는 정도로 표현했는데, 윤극영은 토끼가, 돛대도 삿대도 없는 배를 타고 서쪽 나라로 흘러가고 있으며, 그 어려움 속에서도 주체적으로 능동적으로 샛별을 등대삼아 갈 길을 찾아야 하는 것으로 그려냈다는 것이다. 즉 김태오가 환상적이고 아름다운 이야기 공간을 만들어 낸 데 그쳤다면, 윤극영은 당시 조선의 현실을 정확히 인식하고 망국의 슬픔을 샛별 등대로 극복하자는 메시지로 해석할 수 있도록 표현하고 있다는 것이다. 작은 차이이기는 하지만 이것이 두 동요를 전혀 다른 작품으로 만들어주는 요인으로 작용하고 있다. 그렇지만 이 두 동요가 매우 유사한 작품이라는 것은 분명한 사실이다. 윤극영은 김태오의 동요를 보고 그것을 발전시키고 자신의 생각을 보태어 새로운 노래로 만든 것이다.

여기서 재미있는 문제 또 하나는 김태오의 〈반달〉의 한 구절을 한정동의 〈두름이(당옥이)〉에서 발견할 수 있다는 사실이다. 김태오의 〈반달〉에 나오는 '떠나면은 가는곧이 어대메려냐'라는 구절은 〈두름이(당옥이)〉의 '떠나가면 가는 곳이 어데이더뇨?'라는 문장과 거의 같다. 한정동의 두름이(당옥이)는 〈어린이〉1925년 5월호에 발표되었고, 김태오의 〈반달〉은 1920년에 창작된 것으로 볼 때 한정동이 김태오에게 영향을 받을 것으로 보아야 할 것이다. 이로 보아 김태오는 당대의 동료, 후배들에게 동요의 씨앗을 준 공로를 인정할 수 있다.

(2) 현실성보다는 예술성 추구

김태오는 1910년대부터 유행하고 있었던 唱歌에 대해 신랄한 비판을 하면서 예술적 향기가 높은 새 동요를 창작하여 민중에게 노래부르게 하겠다는 굳은 의지를 지니고 있었다. "재래 조선에서 유치원이나 보통학교에서 아동들이 부르는어린이의 맘과 교섭이없는 대부분이 공리적(功利的) 목적을 가지고 지은 산문적(散文的) 노래뿐이어서 한심하기 짝이없다."는 것이었다.[13] 그리고는 당시의 동요 시단에 두 조류가 있다고 비판하고 그 두 조류를 지양하여 새로운 길을 모색해야 한다고 주장하였다.

> 근래 소년소녀의 작품을 본다면 두가지 조류(潮流)가 흘러잇다. 하나는 고읍게 애닯게 지을려고 애타는 작품과 또하나는 힘차게 억세게 지을려고 애쓰는 작품이잇다. 여기에 한마듸 말할것은 공연히 뽄잇게 멋잇게 슯으고 애닯게 지을려고 긔를쓰는 헛웃음 헛눈물의 노래와 글을 요구치도 않거니와 또는 헛피 헛주먹의 작품도 요구치않는다.(173쪽) …(중략)…오늘 조선소년의 현실에빛외어 새로운 길을 가르처주고 새로운 국면을 열어갈 수잇는 진실(眞實)한 작품을 요구한다. 언제나 절박한우리소년의 생활의식에서 울어나오는 감정으로쓴 『속임없는노래 참다운글!』이것을 제작(製作)하여야 될것이다.[14]

김태오는 "힘차게 억세게" 지으려는 작품은 헛피, 헛주먹을 부를 뿐이요, "뽄잇게 멋잇게" 지으려는 노래는 헛웃음, 헛눈물의 노래가 될 염려가 있다는 것이다. 이 주장이 그의 작품에 얼마나 구현되었는지는 작품의 검증이 필요하겠거니와 일단 주장 자체는 상당한 설득력이 있다. 전자는 1920년대 후반부터 1930년대 전반까지 유행하였던 계급주의 문학을 가리키는 것이고 후자는 1930년대에 발표되기 시작한 동심천사주의적 작품을 지칭하는 것임을 쉽게 알 수 있다. 그렇다면 김태오의 절박한 우리 소년의 생활의식에서 우러나오는 '속임없는 노래', 진실한 노래가 얼마나 산출되었는지 살펴볼 필요가 있다.

---

13) 위의 책, 174쪽.

14) 같은 책, 178쪽.

마당가에 멍석펴고 모깃불피고/ 동네방네 어른들이 뫃여앉어서
살아나갈 궁리궁리 얘기하는밤/ 애기별이 은하물에 목욕하는밤

모기불이 빙빙돌아 한울로가니/ 어른들의 이야기도 덩달아가네
달은밝고 선들바람 불어오는밤/ 풀닢끝에 이슬방울 매치는이밤

– 〈여름밤〉1924

김태오의 동요가 農鄕에서 즐겁게 뛰노는 어린이들을 그린 작품이 많기는 하지만 그가 현실에 대해 전혀 무지하거나 현실을 외면하기만 한 것은 아니었다. ‘동네방네/ 어른들이/ 뫃여앉어서// 살아나갈/ 궁리궁리/ 얘기하는밤//’은 살아나갈 궁리로 마음이 답답하고 심란한 동네의 어른들을 묘사하고 있어서, 그가 그저 세상을 아름답게만 파악하고 있는 것은 아니었다는 것을 알 수 있다. 그러나 김태오는 이렇게 현실을 바로 보면서도 이 고달픈 현실을 모깃불과 별과 은하수가 아름답게 감싸고 있는 것으로 표현하고 있다. ‘애기별이 은하물에 목욕하는 밤’이라든가 ‘모깃불이 빙빙돌아 하늘로 가니 어른들의 이야기도 덩달아가네’ 같은 구절은 아름답고 서정적인 분위기를 자아낸다. 모깃불이 하늘로 날아올라가는 정경과 어른들의 두런거리는 말소리가 들리는 듯 하다. 이런 점을 주목해 본다면 김태오의 현실인식이 그리 투철하다고 보기는 어렵다. 어른들이 모여 앉아서 살아나갈 궁리를 하고 있다고 말하고는 있지만 그것은 어디까지나 어느 정도의 거리를 두고 관찰하는 정도이지, 농민들의 근심과 걱정이 자기 것으로 육화되어 있지 않기 때문이다.

앞(Ⅲ-2 ‘암울한 농민 현실 대변’)에서 거론한 계급주의적 작품도 여러 편이 있지만, 기본적으로 김태오의 동요는 현실성보다는 예술성을 추구한

시인이라 해야할 것이다. 아래의 작품들을 살펴보아도, 김태오가 농촌 현실과 그 땅에서 살아가는 사람들의 삶에 기반한 작품보다는 예술성을 추구한 작품에서 문학적 성취가 더 뛰어났다고 생각된다.

은저고리 은바지를 곱게입고요/ 별님나라 구름나라 펄펄지나서
잔잔한저 은하물에 목욕감으러/ 생긋생긋 웃고가는 어엽분달아

은저고리 은바지를 나두입고요/ 별님나라 구름나라 싱싱지나서
잠드르신 은하물에 물장구치러/ 나두나두 가작구나 어엽분달아

– 〈입분달〉(1919)

하얗고 예쁜 달을 '은저고리/ 은바지를/ 곱게입고요'로 표현한 것은 달을 의인화하여 시각적 심상으로 그려낸 빼어난 구절이다. 1연의 '별님나라/ 구름나라/ 펄펄지나서//'나 2연의 '별님나라/ 구름나라/ 싱싱지나서//'와 같은 표현도 '펄펄', '싱싱'과 같은 의태어로 달이 구름 사이를 지나가는 모습을 실감나게 표현한 구절이다. 달을 의인화하여 달과 이야기를 주고받는 기법을 사용하였다. 1919년이면 김태오가 16세 때인데, 이 정도면 서덕출이나, 윤복진에 못지 않은 재능을 지니고 있었다고 보인다. 문학적 감수성이 풍부하고, 기법이 세련되어 있지 않은가.

여름에두 해볓이 쨍쨍한 날에/ 한울에서 천동번개 내려치더니
별안간에 창대같은 쏘낙이비가/ 쭈룩쭈룩 퍼붓기를 시작하누나
이런날은 여우색씨 해님에게로/ 시집가는 날이라서 여우비라지
일곱빛 무지개 우산밧고서/ 일곱고개 넘어가면 비긋친대죠.

- 〈여우가시집간다네〉1926

"일곱빛 무지개 우산밧고서/ 일곱고개 넘어가면 비긋친대죠." 이 부분이 재미있다. 여우고개 전설도 떠오르고, 일곱빛깔 무지개 우산의 이미지가 선명하고 화려하다. "일곱빛 무지개 "와 "일곱고개"의 대구도 리드미컬한 운율을 형성한다.

(3) 어린이의 심리와 정서에 밀착된 표현

동요의 독자는 어린이들이다. 김태오는 누구보다 이것을 중요하게 생각하였고 평론을 쓸 때도 독자인 어린의의 심성과 정서, 어린이들의 생활에 밀착된 동요를 써야한다고 주장하였다.

> 그러면 시와동요와는 어떠케 다른가?
>
> 동요는 아이들이 많이 가지고 잇는 일종 아동어(兒童語)라할것을써서 그아동들의 맘성과 감정을 표현한것이좋으나 시는 대체는 보통 일반적인 말을 쓰는것이 좋을 것이다. 그리고 동요로부를 내용은 아이들눈을 것처서본 아동의 세계에 한한것이니 그러므로 꿈나라에대한 새스러운 동경을 어린이들말중에서 제법 예술적인말을 골라서 기교(技巧)를 억지로 꿈이지말고 수수하게 제작(製作)해 내어야된다.[15]

사탕먹고 냠냠/ 과일먹고 냠냠
자랑 잘 하는/ 앞집 수남이

15) 같은 책, "동요짓는 법" 중 '三. 童謠와 詩의 區別', 146쪽

냠 냠 냠

×

동모끼리 한쪼각도/ 논아먹지 않고

혼자서만 퍼먹으니/ 냠냠이지 머.

– 〈냠냠이〉(1931)

이 동요는 유아의 일상을 관찰하고 그 단면을 포착한 작품이다. 맛있는 사탕과 과일을 혼자서만 먹는 어린 아이를 바라보는 아이의 심리를 아이의 관점과 말투로 노래하고 있다. 사탕과 과일을 나누어 먹지 않고 '혼자서만 퍼먹는' 어쩐지 얄미운 아이를 바라보는 아이의 시새움과 부러워하는 마음이 솔직하게 표현되어 있다. 그러나 '앞집 수남이'를 욕심쟁이라고 흉보는 상황인데, '냠냠이'라고 말하는 것이 좀 어색하다. 이런 표현은 아이를 너무 귀엽게만 바라본 데서 연유하는 것 같다.

일은봄철 오면은/ 흰털돋은 할미꽃

늙어서나 젊어서나/ 허리곱장 할미꽃

솔솔부는 바람에/ 꼬부랑춤 잘추지.

하하하하 우숩다/ 뒷동산에 할미꽃

양지짝에 자리잡은/ 호호백발 할미꽃

쪽도리를 맨들어/ 각씨에게 씨울까.

– 〈할미꽃〉1920

이 동요의 화자는 싹이 나고 자라 꽃을 피운지 얼마되지도 않았는데, '할미꽃'이라고 부르는 사실에서 재미를 느끼고 있다. '늙어서나 젊어서나/

허리곱장 할미꽃'이라든가, "쪽도리를 맨들어/ 각씨에게 씨울까"라는 표현이 재미있고 귀엽다. "일은봄철 오면은" 이라든가, "양지짝에 자리잡은"과 같이 간결성을 저해하는 구절이 없는 것은 아니지만 전체적으로 보면 아이의 언어로 아이의 심성과 정서를 깔끔하게 노래한 작품이라고 평가할 수 있다.

앞뜰에 나팔꽃이 / 아침됐다고
따라따라 따라따라/ 나팔불으니
×
은빛같은 이슬아씨/ 반짝거리고
청개골이 입분도령/ 춤추며맞네
×
아침해님 방긋웃고/ 솟아오르니
나팔꽃이 흥이 나서/ 모다따따따

– 〈나팔꽃〉(1928)

이른 아침의 상쾌하고 명랑한 분위기가 전해져 온다. "은빛같은 이슬아씨/반짝거리고/청개골이 입분도령/춤추며맞네"에서 이슬과 청개구리를 의인화하여 표현한 부분이 신선하고 재미있다. 나팔소리를 듣고 신나게 뛰어나오는 청개구리가 눈에 보이는듯하다. 나팔소리를 묘사한 "따라따라 따라따라"나 "모다따따따"라는 의성어도 경쾌한 분위기를 고조시킨다.

이 노래를 비슷한 시기의 방정환과 한정동의 노래와 비교해보면 분위기의 차이가 뚜렷이 느껴진다. 김태오가 선택한 소재나 시어는 방정환이나 한정동의 그것과는 매우 다르다. 방정환이 저물 무렵에 눈물짓는 형제별을,

한정동이 어디인가로 떠나가는 두름이(따오기)를 소재로 선택하였다면 여기서의 김태오는 아침 해님과 이슬과 청개구리와 나팔꽃을 소재로 선택하였다. 그에 따라 동요에 쓰인 시어의 분위기나 정조도 아주 달라졌다.

1920년대의 감상적이고 애상적인 동요의 분위기는 방정환과 한정동에 그친 것이 아니었다. 1920년대 발표된 동요 가운데 좋은 작품을 골라 엮어낸 《조선동요선집》[16]에 실린 대부분의 작품들이 작가를 구별할 필요도 없이 한결같이 처량하고 애상적인 모습을 보여주는 것이다.[17]김태오의 밝고 건전한 동요 세계는 1920년대의 전반적인 애상적 분위기의 물길을 돌려놓은 것으로 볼 수 있고 이런 점에서 충분히 그 문학사적 의의를 인정할 수 있다.

(4) 전래동요의 수용과 변용

《설강동요집》에 실린 60편의 동요 중에서 어떤 항목으로 분류하기가 어려운 작품이 한 편 있다. 그것은 전래동요를 수용하여 자기 나름의 언어로 되살려 쓴 〈제비야〉라는 작품이다. 우선 이 노래의 일부를 살펴보기로 하자.

제비제비 저제비야/ 강남갓던 저제비야
너이들은 날은듯이/ 재고빠른 네날개로
여기저기 가보아서/ 먼대까지 가보아서
우리엄마 찾아다고

16) 고장환 편(1928), 《조선동요선집》박문출판사.
17) 김제곤(2003),아동문학의 현실과 꿈, 창작과비평사, 18쪽.

◇

이가락지 저줄께니/ 이건우리 어머니가
그때그때 날껴안고/ 손가락에 끼어주며
인제많이 자라거든/ 날본듯이 끼아라고
주고가신 이가락지.

◇

이가락지 너줄께니/ 건너마을 장자집에
가서가서 팔어다가/ 그돈으로 노자삼아
여기저기 단이다가/ 우리엄마 맞나거든
우리우리 옥동이가/ 자나깨나 우을면서
엄마엄마 찾는다고/ 어서어서 집에와서
옥동이를 그러안고/ 젖도많이 먹여주고
낮에면은 뒤동산에/ 나무긁고 나물뜯어
저녁거리 장만하고/ 날저물어 밤이면은
옥동이를 옆에뉘고/ 다독다독 재우면서
자장자장 자장가야/ 우리애기 잘두잔다.

(이하 생략)

– 〈제비야(傳來)〉(창작 연대 표기 안 됨)

제목 옆에 (전래)라는 표기가 있는 것으로 보아 전래 동요의 요소를 활용하여 다시 쓴 작품으로 생각된다. 전체적인 내용을 보면 제비에게 엄마를 찾아달라는 사설과 아기를 재우면서 부르는 자장가가 섞여 있다. 즉 아기를 재우면서 부르는 자장가인데, 자장가의 형식 속에 헤어진 엄마를 찾아달라고 부탁하는 내용이 들어 있는 노래이다. 4·4조의 가사 형식임으로 중얼중얼 흥얼흥얼 노래하기 좋게 엮여 있다.

전래동요는 옛아이들 노래로서 창작 동요의 어머니라 할 수 있는데, 김태오가 이런 노래를 시험해보았다는 것은 나름대로의 의미를 인정할 수 있다. '엄마'는 아이들에게는 영원한 그리움의 대상이다. 이런 노래는 꼭 엄마가 없는 아이가 아니더라도 이런 노래를 흥얼거리면서 엄마에 대한 정과 그리움에 젖을 수 있는 경험을 하게 할 것이다. 그러나 이왕이면 아이들이 놀이하면서 부르는 노래라든가, 아이들의 생생한 삶 속에서 우러나온 노래들을 몇 편이라도 더 되살려 썼더라면 하는 아쉬움이 있다.

5. 결론 - 김태오 동요의 성과와 의의

雪崗 金泰午는 한국 동요의 발흥기와 성장기에 동요 작가이며, 평론가로 또 동요운동가로 활발하게 활동한 사람이다. 한국에서 두 번째로 순수 동요집인 《雪崗童謠集》을 출간하기도 한 그의 동요 작품에 대해 한국 아동문학 연구계는 매우 소홀한 대접을 해 왔다. 본격적인 김태오 관련 논문이 아직 한 편도 나오지 않은 것이다. 김태오 동요에 대한 연구가 이렇게 소홀한 이유는 이재철의 평가와 같이 "'조선적 동요'에 대한 그의 사상과 동요의 순수한 이론과의 모순 관계와 동요작가적인 재능의 부족함 때문에 정작 그의 작품 속에는 예술성이 크게 반영되지 못했"[18]기 때문일까, 아니면 우리 아동문학 연구가들의 손이 아직 그에까지 미치지 못했기 때문일까. 필자는 이재철의 평가에는 동의하기 어렵다. 위에서 논의한 바와 같이 김태오는 비슷한 시기에 활동한 대표적인 동요작가 한정동, 윤극영, 윤복진

18) 이재철, 《 韓國現代兒童文學史》, 일지사, 168쪽.

등과 비교해도 그리 떨어지지 않는 작품을 산출했기 때문이다.

김태오 동요의 대부분을 차지하는 주제는 農鄕의 아름다운 자연과 그 속에서 뛰노는 어린이들의 밝고 건전한 생활 모습이었다. 이는 그가 일관되게 주장해온 조선의 흙을 기조로 한 새로운 글, 농향의 어린이들을 밝고 건강하게 키우고자 하는 의도가 반영된 것이었다. 그리고, 그 한 켠에 식민지의 암울한 농촌 현실과 고단한 삶을 대변하였으며, 압제에 대한 저항을 부르짖은 동요가 자리하고 있었다.

김태오 동요는 동요의 장르적 본질을 가장 정확하게 구현한 작품이라고 평가할 수 있다. 모든 동요가 歌唱을 전제로 창작되는 것이지만, 특히 김태오의 동요는 곡조를 붙여 노래하기에 알맞은 작품이 많기 때문이다. 우리 민족이 즐겨 부르는 동요 윤극영의 〈반달〉은 김태오의 〈반달〉에 힘입은 것이었는데, 이로 보아도 김태오 동요의 가창적 특성을 인정할 수 있다.

또, 김태오의 동요는 예술성과 문학성을 추구하고 있어서 좋은 작품을 드물지 않게 산출하였다. 그의 대표작으로 거론되는 〈봄맞이 노래〉외에도 16세때의 작품인 〈입분달〉, 농향의 자연과 농민들의 고단한 삶을 노래한 〈여름밤〉을 그 대표작으로 꼽을 수 있다.

한편, 김태오는 동요의 독자인 어린이의 정서와 심리에 밀착된 작품도 산출하였는데, 〈냠냠이〉는 친구를 시새워하는 유아의 심리를 잘 포착한 작품이며, 〈할미꽃〉과 〈나팔꽃〉은 새봄을 맞이하는 어린이들의 명랑하고, 즐거운 마음을 노래한 동요이다. 전래동요에서 모티브를 얻어 다시 쓴 작품인 〈제비야〉도 개성적인 작품이라고 할 수 있다.

이상 논의한 바와 같이 김태오는 동요의 이론가로서뿐 아니라, 한국 동요 성장기에 중요한 작품을 산출한 동요 작가로 자리매김 되어야 한다. 그의 동요 중에서 좋은 것을 골라 곡을 붙여 보급하는 일도 바람직하다. 이 연구에서는 김태오의 평론과 동요 운동에 대한 글에 대해서는 본격적으로 연구하지 못하였다. 동요 연구에 대한 평론과 작품을 연결지어 탐구하면 김태오에 대해 좀더 상세하고 정확한 평가가 가능해질 것이라 생각한다. 이 과제는 차후의 과업으로 미루어두고자 한다.

• 참고문헌 •

1. 자료

김태오(1933), 《雪崗童謠集》,漢城圖書株式會社.

문교부(1964) 국민학교 4학년 음악 교과서.

2. 논문 및 저서

신현득(2002), 〈한국동시사 연구〉, 《국문학논집》, 18호, 단국대 국문과.

김제곤(2003), 《아동문학의 현실과 꿈》, 창작과비평사.

이재철(1978), 《韓國現代文學兒童文學史》, 一誌社.

이재철(1989), 《세계아동문학사전》, 계몽사.

이재복(2004), 《우리 동요 동시 이야기》, 우리교육.

원종찬(2004), 《동화와 어린이》, 창비.

원종찬(2001), 《아동문학과 비평정신》, 창비

아동문학 서사 장르 용어, 그 변화의 궤적

- '童話'를 중심으로

1. 문제 제기

현재, 아동서사문학의 가장 대표적인 장르인 '동화'는 그 용어의 내포적 의미가 너무 다양하고 폭이 넓어서 어떤 문학 양식을 가리키는 것인지 혼란스러울 때가 많다. 아동문학 연구자나 문학교육가, 학부모, 출판업자들의 편의에 따라서, 혹은 상황에 따라서 다양한 의미로 사용되기 때문에, 이 용어는 이렇게도 이해되고, 저렇게도 해석된다. 'TV 동화, 행복한 세상'이라는 TV프로그램에서 들려주는 이야기를 보면 '동화'는 '어른들을 독자로 하는 미담 혹은 감동적인 이야기' 정도를 뜻하는 것 같고, '백설 공주'나 '잠자는 숲 속의 공주' 같은 이야기를 모아 놓은 "그림(Grimm)동화"라고 할 때의 '동화'는 독일의 메르헨(Märchen)을 가리키기도 한다. 이 밖에도 전래동화, 창작동화, 공상동화, 생활동화, 유년동화 같이 '동화'라는 용어의 앞에 붙는 수식어는 너무도 다양한 형편이다. 한편, 시중에서는 '철학 동화', '과학 동화', '논술 동화' 같은 어린이용 책자가 흔히 발견되곤 하는데, 이런 사정을 보면 도대체 '동화'는 무엇인가, 어떤 문학 양식을 가리키는지 매우 혼란스러워서, 학문공동체의 연구자들 뿐 아니라 학부모나 교사 사이의 의사소통에도 지장을 줄 정도이다.

제7차 교육과정기에 초등학교 국어과에서 쓰인 장르 명칭은 이러한 난맥상의 사례로 들 수 있다. 제7차 국어과 교육과정과 국어교과서에서는 동시, 동요, 전래동요 같은 서정장르는 모두 '시'로, 창작동화, 전래동화 같은 서사장르는 모두 '이야기'라고 불렀다. '동시', '동화'라는 용어는 모두 사라져 버린 것이다. '동시'라는 용어를 쓰지 않고 성인문학에서 사용하는 명칭인 '시'를 선택한 일이나, '동화'라는 명칭을 버리고 '이야기'라는 모호하고 두루뭉술한 용어를 선택한 일은 아동문학의 존재 자체를 부정한 처사로 볼 수 있다. 교육과정 개정과 교과서 집필 실무자들의 고민스런 용어 선택은 아마도 위에서 서술한 아동문학 장르 용어의 난맥상도 한 원인이 되었으리라 추측할 수 있다.

장르(genre)란 용어는 종류나 유형을 뜻하는 라틴어 genus(종족, 혈통)에서 유래한 프랑스어이다. 장르는 많은 학문 분야에서, 예를 들면 어떤 글이 희곡인가, 소설인가, 단편소설인가 하는 경우나 어떤 그림이 풍경화인가, 초상화인가 하는 경우처럼 작품을 분류하는 데에 쓰이는 다양한 범주들을 가리킨다.[1)]

문학의 장르론은 바로 문학이라는 잡다한 현상에 질서를 가져오기 위한 논의의 하나이다. 문학 작품들을 어떤 원칙에 의해 몇 가지로 분류할 것인가 하는 문제는 아리스토텔레스의 『시학』에서 처음 조직적으로 제기되고 대답되었는데 그는 일단 문학의 장르를 비극, 서사시, 희극, 단시(주로 서정시)로 구별하였다. 이후 르네상스 및 그 뒤의 신고전주의의 장르론은, 각

---

1) 조셉 칠더즈· 게리 헨치 엮음 황종연 옮김(1999), 『현대 문학·문화 비평 용어사전』, 문학동네, 205쪽

장르는 불변하는 틀이며, 엄격한 법칙들이 있어 작품을 쓰고자 하는 자는 반드시 그것들을 따라야 한다고 믿었고, 장르들은 질서를 이룬다고 보았다. 한편 독일 문학자들은 르네상스 시대부터 기본 장르로 구분되던 서사시, 서정시, 희곡을 철학적 체계에 맞도록 재조정하여 서사시(소설)는 객관적, 서정시(시)는 주관적, 희곡은 그 둘의 상호침투라고 하였다. 한편, 다윈의 진화론에 자극 받아 각 장르의 생성과 쇠퇴를 생물학적으로 유추한 역사 장르론도 생겼다. 서사시는 말하자면 고대에 있었던 맘모스에 해당되고 인류문화환경이 그 장르에 알맞지 않아 소멸하고 그 대신 소설이라는 장르가 생겨났다고 보는 것이다. 관념철학과 생물학적 사고방법이 쇠퇴한 20세기에는 장르는 다시 문학의 본질과는 관계없이 관습적 편의를 위한 구별에 지나지 않는다는 생각이 자리 잡았다.2)

아동문학의 경우에도 이와 같이 장르가 생성되고 발전되며 소멸하는 과정이 끊임없이 일어나고 있다. 예컨대 '그림동화(이야기그림책)'는 근래에 새롭게 형성되어 왕성하게 발전하고 있는 장르이며, '동요'는 그 시대적 사명을 다하고 이제는 소멸해가는 과정에 있는 장르라고 할 수 있다. 그런가 하면 20세기 초반에 생성된 '동화'는 지금까지도 왕성한 생명력을 자랑하며 발전하고 있는 아동문학의 가장 중심적인 장르이다. 그렇지만 '동화'라는 용어가 지시하는 의미의 진폭은 앞에서 서술한 바와 같이 단순하지 않으며 시대에 따라, 혹은 연구자에 따라 다양하게 쓰이고 있으며, 지속적인 변화의 도정 속에 있다.

장르가 그 자체 의미의 내재적 정당성보다는 오히려 관습(convention)적인 정당성을 지니던 시기에는 장르에 대한 논의가 없었다. 그러나 최근

2) 이상섭(1976),『문학비평용어사전』, 민음사, 247~248.

의 수많은 이론가들과 비평가들은 청중과 독자의 기대와 반응에 있어서의 장르의 역할을 강조해 왔다. 형식적인 것과 해석공동체에 대한 논의가 일반적인 속성의 주제와 충돌하는 것이 더 이상 드문 일이 아니다.[3] '동화'라는 용어에 대한 기대지평이 연구자들 사이에, 혹은 연구자와 일반 대중(TV 시청자, 학부모 등)사이에, 심각한 괴리 현상을 일으키고 있는 것이 아닌가, 하는 우려를 금할 수 없다.

불변적이고 보편적인 큰 갈래와는 달리 작은 갈래는 생성·발전·소멸의 과정을 밟는다. 그래서 작은 갈래는 흔히 유기체에 비유되기도 한다. 이 과정은 요컨대 '변화'의 과정이다. 장르 변화의 과정은 다름아닌 문학의 변화를 야기시키는 과정이며 이 과정 자체가 문학사의 등가물이다. 사실 문학사는 대부분 작은 갈래들의 변화 과정의 기술로 이루어지고 있다.[4] 작은 갈래들은 장르 외적 요인들과 장르 내적 요인들에 의하여 변화한다. 그러나 지금까지의 연구들은 이런 요인들, 특히 장르 내적 요인들의 분석이 미흡했다.[5] '동화'는 서사문학 장르의 작은 갈래이므로, 장르 외적 요인과 장르 내적 요인에 의하여 변화해왔다. 그리고 외적 요인이든, 내적 요인이든 변화의 요인이 실증적으로 연구된 바 없다.

위의 논의들에서 볼 수 있듯이 현대의 장르에 관한 논의들은 장르가 고정 불변의 실체가 아니라는 것, 장르는 어떤 규범으로 존재하는 것이 아니며 연구자들 사이에서도 명료한 합의에 도달하기 어려운 존재라는 데에 모아져가고 있다. 이러한 형편은 아동문학의 경우에서도 다르지 않을 것이다. 그러나 그렇다고 하더라도, 현재의 우리 사회와 아동문학계에서 사용하고

---

3) 제레미 M. 호손 지음, 정정호 외 옮김(2003),『현대 문학이론 용어사전』, 동인. 311쪽
4) 김준오(2000),『문학사와 장르』, 문학과지성사, 12쪽.
5) 김준오, 같은 책, 같은 곳.

있는 '동화'에 대한 의미는 너무 다양하여 혼란스러울 정도이다. 혼란스러운 논의가 나름대로 어떤 합리적인 근거를 가지고 자신의 주장을 펼치는 것이 아니라 부주의와 무지의 소치인 경우까지 있어서 문제를 야기하는 것이다.

본고에서는 아동의 서사문학인 동화가 어떻게 생성되었고, 어떤 내포적 의미의 변화과정을 거쳤는지를 통시적, 실증적으로 고찰해보고자 한다. 그리고 동화와 대등한 층위의 개념으로 사용되고 있는 용어(아동소설, 소년소설, 청소년소설 등)와 동화의 하위 개념으로 사용되고 있는 용어(전래동화, 공상동화, 생활동화, 판타지, 의인동화, 우화 등)의 의미와 그 상관관계 등을 고찰해보고자 한다. 그리고 현재 시점에서 아동 서사물을 일컫는 바람직한 장르 개념 체계와 용어를 제안해보고자 한다.

어떤 장르를 지칭하는 용어는 연구자 독단으로 체계나 용어를 결정하기 어렵다. 장르라는 존재 자체가 살아 움직이는 유기체와 같아서 해당 장르의 작품의 성과나 독자, 작가, 연구자 출판사 등의 여러 세력들이 어울리는 과정에서 저절로 형성되는 경우가 많기 때문이다.

2. 장르 용어 '童話'의 성립

(1) '동화'의 등장

1909년에 최남선이 발간한 잡지『소년』2년 5권(1909. 5.1)에 수록된 「何故로, 쏫이 通一年, 피지, 안나뇨」라는 글의 제목 앞에는 '쏫에 관한 동화'라는 구절이 붙어 있는데, 지금까지는 이것이 '동화'라는 용어가 처음

지면에 나타난 것으로 확인되고 있다.[6] 그러나 이 말은 아직 아동문학적인 성격을 지닌 용어는 아니었다. 그 후로는 『소년』에도 다른 잡지에도 '동화' 라는 말이 나타나지 않고 그 대신 '이약이'정도가 서사 장르를 지시하는 표현으로 사용되었다. '동화'라는 용어가 다시 나타난 것은 잡지의 광고문이었다. 『아이들보이』12호(1914.8)에 폐간된 『붉은 져고리』의 지난 호를 한꺼번에 묶어 판매한다는 광고에 '동화'라는 용어가 등장하는 것이다. 이 광고문에서 '동화'라는 용어는 그림 형제의 메르헨을 번역한 작품을 지칭하면서 사용되었는데, 같은 광고문에서는「바보 온달」, 「세 가지 소원」과 같은 우리의 옛이야기는 '古談'이라고 지칭하였다.[7] 조은숙은 "다른 나라의 옛이야기는 '동화'라고 부르고, 자기 민족의 고유한 이야기들에 대해서는 '고담'이라 부르는 분리 감각은, 1910년대에는 아직 '동화'라는 어휘가 아동을 위한 서사 장르를 총칭하는 상위어로서는 물론이거니와, 일반적인 문학 개념어로도 작용하지 못했음을 보여주는 것"이라고 평가하였다.[8] 1910년대의 상황에서 '동화'라는 용어는 외래 문물에 부착되어 들어온 '상표'와 같은 것이어서 생경한 신문명어로서 잘 해독되지 않는 외래어와 마찬가지였다는 것이다.

생소한 신문명어였던 '동화'가 지식인과 대중에게 좀더 친밀한 어휘로

---

6) 하우쏘온, 「何故로, 꼿이 通一年, 피지, 안나뇨」『소년』2년 5권 신문관, 1909. 5.1. "대지의 여신 데메테르의 딸 페르세포네를 지하 세계의 왕인 하데스가 납치하였는데, 페르세포제가 지하 세계에 머물 때 석류를 받아먹어 일년 중 6개월은 지하 세계에 머무르게 되었다는 그리스 신화를 번안한 것이다." '하우쏘온 原著'라고 되어 있다고 한다. 조은숙, 「식민지 시기 아동문학 서사 장르의 용어와 개념 고찰」,『아동문학의 장르와 용어의 재검토』, 한국아동청소년문학회 2009년 겨울 학술대회 자료집. 75쪽에서 재인용.

7) 조은숙, 「식민지 시기 아동문학 서사 장르의 용어와 개념 고찰」,『아동문학의 장르와 용어의 재검토』, 한국아동청소년문학회 2009년 겨울 학술대회 자료집. 75쪽

8) 조은숙, 같은 글.

다가가면서 아동서사문학의 장르를 지칭하는 용어로 자리 잡기 위해서는 1920년대까지 기다려야 했다. 이 무렵 개벽사의 '古來童話 모집'을 통한 민족정신 고취 운동과 방정환의 등장은 그 중요한 계기가 되었는데 문맥을 살펴보면 이 때의 '동화'란 어휘는 '옛이야기'를 말하는 듯하다.

> 어느 民族에던지 그 民族性과 民族生活을 根底로 하고 거긔서 울려나온 傳說과 民謠와 童話와 童謠가 잇는 것이니 英米의 民에게는 그네의 傳說과 童話가 싸로 잇고 獨이나 佛民에게는 또 그네의 싸로운 傳說과 童話를 가지고 잇는 것이라 …(중략)… 彼 有名한 구리무 兄弟의 童話는 얼마나 獨逸民族에게 强勇性을 길러주엇스며 英國의 國民童話라 해도 可할 有名한 彼-惡魔退治의 三大童話는 얼마나 그 民族에게 堅忍性과 保守性을 길너주엇는가를 想覺하여 보면 끔즉히 童話, 傳說의 힘을 다시 늣기게 되는도다 9)

> 외국 동화의 수입보다도 가장 중요하고 긴급한 우리 동화의 무대가 될 古來童話의 발굴이 아무것보다도 難事이다. 이야말로 실로 難 중의 難事이다.

> 세상 동화 문학계의 重寶라고 하는 독일의 『그림동화집』은 그림 형제가 오십년이나 長歲月을 두고 지방 지방을 다니면서 고생고생 모은 것이라 한다. 일본서는 明治 때에 문부성에서 일본 고유의 동화를 모집하기 위하여 전국 각 府懸 당국으로 하여금 각 기관 내의 소학교로 명하여 그 지방 그 지방의 과거 및 현재에 구전하는 동화를 모으려 하였으나 성공하지 못하였고, 근년에 또 俚謠와 동화를 모집하려 하려다가 정부의 예산 삭감으로 또 못 이루었다고 한다. 이러한 예를 보면 古來童話의 모집이

9) 「조선고래동화모집」, 『개벽』26호, 1922.7

여하히 難事인 것을 짐작할 수 있다.

이 難 중의 難事임을 不關하고 開闢社가 이 뜻을 納하여 쾌연히 이번 고래동화 모집의 擧에 出한 성의는 무한 감사한다. 그리고 이 의미 있는 일에 응하여 손수 동화 발굴에 협력해 주시는 응모자 제씨에게도 나는 감사를 드리려 한다.[10]

위의 사례를 보면 '동화'의 모집 운동은 민족정신의 부활과 독립운동의 한 방편임을 짐작할 수 있으며, 여기서 말하는 '동화'란 설화, 또는 옛이야기를 가리키는 것으로 볼 수 있다. 그러나 방정환의 같은 글을 보면 '동화'가 반드시 옛이야기만으로 한정되어 이해된 것 같지는 않다.

동화(童話)의 동(童)은 아동이란 동(童)이요, 화(話)는 설화(說話)이니, ① 동화라는 것은 아동의 설화 또는 아동을 위하여의 설화이다. 종래 우리 민간에서는 흔히 아동에게 들려주는 이야기를 '옛날이야기'라 하나, 그것은 동화는 특히 시대와 처소의 구속을 받지 아니하고, 대개는 그 초두가 '옛날 옛적'으로 시작되는 고로 동화라면 '옛날이야기'로 알기 쉽게 된 까닭이나, 결코 ②옛날이야기만이 동화가 아닌 즉, 다만 '이야기'라고 하는 것이 가합(可合)할 것이다.(…중략)… 이 동화라는 것이 어떤 것인가 함에 대하여는 좀더 상세히 말하자면 동화의 형식과 내용을 들어, 그 성질을 말하고, 그 기원과 발달의 경로를 찾아서 동화와 다른 유사한 것과의 구별을 세우고, 일보 더 나가서 순 과학적 입장에서 동화를 관찰하자면, 동화의 분류에까지 들어가, 그 비교 연구를 행하지 않으면 안 될 것인즉, 이것은 물론 다음 번에 차례를 밟아 쓰겠거니와 대체의 견지로

10) 방정환, 「새로 개척되는 동화에 관하여」, 『개벽』 1923. 1

보아 아직 ③동화라는 것은 누구나 아는 바 〈해와 달〉, 〈흥부와 놀부〉, 〈콩쥐 팟쥐〉, 〈별주부(토끼의 간)〉 들과 같은 것이라고만 알아 두어도 좋은 것이다. (밑줄 필자)[11]

①에서는 동화는 아동을 독자로 한 설화라고 했다가 다시 ②에서는 '옛날이야기'만이 동화는 아니라고 말한다. 이어지는 문장을 보면 방정환은 동화와 다른 유사한 것과의 구별을 세우고, 그것들을 비교 연구하여 분류해야 한다고 생각한 것이니, '동화'가 옛날이야기만이 아님을 인식하고 있었다고 생각된다.

그러나 다음 문장을 보면 ③형식과 내용을 들어 성질을 말하고, 동화의 정의를 내려야하겠으나 여기서는 그저 동화는 〈해와 달〉, 〈흥부와 놀부〉같은 것들이라고만 생각해 두자고 정확한 서술을 유보하고 있다. 방정환은 '동화'가 옛날이야기와는 다른 무엇이 있음을 알고 있었지만 즉, "英國 오스카-와일드", "白義耳 메-텔링"과 작은 작가들의 예술로서의 동화가 있었던 것을 알고 있었지만 동화의 개념을 조선에 처음 소개하는 상황에서 그는 "누구나 아는 바 〈해와 달〉, 〈흥부와 놀부〉 〈콩쥐팟쥐〉, 〈별주부〉등과 가튼" 옛이야기를 예로 들 수밖에 없었다.[12]

근대 한국아동문학의 전개 과정은 일본의 그것과 일정한 영향 관계에 있었다는 것은 알려진 일인데, '동화'라는 용어 또한 일본의 '도우와(どうわ, 童話)'의 한자 표기를 그대로 따온 것이어서 '童話'의 의미를 알아보기 위해서는 일본에서의 아동서사문학을 지칭하던 용어와 그 변화를 살펴보는 과

---

11) 방정환, 같은 글. 19쪽

12) 조은숙, 같은 논문, 82쪽

정이 필요하다. 근대 일본에서 어린이용 읽을거리를 지칭하는 용어로는 '아동문학', '동화', '오토기바나시(お伽話)' 등 여러 가지 이름이 있었다. 메이지 초기에는 어린이만을 위한 읽을거리는 거의 없었는데 메이지 중반이 되었을 때, 이와야 사자나미(巖谷小波)가 메르헨을 번안하거나 일본 옛이야기를 어린이가 읽기 좋게 고쳐써서 '오토기바나시'라는 이름을 붙였다.[13] 그 후에는 일본 옛이야기뿐만 아니라 번역된 서양 메르헨이나 창작품등 어린이의 읽을거리는 대부분 '오토기바나시'라고 하였다.[14]

위와 같은 일본의 사정을 참고해 본다면 개벽사의 아동 잡지 『어린이』에 실린 서사 문학 작품들과 방정환이 번안한 『사랑의 선물』에 실린 작품은 그 성격이 일본의 '오토기바나시'와 상당 부분 비슷하다는 것을 알 수 있으며, 이러한 영향 관계는 '오토기바나시'가 성행할 무렵 방정환이 일본에 유학을 하고 있었다는 사실로 뒷받침 되고 있다. [15]

메이지시대(明治時代, 1868~1911)를 풍미하던 '오토기바나시'가 '童話'라는 용어로 대치되기 시작한 시기는 다이쇼시대(大正時代, 1912~25) 중반부터였다. 이 무렵 일본 사회는 메이지 시대의 어린이관에 변화가 생겨 아동문학에서도 새로운 움직임이 싹트고 있었다. 서양에서 수입된 낭만주의 '어린이관'이 새로운 동화의 탄생에 중요한 역할을 한 것이다.[16] 스즈키 미에

13) 1891년(메이지 24)에 하쿠분칸에서는 『유년잡지』를 창간하고, 이와야 사자나미는 '메르헨'을 번안한 「유라타로 무용담」을 기고하였는데 이것이 호평을 받자, 1893년(메이지 26)에는 '오토기바나시(お伽話)'란을 만들어 매호마다 오토기바나시를 집필하였다. '오토기바나시'가 아동문학을 가리키는 용어로 사용된 것은 이때부터이다. (가와하라 카즈에 『어린이관의 근대』46쪽. 참조)

14) 가와하라 카즈에, 양미화 옮김(2007), 『어린이관의 근대』, 소명출판, 21~22쪽

15) 방정환은 1920년 가을에, 일본 도오꾜에 유학하였고, 일본에 간지 1년 반 쯤 지나서 세계 명작 동화물을 번안한 〈사랑의 선물(1922)〉을 냈다.

16) 가와하라 카즈에, 같은 책, 69쪽.

키치(鈴木三重吉)는 ‘오토기바나시’가 ‘동화’의 모습으로 옮겨갈 수 있도록 큰 역할을 한 잡지 『빨간새』(아카이도리, 『赤い鳥』)를 1918년(다이쇼 7)에 창간하였다. ‘동화·동요’라는 말은 에도시대부터 사용되었던 말인데, 메이지 이후의 ‘오토기바나시’나 창가보다 더 예술성이 풍부하다는 것을 나타내기 위해 스즈키 미에키치가 새롭게 사용한 호칭이었다.17) 한편, 다이쇼기 대표적인 동화작가 오가와 미메이는 어린이를 예찬하고 ‘동화’를 ‘어린이의 마음을 잃지 않는 모든 인류를 향한 문학’이라고 하였다. 어린이의 읽을거리는 ‘동화’라는 이름을 얻었으며, 이는 동화가 ‘어른의 이상세계’라고까지 칭송받게 되는 계기 되었다.18)

1920년대에 방정환이 『어린이』에 발표한 서사물에는 ‘소녀소품’, ‘그림동화’, ‘동화’, ‘역사동화’, ‘그림 이야기’ ‘전설동화’, ‘새동화’ 같은 용어가 사용되고 있는데 이를 보면 방정환은 ‘동화’의 범주를 폭넓게 생각하고 있었음을 알 수 있다. 그런데 일본에서 ‘동화’라는 용어는 들여왔지만, 동화 작품의 내용이나 경향은 이 무렵 일본에서 유행하고 있던 오가와 미메이가 주도했던『빨간새』류의 낭만적인 동화는 한국에서는 그렇게 유행하지 않았다. 시적 환상과 탐미적인 경향을 띤 마해송의 “바위나리와 아기별” 같은 작품을 이 계열로 볼 수 있지만 식민지 현실의 조선에서는 이런 계열의 작품은 어울리지 않았다. 오히려 ‘순수하고 아름다운 읽을거리’, ‘예술로서 진정한 가치가 있는’, ‘낭만적인’ 동화로 대표되는 『빨간새』류의 동화는 1970년대 김요섭을 비롯한 한국의 제도권 아동문학에서 크게 유행하였다.19)

---

17) 가와하라 카즈에, 같은 책, 74쪽

18) 가와하라 카즈에, 같은 책, 69쪽.

19) 『빨간새』 류의 동화는 현실과 유리되어 관념적인 탐미 의식에 경사되어 있다는 점에서 후대의 리얼리즘 문학인들에게 많은 비판을 받는다. 한국에서도 이는 예외가 아니다.

(2) '동화'와 '소설'에 대한 인식의 차이

『어린이』[20]의 창간호에 가장 먼저 실렸던 글이 안데르센의 「석냥파리 소녀」라는 사실로 짐작되는 바와 같이 가장 중심적인 장르는 '동화'였다. 하지만, 『어린이』지의 지면에는 '동화'라는 장르명 말고도 '소설'이라는 장르명이 다양한 수식어를 거느린 채 등장하고 있어 주목을 요한다. 『어린이』창간 초기부터 조금씩 실리기 시작했던 소설 장르의 작품들은 20년대 중반을 넘어서면서부터 적지 않은 비중으로 실리게 되었으며, 1930년대 초반 무렵에는 오히려 동화보다도 더 많은 양이 수록되는 현상을 보이기까지 했으니, 일제 강점기에 '동화'와 '소설' 장르는 아동문학 서사의 방향을 이끄는 두 개의 중심축 역할을 했다고 할 수 있다. '동화' 관련 용어로는 명작동화, 역사동화, 신동화, 새동화, 전설동화, 유치원동화 유년동화 등이 있으며, '소설'관련 용어로는 소년소설, 소녀소설, 유치원소설, 아동소설, 연작소설, 연재소설, 농촌소설, 탐정소설 등이 있었다.[21] 이 다양한 용어들은 일정한 장르 의식을 가지고 일관성 있게 명명되었다기보다는 작품의 주제나 독자의 성별 등을 참고로 하여 임의적으로 붙여진 과도적인 현상으로 볼 수 있다. 그런데 여기서 한 가지 주목할 점은 같은 '유치원'생을 독자로 한 작품에 어느 것은 '유치원동화'나 '유년동화'로, 어느 것은 '유치원소설'이라고 지칭한 부분이다. 이 작품들의 내적 자질의 차이를 고찰하면 『어린이』지가 발간될 당시의 방정환과 그 당시 아동문학가들의 장르에 대한 인식을 추리하여 볼 수 있을 것이다.

---

20) 『어린이』는 1923년부터 1934년 7월까지 12년 동안 통권 122호를 냈다.

21) 조은숙, 같은 논문 77~80쪽 참조

우선 '유치원동화'라고 표시된 작품은 다른 작품들보다 큰 글씨로 인쇄되어 있는 것이 눈에 띈다. 「눈쓰고잠자는붕어」(염근수,『어린이』 8권 6호, 1930년 7월),「박쥐이야기」(양재응,『어린이』 8권 7호, 1930년, 8월)와 '유년동화'로 표시된 「슬퍼하는나무」(이태준, 『어린이』 8권 7호, 1930년, 8월)등을 보면 이 작품들은 동물이나 식물을 의인화하였거나, 우화와 같은 성격을 지니고 있다. 그런데 '유치원동화'라고 표시된 작품들이 모두 의인화 기법을 썼다거나, 동·식물의 세계를 배경으로 한 것은 아니다. 「눈쓰고잠자는붕어」와 나란히 '유치원동화'로 표시되어 게재된 「훌륭한어른」(염근수,『어린이』 8권 6호, 1930년 7월)은 '유성긔'와 '활동사진'을 발명한 '『에듸손』이라고 하는 어른'에 대한 짤막한 이야기로 일종의 위인전과 같은 성격을 지니고 있다.

한편 『어린이』에 '유치원소설'로 표시된 작품으로는 이태준의 「몰라쟁이 엄마」가 발견된다.

> 엇던날 아츰 노마는 참새소리를 들엇습니다. 그리고 엄마한테 무러봣습니다.
>
> 『엄마?』
>
> 『왜!』
>
> 『참새두 엄마가 잇슬까?』
>
> … (중략) …
>
> 『그래도 참새들은 죄다 쪽갓든데 엇터게 저이엄만지 남의엄만지 아나?』
>
> 『몰-라』22)

---

22) 이태준,「몰라쟁이 엄마」,『어린이』 9권 2호, 1931년 2월

이 작품은 현실적 시공간을 배경으로 현실의 어린이가 주인공으로 등장하여 지금 벌어지고 있는 사건을 사실적으로 보여준다. '유치원'생을 독자로 한 작품이라도 이와 같이 현실적 시공간을 배경으로 현실의 이야기를 펼쳐놓는 이야기는 '소설'이라고 본 것 같다. '유치원동화'가 우화나 의인동화 같은 성격을 지니고 있다면(모든 작품이 그런 것은 아니지만), '유치원소설'은 현실의 인간이 등장하여 사실적인 이야기를 들려주고 있는 것이다.

1930년대에 '유치원소설'과 비슷한 용어가 더 보인다. '아기네소설'과 '유년소설' 이 그것이다. '아기네소설'이라고 이름 붙여진「세배」23)라는 글은 설날 아침에 벌어지는 얘기를 소재로 한 아주 짤막한 이야기이고, '유년소설'이라는 표제가 붙은「기차놀이」24)는 아이들이 일상에서 하는 기차놀이 장면을 그린 이야기이다.

이상의 사례를 살펴보면, 1920년대와 30년대의 아동문학계에서는 '동화'와 '소설'은 다른 장르이며, '동화'는 옛이야기나 우화, 의인동화 같이 비현실적인 이야기이고, '소설'은 현실 세계에서 현실적인 등장인물이 펼쳐가는 사실적인 이야기라는 장르 인식이 일정 정도 있었다고 생각된다.

(3) '사실동화'의 등장

1920년대 후반부터 일반문학에서 불어온 프롤레타리아 문학 운동은 아동문학의 세계에도 급격히 영향을 미쳐서 1930년대에는「별나라」와 「新少

23) 1938년, 1, 30. 동아일보

24) 『소년』, 2권 1호, 1939년 신년호

年」을 중심으로 계급주의 아동문학 작품이 활발하게 발표되었다. 이들은 기존의 애상적이고 탐미적이며, 동심주의적인 아동문학을 배격하고, 식민지 현실을 직시하고자 하였으며, 어린이를 '不遇케 하는 原人과 싸우는 것을 그리는 文學'25)을 지향하였다. 그 방편으로 이 시기의 동화는 현실의 모순을 고발하고, 강렬한 민족적 저항을 주제로 한 작품이 많았으며, 그들의 문학적 효용을 위해서는 높은 연령의 독자를 대상으로 하는 작품을 쓸 수밖에 없었다. 따라서 프롤레타리아 아동문학은 공상적인 문학, 동심을 주제로 한 문학에서는 멀어져 '실생활을 재료로 한 리얼리즘'을 강조하게 되었고 리얼리즘은 '소설화' 경향으로 기울어져 갔다. 1932년의 동아일보 신춘문예 선후평을 보면 이 당시 문학지망생들의 작품 응모 경향과 심사위원들의 심사 관점이 드러나 있다.

> 원래 이번 현상응모의 주지는 실생활 동화의 건설에 있었다. 재래에는 동화라면 우화만인 줄로 알다시피 하였다. 달님이 말하고 원숭이가 말하고 도깨비가 나왔다. 이솝 우화를 머리로 하야 그림, 안데르센의 우화적 동화는 불후의 가치를 가지고 할 것이다. 상상력이 분방자재하여 수수깡을 다리샅에 끼고도 말을 탄 감흥을 가지는 아동들에게는 동물, 무생물을 왼통 인격화하여 자유자재로 가공적 이야기를 지어내이는 것도 할 만한 일이다. 그렇지만은 이것은 제2의적인 것이 아니면 아니 된다. 동화도 제1의적으로는 실생활을 재료로 한 리얼리즘이 아니면 아니 될 것이다.
>
> …(중략)…
>
> 형식에 있어서는 이번 응모동화 중에 가장 많은 것이 소설적인 것이었

---

25) 이원수(1965), 「소파와 아동문학」, 『어린이를 위한 마음』, 三都社, 251쪽, 이재철(1978), 한국현대아동문학사, 일지사, 188쪽에서 재인용

다. …(중략)… 혹시 실생활에서 취재하라고 한 본사의 주문이 오직 아동 소설을 의미함인 줄로 작가들을 오해케 함이나 아닌가 하고 생각할 수밖에 없도록 그처럼 '아이들에게 들려줄 이야기'로서의 동화가 희소하였다. 26)

이 당시의 동화 중에 실생활을 그린 작품의 대부분은 어쩌다 경어체 서술을 쓴다는 특징 말고는 소년소설과 거의 다를 바가 없었다.27) 이런 사정으로 인해 동화와 소설의 구분이 점점 모호해졌고, 프롤레타리아 아동문학의 창작 경향이 갈수록 문제점을 드러내게 되었다. 이러한 문제점을 극복하고자, 김우철은 계급주의 문학론의 틀 안에서 동화의 특성을 고려한 '신동화의 제작'을 주장하였고, 송남헌은 자유분방한 공상성의 회복을 위해 옛이야기를 창작동화에 적극 받아들일 것을 요청28)하기도 하였으나 실제 창작으로까지 이어지지는 않았다.29)

이러한 상황에서 1930년대 중반 무렵부터 어린 아이들을 독자로 한 '유년소설'이 많이 발표되었는데 이런 작품의 경우에는 소년소설이라는 용어보다 동화라는 말을 쓰기 시작하면서 '사실동화(寫實童話)'라는 용어가 등장하였다. 이구조(李龜祚)는 어린이의 생활을 예리하게 관찰하고 연구한 결과 어린이들이 본능적 욕망과 순진한 심성을 모두 갖춘 복합적인 존재라는 것을 간파하였다.

어린이는 天眞하고 爛漫하며 〈어른의 아버지〉요, 世上의 天使만도 아닌

26) 「신춘문예 동화선후언」, 동아일보, 1932년 1월 23일자.

27) 원종찬(2006), 「한국 동화 장르에 관한 연구」, 『민족문학사연구』30호. 338쪽.

28) 송남헌, 「예술동화의 본질과 그 정신」, 『동아일보』, 1939.12.2~10일자.

29) 감우철과 송남헌에 대해서는 원종찬의 앞 논문이 자세히 논의하고 있음.

同時에 개고리의 배를 돌로 끈는 것도 어린이오, 물딱총으로 동무의 얼굴을 쏘는 것도 어린이오, 메뚜기의 다리를 하나하나 뜻는 것도 어린이오, 미친 사람 놀려먹는 것도 어린이다.[30)]

이구조의 작품집 『까치집』에 나오는 많은 동화들은 바로 이런 사실동화의 실례라 할 수 있다. 그런데 여기서 이구조가 명명한 '사실동화'는 사실은 일본의 프롤레타리아 문학의 영향 아래 태어난 '생활동화'라는 명칭과 일맥상통하는 것이다. 그런데 일본에서는 생활동화가 큰 반향을 일으키지 못하고 쉽게 사그라든 반면 한국의 사실동화는 해방 이후에 일본의 그것처럼 '생활동화'라는 명칭으로 이어지면서 한국 아동문학의 주류를 차지하게 되는 것이다. 이것은 근대 일본과 한국의 정치· 사회적 조건의 차이에서 비롯되는 것으로 한국의 사실동화(생활동화)는 척박한 식민지 현실과 해방 이후의 고통스런 민족 현실을 반영하는 문학 양식인 것이다.

3. 해방 이후 '동화' 의미의 변천과 쟁점

해방과 6·25전쟁 이후 아동문학은 대중적이고 통속적인 작품이 대부분을 차지하게 되고 따라서 '동화' 장르에 대한 진지한 모색은 한 동안 중단되었다가 1960년대 이후부터 '동화'의 개념에 대한 논의가 시작된다. 그런데 이 시기 이후 '동화'에 대한 논의를 살펴보면, '동화'라는 장르 용어의 개념과 함의의 변화가 이론가들만의 몫이 아니라는 것을 알 수 있다. 장르

30) 李龜祚, 「寫實童話와 教育童話」, 『동아일보』. 1940.5.30일자.

에 대한 용어가 문단에 받아들여지고 세력을 얻고, 의미가 변화하기 위해서는 작품으로 뒷받침되어야 하기 때문이다. 특히 이 시기에는 동화 작가 자신이 이론을 펼치는 경우가 많았기 때문에 장르의 용어와 개념만 따로 떼어서 논의하기 어렵다. 여기에서는 1960년대의 '동화'에 대하 인식 수준과 1970년대 이후에 활발히 활동한 작가이며 이론가인 김요섭, 이원수와 아동문학연구가인 이재철, 이오덕의 논의에 대해 고찰해보고자 한다.

(1) '옛이야기'를 포함한 광의의 개념

1960년대에 '동화' 장르에 대해 진지한 모색은 발견하기 어려운 가운데, 다음 글은 이 시기에 문단에서 '동화'를 어떻게 인식하고 있었는지를 짐작하게 한다.

> ①"동화"는 이제 옛날과 같이 "옛날 이야기"라는 좁은 테두리가 아니고, 넓게 "우스운 이야기" "우화" "옛이야기" "신화" "전설" "역사 이야기" "자연제의 이야기" "실화"를 포함하여 생각하고 있는 것이다. 그러나, 근대의 창작동화가 발생한 후에는 자칫하면 창작동화만을 동화라고 좁혀 생각하는 경향도 있다. 여기서 말하는 동화는 이상의 모든 영역을 잡은 것이다.31)
>
> ②동화라면 흔히 우리는 '옛날얘기'라고 생각한다. 옛날 이야기도 동화임엔 틀림없다. 그러나 우리 어른들이 말하는 옛날이야기 그것이 동화의 전부는 아닌 것이다. …(중략)… 동화를 협의(狹義)로 잡으면 소년 소설,

31) 최태호,「아동문학과 교육」,『아동문학의 지도와 감상』, 대한교육연합회, 1961, 17쪽

동극들과 같이 산문(散文)에 속하는 아동 문학의 한 종류이다. 그러나 광의(廣義)로 잡으면 동화는 신화, 옛날이야기, 우화, 전설, 영웅담, 역사담, 자연담, 그리고 창작 동화 등을 들 수 있다. 한 마디로 해서 ㉠구전(口傳)에서 오늘의 문학 동화와 소년소설 까지를 총칭할 수도 있다.32)

위 두 진술의 문맥을 분석해 보면 이 시대에도 일제 시대와 마찬가지로 '동화'라고 하면 '옛날이야기'가 가장 먼저 연상될 만큼, 대중들에게 '동화'는 '옛이야기'의 뜻으로 받아들여지고 있음을 알 수 있다. 그리고 두 논자 모두 '동화'의 의미를 최대로 넓게 잡고 있는데, 특이한 점은 ①에서는 '실화'까지를 동화에 포함시키고 있다는 점, ②에서는 동화 속에 '문학 동화'와 '소년소설'을 포함시키고 있다는 점이다. 오늘의 관점에서 보면 '실화'를 '동화' 속에 포함시키는 것은 문제가 있다. '실화'는 우선 문학의 범주에 포함시키기 어렵기 때문이다. ②에서는 '문학 동화'가 무엇을 가리키는지 모호하고, '문학 동화'와 '소년소설'의 포함하는 상위 개념이 '동화'인 것도 분류의 원리에 어긋난다. 이 시기에는 '동화' 장르에 대한 확실한 개념이 규정되지 않고 어린이용 읽을거리는 모두 '동화'의 범주에 포함시킨 것으로 보인다.

(2) 시정신에 입각한 '예술동화'

'동화'의 개념을 이해할 때 '詩的인 산문 문학'이라든지, '낭만적이고 예

32) 강소천, 「동화의 지도와 감상」, 『아동문학의 지도와 감상』, 대한교육연합회, 1961, 54~55쪽

술성 높은 산문 문학'으로 이해하는 현상은 1970년대부터 1980년대까지 한국 아동 문학계 전반에 매우 폭넓게 퍼져있던 생각이었다. 이 시기에는, 해방 전에 이구조가 제창한 '사실동화'가 '생활동화'라는 이름으로 바뀌어 리얼리즘 계열의 동화가 발표되기도 하였지만, 제도권의 아동문학가들은 낭만적이고 시적이며 예술적 향취가 높은 동화가 동화의 본질적인 특성에 가깝다고 믿고 있었다.

㉮동화의 현대적 의미는 옛날이야기나 民話 중에서 그 형식을 취하고, 그림과 안데르센을 고향으로 하는 상징적인 문학 형태로서, 인간 일반의 보편적 진실을 소박하게 내용으로 한 詩에 가까운 散文文學이다. 동화가 詩에 가깝다는 말을 이원수는 그의 「童話 創作法」에서 다음과 같이 말하였다.

동화는 곧 하나의 詩라고 말하고 싶은 것은 그만치, 동화가 詩에 가까운 것이기 때문이다. 사실 동화는 그 내용에 있어 詩的인 것으로 되는가 하면, 그 형식에 있어서도 그러하다. 즉, 추상적이요, 함축성 있는 함축된 표현을 한다. 줄거리에 치중하는 긴 동화에 있어서도 詩的인 것이 있을 수 있지만 특히 짧은 동화의 경우에는 줄거리의 재미를 맛보게 할 여유가 없는 수도 있다. 그러한 동화가 가지는 무게는 역시 詩性에 있는 것이 예사이다.

…(중략)… 그러므로 동화가 지향하는 것은 종래에 있어 온 단순히 어린이를 위한 이야기의 再構成이라기보다 詩精神에 입각한 인간 보편의 진실을 상징적으로 표현하는 데 있다. 동화가 독립된 문학 형식으로 존재하는 이유도 바로 이런 데 있거니와, 예술로서의 동화가 장래 유망한 예술

양식의 하나라고 생각할 수 있는 이유는, 형식이 단순하고 내용이 다양한 이외에 다른 예술 분야에서는 점점 잃어가고 있는 서정시의 요건을 바탕으로 하고 있다는 점이다. 독일의 시인 노발리스(Novalis; 1772~1801)는 '一切의 詩的인 것은 童話的이라야 한다.'고 갈파하고 '童話는 말하자면 詩의 尺度'라고 하며 동화를 매우 높은 위치에 두었다.[33]

㉯독일의 初期浪漫派의 대표적 시인 노봘리스(Novalis, 1772-1801)가 「모든 詩的인 것은 童話的이어야 한다. 진정한 童話作家란 미래에 대한 예언자이다」라고 한 말에서 현대 동화의 실상을 엿볼 수가 있을 것이다.[34]

㉰동화를 쓴다는 것은 시인이 아니면 할 수 없는 작업이라고 일찍부터 생각해 왔고 지금도 변함 없다. …(중략)… 지금도 시나 동화를 번갈아 써가지만 창작심리로서는 조금치의 갈등을 느끼지 않고 있다. [35]

㉱많은 사람들이 동화에 대해서 이야기를 해 왔다. …(중략)… 그 표현은 조금씩 달랐으나 결국 다음과 같은 결론을 내리는 데 의견을 대개 같이 했다. 첫째, 동화는 문학예술의 당당한 한 장르라는 점, 둘째, 동화는 사실적인 작품이기보다는 공상적인 면이 두드러진 문학이라는 점, 셋째, 동화의 계보는 산문정신보다 시정신에 더 가깝다는 점, 넷째, 동화는 어린이에게 단지 교훈을 주기 위한 글이 아니고 어른을 포함하여 인간의 뜻과 삶을 비쳐내는 문학이라는 점 등이다.[36]

---

33) 석용원(1986(초판, 1982년)), 『아동문학론』학연사, 246~247.

34) 박화목(1982), 『신아동문학론』보이스사, 124쪽

35) 김요섭(1986), 「상상력의 경계와 환타지」, 『현대동화의 환상적 탐험』, 한국문연, 58쪽

36) 김요섭(1986), 「동화 창작법」, 위의 책. 278쪽

㉴童話作家라고 해서 어린이 世界에만 국한시키지 말고, 어린이 세계가 背景으로 하는 모든 社會的 現實像과 넓은 視野와 人生觀點 및 世界觀, 歷史觀까지를 밝혀 가는 것이 떳떳하지 않겠는가?[37]

㉵동화:童話 Fairy tale(영) Märchen (독)①동심을 바탕으로 하여 어린이를 위해 쓴 산문문학의 한 장르. 동화의 정의는 광의냐, 협의냐에 따라 그 범주와 의미가 달라진다. 동화는 옛날 이야기, 민담, 우화, 신화, 전설 등과 같은 설화의 종류가 아니라, 그러한 것을 재구성, 개작하거나 또는 그러한 특징을 동화라는 형태 속에 포용한 것이다. 그러므로 동화가 지향하는 것은, 종래 있어온 단순히 어린이를 위한 이야기의 재구성이라기보다는 시정신(詩精神)에 입각한 인간 보편의 진실을 상징적으로 표현하려는 데에 있다. 동화의 문예적 우수성은 첫째, 뛰어난 상징으로 커다란 유열(愉悅)과 황홀한 미감을 주며, 둘째 풍부한 정서에 의해 비교할 수 없는 인간성의 미묘함을 보여주며, 셋째, 다양한 활동에 의해 여러 가지 인생의 진실을 보여준다. ② 동화의 근원은 원시시대의 설화문학이다. 그 중에서도 협의의 동화인 메르헨은 …(중략)… ③전래동화(전승동화)는 현대의 창작동화(Kunstmärchen)와는 다른 특성을 가지고 있다.…(중략)… ④ 구전된 전래동화는 19세기 초엽, 그림 형제가 …(중략)… ⑤ 우리나라에서의 전래동화도 이상에서 말한 개념에서 벗어나는 것이 아니다. 우리나라 전래동화로 '금도끼', '토끼의 선고 공판' …(중략)… ⑥ 우리나라의 본격적인 창작동화는 1923년 마해송의 …(중략)…[38] (밑줄 필자)

37) 임인수의 글, 박화목, 위의 책 125쪽에서 재인용.

38) 이재철(1989), 『세계아동문학사전』, 계몽사, 76쪽~77쪽.

이들은 진정한 동화는 '단순한 이야기적인 것보다는 훨씬 시에 가까와진'[39] 장르라고 생각했으며, 동화의 주제는 인간의 보편적 진실을 포착하여야 하며 그러기 위해서는 은유나 상징 같은 수사법을 사용해야 한다고 주장하였다. 따라서 '동화'의 독자는 어린이뿐 아니라 어른도 될 수 있으며, 오스카 와일드나 쌩텍쥐베리와 같은 예술동화는 고차원의 문학사상을 내포하기 시작하였다고 주장하였다.

㉮는 석용원의 아동문학개론서에서 인용한 글인데 이 부분을 보면, 후에 리얼리즘 문학론을 강력하게 펼쳐나간 이원수도 '동화'가 '시'에 가까운 장르이며, 동화는 "내용에 있어 詩的인 것으로 되는가 하면, 그 형식에 있어서도 그러하다"고 주장하였다.

동화에 대한 이러한 관점을 이론화하면서 '동화'를 창작한 대표적인 작가는 김요섭이었다. 김요섭은 1970년대와 80년대의 순수아동문학을 대표하는 논객이었으며 작가였고 그의 주장은 당시의 아동문학계에 널리 받아들여져 이 시대에 발표된 '동화'들은 거의 시적인 문장을 자랑하는 낭만성 가득한 작품이었고, 신춘문예 당선작품들도 거의가 이런 경향의 작품들이었다. 김요섭은 자신들이 추구하는 '동화'에 아예 '예술동화'라는 용어까지 사용하고 있다. 그는 '생활동화'에 대해 설명하면서 공상성이 짙은 환타지의 세계를 그린 동화를 '예술동화'라고 부르고 있는 것이다.[40]

㉯는 이재철이 편찬한 『세계아동문학사전』의 '동화' 항목에 대한 설명인데, '동화'에 대한 당시의 인식을 있는 그대로 보여주고 있다. ①은 '시정신

39) 박화목, 위의 책 124쪽.

40) "예술동화가 공상성이 짙은 환타지의 세계라고 하면 생활동화는 날마다 우리가 직접 겪는 실생활 속에서 이야기를 끄집어내는 동화다." 김요섭, 「동화 창작법」, 『현대 동화의 환상적 탐험』, 279쪽.

에 입각한 인간 보편의 진실'을 표현하는 어린이 문학임을 설명하고 있고, ②부터 ⑤까지는 메르헨 또는 전래동화에 대해 서술하고 있다. 창작동화에 대한 설명은 ⑥번 뿐이다. 이를 보면 이 책의 저자가 '동화'의 본령을 무엇으로 파악하고 있는지 짐작할 수 있다.

그런데 '동화'에 대한 이와 같은 관점의 근저에는 1918년에 창간되어 1920·30년대를 풍미한 일본의 『빨간새』동화가 있었다. 앞에서 논의한 바와 같이『빨간새』는 '예술로서 진정한 가치가 있는 동화'를 기치로 내걸고, 어린이를 위한 순수하고 아름다운 읽을거리를 쓰고자 하였다. 그리하여 『빨간새』류의 동화는 일본의 어린이 독자들에게 대단한 인기를 끌었고, 잡지로서도 크게 성공을 거두었으며, '일류문학자(성인문학가를 말함- 필자 주)들이 어린이들을 위해 적지 않게 작품을 집필'[41]하기도 하였다. 특히 오가와 미메이의 환상적인 동화 「빨간 양초와 인어」(1921)는 그 서정적인 분위기와 상징성으로 당대의 작가지망생들을 매혹시켰다. 그러나 한편에서는 오가와 미메이의 동화에 대해 정서적 무드에 스스로 도취해버린 자기만족의 동화였고, 동심이라는 추상적 관념을 내세운 '어린이 부재의 문학'이며, 이야기를 잃어버린 '시적 메르헨'을 동화의 표본으로 각인시켰다는 비판을 하기도 하였다.[42]

'시정신(詩精神)에 입각한 인간 보편의 진실을 상징적으로 표현'하려 했던, 김요섭을 비롯한 1970·80년대의 한국 동화도 위와 같은 비판에서 자

41) 엔도 소센, 『현대 소년책의 연구와 비판』가와하라 카즈에 『어린이관의 근대』 83에서 재인용

42) 古田足日, 「現代兒童文學史への視點」, 上野瞭 외, 『現代日本兒童文學史』, 東京: 明治書院, 1974, 202~203. 원종찬(2006), 「한국 동화 장르에 관한 연구」, 『민족문학사연구』30호 331쪽에서 재인용.

유로울 수 없을 것이다.[43] 당시 한국에서 전개된 예술동화는 시적인 문체와 상징성, 은유와 같은 기법을 강조함으로써 서사문학의 근간인 '이야기'가 크게 약화되었고, 어른들이나 이해할 수 있는 인생론적인 주제가 많아서 어린이 독자들에게 멀어질 수밖에 없었다. 아동문학이 아동 독자에게 외면당한다는 것은 아동문학으로서의 정체성이 의심받게 되는 것이고, 따라서 작가들은 자신들끼리 읽고 쓰면서 자기만족에 머무는 경우가 많았다.

결국, 이들의 '예술동화' 지향은 이원수, 이오덕을 비롯한 리얼리즘 계열의 문인들이 옹호했던 '소년소설' 혹은 '생활동화'에 의해 비판, 극복되고 있는데, 이 일련의 과정은 『빨간새』에 의해 주창되었던 시적이고 낭만적인 동화 운동이 프롤레타리아 아동문학이 주창했던 '생활동화'에 의해 비판받았던 1930년대의 일본의 아동문학 전개 과정과 흡사하다. 일본에서 1920·30년대에 이미 겪었던 문학적 사건이 1970·80년대에 한국에서 반복되는 과정을 지켜보는 일을 씁쓸하지 않을 수 없다.

(3) '공상동화', '소년소설', '생활동화'의 문제

'동화'의 하위 장르 가운데 가장 논란이 되는 문제가 '생활동화'의 처리

---

43) 이재복은 김요섭이 주재했던『아동문학사상』창간호에 실린 동화 세 편(「바람이 만드는 눈물」(김요섭), 「황금의 집」(최효섭), 「별성」(권용철))에 대해 다음과 같이 비판하였다. "어쩌면 그렇게 일본 근대 아동문학 동네에서 맨 먼저 동화의 씨앗을 뿌린 오가와 미메이 동화하고 닮았을까. 예전에 읽을 때도 그랬지만 이번에도 영 마음이 씁쓸하였다. 참으로 답답한 일이다. 해방 이후 20여 년이 지난 1970년이란 시점에서도 여전히 우리 아동문학은 대부분 오가와 미메이식의 일본 근대 동화에 갇혀 있었던 것이다." 이재복, 「창작의 물꼬를 터주는 장르 용어를 찾아서」, 『어린이문학 용어 짚어보기』, 보림출판사 창사 30주년 기념 세미나 자료집. 92쪽.

문제이다. 일본에서는 '생활동화'란 장르가 『빨간새』의 낭만적 동심주의 문학을 비판하고 계급주의 문학을 지향하는 프롤레타리아 아동문학의 일환으로 생겨난 것이어서, 그 용어 안에 일정한 이데올로기적 함의가 내포되었던 것이고, 프롤레타리아 문학이 쇠퇴함에 따라 '생활동화'라는 용어도 자연히 사라지게 되었던 것이다. 그런데 그 '생활동화'라는 용어가 한국에서는 오히려 주류적인 장르로 발전하여[44] 해방 이전이나 해방 이후에도 한국의 동화 작품 가운데 질적으로나 양적으로 '생활동화(사실동화)'가 큰 비중을 차지하게 된다.

'생활동화'는 그 성격으로 보아 '동화'와 '소설'의 중간적인 존재, 아니면 '소설'과 비슷한 존재로 인식되어 아동문학 장르 구분에 문제의 원인을 제공하게 되었으며, 아직까지도 논란의 대상이 되고 있다. 학자에 따라서 '생활동화'의 존재를 부정하고 '소년소설'이라고 불러야 한다고 주장하는 이도 있고, '동화'의 하위 장르를 '공상동화'와 '생활동화'로 나누어야 한다고 주장하는 이도 있다. 해방 이후에 아동문학의 장르 구분을 시도했던 학자들 가운데 이원수는 동화와 소년소설을 분명하게 구분해야 한다고 주장하였다.

> 문학으로는 '동화'라는 한 장르를 이루고 있지만 크게 분류하면 현대 동화는 소설에 속한다. 그러나 소설과 다른 점으로 동화는 추상적이요 공상적인 요소를 가지며 서술에 있어서도 줄거리에 치중하면서 산문시적인 표현을 하며 디테일(detail)의 묘사는 거의 없다. 소설이 치밀한 묘사와 정확하고 과학적인 계산 아래 씌어지는 데 비해서, 동화는 함축성 있는 단순한 묘사로서 그 내용에서도 공상적, 초자연적인 세계를 그릴 수 있는

---

44) 1940년에 이구조가 제안했던 '사실동화'라는 용어를 대치하면서 '생활동화'가 쓰이게 되었음은 앞에서 논의한 바와 같다.

> 것은 하나의 특징이라 할 것이다. (중략) 동화가 공상적 추상적 문학 형식인 데 대하여 소설은 현실적 구상적인 문학 형식이라고 할 수 있다. 즉 동화는 시간을 초월하여 자유로이 다룰 수 있으나, 소설은 현실적으로 또 사실적으로 다루어지지 않으면 안 되는 것이다. [45]

'동화'는 크게 보면 소설에 속하지만 엄격하게 말하면 '동화'는 공상적인 세계를 그린 초현실적인 이야기이고, '소설'은 현실 세계에서 벌어지는 일을 사실적으로 그리는 서사문학이라는 것이다. 그리고 저학년 어린이들을 대상으로 한 사실적인 이야기, 즉 생활동화로 분류될 법한 것에 대해서도 "현대 동화가 아동 생활에서 취재하여 현실 생활을 리얼하게 그린 작품은 비록 동화라 이름 붙인다 하더라도 단편소설에 속한다고 보아야"[46] 한다고 주장하였다. 그러면서도 아동을 대상으로 하는 서사물에도 현실 생활에서 취재한 이야기의 필요성을 옹호하여 리얼리즘에 입각한 소년소설의 당위성을 주장하였다.

소년소설은 공상 세계를 떠나 현실 세계로 들어선 아동들의 문학이다. 동심 세계를 옛 고향처럼 생각하는 어른들이 철없고 공상적이던 옛 일을 소중히 생각하는 나머지, 아동문학은 그러한 공상적인 세계의 문학이요, 세상모르는 천사 같은 동심 세계의 문학이 곧 아동문학이라고 생각하고, 현실에 부딪치며 살아가는 아동의 세계를 그리는 것을 무슨 아동문학의 이단적인 일처럼 생각하는 것은 후진성에서 오는 커다란 과오라 해야 할 것이다. [47]

현실에서 부딪치는 소년들의 세계를 그리는 이야기에 대해 이렇게 긍정

---

45) 이원수(1965, 전집판1984), 『아동문학입문』, 『이원수아동문학전집』28, 웅진, 30~32쪽.

46) 이원수 「아동문학」 전집 28, 150쪽

47) 이원수 「아동문학 입문」 앞의 책, 105쪽.

적인 시선을 보내다가도 이원수는 생활동화의 문제에 대해서는 비판적인 시선을 거두지 않고 있다.

> 생활동화는 이를테면 소설로서 꽁트와 같은 짧은 것으로 그 내용은 아동 생활을 그린 현실적인 이야기인데 이런 작품들이 보여 준 것은 어떤 줄거리의 재미도 아니요, 예술적 훈향도 아닌 것이 대부분이었다. 그것은 결국 일종의 스케치의 범위를 넘지 못하는 비소설로 되기가 일쑤였다. [48](밑줄 필자)

생활동화에 대한 비판적인 발언은 예술동화를 지향했던 김요섭에게서도 발견된다.

> 예술동화가 공상성이 짙은 환타지의 세계라고 하면 생활동화는 날마다 우리가 직접 겪는 실생활 속에서 이야기를 끄집어내는 동화다. 겉으로 나타난 이야기는 우리들의 가까운 생활에서 취재되었더라도 작품 속에서는 불꽃처럼 공상의 세계가 튀는 동화다. 우리나라에서도 많은 작가들이 생활동화를 쓰고 있으나 어린이를 소재로 한 글짓기 정도에 머물고 있다. [49] (밑줄 필자)

위의 두 발언은 '생활동화'의 장르적 결함을 지적한 것이라기보다는 '생활동화'라는 이름을 내걸고 발표된 작품들이 문학적인 성취가 미흡했음을 지적하는 말이라고 볼 수 있다. 그런 추리는 이원수의 다음과 같은 발언으

---

48) 이원수, 「1966년의 아동문학 개관」, 『전집』29, 221쪽.

49) 김요섭(1986), 「동화 창작법」, 『현대 동화의 환상적 탐험』,279쪽.

로 뒷받침된다.

생활동화의 체질 변화가 올해에 와서 뚜렷한 기미를 보여준 것은 여간 다행스러운 일이 아니다. 한때 생활동화가 잘못 인식되어짐으로써 끼친 폐단은 컸었다. (…중략…) 그러던 것이, 생활동화 자체에 대한 개념의 수정부터 가해지기 시각하면서 그 면모가 차츰 달라지기 비롯한 것은 요 2,3년래의 일이다. 개념의 수정을 전제로 한다면, 굳이 생활동화라는 것이 배척되어야 할 아무런 이유가 없다는 자각이 있게 되고, 그 자각은 마침내 생활동화의 체질 개선을 불러오게 된 결정적 모멘트가 되었다. 50)

'생활동화'에 대한 이원수의 견해가 이렇게 변화한 것은 '생활동화'가 작품성에 있어서나 리얼리즘의 관점에서 보았을 때도 만족할 만한 수준에 와 있었다고 판단되었기 때문일 것이다. 이런 사정으로 보아도 문학의 어떤 장르나 용어가 영향력 있는 어떤 개인에 의해 결정되는 것이 아니라 평론가나 작가, 독자 등의 세력이 어울려 정착되어 가는 것임을 알 수 있다. 이원수에 이어 장르 논의를 펼쳤던 이오덕은 '동화'의 하위 개념으로 '공상동화'와 '생활동화'란 용어를 제시하는데 이는 아마도'생활동화'를 인정하는 듯한 이원수의 위와 같은 발언도 한 계기가 되었을 것이라고 짐작된다. 여기서 '공상동화'와 '생활동화'는 이원수의 용어로는 각각 '동화'와 '소년소설'에 대응된다.

공상동화는 현실에서 있을 수 없는 것을 공상해서 쓴 것이다. 공상의 얘기를 쓰는 까닭은 공상 그 자체가 즐거워 쓰는 수도 있지만, 대개는 일상적인 현실의 세계로서는 보여 줄 수 없는 어떤 인생의 진실을 공상 세계에서 표현해 보고자 하는 욕구 때문이다. (…중략…) 생활동화는 현실의 삶

---

50) 이원수(1984), 「1970년의 아동문학 개관」, 『전집』29, 260~261쪽.

을 리얼하게 그려 보이는 동화다. 어린이들의 일상적인 삶, 가정과 학교와 사회에서 일어나는 여러 가지 문제를 사실적으로 그려서 어린이들에게 진실을 깨닫게 하고 참되게 살아가는 길을 생각하게 하는 얘기다.[51]

그러면 왜 이오덕은 이원수가 주장한 '소년소설'의 자리에 '생활동화'란 용어를 사용한 것일까. 원종찬은 그 이유를 '동심천사주의에 대한 전면적인 비판의 성격을 띤' 이오덕의 논쟁적인 비평 활동에서 찾는다.[52] 이오덕은 "현실의 무거운 압력 속에서 살아가는 서민의 아이들에게는 어떠한 아름다운 공상의 세계보다도 그들이 직면해 있는 인간적 삶의 문제에 더욱 관심을 갖는 것이 당연하다"[53]고 주장하였고 그래서 "생활동화가 서민의 아이들을 위한 동화"[54]가 될 수 있었다고 생각하였다는 것이다.

4. 1990년대 이후의 '동화' 장르에 대한 논의

1990년대 후반 무렵부터 아동문학에 대한 사회의 수요가 커지기 시작하고, 작가의 수효도 늘어나고 그림동화 같은 새로운 장르도 생겨나는 등 매우 활발한 움직임을 보이고 있다. 특히 동화, 청소년소설 같은 표지를 달고 출판되는 책이 해마다 급격히 늘어나고 있다. 따라서 아동문학에 참여하는 연구자도 늘어나고 장르에 관한 논의도 활발하게 펼쳐지고 있다. 그럼에도 불구하고 아동문학 전반의 장르와 용어에 대한 문제는 아직도 혼돈

---

51) 이오덕(1984), 「동화를 어떻게 쓸 것인가?」, 『어린이를 지키는 문학』, 백산서당,, 64쪽.
52) 원종찬, 앞의 논문, 334~335쪽.
53) 이오덕(1977) 「아동문학과 서민성」, 『시정신과 유희정신』, 창작과비평사, 134쪽.
54) 이오덕, 같은 책, 같은 곳.

을 거듭하고 있다.

(1) 혼돈의 실상

앞에서 논의한 바와 같이 1990년대 이전까지 '동화'에 대한 개념은 매우 다양한 의미로 받아들여지고 있었고, 동화의 하위 장르에 대한 용어도 다양하게 제안되어 왔다. 그리고 그에 따라 해당되는 작품이 발표되어 왔으며, 그것은 긍정적이든 부정적이든 우리 아동문학사의 축적된 성과라고 할 수 있다. 그런데 최근까지도 앞 시대의 모색을 무색하게 하는 용어의 이해가 존재하고 있다.

> ①동화란 말의 가장 포괄적인 개념은 '아동에게 들려주기 위한 이야기'로 사용된다. 그러나 본래 동화란 말은 독일어의 Märchen, 영어의 fairy tale에 해당하는 말로서 옛날이야기, 민담, 민화, 우화, 신화, 전설 등과 같은 설화의 형태 속에서 그 상징적 의미를 포착하여 개작 재화한 아동문학작품을 말한다. 그러므로 동화는 시간과 공간의 한계를 넘어서 수많은 사람들의 소망과 이상, 지혜화 상상력이 넘치는 환상의 보고이다.
>
> 본 연구자가 사용하는 동화의 개념으로 가장 적합한 용어인 메르헨의 본 뜻은 경이 혹은 기적 이야기로서 여기에는 신, 요정, 거인, 도깨비, 선녀 등 일상적 생활 주변에서 볼 수 없는 인물과 환경이 등장한다. 오늘날 우리 생활 주변의 에피소드가 동화란 이름으로 나오고 있어서 동화의 본 뜻을 혼란시켰기 때문에 본 연구자가 사용한 동화(메르헨)은 이같은 생활 주변의 이야기와 구별해서 사용되는 전래동화란 말과 유사개념으로 볼 수 있다.55)

②동화(童話)란 어린이를 독자층으로 하는 문학의 한 장르이다. 우리나라에서는 흔히 어린이를 위한 옛날 이야기를 동화라고 이해하고 있다. 이와 같은 해석은 이 문학 유형이 갖고 있는 고유한 특성을 간접적으로 설명한다고 볼 수 있다. …(중략)…동화라고 해서 반드시 요정에 대한 이야기일 필요는 없지만 경이로운 요소와 사건이 들어 있는 이야기가 대부분이다. 세계적으로 동화는 전래동화와 창작동화로 구분되고 있다. 예를 들면 〈신데렐라〉나 〈장화신은 고양이〉 같은 대중적인 민담과 아일랜드의 작가 오스카 와일드가 쓴 〈행복한 왕자〉처럼 후세에 창작된 창작동화가 있다. [56]

①에서는 독일의 '메르헨'이나 영국의 '요정 이야기'를 동화의 본령이라고 생각한다. 그리고, '생활 주변의 에피소드'가 동화란 이름으로 나오고 있다고 지적하면서 이는 동화의 본 뜻을 혼란시킨다고 주장한다. 즉 1930년대 이후 '생활동화' 또는 '사실동화'라는 이름으로 발표된 수많은 작품들은 동화가 아니라는 것이다. 2008년도에 출판된 ②의 경우도 동화를 '경이로운 요소와 사건이 들어 있는 이야기'로 이해하면서 메르헨이나 전래동화, 우화 같은 장르를 동화의 본령이라고 생각하고 있다.[57] 생활동화는 동화가 아니라는 진술은 없지만 생활동화(사실동화)나 소년소설에 대한 언급이 전혀 없어 '동화'의 의미를 메르헨이나 옛이야기를 바탕으로 다시 쓰는 이야기 정도로 한정하고 있는 듯 하다. 아동문학 관련 논문이나, 개론서에서도 아직 동화를 '옛이야기'나 '창작된 옛이야기' 정도로 생각하는 논자들이 존

55) 김경중(1988), 「동화의 특성과 교육적 기능에 관한 연구」, 『동광』, 5-6쪽.

56) 김정진(2008), 『아동문학의 이해』, 새미. 70쪽.

57) 김정진, 앞의 책. 이 책의 2장 2절 '동화' 항목(70~77쪽)을 보면 이솝우화에 대한 설명과 샤를르 페로, 그림형제, 안데르센에 대한 설명만으로 일관하고 있다.

재하고 있는 것이다.

(2) '동화'의 하위 장르에 대한 논의

최근에 '동화'장르에 대한 논의 가운데 가장 문젯거리로 떠오른 것이 동화의 범위를 어디까지로 볼 것인가 하는 문제와 그 하위 장르의 용어와 개념을 어떻게 쓸 것인가 하는 문제이다.

이 논의는 앞 시대의 이원수와 이오덕의 논의를 이으면서 변화된 오늘의 아동문학 환경을 반영하는 성격을 지닌다. 이 문제는 크게 보아 두 가지 견해로 정리된다. 첫째는 아동서사문학 장르를 '동화'와 '소년(아동)소설'로 분류하자는 의견이고, 둘째는 아동서사문학 장르를 모두 '동화'로 일원화하자는 견해이다.

'동화'와 '소년소설'로 구분하자는 견해는 원종찬에 의해 제기되었다. 원종찬의 견해는 이원수의 분류와 유사하지만, 연령을 기준으로 더 세분화하였다는 점이 다르다. 즉, 초현실의 세계를 다룬 이야기는 '공상동화'와 '판타지'로 나누고, 현실의 세계를 다룬 이야기는 '사실동화'와 '소년소설'로 나누어 놓은 것이다.

<표 1> 원종찬의 아동서사물 장르 분류[58]

방법 \ 연령	낮은 연령	높은 연령
초현실	공상동화 (전래동화와 의인동화 포함)	판타지 (공상과학소설 포함)
현실	사실동화 (생활동화)	소년소설 (아동소설)

이렇게 분류한 이유는 앞 시대의 이원수와 이오덕의 구분법을 보완하려는 것이다. 아동 서사문학을 '동화'(이원수가 말하는 동화는 '공상동화'가리킴)와 '소년소설'로 나눈 이원수는 높은 연령을 대상으로 하는 판타지를 뚜렷하게 염두에 두지 않았고, '동화'를 '공상동화'와 '생활동화'로 나눈 이오덕은 낮은 연령을 대상으로 하는 판타지를 뚜렷하게 염두에 두지 않았기 때문에 문제가 발생하였다고[59] 보고 원종찬은 이를 보완하기 위하여 위와 같은 도표가 필요하다고 주장한다. 이 주장은 당시까지 전개되어온 우리 아동문학의 이론을 정확히 파악하고 그를 이어받아 문제점을 보완하였다는 점에서 의의가 있다. 또, '동화'와 '아동소설'로 나누면, 현재 북한과 중국, 일본의 장르 분류법과 일치하여 동아시아 이웃나라의 장르 용어가 서로 같게 되어 혼란을 피할 수 있으며, 장차 통일이 되었을 때 남과 북이 같은 용어를 사용하게 되는 이로움도 있다.[60]

그런데, 이 분류의 문제점은 독자의 연령을 기준으로 하위 장르를 구분했다는 것이다. 문학 장르의 구분에서 우선해야 하는 기준은 텍스트의 내

58) 원종찬「동화와 판타지」,『동화와 어린이』,창비, 101쪽.

59) 원종찬, 같은 글. 104쪽.

60) 원종찬(2006),「한국 동화 장르에 관한 연구」,『민족문학사 연구』, 30호 참조.

적 자질이지 독자의 연령이 아니다. 이 문제는 특히 '공상동화'와 '판타지'를 구분할 때에 발생한다.

저학년 아이들이 읽기에 알맞은 작품이라도 판타지의 원리에 의해 창작된 작품은 판타지로 명명해야 하는 것이다. 예컨대, 필리퍼 피어스의 『학교에 간 사자』나 모리스 센닥의 『괴물들이 사는 나라』는 공상동화라고 하기 보다는 판타지라고 하는 것이 적절하다. 왜냐하면 이 작품들은 필리퍼 피어스의 『한밤중 톰의 정원에서』나 제임스 배리의 『피터팬』과 마찬가지로 판타지의 기법으로 창작되었기 때문이다. 공상동화와 판타지를 구분하는 텍스트의 내적 자질을 찾는 일은 아마 불가능할 것이다.[61]

한편, 김상욱도 다음과 같은 이유로 원종찬의 장르 분류법에 동의하지 않는다.[62]

> 첫째, 아동문학이 이미 독자에 초점을 맞춘 장르 설정인데, 그 안에 또 하나의 연령을 구분함으로써 기본적인 원칙이 동요한다. 즉, 동화와 소설을 구분하는 순간, 서로 다른 중심항의 설정이 필요해지고, 장르의 중심축이 둘이 됨으로써 동화 전체가 갖는 공통적 자질들이 희석되거나 단순화될 우려가 크다. 둘째, 동화와 (아동)소설, 공상동화와 판타지의 구분이 자의적이기 쉽다. 셋째, 이러한 구분이 경계를 확장해가는 장르의 속성을 오히려 제한할 염려가 크다.

---

61) 원종찬은 '사실동화'와 '소년소설'을 구분하는 형식 원리는 비교적 소상하게 제시하였는데, 이 글에서 공상동화와 판타지를 구분하는 형식원리는 제시하지 않고 있다. 원종찬, 같은 글, 102-103쪽 참조.

62) 김상욱(2009), 「아동문학의 장르와 용어」, 『아동문학의 장르와 용어의 재검토』, 한국아동청소년문학 2009년 겨울 학술대회 자료집, 17쪽.

이어서 김상욱은 '동화'의 하위 장르에 대해 다음과 같은 견해를 제시한다.

이러저러한 이유로 필자는 아동문학의 이야기 장르를 동화라는 총칭 명칭인 동화로 일원적으로 설정할 것을 이미 제안한 바 있다. 이미 동화는 다양한 함축들을 모두 포괄하면서 진전되어 왔으며, 또 진전되고 있기 때문이다. 이를 다시금 이원적으로 구분하는 것은 아동문학의 특수성을 자칫 지워버릴 염려가 없지 않다.

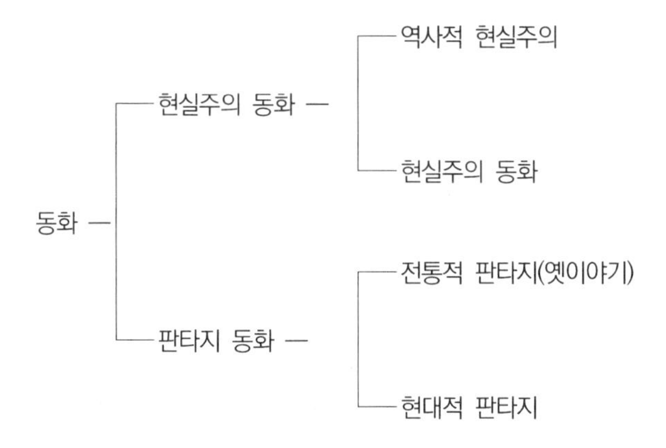

물론 이러한 분류에도 문제가 없지는 않다. 이 분류는 서구의 일반적인 아동문학의 분류를 원용한 것이다. 이는 당연히 엄밀한 기준을 갖추고 있다는 점에서 체계화에 기여하는 바가 있는 반면, 우리의 역사적 현실을 충분히 고려하지 못하고 있다는 한계 역시 지니고 있다. 그래도 아동문학의 장르를 논의하는 출발선은 여기까지만으로도 충분히 가능하다. 그 이후에 펼쳐질 하위 장르들은 연구자의 목적에 따라, 비평가의 의도에 따라 얼마든지 다양하게 개발되고, 운용될 수 있기 때문이다. 63)

이 분류법의 기본적인 전제는 '동화'와 '소년(아동)소설'을 모두 '동화'라는 용어로 포괄하자는 제안이다. 이 견해는 '동화' 관련 장르의 용어를 이 시대에 소통되고 있는 아동서사 작품의 실상에 접근시켰다는 점을 긍정적으로 평가할 수 있다. 사실, 현재 고학년 어린이들을 대상으로 한 서사물에는 거의 '동화'라는 표제가 붙어 있고, 동화 작가나 평론가들은 거의 아동소설이라는 말을 쓰지 않고 있기 때문이다.[64]

신헌재, 권혁준, 곽춘옥이 쓴 『아동문학과 교육』에서는 아동서사문학을 '그림동화', '판타지', '사실동화', '옛이야기', '역사동화' 로 분류하고 있는데,[65] 여기서 '사실동화', '역사동화' 등은 독자의 연령이나 작품의 형식적 자질 측면에서 보면 원종찬이 말하는 '아동소설'의 범주에 들 수 있는 작품들이다.

아동을 대상으로 한 '이야기 문학'을 '동화'라고 총칭하자는 제안은 다음과 같은 저서에서도 나타난다.

> 어린이를 대상으로 하는 이 '이야기 문학'으로서의 개념을 지닌 명칭은 '아동소설' 또는 '동화'라고 할 수 있는데, 여기에서는 아동문학의 특수성을 살리기 위하여 '소설'이라는 용어를 피하고 그냥 '동화'라는 용어를 사

---

63) 김상욱, 같은 논문, 19쪽.

64) 이런 현실은 '동화'와 '소년소설'로 구분하자고 제안한 원종찬도 인정하고 있다. "평론집 제목을 정하는 데서도 고민이 많았다. 좀 범범한 듯해도 '동화와 어린이'라고 한 것은 동화라는 장르와 오늘의 어린이를 둘러싼 탐구가 이번 평론집의 가장 두드러진 문제의식이라고 판단했기 때문이다. 물론 동시에 대한 글도 적지 않고, 소년소설에 해당하는 작품 비평이 더 많지만, '동화'는 흔히 소년소설을 포함하는 의미로 쓰고 있고, 가장 넓게는 아동문학 전반을 가리키는 말이기도 해서 그냥 무난하다 싶은 생각도 없지 않았다." (원종찬(2004), 평론집 『동화와 어린이』의 머리말, 창비 7쪽.)

65) 신헌재, 권혁준, 곽춘옥(2007), 『아동문학과 교육』, 박이정.

용하고자 한 것이다. 결국 이렇게 볼 때 동화라는 개념 속에는 전통적 동화 개념과 아동소설 개념이 포괄되는데, 이로써 아동문학 소설 장르의 위상이 분명해질 수 있다 하겠다.[66]

그러나 김상욱의 제안은 몇 가지 문제점을 안고 있다. 우선, 김상욱이 이미 자신의 글에서 지적한 바와 같이 '우리의 역사적 현실을 충분히 고려하지 못하고 있다'는 점이다. 앞에서 논의한 바와 같이 '동화'라는 용어는 많은 의미들이 축적되어 있는 역사적 장르이다. 이 용어에는 우리 아동문학 공동체의 구성원뿐만 아니라 우리 사회 언중(言衆), 즉 우리 해석공동체가 그 동안 인식하고 있던 '동화'의 의미와 일치되지 않는 부분이 있는 것이 사실이다. 그러나 근래 들어 우리 아동문학계의 구성원들로부터 '동화'라는 용어가 차츰 '아동소설'을 포함한 의미로 많이 쓰이고 있는 것이 현실이다.

다음으로, '현실주의 동화', '역사적 현실주의'라는 용어의 문제이다. 일반적으로 리얼리즘(realism)은 '사실주의'로 번역되는데, 김상욱은 이것을 '현실주의'라는 용어로 쓰면서 장르의 명칭으로 삼는 것 같다.[67] 리얼리즘이라는 용어는 사회적 입장과 문학적 관점이 다른 데에 따라 얼마간씩 다른 의미로 쓰이고 있어서 단일하고 고정적인 정의를 내리기가 쉽지 않지

---

66) 박민수(1998),『아동문학의 시학』춘천교육대학교 출판부, 221쪽.

67) 리얼리즘(realism)을 '현실주의'로 번역하는 것이라면 이것도 문제가 된다. 과문한 탓인지 필자는 우리나라 성인문학의 문학이론이나 문예사조사에 관한 서적, 문학이론용어사전 등에 리얼리즘을 '현실주의'로 번역한 것을 보지 못했다. 학문의 세계에서 학자가 자신의 용어를 내세우는 일은 자연스럽지만, 아동문학계에서 쓰는 용어는 연구자와 작가, 출판업자, 학부모, 어린이독자들이 어울려 만들어가는 공동체이기 때문에 될 수 있으면 상식에 따르는 것이 혼란을 피할 수 있다고 본다.

만, 상식적인 차원에서 이해하기 위해 문학 용어 사전의 한 부분을 인용해 보기로 하겠다.

> **사실주의**(寫實主義, realism) 우선 세 가지를 구분해야 하겠다. 1)작품의 어떤 부분에서 외부사실에 대한 세밀하고도 정확한 재현을 기하는 것, 즉 사실묘사의 수법을 간간히 이용하는 것, 2) 작품 전체의 형성원리이며 예술적 의도로서의 사실주의(이 경우는 事實주의라고 적는 것이 옳을 것이다.) 이것은 인생관과 관련된 보다 철학적 태도이다. 3) 19세기 중엽에서 말엽까지 사실주의적 철학(위의 2)에 따라 주로 소설문학에 크게 성했던 경향, 즉 역사적 사조의 하나.68)

김상욱은 '동화'를 ㉠'현실주의 동화'와 ㉡'판타지 동화'로 나누는데, 여기서 ㉠과 ㉡은 서로 대립되면서 짝이 되는 장르이다. 즉, ㉠과 ㉡을 가르는 기준은 이야기가 현실적인 법칙 아래 전개되느냐, 초현실적인(초자연적인) 법칙 아래 펼쳐지느냐 하는 한 가지로 나누어져야 하는 것이다. ㉠이 현실적인 사건이 벌어지는 이야기를 뜻하는 것이라면 ㉡은 현실의 법칙을 넘어서 초자연적인 인물이 등장하거나 초자연적인 사건이 펼쳐지는 이야기를 뜻하는 것이다. 그렇다면 ㉠은 사실주의의 용법 가운데 1)의 의미로 쓰이는 것이지 2)와 같은 '인생관과 관련된 철학적 태도로서의' 사실주의이거나, 3)과 같은 '역사적 사조'의 의미는 될 수 없다.

마술적 리얼리즘(Magic Realism)은 사건 및 인물의 리얼리즘적 묘사와 환상문학(Fantastic)의 요소들, 흔히 꿈, 신화, 동화에서 끌어낸 요소들을 결합한 문학인데69), 이는 세계관 측면에서는 2)의 관점을 취하지만, 기법

---

68) 이상섭(1976), 『문학용어사전』, 민음사, 114쪽.

면에서는 1)과 반대되는 판타지의 관점을 취한다. 판타지 동화 가운데에도 이렇게 양쪽에 걸리는 작품이 있을 수 있다. 예컨대 권정생의 「밥데기 죽데기」같은 동화는 기법으로 보았을 때는 '판타지'라 할 수 있지만, 세계관으로 보면 리얼리즘 동화라고 볼 수 있다. '현실주의 동화'가 리얼리즘 동화를 뜻하는 것이라면 리얼리즘 동화이면서 판타지 동화인「밥데기 죽데기」 같은 작품은 어떤 범주에 포함시킬 것인지 곤란한 문제가 발생한다.

'역사적 현실주의'라는 용어는 지금의 현실에서 벌어지는 이야기가 아니라 '지난 시대에 벌어진 일을 사실적인 기법으로 쓴 허구적 이야기'라는 뜻으로 쓰는 용어인데 이것도 '역사동화'라고 하는 것이 무난하다. 또 '현실주의 동화'의 하위 장르를 '역사적 현실주의'와 '현실주의 동화'라고 하여 상위개념과 하위개념에 '현실주의 동화'라는 용어를 되풀이 쓴 것도 분류의 원칙에 어긋난다.

김상욱은 위의 분류를 "서구의 일반적인 아동문학의 분류"를 원용하였다고 하였는데, 미국에서도 사실동화에 해당하는 장르명을 "Contemporary Realistic Fiction"이라고 표기한 아동문학 이론서[70]가 있는 것을 보면 장르명에는 'Realism'(사실주의)보다는 'Realistic'(사실적인)이라는 표현이 적절함을 알 수 있다. '현실주의 동화'는 여러 연구자들과 작가, 독자들이 쓰고 있는 '사실동화'라는 용어가 적절하리라고 본다.

---

69) 조셉 칠더즈· 게리 헨치 엮음 황종연 옮김(1999), 『현대 문학·문화 비평 용어사전』, 문학동네, 363쪽

70) Huck, C.., Hepler. S., J., Kiefer. B. Z., (7ed), *Children's Literature in the Elementary school,* Mcgraw-Hill. 2001. p.401.

5. 아동문학 장르 분류와 용어에 대한 제안

이상의 논의를 바탕으로 필자는 아동문학의 장르 분류와 용어에 대하여 다음과 같은 견해를 제시하고자 한다. 이 글의 성격으로 보면 '동화'에 한정하여 논의를 해야 하겠지만, 장르 분류를 위해서는 이웃 장르와의 관계도 함께 제시하는 것이 논의에 편리할 것 같다. 아동문학 장르의 전체적인 분류 체계를 먼저 제시하면 다음과 같다.

<표 2> 아동문학 장르 분류

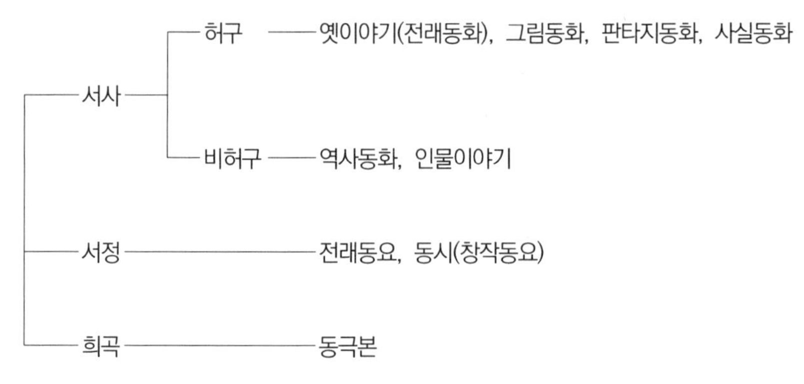

아동문학 장르는 문학의 3대 기본 장르(서사, 서정, 희곡)를 토대로 분류된다. 여기서는 서정과 희곡에 대한 설명은 제외하고, 서사에 대해서만 논의하겠다. 필자가 제안한 위 분류법은 논리적인 체계보다는 우리 아동문학의 실상(현상)을 우선 고려한 것이다. 즉, 성인문학에서는 일반적으로 비허구를 문학에 포함시키지 않기 때문에 서사의 하위 갈래를 허구와 비허구로 나누는 것은 일반적인 문학의 범주론에 어긋나는 것이지만 아동문학의 특

수성과 현실을 고려하여 이렇게 분류한 것이다. 아동문학의 특성으로 볼 때 역사동화와 인물이야기는 매우 중요한 어린이들의 독서물이기 때문에 아동문학 연구가들도 이에 대해 연구하고 비평을 해야 한다. 이 두 장르는 아동문학의 범주 속으로 끌어들여서 서사의 하위 장르에 포함시킨 것이 바람직하다.

그리고 옛이야기를 전통적인 판타지로 구분하는 학자도 있으나 필자가 볼 때, 옛이야기는 초현실적인 이야기도 있지만, 현실을 배경으로 현실적인 사건이 벌어지는 옛이야기도 있기 때문에 옛이야기 전체를 전통적 판타지로 분류하기에는 문제가 있다고 생각된다. 옛이야기의 하위 범주에 판타지적인 옛이야기와 사실적인 옛이야기로 분류하는 것은 가능하다고 본다.

판타지 동화는 독자의 연령을 따지지 않고, 초현실적인 등장인물이나, 초현실적인 사건, 초현실적인 배경 등이 등장하는 이야기는 모두 포함시킨다. 사실동화도 초등학생이 읽기에 적당한 서사물이라면 소설적인 길이와 구성을 지니고 있더라도 모두 '사실동화'라고 부르는 것이 좋다고 생각한다.

아동문학의 서사 장르를 가리키는 용어로는 '아동소설', '소년소설', '동화' 등이 혼란스럽게 쓰이고 있는데, 필자의 생각으로는 초등학생을 독자로 하는 서사물은 모두 '동화'라고 통칭하고, 기법에 따라 현실의 세계를 다룬 서사물은 '사실동화'로 '초현실적인 사건이나 인물, 배경이 등장하는 서사물은 '판타지 동화'로 명명하는 것이 바람직하다.

앞에서 논의한 바와 같이, 시대가 바뀜에 따라 '동화'가 내포하는 의미도 다양하게 변화하였기 때문에 이 시대의 독자와 작가 출판업자들이 현실적으로 가장 널리 쓰고 있는 의미를 수용하는 것이 좋겠다. 필자의 이와 같은 견해는 어떻게 보면 이론으로 말해야 하는 학자가 너무 현실적인 이유를 들어 용어의 의미를 결정하는 것이 아닌가 하는 지적을 받을지도 모르겠다. 그러나 문학 장르의 용어는 공동체의 합의의 소산이라고 할 때(이론을 빌면, '사회구성주의'로 설명할 수 있겠지만 여기서는 거기까지 언급하지는 않겠다.) 학자 일 개인의 의견보다는 공동체 구성원 전체의 관습도 중요한 판단의 근거가 될 수 있다고 본다.

6. 결론

장르의 변화는 장르의 형성, 장르의 격상과 소멸, 장르 변형 등의 과정으로 설명할 수 있겠는데[71] 지금까지 논의한 바를 정리하면 '동화'는 그 지위가 계속 격상되고 있으며, 끊임없이 그 내포적 의미의 경계를 확장해 왔다는 것을 알 수 있다. 국문학의 여러 하위 장르 가운데 100년 정도 되는 짧은 기간 동안 장르의 내포적 의미가 이렇게 크게 변화한 사례는 아마도 '동화'가 유일할 것이다.

1910년대에 '동화'라는 명칭이 한국에 들어와서 1920년대부터 아동문학 장르의 하나로 형성된 이후 '동화'라는 이름이 거쳐 온 의미의 변화 역정을 정리하면 다음과 같다.

①방정환의 시대에 '어린이를 위한 설화' 즉 옛이야기(메르헨 포함)이거나 옛이야기를 다시 쓴 이야기라는 의미로 쓰임.

②일제 시대에는 '우화'와 같은 어린이용 읽을거리나 '동심을 위주로 하는 순수 공상동화'의 의미로도 사용됨.

③1930년대의 프롤레타리아 아동문학 운동의 일환으로 현실에서 취재한

71) 김준오, 앞의 책 13쪽.

어린이의 생활 이야기가 1940년대에 이구조에 의해 '사실동화'라는 이름을 얻음.

④해방 이후 '사실동화'는 '생활동화'라는 이름으로 계승되어, 현실을 소재로 한 동화 작품이 활발하게 발표됨

⑤ 1970·80년대에 제도권 아동문학인들이 '생활동화'를 경시하고 시정신에 입각한 '예술동화'가 진정한 동화의 본령이라고 주장하며, 환상적이고 공상적인 동화를 활발하게 발표함.

⑥ 리얼리즘 계열의 문학인들이 '예술동화'를 비판하면서 '생활동화'와 '아동(소년)소설'의 필요성을 강조. '동화'가 '소년소설'의 의미를 포괄하여 쓰이게 됨.

⑦1990년대 후반 이후 외국 아동문학이 다수 번역 소개되면서, 판타지동화와 그림동화 장르가 새로 형성되면서 장르의 분류와 용어에 대한 논의가 활발해짐.

정리하고 보니 한국 아동서사문학의 역사를 개괄한 것 같다. 장르의 용어와 그 개념의 변화를 작품 경향의 변화와 분리해서 논의할 수 없는 이유는 용어가 항상 작품의 경향을 반영하고 있기 때문이다. 그런데 용어와 작품의 발생·변화 순서는 작품이 먼저이거나, 아니면 작품과 용어가 동시에 변화하는 것을 알 수 있다. 즉, 용어가 먼저 생기고 그에 맞는 작품이 생산된 것이 아니라, 한 시대가 요구하는, 혹은 일군의 작가들이 지향하는 작품의 경향이 먼저 형성됨과 동시에, 혹은 형성된 다음 그에 합당한 명칭이 생겨났다는 것이다. 그러므로 장르의 변화는 그대로 한 장르의 문학사가 되는 것이다.

장르와 용어가 빠르게 변화하고 추구하는 문학의 경향이 서로 다르더라도 우리 아동문학의 공동체에서는 그 명칭과 의미에 대해서는 어느 정도의

합의가 필요하다. 그리고 그 합의는 너무 자신의 입장을 강조하기 보다는 상대와 공동체를 배려하는 태도에서 도출될 것이다. 활발한 의사소통으로 '동화'에 관련된 용어와 개념의 견해가 좁혀지기를 바란다.

• 참고문헌 •

1. 자료

동아일보, 1938년, 1, 30

동아일보(1940.5.30)

『소년』, 2권 1호, 1939년 신년호

『어린이』 9권 2호,

2. 논문 및 단행본

가와하라 카즈에, 양미화 옮김(2007), 『어린이관의 근대』, 소명출판.

강소천(1961), 「동화의 지도와 감상」, 『아동문학의 지도와 감상』, 대한교육연합회,

김경중(1988), 「동화의 특성과 교육적 기능에 관한 연구」, 『동광』

김상욱(2009), 「아동문학의 장르와 용어」, 『아동문학의 장르와 용어의 재검토』, 한국아동청소년문학 2009년 겨울 학술대회 자료집.

김요섭(1986), 『현대동화의 환상적 탐험』, 한국문연.

김정진(2008), 『아동문학의 이해』, 새미.

박민수(1998),『아동문학의 시학』 춘천교육대학교 출판부.

박화목(1982), 『신아동문학론』보이스사.

석용원(1986(초판, 1982년)), 『아동문학론』학연사.

송남헌, 「예술동화의 본질과 그 정신」, 『동아일보』, 1939.12.2~10일자.

신헌재, 권혁준, 곽춘옥(2007), 『아동문학과 교육』, 박이정.

원종찬「동화와 판타지」,『동화와 어린이』, 창비.
원종찬(2004),『동화와 어린이』, 창비
원종찬(2006),「한국 동화 장르에 관한 연구」,『민족문학사 연구』, 30호.
이상섭(1976),『문학비평용어사전』, 민음사.
이오덕(1984),『어린이를 지키는 문학』, 백산서당,
이오덕(1977),『시정신과 유희정신』, 창작과비평사,
이원수(1965),「소파와 아동문학」,『어린이를 위한 마음』, 三都社,
이원수(1965, 전집판1984),『아동문학입문』,『이원수아동문학전집』28, 웅진.
이원수(1984),『이원수아동문학전집』29, 웅진.
이재철(1989),『세계아동문학사전』, 계몽사,
이재철(1978),『한국현대아동문학사』, 일지사.
제레미 M. 호손 지음, 정정호 외 옮김(2003),『현대 문학이론 용어사전』, 동인.
조셉 칠더즈· 게리 헨치 엮음, 황종연 옮김(1999),『현대 문학·문화 비평 용어사전』, 문학동네.
조은숙2009),「식민지 시기 아동문학 서사 장르의 용어와 개념 고찰」,『아동문학의 장르와 용어의 재검토』, 한국아동청소년문학회 2009년 겨울 학술대회 자료집.
최태호(1961),「아동문학과 교육」,『아동문학의 지도와 감상』, 대한교육연합회.
Huck, C.., Hepler. S., J., Kiefer. B. Z., (7ed)(2001), *Children's Literature in the Elementary school*, Mcgraw-Hill.

제3부

문학교육의 길 찾기

목표 중심 문학 교육, 무엇이 문제인가.

1. 머리말

현행 교육과정의 국어교과서는 목표 중심 체제로 단원이 구성되어 있다. 현재의 국어교과서에서 채택하고 있는 목표 중심 단원 구성 체제는 제5차 교육과정기(이후 '교육과정기' 생략함)의 단원 편성 방법으로 채택되었던 것인데 지금까지 그 체제가 그대로 유지되고 있다. 이와 같은 목표 중심 단원 구성 방법은 3차 교과서의 '주제 중심' 단원 구성 방법과 4차의 '문종 중심' 단원 구성 방법을 거치면서 변화해온 것인데, 이러한 교과서 단원 구성 방식의 변화는 각 시기 국어교육학의 패러다임과 국어교육의 경향이 그대로 반영된 것이다.

3차의 '주제 중심' 교과서는 제재의 내용을 중심으로 편찬되었기 때문에 수업은 교과서에 수록된 글의 내용을 중심으로 한 강독 위주로 전개된다. 그리고, 4차 시기의 '문종 중심' 교과서는 국어 교육을 '표현·이해, 언어, 문학'으로 나누고 그 배경 학문으로 수사학, 언어학, 문학을 설정한 당시의 국어과 교육과정의 특성이 잘 반영되어 있어서, 수업 시간에는 글에 관한 내용 자체보다는 국어에 관한 각 영역의 지식을 중요하게 가르치고 있음을 알 수 있다.

그렇다면 5차 이후의 '목표 중심' 단원 편성 방식은 어떤 의도가 반영된 것인가. 그 시기의 국어교육론자들은 국어교육의 가장 중요한 목표는 '언어 기능 신장'이라고 본 것이다. 언어기능을 신장시키기 위해 가장 적합한 체제가 바로 '목표 중심'의 단원 구성 방식이기 때문이다. 5차 이후 지속되어 온 이 방식은 어떤 면에서 국어교육의 교과적 독자성을 뚜렷이 하고, 수업의 효율성을 높이는 데 큰 역할을 해왔다고 평가할 수 있지만 한편으로는 국어교육의 현장에 부작용을 빚은 것도 사실이다. 특히 언어 기능 영역과는 그 성격이 다른 문학 교육의 관점에서 보면 문제점이 더 심각해질 수도 있다. 그러나 아직까지 목표 중심 단원 편성 방식이 문학 교육에 어떤 성과가 있었고 어떤 문제점을 야기했는지에 대해서 심도 깊은 논의가 이루어지지는 않고 있다.1)

국어교육의 입문기적 성격을 지니는 초등 단계에서의 국어교육은 우리말을 바르고, 능숙하게 사용할 수 있도록 익히는 언어 기능 교육도 매우 중요하다고 본다. 그러나 문학 영역 또한 국어교육의 중요한 부분을 차지하고 있으며, 그 고유의 독자적인 교육 목적이 존재하기 때문에 문학 교육의 입장에서 국어교과서의 교육적 효과와 타당성을 연구하는 일이 시급하다. 초등학교에서 문학 영역은 읽기나 쓰기 같은 언어 기능 교육과 통합되는 경우가 많고, 특히 읽기 교육과 문학 교육은 그 구분이 모호한 부분이 있다. 그 원인은 읽기나 쓰기 같은 언어 기능 교육의 자료로 문학 텍스트가 이용되기 때문이다. 그렇지만 여기서는 언어기능 교육의 자료로 사용되었다고 판단되는 문학 텍스트는 언급하지 않고, 문학 영역과 관련된 교과서 단원을 중심으로 논의를 전개하기로 한다. 특히 목표 중심의 단원 구성이 문학 교육에 어떤 의의가 있으며, 어떤 문제점이 있고, 그 개선 방안은 무엇인지를 탐색해보고자 한다.

2. 목표 중심 단원 체제의 의의와 장점

목표 중심의 단원 구성이라 함은 교육과정의 '내용' 항목을 해석하고 상세화 하여 대단원의 목표로 진술하고, 교수·학습을 위한 텍스트를 선정하며, 학습할 내용 조직, 학습 결과의 확인(평가 활동), 보충 심화 학습활동 제시 등과 같은 일련의 과정을, 목표를 중심으로 일관성 있게 구성하는 단원 편성 방식을 의미한다. 다시 말하면 '교수·학습의 목표'를 단원 편성 최우선적인 조건으로 삼는 방식이다. 이것은 주제 중심 단원 편성의 최우선적 고려 조건이 '교수·학습의 주제'가 되는 것이나, 문종 중심 단원편성의 최우선적 고려 조건이 '글의 종류'가 되는 것과 비교해보면 그 특성이 잘 드러난다. 단원이란 교수·학습의 상황에서 어떤 일정한 과제를 해결하는 데 필요한 학습 내용이나 경험을 전체성과 통일체를 이루도록 조직해 놓은 학습의 단위를 말한다.[1] 교육과정을 구체화한 실체인 교과서를 편찬하기 위해서는 필연적으로 단원이 필요하다. 교수·학습이 이루어지는 현장에서는 방대한 양의 교육 내용을 적절한 단위로 구분해서 어떤 통일된 하나의 상태로 분절할 필요가 있기 때문이다. 여기서는 목표 중심 단원 체제가 지니는 의의와 목표 중심 체제가 문학 영역의 교수·학습에 어떤 장점을 지니는지 살펴보기로 하겠다.

---

1) 박삼서, "7차 교육과정의 특성과 문학 교재 개발의 주안점", 문학과 교육 제5호 1998년 가을호, 54쪽

(1) 교수 학습의 방향이 뚜렷해지고, 해당 단원, 해당 차시에서 교수 학습할 분량이 분명해져서 교수와 학습이 효율적으로 진행될 수 있다

목표란 진술된 설명에서 원하는 바 변화가 피교육자에게 전달되기를 바라는 하나의 의도, 즉 학습 경험을 성공적으로 마쳤을 때 피교육자가 어떻게 되기를 바라는가에 대한 설명이다. 다시 말하면, 목표란 피교육자가 시위할 수 있게 되리라고 바라는 행동의 양식을 서술하는 것이다.[2] 그러므로 분명한 목표, 잘 진술된 목표는 교수·학습의 방향을 뚜렷하게 제시할 수 있으며, 학습할 분량도 가시화하는 효과를 갖는다.

문학 영역의 교수 학습 상황에서는 흔히 수업이 초점을 잃기가 쉽고, 수업의 분량 조절에 실패하는 경우가 있다. 이것은 문학 텍스트의 내용이 삶의 다양한 국면을 담고 있어서, 교사에 따라서는 텍스트의 내용을 중심으로 수업을 전개할 수도 있고, 텍스트의 어떤 장면이 학습자들의 삶의 경험과 만났을 때 예상치 못한 반응이 제시될 수도 있기 때문이다. 그러나 교과서의 단원이 분명한 목표를 중심으로 구성되면, 수업을 전개할 때 초점을 벗어날 가능성이 없고 학습자의 반응도 교수·학습의 목표에서 멀어지지 않게 될 것이다. 또, 목표 중심 단원 체제에서는 교수·학습의 방법까지 구체적으로 안내하는 경우가 많기 때문에 교사는 교수·학습 방법을 안내 받을 수 있고, 따라서 교수와 학습이 효율적으로 진행될 수 있다.

---

2) Robert F. Mager, 정우현 역, 행동적 수업목표 , 교육과학사, 1972, 17쪽.

(2) 속성 중심의 문학 교육에 효과적이다

속성(屬性) 중심의 문학관이란 문학을 설명하는 중점을 문학의 특수한 성질에 두는 관점이다. 문학의 구체적인 모습인 개개의 작품 또는 그 집합보다 문학을 이루는 본질에 대하여 주목하며, 그렇게 함으로써 문학일반이라는 총체적인 대상을 설명하고자 하는 관점이다.

속성(屬性, attribute)은 '사물이나 현상의 본질을 이루는 성질'을 가리키므로, 속성중심의 문학관에서는 문학과 비문학의 구별을 가능하게 해주며, 문학의 본질을 드러내 이해하게 해주고, 문학의 의미를 천착할 수 있게 해준다.[3] 속성 중심으로 문학을 설명하는 방식 가운데 하나로 문학의 요소나 맥락을 분석해 보이는 방법이 있다. 예컨대, 시의 문학성을 형성하는 요소로 율격, 이미지, 비유, 어조 등을 설명한다든지, 소설의 요소로 인물, 사건, 배경, 플롯 등을 설명하는 것이 이에 해당한다. 7차 국어과 교육과정의 문학 영역 '내용'은 이러한 속성적 문학관에 바탕을 둔 항목들이 적지 않다. 문학 영역의 학년별 내용 가운데 '감상과 창작' 부분의 '작품의 미적 구조' 항목에 해당하는 내용은 모두 속성적 문학관에 바탕을 두고 선정된 항목이며, '작품의 창조적 재구성', '문학의 창작' 항목에 제시된 학년별 내용도 속성적 문학관에 바탕을 둔 내용들이 많다. 문학 작품을 구성하는 부분적 요소나 문학성을 형성하는 속성 하나 하나를 가르치는 데는 목표 중심의 단원 편성이 아주 효과적이다. 세부적인 사항을 나누어 진술해야 하는 목표 기술의 특성과 작품의 속성 하나 하나를 자세히 분석하여 규명하려는 속성적 문학관은 공통점이 있기 때문이다.

---

3) 김대행 외, 문학교육론 , 서울대 출판부, 2000, 14~17쪽.

수업의 목표를 진술할 때에, 기술을 세분하면 할수록 수업자의 의도를 명확히 전달할 수 있기 때문에 각각의 목표는 분리해서 기술하는 것이 좋다. 또한 목표를 진술할 때는 학습자가 그 목표를 달성했다는 증거로 인정될 수 있는 어떤 시행적 행위를 확인할 수 있도록 진술하는 것이 좋다.[4) 문학 교육의 국면에서 이와 같이 어떤 학습 내용을 세분화해서 진술할 수 있는 내용 항목은 속성적 문학관에 바탕을 두고 선정된 항목들이며, 학습자의 도달점 행동을 가시적으로 확인할 수 있는 것도 속성적 문학관에 바탕을 둔 내용 항목들이다. 이와 같은 목표 중심 단원 편성 방식이 속성적 문학관과 잘 어울린다는 사실은 문학 영역 내용 가운데, 본질이나 태도의 하위 항목을 교수·학습 하는 데는 목표 중심 단원 구성 방식이 효과적이지 못하다는 사실과 비교해보면 더 잘 드러난다. 예컨대 '5학년 (1) 작품 수용이 다양할 수 있음을 알기' 라든가 '5학년 (6) 작품에 대한 생각이나 느낌을 적극적으로 글로 표현하려는 태도를 갖기'와 같은 항목은 단일한 목표로 단원을 구성하기가 어렵고, 교육적 효과도 보장하기 어렵다.

(3) 지역 간, 학교 간, 교사 간에 균질적인 수업이 가능하다

목표 중심으로 단원을 편성하게 되면, 텍스트의 선정, 학습활동의 구성, 평가활동의 조직등을 모두 목표를 중심으로 일관성 있게 구성할 수 있다. 이렇게 학습 내용과 활동이 목표를 중심으로 짜이기 때문에 전국 모든 교실의 교수·학습 현장에 교과서가 제시한 목표에 집중하게 함으로써 질적,

---

4) Robert f. mager, 앞의 책, 137쪽.

양적으로 표준화된 수업을 가능하게 한다.

이러한 표준화된 수업을 가능하게 하는 또 다른 요인은 7차 교육과정기의 초등학교 국어 교과서가 학습 과제와 절차를 분절적으로 제시하는 과정 중심 교과서라는 점을 들 수 있다. 현행의 교과서는 이렇게 목표를 세분화하여 제시한 다음 목표에 도달하기 위해 학습 과제와 절차를 분절적으로 제시하여 이 교과서에 따라 수업을 하게 되면 전국의 모든 교사가 같은 내용을 같은 과정으로 수업하게 된다. 언어 기능 영역의 교수·학습보다도 문학 영역의 수업에서는 교사의 능력, 취향, 교수·학습 방법, 문학에 대한 열정 등에 따라 수업의 질에 많은 차이를 보일 수 있다. 하지만 목표를 중심으로 하고, 과정 중심으로 일관성 있게 단원을 구성하면 이러한 변수에도 불구하고 어느 정도의 균질성이 확보될 수 있다는 것이다. 그러나 이것은 다른 관점으로 보면, 창의적인 교사나 교육적 혹은 문학적 열정이 뛰어난 교사의 수업 방식을 제약하는 조건이 될 수도 있음을 뜻한다. 학습할 내용과 목표만 제시하고 수업시간에 다룰 교재나 교수·학습 방법은 교사의 재량에 맡겨버리는 미국의 제도와 비교해볼 때, 목표는 물론 텍스트와 학습 활동과 그 순서까지 제시하여 가르치는 우리나라의 교실에서 그 보편성 혹은 획일성은 더 증대된다.

3. 목표 중심 단원 체제의 문제점

국어교과서의 문학 단원을 목표 중심 체제로 구성하게 된 이유는 5차 교육과정 시기에 국어교과의 최우선적인 목적을 '언어기능 신장'에 두고 모든 국어교과서의 체제를 언어기능 학습 위주로 편성하였기 때문이다. 따라서 문학 영역의 단원도 전체적인 체제에 맞추지 않을 수 없었던 것이다. 즉, 문학 교육의 본질에 적합한 체제이기 때문에, 혹은 문학 교육의 효과를 최대치로 이끌어 올리기 위해 필요한 체제이기 때문에 이 체제가 선택된 것이 아니라는 것이다.

그런데 언어 기능 교육에서는 목표 중심 체제가 효과적일 수 있지만 교수·학습의 절차나 방법에서 문학 교육은 언어기능 교육과 그 체제가 같을 수 없다. 언어 기능 영역 가운데 '쓰기'를 예로 들어보자. 7차 교육과정의 내용체계표에 의하면 쓰기는 '본질', '원리', '태도', '실제'로 구성되어 있는데, 본질에서는 쓰기에 대한 명제적 지식을, 원리에서는 쓰기에 대한 절차적 지식을 가르치도록 되어 있고, 실제에서는 위의 지식을 바탕으로 실제로 글을 쓰는 활동을 하도록 짜여 있다. 이와 같이 언어 기능 영역은 지식과 활동을 연계하여 교수·학습하는 것이 효과적일 수 있다. 명제적 지식/ 절차적 지식/ 활동 등을 목표 중심 체제로 편성 하는 것이 효과적인 이유는 그런 지식들 하나하나를 단일한 목표로 초점화 하는 것이 수업 전개상 효과적이며, 활동 단계에서도 글을 쓰는 과정과 기능을 잘게 나누어 목표로 진술하는 것이 가능하며 효과적이기 때문이다.

그러나 문학 영역은 본질적으로 '기능' 교육이 아니기 때문에 언어 기능의 교육처럼 본질(명제적 지식), 원리(절차적 지식) 실제(활동)로 나누어 질 수 없다. 그래서 7차 교육과정의 내용체계표에서도 듣기, 말하기, 읽기, 쓰기 등의 **언어** 기능 영역과는 달리 '문학의 본질', '문학의 수용과 창작', '문학에 대한 태도', '작품의 수용과 창작의 실제'로 나누어 놓은 것이다. 그러므로 목표 중심 단원 체제는 언어 기능 학습을 위해서는 효과적인 체제일 수 있지만 문학 교육의 본질에 비추어 볼 때 적절하지 않다. 그러나 교과서 편찬자가 그런 사정을 알았더라도 어떤 영역은 목표 중심으로 편성하고, 어떤 영역은 문종중심이나 주제중심으로 편성하기가 기술적으로 어려웠을 것이라고 추측할 수 있다.

이와 같이 문학 영역이 목표 중심 단원 체제로 구성된 이유는 문학 교육 고유의 독자적인 본질이나 교육적 당위성 때문에 채택된 것이 아니고, 국어과 교과서 전체를 언어기능 교육에 효과적인 체제로 구성하려다 보니 문학 영역도 어쩔 수 없이 목표 중심 체제를 따라야 했던 것으로 생각된다. 교과(영역)의 본질과는 무관하게 채택된 체제 때문에 문학 교육의 여러 가지 문제가 발생하게 된 것이다. 여기서는 목표 중심 단원 구성이 문학 교육을 왜곡시키는 문제점에 대해 논의해 보기로 하겠다.

(1) 문학을 좋아하고 즐기는 태도를 기르기 어렵다

문학 교육의 목적 가운데 하나는 학습자가 문학을 즐기고 좋아하며, 흥미를 가지게 하여 학교를 졸업한 후에도 스스로 문학 작품을 찾아 읽는 평생 독자로 키우는 일이다. 그래서 교육과정의 문학 영역의 태도 항목에는 '작품을 즐겨 찾아 읽는 습관 갖기(1학년)', '작품에 흥미를 가지고 즐겨 읽는 습관 갖기(2학년)', '작품을 스스로 찾아 읽는 습관 갖기(3학년)' 등이 제시되어 있다. 그런데 현재의 국어교과서는 학습자의 문학에 대한 흥미를 이끌어내는 데 실패하고 있다는 목소리가 높다.

> 학교를 보내놓으니까 문학이라는 것에 넌덜머리를 낸다면, 학교에서 이루어지는 문학교육은 자발성을 이끌어내는 데 실패한 것이라고 해야 옳다. 그러한 자발성을 이끌어내는 데에 실패했다면, 문학 교재 어느 구석

에 그런 실패의 원인이 있었던 것은 아닌가 진중히 따져보아야 한다. 5)

필자는 학습자들의 자발성을 이끌어내는 데 실패한 원인의 하나가 '목표 중심 단원구성 체제'라고 생각한다. 하나의 기능처럼 상세하게 나누어 놓고 그 목표를 위해 일직선으로 달려가게 만들어 놓은 교과서로 문학을 공부했을 때 교과서가 요구하는 목표를 달성할 수는 있겠지만 작품을 읽는 즐거움과 문학에 흥미를 잃게 만들 염려가 있다.

교육과정과 교과서에서 다루는 문학 지식은 문학 작품을 읽고, 감상하는 문학 능력을 효과적으로, 더 높은 수준으로 발전시켜서 궁극적으로 학교 교육 이후의 일상생활에서도 문학을 향유하는 태도를 유지, 성장하게 하는 수단에 불과하다. 즉 문학 지식의 교육 자체가 목적이 아니라 그것은 문학을 즐기고 감상하게 하는 수단이 될 뿐이다. 교과서에 제시되어 있는 교수·학습 목표는 수업을 하는 당시에는 목표가 되지만 학습자의 생애를 놓고 길게 볼 때는 하나의 수단에 불과하다는 것이다. 그런데 이 수단이 본질적 목적을 달성하는 데 역기능을 한다든지, 왜곡한다면 이것은 심각하게 고민해보지 않을 수 없는 문제이다,

(2) 원작을 훼손하여 작품의 문학성을 떨어뜨린다

목표 중심의 단원 체제에서는 원작이 그대로 실리지 않고, 다양한 굴절을 거쳐 제재로 수록되는 경우가 많다. 목표에 맞게 원작을 교열, 삭제, 부

5) 우한용(1998), '문학교육의 이념과 문학 교재론의 방향' 문학과교육연구회 , 문학과교육, 제5호, 한국교육미디어, 24쪽.

분 수록, 요약, 개작하여 원래의 문학 작품과는 다른 모습으로 수록하는 일이 비일비재한 것이다.6)7) 물론 원작을 재구성하는 일이 목표 중심의 단원 체제 때문만은 아니다. 교과서에 부적합한 비어나 속어, 방언 등은 알맞게 손볼 수밖에 없고, 원작의 분량이 지나치게 길어서 한정된 교과서 지면에 모두 실을 수 없을 때는 필연적으로 부분 수록이나 요약을 할 수 밖에 없다. 그러나 원작의 문학적 의도와는 크게 거리가 있는 부분만을 편찬자의 입맛에 맞게 잘라내어 교과서에 수록하는 일은 작품을 훼손하는 일일 뿐만 아니라 학습자가 원작에 대해 오해하게 하며, 문학의 참된 즐거움을 누릴 기회를 박탈하는 일이 된다.

6차 교육과정기의 5학년 2학기 '읽기' 교과서(12단원, 눈을 감아도 보여요)에는 정채봉의 "오세암"이라는 동화가 실려 있었는데, 이 동화를 제재로 학습해야 할 목표는 "인물의 성격이나 마음 상태를 생각하며 이야기를 읽어 보자."이며, 주요 학습 활동은 ''말과 행동으로 등장인물의 성격 알기"가 제시되어 있다. 그리고 해당 단원에는 이 동화의 발단 부분-봉사 소녀 감이와 남동생 길손이가 길거리에서 떠돌다가 스님의 손에 이끌려 절에 들어가는 부분-만 수록되어 있다.물론 수업의 목표에 도달하기 위해서는 이 장면만으로도 가능하다. 실제로 많은 교실에서는 교과서에 제시된 부분까지만 읽고, 교과서에서 제시한 목표대로 수업을 하였을 것이다.

그러나 원작을 모두 읽고, 크나큰 감동의 물결을 경험한 우리는, 동화의 처음 부분만 조금 수록된 데 대해 안타까움을 금할 수 없다. 이 동화의 감동은 작품 전체를 읽어야만 체험될 수 있는 것이며, 특히 이 동화에서 아

---

6) 이지호(2003), 교과서 동화 제재, 무엇이 문제인가(2), 한국어린이문학 협의회, 어린이문학 6월호 참조.

름다운 부분은 맨 마지막 부분이다. 그 아름다운 동화 전체를 읽히지 못하는 현실, 그리고 이 동화를 제재로 말과 행동으로 등장인물의 성격을 학습하는 공부에 머물고 마는 현실에서는 허탈감마저 느끼게 된다. 제 7 차 교육과정기의 교과서에 이 제재는 수록되어 있지 않지만 목표 중심으로 문학 단원을 구성하게 되면, 이와 같은 일이 다시 생길 가능성이 얼마든지 존재한다.

(3) 문학 교육에서 꼭 가르쳐야 하는 갈래(장르)에 대한 교육이 소홀해진다

목표 중심 단원 구성체제로 교과서를 편찬하기 위해서는, 교육과정의 내용 항목을 해석, 상세화하여 대단원의 목표로 설정하고 그에 따라 텍스트를 선정하고 학습활동을 구성하는 절차를 따르게 된다. 그러므로 교육과정의 내용 항목에 '갈래'에 대한 언급이 없으면 당연히 교과서의 단원 목표에도 갈래에 대한 진술이 없게 된다. 7차 교육과정의 '내용' 항목에서는 몇 학년에서 어떤 갈래를 학습해야 하는지에 대한 언급이 전혀 없다. 초등단계에서 학습해야 할 갈래는 어떤 것들이며, 어떤 갈래를 몇 학년에 학습해야 하는지에 대한 지침이 없게 된 것이다. 그러다 보니, 학습자들이 학습해야 할 갈래를 챙겨서 교재화하는 일은 오롯이 교과서 편찬자의 몫으로 돌아가게 되는 것이다.

이런 상황에서는 어떤 갈래가 누락되었는지, 혹은 어떤 갈래가 너무 중복되어 수록되었는지를 점검할 장치가 없게 된다. 예컨대, 7차 초등학교 국어교과서에는 '시조'라는 갈래를 가르칠 수 있는 단원이 없다. 5학년 1학기 ≪읽기≫ 교과서에 단심가 와 하여가 라는 시조가 두 편 실려 있기는 하지만 그 작품은 문학 제재로 수록된 것이 아니라, '설득하는 글 읽기'라는 목표를 달성하기 위한 '언어 기능 학습 자료'로 사용된 것이기 때문에 수업 시간에 '시조의 양식적 특성 이해'와 같은 문학교육적 접근은 불가능하도록 되어 있다.

국어교육의 전문가들이 초등학교 단계에서는 시조를 가르칠 필요가 없다고 합의한 것은 아닐 것이다. 다만 목표 중심 체제로 단원을 편성하다 보니, 문학 영역에서 가르쳐야 할 문학 관련 지식이나, 꼭 가르쳐야 할 글의 종류(갈래)에 대한 교육이 소홀해졌기 때문이다. 언어 사용 기능 신장 교육을 위주로 한 목표 중심의 단원 체제가 지속되면 이와 같은 일이 다시 벌어질 수 있다.

(4) 작품에 대한 학습자의 자유롭고 창의적인 반응과 주체적 감상을 방해한다

7차 교육과정에서는 문학 영역의 교수·학습 방법으로 '반응 중심 문학교육'을 소개한 바 있는데, 이는 주체적이며, 자유롭고, 창의적인 반응을 격려하고 유도하는 문학교육의 방법이다. 이전의 신비평에 입각한 교사 중심, 텍스트 중심의 교수·학습 방법을 지양하고, 학습자 중심, 과정 중심 원리의 구체적인 대안으로 제안된 방법이 바로 반응중심 문학교육 방법인 것이다. 반응중심 문학 교육에서 가장 중요하게 받아들여지는 학습자의 행동은 문학 작품의 이해와 감상, 그리고 표현의 과정에서 학습자 자신의 주체적인 해석과 능동적이고, 창의적인 사고, 자신의 삶의 경험에 조회한 다양한 반응의 표출이라고 할 수 있다.

그런데 목표 중심의 단원 체제는 이와 같은 학습자의 자유로운 반응을 방해할 가능성이 크다. 현재의 교과서 체제는 어떤 문학 작품을 제시할 때 그것을 작품 자체로 제시하는 것이 아니라 반드시 어떤 목표를 달성하기 위한 제재로 이용하고 있다. 그리고 단원의 서두에 학습목표를 명시적으로 제시함으로써 학습자가 작품을 있는 그대로 읽지 못하고 교과서 집필자의 의도대로 읽지 않을 수 없게 되어 있다. 5학년 읽기 첫째 마당의 대단원 목표는 '비유적 표현을 이해하며 시를 읽을 수 있다'와 '인물의 성격과 사건의 전개에 주의하며 이야기를 읽을 수 있다'로 제시되어 있고, 첫째 소단원에는 시가 둘째 소단원에는 동화가 실려 있다. 이 가운데 시를 학습하는 과정을 살펴보자.

> 물새는/물새라서 바닷가 모래밭에/ 알을 낳는다/보얗게 하얀 물새알//
> 산새는 산새라서 수풀 둥지 안에/알을 낳는다/알락알락 얼룩진 산새알//
> 물새알은/간간하고 짭조름한/미역 냄새/바람 냄새//
> 산새알은 /달콤하고 향긋한/ 풀꽃 냄새/이슬 냄새//
> 물새알은/물새알이라서/아아, 날개죽지 하얀/ 물새가 된다//
> 산새알은/산새알이라서/머리꼭지에 빨강 댕기를 드린/ 산새가 된다//
>
> 〈물새알 산새알〉 5학년 읽기 첫째 마당

✱ 글쓴이가 물새알과 산새알을 다음과 같이 비유한 까닭은 무엇일지 말하여봅시다.

- 물새알: 미역 냄새, 바람 냄새
- 산새알: 풀꽃 냄새, 이슬 냄새

✶ 달걀이나 메추라기알과 같은 여러 알의 냄새를 무엇에 비유할 수 있는지 말하여 봅시다. 그리고 그 까닭도 말하여 봅시다.

만일 이 시를 제시하고 나서 학습자의 자유로운 반응을 유도했더라면 시에서 사용된 '비유'에 주목을 하는 경우는 드물 것이다.[7] 이 시를 있는 그대로 감상하게 하자면, 이 시를 읽고 어떤 느낌이 들었는가, 이 시가 아름답게 느껴지는 이유는 무엇인가, 이 시를 읽고 떠오르는 자기의 경험을 말해보자 등과 같은 물음이 적절할 것이다. 그리고 좀더 깊이 공부한다면, 이 시를 시답게 하는 여러 가지 요소가 무엇인지를 학습자의 수준에 적절한 질문으로 바꾸어 제시하는 것이 바람직할 것이다. 사실 이 시를 시답게 하는 요소는 적절하고 아름다운 '비유'가 아니라, 선명한 시각적, 후각적 이미지가 환기하는 자연의 아름다움, 홀수연과 짝수연의 대구로 이루어지는 운율감 등이라고 할 수 있다.

위와 같이 '비유적 표현을 이해하며 시를 읽어 봅시다'와 같은 질문을 던져놓고 시를 제시하면 어떻게 자유롭고 주체적인 반응이 가능하겠는가. 이와 같이 목표를 정해놓고 텍스트를 선정하고, 그 목표에 따라 작품을 읽도록 하는 행위는 교재 집필자 스스로 학습자의 창의적인 반응을 가로막는 일이 될 뿐이다.

문학 교사는 학생이 직접 책을 읽는 기쁨과 감동을 가로채서는 안 된다.

---

7) 필자는 물새알을 미역 냄새나 바람 냄새에 '비유'하고 있다고 보지 않는다. 이 시의 3연은 '물새알에서는 미역 냄새와 바람 냄새가 난다'라는 의미를 시적으로 표현한 것일 뿐이다. 이것을 직유법으로 바꾸어 '미역 냄새 같은 물새알'이라고 읽어보면 매우 어색하다.

학습자가 습득해야 할 지적 능력이나 지식은 궁극적으로 학습자 자신의 활동에 의해서만 학습될 수 있으며 그 누구도 그것을 대행해 줄 수 없다.[8) 하물며, 교육과정을 기획하거나 교과서를 집필하는 단계에서 이와 같이 학습자의 주체적 반응을 가로막는 과도한 친절은 수많은 학습자의 진정한 문학 감상을 방해하는 사태를 초래하게 된다.

(5) 작품의 문학성을 형성하는 요소 전체를 알지 못하게 하며, 문학성을 이루는 본질적인 요소의 교육이 수업에서 배제될 수 있다

문학 작품을 읽는 방법에는 말뜻 위주로 읽는 방법과 문학 작품을 문학답게 만든 미적 요소가 무엇인지 그 효과는 어떠한지를 따져가며 읽는 방법이 있겠다. 현재의 목표 중심 단원 체제에서는 후자의 방법이 단연 많은 부분을 차지한다. 이것이 속성 중심의 문학관에 바탕을 둔 것이고 문학 능력을 기르는 데 효과적인 방법이라고 볼 수 있다.

그런데 목표 중심으로 구성된 단원에서는 작품의 문학성을 형성하는 모든 요소를 총체적으로 파악하기 보다는 그 중 하나나 두 가지 요소에만 집중하여 읽도록 되어 있다. 예를 들면, 7차 교육과정의 문학 영역 내용 항목 가운데 서사물(동화)을 제재로 할 것으로 예상되는 '내용'은 a) '사건과 배경의 관계 알기', b) '인물의 성격 파악하기', c) '사건 전개 과정과 인물의 관계 이해하기' 등인데, 한 작품을 통하여 이런 목표를 모두 학습하는 것이 아니라, 모두 각각 다른 작품으로 a), b), c)라는 목표를 따로따로 학

8) 우한용, 앞의 글, 34쪽.

습하도록 되어 있는 것이다. 이와 같은 사정은 학교라는 제도 속에서, 일정하게 정해진 단위 시간 동안 학습해야 하는 상황으로 본다면 불가피한 측면이 있다. 모든 내용을 한꺼번에 가르치기는 어렵기 때문이다. 그러나 시든 소설이든 문학의 아름다움을 형성하는 요인이 한두 가지에 그치는 경우란 있을 수 없다는 점을 생각해 볼 때, 이와 같은 교수·학습 방식은 문학 작품의 전체상을 파악하게 하는 데는 한계가 있음을 알 수 있다.

이와 같은 목표 중심의 단원 편성 방식에는, 학습 과제를 작게 나누어 하나씩 모두 학습하고 나면 다른 작품을 읽을 때에 학습자 스스로 이 지식을 모두 활용하여 그 작품을 해석, 감상하는 문학 능력이 길러질 수 있다는 전제가 깔려 있다. 이와 같은 사고방식은 부분을 모으면 전체가 된다는 행동주의 심리학의 패러다임을 드러낸다. '전체는 부분의 합보다 크다'라는 명제가 이미 학계에서 널리 인정되고 있는 현재의 시점에서 본다면 목표 중심 단원 편성 방식은 진지한 반성을 요한다.

한편, 목표 중심으로 구성된 단원에서는 문학 작품의 아름다움을 형성하는 핵심적인 요소, 즉 미적 효과를 극대화한 요소보다 지엽적인 문제를 중심으로 교수·학습을 전개하는 일이 일어날 수 있다. 물론 이것은 교과서 집필자가 텍스트를 잘못 선정하였거나, 학습활동을 잘못 조직했기 때문이라고 할 수도 있지만 목표 중심 체제에서 하나의 목표에만 집중하다 보면 이런 일도 발생할 가능성이 있다. 다음과 같은 사례를 보자.

> 옛 신라 사람들은/ 웃는 기와로 집을 짓고/웃는 집에서 살았나 봅니다//
> 기와 하나가/ 처마 밑으로 떨어져/얼굴 한쪽이 / 금가고 깨졌지만/ 웃음은 금가지 않고//
> 나뭇잎 뒤에 숨은/ 초승달처럼 웃고 있습니다//

나도 누군가에게/ 한 번 웃어주면/천 년을 가는/ 그런 웃음을 나기고 싶어/웃는 기와 흉내를 내 봅니다.

-〈웃는 기화〉 5학년 1학기 《말하기 듣기》 셋째 마당

이 시는 '시를 읽고 무엇을 무엇에 비유하였는지 알아봅시다.'라는 차시 학습 목표를 위해제시된 작품이다. 교과서가 요구하는 정답은 '기와의 웃는 얼굴을 초승달에 비유하였다'이겠지만, 이 부분은 이 시의 아름다움을 형성하는 여러 요인 가운데 아주 지엽적인 것에 불과하다. 이 시의 아름다움을 형성하는 본질적인 요소는 '웃는 기와로 집을 짓고/웃는 집에서 살았나 봅니다.'와 같은 표현이나, '웃는 기와를 보고 천 년 전 조상들의 여유 있는 생활에서 느끼는 감동'과 같은 주제라고 할 수 있다. 목표 중심 단원에서는 작품의 본질적인 문학성이나 아름다움은 부차적인 문제로 물러나고 목표만이 전면에 부각되기 때문에, 목표가 작품의 본질적 아름다움에 초점이 맞추어져 있지 않을 경우 학습자들에게 작품의 아름다움을 제대로 감상하지 못하게 할 수 있다.

읽기 영역과 같은 언어 기능 학습에서는 목표 중심 단원 체제가 나름대로 정당성과 효율성을 인정받을 수 있다. 언어 기능 영역에서는 제재로 실린 글이 글 자체의 내용으로 기능하는 것이 아니라 학습 목표 도달의 효율성을 높일 수 있는 자료로 기능하기 때문이다. 예를 들면, 국어교과서에 '현대 사회와 과학'이라는 논설문이 실려 있다면 이는 '현대 사회와 과학의 관계를 학습'하기 위한 글이 아니라, "글을 읽으며 중요한 내용을 파악할 수 있다", "글 전체의 중심 내용을 간추릴 수 있다"와 같은 목표를 달성하기 위한 자료, 즉 읽기 능력을 기르기 위한 수단으로 제시된 것이다. 그러므로 이와 같은 언어 기능을 학습하는 데 주안점을 두는 학습에서는 목표

가 뚜렷해야 하고, 제시 자료는 그 목표를 달성하기에 적합한 자료면 된다. 즉, 위와 같은 목표를 달성하기 위해서는 꼭 '현대 사회와 과학'이 아니라도 괜찮다는 것이다. 이것은 '읽기 학습'이 '학습을 위한 읽기'가 아니라 '읽기를 위한 학습'이 이어야 하기 때문이다.

그러나 문학 교육에서 제재를 제시할 때 '학습목표 도달 적합도'만을 기준으로 삼을 수는 없다. 예를 들어 '시를 읽고 무엇을 무엇에 비유하였는지 알아봅시다.'라는 학습 목표가 있을 때 목표에만 충실하기 위해서라면 어린이가 쓴 시이든, 어른이 쓴 문학성이 낮은 시이든 간에 '비유'가 잘 된 시라면 어떤 텍스트를 제재로 삼아도 문제가 되지 않을 것이다. 하지만, 문학 영역에서는 학습목표 도달 적합도 이외에도 문학적 완성도, 아동의 흥미성, 감동적이고 가치 있는 내용, 작가의 문학사적 지위 등이 제재 선정의 중요한 기준이 된다. 교과서 편찬자들이 문학 영역을 집필할 때 가장 신경이 쓰이는 부분이 어떤 텍스트를 싣느냐 하는 것이다. 앞의 4)항에서 인용된 박목월의 '물새알 산새알'의 경우도 학습목표 적합성 이외에 작품의 문학성이나 독자에 대한 흥미성 등이 선정의 기준으로 작용했을 것이다. 이러한 현실은, 목표 중심 체제로 단원을 구성하더라도 실제적인 집필 과정에서 텍스트를 선정할 때는 작품 자체를 중요한 고려 요소로 삼을 수밖에 없는 문학 영역 교과서 편찬의 특수성을 말해주는 것이다.

우리가 수업 상황이 아닌 현실에서 문학 작품을 읽을 때 작품을 구성하는 어떤 부분적인 속성 하나에만 주목하여 작품을 읽는 경우란 거의 없다. 문학 작품에서 독자가 가장 먼저 받아들이는 부분은 '말뜻(의미)'이고, 그 다음에 언어의 아름다움이나 작품의 미적 효과를 구성하는 형식적 요소들이다. 그러므로 문학 영역에서는 '읽기를 위한 학습'도 필요하거니와 '학습을 위한 읽기'도 중요하다. 문학의 속성적 지식을 학습하기 위해서 작품을 읽기도 하지만, 작품 자체의 내용에서 삶의 총체성을 깨닫도록 하는 일이나, 작품에 담긴 작가의 사상에서 자신의 삶과 관련된 의미를 발견하고, 감동과 흥미를 느끼도록 교육하는 일도 문학 교육의 중요한 몫이다.

(6) 교과서 편찬 과정에서 작품 선정의 폭을 제약하며, 집필자의 창의성과 융통성을 구속한다

문학 영역의 교재를 집필할 때 집필자가 가장 관심을 쏟는 부분은 어떤 텍스트를 제재로 선정하느냐 하는 문제일 것이다. "문학 '교과'가 다른 교과와 구별되는 지점은 어쩔 수 없이 텍스트일 수밖에 없다. 그 외연이 넓어지고 좁아지는 차이는 있어도 텍스트를 고려하지 않은 문학 교육을 상정할 수 없기 때문이다"[9]

문학 작품이 교재로 선정되기 위해서는 여러 가지 조건을 갖추어야 한다. 작품 내적 차원으로는 문학성, 작품으로서의 완결성, 문학 교사와 학생의 교육적 상호성이 그 조건이 되며, 작품 외적 차원으로는 학습자의 수준에 합당해야 하고, 인간의 가치 체계에서 벗어나서 는 안 되며, 사회 국가적 차원의 일반적인 사회 통념에 부합되어야 한다.[10]

위와 같은 조건을 만족시키는 좋은 작품이 있다고 하더라도 목표 중심으로 단원을 구성해야 하는 집필자는 그 작품이 또 하나의 중요한 조건을 만족시키는지를 검토해야 한다. 바로, 해당 단원의 교수·학습 목표이다. 그

---

9) 김창원(2003), '문학교육과정 발전의 논리와 개선 방안' 문학교육학 제12호, 228쪽.

10) 박삼서(1997), '문학교육과정 내용의 교재화', 우한용 외, 문학교육과정론 , 삼지원, 257~259쪽.

래서 문학 교재를 편찬하는 집필자는 아무리 학습자에게 읽히고 싶은 작품이 있더라도 목표를 구현하는 데 적절하지 않으면 배제시킬 수 밖에 없고, 또 해당 목표에 적합한 작품을 찾다가 찾아지지 않으면 문학적인 완성도가 떨어지는 작품이라도 선정할 수밖에 없는 곤경에 처하기도 하는 것이다. 국어과 교과서를 읽다보면 어떻게 이런 수준의 작품이 실렸을까 하고 의아한 경우가 있는데, 그것은 바로 교수 학습의 목표에 합당한 작품을 찾을 수 없는 상황에서 어쩔 수 없이 선정된 경우인 것이다. 교수·학습 목표가 포괄적으로 제시되지 않고, 아주 상세하고 구체적으로 제시되었을 경우 집필자의 곤혹스러움은 더 배가될 것이다.

한 연구에 의하면, 7차 교육과정기의 국어과 교과서를 분석하는 과정에서 대단원의 모든 학습 목표의 연계성을 조사한 결과, 교육과정 내용-대단원 목표/소단원 목표-평가 목표/ 보충, 심화 목표가 일관되게 연계된 경우는 반 남짓(55.8%)밖에 안 되었다고 한다.[11] 대단원 목표와 평가 목표, 보충 심화 학습 목표가 일치하지 않는 현상은 교과서 집필자의 무성의나 부주의의 소치라기보다는 모든 과정에서 목표를 일치시키기가 얼마나 어려운가 하는 것을 반증하는 것이다. 대단원의 목표를 교육과정의 내용에 맞추어 구성했더라도 이것을 소단원 학습 내용, 평가 학습 내용, 보충 심화 학습 내용 등을 집필, 구체화해 나가는 과정에서 자료가 되는 텍스트의 구성 문제, 학습의 분량 문제, 평가 문항 작성 상의 기술적인 문제 등 수많은 제약 조건 속에서 어쩔 수 없이 대단원의 목표를 변형하거나 부분적으로 수용하는 융통성을 발휘할 수밖에 없었을 것이라고 추측할 수 있다.

11) 신헌재(2006), '초등학교 국어과 교과서 개발 방향 탐색', 한국초등국어교육연구소, 제3회 학술대회 자료집, 62쪽.

이것은 목표 중심 단원 구성 체제가 작품 선정의 폭을 얼마나 제약하는지, 그리고 교과서 집필자의 창의성과 융통성을 얼마나 구속하는지를 말해준다. 제도는 인간을 속박하기 마련이다. 교과서라는 제도는 교육을 속박하고, 그에 더하여 목표 중심 단원 체제는 자유로워야 할 문학 교육을 구속한다.

4. 목표 중심 단원 체제의 개선 방안

문학 영역의 단원을 문학 교육의 본질적 목적에 합당하게 구성하기 위해서, 그리고 앞 장에서 논의한 문제점을 해결하기 위해서는 다음과 같은 전제 조건이 필요하다.

첫째, 국어 교과서의 문학 영역의 단원 체제를 설계하기 위해서는, 문학의 본질에 기반을 둔, 문학 교육의 원리와 논리에 합당한 체제로 구안해야 하고, 문학 교육을 하기 위해 가장 적절하고도 효과적인 교수·학습 방법이 가능하도록 구성해야 한다.

둘째, 교재화 단계에서 텍스트를 선정할 때에 작품의 문학성과 문학교육적 적합성을 우선적인 고려 조건으로 삼아야 한다. 학생들에게 꼭 읽히고 싶은 작품을 교수 학습의 목표에 맞지 않는다고 해서 배제한다든지, 문학성도 흥미성도 부족한 작품을 교수 학습 목표를 달성하기 위해 선정하는 본말이 전도된 일을 지양해야 한다. 셋째, 원전을 그대로 게재해야 한다. 국어교육의 필요 때문에 불가피하게 손을 보아야 한다면 작품성을 훼손하지 않는 범위에서 최소한의 수정을 해야 한다.

목표 중심 체제 단원 편성 방식은 5차, 6차, 7차 교육과정을 거치는 동안 꾸준히 지속되어 왔고 이제 안정적으로 정착되었다고 평가할 수도 있다. 그러나 안정성이라는 특징이 제도의 고착성이라는 매우 바람직하지 않은 측면을 동시에 내포하고 있음을 간과해서는 안 된다. 제도의 가치를 극대화하기 위해서는 제도의 고착성을 늘 불식시켜 나가는 의식과 노력이 필요한 것이다.[12]13) 여기서는 목표 중심의 단원 체제를 보완할 개선 방안에 대해 살펴보고자 한다.

(1) 문학 영역의 단원은 문종 중심으로 편성해야 하고, 정전을 우선 수록해야 한다

문학 영역의 단원은 현재의 목표 중심 체제를 지양하고, 문종 중심 체제로 전환해야 한다. 문종 중심으로 단원을 편성해야 하는 첫째 이유는, 문학을 구분하는 전통적이고 보편적인 기준이 갈래(장르)이기 때문이다. 따라서, 교과서의 단원을 가르는 기준도 '갈래'가 되는 것이 자연스럽다. 문학의 하위 갈래에는 서정, 서사, 극, 교술 같은 갈래가 있고, 서정 장르는 다시 시(동시), 시조, 민요(동요) 등과 같은 하위 갈래로 나누어진다. 그러므로 단원의 체제를 설계할 때는 시나 시조 같은 '갈래'가 기준이 되어야지, '반복적으로 나타나는 말의 재미 느끼기', '분위기 살려 낭독하기', '인상적으로 표현한 부분 찾기' 같이 작품을 이해, 감상하기 위한 하위 지식이나 활동이 기준이 되어서는 안 된다.

갈래를 단원 편성의 기준으로 삼아야 하는 다른 이유는 그것이 문학 교

---

12) 최현섭(1998), '문학교육과 교과서 제도', 문학교육학 제2호, 28쪽.

육의 본질에 맞기 때문이다. 예컨대, 시를 단원 편성의 기준으로 삼으면, 그 단원에서는 시의 본질과 특성에 맞는 학습 내용이 제시될 것이고, 시조를 기준으로 삼으면 시조의 본질을 이해하고, 감상할 수 있는 학습 내용이 제시될 것이다. 즉, 시조를 기준으로 삼으면 운율을 느끼며 읽기, 분위기 살려 낭독하기, 주제와 시대적 배경 이해하기와 같은 학습을 자연스럽게 할 수 있지만, '분위기 살려 낭독하기'라는 시 학습의 '부분적 요소'를 단원 편성의 기준으로 설정하고 거기에 맞추어 알맞은 작품을 들여오게 되면 시든, 시조든, 동화든 어떤 갈래가 실려도 무방할 뿐 아니라, 시를 선택한다고 하더라도 시의 본질을 이해하고 감상하는 수업이 되는 것이 아니라, 그 지엽적이고 비본질적인 목표에만 맞추어 시를 학습하게 된다. 문종 중심 편성의 또 다른 장점은 갈래의 중요성에 따라 교과서에 실리는 작품의 빈도를 조절할 수 있고, 어떤 갈래가 수록되고 수록되지 않았는지를 점검할 수 있는 장치로 작용할 수 있다. 예컨대 구비문학의 여러 하위 갈래-설화(신화, 전설, 민담), 속담, 수수께끼, 판소리, 무가 등-가운데, 어떤 갈래가 몇 번 실렸는지 어떤 갈래가 누락 되었는지 따위를 점검할 수 있게 된다.

교과서를 편찬할 때 현행처럼 목표 중심 단원으로 구성한다고 하더라도 교재 편찬자의 입장에서 가장 관심을 쏟는 부분은 텍스트를 선정하는 일이다. 문학 교육은 어떻게 말하면 문학 작품 읽는 방법을 가르치는 일이며, 문학 교육의 효과를 최대화하기 위해서 가장 중요한 자료는 바로 좋은 작품이기 때문이다. 문학 교육은 이처럼 텍스트를 떠나서는 존재하기 어렵다.

그러므로 교재를 편성할 때는 교수·학습의 목표를 최우선적 고려조건으로 하지 말고, 각 학년 단계에서 꼭 읽혀야 할 좋은 작품을 먼저 선정하는 방법도 생각해 보아야 한다. 문학성이 높고, 학생의 발달 단계에 맞으며,

감동적인 작품, 이른바 정전을 먼저 선정하자는 것이다. 물론, 교수·학습 과정에서 목표가 없을 수는 없다. 다만 교과서 개발의 순서를 현재처럼 목표를 먼저 정하고 그에 맞는 텍스트를 고르는 것이 아니라 텍스트를 먼저 골라놓고 목표를 텍스트에 따라 배치하자는 것이다.

(2) 한 단원에서 여러 가지의 목표를 동시에 학습하는 것이 효과적이다

문종 중심, 즉 작품 중심으로 단원을 편성할 때, 교수 학습 목표를 어떻게 제시할 것인가 하는 문제에 대한 방안으로, 하나의 단원(또는 문학 작품 한 편)에 여러 개의 목표를 동시에 설정하는 방식을 생각해볼 수 있다. 이러한 방식은 일본 교과서의 한 단원이 참고가 되리라고 본다.[13]

> 무쿠 하토쥬의 "다이조 할아버지와 기러기"는 일본의 5학년 교과서에 약방의 감초처럼 자주 실리는 동물 문학의 진수라고 할 만한 작품이다. 이 작품은, 동료를 위해 지혜와 목숨을 걸고 싸우는 잔세츠와 다이조 할아버지의 심정의 변화를 그린 작품인데, 이 작품을 통하여 어린 독자에게 작자의 희망인 '남을 위해 사는 모습', '당당하게 싸우는 것의 의미'를 체험시킨다. 그리고 이 단원의 교수·학습 과정에서는 다음의 여러 가지 구성, 표현상의 특질을 파악해나가며 감상해나가는 과정이 이루어진다. 첫째, 인물의 마음의 변화의 정경 묘사와의 관계, 둘째, 시점의 변화 파악, 셋째, 구성의 묘미, 넷째, 작가와 시대상의 관계 등이다. 수업 중에 활용될 만한 학습상의 방법도 여러 가지 도입되고 있는데, 동작화(간단한 극

13) 한홍석(1999), '일본의 문학 교과서', 문학과교육 제9호, 43~47쪽에서 필자가 요약하였음.

화), 낭독(인물의 기분, 심정을 음성으로 표현하기), 삽화(각 장면의 감동적인 부분을 그림으로 그려 상상하기), 일기, 편지 형식의 감상문 도입, 시나리오 만들이 등의 기법을 구사하면서 문학 작품 감상을 보다 윤택하게 되도록 시도된다.

이처럼 일본의 교과서는 한 단원에 명작 한 편을 싣고, 이 작품이 왜 감동적인지를 여러 각도에서 조명하고 있다. 이것은 한 작품을 수업하는 과정에서 여러 가지의 학습목표가 동시에 달성된 것으로 볼 수 있다.

이러한 단원 구성 방식이 문학 교육에 지니는 장점은 다음과 같다. 첫째, 원전의 전 작품을 게재할 수 있다. 한 작품을 읽고 여러 가지 학습 목표를 달성할 수 있으므로 작품이 다소 길더라도, 부분 수록이나 요약을 하지 않아도 된다. 우리나라의 현행 교과서처럼 목표를 세분하고 각 목표마다 작품 한 편씩을 배당하는 방식으로는 분량의 제약 상 좋은 작품이 배제되는 경우가 발생할 수 있다.

둘째, 작품의 문학성을 형성하는 모든 요소를 전체적으로 감상할 수 있다. 좋은 문학 작품은 한두 가지의 요소만으로 이루어지는 것이 아니다. 소설이라면, 시대와 삶과의 관계, 정교한 구성, 인물의 심정 변화와 정경묘사, 아름다운 문체, 작가의 세계관과 관련한 작품의 주제 등이 어울려 작품을 형성하는 것이고, 시라면, 시인의 감수성과 사상, 운율, 이미지, 어조, 상징, 비유 등의 요인이 복합적으로 어울려 명작을 빚어내는 것이다. 이와 같은 문학 작품의 특수성을 무시하고, 언어기능의 교수·학습처럼 텍스트를 이루는 미적 자질을 하나씩 나누어 목표로 삼고, 해당 작품에서 그 미적 자질만을 학습하면 작품의 아름다움을 형성하는 총체적인 감동을 온전히 공부할 수 없게 된다.

셋째, 나선형식 내용 학습에 유리하다. 문학 작품을 읽고, 해석 감상하는 학습은 한 번 공부했다고 해서 그것이 그대로 학습자에게 내면화 되었다고 보기 어렵다. 예컨대, '구성 요소를 통하여 주제 파악하기'라는 내용을 4학년에서 한 번 학습하였다고 해서 그 학습자가 더 나이가 든 다음, 더 길고 복잡한 텍스트를 읽을 때 이 능력을 전이, 적용할 수 있을지는 미지수라는 것이다. 저학년 때 짧고 간단한 작품으로 이 내용을 학습한 다음, 고학년 때 더 길고 복잡한 작품을 읽으면서 다시 학습한다면, 문학 능력의 신장은 더 배가될 것이다. 한 작품에서 여러 가지의 목표를 공부하게 되면, 교수·학습의 시간 배당이나 교과서 지면의 제약을 극복할 수 있어서 같은 내용을 되풀이해서 학습할 수 있다.

이 방식을 채택한다고 하더라도 현행처럼 교육과정의 내용 항목에서 교수·학습할 내용을 명시해야 하고, 교과서를 편찬할 때에 이 내용을 모두 포함해야 함은 물론이다. 그러나 현행처럼 학습 요소를 너무 세분하여 제시하는 것은 바람직하지 않다. 이 방식은 초등학교 저학년 단계에서는 적절하지 않을 수도 있다. 작품이 너무 길어지고, 많은 목표를 동시에 학습하게 되면 집중 시간이 짧은 아동들에게 지루한 감을 줄 수 있기 때문이다. 그러나 적절한 분량의 작품을 선정하여 한 작품에서 두세 가지의 목표를 학습하는 방식은 그리 어렵지 않으리라 본다. 그리고 5, 6학년 이상 교과서의 단원 편성 방식으로는 진지하게 검토해볼 가치가 있고 7학년 이상의 단원 체제로는 효과가 크리라고 생각한다.

(3) 교과서의 단원 편성 체제를 다양하게 해야 한다

언어 기능 영역의 교육적 효과 때문에 현재와 같은 목표 중심 단원체제가 불가피하다면[14]15) 언어 기능 영역과 문학 영역의 단원 구성을 달리하는 방법을 생각해 볼 수도 있다. 이에 대해서는 여러 연구자들이 의견을 같이 하고 있다. 최현섭은 바람직하지 못한 교과서와 바람직한 교과서에 대하여 논의하는 과정에서 '단원의 전개 체제'에 대해서도 언급하였는데, 그는 바람직하지 못한 교과서는 모든 교과서에 하나의 단원 체제를 적용한 교과서이고, 바람직한 교과서는 단원과 주제의 성격에 따라 다양한 체제를 적용한 교과서라고 주장하였다.[15] 또 서혁은 언어 자료로서의 문학 작품과 감상 대상으로서의 문학 작품을 구분하는 방안 - 읽기 자료집과 워크북(언어활동집)의 개발을 적극적으로 제안 - 을 제시하면서 특정 단원을 독립적으로 구성하는 방식을 제안하였고,[16] 한명숙도 문학교육을 위한 교과서 편찬의 두 가지 방안이 가능하다고 하면서, 문학 경험을 명료화할 수 있는 텍스트북을 편찬하는 일과, 문학 단원을 독립적으로 구성하여 교과서를 편찬하는 방법을 제안한바 있다.[17] 국어과의 영역 가운데, 언어 사용 영역과 문학 영역, 언어(국어 지식) 영역은 교육의 내용이 나 교수·학습의 방법으로 볼 때 그 성격이 다르므로, 해당 영역의 본질이나 단원의 주제 또는 성격에 따라 다양한 체제를 적용할 필요가 있다. 모든 단원의 체제를 획일화

---

14) 언어 기능을 학습하는 데에도 목표 중심 단원 체제가 문제가 있다는 것은 이삼형 교수가 지적한 바 있다(이삼형, 앞의 논문 참조).

15) 최현섭, 앞의 논문, 36쪽.

16) 서혁(2000), 제7차 초등학교 국어과 교과서에 대한 비판적 고찰, 한국초등국어교육학회, 한국초등국어교육, 제16집, 183쪽.

17) 한명숙, 앞의 논문, 155쪽.

할 필요는 없다.

(4) 작품집을 편찬하여 수업에 활용해야 한다

작품집의 편찬은 원전이 된 동화책이나 소설, 시집을 활용하기 어려울 때나 국어교과서의 제약 조건을 극복하는 대안이 될 수 있다. 지금까지의 국어교과서는 여러 가지 제약 조건으로 인해 원전을 부분 수록하거나, 요약 수록하여 학습자의 생생한 문학 경험을 제약하는 경우가 많았다. 국어교과서에 실리는 문학 작품은 언어 교육적인 필요성 때문에 불가피하게 문장을 교열하거나, 어휘를 수정해야 하는 제약에서 자유로울 수 없었지만, 작품집에 실리는 작품은 비어나 속어, 방언 등도 원전에 있는 대로 실어주는 것이 좋다. 문학 작품에 사용된 언어는 필연적으로 그 어휘를 택해야만 하는 작가의 고뇌가 들어 있는 것이며, 교육을 위해 가공된 언어가 아니라 우리 일상의 언어가 그대로 숨 쉬고 있는 언어이다. 학습자들은 문학 작품을 통해 작가가 발표한 원전의 언어에서 심화된 미적 경험을 할 수 있으며, 작가의 살아 있는 아우라를 체험할 수 있다.

작품집에는 학교에서 학습자에게 읽힐 작품뿐만 아니라 학습자가 스스로 읽고 싶어하는 소설이나 시도 문학교재로 고려되어야 한다. 영국에서의 문학 교육은 문학사적 가치를 인정 받은 정전 읽기 중심의 교육뿐 아니라, 청소년 문제를 다룬 작품들을 읽히는 것 역시 중시하고 있다고 한다.[18] 19) 또, 작품집에는 학생들의 작품도 많이 수록하는 것이 좋다. 학습자의 문학

18) 정현선(1999), '영국의 문학교육 과정, 실러버스, 그리고 교재', 문학과교육 제9호, 19쪽.

능력 가운데는 문학을 이해하고 감상하는 단계를 지나 문학을 생산하는 능력까지를 포함하므로 교재의 재생산에 관여하는 생산주체로서 학습자의 문학능력을 길러주어야 하기 때문이다.[19]

(5) 개방적인 교재관을 지니고, 원전과 최근의 출판물, 미디어텍스트 등을 수업에 활용해야 한다

목표 중심 문학 단원의 획일성과 폐쇄성을 극복하는 방안의 하나로 '개방적인 교재관에 의한 교재의 활용'을 생각해 볼 수 있다. 학교라는 제도로 인해 교실에서 이루어지는 문학 교육은 의도적이고, 계획적이며, 효율성을 필요로 하여 교과서라는 교재를 만들어냈지만, 교과서가 최선이며, 절대적인 것으로 생각해서는 안 된다. 교과서 또한 교수·학습의 참고 자료 중 하나일 뿐이라는 관점이 바로 개방적 교재관이다. 획일적인 교과서보다 개방형 교재 체제로 전환될 때 문학 교육의 자율성과 창의성, 전이성이 확보된다. 개방형 교재 체제에서는 문학 제재가 아닌 문학 작품의 활용이 가능해지기 때문이다.[20]

문학 교육의 교재로 가장 중요한 것은 문학 작품 자체이며, 그 중에서도 원본에 가까운 판본이다. 그러므로 문학 교육의 현장에서는 원전이 수록된 동화책이나 시집을 활용하는 것이 좋고, 그렇지 못할 경우 부교재의 형태로,

---

19) 우한용(1998), '문학교육의 이념과 문학 교재론의 방향', 문학과교육연구회, 문학과교육 , 제5호, 한국교육미디어, 36쪽.

20) 한명숙(2005), '교육과정과 교과서를 극복하는 초등문학교육 방법', 한국문학교육학회, 문학교육학 , 162쪽.

좋은 작품을 선별하여 작품집을 편찬하여 수업에 활용할 수 있을 것이다.

교과서의 역기능 중의 하나는 '너무 빨리 시대에 뒤떨어지며, 낡은 학설을 담은 교과서가 현장에서 사용된다.'[21]22)는 점이다. 문학 교육의 현장에서도 이는 예외가 아니다. 그러므로 시대의 변화에 뒤지지 않기 위해서는 최근에 출판된 시집이나 동화책, 최근에 발표되어 호평을 받는 작품을 즉시 교실 현장에 투입해야 한다. 최근의 아동문학은 '그림동화'나 '판타지 동화'와 같은 새로운 갈래가 출현하였으며, 미디어 텍스트(만화, 애니메이션, 영화, 등)도 빠른 속도로 아동의 독서 환경을 변화시키고 있다. 문학 교육은 이러한 문자, 영상 텍스트 들을 과감하게 교재로 수용하여 문학 환경의 변화에 능동적으로 대응해야 하고 학생들로 하여금 동시대를 숨 쉬게 해야 한다.

5. 결론

목표 중심의 단원 구성이라 함은 교육과정의 '내용' 항목을 해석하고 상세화하여 대단원의 목표로 진술하고, 텍스트를 선정하며, 학습 내용 조직, 평가 활동 제시 등과 같은 일련의 과정을, 목표를 중심으로 일관성 있게 구성하는 단원 편성 방식을 의미한다. 5차 교육과정기 이후 지속되어온 이 단원 체제는 국어 교과의 독자성을 뚜렷이 하고, 국어교육의 효율성을 높이는 데 큰 역할을 해왔다고 평가할 수 있지만 한편으로는 국어교육의 현장에 부작용을 빚은 것도 사실이다. 특히 언어 기능 영역과는 그 성격이

21) 최현섭, 앞의 논문, 38쪽.

다른 문학 교육의 관점에서 보면 문제점이 더 심각해질 수도 있다.

국어교과서의 문학 단원을 목표 중심 체제로 구성하게 된 이유는 5차 교육과정 시기에 국어교과의 최우선적인 목적을 '언어기능 신장'에 두고, 모든 국어교과서의 체제를 언어기능 학습 위주로 편성하였기 때문이다. 따라서 문학 영역의 단원도 전체적인 체제에 맞추지 않을 수 없었던 것이다. 문학 영역의 단원 체제가 문학의 원리나 문학 교육의 본질을 고려하여 구성된 것이 아니라는 것이다.

그렇지만 목표 중심 체제에 장점이 없는 것은 아니다. 우선, 교수·학습의 방향이 뚜렷해지고, 해당 단원, 해당 차시에서 교수·학습할 분량이 분명해져서 교수와 학습이 효율적으로 진행될 수 있다는 의의가 있으며, 다음으로는 문학 작품의 요소를 분석하여 학습하는 속성 중심의 문학 교육에 효과적이다. 또 수업 목표가 명료하기 때문에 지역 간, 학교 간, 교사 간에 균질적인 수업이 가능하다는 것도 장점으로 꼽을 수 있다.

그러나 목표 중심 체제가 애초에 문학 교육의 원리에 입각하여 설계된 체제가 아니기 때문에 문학 영역의 교수·학습에서는 여러 가지 문제점이 노정될 수밖에 없고, 특히 목표를 지나치게 상세화하여 미시적으로 제시한 단원에서 그 문제점이 두드러진다. 문제점을 요약하면 다음과 같다.

목표 중심 체제는 문학을 좋아하고 즐기는 태도를 기르기 어렵게 하며, 작품에 대한 학습자의 자유롭고 창의적인 반응과 주체적 감상을 방해한다. 또 이 체제에서는 작품을 구성하는 부분적인 속성 하나를 학습 목표로 제시하여 그것만을 초점화하여 수업을 하기 때문에 작품의 문학성을 형성하는 요소 전체를 알지 못하게 하며, 때에 따라서는 문학성을 이루는 본질적인 요소보다 지엽적인 문제를 중요하게 다루기도 한다. 이런 문제는 작품을 통하여 삶의 총체성을 체험하는 기회를 보장하지 못한다는 문제로이어진다.

목표 중심 체제는 교과서를 편성하는 과정에서도 여러 가지 어려움을 일으킨다. 가장 중요한 문제는, 텍스트 선정의 폭을 제약한다는 것이다. 문학 교육의 특성으로 볼 때 학생들에게 어떤 작품을 읽히느냐 하는 문제는 매우 중요한 과제이다. 그럼에도, 세부적인 목표에 맞는 텍스트를 선정해야 하기 때문에, 꼭 읽히고 싶은 작품이 배제되거나 덜 중요한 작품이 수록되는 현상이 발생하게 된다. 또한 이 체제의 과도한 제약 조건은 교과서 집필자의 창의성과 융통성을 구속하기도 한다. 한편, 목표를 너무 세분화하고, 목표마다 제재를 수록하려다 보니 수많은 작품이 필요하게 되고 이는 부분 수록, 요약과 같이 원작을 훼손하여 작품의 문학성을 떨어뜨리는 결과를 초래한다. 문학 교육에서 꼭 가르쳐야 하는 갈래(장르)의 교육이 소홀해지는 문제도 이 체제에서 기인한다.

문학 영역의 단원을 설계할 때는 반드시 문학의 본질과 문학 교육의 논리에 합당한 체제로 구안해야 하고, 문학 교육을 하기 위해 가장 적절하고도 효과적인 교수·학습 방법이 가능하도록 구성해야 한다. 그리고 교재화 단계에서 텍스트를 선정할 때에 작품의 문학성과 문학교육적 적합성을 우선적인 고려 조건으로 삼아야 하며, 원전을 그대로 게재해야 한다. 국어 교육의 필요 때문에 불가피하게 손을 보아야 한다면 작품성을 훼손하지 않는 범위에서 최소한의 수정을 해야 한다. 위와 같은 점을 고려하여 구체적인 개선 방안을 제시하면 다음과 같다.

첫째는 현재의 목표 중심 체제에서 벗어나서 문종 중심, 정전 중심(텍스트 중심)으로 단원을 편성하는 일을 고려해볼 필요가 있으며, 둘째, 꼭 읽혀야 할 좋은 작품을 수록하여, 한 작품에서 여러 가지의 목표를 동시에 학습하는 것도 좋은 방법이다. 셋째, 교과서의 단원 편성 체제를 다양하게 할 필요가 있다. 언어 기능을 학습하는 단원과 문학 단원의 체제를 달리하는 것도 한 방법이다. 넷째, 교과서의 제약조건을 극복하기 위해 작품집을 개발하는 것도 필요하며, 문학 영역에서는 특히 개방적인 교재관을 가지고, 최근에 출판된 책이나 시집을 수업에 활용해야 하고, 그림동화나 미디어 매체로 표현된 작품을 교육 현장에 수용하는 방안을 고려해보아야 한다.

현재 우리 국어교육계는 7차 교육과정을 수정 보완하는 새 교육과정을 설계하는 막바지 작업에 힘을 쏟고 있다. 이제 곧 새 교과서를 편찬해야 하기 때문에 지금까지의 교과서 체제를 반성적으로 고찰하여 그 문제점과 개선점을 진지하게 검토해야 할 시점에 와 있는 것이다. 이 연구가 문학 영역의 교과서 체제를 설계하고 새 교과서를 편찬하는 데 하나의 참고자료가 되기를 희망한다.

미국과 한국의 문학 교육 어떻게 다른가

- 미국과 한국 초등 국어교과서의 문학 단원을 중심으로

1. 서론

교사 교육의 현장에서 '교사는 교과서를 가르치는 것이 아니라 교육과정을 가르쳐야한다'는 말을 자주 한다. 원론적으로 이 명제는 매우 타당하다. 그러나 실제의 교수 학습이 이루어지는 교실 현장으로 들어와 보면 이 말이 학자들의 원론적인 발언에 지나지 않는다는 사실을 깨닫지 않을 수 없다. 우리나라 초등교사들은 9과목이나 10과목을 혼자서 가르치는데 이 모든 교과의 교육과정을 꿰뚫어 알고 그것을 재구성하여 가르치기 어렵다. 많은 교사들은 교과서의 내용을 단원 순서대로 가르칠 수밖에 없으며, 교과서의 구성 방식과 내용, 심지어 교과서가 의도한 수업 방식(수업 모형)대로 이루어지는 경우가 많다. 문학 교육의 경우도 마찬가지여서 국어 교과서에 수록된 작품의 성격, 교수 학습을 구성하는 방식, 학습 활동 제시 방법 등에 거의 전적으로 영향을 받을 수밖에 없다.

한국의 국어교육은 미국의 자국어교육 방식의 영향을 많이 받아왔다. 쉬운 예로 5차 교육과정기 이후에 우리나라 국어교육은 '언어기능 신장'을 목표로 진행되었으며, 그 방법으로 국어교과서는 '말하기.듣기', '읽기', '쓰기'의 세 책으로 분책되었는데, 이는 미국의 'Language Art'가 'Writing', 'Reading', 'Listenging and Speaking'의 영역으로 나누어 교수되던 현실에 영향을 받은 것이다. 이러한 언어 기능 영역의 교수 학습 현상에 대한 장점과 문제점은 여러 논문에서 이미 다각도로 연구되었는데, 문학 영역에 대해서는 미국의 문학 교육 방식과 한국의 문학 교육 방식을 비교 연구하는 논문은 찾아보기 어렵다.

이러한 현실에서 한명숙(2012)은 미국과 한국의 문학 교육과정을 비교 분석한 논문을 발표하여 두 나라 문학 교육의 장점과 문제점의 일단을 인식하게 하였다. 교육과정은 교육의 철학과 범주, 내용, 방향을 제시하는 밑그림이다. 그러므로 문학 교육과정만 비교 분석해보아도 두 나라의 문학교육 현실을 어느 정도 파악할 수 있다. 그러나 앞에서 서술한 바와 같이 문학 교수-학습의 실제 국면에서는 교과서의 편찬 방향과 구성 방식, 작품의 선정 및 수록 방식 등이 중요하게 영향을 미치므로 두 나라 문학 교육의 실체를 파악하기 위해서는 교과서 차원에서 비교 분석해보아야 한다. 문학 교수 학습에 영향을 미치는 요인들 - 교육과정과 교과서, 교사, 학습자, 교수 학습 환경 등 - 가운데 교육과정과 교과서는 교육의 공급자가 제공할 수 있는 1차적인 교육 자료이지만 교사와 학습자에게 가장 직접적으로 영향을 끼치는 요소는 교과서라고 할 수 있다.

이 연구에서는 두 나라의 교과서 체제와 편찬 방식을 비교 분석하면서 각각의 장점과 문제점을 논의하기로 한다. 이 연구는 우리나라 문학 교육의 방향과 교과서 편찬 방식에 시사점을 줄 수 있으리라 기대한다.

2. 연구 대상과 연구 방법

(1) 연구 대상

두 국가의 문학 교육 비교 분석 대상으로, 미국의 교재로는 『McGraw Hill Reading Wonders』(이하 『Reading Wonders』) Teacher's Edition(교사용 지도서) 2학년용을, 한국 교재로는 2015 교육과정기의 2학년용 『국어』 교과서와 『교사용 지도서』를 대상으로 한다. 『Reading Wonders』는 미국의 여러 주에서 널리 채택되어 사용되고 있는 교과서로 대형 출판사인 The McGraw-Hill Company에서 출판한 교과서이고, 『Reading Wonders English Language Art K-2(읽기 원더스 국어교과서 유치원-2학년, 2017)』는 미국의 여러 출판사의 교과서를 비교 평가하는 edreport(edreport.org)의 평가 결과 텍스트 수준(text quality) 항목에서 높은 평가를 받았다. 이 연구에서 비교 대상으로 선정한 Teacher's Edition(교사용 지도서)에는 학생들이 사용하는 교과서의 본문과 삽화가 그대로 수록되어 있고 교사가 어린이들에게 제공하는 학습 활동이 상세히 제시되어 있다.

한국의 『교사용 지도서』도 교과서의 본문이 모두 수록되어 있고 학생들에게 제시하는 학습활동과 발문 예시, 평가 문항의 예시등이 상세히 제시되어 있어서 학교 현장에서 실행되고 있는 교수 학습의 실제 현상을 짐작할 수 있다.

한국은 교육부의 공모제에서 통과된 단일한 교과서를 쓰고 있지만, 미국의 교과서 제도는 여러 출판사에서 교과서용으로 제작 발행하면, 교육구별로 선택하여 교재로 사용하고 있다. 따라서 여기서 비교 대상으로 선정한 교과서가 미국의 교과서를 대표한다고 볼 수는 없다. 또한 학교에서 어떤 교과서를 채택한다고 하더라도 그 교과서를 그대로 가르치는 것이 아니라 교사가 교육과정을 구현하기에 적절한 단원이나 혹은 다른 텍스트를 선정, 재구성하여 수업을 하기 때문에 이 교과서와 교사용 지도서가 미국의 보편적인 문학 교육의 실제를 객관적으로 보여준다고 보기는 어렵다. 그러나 미국의 여러 주에서 사용되고 있는 교과서이기 때문에 미국 문학 교육의 일단을 살펴보기에는 부족함이 없다고 본다.

(2) 연구 방법

미국과 한국의 국어교과서에 반영된 문학 교육을 비교하기 위해, 이 연구에서는 우선 두 나라의 국어 교과서의 단원 구성 방식을 비교하여 보고, 양국의 교과서와 교사용 지도서를 통해 두 나라에서 실시되고 있는 문학 교육의 특징을 살펴보고자 한다. 그리고 양국의 문학 교육 양상과 특징을 비교하면서 문학 교육적 의의에 대해 논의하고 시사점을 고찰해보고자 한다. 양국 교과서를 비교 분석할 때는, 학계에서 보편적으로 인정되는 문학의 본질과 문학 교육의 목적에 대한 타당성을 기준으로 삼는다.

3. 미국과 한국 자국어 교과서에 나타난 문학 교육의 양상 비교

(1) 미국 교과서 『Reading Wonders』 단원 구성 방식과 교수 학습의 특징

1) 『Reading Wonders』의 단원 구성 방식

『Reading Wonders』의 2학년용 교과서는 전체가 여섯 개의 Unit(대단원)으로 구성되어 있고, 교사용 지도서는 Unit 하나를 책 한 권으로 구성하여 총 여섯 권으로 되어 있다. 여기서는 첫 번째 Unit이 수록되어 있는 교사용 지도서 제1권을 중심으로 살펴보기로 한다.

<표 1> 『Reading Wonders』의 Unit overview(대단원 개관)

	1주	2주	3주	4주	5주	6주
단원명	친구는 친구를 돕는다	세계의 가족들	우리는 친구	동물은 우리의 돌봄이 필요하다	가족은 함께 일한다	**단원평가**
읽기	**핵심 질문** 친구는 서로서로 어떻게 의지하나요	**핵심 질문** 세계의 가족들은 무엇이 같고 다른가요.	**핵심 질문** 반려동물과 친구가 되려면 어떻게 해야 하나요.	**핵심 질문** 우리는 동물을 어떻게 돌보아야 하나요.	**핵심 질문** 가족들이 함께 일할 때 어떤 일이 벌어지나요	**독자의 극장** 어휘 학습에 초점 유창성:표현, 등급, 정확성 **문자 읽기** 받아쓰기 훑어보기
	배경지식 형성하기	배경지식 형성하기	배경지식 형성하기	배경지식 형성하기	배경지식 형성하기	
	구어 어휘 공부 **단어 학습** 발음 알기 맞춤법 문장의 구조 빈도 높은 어휘들	**구어 어휘 공부** **단어 학습** 발음 알기 맞춤법 문장의 구조 빈도 높은 어휘들	**구어 어휘 공부** **단어 학습** 발음 알기 맞춤법 문장의 구조 빈도 높은 어휘들	**구어 어휘 공부** **단어 학습** 발음 알기 맞춤법 문장의 구조 빈도 높은 어휘들	**구어 어휘 공부** **단어 학습** 발음 알기 맞춤법 문장의 구조 빈도 높은 어휘들	**조사와 질문** 경험에서 정보 회상하기 생각 표현하기

	1주	2주	3주	4주	5주	6주
	어휘 학습 새로 나온 어휘 학습	**어휘 학습** 새로 나온 어휘 학습	**어휘 학습** 새로 나온 어휘 학습	**어휘 학습** 새로 나온 어휘 학습	**어휘 학습** 새로 나온 어휘 학습	
	독해 전략: 시각화 **장르: 판타지 문학**	**독해** 전략: 시각화 **장르: 사실 동화**	**독해** 전략: 시각화 **장르: 동화**	**독해** 전략: 시각화 **장르: 정보전달 텍스트(넌픽션 서사)**	**독해** 전략: 시각화 장르: 정보전달 텍스트(설명문)	
	유창성 표현	**유창성** 표현	**유창성** 억양	**유창성** 억양	**유창성** phrasing(표현법)	
언어기능 학습	**쓰기** 특성: 생각	**쓰기** 특성: 조직화	**쓰기** 특성: 단어 선택	**쓰기** 특성: 조직화	**쓰기** 특성: 문장 유창성	**쓰기** 출판 행사 포트폴리오 선정
	문법 서술문과 의문문 mechanics: 문장 앞의 대문자와 마침표	**문법** 명령문과 감탄문 mechanics: 문장 앞의 대문자와 마침표	**문법** 주어 mechanics: 문자 마침표	**문법** 서술어 mechanics: 연속되는 단어 뒤에 쉼표	**문법** 확장문과 복합문 mechanics: 따옴표	

위 대단원 개관을 보면, 6주 동안 하나의 대단원을 학습하도록 계획되어 있고, 하나의 대단원은 다섯 개의 소단원으로 구성되어 있다. 1주일에 소단원 하나를 학습하며, 마지막 주에는 평가학습을 한다. 하나의 소단원은 텍스트가 한 개씩 수록되어 있어서 대단원 하나에는 다섯 개의 텍스트가 수록되어 있는데, 이 다섯 개의 텍스트는 문학작품이 셋(1주부터 3주까지), 정보전달 텍스트 두 개로 구성되어 있다. 교과서 한 권의 60%가 문학 작품인 셈이다. 문학 텍스트는 '문학 판타지(literature fantasy)', '사실 동화(realistic fiction), '문학 동화(literature fiction)' 로 구성되어 있다. 단원에 따라 장르를 달리하고 있는데, 이는 여러 장르를 골고루 경험시키려

는 의도로 보인다.

위 단원의 개관에서 1주, 2주, 3주의 학습 내용을 살펴보면, 문학 작품을 배우면서 읽기와 언어 기능(language art)을 모두 학습하고 있으며, 읽기에서는 어휘 학습, 발음, 독해, 유창성 등을 공부하고, 언어 기능 학습에서는 쓰기와 문법 등을 학습하고 있음을 알 수 있다. 즉, 문학 작품을 기반으로 읽기와 쓰기, 문법 등을 한꺼번에 교수 학습하는 총체적 언어 교육을 실시하고 있는 것이다. 4주차와 5주차에는 정보 전달 텍스트를 기반으로 수업을 하고 있는데, 1주, 2주, 3주와 마찬가지로 이 텍스트를 읽으면서 구두 어휘, 단어 공부, 독해, 유창성, 쓰기와 문법 등을 학습하고 있다.

『Reading Wonders』의 대단원 개관을 살펴본 결과 이들은 언어 기능 영역이나 문학 영역 모두 텍스트 하나를 기반으로 똑같은 내용을 반복적으로 학습한다. 언어 기능 학습에서도 매번 새로운 어휘를 학습하고 새로운 문장 구성을 학습하며, 문학 학습에서도 필수적으로 요구되는 핵심 학습 요소를 선정하여 반복 학습하며, 위계를 높여가는 방식을 취하고 있다. 텍스트의 장르와 내용이 달라지며, 이야기의 소재나 주제가 달라지는 방식으로 난도를 조절하고 있다는 것이다.

『Reading Wonders』의 단원 구성 방식은 작품 중심의 문학 교수 학습이 가능하도록 설계되어 있으며, 따라서 문학 수업은 자연스럽게 주제 파악, 작품에 대한 감상과 생각 나누기 등 문학 작품의 이해와 감상에 필요한 활동을 할 수 있게 된다.

이런 방식은 내용 중심(Contents Based) 단원 구성 방식이다.

2) 『Reading Wonders』에 나타난 문학 교수 학습의 특징

미국의 국어 교과서에서 문학 영역의 교수 학습 내용과 방법을 살펴보기 위해 여기서는 문학 작품을 읽기 자료로 선정하여 교수 학습 활동을 전개하는 과정을 고찰하고자 한다.

(가) 언어기능과 문학의 통합적 교수 학습

3주차 학습할 단원, "Our Pet Friends"(우리들의 반려 동물 친구)를 예시하면서 살펴보자. 이 단원의 도입면은 작품의 내용을 파악하기 위한 핵심 질문과 활동들이 다음과 같이 제시되어 있다.

단원명: 우리들의 반려동물 친구(Our Pet Friends)(T192)

필수 질문(Essential Question): 반려동물은 어떻게 중요한 친구가 될 수 있나요?

반려동물은 우리의 친구가 될 수 있어요.
→ 반려동물은 모양도 여러 가지이고, 크기도 다양해요.
→ 반려동물은 우리를 도울 수 있어요
→ 반려동물은 우리를 사랑해요.

이야기 나누기
파트너와 반려동물을 친구로 가졌던 경험에 대해 이야기를 나누어 보세요.
어휘 그물에 반려동물과 어떻게 친구가 되었는지 써 봅시다.(R.W 50-51, T.E 219)

필수 질문(Essential Question)은 단원의 도입면 왼쪽 상단에 제일 큰 활자로 제시되어 있어서 이 질문이 단원의 중심 학습 내용임을 짐작하게 한다. 이 질문은 이 단원에서 학습할 "Our Pet Friends"라는 동화의 내용과 주제를 파악하는 데 꼭 필요한 질문이라고 할 수 있다. 그 다음에 이어지는 배경 지식들과 '이야기 나누기'의 화제도 해당 문학 작품의 소재와 주제 관련 내용으로, 반려 동물에 대한 배경 지식, 반려 동물에 대한 학습자들의 경험 떠올리기와 같은 활동으로 구성되어 있다. 이와 같은 도입면의 학습 활동으로 미루어보면 미국의 초등학교에서는 문학 작품을 공부할 때, 텍스트의 내용을 파악하는 것을 가장 우선으로 생각한다 것을 알 수 있다.

그리고 다음에 이어지는 활동들은, '동화 텍스트에 나오는 어려운 단어 공부하기', '교과서의 작품을 서로 소리 내어 읽기', '발음 공부하기', '맞춤법 공부하기', '낱말 뜻 공부하기', '문법 공부하기' 등이 다양하게 이루어진다. "Our Pet Friends"라는 동화를 기반으로 언어 기능 학습과 읽기, 문법 학습이 통합적으로 이루어지는 것이다.

다양한 언어 기능 학습이 이루어진 다음, 독해 전략(Comprehention Strategy)에서는 텍스트를 자세히 읽고 텍스트의 내용을 분명히 이해시키기 위한 활동을 한다. 예컨대, "질문에 묻고 대답하기"(Ask and Answer Question) 활동을 제시하고, 그 활동을 하는 이유를 "여러분이 이야기를 읽을 때, 이해하지 못했거나 놓치고 넘어간 부분에 대해 생각할 수 있도록 질문을 할 수 있다."(『Reading Wonders』 60쪽, (이하 RW), 『Teacher's Edition』 T217쪽, (이하 TE))고 설명하는 것이다.

(나) 인물, 배경, 사건을 중심으로 텍스트의 내용 파악

작품의 내용을 파악하는 단계에서 주목할 만한 활동은 단원을 마무리하는 단계에서 이루어지는 독해 기능(Comprehention Skill) 과정이다. 이 과정에서는 동화 텍스트의 내용을 더 분명히 이해하게 하는 활동을 하는데 그것은 "인물, 배경, 사건"(Character, Setting, Events)을 정리하는 활동이다. 이 활동은 동화 텍스트를 제재로 수록한 모든 단원에서 제시된다. 예컨대, 2단원에서는 "마리아는 브라질을 축하한다"(Maria Celebrate Brazil)라는 사실 동화(Realistic Fiction)를 수록하고 있는데, 이 단원의 학습을 마무리하는 부분에 인물, 배경, 사건에 대하여 다음과 같은 설명이 제시되어 있다.

인물, 배경, 사건

인물은 이야기 안의 사람이나 동물입니다. 이야기의 배경은 이야기가 일어나는 시간과 장소를 말합니다. 사건은 일어난 일입니다.

인물	배경	사건
마리아 메아 빠이	마리아의 부엌	마리아는 친구 집에 가기 위해 연습에 빠지고 싶어한다.

학생 활동(Your Turn)

이야기를 계속 읽고, 도표의 빈 곳에 알맞은 말을 채워 넣으세요.(교과서 45, 지도서 T127쪽)

Explain(설명)

이야기와 삽화를 보고, 학생들이 인물, 배경, 사건에 대해 마음속으로 상상할 수 있게 설명을 하시오. (TE, T124쪽)

미국의 초등학교 문학교실에서는 작품을 인물, 배경, 사건을 중심으로 스토리를 정리하게 할뿐만 아니라, 인물, 배경, 사건의 의미를 정확하게 설명해줌으로써, 이에 대한 문학적 지식을 가르치고 있다.

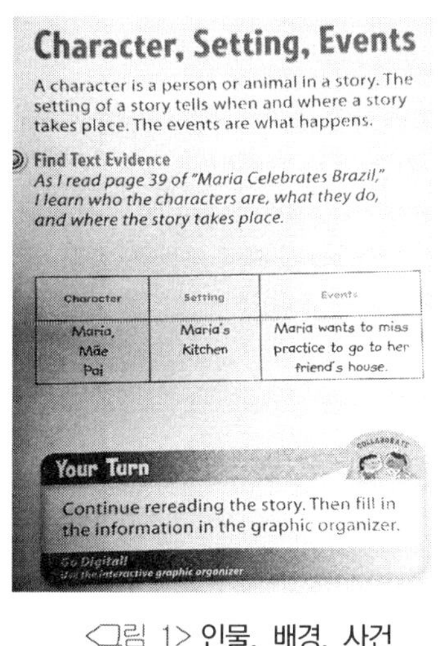

<그림 1> 인물, 배경, 사건

인물, 배경, 사건은 서사문학을 구성하는 필수 요소이다. 동화나 소설, 시나리오 같은 서사문학을 읽을 때 반드시 파악해야 하는 요소라고 할 수 있다. 이것은 중학교나 고등학교에서 소설을 배울 때도, 성인이 되어 소설을 읽을 때도 반드시 파악해야 하는 기본적인 요소라고 할 수 있다. 미국의 초등학교에서는 저학년 때부터 이 세 가지 요소를 중심으로 스토리를 파악하도록 지도하고 있다. 즉, 소설은 인물, 배경, 사건이라는 요소가 상호 관계를 맺으면서 전개된다는 서사 문학의 내용 지식을 가르치고 있는 것이다.

(다) 상호텍스트성 기반 교수·학습 활동

미국의 국어 교과서에서는 동화 한 편을 공부한 다음 상호텍스트성에 입각한 활동을 반복 학습한다. 『Reading Wonders』에서 이루어지는 상호텍스트성 관련 활동은 '텍스트와 텍스트 관련짓기(Text to text)', '텍스트와 자기 관련짓기(Text to Self)', '텍스트와 세계 관련짓기(Text to World)'로 나누어진다. 미국의 문학 수업에서는 이 세 가지 가운데, 작품의 성격에 맞는 활동을 두 가지 이상 선정하여 학습 활동을 구성하며, 이 활동은 모든 단원에서 반복적으로 지도하도록 설계되어 있다.

예컨대, 2단원에서는 "마리아는 브라질을 기념한다.(Maria Celebrate Brazil)"라는 사실 동화가 실려 있는데, 이 작품은 브라질에서 이민 온 마리아라는 소녀의 가족이 브라질의 날 축제에 참가하는 과정에서 겪는 가족 간의 갈등과 화해, 협력을 다룬 에피소드를 중심으로 이야기가 펼쳐진다. 세계 각지에서 이민을 온 사람들로 구성된 미국 사회에서 다문화라는 주제는 매우 긴요한 주제라고 할 수 있다. 이 작품을 공부하기 위해 교과서에서는 위에서 언급한 세 가지 활동을 실시하고 있다. 첫째로 '텍스트와 다른 텍스트 관련짓기(Text to text)' 활동으로 비슷한 주제의 동화를 문학 선집(Literature Anthology)에서 골라 소개하고 있다.

텍스트와 텍스트 관련짓기(Text to text)

증거 찾기(Find Text Evidence) : 이번 주에는 어린이들이 가족들에 관한 선집을 읽어왔음을 상기시킨다. 그리고, 이제 학생들이 이 텍스트들을 비교할 것임을 말해준다. 비교할 텍스트는 워크북의 pp.38-43에 있는 "마리아는 브라질을 기념한다."와 문학 선집 pp.34-53.에 수록된 "크고 빨간 막대 사탕"이다.

사고 구술(Think Aloud): "마리아는 브라질을 기념한다"와 "크고 빨간 막대 사탕"은 둘 다 가족들에 관한 이야기이고, 가족들이 어떻게 협동하는가에 대한 이야기이다. "마리아는 브라질을 기념한다"의 결말에서 마리아는 아버지의 말을 듣고, 퍼레이드에 참가하며 즐거워한다. "크고 빨간 막대 사탕"의 서두에서 두 자매는 서로 다투지만 서로 함께 지내기를 배우며 최고의 친구가 된다. (RW, T.150)

위 내용은 교사용 지도서에 제시된 교수 활동인데, 교과서에 실렸던 동화와 유사한 주제의 다른 텍스트를 읽게 하고, 두 텍스트를 비교하는 방법을 사고 구술법으로 안내하고 있다. 사고 구술로 안내된 교사의 시범 활동은, 두 작품이 비교 관점과 비교 방법, 중점을 두어 지도해야 하는 내용 등을 구체적으로 안내하고 있다.

다음으로는 '텍스트와 자기 관련짓기'와 '텍스트와 세계 관련짓기' 활동이 다음과 같이 제시되고 있다.

텍스트와 자기 관련짓기(Text to Self)

토의하기: 학생들이 자기 가족의 문화를 기념하는 행사에 대해 토의하도록 한다. 서로 다른 문화를 기념하는 가족 행사는 무엇인가를 질문하고 그것들에 대해 묘사하도록 한다.

텍스트와 세계 관련짓기(Text to World)

어린이들에게, 세계의 가족들은 무엇이 비슷하고 무엇이 다른지에 관해 배운 것을 토의하도록 한다. 왜 가족의 기념 행사가 중요한지를 질문한다. 가족의 구성원이 서로를 어떻게 돕는가를 질문한다. (RW, T.150)

Text to Text

Cite Evidence Remind children that this week they have been reading selections about families. Tell them that now they will compare these texts. Model comparing text using "Maria Celebrates Brazil," **Reading/Writing Workshop,** pp. 38-43, and *Big Red Lollipop*, **Literature Anthology,** pp. 34-53. Use a Shutter Foldable* to record comparisons.

Think Aloud "Maria Celebrates Brazil" and *Big Red Lollipop* are both about families and how they cooperate with one another. In "Maria Celebrates Brazil," Maria is glad in the end that she listens to her father and attends the parade. In *Big Red Lollipop*, at first the two sisters argue but then they learn to get along and even become best friends!

Complete the Organizer Have children use a Dinah Zike's Shutter Foldable to record comparisons. Guide children to discuss and write about the families in the selections.

Present Information Ask groups to present their information to the class.

Text to Self

Discuss Have children discuss events that celebrate their family's culture. Ask: *What family events celebrate another culture? Describe the*

Text to World

Have children discuss what they have learned about how families are alike and different. Ask: *Why are family celebrations important? How do family members help one another?*

<그림 2> 상호텍스트성 활동

텍스트와 자기 관련짓기(Text to Self)는 제시된 작품에서 인물들이 겪는 사건 등 텍스트의 내용과 이민족 사회인 미국에서 살아가는 학습자 자신을 관련짓게 하는 활동이다. 문학 작품을 읽고 텍스트의 내용을 자신의 삶과 관련짓는 활동은 문학 작품을 깊이 이해하고 공감하게 하는 중요한 활동이다. 텍스트와 세계 관련짓기(Text to World) 활동은 텍스트 안에서 일어났던 사건을 자기가 살아가는 현실의 삶과 관련지어보는 활동이다. 위 세 가지 활동 가운데 상호텍스트성의 기본 이론과 가장 가까운 활동은 'text to text'라고 할 수 있다. 미국의 자국어 교과서에서는 다문화 동화를 가르칠 때는 다문화를 주제로 한 다른 텍스트를 읽게 하고, 반려 동물에 관한 텍스트가 교육의 대상이 되었을 때는 반려 동물에 관한 텍스트를 제시하여 비슷한 점을 찾아보게 한다.

또, 사실 동화(Realistic Fiction)를 가르칠 때는 그와 같은 장르의 텍스트를 가르친다. 전자는 텍스트간 주제(소재)의 상호성을 의도한 것이고, 후자는 텍스트간 형식의 상호성을 의도한 것이라고 할 수 있다.

미국의 교과서에서는 상호텍스트성의 이론을 더 적극적으로 해석하여 '텍스트와 자기 관련 짓기(text to self)', '텍스트와 세계 관련짓기 (text to world)' 등의 활동으로 나아간다. 문학 작품을 읽고 그것을 수용한다는 것은 작품 속에 등장하는 인물이 경험하는 사건과 갈등을 독자인 자기와 비교하면서 공감하기도 하고, 내가 살아가는 현실과 소설에 반영된 세계를 비교하면서 삶의 다양한 모습을 이해하는 과정임을 깨닫게 하는 것이다.

(라) 문학 장르의 개념과 용어 교수

2장 1)절에서 제시한 『Reading Wonders』 교사용 지도서의 "Unit overview(대단원 개관)"에서 보는 같이, 여기에는 "Gengre: Literature: Fantasy", "Gengre: Realistic Fiction", "Gengre: Literature: Fiction" 등과 같이 장르의 명칭을 명시적으로 노출시키고 있는데, 이 장르의 명칭은 교과서에도 그대로 제시되고 있다.

1주차의 3일째의 교수 내용은 "Gengre: Literature: Fantasy"인데, 교사용 지도서의 해당 단원에서 교사가 설명해줄 내용을 제시하는 "Expain" 항에는 다음과 같은 설명이 제시되고 있다.

> 다음에 제시되는 판타지 이야기의 핵심 특징을 학생들과 공유하시오
> → 판타지 이야기는 story(이야기)로 구성되어 있다.
> → 판타지는 현실에서 볼 수 인물과 현실에서 일어날 수 없는 사건이 있다.
> → 독자들을 돕기 위해 삽화는 현실에서 일어날 수 없는 인물과 사건, 배경 등을 시각적으로 그리기도 한다. (TE, T44쪽)

그리고 교과서의 해당 페이지(p.30)에도 다음과 같은 내용이 제시되어 있다.

> **판타지**
> "작은 새는 날기를 배운다"는 판타지 이야기이다.
> 판타지는 지어낸 이야기이다.
> 판타지는 현실에서 볼 수 없는 상상의 인물이 있다.(RW, p.30)

"텍스트에서 증거 찾기"라는 항목을 제시한 다음, 삽화에서 판타지라는 증거를 찾도록 질문을 하고, "새가 옷을 입고 있어요. 현실에서 새는 옷을 입지 않거든요. 이 이야기는 분명 판타지입니다." 라는 학생의 답안을 예시하고 있다. 판타지를 학습하는 과정에서 '교사의 교수 활동 예시'라는 항목에서는 "어린이들이 판타지를 읽을 때, 어떤 부분이 실제의 생활에서 일어날 수 있고, 일어날 수 없는지 이해하도록 한다."는 교수 활동을 구체적으로 제시하고 있다.

또, 2주차 첫째 날의 수업 내용은 "Realistic Fiction(사실 동화)"이고, 텍스트로는 "마리아는 브라질을 축하한다(Maria Celebrate Brazil)"라는 동화를 수록하고 있다. 이 동화는 브라질에서 이민 온 마리아라는 소녀의 가족이 브라질의 날을 기념하는 축제에 참가하는 과정에서 일어나는 갈등과 해결을 중심으로 이야기가 펼쳐진다. 그리고 이 단원의 학습을 마무리하는 부분에 다음과 같은 설명이 제시되어 있다.

Realistic Fiction(사실동화)
이 이야기 "마리아는 브라질을 축하한다"는 사실동화입니다.
사실동화는 실제 인간인 인물이 등장하는 이야기입니다.
사실동화는 처음, 중간, 결말이 있습니다.(R.W 45, T.E 137)

증거 찾기
나는 "마리아는 브라질을 축하한다."가 사실동화라고 말할 수 있습니다.
인물이 실제 사람이고요, 이 이야기가 처음, 중간, 결말이 있거든요.

이야기 구조

이야기의 서두에서 마리아가 친구네 집에 가려고 연습에 빠지고 싶어해요.

학생 활동

이야기의 중간과 결말에 일어나는 사건에 대해 말해보세요.(reading/writing workshop, p.46)

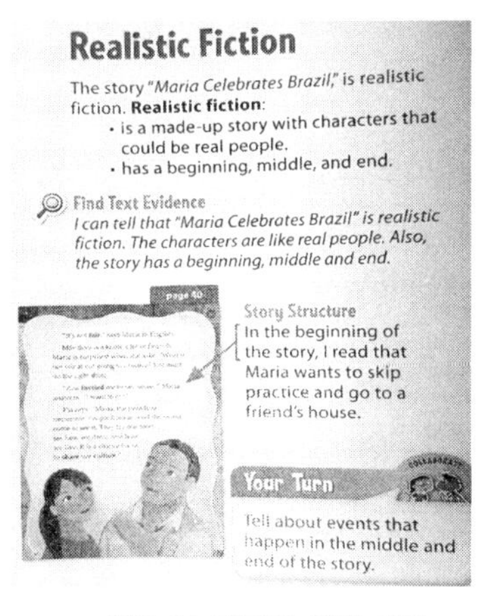

<그림 3> 장르의 개념 설명

미국의 교과서에서는 아동들이 읽는 서사 장르를 "Gengre: Literature: Fantasy", "Gengre: Realistic Fiction", "Gengre: Literature: Fiction", 'poem', 'forktale' 같은 본격적인 문학의 장르 용어를 제시하고 있다. 문학의 하위 장르의 용어까지 제시할 뿐 아니라 그 장르의 특성을 명료한 언어로 설명하고, 작품에서 그런 특성을 찾아보도록 안내하고 있다. 미국의 교과서에서는 넌픽션을 지도할 때도 서사적 넌픽션(narative nonfictin), 설명적 넌픽션(expository nonfiction)이라는 개념을 교과서에 노출시켜 명시적으로 지도하고 있다.

(마) 작가와 삽화가 소개

『Reading Wonders』의 특징으로 저자에 대한 소개가 자세히 언급되고 있음을 살펴볼 수 있다. 저자에 대한 생애와 문학적 특징, 그리고 저자의 다른 작품도 자세히 안내되어 있어 작가의 작품을 더 찾아 읽을 수 있도록 설계되어 있다.

작가와 삽화가에 대하여

◎ 룩사나 칸(Rukhsana Khan)은 파키스탄에서 태어났다. 그녀의 가족은 그녀가 세 살 때 캐나다로 이주하였다. Rukhsana는 그녀 자신의 다른 문화에 대해 이야기하고 있다.

◎ Sophie Blackkall(소피 블랙칼) 은 오스트리아에서 자랐고, 나뭇가지로 바닷가 모래밭에 그림을 그리며 그림 공부를 하였다. 그녀는 그림 그리기가 너무 즐거웠다. 지금 그녀는 많은 책에 그림을 그리고 있다.

작가의 의도(Author's Purpose)

<그림 4> **작가, 삽화가 소개**

작가마다 이야기를 쓰는 이유는 각각 다르다. 독자에게 재미를 주고 싶어서 이야기를 쓰기도 하고, 혹은 교훈을 주고 싶어서 이야기를 쓰기도 한다. 여러분은 작가 Rukhsana Khan이 왜 이 이야기를 썼다고 생각하나요? (TE, T139K 쪽)

작가의 전기적 사실을 알려주고, 텍스트의 내용과 작가의 삶을 관련지어 보면서 이야기를 읽도록 권장한다. 특이한 것은 삽화가의 삶에 대해서도 안내를 하고 있다는 것인데, 이로써 우리는 삽화가도 한 사람의 작가로 대우하는 관점을 엿볼 수 있다. 뿐만 아니라 작가가 이야기를 쓰는 목적이나 의도를 짐작하게 하는 활동을 하기도 한다.

2. 한국 『국어』 교과서에 나타난 문학 교수 학습의 특징

(1) 한국 『국어』교과서의 단원 구성 방식

한국의 『국어』교과서는 소단원 체제로 되어 있으며, 한 학기가 11개의 소단원으로 구성되어 있다. 각 단원은 '단원의 학습 목표'를 제시하고 있는데, 이것은 교육과정의 성취 기준(가르쳐야 할 내용)을 구체화한 것이다. 그런데, 소단원 하나에는 영역이 다른 2개의 성취 기준을 통합하여 구성하고 있다. 예컨대, 1단원은 '문학' 영역과 '듣기·말하기' 영역을 통합하여 교수하도록 구성되어 있다. 따라서 1단원의 단원 학습 목표인 '시나 이야기를 읽고 장면을 떠올리며 생각이나 느낌을 말할 수 있다'는 문장은 '문학' 영역과 '듣기·말하기' 영역의 성취 기준을 통합하여 구성한 목표인 것이다.

<표 2> 『국어』2-2 단원별 학습 목표 체제(교사용 지도서 50쪽)

단원명	단원 성취 기준	단원 학습 목표	차시 학습 목표	학습 성격
1.장면을 떠올리며	문학(2)인물의 모습, 행동, 마음을 상상하며 그림책, 시나 노래, 이야기를 감상한다. 듣기·말하기(3)자신의 감정을 표현하며 대화를 나눈다.	시나 이야기를 읽고 장면을 떠올리며 생각이나 느낌을 말할 수 있다.	1~2 기억에 남는 시나 이야기를 소개할 수 있다.	준비 학습
			3~4 시를 읽고 생각이나 느낌을 말할 수 있다.	기본 학습
			5~6 이야기를 읽고 장면을 떠올려 말할 수 있다.	기본 학습
			7~8 이야기를 읽고 생각이나 느낌을 말할 수 있다.	기본 학습
			9~10 시나 이야기를 찾아 읽고 여러 가지 방법으로 전할 수 있다.	실천 학습

단원명	단원 성취 기준	단원 학습 목표	차시 학습 목표	학습 성격
7. 일이 일어난 차례를 살펴요.	듣기·말하기(2)일이 일어난 순서를 고려하며 듣고 말한다. 문학(2)인물의 모습, 행동, 마음을 상상하며 그림책, 시나 노래, 이야기를 감상한다.	인물의 모습을 상상하며 이야기를 듣고나 읽고, 일이 일어난 차례대로 말할 수 있다.	1~2 이야기에 나오는 인물의 모습을 상상할 수 있다.	준비 학습
			3~4 인물의 모습을 상상하는 방법을 안다.	기본 학습
			5~6 이야기를 듣고 인물의 모습을 상상할 수 있다.	기본 학습
			7~8 이야기를 읽고 일이 일어난 차례에 따라 이야기의 내용을 말할 수 있다.	기본 학습
			9~10 일이 일어난 차례에 따라 이야기를 꾸밀 수 있다.	실천 학습

위의 표는 2학년 2학기의 단원별 학습 목표와 차시 학습 목표를 제시한 표인데, 전체 11개의 소단원 중 문학 영역이 포함된 2개의 단원만을 선택하여 나타낸 것이다. 위의 표를 보면 알 수 있듯이 단원의 학습 목표는 5개의 차시 목표로 세분화된다. 그리고 하나의 차시 목표를 가르치기 위한 주요 학습 내용과 활동을 구체화하여 교과서로 구성하고 있다.

'1단원 장면을 떠올리며'의 목표는 교육과정의 성취기준 ([2국05-02] 인물의 모습, 행동, 마음을 상상하며 그림책, 시나 노래, 이야기를 감상한다.)에서 도출된 것이다. 그리고 해당 차시는 차시의 목표를 달성하기에 가장 효율적인 학습활동으로 구성되어 있다. 목표 중심 단원 구성 방식은 교수·학습의 내용과 방법을 결정하게 된다.

학습 활동은 그 단원을 공부하는 모든 차시에서 단원의 학습 목표(위의 표에서는 '인물의 모습 상상하기')를 달성하는 활동만을 반복한다. 이런 교수 학습 방식은 해당 문학 작품이 전하고자 하는 전반적인 메시지를 파악하기 어렵게 하고, 작품이 지니고 있는 문학적 아름다움과 감동을 놓치게 할 우려가 있다.

2015 교육과정기부터 한국의 국어 교과서에서는 한 단원을 두 가지 이상의 영역을 통합하여 한 단원으로 구성하기 시작하였다. 즉, 문학 영역과 듣기·말하기 영역, 문학 영역과 읽기, 쓰기 영역 등을 통합하여 단원을 구성하였다. 이것은 문학과 언어 기능 영역을 통합하고자 하는 시도로 총체적 언어 교육의 입장에서 보면 진일보한 단원 구성 방식이라고 할 수 있다. 그러나 이런 경우에도 문학 영역의 성취기준 하나와 언어 기능 영역의 성취기준 하나를 결합하는 방식이어서, 문학 작품이 성취 기준 달성의 수단이 될 뿐, 문학 작품이 지니는 본래적 가치를 충분히 맛보기 어려운 문제점이 발생한다.

(2) 한국 『국어』 교과서의 문학 교수 학습 방식의 특징

여기서는 한국의 『국어』 교과서와 『교사용 지도서』를 살펴보면서 한국의 문학 교수학습이 어떤 내용을 중점적으로 가르치며, 어떤 과정으로 전개되는지 살펴보기로 하겠다.

1) 단원의 학습 목표와 차시 목표에 의해 교수 내용 결정

앞에서 살펴본 바와 같이 『국어』 교과서의 단원 구성 체제는 단원마다 목표가 제시되어 있고 이것을 다시 차시 목표로 세분화한 다음, 그것을 달성하기에 가장 효율적인 학습활동으로 구성되어 있다. 아래 표는 2학년 2학기 7단원의 '단원 학습 목표'와 그것을 세분화한 '차시 학습 목표', 그 차시 학습 목표를 달성하기 위한 '주요 학습 내용 및 활동'을 나타낸 것이다.

<표 3> **단원의 학습 목표와 학습내용 및 활동**

단원 학습 목표: 인물의 모습을 상상하며 이야기를 듣거나 읽고, 일이 일어난 차례대로 말할 수 있다.

주요 학습 내용 및 활동

차시	학습 단계	차시 학습 목표	제재 글 제목(작가)	장르	주요 학습 내용 및 활동
1~2	준비 학습	이야기에 나오는 인물의 모습 상상하기	개미집에 간 콩이(천효정)	동화	• 동기 유발- 개미에 대한 생각 나누기, • 학습 목표 확인 • 이야기 「개미집에 간 콩이」 읽기, • 내용 확인하기 • 이야기의 차례대로 정리하기 • 인물의 모습 상상하기 • 단원 학습 계획하기
3~4	기본학습	인물의 모습을 상상하는 방법알기	거인의 정원(오스카 와일드)	동화	• 동기 유발- 그림을 보며 이야기의 내용 상상하기 • 인물을 생각하며 「거인의 정원」 듣기 • 내용 확인하기 • 인물의 마음 상상하여 표정으로 나타내기 • 인물의 모습을 상상하는 방법 알기 • 인물의 모습을 상상해 말하기 • 학습 내용 정리하기
5~6	기본학습	이야기를 듣고 인물의 모습을 상상하기	쇠붙이를 먹는 불가사리(유영소)	동화(옛이야기 재구성)	• 동기 유발- 그림을 보며 이야기의 내용 상상하기 • 이야기 「쇠붙이를 먹는 불가사리」 앞 부분 듣기 • 내용 확인하기 • 인물의 특성 파악하기

차시	학습 단계	차시 학습 목표	제재 글 제목(작가)	장르	주요 학습 내용 및 활동
					• 일이 일어난 순서대로 말하기 • 인물의 모습 상상하기 • 이야기의 뒷 부분 상상하기
7~8	기본학습	이야기를 읽고 일이 일어난 차례에 따라 이야기의 내용 말하기			• 「쇠붙이를 먹는 불가사리」 뒷부분 읽기 • 내용 확인하기 • 시간이나 차례를 나타내는 말 찾기 • 인물의 표정이나 행동 흉내내기 • 일이 일어난 차례에 따라 말하기 • 『국어활동』에 실린 다른 이야기(「소가 된 게으름뱅이」) 읽고 인물의 모습 상상하기, 일이 일어나 차례대로 말하기
9~10	실천학습	일이 일어난 차례에 따라 이야기 꾸미기	종이봉지 공주(로버트 문치)	동화 (옛이야기 패러디)	• 동기 유발- '공주'라는 말 연상하며 생각그물 만들기 • 인물의 모습 상상하기- 내용 확인하기 • 일이 일어난 차례에 따라 인물의 모습 변화 알아보기 • 인물의 모습 흉내 내기 • 일이 일어난 차례에 따라 이야기 꾸며 말하기 • 단원 정리- 일이 일어난 차례에 맞게 정리하기

7단원의 단원 학습 목표는 '듣기 말하기' 영역의 성취 기준 '2국01-02: 일이 일어난 순서를 고려하며 듣고 말한다.'와 '문학' 영역의 성취 기준 '2국05-02: 인물의 모습, 행동, 마음을 상상하며 그림, 책, 시나 노래, 이야기를 감상한다'를 통합하여 한 문장으로 구성한 학습 목표이다.

『국어』교과서 7단원 도입면(182~183쪽)의 구성을 살펴보면, "일이 일어난 차례를 살펴요"라는 단원명이 제시되어 있고, "인물의 모습을 상상하며,

이야기를 듣거나 읽고, 일이 일어난 차례대로 말해 봅시다."라는 단원의 목표가 제시되어 있다. 그리고 참새 두 마리와 생쥐의 대화 장면이 말주머니로 제시되면서 새로 이사 온 동물이 누구인지 추측하게 하는데, 이는 이 단원의 학습 목표인 인물의 모습을 상상하게 하는 '준비 학습'의 기능을 하고 있다. 도입면에 제시된 단원명이나 삽화의 말주머니 등은 '듣기·말하기'와 '문학' 영역의 성취 기준이 통합되어, 이 단원의 중심 학습 활동이 될 것임을 말해주고 있다.

1~2차시의 교수·학습 활동을 살펴보면, 위의 표에 제시된 바와 같이 학습 목표를 확인하고, 제재를 읽은 다음 내용을 확인한다. 이야기의 내용을 확인하는 활동은 동화 텍스트의 시간적 전개 과정에 따라 스토리를 정리할 수 있도록 교사가 질문을 하고 학생이 대답하는 형식으로 구성된다. 다음에는 주인공 콩이(생쥐)가 구경한 방을 차례대로 빈칸에 쓰게 한 다음, 이 작품에 등장하는 인물인 마법사 개미의 생김새를 상상해서 그려보는 활동을 한다. 이러한 활동은 단원의 학습 목표 달성과 직결되는 활동이다.

3~4차시의 차시 목표는 "인물의 모습 상상하는 방법 알기"이고, 학습 제재로는 오스카 와일드의 「거인의 정원」이 수록되어 있다. 그런데 이 차시는 동화의 장면이 그림으로만 제시되고
내용은 들려주기로 제공된다. 이어지는 학습 활동은 다음과 같다.

2. 「거인의 정원」을 다시 듣고 물음에 답해 봅시다.

(1) 집에 돌아온 거인은 아이들을 정원에서 쫓아낸 다음에 어떻게 했나요?

(2) 아이들이 없는 거인의 정원은 어떤 계절이 계속되었나요?

(3) 거인의 정원에 봄이 다시 찾아온 까닭은 무엇인가요?

3.「거인의 정원」에서 거인의 기분이 어떠한지 표정으로 나타내어 봅시다.

4. 「거인의 정원」의 일부분을 다시 듣고, 거인의 모습을 상상하는 방법을 알아봅시다.

① 인물의 말, 행동, 생김새 등을 나타내는 표현을 찾는다.

② 그 표현을 찬찬히 생각하며 인물의 모습을 상상한다.

5. 「거인의 정원」에 나오는 거인의 모습을 상상하여 말해 봅시다. 그리고 거인의 행동을 흉내 내어 봅시다.(2학년 2학기 『국어』 교과서 184쪽)

2번은 내용 파악 질문이다. 작품을 들려주고 내용을 파악하기 위한 질문을 하고 있는데, 이 질문에 대답을 하면서 학생들은 동화의 내용을 다시 회상하게 된다. 3~5번 활동은 목표 관련 활동으로 이 차시의 목표인 "인물의 모습을 상상하는 방법 알기"를 위한 활동이다. 3번에서는 특정한 장면을 그림으로 보여주면서 거인의 기분을 표정으로 나타나게 하고, 4번에서는 거인의 말, 행동, 생김새를 나타내는 표현을 찾고 그것을 단서로 인물의 모습을 상상하게 하는 활동을 한다. 5번도 학생들이 상상한 거인의 모습을 바탕으로 그의 행동을 흉내 내어 보는 활동이므로 4번 활동의 반복이라고 할 수 있다.

5차시부터 8차시에는 민담을 새롭게 재화한 이야기 「쇠붙이를 먹는 불가사리」가 들려주기 형태로 제시되는데, 학습 활동의 순서는 3~4차시와 동일하게 반복된다. 그림을 보며 내용 상상하기, 이야기 듣고 내용 파악하기, 인물의 특성 파악하기, 인물의 모습 상상하기 등의 활동이 이어진다.

"이야기를 듣고 인물의 모습 상상하기"라는 차시 목표를 달성하기 위한 활동들이다. 3~4차시의 학습 활동과 다른 점은 "「쇠붙이를 먹는 불가사리」의 뒷부분을 읽고 일이 일어난 차례에 맞게 알맞은 말을 넣어 완성해 봅시다"라는 활동이 더 있다는 것인데, 이는 듣기·말하기 영역의 성취 기준을 반영한 단원 목표를 달성하기 위한 활동이다.

9~10차시의 제재는 「종이 봉지 공주」이고, 차시 목표는 '일이 일어난 차례에 따라 이야기 꾸미기'이다. 그래서 이 차시의 거의 모든 학습 활동은 '주인공 엘리자베스 공주의 모습이 변해가는 모습을 차례대로 말해보기', '일이 일어난 차례를 생각하며 뒷 이야기 꾸미기' 등에 집중된다. '엘리자베스 공주의 모습을 표정과 몸짓으로 흉내 내어보기'라는 활동도 있는데, 이 활동도 앞의 차시에서 했던 인물의 모습 상상하기와 같은 활동이라고 할 수 있다. 이와 같이 10차시 동안의 모든 교수 학습 활동은 단원의 목표에 집중된다.

한 단원에 동화 작품 네 편을 수록하고서 '인물의 모습 상상하기'와 '이야기의 차례대로 말하기'라는 똑 같은 활동을 네 번 반복하게 되는데, 여기서 그치지 않고, 평가 학습에서도 이와 같은 활동은 다시 반복된다. 한 단원을 10차시로 수업하도록 계획되어 있는데, 10시간 동안 네 편의 이야기를 학습하는 것은 너무 부담이 된다. 이 단원에 수록된 작품들 모두 그 문학성과 교육성 자체만을 평가한다면, 이야기가 흥미롭고, 주제가 분명하기 때문에 어린이들이 아주 좋아할 만하다. 그런데 교과서에서는 이 작품들을 아주 문학의 본질과는 거리가 있는 지엽적 목표를 달성하는 수단으로만 이용하고 있기 때문에 학생들은 이 작품들을 공부하면서 오히려 문학에 흥미를 잃게 만들지 않을까 우려된다.

2) 문학 작품의 이해 감상 활동 부재

2학년 2학기 7단원의 교수 학습 전개과정을 살펴본 결과, 10차시 동안의 학습 과정에서 문학 작품 자체의 이해와 해석, 감상에 대한 학습이 거의 없다는 것을 발견할 수 있다. 이러한 문제점은 목표 중심 교수 학습 방식에서 파생되는 결과라고 할 수 있다. 목표에 집중하다보니 문학 작품을 문학답게 읽을 시간이 부족한 것이다. 문학 작품의 내용과 관련되는 활동은 내용 확인하기 활동뿐이다. 『국어』교과서와 교사용 지도서에 제시된 제재의 내용과 학습 활동을 검토한 결과 이 단원에서 제시된 동화는 네 편의 동화에서 작품의 내용과 관련된 활동은 교사용 지도서에 제시된 다음과 같은 내용 확인하기 활동이 전부이다.

> 이야기의 내용 확인 하기
> 거인의 정원은 어떤 모습이었나요?
> 집에 돌아온 거인은 아이들은 정원에서 쫓아낸 다음 어떻게 했나요?
> 팻말에는 어떤 내용이 써 있었나요?
> 아이들이 없는 거인의 정원은 어떤 계절이 계속되었나요?
> 거인의 정원에 봄이 다시 찾아온 까닭은 무엇인가요?(거인이 욕심을 버리고 정원에서 아이들이 마음껏 뛰어놀게 했기 때문입니다.)
> 키 작은 아이는 누구였을까요?(하늘에서 온 천사일 것 같습니다.)
>
> (2학년 2학기『국어과 교사용 지도서』 254면)

위에서 보듯이 동화 자체에 대한 학습은 '내용 확인하기'가 대부분이다. 이 활동은 '누가 언제 어디서 무엇을 하였나'와 같은 내용 회상 질문에 그치기 때문에 학생들은 문학 작품의 아름다움이나 감동을 경험할 기회를 갖기 어렵다. 우리는 상식적으로 소설을 읽거나, 연극이나 영화를 보거나, 옛이야기 같은 서사물을 읽거나 들으면 우선 그 작품의 주제에 대해 이야기를 나눈다. 그리고 그 작품을 읽은 감상을 이야기한다.

오스카 와일드의 「거인의 정원」은 세계적인 명작이다. 정원에서 아이들을 내쫓았더니 거인의 정원에는 겨울만이 계속되다가, 아이들이 돌아오자 정원에는 봄이 오고 꽃이 피어난다는 이야기는 아이들이 바로 꽃이고 봄 그 자체라는 주제를 감동적으로 보여준다. 아이들이 천사이고, 아이들과 함께 살아가는 곳이 천국이라는 해석까지도 가능하다. 문학 교실이 아니고 일상의 삶에서 혼자 또는 친구끼리 이 이야기를 읽는다고 하더라도, 작품을 읽으면서 무슨 생각을 하는 것이 자연스러울까. 어떤 장면에서 감동을 받을까. 담장에 난 작은 구멍으로 아이들이 들어오자 꽃이 활짝 피고, 새가 포르르 날아드는 장면, 그러자 거인의 얼굴에도 살며시 웃음이 번지는 장면이 아름답지 않을까.

5~8차시의 학습을 위한 제재는 「쇠붙이를 먹는 불가사리」라는 옛이야기이다. 이 이야기는 불가사리가 나라의 쇠붙이란 쇠붙이는 몽땅 먹어버리고 나중에는 전쟁터의 무기도 모두 먹어버려 전쟁이 멈추었다는 이야기이다. 여기서 '쇠붙이'는 전쟁에 대한 비유적 의미로 읽을 수 있고, '쇠붙이를 먹는 불가사리'는 전쟁을 막고 평화로운 세상을 꿈꾸는 민중들의 염원을 상징하는 존재라고 할 수 있다. 그러나 이 차시의 모든 학습도 옛이야기의 감동적인 주제와는 무관하게, "인물의 모습 상상하기"와 "일이 일어난 차례에 따라 말하기"라는 목표에 집중된다.

"인물의 모습 상상하기"도 인물의 성격을 이해하고 인물의 마음에 공감하기 위해 필요한 활동이기는 하지만 이 활동 자체가 작품 이해의 필수적인 활동은 아니다. 이 활동은 어디까지나 작품의 주제를 파악하거나, 이야기와 자신, 또는 이야기와 세계의 관계를 이해하기 위한 수단에 불과하다.

이 작품을 문학 작품으로 읽는다면, 그래서 어린이들에게 문학 능력을 신장시켜주려면, 어린이들에게도 이런 메시지를 읽어낼 수 있도록 도움을 주는 것이 바람직하다. '불가사리가 전쟁터에서 칼이나 대포알을 먹어버릴 때 어떤 기분이 들었나.' '다른 나라 병사들이 덜덜 떨며 모두 도망칠 때 어떤 느낌이 들었나.' '요즘에 쇠붙이를 먹는 불가사리가 있다면 어떤 일이 벌어질까'와 같은 질문을 함으로써 이 이야기가 전하고자 하는 메시지를 파악하게 하는 것이 작품 이해와 감상의 본질에 다가서는 활동이라고 할 수 있을 것이다.

4. 양국 문학 교육의 특징에 대한 논의와 시사점

이상에서 두 나라 교과서에 나타난 문학 교육의 특징을 살펴보았는데, 여기서는 위에서 서술한 내용을 비교하면서 양국의 문학교육 내용과 방식의 의미와 우리에게 주는 시사점에 대해 논의해 보기로 하겠다.

(1) 작품의 서사 구조 파악 방식에 대한 논의

미국과 한국 교과서에서는 단원을 시작하는 단계에서 작품의 내용을 파악하는 활동을 한다. 그러나 한국 교과서의 내용 파악 활동은 전체적인 줄거리를 파악하기 위한 기초적인 활동에 그치고 있다. '누가 언제 어디서 무엇을 하였나'와 같은 정보 회상 질문은 이후에 전개될 목표 중심 활동의 사전 작업의 성격을 갖는다. 이와 같은 내용 파악 질문이 줄거리를 이해하는 데 도움이 되는 것은 사실이나 질문이 단순하며, 인물 간의 관계나 배경과 사건의 관계 등을 묻지 않기 때문에 작품의 서사를 구조적으로 파악하기에는 미흡하다.

미국의 교과서에서는 단원의 시작 단계에서 내용 파악 활동을 하지만 주목되는 부분은 단원을 마무리 하는 단계에서 소설 구성의 3요소인 "인물, 배경, 사건(Character, Setting, Events)"을 중심으로 작품의 내용을 다시 한 번 정리하는 활동을 한다는 점이다. 인물, 배경, 사건은 서사문학을 구성하는 필수 요소이다. 인물이 경험하는 사건은 언제나 시간적, 공간적 배경과 관련이 있다. 서사 문학은 인물이 구체적인 시간과 공간 속에서 말과 행동을 통해 움직이며 그것은 사건이 되어 서사성을 구현하는 것이다. 따라서 이 세 요소는 중학교나 고등학교에서 소설을 배울 때도, 성인이 되어 소설을 읽을 때도 반드시 파악해야 하는 서사문학의 기본적인 요소라고 할 수 있다. 미국의 초등학교에서는 저학년 때부터 서사 문학 인물, 배경, 사건이라는 요소가 상호 관계를 맺으면서 전개된다는 문학의 내용 지식을 가르치고 있는 것이다.

한국의 교육과정에도 "인물, 사건, 배경에 주목하며 작품을 이해한다."는 성취 기준([4국 05-02])이 있고, 교과서에도 이 성취 기준을 수업 목표로 설정한 단원이 존재한다. 그러나 그것은 3~4학년의 성취 기준에 제시되어 있으므로 해당 학년, 해당 단원에서 일회적으로 학습하게 된다. 이에 비하여 『Reading Wonders』에서는 소설 작품(Fiction)이 제시되어 있는 모든 단원에서 '인물, 배경, 사건'이 유기적으로 얽혀있다는 서사문학의 구조를 반복해서 학습하므로, 서사 문학 교육의 본질에 한층 가까운 활동을 하고 있다고 평가할 수 있는 것이다.

(2) 문학작품 이해와 감상 교육에 대한 논의

한국의 문학 단원 수업에서 작품의 기본적인 내용 파악에 머무는 수업 방식은 작품에 대한 깊이 있는 이해와 감상 교육의 결핍을 불러온다. 이것은 그 단원에서 가르쳐야할 단원의 목표에만 집중하기 때문에 초래되는 현상이다. 한국의 국어과 교육과정 성취기준([6국-05-05])에 "작품에 대한 이해와 감상을 바탕으로 하여 다른 사람과 적극적으로 소통한다."라는 항목이 제시되어 있는데, 이것도 5~6학년의 교과서에서만 구현되어 있기 때문에 다른 학년의 문학 단원에서는 이 활동이 매우 부족하다. 작품의 이해와 감상은 어느 특정 단원에서 학습해야 할 요소가 아니라 모든 문학 작품 읽기에 필수적으로 수행되어야 할 활동이다.

작품의 이해와 감상을 하기 위해 꼭 필요한 학습이 주제를 파악하는 활동이다. 옛이야기든, 소설이든 이야기를 지니고 있는 모든 서사 텍스트에는 주제가 있고, 주제를 파악하는 활동은 서사 텍스트 이해의 기본이고 본질적인 활동이다. 소설의 주제란 작가가 전달하고자 하는 중심 사상으로, 여기에는 작가의 인생관과 세계관이 반영되기 때문에 학습 독자는 삶에 대한 작가의 해석과 판단을 통하여 바람직한 삶의 방향에 대한 성찰과 깨달음의 기회를 얻을 수 있다. 그러므로 작가가 의도한 주제를 찾아내든 독자 나름대로 주제를 구성하든 주제 파악은 서사 작품 읽기의 가장 본질적인 활동이다.

한국 교과서의 문학 단원에서 작품에 대한 주제 파악 활동의 부족은 감상과 내면화 교육의 부재로 이어진다. "내면화는 감동의 한 과정이면서 동시에 감동 이후에 독자에게서 일어날 수 있는 정신작용이다."(국어교육 미래 열기(2009), 452쪽) 작가는 인간과 세계의 진실을 다루기 때문에, 소설의 주제 또한 인간과 인간의 삶에 대한 것이다. 문학 교육의 궁극적인 목적은 바로 텍스트와 자기 삶을 비교하고 성찰하여 자신의 삶을 고양시키는 것이고 이것이 바로 문학적 문화라고 할 수 있다.

(3) 텍스트 상호성 교육에 대한 논의

미국의 국어 교과서에서는 동화 한 편을 공부한 다음 상호텍스트성에 입각한 활동을 반복 학습한다. '텍스트와 다른 텍스트 관련짓기(text to text)', '텍스트와 자기 관련짓기(text to self)', '텍스트와 세계 관련짓기(text to world)' 등의 활동을 반복하는 것이다. 이런 활동은 상호텍스트성(intertextuality)에 기반한 활동들이다. 상호텍스성이란 모든 텍스트는 다른 텍스트를 받아들이고 변형시키는 것이라는 크리스테바의 견해로부터 시작된 이론이다.[1]

'텍스트와 다른 텍스트 관련짓기(text to text)'는 하나의 텍스트가 문학 교수 내용 가운데 가장 기본이며 본질적인 자료이지만 해당 텍스트를 고립적으로 다루는 것으로는 텍스트의 의미를 충분히 파악하기 어렵다. 따라서 그 의미의 전모를 효과적으로 파악하기 위해서는 해당 텍스트와 상호성을

---

1) 크리스테바는 상호텍스트성(intertextuality)에 대하여 "텍스트들의 교환, 하나의 상호 텍스트, 주어진 텍스트의 영역에서 다른 텍스트에서 차용한 몇 가지의 발화들이 서로를 가로지르고 중성화시키는 것"이라고 언급한 바 있다.(현대 문학이론 용어사전, 383쪽)

가지는 다른 텍스트와의 그물 속에서 읽어야하는 것이다.

또 ‘텍스트와 자기 관련짓기(text to self)’는 현실을 살아가는 자아와 텍스트를 읽으면서 변화하는 공감적 자아가 대화를 나누면서 삶의 의미를 깨달아가는 것이 진정한 문학 독서라는 관점이 반영된 활동이다. 아울러 ‘텍스트와 세계 관련짓기 (text to world)’ 활동은 문학 독서의 과정이, 특히 서사 양식 텍스트의 독서 과정이 자아와 세계의 대립을 통하여 세계를 의미 있게 발견하는(국어교육 미래 열기(2009), 454쪽) 과정이라는 관점이 반영된 활동이다. 우리는 소설을 읽으면서 내가 살아가는 현실과 소설에 반영된 세계를 비교하면서 삶의 다양한 모습을 이해하게 되기도 하고, 때로는 현실의 부조리함을 깨닫고 더 나은 세계를 꿈꾸는 경험을 하게 된다. 이것이 문학 텍스트를 읽는 본질적인 목적의 하나이며, 문학 교육의 본질인 것이다. 미국의 자국어 교과서에선 계속 반복하여 가르치는 ‘텍스트와 세계 관련짓기 (text to world)’ 활동은 이러한 교육적 목적을 의도한 것이라고 할 수 있다. 문학 작품은 인생의 모방이며, 사회의 거울이라는 관점은 아리스토텔레스부터, 리얼리즘을 표방하는 문학까지 견지되어온 관점이다. 학습 독자는 문학 작품을 읽으면서 세계와 사회를 이해하기도 하고 공감하며, 때로는 사회에 대한 비판 능력을 기르기도 한다.

『Reading Wonders』에서 이루어지고 있는 상호 텍스트성을 강조하는 활동은 우리에게 많은 시사점을 준다. 문학 작품을 읽고 작중 인물의 삶의 방식에서 ‘나’를 발견하고 내 삶을 성찰해보는 활동(Text to self), 작품 속에 반영되어 있는 세계와 내가 살아가는 현실을 비교하면서 우리 삶을 되돌아보게 하는 활동(Text to world) 들은 문학 교육의 목적 중 하나를 “삶의 총체적 체험”으로 보는 여러 학자들의 견해[2)]와 일치한다.

“모든 참다운 문학 작품은 그것이 표현하는 현실의 단면에 전에 보이지 않던 삶의 한 특성을 부각"[3]시킨다. 독자는 문학 작품을 읽고 현실에 대한 눈을 뜨기도 하고, 삶의 의미를 깨닫기도 한다. 문학 작품을 읽고 삶을 총체적으로 체험한다는 의미는 바로 이런 것이다. 그래서 한국의 2015교육과정의 성취 기준에도 이와 관련된 항목([6국 05-02] 작품 속 세계와 현실 세계를 비교하며 작품을 감상한다.")이 제시되어 있다. 그러나 문제는 해당 학년에서 일회성으로 다루고 마는 아쉬움이 있다. '텍스트와 내 삶을 관련 지어보는 활동('Text to self)'과 '텍스트와 내가 살아가는 현실을 관련지어 보는 활동((Text to world)'은 문학 작품을 통하여 삶을 총체적으로 체험할 수 있는 기회가 되기 때문에 모든 문학 단원 수업에서 이 활동을 반드시 포함시켜야 한다.

(4) 장르의 개념과 용어 교육에 대한 논의

문학교육의 내용을 어떻게 구성해야 할 것인가를 범주화해본다면, 속성적 범주, 주제적 범주, 수용적 범주, 장르적 범주로 나누어 볼 수 있다.(국어교육 미래 열기(2009), 456~461쪽) 속성적 범주란 문학의 이론 즉 문학이 지니고 있는 텍스트 형식이나 구조, 비유나 풍자와 같은 문학적 장치를 가르쳐야 한다는 것이고, 수용적 범주란 학생들에게 좋은 문학 텍스트를

---

2) 구인환 외, 『문학교육론』에서는 문학 교육의 의의 중 하나를 "삶의 총체적 체험"으로 보았고, 김대행 외, 『문학교육원론』에서는 문학교육의 목표 중 하나를 "개인의 정신적 성장"으로 보았는데, 이 하위 항목의 하나로 '총체적 안목의 배양'을 들고 있다.

3) W, Dilthey, 한일섭 역, 體驗과 文學, 中央新書 41,1978. p.46, (구인환 외, 『문학교육론』, 61면에서 재인용)

선정하여 읽히는 과정에서 사회적 삶의 의미와 감동을 느끼게 해야 한다는 것이다. 또, 주제적 범주란 문학 작품이 드러내는 주제 중심으로 문학 교육의 내용을 구성한 경우를 말한다. 문학교육 내용 구성의 중요한 또 하나의 범주는 장르적 범주인데, 장르란 인류 문화의 한 형식으로 형성되어 온 문학의 관습을 일컫는 것이다. 장르란 인류가 오랜 동안 문학 작품을 생산하고 수용, 소통하는 과정에서 형성된 작가와 독자 사이의 약속의 체계라고 할 수 있는데, 따라서 장르를 익힌다는 것은 문학 현상의 소통 시스템에 참여하게 하는 것이다. 그래서 학자들은 '문학 양식 입문의 원리'(국어교육 미래 열기(2009), 462쪽)를 문학교육 내용 구성 원리의 하나로 제시하고 있다.

미국의 교과서에서는 문학의 입문기라고 할 수 있는 초등학교 2학년 때부터 문학의 장르를 지칭하는 학문적인 용어를 그대로 노출시키고 있을 뿐 아니라 각 장르의 특성과 의미를 정확하게 가르치고 있다. 문학 작품을 제시하면서 그 작품이 어떤 장르에 해당되는지를 가르치면서 작품의 한 장면을 예로 들어 쉬운 말로 그 장르의 특성을 설명한다. 2학년 교과서임에도 불구하고 저학년 때부터 장르의 명칭과 아울러 장르의 특성을 이해하게 하고, 문학 작품이 일정한 장르로 분류될 수 있음을 가르치고 있는 것이다.

반면에 한국의 국어 교과서에서는 장르의 명칭을 전혀 가르치지 않고 있다. '판타지(Fantasy)', '사실동화(Realistic Fiction)' 같은 세부 장르까지 가르치는 미국의 교과서와 달리 한국 교과서는 '동화', '소설' 같은 문학의 장르 용어를 사용하지 않고, '이야기'라는 두루뭉술한 용어를 사용한다. 교육과정에는 '동화'라는 용어를 제시하고 있지만 정작 교과서에서는 정체를 알 수 없는 '이야기'라는 용어를 사용하고 있다. '이야기'는 그 포괄하는 의미가 너무 넓어서 문학의 갈래를 가리키는 용어라고 볼 수 없다.

학생들에게 장르를 효과적으로 교수하기 위해서는 초등학교 단계에서 문학의 여러 장르를 균형 있게 제시하여 해당 장르의 작품을 읽고 감상하는 경험을 하게 해야 하며, 각 장르의 용어를 정확하게 가르치고, 각 장르의 특성을 알게 하는 교육이 필요하다.

(5) 작가의 전기적 사실 안내에 대한 논의

교과서에 작가와 삽화가의 전기적 사실에 대해 안내하는 모습은 문학 교육에 필수적인 요소라고 볼 수는 없다. 그러나 작가와 삽화가를 사진과 함께 안내하면 어린이들은 작품 이면에 존재하는 사람들에 대해 의식하게 하고, 작품이 창작자의 삶과 일정한 관련이 있음을 이해하게 될 것이다. 즉, 작가의 창작 의도와 작가, 작품, 독자를 둘러싼 사회 문화적 상활을 바탕으로 작품의 소통 맥락을 이해하며 작품을 수용하는 데 도움을 줄 수 있으리라 생각된다.

작가에 대한 안내는 역사주의 비평의 관점을 엿볼 수 있는데, 어쨌든 이러한 활동들은 텍스트의 주제를 파악하는 활동의 연장선에 있다고 보인다. 이러한 활동은 텍스트의 내용과 주제에 초점을 맞추어 교수 학습을 하는, 텍스트 중심의 문학 교육이 반영된 장면이라고 짐작된다.

이상으로 양국의 문학 교육의 특징에 대한 의미와 시사점에 대한 논의하였는데, 양국의 문학 교육 방식에서 가장 큰 차이점은 미국은 꼭 가르쳐야 할 소수의 내용을 선정하여 모든 학년, 모든 단원에서 반복 학습한다는 것이고, 한국은 가르쳐야 할 내용 요소를 여러 개 선정하여 각각 한 번씩 혹은 두 번 정도 가르친다는 것이다. 미국의 문학 교육은 텍스트를 중심으로 실시되고, 한국의 문학 교육은 가르쳐야 할 목표를 중심으로 실시된다. 미국은 작품의 주제, 작품과 우리 인간의 삶과의 관련성, 작품의 미적 구조 등을 반복해서 가르치며, 한국은 다양한 내용을 단원의 목표로 정하여 가르친다. 이러한 방식은 목표 중심 문학 교육에서 비롯되는 것이다.

미국에서 모든 단원에서 같은 내용을 반복해서 가르친다고 해서 학습의 난도나 위계가 같은 것은 아니다. 가르치는 학습 내용은 반복되지만 텍스트가 달라지기 때문에 텍스트로 학습의 난도와 위계를 조정할 수 있다. 한국은 학습의 내용 요소로 위계를 결정한다. 인물의 마음 상상하기[2국05-02 인물의 모습, 행동, 마음을 상상하며 그림책, 시나 노래, 이야기를 감상한다.]보다는 비유([6국05-03]비유적 표현의 특성과 효과를 살려 생각과 느낌을 다양하게 표현한다.)가 더 상위의 위계를 지닌다고 가정한다. 그러나 텍스트에 따라 비유적 의미를 추론하기가 더 쉽고(달 달 무슨 달/쟁반 같이 둥근 달), 인물의 마음 상상하기가 더 어려울 수도 있다. 인물의 성격화가 말하기(telling)에 의한 직접 제시 방식으로 이루어졌는지, 보여주기(showing)에 의한 간접 제시 방식으로 이루어졌는지에 따라 작중 인물의 심리 읽기의 난도가 달라질 수 있다. 인물의 대화나 행동을 보여주거나 예시하는 방법으로 인물의 심리를 그려낸 경우 독자는 행간을 읽어가며 인물의 심리나 성격을 추론해야 한다.

한국의 국어교육 체제가 교육과정의 성취기준을 교과서의 어느 단원에 반영하여 구현해야 한다면, 국어 교과서를 편찬할 때, 문학 단원만이라도 교수 학습의 내용과 방식을 좀더 유연하게 적용하기를 바란다. 문학 작품을 가르칠 때, 목표만 가르쳐야 한다는 생각을 버리고, 목표도 가르치면서 문학 작품 읽기에 꼭 필요한 주제 파악 활동, 작품과 자아 또는 작품과 현실의 관계를 성찰하는 활동 등은 모든 문학 단원에서 실시되기를 바란다.

5. 결론

2015 교육과정기 이후 한국의 국어교과서의 문학 영역은 이전보다는 문학의 본질적인 교수 학습에 좀더 가까이 다가가고 있는 것이 사실이다. 특히 '한 학기 한 권 읽기'가 교과서에 반영되어 '독서 단원'이 설정된 것은 문학 작품을 부분 수록하는 문제점을 해결하기 위한 방편도 되었고, 학생들의 독서에 대한 흥미와 습관이 형성되는 등 현장의 문학교육 및 독서교육에 크게 공헌하고 있다. 그러나 아직도 단원 구성 방식은 언어 기능 중심 교수 학습에 더 어울리는 '목표 중심 단원 편성'체제를 유지하고 있어 문학교육의 본질에 다가가지 못하고 있음을 지적하지 않을 수 없다.

다양한 교과서 가운데 하나를 채택하여 수업을 하는 미국의 교과서 제도를 볼 때, 이 논문에서 조사한 『Reading Wonders』가 미국의 자국어 교과서를 대표하지는 않기 때문에, 이 교과서의 문학 수업 방식으로 미국의 문학 교육을 일반화할 수는 없다. 그러나 이 교과서에 나타난 미국의 문학 수업 방식이 시사하는 바는 크다고 믿는다.

앞에서 논의한 바와 같이 미국의 문학 교수 학습 방식은 문학이라는 학문의 본질, 문학이라는 예술의 본질에 입각한 수업이며, 우리나라의 많은 문학교육 이론서에서 주장하는 문학 교육의 목적에 부합하는 수업 방식이라고 생각한다.

문학이 인간의 현실을 반영한 예술 작품이므로 우리 인간은 문학 작품을 읽고 배우면서 우리의 삶을 성찰하고 아름다움을 느끼고 삶의 목적을 깨달아간다. 문학 작품을 쓰는 목적, 문학 작품을 읽는 목적은 우리 정서를 풍부하게 하고, 인간다운 삶을 지속시키며 문학적 문화를 고양하는 데 있다.

우리나라의 문학교육은 교육과정의 목표를 지나치게 세분화한 단원의 목표와 차시의 목표에 함몰되어 진정한 문학교육의 목적에서 멀어져 있다.

우리는 문학 교육의 본질적 목적을 다시 한 번 되돌아 살펴서 학교의 문학 교육의 체제, 교과서의 체제를 다시 고민해보아야 한다.

문학 교육의 본질에 충실한 단원 편성을 위하여

1. 서론

2022 국어과 교육과정의 공표되어 새 교육과정에 따라 새 교과서를 개발해야 할 시점이다. 지금이 새 교과서의 편찬을 앞두고 지금까지의 교과서 편찬 방식을 검토하고 개선 방안을 모색해야 할 적기이다.

우리나라 국어 교과서는 여러 차례의 개정을 거쳐서 변화 발전해오고 있으며, 각 시기의 교과서는 국어 교육학의 패러다임을 반영하면서 발전해오고 있다. 국어 교육의 한 부분인 문학 영역도 국어 교육의 학문적 변화 양상이 반영되면서, 또 국어교육학자들의 영역별 헤게모니 다툼의 영향을 받으면서 변화해오고 있지만, 이 자리에서 그 의미나 성과를 상세히 논의할 수 없다.

다만, 우리나라 국어 교과서 문학 영역의 편찬 방식에 대해서 문학 교육을 전공하는 여러 학자들이 우려와 불만을 표명해온 지 오래 되었고, 필자도 그 가운데 하나이다. 이 글에서는 2015교육과정기 국어 교과서의 문학 단원 편성 방식이 지닌 문제점을 살펴보고 그 개선 방안을 제시해보고 한다. 교과서의 단원 편성 방식은 단순히 교수 학습 방식에만 영향을 끼치는 것이 아니라, 문학 교육의 본질에 영향을 끼치기 때문에 긴요하게 살펴보아야 한다.

문제점과 개선 방안을 살펴보는 과정에서 미국 초등학교 국어 교과서를 참고하려 한다.

2. 《국어》 교과서 문학 단원 편성 방식의 문제점

필자는 오래 전에 문학 영역 단원 편성 방식의 문제점을 '목표 중심 단원 편성 방식'이라 지적하고 그 개선 방안을 제시하는 논문(권혁준, 2006)을 발표한 바 있지만, 아직도 상황은 개선되지 않고, 그 당시의 문제점을 거의 그대로 가지고 있다.

목표 중심 단원 구성 방식이란 교육과정의 성취기준을 달성하기에 가장 효과적인 방식이다. 이 방식은 교육과정의 성취기준 하나를 구체화하여 단원의 목표로 제시한 다음 그것을 다시 차시 목표로 세분화하고, 그 목표를 달성하기에 가장 효과적인 작품(제재)을 선택하며, 교수 학습 또한 단원의 목표에 도달하는 데 필요한 활동을 제시하는 방식으로 구성된다. 그런데 목표 달성을 위한 활동을 중심으로 학습을 하게 되면, 문학 작품의 세부적인(혹은 지엽적인) 부분에 집중하는 교수 학습이 이루어지게 되는 경우가 많아 작품의 전모를 이해하거나 작품의 주제를 파악하고, 작품을 감상하는 학습이 누락되어 문학을 문학답게 읽는 과정이 생략되는 경우가 많게 되는 것이다.

문학 작품을 읽고 배우면서 우리의 삶을 성찰하고 아름다움을 느끼고 감동하며 문학적 문화를 고양하는 것을 문학 교육의 본질적 목적이라고 볼 때, 목표 중심의 문학 교육은 문학 교육의 본질적 목적을 달성하는 데는 문제가 많은 교수 학습 방식이라고 할 수 있다.

한편으로 생각하면 목표 중심 단원 편성 자체가 문제라기보다는 문학 교육의 본질과 목적에 부합하지 않는 목표를 설정하고 그 목표를 달성하기 위한 단원 편성 방식을 고수하기 때문에 문제가 발생하는 것 같기도 하다. 즉, 목표를 설정할 때부터 문학 교육의 본질과 목적에 부합하는 목표를 설정하고 교수 학습 내용을 그에 맞추어 구성하면 효과적인 문학 교육이 이루어질 수도 있다는 것이다. 그러나 현재의 교과서의 상황을 살펴보면 대부분의 문제는 목표 중심의 단원 편성 방식으로부터 발생한다.

이런 문제점을 지니고 있음에도 우리 국어 교과서에서 목표 중심 단원 편성 방식을 고수하고 있는 배경은 무엇인가. 그것은 우리나라 국어과 교육의 목표를 '언어 기능의 신장'이라고 규정한 것과 긴밀한 관련이 있다. 목표 중심 단원 편성 방식은 5차 교육과정기 이후의 교과서로부터 시작된 방식인데, 국어과 교육의 목표를 '언어 기능 신장'으로 규정한 것도 5차 교육과정기 이후부터의 일이다.

언어 기능 하나하나를 잘게 쪼개어 그 하나를 단원의 목표로 삼아 학습 활동을 구성하는 방식은 언어 기능 신장에는 효과적이고 적절한 방식일 수는 있다.(총체적 언어 교육의 관점에서 보면, 어떤 언어 기능 하나 하나를 집중적으로 교수하는 방식이 바람직하지 않다는 견해도 있으나, 이 논문의 주제가 아니므로 여기서는 더 자세히 다루지는 않겠다.) 어쨌든 언어 기능 신장에 효과적이라고 여겨진 목표 중심 교수 학습 방식을 문학 영역에도 일괄 적용하여 교과서를 구성하게 되어 오늘날 이런 현실이 초래된 것이다. 그런데 필자는 언어 기능 영역(쓰기) 전공자이며 오랫동안 교과서 편찬 실무를 담당해왔던 이재승 교수도 필자와 같은 문제의식을 가지고 있는 것을 알게 되어 문제를 해결할 희망을 발견하게 되었다.

그는 현행 국어 교과서의 문제점 중의 하나를 '전체를 보지 못하고 조각조각만 학습하고 마는 교과서'를 제시하고 '특정한 성취 기준 한두 개를 해당 단원에 배치한' 다음, 그 '성취 기준에 도달하기 위해 제재를 제시하거나 자료를 제시하고, 성취 기준과 관련한 활동을 한두 개 하면 학습을 완료하게 된다'고 비판한다.(이재승, 2022, 25쪽)

> 예를 들면 학습 목표(성취기준)가 등장인물의 성격 파악하기이면 그 단원에서 등장인물의 성격만 파악하면 학습이 완결된다. 한 편의 글을 제대로 읽으려면 등장인물의 성격만 파악해서는 안 된다. 줄거리도 파악하고 주제도 파악해야 한다. 그런데 이런 것을 학습하는 경우는 거의 없다..[1]

표현은 다르지만 이 지적은 필자가 그 동안 비판해 온 '목표 중심 단원 편성의 문제점'과 궤를 같이 하는 것이다. 그리고 이어서 그에 대한 개선 방안을 다음과 같이 제시하고 있다.

> 특정 성취 기준을 학습했으면 전체와 어떻게 관련을 맺을 수 있는지 생각해볼 필요가 있다. 예를 들어 등장인물의 성격을 파악하는 것이 글 전체 읽기에서 어떻게 기여하는지를 생각해보게 하는 것이다. 등장인물의 성격을 파악하면 줄거리를 파악하는 데 도움이 되고, 이야기의 줄거리를 알면 주제를 파악하는 데도 도움이 된다는 것이다. 국어과의 특성상 개별 학습 목표 자체에 너무 매몰되어서는 안 된다.[2]

---

1) 이재승(2022), 『국어 교과서 개발 길라잡이』, 미래엔, pp.25~26
2) 이재승(2022), 『국어 교과서 개발 길라잡이』, 미래엔, pp.25~26

그렇지만 이재승은 같은 책의 '제재 선정의 원리' 부분에서 "학습 목표에 도달하는 데 도움이 되는 제재와 작품 자체의 우수성 가운데 우선적으로 고려해야 할 사항은 전자"라면서, 교과서에 수록할 제재를 선정할 때 가장 우선적으로 고려해야 할 사항은 '학습 목표 도달 가능성'이라고 말한다.(이재승, 2022, 138~139) 이런 견해는 현행 교과서 체제가 얼마나 목표 중심 체제를 고수하고 있는지를 말해주는 것이며, 이런 체제에서는 문학 작품의 우수성은 부차적으로밖에 작용할 수 없음을 말해주고 있다.

구체적인 사례를 들어 목표 중심 단원 편성 방식의 문제를 좀더 살펴보기로 하자. 아래 표는 2학년 2학기 7단원의 '단원 학습 목표'와 그것을 세분화한 '차시 학습 목표', 그 차시 학습 목표를 달성하기 위한 '주요 학습 내용 및 활동'을 나타낸 것이다.

<표 1> 단원의 학습 목표와 학습내용 및 활동

차시	학습 단계	차시 학습 목표	제재 글 제목(작가)	장르	주요 학습 내용 및 활동
1~2	준비 학습	이야기에 나오는 인물의 모습 상상하기	개미집에 간 콩이 (천효정)	동화	• 동기 유발–개미에 대한 생각 나누기 • 학습 목표 확인 • 이야기 「개미집에 간 콩이」 읽기 • 내용 확인하기 • 이야기의 차례대로 정리하기 • **인물의 모습 상상하기** • 단원 학습 계획하기
3~4	기본학습	인물의 모습을 상상하는 방법알기	거인의 정원 (오스카 와일드)	동화	• 동기 유발–그림을 보며 이야기의 내용 상상하기 • 인물을 생각하며 「거인의 정원」 듣기 • 내용 확인하기 • **인물의 마음 상상하여 표정으로 나타내기**

차시	학습 단계	차시 학습 목표	제재 글 제목(작가)	장르	주요 학습 내용 및 활동
					• **인물의 모습을 상상하는 방법 알기** • **인물의 모습을 상상해 말하기** • 학습 내용 정리하기
5~6	기본학습	이야기를 듣고 인물의 모습을 상상하기	쇠붙이를 먹는 불가사리 (유영소)	동화 (옛이야기 재구성)	• 동기 유발 - 그림을 보며 이야기의 내용 상상하기 • 이야기 「쇠붙이를 먹는 불가사리」 앞 부분 듣기 • 내용 확인하기 • 인물의 특성 파악하기 • 일이 일어난 순서대로 말하기 • **인물의 모습 상상하기** • 이야기의 뒷 부분 상상하기
7~8	기본학습	이야기를 읽고 일이 일어난 차례에 따라 이야기의 내용 말하기			• 「쇠붙이를 먹는 불가사리」 뒷 부분 읽기 • 내용 확인하기 • 시간이나 차례를 나타내는 말 찾기 • 인물의 표정이나 행동 흉내내기 • 일이 일어난 차례에 따라 말하기 • 『국어활동』에 실린 다른 이야기(「소가 된 게으름뱅이」) 읽고 인물의 모습 상상하기, 일이 일어나 차례대로 말하기
9~10	실천학습	일이 일어난 차례에 따라 이야기 꾸미기	종이봉지 공주 (로버트 문치)	동화 (옛이야기 패러디)	• 동기 유발 - '공주'라는 말 연상하며 생각그물 만들기 • **인물의 모습 상상하기 - 내용 확인하기** • **일이 일어난 차례에 따라 인물의 모습 변화 알아보기** • **인물의 모습 흉내 내기** • 일이 일어난 차례에 따라 이야기 꾸며 말하기 • 단원 정리- 일이 일어난 차례에 맞게 정리하기

주요 학습 내용 및 활동 (진한 글씨 및 하게, 밑줄 필자)

단원 학습 목표: 인물의 모습을 상상하며 이야기를 듣거나 읽고, 일이 일어난 차례대로 말할 수 있다.

7단원의 단원 학습 목표는 '듣기 말하기' 영역의 성취 기준 '2국01-02: 일이 일어난 순서를 고려하며 듣고 말한다.'와 '문학' 영역의 성취 기준 '2국05-02: 인물의 모습, 행동, 마음을 상상하며 그림, 책, 시나 노래, 이야기를 감상한다'를 통합하여 한 문장으로 구성한 학습 목표이다.

『국어』교과서 7단원 도입면(182~183쪽)의 구성을 살펴보면, "일이 일어난 차례를 살펴요"라는 단원명이 제시되어 있고, "인물의 모습을 상상하며, 이야기를 듣거나 읽고, 일이 일어난 차례대로 말해 봅시다."라는 단원의 목표가 제시되어 있다. 그리고 참새 두 마리와 생쥐의 대화 장면이 말주머니로 제시되면서 새로 이사 온 동물이 누구인지 추측하게 하는데, 이는 이 단원의 학습 목표인 인물의 모습을 상상하게 하는 '준비 학습'의 기능을 하고 있다. 도입면에 제시된 단원명이나 삽화의 말주머니 등은 '듣기·말하기'와 '문학' 영역의 성취 기준이 통합되어, 이 단원의 중심 학습 활동이 될 것임을 말해주고 있다.

1~2차시의 교수·학습 활동을 살펴보면, 위의 표에 제시된 바와 같이 학습 목표를 확인하고, 제재를 읽은 다음 내용을 확인한다. 이야기의 내용을 확인하는 활동은 동화 텍스트의 시간적 전개 과정에 따라 스토리를 정리할 수 있도록 교사가 질문을 하고 학생이 대답하는 형식으로 구성된다. 다음에는 주인공 콩이(생쥐)가 구경한 방을 차례대로 빈칸에 쓰게 한 다음, 이 작품에 등장하는 인물인 마법사 개미의 생김새를 상상해서 그려보는 활동을 한다. 이러한 활동은 단원의 학습 목표 달성과 직결되는 활동이다.

3~4차시의 차시 목표는 "인물의 모습 상상하는 방법 알기"이고, 학습 제재로는 오스카 와일드의 「거인의 정원」이 수록되어 있다. 그런데 이 차시는 동화의 장면이 그림으로만 제시되고
내용은 들려주기로 제공된다. 이어지는 학습 활동은 다음과 같다.

2. 「거인의 정원」을 다시 듣고 물음에 답해 봅시다.

(1) 집에 돌아온 거인은 아이들을 정원에서 쫓아낸 다음에 어떻게 했나요?

(2) 아이들이 없는 거인의 정원은 어떤 계절이 계속되었나요?

(3) 거인의 정원에 봄이 다시 찾아온 까닭은 무엇인가요?

3. 「거인의 정원」에서 거인의 기분이 어떠한지 표정으로 나타내어 봅시다.

4. 「거인의 정원」의 일부분을 다시 듣고, 거인의 모습을 상상하는 방법을 알아봅시다.

① 인물의 말, 행동, 생김새 등을 나타내는 표현을 찾는다.

② 그 표현을 찬찬히 생각하며 인물의 모습을 상상한다.

5. 「거인의 정원」에 나오는 거인의 모습을 상상하여 말해 봅시다. 그리고 거인의 행동을 흉내 내어 봅시다. (2학년 2학기 『국어』 교과서 184쪽)

2번은 내용 파악 질문이다. 작품을 들려주고 내용을 파악하기 위한 질문을 하고 있는데, 이 질문에 대답을 하면서 학생들은 동화의 내용을 다시 회상하게 된다. 3~5번 활동은 목표 관련 활동으로 이 차시의 목표인 "인물의 모습을 상상하는 방법 알기"를 위한 활동이다. 3번에서는 특정한 장면을 그림으로 보여주면서 거인의 기분을 표정으로 나타나게 하고, 4번에서는 거인의 말, 행동, 생김새를 나타내는 표현을 찾고 그것을 단서로 인물의 모습을 상상하게 하는 활동을 한다. 5번도 학생들이 상상한 거인의 모습을 바탕으로 그의 행동을 흉내 내어 보는 활동이므로 4번 활동의 반복이라고 할 수 있다.

5차시부터 8차시에는 민담을 새롭게 재화한 이야기 「쇠붙이를 먹는 불가사리」가 들려주기 형태로 제시되는데, 학습 활동의 순서는 3~4차시와 동일하게 반복된다. 그림을 보며 내용 상상하기, 이야기 듣고 내용 파악하기, 인물의 특성 파악하기, 인물의 모습 상상하기 등의 활동이 이어진다. "이야기를 듣고 인물의 모습 상상하기"라는 차시 목표를 달성하기 위한 활동들이다. 3~4차시의 학습 활동과 다른 점은 "「쇠붙이를 먹는 불가사리」의 뒷부분을 읽고 일이 일어난 차례에 맞게 알맞은 말을 넣어 완성해 봅시다"라는 활동이 더 있다는 것인데, 이는 듣기·말하기 영역의 성취 기준을 반영한 단원 목표를 달성하기 위한 활동이다.

9~10차시의 제재는 「종이 봉지 공주」이고, 차시 목표는 '일이 일어난 차례에 따라 이야기 꾸미기'이다. 그래서 이 차시의 거의 모든 학습 활동은 '주인공 엘리자베스 공주의 모습이 변해가는 모습을 차례대로 말해보기', '일이 일어난 차례를 생각하며 뒷 이야기 꾸미기' 등에 집중된다. '엘리자베스 공주의 모습을 표정과 몸짓으로 흉내 내어보기'라는 활동도 있는데, 이 활동도 앞의 차시에서 했던 인물의 모습 상상하기와 같은 활동이라고 할 수 있다. 이와 같이 10차시 동안의 모든 교수 학습 활동은 단원의 목표에 집중된다.

한 단원에 동화 작품 네 편을 수록하고서 '인물의 모습 상상하기'와 '이야기의 차례대로 말하기'라는 똑 같은 활동을 네 번 반복하게 되는데, 여기서 그치지 않고, 평가 학습에서도 이와 같은 활동은 다시 반복된다. 한 단원을 10차시로 수업하도록 계획되어 있는데, 10시간 동안 네 편의 이야기를 학습하는 것은 너무 부담이 된다. 이 단원에 수록된 작품들 모두 그 문학성과 교육성 자체만을 평가한다면, 이야기가 흥미롭고, 주제가 분명하기 때문에 어린이들이 아주 좋아할 만하다. 그런데 교과서에서는 이 작품들을 아주 문학의 본질과는 거리가 있는 지엽적 목표를 달성하는 수단으로만 이용하고 있기 때문에 학생들은 이 작품들을 공부하면서 오히려 문학에 흥미를 잃게 만들지 않을까 우려된다.

3. 《국어》교과서의 단원 구성 방식 개선 방향

현재의 국어 교과서 단원 편성 체제는 제5차 교육과정기(1989년) 이후부터 현재까지 실시되고 있는데, 세부적인 형식은 조금씩 달라졌지만 '목표 중심'이라는 단원 구성 방식의 큰 틀은 그대로 유지되고 있다. 앞에서 말한 바와 같이 이 체제는 언어 기능 영역의 교수 학습에 가장 효과적인 방식이고, 문학 영역에는 어울리지 않는 체제이다. 문학 영역은 문종 중심(4차 교육과정기의 국어교과서)이나 작품 중심의 단원 편성 방식이 적절하다. 그럼에도 문학 영역도 목표 중심 단원으로 정착된 이유는 아무래도 5차 교육과정기 이후 언어 기능 교수 학습에 적절한 단원 편성 방식이 국어 교과서 전체의 시스템을 장악했고, 문학 영역의 교수 학습도 그 체제를 따를 수밖에 없었기 때문이다.(우리나라 국어과 교육 전반을 언어기능 전공 학자들이 장악해 온 것도 이유 중 하나일 수 있을 것이다.)

따라서 국어 교과서의 단원 편성 방식을 개선하자면 문학 영역만이라도 문학 영역에 적절한 편성 방식으로 구성해야 한다. 즉, 문학 단원은 목표 중심 단원 편성 방식을 벗어나 작품 중심으로 구성해야 한다는 것이다. 작품 중심으로 단원을 편성하더라도 그 방법만 모색해본다면 충분히 교육과정의 성취 기준을 달성할 수 있다. 문학 교육의 본질적인 목적을 달성하면서 성취 기준을 달성할 수 있으니 문학 교육을 위해서는 이 방법이 가장 바람직하다. 그러나 문학 영역만 국어 교과서의 전체적인 시스템에서 벗어나기 어렵다면, 차선책으로 생각해 볼 개선 방안은 현재의 목표중심 단원 편성 시스템 안에서 문학 교육의 본질적 목적 달성에 효과적인 방안을 모색해 보는 일이다.

문학 교육의 본질적 목적이 무엇인지에 대해서는 많은 논의가 필요하겠지만 여기서는 아주 상식적으로 말해서, '문학 작품을 이해하고 감상하고 내면화하기'로 규정하겠다. 그런데 현재의 단원 편성 방식으로는 문학 교육의 이 상식적이고 당연한 학습이 매우 어렵게 되어 있다는 것이다. 문학 영역의 학습에서, 특히 서사문학 작품 이해에 필요한 가장 기초적인 활동인 사건의 전개를 정리해보는 일이나, 작품의 주제 파악 같은 활동도 하지 않는 경우가 대부분이다. 감상이나 내면화에 필요한 활동은 어떠한가. 단원의 목표가 그와 관련된 경우가 아니라면 거의 모든 문학 수업에서 작품을 읽는 과정에서 얻은 깨달음이나 감동을 나누거나 자신의 삶과 조회하면서 내면화하는 과정이 생략되는 경우가 대부분이다.

필자는 이 글에서 현재의 목표 중심 단원 체제 안에서 위와 같은 문학 교수 학습의 문제점을 해결하고 문학 교육의 본질적 목적을 달성할 수 있는 방안을 제시해보고자 한다. 교육과정의 성취기준 하나를 단원의 목표로 설정하고 그것에 초점을 맞추는 현재의 단원 편성 방식을 완전히 바꾸기가 어렵다면 이 체제 안에서라도 문학 교육의 본질적 목적을 달성하는 방안을 시도해보아야 하기 때문이다.

(1) 문학 교육의 본질적 목적에 따른 성취기준 분류

문학 단원 편성의 개선 방안을 마련하기 위해서는 우선 문학 영역의 성취 기준을 문학 교육의 본질적 목적이라는 관점에서 그 중요도(또는 위상)에 따라 분류하는 작업이 필요하다. 이 관점에 따라 다음과 같이 세 가지로 분류할 수 있다. (이 작업에서는 새로 발표된 2022 국어과 교육과정의 성취 기준을 대상으로 분류하고자 한다.) ①문학 교육의 본질적 목적 달성에 꼭 필요한 학습 요소이어서 모든 단원에서 반복적으로 공부해야 할 내용 ②문학교육의 본질적 목적에서 볼 때 지엽적이고 세부적인 성취 기준이어서 해당 단원에서 일회적으로 학습해도 무리가 없는 내용 ③본질적 목적에 부합되지만 그 성취 기준을 달성하기 위해 단원을 따로 편성할 필요가 없는 내용이다. ③의 경우에는 문학 작품을 읽고 감상하는 가운데 자연스럽게 성취될 수 있는 '태도' 관련 학습 요소라고 할 수 있다. 즉, 문학 교육의 본질적 목적에 비추어 볼 때 ①과 ③은 매우 중요한 학습 요소이고 ②는 비교적 가볍게 다루어도 괜찮은 학습 요소이다. 2022 교육과정의 문학 영역 성취기준 15개 항목은 이 세 가지 학습 요소로 분류가 가능하다. 물론 두 가지 이상이 중복되는 학습 요소도 존재한다. 어쨌든 모든 성취기준이 동일한 위상을 가지고 있지는 않다는 것이다. 그런데 현행 국어 교과서의 단원 편성 방식을 살펴보면 모든 성취 기준이 동일한 비중을 지니고 있다고 가정한다. 모든 성취기준을 기계적, 산술적으로 배분하여 교과서를 편찬한 것이다.

<표 2> 2015교육과정기 교과서의 문학영역 성취기준 배분 현황[3)]

성취 기준	1학년	2학년	3학년	4학년	5학년	6학년
[2국05-01] 느낌과 분위기를 살려 그림책, 시나 노래, 짧은 이야기를 들려주거나 듣는다.	●					
[2국05-02] 인물의 모습, 행동, 마음을 상상하며 그림책, 시나 노래, 이야기를 감상한다.		●				
[2국05-03] 여러 가지 말놀이를 통해 말의 재미를 느낀다.	●	●				
[2국05-04] 자신의 생각이나 겪은 일을 시나 노래, 이야기 등으로 표현한다.	●	●				
[2국05-05] 시나 노래, 이야기에 흥미를 가진다.	●	●				
[4국05-01] 시각이나 청각 등 감각적 표현에 주목하며 작품을 감상한다.			●			
[4국05-02] 인물, 사건, 배경에 주목하며 작품을 이해한다.				●		
[4국05-03] 이야기의 흐름을 파악하여 이어질 내용을 상상하고 표현한다.				●		
[4국05-04] 작품을 듣거나 읽거나 보고 떠오른 느낌과 생각을 다양하게 표현한다.			●	●		
[4국05-05] 재미나 감동을 느끼며 작품을 즐겨 감상하는 태도를 지닌다.			●	●		
[6국05-01] 문학은 가치 있는 내용을 언어로 표현하여 아름다움을 느끼게 하는 활동임을 이해하고 문학 활동을 한다.						●
[6국05-02] 작품 속 세계와 현실 세계를 비교하며 작품을 감상한다.					●	
[6국05-03] 비유적 표현의 특성과 효과를 살려 생각과 느낌을 다양하게 표현한다.						●
[6국05-04] 일상생활의 경험을 이야기나 극의 형식으로 표현한다.					●	●
[6국05-05] 작품에 대한 이해와 감상을 바탕으로 하여 다른 사람과 적극적으로 소통한다.					●	●

3) 2015 국어과 교사용지도서(1~6학년), 미래엔, 38~39쪽

성취 기준	1학년	2학년	3학년	4학년	5학년	6학년
[6국05-06] 작품에서 얻은 깨달음을 바탕으로 하여 바람직한 삶의 가치를 내면화하는 태도를 지닌다.					●	●

현행 교과서(2015 교육과정기에 만들어진 교과서)에 배분된 성취 기준들은 문학 교육의 본질적 목적이나 작품 이해와 감상 과정의 중요도에 비추어 볼 때 너무나 기계적으로 배분된 것이다. 위에 제시된 성취 기준은 동일한 위상을 갖고 있지 않기 때문에 그 경중을 가려 교수 학습 비중을 달리 해야 한다고 생각한다. 성취 기준을 세 가지로 분류한 이유를 좀더 자세히 논의해 보고 그에 따른 단원의 구성 방식을 제시하면 다음과 같다.

1) 반복적, 지속적으로 학습해야 할 성취기준

문학 작품을 이해하고 감상하기 위해 해야 할 기본적인 활동인데, 예를 들자면 작품의 내용 파악하기, 인물·배경·사건의 관계 파악하기, 주제 파악하기, 텍스트와 자신 또는 현실을 관련지어 삶에 대한 깨달음 얻기 등이다. 2022 교육과정기의 국어과 성취기준으로 예를 들면,"[4국05-02] 자신의 경험을 바탕으로 작품 속 세계와 현실 세계를 비교하여 작품을 감상한다."나 "[6국05-03] 소설이나 극을 읽고 인물, 사건, 배경을 파악한다.", "[6국05-06] 작품을 읽고 자신의 삶과 연관 지어 성찰하는 태도를 지닌다." 등과 같은 것이 이에 해당한다. 이와 같은 성취 기준은 4학년이나 6학년의 해당 단원에서 일회성으로 학습할 요소가 아니고, 소설(또는 동화)을 이해하고 감상하기 위해서 반드시 거쳐야 할 활동이므로 모든 학년의 소설 관련 단원에서 반복해야 하는 활동이다. 이 성취 기준들은 문학교육의 본질적 목적을 성취하기 위해서일 뿐 아니라, 작품 이해와 감상을 위한 과정에서 필요한 활동이기 때문이다.

2) 일회성 교수로 도달 가능한 성취기준

이 성취기준은 문학 교육의 본질적 목적에 해당하지는 않지만 작품 해석이나 감상을 하기 위해 필요한 지식과 기능을 익히는 학습이라고 볼 수 있다. 문학 교육의 본질이라는 관점에서 보자면 지엽적이고, 세부적인 성취기준이다. 2022국어과 교육과정의 성취기준에서 찾아보면, "[4국05-04] 감각적 표현에 유의하여 작품을 감상하고, 감각적 표현을 활용하여 자신의 생각이나 감정을 표현한다." 또는 "[6국05-02] 비유적 표현의 효과에 유의하여 작품을 감상한다."등이 이에 해당한다. 이 성취기준들은 지금의 교과서 단원 구성 방식처럼 일회적으로 학습해도 무리가 없는 내용 요소이다.

3) 잠재적으로 도달 가능한 성취기준

문학 작품을 제대로 이해하고 감상했다면 모든 문학 영역 수업에서 저절로 도달할 수 있는 성취기준이다. 좋은 문학 작품을 재미있게 읽고, 주제를 파악하고, 감동 받은 내용을 이야기 나누고 내면화하는 과정에서 문학을 사랑하는 태도, 흥미, 가치 등이 길러질 수 있다.

2022 교육과정의 성취기준에서 찾아보면, "[2국05-04] 시나 노래 이야기에 흥미를 가진다."나 "[4국05-05] 재미나 감동을 느끼며 작품을 즐겨 감상하는 태도를 지닌다." 등 '태도' 관련 항목이 이에 해당한다. 이 성취

기준들은 특정 단원을 설정하여 명시적으로 단원의 목표로 진술하고, 그 진술된 문장을 달성하기 위해 학습 활동을 구성하여 직접적으로 공부해야 해당 목표가 달성되는 것은 아니다. 문학 독서의 특성 가운데 하나는 좋은 작품을 읽어가는 가운데 흥미를 느끼고 감동을 하게 된다는 것이다. 그러므로 이런 '태도' 관련 성취기준은 특정 단원으로 따로 설정할 필요가 없다. 다른 성취 기준을 공부하는 과정에서 자연스럽게 그 목표도 달성되었다고 볼 수 있기 때문이다. 오히려 좋은 작품을 읽고 제대로 이해하고 감상하고 내면화하는 활동을 하는 과정에서 그 목표가 스며들도록 구성하는 것이 더 효과적인 문학 수업 방식이라고 할 수 있다.

2022 국어과 교육과정의 성취 기준을 위의 세 부류로 나누어 정리하면 다음 표와 같다.

<표 3> 문학 교육의 본질적 관점에서 본 문학영역 성취기준 분류

학년군	문학영역 성취기준	반복적, 지속적인 학습이 필요한 성취기준	일회성 교수로 도달 가능한 성취기준	잠재적으로 도달 가능한 성취기준
1~2	[2국05-01] 말놀이, 낭송 등을 통해 말의 재미와 즐거움을 느낀다.		●	
	[2국05-02] 작품을 듣거나 읽으면서 느끼거나 생각한 점을 말한다.	●		
	[2국05-03] 작품 속 인물의 모습, 행동, 마음을 상상하여 시, 노래, 이야기, 그림 등으로 표현한다.		●	
	[2국05-04] 시나 노래, 이야기에 흥미를 가진다.			●
3~4	[4국05-01] 인물과 이야기의 흐름을 중심으로 작품을 감상한다.	●		

학년군	문학영역 성취기준	반복적, 지속적인 학습이 필요한 성취기준	일회성 교수로 도달 가능한 성취기준	잠재적으로 도달 가능한 성취기준
	[4국05-02] 자신의 경험을 바탕으로 작품 속 세계와 현실 세계를 비교하여 작품을 감상한다.	●		
	[4국05-03] 작품을 듣거나 읽고 마음에 드는 작품을 소개한다.		●	
	[4국05-04] 감각적 표현에 유의하여 작품을 감상하고, 감각적 표현을 활용하여 자신의 생각이나 감정을 표현한다.		●	
	[4국05-05] 재미나 감동을 느끼며 작품을 즐겨 감상하는 태도를 지닌다.			●
5~6	[6국05-01] 작가의 의도를 생각하며 작품을 읽는다.	●		
	[6국05-02] 비유적 표현의 효과에 유의하여 작품을 감상한다.		●	
	[6국05-03] 소설이나 극을 읽고 인물, 사건, 배경을 파악한다.	●		
	[6국05-04] 인상적인 부분을 중심으로 작품에 대한 의견을 나눈다.	●		
	[6국05-05] 자신의 경험을 시, 소설, 극, 수필 등 적절한 갈래로 표현한다.		●	
	[6국05-06] 작품을 읽고 자신의 삶과 연관 지어 성찰하는 태도를 지닌다.	●		●

(2) 성취기준 분류에 따른 단원 구성의 실제

필자가 제시하는 개선 방안의 핵심은, 일회성으로 도달 가능한 목표가 설정된 단원에서도 해당 단원의 목표 달성을 위한 활동을 하면서 내용 파악, 주제 파악, 인물· 배경· 사건 정리, 작품과 현실(나 또는 우리 사회) 관련지어 보기 등의 활동을 지속적으로 해야 한다는 것이다. 한 단원을 열 차시로 구성한다고 할 때 여섯 차시는 작품 중심 문학 수업의 절차로 수업을 하고 두 차시는 타 영역과의 통합 학습, 두 차시는 목표 관련 활동을 하는 것으로 구성하였다. 반복적, 지속적으로 학습해야 할 성취 기준은 당연히 작품 중심으로 단원을 구성하면 될 것이다. 이와 같이 작품 중심으로 단원을 구성하면서 어떤 학습 활동을 지속적, 반복적으로 교수하다보면 목표 관련 활동이 소홀해지거나 수업 시간이 부족할 염려가 있기는 하다. 그러나 활동을 요령있게 배분 제시하면 기술적으로 그런 문제를 해결할 수 있다. 여기서는 문학 작품을 중심으로 하는 활동과 단원의 목표가 통합되도록 구안된 학습 내용과 절차를 예시해보기로 한다.

<표 4> **작품 중심 수업과 목표 중심 수업이 통합된 단원의 학습내용 및 활동**

(Ⓐ: 작품 중심 문학 수업 활동 Ⓑ: 목표 관련 활동 Ⓒ: 타 영역과 통합 수업)

차시	학습 절차	주요 학습 내용 및 활동	수업의 주안점
1	도입 학습	• 동기 유발 및 배경 지식 활성화 - 새로운 어휘 공부, 작품과 관련 있는 경험, 역사적 배경이나 사회 제도, 직업 등에 대해 이야기 나누기, • 학습 목표 확인 • 작품 읽기	Ⓐ,Ⓑ 구별 불필요
2	전체적 접근	• 제재(작품) 다시 읽기 • 내용 확인하기 - 작품의 내용에 대해 질문과 대답 • 단원 학습 계획하기 • 가장 인상적인 장면과 문장 이야기 나누기 - 재미있었던(슬펐던, 감동적이었던) 장면, 재미있었던(감동적인) 문장	Ⓐ,Ⓑ구별 불필요

차시	학습 절차	주요 학습 내용 및 활동	수업의 주안점
3	부분적 접근	• 인물 배경 사건으로 정리해보기 - 인물의 성격 알아보기, 배경 알아보기 - 사건을 시간적 순서, 인과적 순서 등으로 정리 - 배경과 사건의 관계 정리하기	Ⓐ,Ⓑ 병행 가능 제재의 성격이나 주제에 따라 융통성 있게 구성
4~5	부분적 접근	• 해당 단원의 목표를 달성하기 위한 활동 하기 (예시) 감각적 표현 알기, 인물의 마음 상상하여 표정으로 나타내기, 비유적 표현 공부 등	Ⓑ가 주 활동이나 Ⓐ와 병행도 가능
6	전체적 접근	• 작품의 주제 파악 • 텍스트와 자기, 텍스트와 현실을 관련 짓기 이 작품을 읽고 느낀 점, 깨달은 점 등에 대해 이야기 나누거나 글쓰기	Ⓐ가 주안점
7~8	타영역과 통합학습	• 듣말, 읽기, 쓰기 등 타 영역의 성취기준과 문학 영역의 성취기준 통합 학습	Ⓒ가 주안점이나 Ⓐ와 융합하는 것이 바람직
9~10	상호텍스트적 작품 읽기 및 정리학습	• 이 단원의 제재와 주제, 소재 등이 비슷한 관련 작품 읽고 학습하기. • 인물, 배경 사건 정리하기 • 주제 파악하기 • 작품과 현실을 비교하면서 깨달음 얻기	Ⓐ가 주안점이나 Ⓑ활동 연계 가능

위 단원 전개 방식은 작품 중심 문학 수업 즉, 작품의 이해와 감상, 내면화를 위해 필요한 활동과 단원의 목표 달성, 그리고 타 영영과의 통합까지 가능하도록 구안하였다. 그러나 기존의 수업 차시에 문학 중심 수업 내용까지 포함시키려 하니 시간이 부족할 수 있다. 이 문제는 문학 영역만 독립시킨 단원을 구성하든지, 차시 수를 늘린다든지 하는 방법으로 해결할 수 있다고 본다.

앞의 목표 중심 단원 편성의 문제에서 예시로 들었던 학습 내용과 활동(2015교육과정기 교과서의 2학년 2학기 7단원)으로 문학중심 문학 수업 단원을 구성해보면 다음과 같다. 기존의 수업 방식과 같이 단원의 목표를 달성하면서도 작품 이해와 감상의 과정에서 꼭 해야 할 절차를 통합하여 구성해보았다.

〈표 5〉 **작품중심과 목표중심 수업이 통합된 단원의 학습내용 및 활동 예시**

주요 학습 내용 및 활동(진한 글씨는 목표 관련 활동임)

차시	차시 학습 목표	제재 글 제목(작가)	주요 학습 내용 및 활동	학습 주안점
1	도입 학습 배경 지식 활성화, 제재 읽기	「거인의 정원」(오스카 와일드)	• 동기 유발-그림을 보며 이야기의 내용 상상하기 • 배경 지식 활성화 - 새로운 어휘 공부, - 거인, 정원 등에 대한 경험 나누기 • 「거인의 정원」 읽기	
2~3	작품을 읽고 내용 파악하기 **인물의 모습 상상하기**	「거인의 정원」(오스카 와일드)	• 「거인의 정원」 읽기 • 내용 확인하기 • 인물 배경 사건으로 정리해보기 - 사건을 시간적 또는 인과적 순서로 정리해보기 • **인물의 모습 상상하기** **- 거인의 모습, 아이들의 모습 상상하기** **- 배경 상상하기 거인의 정원의 모습 상상하기**	"일이 일어난 차례대로 말하기"라는 듣말의 성취기준이 반영됨 "인물의 모습 상상하기"라는 문학의 성취 기준을 달성할 수 있음
4~5	작품을 읽고 주제를 파악하기 **일이 일어난 차례에 따라**	거인의 정원(오스카 와일드)	• 가장 인상적인 장면과 문장 이야기 나누기 • 인물의 마음을 상상하며 주제 파악하기 - 거인의 정원에 들어가지 못한 아이들의 마음은" 봄이 찾아오지 않는 정원을 보는 거인의 마음은? - 나무에 올라가지 못하는 작은	"인물의 모습 상상하기"라는 성취기준에서 발전하여 인물의 마음 상상하기 활동을 하면서 주제 파악으로 연결됨

차시	차시 학습 목표	제재 글 제목(작가)	주요 학습 내용 및 활동	학습 주안점
	말하기		아이를 나무에 올려주는 거인의 마음은? - 봄이 다시 찾아왔을 때 거인의 마음은? • **일이 일어난 차례대로 말하기** • 깨달은 점 이야기 나누기	
6~7	작품을 읽고 내용 파악하기 **일어난 차례에 따라 말하기**	쇠붙이를 먹는 불가사리 (유영소)	• 동기 유발－그림을 보며 이야기의 내용 상상하기 • 배경 지식 활성화 - 새로운 어휘 공부, - 전쟁, 불가사리, 등에 대한 이야기 나누기 • 「쇠붙이를 먹는 불가사리」 읽기 • 내용 확인하기 • 인물 배경 사건으로 정리해보기 • **사건을 시간적 또는 인과적 순서로 정리해보기** **- 시간이나 차례를 나타내는 말 찾기**	"일이 일어난 차례대로 말하기"라는 듣말의 성취기준이 반영됨 "인물의 모습 상상하기"라는 문학의 성취 기준을 달성할 수 있음
8~9	· **인물의 모습 상상하기** 주제 파악하기	쇠붙이를 먹는 불가사리 (유영소)	• 「쇠붙이를 먹는 불가사리」 뒷 부분 읽기 • 내용 확인하기 • **인물의 모습 상상하기** **- 불가사리의 모습, 불가사리를 본 사람들의 모습 상상하기** **- 인물의 표정이나 행동 흉내내기** • **배경 상상하기** **옛날 전쟁의 모습 상상하기** • 주제 파악하기 - "불가사리가 쇠붙이를 모두 먹어버리자 어떤 일이 벌어졌나?" 와 같은 질문을 통해 주제를 발견하게 한다.	인물의 모습과 인물의 마음을 상상하게 하는 목표 관련 활동

차시	차시 학습 목표	제재 글 제목(작가)	주요 학습 내용 및 활동	학습 주안점
10~11	정리 학습 작품과 현실을 관련 짓기 작품에서 깨달은 점 이야기 하거나 글쓰기	쇠붙이를 먹는 불가사리 (유영소)	• 작품과 현실을 관련 짓기 - “지금 우리나라에 불가사리가 있다면 어떤 일이 벌어질까” 혹은 “불가사리를 어느 나라에 보내면 좋을까”와 같은 질문을 통하여 남북한의 현실, 세계 평화 등과 관련지어 이야기를 나눈다. - 작품을 읽고 깨달은 점을 이야기 나누고 글로 쓴다. • 『국어활동』에 실린 다른 이야기(「소가 된 게으름뱅이」) 읽고 인물의 모습 상상하기, 일이 일어나 차례대로 말하기, 깨달은 점 말하기	주제 파악에서 발전하여 내면화 단계까지 수업 가능

현행 교과서의 문학 단원에서는 문학 작품을 시한 다음 작품 이해와 감상을 위해 꼭 필요한 활동을 하지 않고, 단순히 목표를 달성하는 데 필요한 활동을 하고 수업을 마무리하기 때문에 학생들은 그 작품의 주제도 파악하지 못하고, 따라서 감동이나 깨달음도 얻지 못한다. 이렇게 아름답고 감동적인 작품을 수박 겉핥기식으로 읽고 지나가니 안타깝고 가슴이 아팠다.

위에서 제시한 ‘작품 이해· 감상과 목표가 통합된 교수 학습 절차’는 이와 같은 문제를 해결하기 위해 구안된 것이다. 현행(2015교육과정기) 교과서(2학년 2학기 7단원)의 수업 절차와 달라진 점은 다음과 같다. 제시된 제재(작품)이 4개에서 2개로 줄었다. 제시된 4작품에서 반복적으로 실시하여 매우 지루했던 ‘인물의 모습 상상하기’라는 목표 관련 활동을 2번으로 줄였고, 목표를 달성하기 위해 그 자체로 실시했던 활동을 작품중심 수업의 절차에 녹여서 수업하도록 구성했다. 작품의 이해와 감상을 위해 당연히 해야 하는 활동을 하다 보니 단원의 목표도 달성될 수 있게 된 것이다. 즉, 작품 이해와 감상의 전체적인 맥락 안에서 성취기준도 달성할 수 있는 수업이 되었다는 것이다.

이 수업 절차를 구안하면서 문학 영역에서의 목표 중심 체제를 개선하기 위해 교과서 개발자들의 인식이 바뀌어야 할 필요가 있다는 생각이 들었다. 첫째는 한 단원에서 목표 관련 활동을 많이 반복한다고 해서 효과적으로 달성되지는 않는다는 것을 염두에 두어야 한다. 단원의 목표에만 집중하여 목표 관련 활동만 반복하는 학습 활동은 교사와 학습자를 지치게 만든다.(염증을 느끼게 한다.) 예컨대 '인물의 모습 상상하는 방법 알기 → 인물의 모습 상상하기'는 "[2국05-02] 인물의 모습, 행동, 마음을 상상하며 그림책, 시나 노래, 이야기를 감상한다."라는 학습 순서는 성취 기준을 달성하기 위해 먼저 절차적 지식을 익힌 다음 수행의 차례로 상세화한 것인데, 각 단계마다 작품을 하나씩 제시하여 같은 학습 활동을 반복하게 함으로써 학습자를 지루하게 한다는 것이다.('인물의 모습 상상하는 방법 알기'를 어떻게 가르칠 것인지도 막연하지 않은가.)

둘째는 목표에 너무 얽매이지 않았으면 좋겠다는 것이다. 단원에 제시된 목표에서 벗어난 활동이라도 문학의 본질적 목적을 달성하는 데 필요한 활동(주제 파악 등)은 적절하게 학습 활동으로 포함시켜야 한다. 교과서 개발자들은 이런 활동이 들어가면 목표 초과라 하여 교과서의 오류라고 지적한다. 목표 좀 초과하면 안 되나?

"[6국05-06] 작품에서 얻은 깨달음을 바탕으로 하여 바람직한 삶의 가치를 내면화하는 태도를 지닌다." 와 같은 경우 깨달음을 얻기 위해서는 주제 파악이 필수적이고, 바람직한 삶의 가치가 무엇인지 알기 위해서는 작품과 현실을 비교하는 활동이 필수적이다. 그러므로 성취 기준에 명시적으로 드러나지 않았더라도 이와 같은 활동을 꼭 해야 한다는 것이다.

반면, 학습 활동으로 서술되지 않았더라도 작품을 읽고, 감상하고 토의하는 과정에서 달성되었다고 인정될 만한 학습 요소(문학을 즐기는 태도 등)는 교과서의 특정 단원에서 구체적인 활동으로 제시되지 않았더라도 다른 문학 단원에서 성취되었다고 볼 수 있다는 것이다.

4. 결론

이 글에서 주장하는 바를 한 문장으로 말하자면, 문학은 문학답게 가르쳐야 한다는 것이다. 문학 작품을 읽고 이해하고 감상하고 인생을 깨달아 가야 하는 수업이 언어 기능 영역의 수업 방식에 종속되어 작품을 제대로 맛보고 감동할 수 없게 되니, 재미와 감동이 실종된 지루한 수업 무미 건조한 수업이 되어버렸다.

문학을 문학답게 가르치려면, 목표만 강조하는 수업에서 벗어나야 한다. 제재를 선정할 때도 '목표 도달 가능성'이라는 기준보다 '문학적 우수성'이라는 기준이 먼저 고려되어야 한다. 미국의 초등학교 교과서를 검토한 결과 그들은 작품 중심으로 문학 수업을 하기 때문에 문학 교육의 본질에 훨씬 가까운 수업을 하고 있는 것을 알게 되었다. 우리도 문학 단원에서는 '작품 중심'으로 단원을 구성해야 한다. 부득이하게 목표 중심 단원 편성 방식을 벗어날 수 없다면, 목표에 서 좀 벗어난 학습활동이라 하더라도 작품의 이해와 감상, 내면화에 필요한 활동을 융통성 있게 포함시켜서 문학 교육의 본질적 목적에 합당한 수업을 할 수 있도록 구성해야 한다.

작품 중심 문학 교육, 어떻게 할 것인가.

1. 서 론

현재 국어과 교육과정에서 문학 교육은, '듣기·말하기', '읽기', '쓰기', '문학', '문법'의 다섯 영역 가운데 하나에 지나지 않는다. 그렇지만 문학 영역이 산술적으로 국어과의 1/5에 불과하다고 해서 실제로 초등학교 어린이들의 삶과 교육에서 문학이 그 정도의 비중 밖에 안 된다고 생각하는 사람은 없을 것이다. 왜냐하면 초등학교 시절의 어린이들의 일상생활이나 학교생활에 조금만 관심을 갖는다면 동화책이나 그림책 같은 문학 작품이 독서 활동의 대부분을 차지하고 있으며, 독서 활동은 어린이들의 정서, 인지, 도덕, 인성의 발달에 지대한 영향을 미친다는 것을 상식적으로 알 수 있기 때문이다. 그러나 초등학교 문학교육의 현황을 살펴보면 그 중요성과 비중에 비해 턱없이 적은 시간이 배당되어 있을 뿐이며, 국어 교과서에서 문학이 다루어지는 방식도 문학 교육의 목표와 본질에 비추어 볼 때, 너무도 비효율적으로 구성되어 있다는 비판과지적을 받아왔다. 초등학교의 문학 교육에서 가장 문제가 되는 부분은 '교과서'가 지닐 수밖에 없는 한계에 기인하는 바가 크다. 교과서는 몇 개의 단원으로 구성되고 각단원은 일정한 분량으로 구획되어야 하며, 도입 학습- 이해 학습- 적용 학습- 정리 학습 등과 같은 일정한 형식으로 구성된다. 뿐만 아니라 각 단원은 교육과정의 성취기준(내용 항목)을 구체화한 단원의 목표가 있고, 단원 목표는 여러 차시의 차시 목표로 상세화 된다. 교과서에 게재되는 문학 작품은 이와 같은 교과서의 메커니즘 속에 존재한다. 그래서 어린이들에게 꼭 읽히고 싶은 작품이 있다 하더라도 책 한 권 분량의 장편 동화나 긴 그림책은 교과서에 실을 수 없다. 또 아무리 감동적이고 문학성이 뛰어난 작품이라 하더라도 해당 학년의 단원 목표를 성취하기에 부적절한 작품은 교과서에 게재될 수 없다.

필자가 작품 중심의 문학 교육을 제안하는 이유는 이와 같이 초등학교 교육 현장에서 문학교육이 소홀하게 다루어지고 있으며, 문학교육의 목표와 본질에서 벌어져있는 국어 교과서의 체제의 문제 때문이다. 이 글에서는 작품 중심 문학교육의 필요성과 의의를 고찰하고 그 구체적인 방법을 모색해보기로 하겠다.

2.작품 중심 문학교육의 의미와 필요성

(1) 작품 중심 문학교육의 의미

작품 중심 문학 교육이란, 문학 작품을 문학 교육의 중심에 놓는 교수-학습 방식인데, 여기서 '작품'이란 용어는 '텍스트(Text)'와 구별하기 위해 선택된 단어이다. 볼프강 이저 같은 수용이론가들은 '텍스트(Text)'와

'작품(Work)'을 구별하여 사용한 다.1) 즉, 작가가 원고를 완성하였지만 독자의 독서와 해석, 감상을 거치지 않은 상태는 '종이 위에 잉크'에 불과하다고 하고, 그 상태를 텍스트라고 불렀다. 그리고 그 텍스트가 독자의 반응을 거쳤을 때 비로소 작품이 된다고 하였다. 또 이 '텍스트'라는 용어는 더 폭 넓게 사용되는 경우가 많다. 예컨대, 2007 개정 국어과 교육과정을 텍스트 중심 교육과정이라고도 하는데, 여기서 텍스트의 의미는 문학적인 글뿐 아니라, 주장하는 글, 의견을 제시하는 글, 찬성 반대의 글, 건의하는 글, 설명하는 글 등 한 편의 완결된 글은 모두 텍스트라고 불렀다. 그래서 이 논문에서는 텍스트의 상태와 구별하기 위해 '작품'이라는 용어를 사용한다.'작품 중심 문학교육'에 대해 좀더 설명을 하자면, 문학성이 뛰어나고 학생들의 감동과 흥미를 유발할 수 있는 한 편의 완결된 문학 작품을 선정하여 해당 작품의 아름다움과 감동, 문학적 묘미 등을 충분히 체험하게 하는 교수-학습 방식을 뜻하는것이다. 그러므로 모든 작품 중심 문학교육의 교수-학습 활동은 해당 작품의 내용이해하기, 주제 찾기, 문학적 표현의 아름다움 발견하기, 해당 작품이 학습자에게 주는 인생의 지혜 발견하기(내 삶과 조회하여 작품과 나를 연결 짓기) 등에 집중된다.초등학교 문학 영역의 성취기준으로 늘 제시되는, 인물의 성격 파악하기라든가 비유적 표현 학습하기 등은 작품 중심 교수 학습 과정에서 자연스럽게 학습된다. 작품 중심의 문학교육을 하더라도 교육과정의 성취 기준은 모두 달성될 수 있다는 것이다.

(2) 작품 중심 문학교육의 필요성

앞에서 논의한 바와 같이 현행 국어과 교과서의 단원 편성 방식은 목표 중심 구성방식을 취하고 있다. 이러한 단원 구성 방식은 제5차 교육과정기 이후 고착된 것으로 현재는 국어교과서의 이런 단원 구성 방식이 너무도 당연한 것으로 받아들여지고 있다. 목표 중심 단원 구성 방식이란 '목표'가 단원을 응집성 있게 만드는 기제가 되는 방식으로 단원의 제재, 학습활동 등 모든 학습 내용이 단원의 '목표'를 중심으로 일관성 있게 구성되는 방식이다. 목표 중심 단원 체제의 단원 목표는 교육과정의 내용 항목을 상세화하여 제시되기 때문에 교육과정의 내용을 충실하게 반영하는 데 효과적이다. 또 교수-학습의 방향이 뚜렷해지고, 해당 단원, 해당 차시에서 교수 학습할 초점이 명확해지기 때문에 언어 기능 신장을 위한 수업에 큰 효과가 있다고 평가된다.2)

그러나 이런 목표 중심 단원 구성 방식은 문학교육의 목적이나 본질에 적합하기 때문이라기보다는 '듣기·말하기'나 '읽기' 같은 언어기능 영역의 교수 학습에 적합한방식이라고 할 수 있다. 따라서 이 방식은 국어과의 전반적인 교수 학습 효율로 보면 그 당위성을 인정할 수 있지만 문학교육의 본질과 목적으로 볼 때는 많은 문제점을 지니고 있다. 문학교육의 관점에서 목표 중심 구성 방식이 지니고 있는 가장 큰 문제점은 작품의 문학성이나 문학교육적 목적이 제재 선정의 일차적 기준으로 작용하지 못한다는 것이다. 문학 단원을 목표 중심으로 구성하려면, 성취해야할 구체적인 목표를 먼저 정하고 거기에 알맞은 작품을 선정해야 하기 때문에, 목표에 맞지 않으면 문학성이 높고 어린이들의 흥미와 감동을 유발할 수 있는 작품이라도 교과서에 수록되기 어렵다.3)

2) 최미숙 외(2015), 국어교육의 이해, 사회평론, 72쪽.

또한 교육과정의 내용 항목이 세분화, 분절화된 내용일 경우 단원의 목표도 세분화된 목표로 제시할 수밖에 없기 때문에 교수 학습의 과정에서 문학의 총체적인 아름다움과 감동을 놓치게 된다. 세분화된 목표 한 가지에 집중한 단원 편성 방식은 작품의 문학성을 형성하는 요소 전체를 알지 못하게 하며, 문학성을 이루는 본질적인 교육이 배제될 수 있다. 문학 영역의 수업에 여러 가지 문제점이 드러남에도 불구하고 단원을 목표 중심으로 구성한 이유는 국어 교과서 전체를 언어 기능 교육에 효과적인 체제로 구성하려다 보니 문학 단원도 어쩔 수 없이 같은 체제를 따라야 했기때문이다.4)

이와 같은 목표 중심 문학교육의 문제점을 개선하기 위한 대안으로 작품 중심 문학교육을 생각할 수 있다. 문학교육은 문학작품을 매개로 하여 교사와 학습자가 상호작용을 하면서 펼쳐나가는 수업의 과정으로 이루어진다. 그런 의미에서 문학교육의 교재는 일차적으로는 문학작품이 된다. 그런데 문학 작품이 교재화 되기 위해서는, 즉 교과서 안으로 들어오기 위해서는 사회 문화 공동체가 추구하는 가치나 지향을 고려해야 한다. 사회 문화 공동체를 지배하는 이데올로기로부터 자유로울 수 없다는 것이다. 이와 같은 기제는 문학 작품이 교실 현장에 적용될 때에 상당히 안정적인 지위를 확보할 수 있는 장점이 있으나 한편으로는 교재 개발과정에서 작품 선택의 폭을 제한하는 문제로 작용되기도 한다. 그러므로 교과서의 제약 조건을 벗어나 문학 교육의 효과를 제고할 필요성이 제기 된다. 즉 학교 현장에서 문학 교재로 사용되는 작품은 반드시 교과서에 실린 제재일 필요는 없으며, 교재의 형태와 조건을 다양하게 허용하고 교사들에게 교재 선정의 자유를 부여한다면 교실에서 진행되는 문학 수업은 훨씬 풍부해지고 다양해질 수 있다.

3. 작품 중심 문학교육의 의의

작품 중심 문학교육의 교육적 의의는 문학교육의 목적과 본질에 비추어 생각했을 때 잘 드러난다. 문학교육학이 신생 학문이기는 하지만 문학교육학에 대한 학문적 정초는 탄탄히 놓여있다고 볼 수 있기 때문에 문학교육의 목적과 본질에 대한 논의도 충분히 이루어졌다고 볼 수 있다. 문학교육론, 혹은 국어과교육론 관련 저서에서 문학교육의 의의, 또는 문학교육의 목표 등의 항목으로 제시된 내용들을 살펴보면 제시된 내용들이 유사하거나 공통적인 사항들이 많은데 그것은 문학교육의 목표 논의가대체적인 합의에 도달하였음을 말해주는 것이다. 여기에 제시된 내용 중 가장 공통적으로 제시되는 목표는, 삶의 총체적 이해, 문학적 문화의 고양, 심미적 정서의 함양,상상력 발달 등이라고 할 수 있다.5) 한편, 문학 교육의 내용을 어떻게 구성해야 하는가에 대해 논의한 저서6)가 있는데, 여기에 제시된 항목들도 문학 교육의 성격과 방향을 결정하기 위해 필요한 것으로 본다면 문학 교육의 목표 논의와도 관련이 있다고 생각된다.

3) 권혁준(2006),목표중심 단원체제의 문제점과 개선방안, 문학교육학, 21집. 164-176쪽.

4) 권혁준, 앞의 글. 같은 곳.

여기서는 기존에 이루어진 문학교육의 목적과 본질에 대한 논의와 내용 구성 원리에 대한 논의를 바탕으로 작품 중심 문학교육의 교육적 효과와 긴밀히 관련이 있는 항목을 선정하여 '작품 중심 문학 교육의 의의'를 탐색하기로 한다.

(1) 삶의 총체적 이해

문학 교육의 의의나 목표로 제시된 내용 가운데 공통적으로 제시하는 항목이 바로 문학 작품이 인간의 삶을 총체적으로 이해하게 하는 데 기여한다는 것이다. 특히 서사 문학은 인간의 삶과 사회의 현실을 여실히 반영하여 독자들에게 인생의 의미를 성찰하게 한다. 그런데 현재 학교에서 이루어지고 있는 목표중심 문학교육과 교과서 체제에서는 인간의 삶의 모습을 총체적으로 이해하기 어렵다. 예를 들어, '소설을 읽고 인물의 성격을 파악한다.'와 같이 소설 이해에 필요한 한 부분을 중심으로 진행되는 목표 중심 문학교육에서는 수업이 단원의 목표를 달성하는 데만 집중되기 때문에 소설 전체를 온전히 이해, 감상하기 어렵다. 소설을 읽고 삶을 총체적으로 이해하기 위해서는 인물의 성격을 아는 것은 물론이고 인물이 처한 상황(시대적 공간적 배경), 사건과 인물의 갈등을 통해 드러나는 인물의 가치관 등을 파악해야 하고, 인물이 처한 갈등 상황에서 '나'라면 어떻게 행동할 것인지를 판단해보는 일 등의 활동을 해보아야 한다. 목표중심 단원 체제 뿐 아니라 작품 한 편을 온전히 수록할 수 없는 현 교과서 체제도 삶의 총체적 이해를 어렵게 한다. 부분 수록이 불가피한 교과서의 제약

5) 《문학교육론》(구인환 외, 삼지원)에서는 문학교육의 의의를 '상상력의 세련', '삶의 총제성 체험', '문학적 문학의 고양'으로 제시하고 있고, 《문학교육원론》(김대행 외, 서울대출판부)에서는 문학교육의 목표로 '언어능력의 증진', '개인의 정신적 성장', '개인적 주체성 확립', '문화 계승과 창조능력 증진', '전인적 인간성 함양' 등으로 제시하고 있다. 또 《국어교육학개론》(최현섭 외, 삼지원)에서는 문학교육의 주요 목표를 '문학적 문화의 고양', '상상력의 발달', '삶의 총체성 이해', '심미적 정서 함양', '민족정서의 이해와 습득' 등으로, 《초등국어교육학 개론》(권혁준 외, 박이정)에서는 삶의 총체적 이해, 문학적 문화의 고양, 심미적 정서의 함양, 상상력 발달 등으로 제시하고 있다. 이외에도 문학교육학과 관련된 많은 저서나 국어교육학에 대한 개론서 등을 살펴보아도, 문학교육의 목적이나 본질에 대한 논의들은 위에 서술한 바와 대동소이하다. 그러므로 이 주제에 대해서는 학계에서 거의 합의가 이루어진 것으로 볼 수 있다.

6) 《국어교육학개론》, (최현섭 외, 삼지원)에서는 문학교육의 내용 구성 원리로, 문학 양식 입문의 원리, 수용자의 능동적 감상 원리, 내면화의 원리, 발달성의 원리, 텍스트 상호성의 원리, 문학적 경험으로의 전이 원리, 목표 통합의 원리, 도야적 원리 등을 제시하고 있다.

조건은 소설 한 편을 온전히 감상할 수 없게 하고, 그 때문에 주인공의 삶을 총체적으로 파악할 수 없다. 총체적 삶의 이해란, 다시 말하면 인간의 인생 전반에 대한 이해를 말하는 것으로 인간의 사회적 삶과 개인적 삶에 대한 이해를 포함하여 지적, 도덕적, 문화적, 정서적 삶을 모두 포괄하는 것이다. 소설 한 편을 통해 이런 모든 삶의 형태를 이해하기는 불가능하겠지만 그래도 삶의 어느 국면을 제대로 이해하기 위해서는 온전한 작품을 읽어야하며 그 작품을 온전한 방식으로 읽어야 한다. 그러므로 인간의 삶을 총체적으로 이해한다는 문학교육의 목표는 작품 중심 문학교육으로만 도달할 수 있다.

(2) 문학적 문화 고양

과학적 합리주의 세계관은 인간이 자연을 극복할 수 있다는 믿음을 가져왔지만, 이는 인간을 자연으로부터 유리시키는 결과를 가져왔을 뿐만 아니라 인간 소외 현상을 불러오기도 하였다. 이런 문제를 극복하고 인간다운 삶을 살기 위해서는 도덕적 자율성, 예술적 감성 함양 같은 정의 교육이 요구된다.7) 문학 작품을 읽는 행위는 인생의 의미와 바람직한 삶의 방향을 제시함과 아울러 정서를 순화하며, 예술적 소양을 드높이는 데 기여한다. 그런데 이와 같은 효과는 온전한 문학 작품을 온전한 방식으로 이해, 감상했을 때 성취되는 것이다. 현대에는 문학 작품도 오로지 활자 매체로만 유통되지는 않는다. 영화, 애니메이션, 만화 등과 같은 복합 매체로 변환되어 유통되기도 하는데, 이런 현상은 문학이 다양한 문화 층위 속에 존재함을 시사하는 것이다. 현대 사회의 문화 현상이 이와 같은데도 학교에서 문학 작품이 유통되는 방식은 여전히 파편화되어 있고, 문학에 대한 지식을 익히기 위한 수단으로 존재한다면 문학작품 독서가 성취할 수 있는 문학적 문화와는 거리가 멀어지게 되는 것이다.

문학 작품이 함유하고 있는 문화적 자질을 풍부히 누리기 위해서는 온전한 문학작품을 읽어야 하며, 작품 자체가 지니고 있는 아름다움과 감동을 있는 그대로 체험하여야 한다. 문학적 문화를 고양하는 문학교육의 목표는

'문학을 통한 교육'이라는 속성과도 긴밀히 관련되는데, 우리가 문학 교육에서 길러주고자 하는 목표는 문학적지식이나 문학 작품 독해와 같은 기능이 아니라 일상생활의 문화적 컨텍스트에서, 보다 높은 수준의 문학을 즐기도록 돕는 것이라는 점에 주목한다면 작품 중심 문학 교육은 효과적이고 유익하게 작용할 것이다.

(3) 수용자의 능동적 감상 촉진

작가들에게 학창 시절의 문학 교육이 작가 수업에 얼마나 도움이 되었는가를 물었을 때 많은 작가들은 그리 긍정적인 답변을 하지 않는다. 그것은 학교에서의 문학 수업이 무의미하다는 것이 아니라 문학 교사의 역할이 다른 교과에 비해 제한적임을 시사하는 것이며, 문학 혹은 문학 창작이라는 공부 자체가 자기 교육적 속성이 강함을 말해주는 것이다. 현대의 인지심리학의 연구 성과를 보아도 이를 짐작할 수 있는 바, 언어교육 현상의 인지 과정과 작용 같은 메커니즘은 상당 부분 규명이 되었지만 심미적 정신 작용이나 문학과 예술이 추구하고 있는 정서 작용에 대해서는 명쾌히 설명하지 못하고 있는 것이다. 이런 상황은 수용자의 예술적 감동, 내면화의 과정, 가치화 같은 정신 작용이 교사의 교수 활동이나 교수 학습 상황 같은 외부적 요인보다는 작품과 독자와의 관계, 독자(학습자)의 삶의 경험과 정신 상태에 따라 수많은 변인들이 작용함을 말해주는 것이라 하겠다.

문학의 이러한 성격 때문에 문학 교육의 상황에서는 교재의 선정이 매우 중요하다. 즉, 학습 독자의 능동성과 자발성을 이끌어낼 수 있고, 도와줄 수 있는 교재의 선정이 꼭 필요한 것이다. 문학 교실에서의 교재는 문학 작품이 되는데, 능동적인 독서를 유도하기 위해서는 작품이 흥미와 감동이 있어야하고 학습 독자의 현재의 삶에 유의미한 것이어야 하며, 발달 단계에도 적합해야 한다. 따라서 어떤 작품의 한 부분을 읽힌다든지, 문학 지식이나 작품 이해를 위한 기능에 매몰된 문학 수업은 학습 독자의 흥미와 감동을 유발하기 어렵기 때문에, 자발적이고 능동적인 독서를 이끌어내기 어렵다. 문학적 아름다움과 학습 독자의 삶에 깨달음을 줄 수 있는 적절하고 온전한 작품을 해당 작품 자체가 요구하는 방식으로 읽고 감상할 때 자발성과 능동성은 최대치로 발휘될 수 있는 것이다.

(4) 내면화 촉진

문학 교육의 목적 가운데 가장 중요한 것은 자신의 삶을 문학 작품에 조회하여 삶을 성찰하고 정신을 높은 경지로 이끌어 올리는 인성교육, 도덕성 교육이라고 할 수있다. 이러한 경지에 이르기 위해서는 작품의 감동과 메시지가 독자의 내면에 깊이 스며들어야 한다. 문학 교육은 단순한 지식 교육이나 기능 교육이 아니기 때문에 독자의 내면에 스며들지 않은 문학 경험은 의미가 없다. 문학 교육에서의 내면화의 의의는 앞에서 서술한 수용자의 능동적 감상 혹은 문학의 자기 교육성과 관련이 깊은 바, 스스로 읽고 자기의 삶과 문학을 관련짓는 능동성과 자기 교육의 과정이 내면화의 바탕이 되기 때문이다.

그런데, 문학 교실에서 사용되는 교재는 '교육적 목적 실현을 위한 의도와 이를 계획적으로 실천하기 위해 교육적 설계에 따라'8) 이루어진다. 따라서 교육적 의도에 따라 작품이 선정될 뿐 아니라, 단원의 목표, 학습 활동 등으로 가공되기도 하기 때문에 교과서에 실린 문학 작품들은 대개 원작을 그대로 수록하지 못한다. 지면의 제약등의 이유로 작품이 어느 부분만 수록되기도 한다. 이와 같은 이유 때문에 현실의 문학 교실에서는 문학에 대한 몰입과 감동에 일정한 제약이 있을 수밖에 없다. 이와 같은 제약을 극복하고 학습자의 자발적, 능동적 내면화를 돕기 위해서는 작품 중심의 문학 교육이 필요하다.

(5) 목표 통합의 문학 수업

목표란, 교수 학습 행위의 일정한 도달점에서 그것을 구체적으로 구현하는 상태를 정신 행동의 상태로 진술한 것을 말한다. 현행 국어 교과서의 단원 체제는 목표 중심으로 구성되어 있다. 어떤 교과이든, 한 단원이나 수업이 목표를 중심으로 이루어진다는 것은 당연하다고 할 수 있다. 그런데 앞에서 서술한 바와 같이 문학 수업에서는 다른 교과나 국어과의 다른 영역과는 달리 목표를 상세화 할수록 문학의 향취는 증발해버리는 아이러니가 발생하는 경우는 허다하다. 이것은 문학이 지닌 총체적 성격 때문이다. 그래서 문학 교육의 본질적 목적을 달성하기 위해서 문학 수업은 목표를 통합하는 것이 바람직하다.

예컨대, 2007개정 초등학교 6학년 국어 교과서에는 황선미의 《마당을 나온 암탉》이 실려 있는데, 이 단원의 목표는 '비유적 표현 알기'이다. 교사가 교실에서 이 작품을 다룰 때에 교과서에 제시된 목표와 활동을 중심으로 수업을 한다면 어떻게 될까. 학생들은 이 작품에 쓰인 몇 개의 비유적 표현을 공부하고 비유적 표현이 어떤 효과가 있는지를 알게 되겠지만,

《마당을 나온 암탉》의 주인공, 잎싹이 성취하는 자아실현의 과정이나 생명에 대한 외경, 초록머리에 대한 잎싹의 모성애 등과 같은 주제는 전혀 공부할 수 없게 된다. 이와 같이 교과서에 제시된 단일한 목표만을 중심으로 수업을 하게 되면 《마당을 나온 암탉》이 지니고 있는 감동이나 아름다움은 실종이 되고 만다.

이 작품을 제대로 이해하고 즐기기 위해서는 이 작품이 요구하는 독서를 해야만 한다. 그 작품이 요구하는 독서란 무엇인가. 묘사가 아름다운 장면이 나오면 그 문장의 아름다움을 충분히 느껴야 하고, 주인공의 삶이 우리에게 충격적 깨달음을 준다면학습자는 그 부분에서 동료들과 충분히 토의를 나누어야 한다. 잎싹이 알을 품다가병아리가 깨어나오는 순간의 놀라움을 묘사한 문장이 아름답다면, 독자는 그 아름다움을 충분히 느껴야 하고 교사는 그렇게 할 수 있도록 도와야 한다. 잎싹이 아기를 살리기 위해 스스로 족제비의 먹이가 되기로 결심했을 때, 독자는 생명의 외경과 생명의 순환이 자연계를 얼마나 숭고하게 하는지에 대해 동료들과 토론해야 한다. 작품이 요구하는 수업을 하다보면 문학의 여러 국면에 대해 공부하게 되며 학습자들은 한 편의 작품을 통해 이런 모든 목표를 통합적으로 성취할 수 있게 된다. 이는 문학작품을 중심에 두고 수업을 했을 때 성취할 수 있는 효과이다.

4. 작품 중심 문학교육의 방법

(1) 작품 선정의 조건

초등학교 국어교과서에 실린 문학 작품에 대해서는 여러 논자들이 다양한 관점에서 문제점도 지적하고 개선 방안도 제시하였기 때문에 문학 작품의 수준과 교육적 적합성은 상당히 개선되었다고 생각된다. 작품 중심 문학교육에서의 작품 선정의 조건을 고찰하기 위해, 지금까지 초등 국어 교과서의 문학 작품에 대해 제기된 반성적논의를 살펴보면 대체로 다음과 같다.

첫째로는 국어 교과서에 실린 작품이 문학 자체의 논리나 국어 교육적인 논리를 벗어나 국가 이데올로기의 영향이 더 컸다는 것이다. 식민지 시대를 지나오면서 제도교육의 교과서가 일제의 정책을 홍보하는 수단으로 활용되었던 관습이 대한민국 정부 수립 이후에도 여전히 작동되고 있었다는 것이다. 가장 영향을 크게 미쳤던 이념은 '반공'이었다. 제2차 교육과정 시기와 제3차 교육과정 시기에는 반공이나 국방 관련 동화가 자주 실렸고, 새로운 국가 건설을 홍보하는 작품이 실리기도 하였다. 이와같은 사정 때문에 작품이 문학 고유의 가치로 평가되거나 선정되지 못하였던 문제점이 있었다.

다음으로는 국어교육계 내의 문제로 언어 기능 교육의 논리가 국어교육계 전반을장악하면서 발생한 문제이다. 즉, 문학 작품이 읽기나 쓰기 등의 언어 기능 교수 학습의 자료로 사용되었던 시기가 있었다. 이 시기 교과서는 문학 작품이 문학 교육의필요로 쓰인 것이 아니기 때문에 언어 기능 교육의 필요에 의해 교과서 편찬자의 편의에 맞게 수정, 삭제, 첨가되어, 작품을 쉽게 훼손하기도 하였다. 함량 미달의 작품이나 수준 이하의 작품이 수록되기도 하고, 아동의 흥미를 유발하기 어려운 작품도수록되었다. 이러한 사정은 편찬자의 문학적 감식안이 부족했기 때문이라기보다는 언어 기능 교육에 종속된 문학 교육의 상황 때문이었다고 생각된다. 이외에도 목표 중심 단원 체제가 빚어낸 문제, 문학 작품에서도 '메세지 사냥'을 당연하게 생각하던 교과서 편찬자들의 교훈적, 계몽적 작품 선호 경향 같은 문제들을 지적할 수 있다. 이런 상황 때문에 국어 교과서에는 아동들의 흥미와 감동을 유발하는 작품이 선정되기어려웠다.

이상에서 제기된 문제점이 공통적으로 시사하는 바는, 문학 작품이 문학 자체의 고유한 가치로 선정된 것이 아니라, 다른 무엇의 수단으로 이용되었다는 것이다. 진정한 문학 교육, 감동이 있는 문학 교육을 실천하기 위해서는 어떤 작품을 선정하는 것이 좋을까.

첫째, 문학성이 담보된 작품을 선정해야 한다. 즉, 재미있는 스토리를 감칠맛 나는 문장으로 표현한 작품, 인생의 깊은 주제를 적확한 비유로 표현한 작품, 이런 여러가지 요소들이 잘 어우러진 작품 들을 선정하는 것이 필요하다.

둘째, 문학 텍스트로서 완결된 구조를 지닌 작품, 작품의 내적 구조가 잘 짜인 작품을 선정해야 한다. 즉 문학적으로 세련된 문장으로 표현되어야 하고, 해당 장르의 형식적, 구조적 측면에서 볼 때 전범을 보여주는 작품을 선정해야 한다.

셋째, 학생들의 흥미와 감동을 유발할 수 있는 작품을 골라야 한다. 문학 교육의 가장 큰 장점은 학생들이 자발적이고 능동적으로 참여하며 즐겁게 공부할 수 있다는 것이다. 다른 과목의 공부나 국어과의 다른 영역의 공부와는 달리 문학 작품은 이야기가 들어있기 때문에 본질적으로 흥미로운 요소를 품고 있다. 문학 영역만이 지니고 있는 이 자질을 최대로 활용하는 것이 작품 중심 문학 교육의 의의라고도 할 수 있다.

넷째, 작품의 주인공을 비롯한 인물들이 학습자(어린이)들의 욕망을 잘 반영한 작품이어야 한다. 이 명제는 어린이의 발달 단계에 적합한 작품이라는 조건과도 상통한다. 어른들이 좋아하는 교훈이나 계몽 같은 것을 교묘히 설득하려고 하는 작품은 어린이들이 금방 알아채고 자발적으로 읽으려 하지 않는다. 동생을 시기 질투하는 어린이, 그러나 한편으로 죄책감을 지니고 있는 어린이에게 임정자의 《내 동생 싸게 팔아요》는 매우 적절한 작품이라고 할 수 있다. 5세부터 7세 사이의 어린이들은 동생에게 이중적인 마음을 가지고 있다. 이 작품의 주인공은 이 시기 어린이들의 내면을 아주 정확하게 포착하여 재미있는 이야기로 들려주고 있다.

(2) 작품 중심 문학 수업 방법

작품 중심 수업에서 가장 중심에 있는 것은 작품 자체이다. 문학의 어떤 요소를 파편화하여 작은 부분을 가르치기 위해 작품을 공부하는 것이 아니라, 그 작품을 읽고 이해 감상하기 위해서 필요한 문학 지식을 교수 학습해야 한다는 것이다. 예컨대, 황선미의 《마당을 나온 암탉》을 작품 중심 문학 수업의 교재로 선정하였다면, 교사는 먼저, 학생들이 이 작품을 읽고 꼭 경험해야 할 것들이 무엇인가를 고민해야 한다. 즉 이 작품의 문학적 아름다움과 감동, 깊이 생각해보아야 할 삶의 문제가 무엇인지 생각해 보아야 한다. 잎싹이 마당을 나와 배추밭으로, 저수지로 옮겨가면서 느끼는 삶의 자유, 초록머리를 키우면서 느끼는 모성애, 족제비 새끼를 차마 죽이지 못하는 생명에의 외경 등과 같은 감동적인 주제, 아카시아 꽃이 피는 봄날 자연의 모습을 묘사한 아름다운 문장 등 이 작품의 가장 뛰어난 요소들을 미리 생각해 두고 이런 것들을 어떤 방법으로 경험하게 할 것인지를 고민해야 한다는 것이다. 중요한 것은 이런 모든 교수 학습 요소들이 해당 작품 자체에서 추출되어야 한다는 것이다.

그러나 이런 모든 활동이 교육과정과 무관하게 펼쳐지는 것은 아니다. 교육과정의 성취기준을 살펴보고 해당 학년에서 가르쳐야 할 성취기준들을 고려하여 그 성취기준과 긴밀하게 관련되는 작품을 골라야 한다. 그런데, 작품 중심 문학 교수 학습의 현장에서 해당 작품이 교육과정의 성취기준을 만족시켜줄 만한 작품인지 염려할 필요는 별로 없다. 좋은 문학 작품은, 특히 서사 문학의 경우는 웬만한 성취기준은 모두 들어 있을 수밖에 없기 때문이다. 예컨대 인물의 성격을 파악하는 공부를 한다고 했을 때 좋은 소설(동화)은 개성적인 인물이 반드시 들어 있고, 그 소설을 제대로 읽기 위해서는 인물 성격 파악은 필수적인 활동이다. 그러므로 문학 영역의 지식이나 기능 가운데 어떤 부분을 공부하기 위해서 문학 작품을 읽지 않더라도, 훌륭한 작품을 흥미와 감동을 느끼며 읽고 감상하다보면 문학 지식에 대한 공부는 저절로 달성될 수 있게 된다.

작품 중심 문학 교육에서는 문학작품을 중심에 두고 읽기와 쓰기를 통합하고 언어활동 영역 전반을 통합하여 수업할 수도 있다. 이것이 총체적 언어활동이다. 문학 작품을 읽고 인물의 가치관에 대해 토론하고, 인물의 행동에 대하여 또는 작가의 세계관에 대하여 자신의 생각을 쓰게 한다면 읽기와 말하기·듣기, 쓰기 공부가 한꺼번에 이루어지는 것이다. 우리 일상생활에서의 언어활동이 이처럼 총체적으로 이루어지는데 그 동안 국어 교육의 현장에서는 이런 것들이 모두 분리되어 이루어져왔다. 작품 중심 문학교육은 이렇게 왜곡된 수업을 본질적인 수업의 형식으로 바꾸어놓을 수 있다.

1) 읽기 과정별 작품 중심 문학 수업의 활동

앞에서 논의한 바와 같이 작품 중심 문학 교육은 완결된 문학 작품 한 편을 선정하여 해당 작품을 읽어가면서 문학적 아름다움과 감동을 충분히 느끼는 가운데, 문학능력을 함양하는 교수 학습 방식이다. 여기서는 작품 중심 문학 교육의 절차를 읽기 전, 읽는 중, 읽기 후의 단계로 나누어, 각 단계에서 할 수 있는 활동을 구체적으로 제시해 보기로 한다. 아래 제시하는 읽기 전, 중, 후 활동은 '과정 중심 읽기'라 하여 읽기 교수 학습 상황에서 이미 폭넓게 활용되고 있는 전략들이다. 하지만 문학 교수학습의 상황에서 작품 한 편을 충실히 읽기 위한 방법으로는 활용되고 있지 않을 뿐만 아니라, 이런 활동의 장점과 효과는 충분히 논의되지 않았고, 구체적인 방법도 더 논의할 필요가 있다. 여기서는 독해 중심의 활동이 아니라 문학능력 신장을 위한 교수 학습 방법에 초점을 맞추어 논의하고자 한다. 여기 제시하는 활동들은 자발적이고 능동적으로 참여할 때 학생들의 문학적 사고력과 창의력이 신장될 수 있음을 유의해야 한다.

(가) 읽기 전 활동

읽기 전 활동은 문학 작품에 대한 흥미를 유발하고, 작품을 잘 이해하기 위하여 배경지식을 형성, 활성화하는 활동이 주를 이룬다. 작가나 화가에 대해서도 조사하여 발표하게 하고, 해당 작품이 문학상을 수상하였을 때 그 상의 성격을 조사하거나, 그 책의 출판사에 대해서 조사하게 하면 이후의 상호텍스트적인 독서 활동에 도움이 된다.

① **동기유발하기**

▪ 책의 표지그림과 제목 등 책의 매력적인 부분 보여주며 흥미 유발하기

▪ 이야기의 앞부분을 읽어주기

② **배경 지식 형성 및 활성화**

작품을 효과적으로 이해, 감상하게 하기 위해 필요한 배경 지식을 가르쳐주고, 이미 형성된 배경 지식을 상기시켜주는 활동이다.

▪ 텍스트와 관련된 경험을 상기시키기

예시)

오카 슈조의 《우리 누나》는 장애를 가진 누나와 동생의 우애를 그린 동화이다. 이 작품을 읽기 전에 '장애'와 관련된 단어를 떠올리게 하고, 장애인과 관련된 경험을 발표하게 한다.

♣ '장애'하면 떠오르는 단어를 공유한다.

- 장애라는 낱말과 함께 연상되는 단어를 칠판나누기로 정리해봅시다.
- 자신이 떠올린 단어가 부정적인 단어인지 긍정적인 단어인지를 판단하여 적어봅시다.

♣ 장애인과 연관된 경험을 발표한다.

- 모둠 발표 중 가장 기억에 남는 내용을 전체에게 발표해봅시다.

▪ 작가에 대해 알아보기

예시)

오카 슈조의 《우리 누나》를 공부하기에 앞서서 작가의 생애와 작품세계

에 대해 탐구한다.

♣ 작가의 생애와 작품세계를 조사하여 모둠원에게 가르친다.

- 오카 슈조에 대해 조사해 온 것을 모둠원에게 발표해 봅시다.
- 자신이 조사한 부분 이외의 정보들을 정리하면서 발표를 들어봅시다.

♣ 작가탐구를 통한 정보를 정리하여 나만의 문장으로 서술한다.

"오카 슈조는 ○○○ 한 작가이다." 문장 완성하기

- 오카 슈조는 (장애에 대한 차별과 편견에 맞선) 작가입니다.

▪ 텍스트에 대한 지식을 제공하고, 어려운 낱말과 개념 미리 가르치기

책을 읽기 전에 독해에 도움이 될 만한 지식을 조사하게 하고, 낱말이나 개념을 미리 가르쳐준다.

예시)

♣ '다운증후군'이 무엇인지 검색하여 봅시다.

▪ 미리 질문하여 예측하고 읽기 방향을 설정하기

작품의 제목과 표지 그림 등을 보고, 이 작품에서 펼쳐질 사건에 대해 이야기를 나누어보게 한다.

예시)

♣ 이 책의 표지를 보세요. 제목과 그림을 보니 어떤 이야기가 펼쳐질 것 같은가요?

(나) 읽기 중 활동

독해 과정이 시작되는 지점이다. 사건의 흐름을 연결 짓고 머릿속에 장면을 떠올리기도 하며, 인물의 마음을 이해, 공감하며 읽는 과정이다. 이 단계에서는 독자 나름대로 의미를 구성하면서 읽고 주체적으로 감상할 수 있도록 격려하여 텍스트 수용의 개방성을 강조한다. 이 단계에서의 읽기 행동은 읽기 후 활동의 준비 과정으로 볼 수 있으므로 독후 활동과 효과적으로 연계되어야 한다.

① 내용 파악하며 읽기

교사가 책을 읽어주거나 각자 책을 읽는다. 학년 단계에 따라 낭독이나 묵독으로 내용을 파악하며 읽는다. 이 단계에서는 책에 흥미를 느끼고 작품의 기본적인 내용을 파악하면서 읽게 된다. 교사는 책을 읽는 중간중간 발문을 통해 내용 파악을 도와줄 수 있다.

② 예측하며 읽기

교사가 읽어줄 때에 읽다가 멈추고 사건이 어떻게 전개될지 질문한다. 예컨대, 가장 극적인 장면에서 멈추고 사건이 어떻게 전개될지 질문하거나, 결말 부분에서 사건이 어떻게 마무리될 것인지 질문한다. 학생들이 묵독을 할 때도 마음속으로 이런 과정을 거치면서 읽도록 지도한다.

③ 추측하며 읽기

작가가 작품의 문면에 명시적으로 드러내지 않은 부분을 추측하며 읽도록 지도한다. 이른바, 행간 읽기라 할 수 있는데, 작가의 의도 추측하기, 인물의 마음 추측하기 등의 활동을 할 수 있다.

④ **비판하며 읽기**

주로 인물의 마음이나 행동을 비판하며 읽게 되지만 때로는 작가의 의도를 비판적으로 읽을 수 있다. 초등학생 수준에서는 인물의 행동 비판하기에 초점을 맞추어 읽도록 지도한다.

(다) 읽기 후 활동

작품을 다 읽은 후의 과정은 작품 이해와 감상, 토의, 글쓰기 등 문학 능력 신장을 위한 중요한 활동을 다양하고 풍부하게 할 수 있는 단계이다. 여기서는 설명이 불필요한 부분은 활동만 제시하고 주요한 활동은 설명과 예시를 보이며 논의를 하기로 한다.

① **내용 파악하기**

사건의 순서를 정리하거나 인물의 말과 행동 등을 되짚어 보는 활동이다. 주제 파악이나 토의 활동 같은 후속 활동을 위한 예비 활동의 의미를 갖는다. 토의 활동이나 주제 파악에 필수적인 사건과 인물의 행동을 다음 예시와 같이 정리해볼 필요가 있다.

예시)

♣ 《마당을 나온 암탉》에 등장하는 닭을 세 종류로 나누어봅시다.

1. 철망에 갇힌 채 배부르게 먹고 품지도 못할 알을 낳으면서 아무 생각 없이 살아가는 암탉
2. 마당에서 수탉과 병아리와 만족스럽게 살면서 혹시라도 누가 생활을 흐트러뜨리지 않나 전전긍긍하는 암탉
3. 알을 품어 병아리를 탄생시키겠다는 소망을 굳게 간직하고 결국 그것

을 실천하는 암탉

- 잎싹은 어떤 종류의 닭이었습니까?
• 소망을 품고 그것을 실천하는 암탉입니다.
- 내가 암탉이라면 어떤 종류의 암탉이었을까요? 왜 그렇게 생각하나요?

② 가장 인상적인 부분 발표하기

독자의 경험, 신념, 가치관 등에 따라 특별히 감동적인 부분과 의미 깊은 부분이 다를 수 있다. 정말로 좋은 부분과 정말로 싫은 부분을 발표하게 한다. 가장 재미있었던 장면, 놀라웠던 장면, 슬펐던 장면 등을 발표하면서 이유도 설명한다. 외워두고 싶은 문장이나 공책에 옮겨 써두고 싶은 문장을 발표하게 하는 활동도 같은 범주에 속한다.

예시)

♣ 《마당을 나온 암탉》에서 최고의 문장을 뽑고, 뽑은 문장과 그 이유를 함께 발표해봅시다.

• 잎사귀가 또 꽃을 낳았구나!- 표현이 너무 신선합니다.
• '왜 나는 닭장에 있고, 저 암탉은 마당에 있을까?' 잎싹은 혼자서 묻고 대답하곤 했다. - 자신의 상황을 그대로 받아들이지 않고 끊임없이 생각하는 잎싹의 모습이 인상 깊습니다.

♣ 감동적인 장면 나눠보기(기억에 남는 장면을 하나씩 말하고 그때 잎싹의 마음을 짐작해봅시다.

• 찔레덤불 속에 있는 푸르스름한 알을 발견한 장면-떨리고, 빨리 알을 품고 싶을 것 같습니다.
• 청둥오리가 잎싹에게 훌륭함 암탉이라고 하는 장면-알에 대해 알게

된다면 어쩌나 노심초사 하였을 것 같습니다.

③ 작품을 학생들의 삶과 관련짓기

문학 독서와 문학 수업은 학생들의 문학적 체험이 현실 체험과 연관을 맺을 때 의미가 있다. 수업 이후에도 문학 작품은 학생들의 삶에 잠재적으로 또 장기간에 걸쳐서 영향을 끼치게 되므로 자발적 능동적 독서만이 내면화과정의 충실도를 높일 수 있음을 유의해야 한다. 문학 작품을 학생들의 삶과 연관시키고 자신의 삶을 성찰하게하기 위해, 이야기를 읽고 나서 전에 읽었던 책이나 영화 속에서 일어났던 사건, 인물들을 발표하게 하고, 학생들이 살아오면서 겪었던 일이나 만났던 사람을 이야기와 연결시켜 생각해보도록 한다.

예시)

《노란 양동이》를 읽고

♣ 여우에게 노란 양동이가 소중한 것처럼 나에게 소중한 것은 무엇인지 생각해 봅시다.

• 저한테 잘해주시고 집에서는 항상 뭐든지 같이 하는 할머니가 가장 소중합니다. 할머니는 제가 아기 때부터 업어주고 놀아주고 아플 때도 돌봐주셨습니다.

- 그렇게 소중한 물건을 갖거나 소중한 사람과 함께 있기 위하여 어떤 노력을 하였나요?

• 할머니랑 있고 싶어서 맨날 할머니만 따라 다니고 할머니랑 같이 자요.

♣ 어느 날, 나의 보물이 사라진다면 어떤 심정일까 이야기해봅시다.

- 자신이 무척 소중하게 생각했던 물건이나 소중한 사람이 사라진 경

험이 있나요? 그때의 심정은 어땠나요?

• 우리집에서 키우던 강아지가 차에 치여서 죽었어요. 강아지가 불쌍하고 우리 식구가 죽은 것 같이 속상해서 울었어요.

- 만약 여러분이 가장 소중하게 여기는 물건이나 사람이 어느 날 사라진다면 어떤 심정이 들까요?

• 너무 안타깝고 속상해서 막 울 것 같아요.

• 아기 여우처럼 함께 했던 좋은 추억 생각하면서 울지 않으려고 할 것 같아요.

④ 질문하며 의견 나누기

이해가 안 되는 장면이나 더 분명하게 이해하고 싶은 부분에 대해 질문한다. 그 질문에 대해 학생들이 같이 생각해 보고 자신의 생각을 발표한다. 교사도 질문자의 한 사람으로 참여하여 명료하게 이해해야 할 부분을 질문해 본다.

예시) 《무기팔지 마세요》를 읽고

- 이 책에서 등장하는 장난감 총은 우리 생활을 위협하는 존재인가요?

• 장난감 총은 다른 사람에게 고통을 주는 폭력적인 물건입니다. 다른 사람이 공포를 느낄 수 있으므로 위협적인 물건이라고 볼 수 있습니다.

- 이와 비슷하게 우리 생활에서 평화를 위협하는 것에는 어떤 것들이 있을까요?

• 각종 범죄, 테러, 가정 폭력 등

⑤ 주제 파악하기

책을 읽으면서 문학 작품의 전체적인 메시지나 작가 입장에서 독자에게 생각해보기를 요구하는 것이 무엇인지 생각해보게 한다. 그 작품에서 작가가 말하고자 하는 주제가 무엇인지 자신의 언어로 말해보게 하고, 그 이유도 말하게 한다. 문학 작품의 메시지나 주제는 독자의 경험과 가치관, 관점 등에 따라 차이가 있을 수 있음을 가르쳐주면서 그런 차이에 대해서 열린 마음을 가지고 생각해 보도록 한다.

예시)

《마당을 나온 암탉》을 읽고

- 이 책의 전체적인 주제가 무엇이라고 생각하나요.
    - 잎싹은 알을 품어 새로운 생명을 낳고 싶어 했어요. 그리고 온 정성을 다해 초록머리를 키웠어요. 그래서 저는 자식에 대한 엄마의 사랑이 주제라고 생각해요.
    - 저는 이 작품에서 생명에 대한 소중함을 느꼈어요. 잎싹이 족제비의 새끼를 위해 스스로 먹이가 되는 장면은 정말 감동적이었어요.

⑥ 작품에 대해 토의하기

문학 토의는 다양한 목적으로 실행할 수 있다. 작품에 대한 이해가 미진했을 때는 그 부분에 대해 서로 질문하고 이야기를 나누게 할 수도 있고, 작품에 대한 해석이 엇갈릴 때, 혹은 주제를 파악하는 과정에서 다양한 의견이 제시될 때 의견을 서로 나누어 볼 수 있다. 이러한 과정에서 오독이 걸러지기도 하고, 모호했던 해석이 정교화되기도 한다.

또, 작품의 특정한 부분, 특정한 메시지를 현실의 어떤 국면과 관련지을 때도 토의활동은 유효하다. 문학 토의는 작품에 대한 이해을 심화하고, 감동을 더 풍부하게 하며, 문학과 삶을 관련지으면서 우리 삶에 대한 성찰을 하게 하는데 유용하다. 이런 활동을 할 때는 작품의 사건이나 메시지 중 하나를 골라 찬반 토론을 할 수도 있다. 토의의 주제는 교사가 제시해 줄 수도 있지만, 학생들이 작품에 대해 이야기를 나누는 가운데 자연스럽게 도출될 수도 있다.

예시) 무기팔지 마세요》를 읽고

♣ 무기를 파는 것에 대한 생각 나누기

- 보미는 이렇게 말했지요.

" 무기 없이 전쟁을 할 수 있나요? 무기를 만드는 사람이 있고, 무기를 파는 사람이 있으니까 전쟁을 하는 것이지요?"

보미의 생각에 대해 모둠별로 토론을 해봅시다. 주제는'무기를 팔아도 된다.'입니다. 먼저, 토론 주제에 대해 자신의 주장과 근거를 써 봅시다. 토론 주제에 대한 찬성과 반대 입장을 정하고, 그 주장을 뒷받침할 수 있는 근거를 두 세 가지 정리하면 되겠지요.

- 토론에 참여하는 사람은 누구누구인가요

• 사회자, 찬성편 토론자, 반대편 토론자, 판정단입니다.

- 토론의 과정을 생각하며 토론을 해 봅시다.

(토론 시작하기 ⇒주장 펼치기 ⇒반론하기 ⇒주장 다지기 ⇒판정하기)

- 시간을 잘 지켜가며 모둠별로 토론을 합니다. 이 때, 친구가 말하는 주장과 근거를 학습지에 쓰면서 토론하도록 합니다.

♣ 토론 후 자신의 생각을 이야기 한다.

- 토론을 하면서 나온 생각들을 발표해봅시다.

- 토론을 하고 난 뒤에 생각이 변화되었거나 더욱 확고해진 결과를 이야기 해봅시다. 역할에 맞게 토론에 잘 참여했는지 스스로 확인해 봅시다. 모둠별로 역할을 나누어 봅니다.

⑦ 문학 작품에 대한 글쓰기

학생들이 독후감 쓰기를 부담스러워하는 이유는 작품에 대한 생각이 충분히 무르익지 않았기 때문이다. 즉 독후감에 쓸 내용이 아직 생성되지 않았기 때문이다. 앞단계의 문학 토의하기가 충분히 이루어지면 어떤 내용으로 글을 쓸 것인지를 알게 되므로 글쓰기가 훨씬 쉬워진다. 독후감을 쓸 때는 책의 전반적인 내용에 대해 써도 좋고, 책의 특정한 부분을 깊이 있게 쓰게 할 수도 있다.

⑧ 이야기 방식 또는 관점에 대해 비판적으로 평가하기 독자는 작가에 대해 항상 낮은 지위에 있는 것은 아니다. 때로는 작가와 대등한 위치에서 작품에 대해 비판적으로 평가하게 하는 경험도 필요하다. “내가 작가라면 이 부분 다르게 썼을 것 같다.” 라거나, “작가가 이런 부분에서 탁월하다” 라는 평가는 초보적인 비평 활동에 해당한다.

작가와 작품 달라진 점 재미있는 점

아기돼지 세 마리 (데이비드위즈너)

용과 다른 동물도 등장 이야기 밖으로 돼지가 날아다님

아기 늑대 세 마리와 못된 돼지 (헬린 옥스버리)

돼지와 늑대의 역할이 바뀜

돼지가 매우 난폭함

망치, 전동 드릴, 다이나마이트로 집을 부수는 점
부드러운 꽃향기에는 못된 돼지도 마음이 착해짐
아기 돼지 세 자매(프레데릭 스테르)형제가 아니고 자매
늑대가 돼지, 돼지가 늑대 가면을 씀
늑대 가면을 쓴 셋째 돼지가 늑대를 꽁꽁 묶어서 잡는 점 늑대가 들려주는 아기 돼지 삼형제 이야기

(존 세스카)

늑대가 돼지에게 설탕을 빌리러 갔는데 재치기가 나서 집이 무너지고 돼지가 기절함
나쁘게만 이야기되는 늑대의 입장에서 억울하다고 변호함

⑨ 상호텍스트 활동하기

하나의 작품을 다른 작품과 관련짓는 활동은 작품 이해의 폭을 확장하고, 문학과 삶을 관련짓기 위해 꼭 필요하다. 영화나 만화 같은 다른 장르와도 관련지어 생각하게 하는 활동은 문학 교육의 목적 가운데 하나인 '삶의 총체적 이해'와 관련된다. 다른 작품과 관련짓는 방식은, 이야기의 구조가 비슷한 작품을 찾아 발표하기, 주제가 비슷한 작품 찾아보기, 작가의 다른 작품에 대해 이야기하기, 시대 배경이 비슷한 작품 찾아보기 등이 있다.

예시) 《아기돼지 삼형제》를 읽고

♣ 《아기돼지 삼형제》에 관한 다양한 패러디 동화를 살펴봅시다.

♣ 서로 다른 돼지이야기를 비교하여 다음의 표를 정리하여 봅시다.

⑩ 창작 경험으로 확장하기

뒷이야기 이어쓰기, 시공간적 배경을 바꾸어 새로 써보기 등은 현장에서 많이 사용되는 방법이다. 이런 방법은 문학 수업에서 읽은 작품을 바탕으로 행해지는 방법인 데, 여기서 한 발 더 나아가 순수한 창작을 쓰게 할 수도 있다. 자신의 체험 가운데 잊혀지지 않는 사건을 소설적으로 구성하게 한다든지, 현실에서 꼭 이루어지길 소망하는 사건을 허구적으로 구성하게 하는 작업은 초등학교 고학년에서 그리 어려운 일은 아니다. 문학 작품은 독자가 있을 때 유의미하므로, 창작의 결과물은 친구들과 돌려 읽고 감상을 발표하며 필자에게 조언을 할 수 있다.

예시) 《아기돼지 삼형제》를 읽고

♣ 아기 돼지에 관한 다양한 패러디 동화를 살펴봅시다.

♣ 이야기가 달라진 부분을 찾아 발표해봅시다.

♣ 달라진 이야기에서 재미있는 점을 찾아 발표해봅시다.

♣ 주인공의 역할이나 장면을 바꾸어서 상상하여 이야기를 쓰고 발표해봅시다.

(Tip) 모둠별로 의논하여 공동의 작품을 만들 수도 있다.

(Tip) 이야기를 만들 때 조건을 주어 줄 수 있다. 예를 들어 아기 돼지 삼형제와 늑대가 등장하게끔 한다던가 주제를 미리 정해 준다면 아이들이 이야기를 쓸 때 좀 더 고민하여 쓸 수 있다.

♣ 다른 모둠이 만든 이야기를 들으며 평가 기준을 세워 평가해봅시다.

5. 결론

작품 중심 문학교육은 문학 작품의 본질적인 아름다움과 감동을 학생들에게 체험시키는 교육이다. 필자가 작품 중심의 문학교육을 제안하는 이유는 초등학교 국어 교과서의 '목표 중심 단원 구성 방식'이 문학교육의 본질에서 멀기 때문이다. 필자는 이 논문에서 작품 중심 문학교육의 의의를 탐구하고 그 구체적인 방법을 모색하려 하였다. '작품 중심 문학교육'은 온전한 문학 작품 한 편을 선정하여 학생들에게 그 작품의 아름다움과 감동을 충분히 체험하게 하는 교수 방식이다. 작품 중심 문학 교육의 의의는, 삶의 총체적 이해, 문학적 문화의 고양, 수용자의 능동적 감상 촉진, 내면화 촉진 같은 문학 교육의 목적과 본질을 효과적이고 충실하게 달성할 수 있다는 것이다. 학생들이 문학 작품을 읽고 작가의 세계관과 인물의 가치관에 대해 토론하고, 작품의 감동적인 장면에 대해 이야기를 나누면, 학생들은 삶의 전체성을 이해하게 되고, 심미적 정서를 함양하게 된다.

작품 중심 문학 교육에서는 온전한 문학 작품 한 편을 읽는 것이 중요하며, 작품을 선정할 때는 문학성이 담보된 작품, 구조적 완결성을 지닌 작품, 흥미와 감동을 닌 작품, 어린이의 욕망을 반영한 작품을 골라야 한다. 교수 학습의 실제에서는 그 품이 가지고 있는 가장 우수한 요소에 초점을 맞추어 수업을 해야 하며, 학생들은 작품의 가장 훌륭한 요소를 충분히 이해하고 느껴야 한다. 작품 중심 문학 교육의 장 효과적인 방법은 문학작품 토의하기라고 할 수 있는데, 그 이유는 학생들 스스로의 반응과 사고를 표현하기 위해서는 학생들이 말을 할 수 있는 기회를 주어야하기 때문이다.